La page est un miroir

Ilaria Moretti

La page est un miroir

Sur l'œuvre d'Elena Ferrante

CNRS ÉDITIONS
15 rue Malebranche - 75005 Paris

on n'a pas été des lâches
on a fait ce qu'on a pu

Henri Michaux, *Ecuador*

Sommaire

Apprendre à trembler

Une phrase de Chandra Livia Candiani me paraît résumer le sens de ce parcours fait *dans* l'écriture, *avec* l'écriture : « Je ne veux pas apprendre à ne pas avoir peur, je veux apprendre à trembler ». Apprendre à trembler signifie accepter son incertitude en transformant sa faiblesse en opportunité d'apprentissage. Je ne sais pas si j'ai appliqué cette consigne à la lettre, mais mes trébuchements m'ont montré qu'apprendre signifie surtout expatrier : sortir du familier, s'abandonner à l'inconnu, à tout ce qui nous est étranger. S'enliser dans le noir. Cette étude, écrite dans une langue qui n'est pas la mienne, m'a permis de me confronter, chaque jour, avec le poids d'une insuffisance, d'une frustration qui est celle de ne pas pouvoir atteindre la fluidité de l'expression. Chercher à resituer une pensée dans une autre langue a été, pour moi, le plus grand des défis, mais aussi le plus souhaité, le plus désiré : se mettre en difficulté en faisant de cette difficulté matière à connaissance.

Ce travail est le fruit de plusieurs rencontres. Intellectuelles, avant tout, mais humaines, surtout. C'est pourquoi je voudrais remercier Pierre Girard, mon directeur de thèse à l'Université Jean Moulin Lyon 3 durant les années 2017-2020. C'est grâce à lui – grâce à son « oui, bien sûr » prononcé dans un glacial jour de décembre – que j'ai pu me lancer dans l'entreprise d'étudier Elena Ferrante dans le milieu universitaire. Merci à Tiziana de Rogatis, Olivia Santovetti et Saveria Chemotti pour les encouragements à poursuivre sur ce chemin périlleux, parfois difficile, qui est celui de la réflexion scientifique sur Elena Ferrante, sur la littérature contemporaine et l'épistémologie du genre. J'adresse un grand merci à Claude Jacquet pour l'immense travail de relecture et le soutien pendant la gestation des « aventures de notre chère Elena ». Enfin, je voudrais remercier tous les noms, tous les visages et les caractères qui existent derrière ces pages, qui vivent dans mon quotidien ou dans ma mémoire et qui ont fait de l'écriture, de ces années d'études et de mon parcours intellectuel et humain, une *possibilité d'être*, une occasion de joie, un outil d'apprentissage. J'espère que ces rencontres pourront se reconnaître dans la nudité, dans la particularité – pour moi si chère – de leur nom propre. *Grazie* à Françoise, Céline, Fabio, Ismène et Shiva, Monica et Achille, Miriam, Gilles, Alexy, Marion, Gloria, Susanna, Hélène, Laurent, Jean-François, Alessandro, Ylenia, Ginevra, Olivia, Mauro et à Paolo pour cette *consonance* qui ne connaît pas de répit. À toutes ces voix, à toutes ces intelligences qui, à leur manière, m'ont appris à trembler, va toute ma reconnaissance, toute mon estime : tout mon *amour*.

Introduction
Sur les traces d'Elena Ferrante

Comprendre la solitude

Quelques années avant d'entreprendre cette étude, je suis tombée sur un article paru en mai 2017 dans la revue littéraire *Doppiozero*[1]. Stefano Jossa, professeur de littérature italienne à la Royal Holloway University of London, y soutenait que l'on ne *doit* pas étudier Elena Ferrante à l'université. Écrire sur elle serait, somme toute, un geste purement capitaliste : une manière de s'aplatir sur les choses « déjà existantes ». Pour Jossa, la tâche du critique – ou du chercheur au sens large – coïnciderait plutôt avec la capacité de savoir produire une idée de monde différente, sans s'attarder sur les fétiches littéraires ou sur certaines manies qui sembleraient avoir passionné quelques millions de lecteurs. La position de Jossa était rude, peut-être excessive. Mais il ne faut pas s'étonner. Les raisons de cet interdit sont bien connues et font référence à la vieille histoire du canon littéraire qui, en Italie comme ailleurs, repose sur la nécessité de laisser s'écouler du temps pour sédimenter les connaissances et acquérir la juste distance permettant d'évaluer correctement l'objet littéraire. Jossa soulignait la difficulté de reconnaître une forme de dignité poétique aux œuvres d'aujourd'hui, car étudier Elena Ferrante et ses contemporains paraît, en fin de compte, une opération facile et superficielle dépourvue de toute complexité critique.

En suivant sa réflexion, nous pouvons croire qu'il manque – dans l'étude de cette littérature des années 2000 – une sédimentation d'interprétations, d'efforts critiques et d'engagement intellectuel indispensables à l'analyse d'une œuvre qu'elle soit littéraire ou artistique. Même si nous ne retrouvons pas vraiment dans cette image caricaturale des études sur l'époque contemporaine, nous pouvons cependant reconnaître à Jossa que pour écrire sur Ferrante il n'est pas nécessaire

1. S. Jossa, « Non si deve studiare la Ferrante all'Università », *Doppiozero*, 20 mai 2017 : https://www.doppiozero.com/materiali/non-si-deve-studiare-la-ferrante-alluniversita.

de se plonger dans des archives. Toutefois, le travail de recherche demeure intact, tant pour confronter des textes – processus étranger à toute analyse relative à notre temps selon Jossa – que pour élaborer une série de réflexions essentielles pour la construction d'une pensée critique. Il est évident que la complexité d'une opération de cette sorte doit être prise en compte.

J'écris avec la conscience malheureuse que oui : la discussion sur Elena Ferrante fonctionne très bien sur les plateaux télévisés, dans les revues de tout genre ou les magazines en quête de nouvelles. Oui : le questionnement sur sa personnalité littéraire et le bruit soulevé autour de son anonymat peuvent vite tourner, pour reprendre une image pasolinienne, au « théâtre du bavardage » où la réflexion vidée de toute signification, dépourvue de toute rigueur intellectuelle, sombre rapidement, comme le souligne Jossa, dans un discours assumant les axes du capitalisme contemporain. En effet, nous retrouvons dans les débats autour de Ferrante la dangereuse opposition entre la « superficialité du journaliste » – accompagnée de l'approximation de spécialistes issus de nulle part – et la « haute culture universitaire » qui en Italie, en Europe et surtout aux États-Unis, commence à donner un écho au travail de l'écrivain en organisant colloques, séminaires et journées d'étude. Pourtant ce n'est pas par mode, par culte du personnage ou par envoûtement aveugle qu'il est intéressant de « s'aventurer » dans cette direction.

La question de la légitimité constitue le prisme à travers lequel filtrer la première des problématiques que j'ai rencontrées : pouvons-nous écrire une étude scientifique autour d'Elena Ferrante ? Je suis bien consciente du danger présenté par le binôme, bien trop schématique, orientant certains critiques vers une attitude de fascination-dévotion opposée à celle des détracteurs, se caractérisant par une volonté de rejet de l'œuvre, voire de négation. La première disposition me semble dangereuse à cause d'un manque d'éloignement critique et l'autre posture, celle des négateurs, m'apparaît plutôt trompeuse. S'il est difficile de nier l'ampleur d'un phénomène littéraire de cette portée, il faut reconnaître par ailleurs que ce succès garde en lui quelque chose de profondément énigmatique. Parler de Ferrante aujourd'hui signifie prendre en compte le travail d'un auteur qui a toujours été publié par un éditeur – « e/o[2] » – qui ne se situe pas au premier rang dans le panorama italien. Elena Ferrante c'est l'écrivain

2. « e/o », petite maison d'édition de Rome, fondée en 1979 par Sandro Ferri et Sandra Ozzola, publie Elena Ferrante depuis son premier roman, *L'amore molesto* (1992).

traduit en quarante-deux langues différentes, avec un total, si l'on s'arrête aux données actuelles, de plus de quinze millions de lecteurs dans le monde. Pourtant ces chiffres, cet écho, ne peuvent coïncider, à l'inverse de ce que souligne Jossa, avec l'équation « succès = intérêt », car ce ne sont pas les clameurs de la foule qui font que l'on s'intéresse au produit littéraire, au contraire. Le succès, ici, constitue plutôt le problème, la pierre d'achoppement rendant notre terrain périlleux, ouvert aux critiques de tout genre : comment contourner l'effet de masse, comment lever une voix transversale, au-delà des cris, des affiches lumineuses, des séries télévisées, des titres dans les journaux et des voyages organisés vers Naples sur les traces de l'écrivain sans visage ?

Ce travail naît d'une expérience de lecture très particulière. La critique et, dans ce cas précis, la volonté de lire les œuvres en cherchant à établir les critères d'un canon littéraire sert, comme le disait Harold Bloom[3], à nous « épier de tout près » en nous montrant que la réalité d'une œuvre fictionnelle coïncide, paradoxalement, avec nos identités personnelles. Toutefois il existe, dans l'exercice herméneutique, quelque chose de douloureux et de périssable. La lecture nous oblige à un travail solitaire, certainement fragile, qui garde un lien étroit avec la mort et qui nous réduit sans cesse à notre carence, à notre incapacité. C'est en partant de ce constat que, pour écrire sur Elena Ferrante, il m'a paru intéressant d'adopter la posture d'un lecteur d'aujourd'hui. Pour le dire avec Sartre, il faut être – ici – cet « homme, fait de tous les hommes » cherchant, à travers un travail d'analyse critique, à comprendre ces « troubles » et ces « angoisses » qui permettent d'enlacer les œuvres – pour H. Bloom les « vieilles œuvres » – avec nos souffrances actuelles.

Ce n'est pas un hasard si Giulio Ferroni, en citant Avraham B. Yehoshua, souligne le fait que la littérature ne demande pas, à son public, de la pure compréhension, mais plutôt de l'identification[4]. Loin de l'image stéréotypée d'un lecteur devant s'incarner dans les personnages qu'il découvre, nous retrouvons chez Ferroni une idée de la littérature interprétée comme une posture éthique,

3. H. Bloom, *The Western Canon* [1994], trad. Francesco Saba Sardi : *Il canone occidentale*, Milano, BUR, 2008.

4. G. Ferroni, *I confini della critica*, Napoli, Guida, 2005, p. 62, en citant un extrait du livre de A. B. Yehoshua, *Il potere terribile di una piccola colpa, Etica e letteratura*, Torino, Einaudi, 2000.

visant à découvrir la valeur de ce que l'on ne peut pas quantifier et qui édifie notre conscience d'êtres humains. Mais pour que l'analyse fonctionne, il faut se méfier de ce que Ferroni appelle les « simulacres trompeurs » : c'est-à-dire tout ce qui n'est pas littérature et qui résiste, réclamant sa place, dans le *mare magnum* du monde contemporain. Elena Ferrante en fait-*elle* partie ? Incarne-t-*elle* le symbole d'une opération commerciale précise ? Ou sommes-nous plutôt confrontés à un nouvel élan de la forme romanesque, voire à un *retour* du roman, et donc de la narration, dans une Italie où la littérature occupe un espace marginal[5] ? Un fait est certain : l'intérêt suscité par l'œuvre de cet écrivain paraît inexplicable. Il est difficile de saisir les raisons d'une telle renommée littéraire mais ses textes possèdent intrinsèquement un élément capable de parler à un public – tellement hétérogène – allant des États-Unis à la Chine, en passant par l'Arabie saoudite.

Toutefois, avec tout le respect dû à Jossa, il est évident que la littérature, pour pouvoir poursuivre sa mission de construction identitaire, doit avoir le courage de regarder le présent. Car elle possède le noble objectif de bâtir des consciences, ouvrant ainsi la voie à la formation des générations futures. Il faudrait donc tenter de répondre au cri malheureux de Francesco De Sanctis qui, dans son *Histoire de la littérature italienne*[6], rappelait que la littérature contemporaine s'appuie presque servilement sur les œuvres des anciens et que le fait de continuer dans cette direction empêche de posséder une vie à soi, un travail à soi. Je suis consciente du risque que représente l'accès au travail d'un écrivain anonyme qui cache son identité depuis trente ans, consciente que la brutalité d'un succès est susceptible d'effacer, pour des raisons économiques, la portée de tout discours critique centré sur la validité littéraire. Vendre, souvent, a signifié plaire aux masses et tout ce qui plaît aux masses, nous le savons, est regardé avec méfiance par une grande partie de l'Académie. Je suis consciente, *in fine*, de l'imprudence de jouer à qui perd gagne et, peut-être, n'y a-t-il pas d'autres issues possibles que le lent apprentissage – ou la compréhension – de notre solitude ? H. Bloom le disait déjà : à quoi sert la lecture, sinon à apprendre le silence et à se regarder, discrètement, dans le miroir de notre insuffisance? Cependant je crois possible la création d'un dialogue muet entre les œuvres, récentes et

---

5. Pour la question de la place marginale de la littérature italienne d'aujourd'hui voir M. Onofri, *Recensire : istruzioni per l'uso*, Roma, Donzelli, 2008.

6. F. De Sanctis, *Storia della Letteratura Italiana* [1870], Milano, Rizzoli, 2017.

passées. L'idée de la mise en perspective d'un auteur vivant, anonyme, à succès me paraît envisageable, non seulement dans le panorama restreint du XXIe, mais aussi en naviguant dans les eaux tumultueuses du XXe siècle, dans le vaste domaine d'une littérature écrite par des femmes et avec des femmes comme protagonistes.

En partant de cette position, j'ai choisi de m'intéresser à l'ensemble de la production littéraire de Ferrante parce qu'il me semble qu'il existe, chez l'écrivain, une réelle attention à la question – si actuelle désormais – du sujet féminin. J'ai l'impression que l'identité sexuelle, intellectuelle, relationnelle est traitée, dans ses œuvres, par le biais d'une réflexion sur le métier d'écrivain ; cette même réflexion paraît avoir pour but d'arriver à définir une démarche littéraire précise. Il s'agit, tout compte fait, d'une personnalité qui a trouvé sa propre manière de communiquer et de s'effacer dans le panorama des auteurs vedettes, où le nom des romanciers est condamné à revêtir un rôle plus social que littéraire. Elena Ferrante prend la parole, caché derrière son pseudonyme féminin, en adoptant le point de vue d'une auteure, d'une narratrice[7].

Un corpus hétérogène et problématique

L'analyse de l'œuvre de Ferrante permet de faire ressortir un corpus plutôt hétérogène qui garde, toutefois, une forme de continuité méthodologique. La publication de *L'amour harcelant*, dans les années 1990, marque le début de sa carrière. Ce roman fait partie d'un hypothétique premier cycle narratif qui regroupe trois autres œuvres : *Les jours de mon abandon* paru onze ans plus tard, *Poupée volée* ainsi que *La vie mensongère des adultes*. Cette première phase romanesque pourrait être désignée comme des *Chroniques du mal d'amour*. En effet, en 2012, c'est sous ce titre que la maison d'édition italienne « e/o » avait décidé de réunir et de rééditer ces trois textes (*L'amour harcelant*, *Les jours de mon abandon* et *Poupée volée*). Ces écrits sont structurés autour de dispositifs amoureux assez problématiques. Nous pouvons même parler d'une maladie congénitale qui affecte les protagonistes de Ferrante. Il s'agit de la privation pathologique des relations affectives relatées par le biais de quatre situations

7. À partir de ce moment, nous parlerons d'Elena Ferrante au féminin dans l'objectif de respecter le choix de l'auteure qui, pour parler de sa personne, embrasse intentionnellement la perspective d'une femme.

particulières. La perte de la mère, analysée dans *L'amour harcelant*, la perte de l'amour, et donc du rapport sentimental, dans *Les jours de mon abandon*, la perte des enfants dans *Poupée volée* et, enfin, la perte de l'innocence dans *La vie mensongère des adultes*. Ce premier cycle déclenche une réflexion qui, accompagnée de la notion d'identité, deviendra le véritable fil conducteur de toute l'œuvre de Ferrante.

À cette phase succède une période que je qualifierais d'« expérimentation » et qui représente une étape charnière entre deux grands cycles. Ici, l'écrivaine expérimente, littéralement, un autre style narratif en se plongeant dans l'aventure romanesque d'un conte pour enfants. *La plage dans la nuit* fait dialoguer des problématiques soulevées tout au long des œuvres précédentes et cherche une réponse à travers une perspective inversée. Si dans ses romans Ferrante relaye le point de vue des adultes, ici nous sommes confrontés à l'étouffant horizon d'une poupée mimant les angoisses et les incertitudes d'une petite fille confrontée aux désarrois existentiels des personnages féminins présents dans le premier cycle. Plus particulièrement, cette courte nouvelle se positionne, étrangement, comme une sorte de miroir déformé de *Poupée volée*. Nous y retrouvons la perversité teintée d'amour des relations mère-fille, les *déraillements*[8] émotifs des protagonistes ou encore les scénarios lugubres dissimulés sous des apparences paisibles. À cette expérience d'écriture, il me semble opportun de rapprocher le volume *Frantumaglia*. Paru une première fois en 2003, puis republié en 2016 dans une nouvelle version amplifiée, ce texte à l'architecture hybride casse indubitablement la structure diachronique qui caractérisait la première phase romanesque, exception faite pour *La vie mensongère*. Toutefois, grâce à la multiplicité du matériel qu'il contient (lettres, interviews, correspondances avec les éditeurs) il représente, selon mon optique, l'illustration, en forme écrite, d'une authentique recherche stylistique et thématique. Sa structure composite, son style heurté, parfois très direct, parfois profondément symbolique, constituent l'une des restitutions les plus sincères du métier d'écrivain que l'on n'ait jamais écrit de nos jours[9]. Il convient aussi d'associer, à ce

8. « *Deragliamento* » : expression italienne fréquemment utilisée par Ferrante pour décrire une forme de divagation intime, un désordre intérieur. Ce terme produit une dissonance stylistique même en italien.

9. Un certain nombre d'écrivains s'est lancé dans la publication de livres portant sur leur propre métier. Nous faisons référence, pour ne citer que quelques noms et en limitant le champ aux écritures féminines, à A. Ernaux, *L'écriture comme un couteau. Entretien avec Frédéric-Yves Jeannet*. Postface inédite de l'auteur, Paris, Éditions Gallimard, coll. « Folio », 2011 ; V. Woolf, *Consigli a un aspirante scrittore*, Milano, Rizzoli, 2012. S. Sontag, *The*

volume hétéroclite, la toute dernière publication de Ferrante, *Entre les marges*[10] qui pourrait même être considérée comme une prolongation conceptuelle des réflexions menées dans *Frantumaglia*. En considérant l'exiguïté du volume et la réitération de certaines thématiques déjà abordées ailleurs, nous préférons l'employer comme outil de réflexion servant à nourrir la globalité de notre travail, plutôt que de lui consacrer un chapitre entier.

Ces textes constituent la jonction intellectuelle nous permettant d'accéder au troisième et dernier cycle de Ferrante : l'aboutissement au roman unique avec la création de *L'amie prodigieuse*, conçu pour être un court texte sur l'amitié entre deux fillettes et devenu, au-delà de toute attente, une tétralogie. Dans cette dernière phase, nous voyons s'intensifier le discours autour de l'oubli ainsi que la volonté de mettre en scène la disparition des personnages mais, surtout, et c'est ce qui me paraît intéressant, de l'écrivain lui-même. En suivant cette piste, il est pertinent d'associer *L'amie prodigieuse* à l'expérience journalistique faite dans le quotidien *The Guardian* qui pourrait être lue comme la concrétisation d'une autobiographie par personne interposée[11] : une écriture de l'ombre capable d'émerger *in absentia* de l'auteur.

C'est par ce biais que nous arrivons au point le plus sensible : ce corpus, visiblement linéaire, malgré certaines divagations qui contournent l'ordre chronologique, contient une problématique essentielle. Toute l'œuvre de Ferrante paraît mettre en place une réflexion profonde sur le concept d'identité. Cela est d'autant plus intéressant que cette démarche n'est pas visible seulement sur le plan narratif. En effet, au-delà du travail romanesque, dans ces textes émerge une préoccupation intellectuelle qui s'accompagne, parallèlement au contexte littéraire, d'un questionnement personnel sur la place de l'auteur dans la société actuelle. Chez l'écrivaine, l'identité ne reste pas attachée au cadre éminemment narratologique. Elle doit, simultanément, embrasser tous les aspects qui concernent le propre de l'être humain et, pour être plus précis, du sujet féminin conçu dans son univers relationnel, à travers une lecture à la fois sociale et

---

complete Rolling Stone interview [2013], trad. Maxime Catroux : *Tout, et rien d'autre*, Paris, Flammarion, coll. « Climats », 2015.

10. *I margini e il dettato*, Roma, Edizioni e/o, 2021 : trad. Nathalie Bauer : *Entre les marges*, Paris, Éditions Gallimard, 2023.

11. L'expression est de L. Melandri, *Alfabeto d'origine*, Milano, Neri Pozza, 2017.

psychologique. Pour Ferrante, cette quête identitaire, ce long parcours fait de narrations et de personnages, n'aboutit à rien d'autre qu'à la nécessité de repenser le rôle de l'écrivain au XXIe siècle, en essayant de dialoguer avec la notion d'ethos *auctorial* dans l'objectif de se l'approprier. Pour reprendre l'idée de Ruth Amossy[12], Ferrante paraît en effet construire un véritable « être de mots[13] » qui agit en toute autonomie dans l'écriture. Elle bâtit – à l'intérieur de ses œuvres – une image d'auteur forgée *dans* et *par* le discours.

Par ailleurs, il convient de souligner que Ferrante se sert souvent d'une deuxième voix, d'une sorte de *langue seconde*, mêlée au matériel fictionnel à travers l'usage des métalepses[14] qui forment de véritables parenthèses critiques à l'intérieur des romans. Nous pourrons ainsi dire, en considérant la totalité de son œuvre, commencée en 1992 et dont l'élaboration se poursuit toujours, qu'il s'agit bel et bien d'une vaste question, posée *dans* la littérature et *grâce* à la littérature, sur la possibilité d'exister à travers une voie autre marquée par la perspective d'un *Je* fictionnel qui se décline au féminin. L'identité ou les identités en question, fortement pétries du vécu des personnages, suivent un parcours presque psychanalytique. En sondant l'abîme de la déstructuration (le premier cycle), en traversant le terrain vague du broyage à la recherche d'une forme de délimitation identitaire (le deuxième cycle) nous arrivons à en conclure qu'il n'y aurait d'autre existence possible qu'à travers la dispersion – l'effacement – d'un soi propre au profit de la page (le troisième cycle). En adoptant ce point de vue, il deviendrait envisageable de définir des *identités de papier*. Nourries par le spectre de la rature, elles trouvent leur incarnation la plus explicite dans la tétralogie – l'histoire d'une disparition – et dans l'étrange collaboration avec *The Guardian* qui marque le point final d'une véritable autobiographie de l'absence. En effet dans ses articles, Ferrante paraît s'amuser à construire une sorte de journal intime où elle dévoile une série de détails qu'elle définit comme personnels. À travers ces courts écrits, l'écrivaine montre comment la page permet

---

12. R. Amossy (dir.), *Images de soi dans le discours. La construction de l'ethos*, Genève, Delachaux et Niestlé, 1999.

13. *Id.*, « La double nature de l'image d'auteur », *Argumentation et Analyse du Discours*, Université de Tel-Aviv, *revues.org*, mars 2009, mis en ligne le 15 octobre 2009 : https://journals.openedition.org/aad/662.

14. C'est Gérald Genette qui définit la métalepse narrative dans son texte G. Genette, *Figures III*, Paris, Éditions du Seuil, 1972, p. 244 : « toute intrusion du narrateur ou du narrataire extradiégétique dans l'univers diégétique (ou de personnages diégétiques dans un univers métadiégétique, etc.), ou inversement ». Il s'agit, en effet, d'une rupture à l'intérieur du récit où l'auteur s'exprime en provoquant une véritable effraction dans son texte.

la création d'une existence seconde qui émerge, dans sa sincérité[15], au-delà de son nom de plume.

Nous faisons face, ici, à une deuxième problématique concernant le corpus romanesque. Si nous acceptons que la volonté de se raconter et de se façonner une identité représente le fil rouge tout au long de sa production littéraire, comment se positionner face aux écrits, pour ainsi dire, « auto-narratifs » ? En effet, nous ne sommes pas confrontés à un pacte autobiographique au sens propre du terme qui établit – en suivant la leçon de Philippe Lejeune – les frontières de la relation entre auteur et lecteur. Même si *Frantumaglia*, *Entre les marges* ainsi que les articles du *Guardian* nous révèlent des informations sur l'écrivaine, il nous est impossible de les vérifier. Ses confessions, ses récits d'enfance, la relation avec ses filles, tout son univers biographique pourrait être simple fiction : un jeu savamment construit dans le but de prolonger le dialogue polysémique avec ses lecteurs. Par conséquent, il faudrait limiter ce matériel à ce qu'il représente : un témoignage sur l'existence d'un auteur caché qui s'amuse à utiliser les codes de la dissimulation pour parler de lui.

En suivant ces considérations, nous pouvons presque penser que Ferrante se plaît à signer avec ses lecteurs un nouveau pacte autobiographique fondé uniquement sur la confiance. Même Ann Goldstein[16] soutient que son œuvre n'est rien d'autre qu'une longue « quête de la vérité[17] ». Ferrante affirme que tous ses écrits « regorgent de références à des situations et des événements qui se sont vraiment produits – mais réorganisés et réinventés de façon à en être transformés[18] ». Elle admet que « mentir à propos des livres » la fait « terriblement souffrir, la fiction littéraire est [...] conçue dans le seul but de dire la vérité[19] » et que « publier un livre signifie : offrir à autrui [...] ce qui nous appartient intimement[20] ».

15. Voir à ce propos tous les articles que Ferrante dédie à la question de la vérité en littérature contenus à la fois dans *Frantumaglia*, *Chroniques du hasard*, *Entre les marges*.

16. La traductrice officielle d'Elena Ferrante en langue anglaise.

17. Voir à ce propos la communication de A. Goldstein, « Tradurre in inglese la "smarginatura" », *Di Napoli non ci si libera facilmente. Per Elena Ferrante*, Università degli Studi di Napoli, Federico II, Dipartimento di Studi Umanistici Aula Piovani, 7 avril 2017.

18. Édition italienne : *La frantumaglia* [2003 renouvelé en 2016], Roma, Edizioni e/o, 2016 ; *Frantumaglia. L'écriture et ma vie*, trad. Nathalie Bauer, Paris, Éditions Gallimard, coll. « Du monde entier », 2019, p. 71. Toutes les citations des œuvres de Ferrante présentes dans cette étude sont tirées des éditions françaises.

19. *Ibid.*, p. 88.

20. *Ibid.*, p. 104.

Acceptons donc cette authenticité, mais au prix d'un renoncement. Il faut comprendre que la supposée confiance envers l'auteur est, *de facto*, une confiance de *papier*, qui trouve sa concrétisation uniquement dans la page écrite.

Se définir par l'écriture comporte toutefois une dérive dangereuse. Cette démarche mène à la construction d'une « prison d'encre[21] » où l'écrivain enferme son existence – son identité, dans le cas de Ferrante – dans les murs d'une cathédrale immuable qui cristallise un imaginaire lugubre en lien étroit avec la mort. Écrire sur soi est peut-être une manière de mourir : Ferrante en est bien consciente. Elle se soustrait au monde des vivants, elle signe le pacte de sa propre disparition, elle s'éclipse pour laisser les mots parler à sa place. Mais la littérature constitue, en vérité, une possibilité de vie : elle établit une forme de permanence grâce à la pérennité de la mémoire. La recherche de l'authenticité narrative que l'auteure met en place se relève donc porteuse d'un double discours : vie et disparition se mêlent en créant, comme le souligne Andrea Battistini[22], un « roman de mort » susceptible de soustraire auteur et lecteur à l'annihilation du temps qui passe.

Une méthodologie spéculaire

Venons-en, maintenant, au cœur de notre discours. Le concept d'identité littéraire, le *Je* de l'écrivain qui surgit à l'intérieur du texte, fait écho à une phrase longuement répétée par Ferrante elle-même : « tous mes livres tirent leur vérité de mon expérience[23]. » Si cette écrivaine sans visage a elle-même choisi de tracer une forme d'autobiographie cachée, comment situer son œuvre dans le panorama des autobiographies, pour ainsi dire, classiques ? Comment positionner Ferrante à l'intérieur de l'éternel débat, soulevé une première fois par Roland Barthes[24], repris ensuite par Michel Foucault[25] et poursuivi jusqu'à

---

21. L'expression est de Renato Serra. Voir R. Serra, *Esame di coscienza di un letterato* [1915], Pordenone, Studio Tesi, 1994.

22. A. Battistini, *Lo specchio di Dedalo. Autobiografia e biografia*, Bologna, il Mulino, 1990.

23. *Frantumaglia*, *op. cit.*, p. 304.

24. Voir à ce propos la théorie de la mort de l'auteur in R. Barthes, « La mort de l'auteur [1968] », *Le bruissement de la langue*, Paris, Édition du Seuil, 1984, p. 63-69.

25. Une année plus tard, Michel Foucault poursuit la réflexion entamée par R. Barthes avec l'article intitulé : « Qu'est-ce qu'un auteur ? », *Bulletin de la Société française de philosophie*, 63ᵉ année, n° 3, juillet-septembre 1969, p. 73-104 ; puis, in *Dits*

nos jours avec les apories dénoncées par Carla Benedetti[26], autour de la question de l'auteur et de son œuvre ? Pour conclure, est-il possible de parler d'œuvre *métabiographique* – c'est-à-dire d'un texte qui soit à la fois récit personnel, autofiction et compte rendu littéraire – quand nous ne connaissons pas la véritable identité de l'auteur et que nous sommes contraints de faire confiance au pacte fictionnel qu'il établit avec son public ?

Dans ce contexte problématique, la notion de *métabiographie* nous sert justement d'appui méthodologique. C'est Alessandro Iovinelli qui l'aborde en 2004 dans son essai *L'auteur et le personnage*[27], en analysant la multiplicité des corrélations possibles qui voient personnages et auteurs appartenant au même univers narratif. Il s'inscrit dans les théories de l'*autofiction*, en posant la question du soi en littérature et en proposant le préfixe « méta » pour prendre en compte, au-delà des précédentes théorisations, la posture critique de l'auteur vis-à-vis de son œuvre. Il en tire trois conclusions à la fois singulières et complémentaires. La première : dans ce contexte la présence active du lecteur est nécessaire. Il invente l'auteur, participant à la construction de sa présence fictive grâce à la création de connexions narratologiques et thématiques mises en place d'un texte à l'autre. Dans la deuxième, l'auteur postmoderne adopte une posture de détachement par rapport à ses écrits, en mettant en place des dynamiques de disparition : il s'efface *dans* la création narrative. Le troisième point, plus vaste, propose une considération sur la littérature contemporaine présentant un fait incontestable. À l'intérieur de l'univers romanesque, tout devient fiction : l'auteur, le récit autobiographique et même le lecteur. En s'appuyant sur l'idée d'un texte chargé de significations implicites, de rappels *trans-textuels* qui créent des liens entre auteur et lecteur empirique, Iovinelli démontre comment cette théorisation est justifiée

---

et écrits (1954-1988), tome I, 1954-1975, édition publiée sous la direction de Daniel Defert et François Ewald avec la collaboration de Jacques Lagrange, Collection « Quarto », Paris, Éditions Gallimard, 2001. En reprenant une formulation de Samuel Beckett « Qu'importe qui parle », Foucault met en lumière l'un des « principes éthiques » de l'écriture contemporaine. Pour lui « dans l'écriture il ne s'agit pas de l'épinglage d'un sujet devant le langage ; il est question de l'ouverture d'un espace où le sujet écrivant ne cesse de disparaître », p. 821.

26. Carla Benedetti s'attaque aux théories sur la mort de l'auteur en les identifiant comme la configuration d'un mythe de la modernité tardive. Dans *L'ombra lunga dell'autore*, Milano, Feltrinelli, 1999, elle cherche à montrer comment, en dépit de ces théories, l'auteur, aujourd'hui, est bien vivant. L'enfermer dans ces types de discours s'avère dangereux car signifie réduire son rôle à celui d'un simulacre banal vidé de toute créativité, de toute autonomie.

27. A. Iovinelli, *L'autore e il personaggio*, Soveria Mannelli, Rubbettino, 2004.

dans une série de romans italiens. Dans son ouvrage il ne prend pas en compte le travail d'Elena Ferrante, mais cela ne nous surprend guère. En 2004, à la sortie de *L'auteur et le personnage*, une première version de *Frantumaglia* venait juste de sortir et Ferrante n'avait publié que *L'amour harcelant* et *Les jours de mon abandon*. Il était vraisemblablement prématuré de se forger un avis sur sa production à la lumière de la *métabiographie*.

Aujourd'hui, à vingt ans de distance, il me semble, en revanche, qu'une lecture de ce type devient possible. En suivant cette piste, il est peut-être intéressant d'interpréter les textes de Ferrante comme la mise en place d'une longue autobiographie chimérique, car marquée par le spectre de l'absence. Ses écrits présentent un mélange d'éléments réels adaptés à la fiction (dans ce contexte, la notion d'*autofiction* devient pertinente) auxquels s'ajoute une composante critique qui nous permettrait de rentrer, à juste titre, dans les lignes théoriques de la *métabiographie*. Ainsi, le travail de Ferrante ne serait rien d'autre qu'une réflexion consciente sur la littérature par le biais d'une lecture fictionnelle de son propre vécu. Le résultat met en évidence un texte hybride, aux contours indéfinis, qui porte en lui un caractère « rhizomatique[28] ». Nous sommes confrontés à un métatexte où se confondent vécu personnel (autobiographie), fiction (*autofiction*) et critique littéraire. Nous avançons l'hypothèse que Ferrante se positionne vis-à-vis de son œuvre d'une manière transversale, en prenant presque une forme de distanciation. Elle est présente dans son histoire à travers son *Je*, qui se superpose à celui de ses protagonistes et, en même temps, elle en demeure à l'extérieur, à travers une réelle opération de critique, de déconstruction, de remise en question. En effet, elle n'est pas la simple protagoniste de son récit – comme cela pouvait arriver dans les autobiographies classiques – mais elle devient, à l'intérieur de l'univers *métabiographique*, une sorte de critique littéraire d'elle-même qui, grâce aux outils du métier, joue à triturer, à manipuler l'élément fictionnel pour en faire sa matière de réflexion. Nous voyons alors comment les histoires racontées sont souvent pétries des échos d'autres narrations, d'autres textes. Ferrante construit son univers en s'inspi-

28. Voir à ce propos G. Deleuze, F. Guattari, « Introduction : Rhizome », *Mille Plateaux. Capitalisme et Schizophrénie*, vol. II, Collection « Critique », Paris, Les Éditions de Minuit, 1980. En faisant référence à la théorie de Gilles Deleuze et de Felix Guattari nous avons l'impression que l'œuvre de Ferrante présente, dans sa structure, les caractéristiques d'un rhizome tel qu'il est défini par les deux philosophes. Contrairement à la définition scientifique, ce rhizome possède une configuration stratifiée, multiple et hétérogène.

rant d'autres romancières et, parallèlement, elle paraît jouer avec ses propres personnages, porteurs d'une série d'éléments communs qui reviennent sans cesse d'une narration à l'autre. L'écriture de ces *Je* narratifs, tout en conservant une composante identitaire est, paradoxalement, porteuse d'un caractère destructif, fortement perturbant. Elle définit les sujets, mais elle peut aussi les abattre. Pour Carla Benedetti, cette posture se définit à travers l'idée d'un « effet apocryphe » : l'auteur choisit, pour résister à sa mort et donc à sa supposée disparition, de réapparaître en guise de *non-mort*, ou, pour être plus précis, de *revenant*[29]. Il adhère à une forme de prolifération identitaire en superposant son *Je* narratif à celui de ses personnages. Mais, parallèlement, il s'inspire aussi des subjectivités d'autres protagonistes tirés de récits différents.

Ferrante proposerait donc une lecture romanesque de son propre vécu à travers la création de personnages féminins qui pourraient être interprétés comme la multiplication de son *Je* narratif. Elle utilise le texte pour créer un *cosmos*, un univers linguistique et romanesque à l'intérieur duquel auteur et lecteur cohabitent en créant un rapport de confiance. Cette littérature devient donc, en suivant la leçon d'Italo Calvino, une idée de monde[30] : un espace qui n'existe pas réellement, qui doit encore « être écrit », recherché, imaginé, mais qui fournit une « possibilité existentielle[31] » susceptible d'édifier des sujets à travers le filtre de la fiction. S'inventer dans l'écriture, se construire à travers la page est aussi une manière de combattre la « perte de la forme », maladie qui, selon Calvino, affecte le monde contemporain et à laquelle il faut opposer le *pharmakon* d'une littérature qui ne verra jamais la fin. C'est une littérature de résistance qui incarne un propos éthique visant à « sauver » l'être humain à travers ce qui semble destiné à périr. La parole est donc, pour Ferrante, la voie capable de donner voix à un monde qui n'est pas encore esquissé, mais qui peut être conté : inventé à l'infini. Nous pourrions presque évoquer un « papier-monde » – pour reprendre l'expression de Carlo Sini[32] – apte à mimer la « vérité de l'univers » grâce à un auteur qui fait de la page un cadre d'existence capable d'impliquer la réalité du quotidien et donc du sujet lui-même. C'est pour mieux

29. C. Benedetti, *Pasolini contro Calvino*, Torino, Bollati Boringhieri, 1998.

30. I. Calvino, « Esattezza », *Lezioni Americane* [1988], Milano, Mondadori, 2002.

31. M. Lollini, *Il vuoto della forma. Scrittura, testimonianza e verità*, Genova, Marietti, 2001, p. 283.

32. C. Sini, *Pratica del foglio-mondo. La scrittura filosofica*, Milano, Libreria CUEM, 1994.

comprendre cette posture identitaire qu'il nous paraît nécessaire de prendre en compte un deuxième axe théorique susceptible de dialoguer avec le premier dans le but de nous aider à définir notre appareil critique.

Ce second axe est donc centré sur les théories d'Adriana Cavarero[33]. En particulier, nous allons nous focaliser sur la notion d'identité personnelle définie à travers le prisme d'une lecture féministe. L'identité féminine, confinée, isolée, laissée souvent à l'écart des terrains politiques, est ici récupérée à travers le concept de narration. Il existe, pour la philosophe, une corrélation directe entre l'acte de raconter une histoire et l'édification d'un propre soi. Le geste narratif est considéré comme synonyme de réappropriation politique de la sphère sociale. Pour Cavarero entre identité et narration il existe un rapport de désir qui amène les sujets à une tentative d'explication personnelle, laquelle se nourrit – c'est le point crucial de la question – de la relation avec les autres. Ainsi, l'identité du « soi » n'est ni un effet du discours ni – comme pour d'autres philosophies féministes[34] – d'un tourbillon de fragments ; mais il s'agit plutôt d'une identité « externe » qui construit sa quête de sens à travers les gestes, les mots, le regard d'autrui. En s'appuyant sur la pensée d'Hannah Arendt, avec son idée d'un « qui » opposé à un « ce-que »[35] et sur la métaphysique charnelle de Christine Battersby[36], Cavarero propose la théorisation d'un « un soi-*narrable* », exposé et relationnel, qui confie sa quête de sens au récit de sa propre histoire. La littérature assume ici un rôle primordial, car, pour la philosophe, c'est elle (et non pas la philosophie) qui tente, depuis la nuit des temps, de répondre à la question ancestrale que les êtres humains de toute époque ne cessent de se poser les uns aux autres : « qui es-tu ? »

---

33. A. Cavarero, *Tu che mi guardi, tu che mi racconti* [1997], Milano, Feltrinelli, 2011.

34. Nous faisons référence, par exemple, aux « identités multiples » du féminisme américain proposé par D. J. Haraway, « Manifesto for Cyborgs : Science, Technology, and Socialist Feminism in the 1980 », *Socialist Review*, 80, p. 65-108, [1985], trad. Liana Borghi : *Manifesto cyborg. Donne, tecnologia e biopolitiche del corpo*, Milano, Feltrinelli, 1995 ; J. Butler, *Giving an Account of Oneself* [2005], trad. Bruno Ambroise et Valérie Aucouturier : *Le récit de soi*, Paris, Presses universitaires de France, 2005 ; *Id.*, *Soggetti di desiderio, presentazione di Adriana Cavarero*, Roma, Laterza, 2009 ; Voir aussi R. Braidotti, avec ses « sujets nomades » : *Dissonanze. Le donne e la filosofia contemporanea*, Milano, La Tartaruga, 1991.

35. H. Arendt, *The human condition* [1958], trad. G. Fradier : *La condition de l'homme moderne* (1992) ; préface de Paul Ricœur, Paris, Presses Pocket, 2008.

36. C. Battersby, *The Phenomenal Woman. Feminist Metaphysics and the Patterns of Identity*, Cambridge, Polity Press, 1998.

Dans ce contexte prend place une nouvelle perspective qui nous permet de mieux appréhender la littérature de Ferrante. La supposée *métabiographie* proposée par Iovinelli devient, à la lumière de la philosophie de la narration de Cavarero, une sorte de *méta-autobiographie.* Une auto-narration composite, jouant sur les trois plans de la fiction, de la narration de soi et de la critique littéraire. À ces trois éléments s'ajoute, chez Ferrante, la dimension féministe, subversive, qui semble en effet développer un *qui narrable*[37] relationnel et non répétitif. L'écrivaine campe la construction de son soi féminin – de son identité littéraire – à l'intérieur du domaine fictionnel non seulement à travers sa prise de parole, mais aussi en laissant émerger la voix dissonante d'une collectivité de personnages féminins. Ces derniers utilisent la même pratique de narration, la même philosophie d'un *qui* unique, non modifiable qui – en se battant contre l'hégémonie du *ce-que* – devient tangible grâce à la transmission de sa propre histoire.

Il ne faut pas oublier, d'ailleurs, que ses protagonistes sont porteuses d'une spécificité : elles sont toutes des narratrices. Elles exercent souvent le métier d'écrivaines et de conteuses d'histoires ; leurs noms, aussi, se ressemblent parfois. Delia, dans *L'amour harcelant*, est dessinatrice et auteure de bandes dessinées. Olga, dans *Les jours de mon abandon*, est une écrivaine qui a abandonné son métier pour se consacrer à la famille. Leda, protagoniste de *Poupée volée*, est une professeure de littérature tandis que Giovanna, le *Je* de *La vie mensongère des adultes*, est une femme adulte qui choisit de revivre – dans l'écriture – les difficultés de son adolescence. De son côté Celina, voix narratrice de *La plage dans la nuit*, est une poupée à l'imagination rocambolesque. Dans *L'amie prodigieuse*, Elena-Lenù est écrivaine et Lila, sa meilleure amie, son alter ego intellectuel et affectif, est présentée comme un génie de la narration.

Au cœur du labyrinthe

Se promener dans l'univers de Ferrante peut s'avérer compliqué. C'est pourquoi j'ai voulu tracer une sorte de topographie imaginaire dans laquelle les lecteurs pourront choisir la voie qui réponde à leurs désirs de compréhension. Intégrer une méthodologie critique à la

37. A. Cavarero fait ici référence à ce qu'elle définit comme un « chi » narrable – lié à la subjectivité de l'individu – comparé au « che cosa » qui ne définit pas la réalité du sujet, mais uniquement sa fonction sociale (comme dans le cas de la profession, par exemple).

structure même de ce travail est, pour moi, un pas important pour saisir la complexité de ces deux approches théoriques. En effet, le plan *méta-autobiographique* a besoin de l'apport de la *philosophie de la narration* pour trouver pleinement son sens. En considérant la complexité de ces croisements, je propose une sorte de « fil d'Ariane » qui conduise le lecteur à l'intérieur du labyrinthe : comme Ferrante nous l'apprend, des formules claires sont indispensables pour saisir le cœur des discours.

Imaginons, donc, deux axes orthogonaux, visant à analyser d'une part la construction identitaire et d'autre part l'atelier et les outils de l'« écrivaine personnage ». Dans le premier, vertical, nous examinerons les étapes d'une construction identitaire. Comme nous l'avons déjà évoqué, nous avons organisé ce parcours littéraire à travers trois grandes articulations qui fassent ressortir la multiplicité des aspects liés à l'édification d'un soi propre. Dans la première partie, « Identités déstructurées », personnages et auteur sont confrontés à une sorte de désarticulation de leur personnalité. « Privation » est le mot-clé de cette première étape narrative qui s'articule autour de quatre éléments phares : la perte de la mère, la perte de l'amour, la perte des enfants et la perte de l'innocence. L'œuvre de Ferrante, avec ces *Chroniques du mal d'amour*, s'ouvre donc sur une lente descente aux enfers regroupant *L'amour harcelant*, *Les jours de mon abandon*, *Poupée volée* et *La vie mensongère des adultes*. La deuxième partie, « Identités démantibulées », est centrée sur la notion de *frantumaglia*. L'auteure se cherche, en essayant de trouver une réponse possible à son égarement identitaire et littéraire. Ferrante met en place une série de propositions révélant une multiplicité d'approches narratives. Elle explore l'écriture d'un conte pour enfants et propose un essai romanesque dévoilant son parcours de femme et d'écrivaine. *La plage dans la nuit* représente sa quête vers un genre littéraire jamais expérimenté tandis que l'essai critico-littéraire *Frantumaglia* – qui donne le titre au recueil – avec ses multiples perspectives et la superposition des plans romanesque, théorique et autofictionnel constitue la concrétisation stylistique d'un parcours dans la recherche de sa voie. La troisième partie, « Identités de papier », paraît établir la posture finale assumée par l'écrivaine. Ici se fait jour une forme de dissolution littéraire qui trouve dans l'effacement, dans la perte des barrières physiques et mentales, une manière d'exister autrement. Cette destruction des frontières est racontée dans *L'amie prodigieuse* – qui détaille le parcours d'une disparition dans l'écriture – et dans les articles publiés sur le quotidien *The Guardian* puis recueillis dans le volume *Chroniques du hasard.* En parallèle, en traversant les trois grands chapitres de ce travail, nous serons confrontés aux articles, aux pistes de suggestions que Ferrante propose dans ses interviews et au sein des écrits contenus à la fois dans *Frantumaglia* et dans *Entre les marges.*

La toute dernière partie, présentée en forme de conclusion provisoire, propose un titre qui sonne plutôt comme une provocation : « Revenir ? » Ferrante est ici confrontée à l'éternel débat autour de l'auteur et de son œuvre. Il sera intéressant de comprendre si cette posture d'effacement ne contient pas, dans sa mise en scène savamment orchestrée, une tentative de réplique aux apories *auctoriales* dénoncées par Carla Benedetti. Notre auteure est-elle une revenante ? Cette dissipation dans la page ne peut-elle pas être une manière d'exister – *de résister* – autrement ? Ou, à l'inverse, faut-il donner raison aux critiques qui soutiennent que Ferrante représente le symptôme, pour reprendre une expression de Giorgio Ficara, d'une « littérature interrompue[38] » ?

Pour ce qui est du second axe, horizontal, nous tenterons de pénétrer dans l'atelier de l'« écrivaine-personnage » à travers les outils critiques fournis par la théorisation *méta-autobiographique* et la philosophie de la narration : romans, écrits, contes seront disséqués à l'aide de cinq concepts clés susceptibles de mettre en lumière les spécificités des œuvres analysées.

Le premier concept est centré sur les liens entre personnage et auteur. Nous nous interrogerons sur la proximité (et la distance) entre les terrains autobiographiques et fictionnels. Dans un second point, nous aborderons la problématique corporelle, interprétée dans son acception typiquement féministe. Les corps des personnages – le corps même de l'auteur – seront le point de départ d'une réflexion sur la construction (ou à la déconstruction) d'une identité. Le troisième élément est la ville, interprétée comme une sorte de *dramatis personae* capable de tisser un dialogue incessant entre protagonistes et auteur. Chargée de mémoire et, parallèlement, lieu énigmatique, souvent étranger, la ville constitue l'élément primordial pour la construction de l'identité ; elle personnifie aussi – à cause de sa nature ambivalente – l'insaisissable qui habite l'intériorité de chacun. En quatrième

38. Voir G. Ficara, *Lettere non italiane : considerazioni su una letteratura interrotta*, Milano, Bompiani, 2016.

position nous trouvons la notion d'Autrui. Nous avons vu avec Adriana Cavarero que la construction d'un *qui* personnel – un *qui narrable* – ne peut être séparée de la présence des autres. Dans cette perspective la question d'Autrui prendra certainement en compte la présence de personnages-miroirs, reflets d'un surplus identitaire sur le sujet narrant. Pour conclure, nous retrouvons le concept d'écriture. Cette notion, située à la croisée des deux plans méthodologiques, résume le sens même de l'entreprise littéraire de Ferrante : la tentative d'exister en écrivant, concrétiser la fragilité d'une pratique malheureuse, destinée au naufrage ou encore la représentation incontestable du métier d'écrivain, confronté à l'existence d'un « troisième livre[39] » que personne n'a jamais vu. Il n'a pas été écrit par l'auteur, il n'a pas été créé par le lecteur et pourtant il existe, insaisissable : changeant. Il se produit au croisement de la vie, de l'écriture et de la lecture. Il n'est pas en vente dans les librairies, on ne le trouve pas dans les bibliothèques. Il est là, gommé et à la fois présent : il faut savoir le trouver et lui donner sa place.

L'œuvre de Ferrante, au-delà des controverses, des interprétations généreuses ou excessivement sévères, tente de mettre en concert des voix féminines racontant une vérité parfois rude, parfois féroce, et cherchant, malgré les difficultés, à émerger dans la brutalité du quotidien. Ces paroles demandent une écoute particulière, car, comme le soutient Saveria Chemotti[40], dans leur développement, les histoires des femmes montrent la concrétisation d'un lent, incessant, *dévoilement.* Accueillir ces récits signifie, aussi, accepter la remise en question d'une série de modèles désormais consolidés pour s'ouvrir à des perspectives nouvelles. Car le caractère de ces témoignages présente des tournures irrégulières, discontinues, révélant un manque de linéarité typique de tout parcours de liberté et d'émancipation.

L'identité de ces personnages est bâtie à travers le dialogue, la surveillance et la narration d'un soi jamais enfermé en lui-même, prisonnier d'un miroir narcissique et renvoyant uniquement la spécificité d'un ego aveuglé par le besoin de reconnaissance. La situation est inversée : la narration, dans sa particularité, prévoit la présence d'au moins deux sujets. Pour cette raison la volonté de se raconter ne doit pas être interprétée comme la mise en place stérile d'un monologue intérieur, mais plutôt comme la volonté de transformer le *Je* qui prend

39. *Frantumaglia*, *op. cit.*, p. 225.

40. Directrice de la Collection « Soggetti rivelati. Ritratti, storie, scritture di donne » éditée pour la maison d'édition Il Poligrafo, Padoue.

la parole en un *Tu* capable d'amener, dans sa diversité, les marques d'une histoire commune. Ce *Tu*, cet interlocuteur sans visage, fait partie, au même niveau que le sujet narrant, d'un projet collectif visant à redéfinir la spécificité d'une identité qui n'est jamais – nous l'avons déjà dit – réductible à un seul élément, mais qui contient la concrétisation de plusieurs histoires et, donc, de plusieurs mondes. Cette identité n'est pas, en elle-même, un magma figé, immuable ; elle se promène – à travers les récits des autres – consciente de sa variabilité, de sa caducité, de sa vertigineuse *possibilité*.

I. Identités déstructurées

Se perdre[1] Les chroniques du mal d'amour

La déstructuration s'associe à l'image d'une femme qui s'impose de ne plus écrire son nom propre. Elena Ferrante en parle lors d'une interview à un hebdomadaire danois[2]. Il s'agit d'une figure sans visage, sans nom, victime d'une maladie étrange, marquée par l'angoisse de se voir ôter sa propre personnalité. L'absence de signature est, dans ce contexte, un geste paradoxal. Toutefois, il constitue la seule manière de résister à la dépossession de soi, l'unique arme pour combattre le fantasme de l'autre – de tout autre – capable de s'emparer de ce qui, aux yeux de cette femme, est le plus précieux : elle-même. Mais cela n'est pas suffisant. Alors, elle arrête d'écrire : pas de mots, pas de lignes sur la page, un vide qui marque le passage à un état d'absence. Elle s'efface en embrassant l'anéantissement expressif par la soustraction de son individualité. Avec cet article, nous voyons comment le regard de Ferrante sur la psychanalyse découle du souvenir de *Totem et Tabou*[3] et s'imprègne un récit pathologique – celui de cette figure sans identité – pour l'élever à une sorte de paradigme normatif. La femme racontée par Freud[4] conserve, pour l'écrivaine, un élément sainement

1. *Se perdre* est aussi le titre d'un texte d'Annie Ernaux. L'idée de la privation est également présente dans les pages de cette écrivaine qui se sert de la narration pour mettre en place, à l'instar de Ferrante, une sorte de « roman de la vie », mélangeant « désir [...] mort et [...] écriture ». Voir, A. ERNAUX, *Se perdre*, in *Écrire la vie*, Paris, Éditions Gallimard, coll. « Quarto », p. 701.

2. Voir « Une histoire de déstructuration », *Frantumaglia*, *op. cit.*, p. 100-107.

3. S. FREUD, *Totem und Tabu* [1912], trad. Samuel Jankélévitch : *Totem et Tabou. Interprétation par la psychanalyse de la vie sociale des peuples primitifs*, Paris, Payot, 1951, édition électronique réalisée par Jean Marie Tremblay : https://www.anthropomada.com/bibliotheque/Sigmund-FREUD.pdf.

4. *Ibid.*, p. 47 : « Une de ces malades tabous, que j'ai connue, a pris le parti d'éviter d'écrire son nom, de crainte qu'il ne tombe entre les mains de quelqu'un qui se trouverait ainsi en possession d'une partie de sa personnalité. Dans ses efforts désespérés pour se défendre contre les tentations de sa propre imagination, elle s'était imposé la règle de ne

significatif. Selon son optique, le droit à l'éloignement est la posture nécessaire pour préserver sa propre image des effets produits sur autrui. Le public – des lecteurs par exemple – paraît capable d'exercer une forme de surveillance qui ôterait toute liberté d'action et donc de création. Ainsi, pour écrire il faut se protéger des regards : le coin productif, imaginatif, ne doit pas être envahi par l'Autre. Si Ferrante ne veut pas renoncer à l'écriture, elle adhère volontiers à cette image de négation : la patiente de Freud, cristallisée dans sa phobie déraisonnée, devient ici l'emblème d'une attitude nécessaire à la narration.

Cette image est intéressante, car elle nous fournit une clé de lecture pour s'aventurer dans la première phase romanesque de l'écrivaine. Le cycle narratif du *Mal d'amour* est en effet construit autour d'un phénomène pathologique qui affecterait les protagonistes de ces quatre romans : la déstructuration. Ce sont les caractères des personnages principaux qui se fracturent et se désintègrent à cause d'une perte ou d'une privation. Ferrante décrit ce mécanisme dans la même interview où elle évoque sa lecture de *Totem et Tabou*. Elle explique comment cette « soustraction » de l'amour provoque la dévastation de la construction culturelle à laquelle les sujets travaillent tout au long de leur vie :

> Les êtres qui nous dépouillent de l'amour anéantissent la construction culturelle à laquelle nous avons travaillé toute notre vie, nous privent de cette sorte d'éden qui nous avait offert une apparence d'innocence et d'amabilité[5].

Pour Ferrante, tous les individus cherchent à se projeter dans une disposition émotive qui prend la forme d'un paradis. Toutefois, quand leurs habitudes culturelles s'effritent, ils laissent émerger le pire d'eux-mêmes. La perte de l'amour est peut-être l'expérience la plus proche de l'expulsion du paradis : le sujet découvre sa bassesse, il touche à son manque. À cause de cette privation affective, il fait connaissance de sa conscience parasite en se reflétant dans le miroir de sa nature périssable.

Ainsi, en suivant le chemin de ses protagonistes, Ferrante se perd. Son aventure dans l'écriture commence par l'annonce de sa disparition. Pas de présentations publiques, pas de rencontres avec la presse, pas de prix, de plateaux, de signatures ou de sourires. Son identité

---

rien livrer de sa personne, qu'elle identifiait en premier lieu avec son nom, en deuxième lieu avec son écriture. Aussi a-t-elle fini par renoncer à écrire quoi que ce soit ».

5. *Frantumaglia*, *op. cit.*, p. 103.

soustraite, protégée par un nom de plume, rime avec la recherche d'une nouvelle posture existentielle. Elle s'associe à une recherche littéraire à l'intérieur de laquelle ses personnages se confrontent dans l'anéantissement et la perte. En effet, les relations affectives de ses protagonistes féminines sont caractérisées par l'éloignement du sujet aimé provoquant, chez elles, un véritable exil émotif accompagné d'un sentiment d'aliénation. Nous observons comment la distance des figures familiales se traduit dans l'impossibilité de se retrouver dans les lieux d'origine : les villes, les appartements, les rues, appartenant à un quotidien bien maîtrisé, deviennent des endroits hostiles, sachant révéler un côté trouble qui contribue au dérèglement des sujets.

Aucun mot ne peut exprimer cette dégradation sentimentale. La langue trébuche sur sa propre impuissance : le vocabulaire ordinaire ne peut contenir le débordement émotionnel. L'identité des protagonistes se décompose avec celle de Ferrante qui pénètre dans le texte : mais parvient-elle, pour autant, à trouver sa mesure ? Elle apporte son expérience personnelle, son vécu, ses préoccupations : mais est-elle sûre de ses choix ? En effet, dans ce premier cycle, l'écrivaine expérimente plutôt une modalité discursive. Elle teste ses outils de narratrice méta-autobiographique dans la volonté de donner vie à une forme romanesque hybride, à mi-chemin entre la fiction et l'auto-narration. D'une manière analogue, nous observons comment le récit des protagonistes cherche à adhérer au *Je* narratif de Ferrante. Mais les frontières sont instables : la narration perd de sa crédibilité et assume souvent un ton expérimental et vacillant. L'*hémorragie* relationnelle vécue par les personnages se combine, ainsi, à une réflexion qui pénètre dans les méandres de l'écriture. Comment écrire, raconter, parler, si l'on est rongé par la honte ? Comment retrouver une forme de dignité face à des sujets scabreux, presque indicibles, qui fragilisent l'essence même des narrateurs ? Ces questions illustrent comment dans la première phase romanesque de Ferrante la pluralité des voix se heurte au « décollement[6] » identitaire. La volonté de dissolution de l'écrivaine rime avec les disparus des récits ; la recherche littéraire met l'accent sur les éboulements provoqués par la perte de soi se traduisant, en fin de compte, dans la profonde difficulté à saisir ce qui ne peut pas être signifié.

6. Le mot « décollement » renvoie à l'idée de « scollamento » qui demeure incongrue même en italien. Mais cela est propre au style de Ferrante qui joue beaucoup sur le rapprochement entre deux termes qui peuvent paraître inappropriés. L'objectif de l'écrivaine est celui de constituer un imaginaire dérangeant, interpellant ou choquant le lecteur.

La perte de la mère
L'amour harcelant (1992)

Delia et les mauvaises filles

L'amour harcelant[1] se présente comme un roman combinant éléments biographiques et expériences personnelles. Ce type de narration hybride incarne, selon J. Lecarme, la volonté de l'auteur de transformer un événement traumatique en autoportrait. L'objectif est de créer un récit constitué d'un texte « de deuil » et d'un texte « de réparation »[2], mais il ne s'agit pas d'une pratique nouvelle. Georges Perec, dans *W ou le souvenir d'enfance*[3], construit son roman à partir de la mort de ses parents, interprétée comme l'élément déclencheur du désir de narration : l'écriture devient, dans ce contexte, mémoire de mort et témoignage de vie. D'une manière analogue, au travers de plans critiques en strates, nous voyons comment à l'intérieur de *L'amour harcelant* la mort d'Amalia, mère de la protagoniste, constitue le ressort de l'écriture autofictionnelle. À l'intérieur de ce cadre, les axes mémoriels se fondent en formant une nouvelle temporalité : passé et présent s'organisent et engendrent un temps inédit qui marquera la reconnaissance identitaire de la protagoniste. Parallèlement, Ferrante, en mêlant souvenirs d'enfance et images personnelles, dissimule une partie de son vécu au travers des vicissitudes de Delia. Ainsi, le lecteur ne parvient plus à dissocier le fictionnel de l'autobiographique car *L'amour harcelant* se présente comme le témoignage d'une blessure personnelle encore « infectée ». Pour Ferrante il s'agit

1. Édition italienne : *L'amore molesto*, Roma, Edizioni e/o, 1992. Édition française : *L'amour harcelant*, traduit de l'italien par Jean-Noël Schifano, Paris, Gallimard, 1995.

2. Voir J. Lecarme, E. Lecarme-Tabone, « La mort dans le récit », in *L'autobiographie*, Paris, Armand Colin, 1997, p. 129.

3. G. Perec, *W ou le souvenir d'enfance* [1975], Paris, Éditions Gallimard, coll. « L'imaginaire », 2004, p. 63.

d'un roman dépourvu d'une « distance de sécurité »[4] traitant de l'irréductibilité d'une femme et, par le biais de sa figure, de l'urgence de la mémoire.

Ce livre[5], qui a donné lieu à une adaptation cinématographique de Mario Martone[6], conserve un fond de suggestions qui font de Delia et de Ferrante les hyperonymes d'une génération de narratrices. En effet, nous étudierons comment le roman se révèle un tiroir encombré d'autres récits issus des plumes d'une série de narratrices. Car, au gré d'influences plus ou moins conscientes, Ferrante confirme avoir pratiqué une forme d'autobiographisme où son « identité et son sexe » deviennent l'essence même de son écriture[7]. Pour nous orienter à l'intérieur de ces consonances, nous avons discerné quatre aspects différents : l'image de la mère envahissante, la présence d'un cagibi comme allégorie des frustrations relationnelles, la jalousie vécue comme le reflet d'un sentiment paternel et enfin la figure de la couturière interprétée dans sa double acception de métier-prison.

Le modèle d'une *mère envahissante* émerge dès les premières pages. Delia se souvient des périodes qu'Amalia passait chez elle, à Rome : « Je n'étais pas contente de la sentir dans la maison. Elle se réveillait à l'aube [...] elle astiquait de fond en comble la cuisine et la salle de séjour[8]. » Mêmes sensations pour Giulia, le *Je* narratif de *La mauvaise fille*, un roman de Carla Cerati qui explore les contradictions affectives entre la protagoniste et Ida, sa mère octogénaire. Cette dernière, à la suite d'une maladie, s'installe pendant une longue période chez sa fille. Les réveils au petit matin, l'envie de ranger la maison à sa guise sans rien demander, les différents rythmes de vie unis à une espèce d'allégresse forcée rapprochent Ida d'Amalia. Si Delia est exaspérée par la capacité de sa mère à entrer en contact avec les gens – « Sa sociabilité m'agaçait ; [...] elle devenait l'amie de mes amis[9] » – Giulia subit le même malaise, sans parvenir à le masquer :

4. *Frantumaglia*, *op. cit.*, p. 97.

5. Elena Ferrante a gagné deux fois le prix Elsa Morante : en 1992 avec *L'amour harcelant* (roman qui, la même année, lui a valu le prix Oplonti) et en 2017, où elle a été récompensée pour sa carrière.

6. Le film de Mario Martone, *L'amore molesto*, est sorti en Italie en 1995. Il a été présenté à la 48e édition du Festival de Cannes.

7. *Frantumaglia*, *op. cit.*, p. 303.

8. *L'amour harcelant*, *op. cit.*, p. 9.

9. *Ibid.*, p. 10.

« elle tentait de devenir la meilleure amie de mes amies[10] ». Delia ne se restructure que quand Amalia revient à Naples ; Giulia éprouve le même soulagement quand Ida retrouve sa maison de Modène.

Les rapports mère-fille sont teintés d'hypocrisie : Delia avoue qu'« avec elle, je ne savais être que contenue et insincère[11] » tandis que Giulia admet que « j'aurais voulu être tendre et capable de consolation, sans y parvenir[12] ». Les romans suivent deux parcours différents, mais c'est le caractère autofictionnel des deux narrations qui frappe : Carla Cerati retrace les difficultés vécues avec sa mère, tandis que Ferrante choisit de dédier son premier roman « à ma mère ». La restitution romanesque des interactions entre ces deux générations est traversée d'affliction et de culpabilité. Les mères mortes obligent les auteures à tenter une forme de reconstruction à rebours de leurs existences. Aussi bien Giulia que Delia essayent, en suivant la trame embrouillée d'une mort annoncée, de retisser l'image maternelle, mais le chemin vers la compréhension de l'autre est traversé par des obstacles entravant une communication authentique. Toutefois, les récriminations acharnées et les nombreux remords qui sillonnent les narrations révèlent, en fin de compte, une nostalgie atavique et le désir d'une symbiose affective irréalisable.

Par ailleurs, la personnalité souvent débordante de ces mères est la cause de réaction d'opposition chez leurs enfants. Ainsi, s'enfermer dans des lieux étroits paraît la solution idéale pour extérioriser désirs et rages souterraines. Tant dans *L'amour harcelant* que dans d'autres récits, le cagibi se structure comme une allégorie des relations problématiques développées au sein des familles. Delia se souvient d'un réduit utilisé comme refuge contre les absences maternelles : « je m'enfuyais dans un débarras sans fenêtres et sans lumière électrique, [il] était un antidote efficace[13]. » Ferrante raconte avoir vécu les mêmes angoisses destructrices à l'intérieur d'un cagibi : « j'y ai éprouvé le désir de tuer et de me punir de ce désir ; [...] il a été le théâtre secret d'un long conflit avec ma mère[14]. » Avec la même lucidité, Delia avoue avoir essayé de combattre un désir de vengeance

10. C. Cerati, *La cattiva figlia*, Milano, Frassinelli, 1990, p. 225. La traduction est la mienne.

11. *L'amour harcelant, op. cit.*, p. 10.

12. C. Cerati, *La cattiva figlia, op. cit.*, p. 116.

13. *L'amour harcelant, op. cit.*, p. 11.

14. *Frantumaglia, op. cit.*, p. 130.

insensé : « “Quand tu reviendras, je te tuerai”, pensais-je, comme si c’était elle qui m’avait laissée enfermée là-dedans[15]. »

Dans ce contexte, nous ne pouvons que remarquer la proximité thématique qui lie *L’amour harcelant* au *Châle andalou*[16]. Ferrante s’inscrit dans la même mouvance initiée par E. Morante[17] qui s’insinue littéralement dans le corps du protagoniste de sa nouvelle : le jeune Andrea. Elle reproduit son androgynie symbolique sous les apparences d’un petit garçon possessif. Cette comparaison est d’autant plus pertinente si nous considérons que le corps de Delia présente, dans sa morphologie masculinisante, les traits d’une ambiguïté physique. Selon l’hypothèse de Cesare Garboli, Andrea devient un miroir dans lequel E. Morante transfère son fantasme personnel : il représente le besoin d’amour et, d’une manière inversée, l’emblème du vide laissé par l’absence de grossesse. Tout cela coïncide avec la maternité « reniée ou censurée[18] » de E. Morante elle-même. Parallèlement, pour Ferrante le débarras devient un lieu emblématique et indéfini ; il est « quelque chose de plus fuyant [...] une sorte de théâtre de la répétition, comme dans certains rêves[19] ». Auparavant, dans *L’amour harcelant*, l’écrivaine avait tenté, vainement, de donner forme à cette perturbation enfantine. Toutefois ce n’est que dans ce roman que le fantasme du mal – l’envie de tuer –, la porte fermée, l’odeur de savon et de poussière, le manque de lumière, traduisent la tentative de contenir « l’angoisse que le destin de [s]a mère suscitait en [elle][20] ». Simultanément, le cagibi incarne la volonté nostalgique d’expiation mêlée d’un « cri d’amour désespéré[21] » : il se fait métaphore d’une condition émotive à la frontière entre le rêve de suppression et la faim d’affection.

La jalousie filiale est le troisième élément rapprochant Ferrante des autres narratrices. C’est un sentiment qui s’associe à la volonté de soustraire sa mère aux violences paternelles et, conjointement, il représente la tentative de remplacer la figure du père en occupant

---

15. *L’amour harcelant*, *op. cit.*, p. 11.
16. E. Morante, *Lo scialle andaluso* [1963], Torino, Einaudi, 1994.
17. À propos des dettes thématiques qui existent entre *L’amour harcelant* et *Le châle andalou* voir I. Moretti, « Maternité, identité et écriture de soi. *Lo scialle andaluso* et *L’amore molesto* : d’Elsa Morante à Elena Ferrante », D. Peyrache-Leborgne, A. Peyronie, *À la recherche d’Elsa Morante*, Rennes, Presses universitaires de Rennes, 2022, p. 417-432.
18. C. Garboli, *Il gioco segreto. Nove immagini di Elsa Morante*, Milano, Adelphi, 1995, p. 113.
19. *Frantumaglia*, *op. cit.*, p. 138.
20. *Ibid.*, p. 142.
21. *Ibid.*

sa place. Ce même dispositif affectif a été approfondi par Alba de Céspedes. Dans le roman *Elles*[22], la personnalité de la protagoniste Alessandra est bâtie à partir d'une relation problématique vécue avec sa propre mère. Par ailleurs, dans *Frantumaglia*, Ferrante mentionne le roman d'Alba de Céspedes comme un exemple « mémorable » des interactions, souvent contradictoires, qui existent au sein de la relation mère-fille[23]. Le projet de Delia rappelle celui d'Alessandra qui rêve de quitter la maison paternelle pour permettre à sa mère de devenir pianiste, d'abandonner son mari pour vivre ainsi avec son jeune amant. D'une manière analogue, cette relation teintée d'amour et de jalousie est présente dans le premier roman d'Elsa Morante : *Mensonge et sortilège*[24]. La narratrice entretient avec sa mère Anna un rapport désespéré et unilatéral. Ce lien fragile, et pourtant fondamental pour la jeune fille, se manifeste dans l'antagonisme envers son père, Francesco, coupable, par sa laideur et son manque de dignité, d'avoir manqué à son rôle familial[25].

Selon une logique similaire, pétrie, à notre sens, de ces réminiscences littéraires, nous voyons comment la jalousie de la jeune Delia, qui se déverse contre Amalia, est la même que celle de son père, toujours prêt à frapper sa femme, mais capable de « s'arrêter à un doigt du carnage[26] ». Ferrante raconte avoir éprouvé une jalousie identique devant la beauté de sa mère. La résolution paternelle devenait *sa* volonté enfantine : « je souhaitais que mon père enferme ma mère à la maison et lui interdise de sortir, qu'il l'oblige à demeurer dans une pièce sans respirer, à chaque visite d'amis ou de membres de la famille[27]. » Toutefois, l'objet aimé ne peut être emprisonné ; par conséquent, ce désir coupable se transpose envers soi-même. Le fantasme de séquestration devient la punition que l'enfant s'inflige lorsqu'il n'a pas pu accomplir ses objectifs.

---

22. A. de Céspedes, *Dalla parte di lei*, Milano, Mondadori, 1994.

23. *Ibid.*, p. 190 : « Je parle surtout des cent cinquante premières pages, qui relatent une relation mère-fille – et, plus généralement, un catalogue de relations féminines – de façon mémorable ».

24. Voir à ce propos les déclarations de Ferrante concernant certaines lectures qui, selon elle, ont inspiré l'écriture de son œuvre. S. Scateni, « Elena Ferrante. La scrittura e la carne », *l'Unità*, 8 septembre 2002 puis in *Frantumaglia*, *op. cit.*, p. 97 : « Je me suis bornée à lire de temps en temps, pendant la rédaction, des livres qui me tenaient compagnie de manière non pas flatteuse, mais fructueuse. J'en possède une liste assez longue, je les désigne sous le nom de livres d'encouragement ».

25. E. Morante, *Menzogna e sortilegio* [1948], Torino, Einaudi, 2001, p. 494-495.

26. *L'amour harcelant*, *op. cit.*, p. 130.

27. *Frantumaglia*, *op. cit.*, p. 139.

Une fois de plus, l'auteure reproduit les mécanismes relationnels utilisés par E. Morante dans *Le châle andalou*. Delia et Ferrante s'inscrivent dans la même ligne de conduite qu'Andrea qui déteste tout ce qui pourrait le priver de l'attention d'une mère aux ambitions de comédienne. Ainsi, le théâtre devient le plus grand ennemi de l'enfant : à chaque sortie de Giuditta il s'enferme dans le débarras en la punissant par l'absence de communication. Andrea transpose ses tourments dans la tentation honteuse de séquestration du corps maternel[28] ; la demande d'affection se présente comme un geste létal où l'amour pour l'autre se mêle à un désir d'annihilation.

Néanmoins, ce sentiment indigne et déraisonné trouve une clé de lecture dans *Frantumaglia*. La combinaison contrôle-affect-culpabilité dissimule la conscience d'une défaillance. Delia fait preuve de lucidité en arrivant à admettre, à travers l'extériorisation d'un malaise, son incapacité à tisser un lien avec sa mère. En effet, pour Ferrante, les femmes connaissent le broyage indéfini d'abjections et d'incompréhensions qui les habitent ; elles savent l'assumer pleinement, au risque d'en rester blessées[29]. Ce qui peut donc paraître comme la représentation stérile d'une disposition enfantine est, en substance, l'évocation métaphorique d'une démarche cognitive.

Il existe enfin un dernier élément rapprochant le personnage de Delia du *Je* narratif de Ferrante : Amalia, comme la mère de l'écrivaine, était couturière. Derrière cette profession se développe une articulation de sentiments filiaux allant de la demande d'amour réitérée jusqu'au rejet affectif. Dans *L'amour harcelant*, la machine à coudre d'Amalia constitue, aux yeux de Delia, le centre d'une véritable fascination sensuelle : « J'y sentais la saveur de l'huile qui servait à la graisser, la pâte noire du gras mêlé de poussière que je grattais avec mon ongle et que je mangeais en cachette[30]. » L'outil de travail est, pour la protagoniste, l'incarnation même de l'image maternelle capable de se fondre dans une nouvelle anatomie : « Ma mère pédalait toute la journée sur sa Singer comme un cycliste en échappée[31]. » D'une manière analogue, les odeurs unies aux battements berceurs rythmant

28. *Ibid.*, p. 165.

29. *Ibid.*, p. 143 : « Les femmes retiennent encore les spectres, elles pratiquent depuis longtemps des négociations secrètes [...] avec des *revenants* qui mordent la main qui les caresse, et elles ne les évitent pas, elles savent qu'ils sont les véritables habitants de l'enchevêtrement de sang, de liquide et de chair qui constituent leurs corps ».

30. *L'amour harcelant, op. cit.*, p. 81.

31. *Ibid.*, p. 109.

l'enfance de Delia, sont transposées dans le témoignage de Ferrante avec la même richesse argumentative : « ma mère a exercé le métier de couturière [...] et cela a eu beaucoup d'importance pour moi. Munie d'une aiguille, [e]lle transformait de vieux vêtements, elle en confectionnait de nouveaux, elle cousait, décousait, élargissait, resserrait[32]. » Ainsi, l'image d'une mère qui coud est un *leitmotiv* récurrent dans d'autres autofictions familiales dont Ferrante s'est, peut-être, inspirée. Natalia Ginzburg garde des souvenirs joyeux de sa mère et de sa passion pour les étoffes. Dans *Lexique familial*[33], le plaisir de créer des vêtements pour ses propres enfants est interprété comme un geste d'amour. L'étoffe devient un prétexte pour recoudre des liens, pour tisser des rapports au-delà des difficultés de la vie adulte. Dans *Elles*, Alessandra observe avec ardeur sa mère en train de coudre sa robe de soirée. Sa beauté est mise en valeur par les mouvements de l'aiguille rappelant le geste attentif d'une musicienne jouant au piano[34]. Pour la jeune fille, cet habit symbolise même la possibilité d'une nouvelle vie à deux, loin de l'univers lugubre construit par son père[35].

Inversement, dans *L'amour harcelant*, les robes créées par Amalia conservent, aux yeux hypnotisés de Delia, une valeur ambiguë. Dans son imaginaire, elles sont souvent associées aux corps endormis de jeunes femmes mystérieuses : « Ma mère connaissait l'art de faire durer les vêtements pour l'éternité[36]. » Naïvement, Delia reconnaît à sa mère une faculté de création hors norme. À la manière d'une fée procréatrice, Amalia parvient à dessiner « sur le tissu des ombres de poitrines et de hanches[37] ». Mais les prodiges que Delia lui attribue se brisent devant un sinistre constat. Cet art sophistiqué apte à créer des mondes représente, en réalité, la tentative inefficace de brider la souffrance. En accordant autant d'attention à son métier, Amalia bâtit un temple d'étoffe : un sinistre palliatif contre une existence manipulée par les obsessions d'un mari jaloux. Tout compte fait, découper les tissus est un moyen, inefficace, de « repens[er] la démesure selon la mesure[38] ». Pour Ferrante, ce métier contient une triste prophétie. Malgré la tentative de se soustraire aux rôles préfabriqués, la couturière n'arrive pas à libérer les corps. Les robes engoncent

32. *Frantumaglia*, p. 172.
33. N. Ginzburg, *Lessico famigliare* [1963], Torino, Einaudi, 1999, p. 93.
34. A. de Céspedes, *Dalla parte di lei*, *op. cit.*, p. 61.
35. *Ibid.*, p. 80.
36. *L'amour harcelant*, *op. cit.*, p. 98.
37. *Ibid.*, p. 133.
38. *Ibid.*, p. 134.

les femmes, surtout les mères qui demeurent figées dans des images inappropriées, vidées de toute authenticité. Dans *Elles*, même la rêveuse Alessandra s'aperçoit que les robes maternelles, suspendues aux cintres, sont flasques à l'instar des corps désossés[39]. Dans *Le châle andalou*, l'étoffe de Giuditta devient l'atroce manifestation de son dilettantisme[40]. La couleur symbolique des vêtements maternels est le noir – disait E. Morante – car « personne, à commencer par les couturières des mères, ne va penser qu'une mère ait un corps de femme[41] ». L'image morantienne est, pour Ferrante, l'illustration de son premier roman. S'habiller est peut-être facile, habiller des femmes peut donner de bons résultats, mais « vêtir la mère » n'est pas possible : c'est l'« informe[42] », l'impitoyable thermomètre de leur présence sur terre.

Sang et dépravation : le corps dépossédé

Le sang représente le premier élément corporel touchant la protagoniste du point de vue symbolique. Il se manifeste pour la première fois aux funérailles d'Amalia : « Pendant l'enterrement [...] je perçus un écoulement tiède et je me sentis mouillée entre les jambes[43]. » La menstruation accompagne Delia tout au long du roman. Ce « liquide chaud » qui « sortait de moi contre ma volonté[44] » est un présage. Delia l'interprète comme une communication codée établie à l'intérieur de son corps par des « étrangers[45] » ; elle le voit comme le signal d'entrée dans l'univers gênant de sa mère : la porte sur les viscères lui révélant la vérité déroutante sur le suicide d'Amalia.

Pour les féministes de la différence[46], le corps n'est pas considéré dans sa spécificité biologique, mais comme l'incarnation d'une série

39. A. de Céspedes, *Dalla parte di lei*, *op. cit.*, p. 389.

40. E. Morante, *Lo scialle andaluso*, *op. cit.*, p. 210.

41. *Frantumaglia*, *op. cit.*, p. 21. La citation de Morante est traduite par Mario Fusco, Gallimard, 1967.

42. *Ibid.*, p. 74 : « vêtir la mère équivalait à perdre la guerre avec l'Informe, à "fagoter", autre terme typique d'Elsa Morante ».

43. *L'amour harcelant*, *op. cit.*, p. 15.

44. *Ibid.*, p. 17.

45. *Ibid.*

46. Dans une lettre à Goffredo Fofi, Ferrante a précisé sa proximité intellectuelle avec le féminisme de la différence. Voir, à ce propos : *Frantumaglia*, *op. cit.*, p. 69 : « je me suis intéressée [...] au féminisme [...] et je me sens proche de la pensée de la différence ». Le féminisme de la différence s'est développé en Italie au sein de la *Libreria delle donne di Milano* et de la communauté philosophique *Diotima* liée à l'Université de Vérone. Parmi

de particularités propres à l'individu[47]. Il est pensé dans sa géographie intime, par le biais de ses spécificités sociales, culturelles et historiques[48]. Ainsi, le sang de *L'amour harcelant* impose sa nature symbolique en reflétant l'expression d'un *déraillement* émotif. La mort de la mère réveille chez Delia un vertige impensable – « je me surpris à penser que je n'avais enfin plus l'obligation de me faire du souci pour elle[49] » – accompagné d'une manifestation physique. Le corps tente, en luttant contre le soi rationnel, de « se faire parole[50] ». Il exprime une vérité qui s'objective presque contre le sujet, car une autre Delia est cachée sous les apparences de la femme courageuse qui ne verse pas de larmes. Toutefois, cette deuxième identité nécessite le potentiel livide du sang pour se concrétiser : les manifestations corporelles de Delia – « une insupportable sensation d'humidité qui [...] se prolongeait jusqu'au pli de mon aine[51] » – représentent, selon l'optique des féministes de la différence, l'angoisse physique de ne pas pouvoir exprimer son propre désir.

Delia, pendant les funérailles de sa mère, est encore prisonnière de ses structures sociales. Son désir d'authenticité est étouffé par des convenances rigides qu'elle-même s'est imposées. Cette contenance rime avec son incapacité à comprendre sa propre condition : elle a *introjeté* la loi du silence et de la dissimulation. C'est le choc émotionnel ressenti face à la fermeture du cercueil qui contraint son corps à rechercher d'autres voies d'expression. Seul le départ subit du corbillard provoque chez elle un soulagement coupable : la tension chute et se liquéfie dans un « flot secret du ventre[52] ». Ce retour à une corporéité exacerbée est par ailleurs associé à une vieille image de la féminité. Pour A. Cavarero il s'agit d'un héritage ancien, qui trouve ses racines dans la Grèce antique où les femmes représentaient l'élé-

---

les personnalités qui ont fait partie et qui font, à ce jour, encore partie de ce mouvement, citons, entre autres, Carla Lonzi, Luisa Muraro, Adriana Cavarero. Ce même mouvement est aussi en lien avec l'un des courants féministes français de la deuxième vague, développé entre 1968 et 1970 autour du groupe Psy-et-Po (Psychanalyse et Politique). Parmi les représentantes actuelles citons Luce Irigaray, Hélène Cixous et Julia Kristeva. Voir, à ce propos : http://www.diotimafilosofe.it ; http://www.libreriadelledonne.it. ; A. Cavarero, F. Restaimo, *Le filosofie femministe*, *op. cit.*, p. 31-54.

47. Voir R. Baccolini, M. G. Fabi, V. Fortunati, R. Monticelli (dir.), *Critiche femministe e teorie letterarie*, *op. cit.*, p. 207.

48. *Ibid.*, p. 208.

49. *L'amour harcelant*, *op. cit.*, p. 15.

50. Voir Libreria delle Donne di Milano, *Non credere di avere dei diritti* [1977], Torino, Rosenberg & Sellier, 2018.

51. *L'amour harcelant*, *op. cit.*, p. 19.

52. *Ibid.*, p. 17.

ment charnel de l'existence tandis que les hommes étaient vus dans leur nature pensante, intellectuelle. Le *logos* masculin se différenciait de la sauvagerie féminine : les hommes élevaient leurs qualités spécifiquement masculines contre ce primitivisme déraisonné. La matérialité féminine était associée au stade prélogique : les femmes possédaient une composante bestiale, manifestée à travers une spontanéité débordante et subtilement dangereuse, qu'il fallait contrôler[53]. Le conflit se jouait entre le plan de la *polis* et du corps, dans l'ancienne dichotomie où s'affrontaient l'ordre et le désordre, où le corps, dans sa nature ingouvernable, représentait l'« épouvantable » à fuir, véhicule d'horreur et de barbarie. Par conséquent, la femme – conçue dans son *corps* de femme – représentait la radicalité *autre* de la *polis,* elle en était l'antithèse tragique : la substance à dominer, à soumettre à travers les lois de la raison[54].

Le passage sur l'enterrement d'Amalia montre, en effet, une Delia aboulique et dissonante par rapport au contexte : « Je me sentais mise en accusation[55]. » Ce sang copieux et inopportun traduit la demande d'amour restée longuement dédaignée. Dans l'optique féministe, le désir et, dans ce cas précis, le questionnement envers l'autre se présentent toujours par le biais d'un développement anormal[56]. À travers la menstruation, Delia touche l'expérience de l'« inexistence[57] » : le corps demande une prise de conscience passant par la compréhension de sa propre réalité et par l'acceptation de sa diversité de femme. Toutefois, cette capacité de vision nécessite la médiation d'un deuxième élément pour se concrétiser[58]. Pour accéder à cette vérité, Delia doit s'abandonner à la « pratique de l'inconscient[59] ». Elle doit replonger dans son passé pour trouver la clé capable de la définir en tant que femme et ce parcours cognitif passe par la figure d'Amalia. Ce n'est donc pas un hasard si ce premier message subliminal passe par une

53. Voir A. Cavarero, *Corpo in figure. Filosofia e politica della corporeità*, Milano, Feltrinelli, 1995, p. 10.

54. *Ibid.*, p. 21. Voir aussi, à ce propos, la lecture d'Aristote qui voyait la femme à l'instar d'un *mâle mutilé*. Aristote, *De la génération des animaux*, Paris, Société d'édition « Les Belles Lettres », 1961, II, 3, p. 62.

55. *L'amour harcelant, op. cit.*, p. 15.

56. Voir Libreria delle donne di Milano, *Non credere di avere dei diritti, op. cit.*, p. 54 : « Le problème c'est que le désir ainsi que la demande d'amour, se présentant sous des apparences anormales, s'écrasent contre la diversité des autres femmes ». La traduction est la mienne.

57. *Ibid.*, p. 55.

58. *Ibid.*, p. 55-59 : voir à ce propos le dispositif de la médiation féminine face à l'égarement subjectif.

59. *Id.*, « La pratica dell'inconscio », *op. cit.*, p. 47-50.

sorte d'hémorragie. Comme le soutient A. Cavarero, c'est toujours le sang qui pousse les personnages féminins à l'action. Les femmes – à l'instar d'Antigone –, en adhérant à leur genre, doivent s'identifier à la loi du sang générateur[60] : seul moyen d'entreprendre un parcours de *re*-connaissance au-delà du *logos* masculin. Ainsi, habiter sa propre différence paraît être la seule voie pour ne pas succomber à la présence *légiférante* d'autrui.

Toutefois, le sang a toujours été présent, même pendant l'enfance de Delia : « J'avais vu le sang au milieu des hurlements et des insultes[61]. » Il s'agit du masque rouge, vif, présent sur le visage d'Antonio – son copain de jeu – tombé dans la cage de l'escalier à la suite d'une vengeance familiale due aux fautes commises par son père Caserta, l'ancien associé du géniteur de Delia, obsédé par Amalia. Ainsi, le passé ressurgit en courts instantanés : Caserta, l'obscène, qui harcelait sa mère tout en importunant « toutes les femmes du quartier[62] » ; les phrases menaçantes de l'oncle Filippo (« nous lui avons fait passer l'envie pour toujours[63] ») ; la rugosité du dialecte paternel ; l'arôme des gâteaux ingurgités dans le sous-sol d'une pâtisserie. L'enfance de Delia rime avec les ecchymoses sur le beau visage d'Amalia. Elle correspond au regard terrorisé d'Antonio avant qu'il ne tombe dans le vide. Elle se traduit par l'odeur nauséabonde imprégnant les narines de la protagoniste : « J'avais senti un instant la violence domestique de mon enfance et de mon adolescence [...] comme si elle coulait le long d'un fil qui nous reliait[64]. » Ce flou déréglé qui poursuit le personnage depuis le début symbolise la possibilité extensive de l'agressivité paternelle : « je me racontais du sang. [...] Il coulait du nez d'Amalia [...]. Ce n'était pas un sang innocent. À mon père, rien chez Amalia n'avait jamais paru innocent[65]. » C'était aussi le signal de précaution que son père donnait à Amalia. Car il pouvait la frapper davantage, il en était capable. Elle pouvait presque s'en réjouir, car *voir* le sang signifiait être encore en vie.

Un autre aspect corporel affecte Delia et conduit à sa métamorphose. Le personnage associe sa confusion identitaire à l'androgynie de ses formes. Son corps amaigri s'oppose aux rondeurs provocantes

60. Voir A. Cavarero, *Corpo in figure*, *op. cit.*, p. 38.
61. *L'amour harcelant*, *op. cit.*, p. 43.
62. *Ibid.*
63. *Ibid.*
64. *Ibid.*
65. *Ibid.*, p. 130.

d'Amalia. Mais elle n'est pas fière de sa minceur désolante : « Je me vis dans la glace avec les jambes maigres et nues : je tirai la robe vers le bas, mal à l'aise[66]. » L'horreur, pour Delia, se concrétise dans l'amoindrissement des traits sexuels, dans l'effacement des caractéristiques corporelles. Le rejet de l'image maternelle rime avec la négation de la beauté d'Amalia, de son involontaire puissance érotique. Delia tente de détruire ce modèle pour se construire en dehors de sa présence, mais son projet se dissout dans le suicide maternel, révélant l'inutilité de sa mortification physique. Dans l'univers tissé par Ferrante, le corps dicte la loi. S'il est vrai que le langage porte en lui les traces d'un principe dominant (masculin) qui ne représente pas la spécificité des voix féminines[67], le corps, dans sa matérialité incontrôlable, porte encore la marque d'une différence sexuée. À travers ces tournures Ferrante cherche à exprimer la particularité d'une condition émotive en quête de *re*-connaissance. Cependant, le vocabulaire que Delia utilise pour se décrire exprime souvent une vision impitoyable de sa personne. Elle se raconte comme « une Alice vieillie[68] » ou « une petite fille toute ridée[69] ». Mais c'est dans l'appartement d'Amalia, au milieu de ses objets, en contact avec sa lingerie démodée et usée, que la rudesse verbale de Delia atteint son niveau le plus déconcertant.

En essayant de se maquiller pour donner forme à son informité identitaire, la protagoniste lance, contre le miroir, un « Je ne te ressemble pas[70] » provocateur. Elle reconnaît sa laideur comme marque de différence et pourtant elle en souffre : elle en est anéantie. La phase du miroir qui dans l'acception psychanalytique coïncide – selon l'optique lacanienne[71] – avec la formation de la personnalité, revient dans un autre passage romanesque. Delia se retrouve dans une sordide chambre d'hôtel avec Antonio. Devant le miroir, elle essaye les vêtements que sa mère lui avait achetés comme cadeau d'anniversaire : le résultat est déstabilisant. Son corps, anéanti par la pluie et la fatigue, plié par une menstruation douloureuse, subit une métamorphose sous

66. *Ibid.*, p. 76.

67. Voir V. Fortunati, « Le origini della critica letteraria femminista. Introduzione » in R. Baccolini, M. G. Fabi, V. Fortunati, R. Monticelli (dir.), *Critiche femministe e teorie letterarie*, *op. cit.*

68. *L'amour harcelant*, *op. cit.*, p. 90.

69. *Ibid.*, p. 10.

70. *Ibid.*, p. 52.

71. Voir J. Lacan, « Le stade du miroir comme formateur de la fonction du Je telle qu'elle nous est révélée dans l'expérience psychanalytique », Communication faite au XVIe Congrès international de psychanalyse à Zürich, le 17 juillet 1949 : http://espace.freud.pagesperso-orange.fr/topos/psycha/psysem/miroir.htm.

l'effet des habits maternels : « Je paraissais plus maigre et en même temps plus musclée. Mes cheveux étaient tellement plaqués sur mon crâne qu'ils semblaient peints. Le visage avait l'air décomposé [...] bleuâtre de mascara autour des yeux, avec des écailles ou des plaques sur les pommettes[72]. » Le miroir est la porte vers l'inconscient : Delia se cherche, mais c'est une autre personne qui lui répond par-delà de la glace.

Pour la psychanalyste Luisella Brusa[73], le miroir est un objet récurrent dans les récits des névrosées. Ces patientes, en tentant de décrire leur difficulté à entretenir des rapports affectifs avec leurs mères, utilisent souvent l'image d'un empilement désordonné de modèles identitaires qu'une glace imaginaire leur renvoie. La phrase répétée par certaines femmes – « je me voyais reflétée dans *son* miroir » – correspond à la difficulté à saisir la vérité de sa propre personne entravée souvent par la reproduction multipliée du corps maternel. Ces patientes ne parviennent pas à s'identifier à l'image incarnée par leur mère, mais elles se voient pathologiquement renvoyées à l'ombre insaisissable d'un lointain reflet. L'inquiétude provoquée par un simulacre potentiellement reproductible à l'infini témoigne du déchirement provoqué par ces rapports irrésolus. La liaison mère-fille peut donner lieu à la « fureur d'une souffrance permanente[74] », rendue complexe par la stratification de sentiments ambivalents. Pour Melanie Klein, les filles envient leur propre mère à cause de cette impuissance. S'attaquer à l'objet aimé signifie essayer de le détruire faute de le posséder intégralement[75]. Cet effet pathologique qualifié par Luisella Brusa de « dévastation » revient dans l'image d'une Delia dépouillée de son identité, au visage décomposé cherchant, à travers une opération involontaire de transfiguration, à se « reposséder » par le biais de l'image maternelle. Cette idée de dévastation s'articule autour du mot « vaste », compris dans son acception d'absence de limites, et s'associe à la notion d'anéantissement : deux éléments qui traduisent la force ingouvernable d'un sentiment ne pouvant être organisée par l'ordre symbolique[76].

72. *L'amour harcelant*, *op. cit.*, p. 106.

73. Voir L. Brusa, *Mi vedevo riflessa nel suo specchio. Psicanalisi del rapporto tra madre e figlia*, Milano, FrancoAngeli, 2004.

74. *Ibid.*, p. 9.

75. *Ibid.*, p. 21. Voir aussi : M. Klein, *Envy and Gratitude* [1957], trad. Victor Smirnoff : *Envie et gratitude et autres essais*, Paris, Éditions Gallimard, coll. « Connaissance de l'Inconscient », 1978.

76. Voir L. Brusa, *Mi vedevo riflessa nel suo specchio*, *op. cit.*, p. 9.

La déprédation identitaire du corps de Delia passe par la conscience de son infériorité physique incapable de reproduire la puissance érotique d'Amalia. Mais Delia est aussi persécutée par une image perturbante, récupérée au fond de sa mémoire. Sa mère est coincée contre un mur, excitée. Caserta, penché sur elle, tente de l'embrasser : « je voyais la bouche ouverte de l'homme, avec des dents très blanches et une langue longue et rouge. Sa langue dardait hors de ses lèvres, puis elle rentrait avec une rapidité qui m'hypnotisait[77]. » Le mirage de cette langue virulente l'assiège, suscitant en elle un sentiment d'attraction-répulsion. Pendant l'adolescence, elle fermait les yeux et s'amusait à multiplier à l'infini la scène entre Amalia et Caserta. Elle en savourait une jouissance interdite : « je le faisais en me sentant coupable, comme quelque chose d'interdit[78]. » Devenue adulte, le plaisir persiste. Le profil de Caserta, dissimulé derrière la porte de l'ascenseur, provoque en elle un fort sentiment de dégoût associé à une pulsion sensuelle coupable. L'image de l'homme est chargée d'une « trouble beauté[79] ». Elle ne ressent pas de souffrance, aucune colère, face à l'homme qui a peut-être conduit sa mère au suicide. Toutefois, c'est à partir de cette rencontre qu'elle commence à douter d'elle-même ; elle ne sait plus si Amalia avait délibérément trompé son mari. Parce que, à vrai dire, c'était elle qui, petite, avait fourni les détails d'une scène de violence – une scène d'amour ? – survenue dans le sous-sol de la pâtisserie du père de Caserta, un *trop* gentil monsieur qui s'occupait souvent d'elle en la gavant de sucreries. Cette même langue rouge, vicieuse, se superpose au corps d'« Antonio enfant ». Il aimait la toucher, avec « horreur fascinée », en lui explorant « l'accès du vagin avec ses doigts sales »[80]. C'est la même langue que Delia, une fois adulte, définit comme une « langue [...] de pure imagination[81] » en lui attribuant une symbolique sinistre jouant sur le transfert de son enfance. La langue dépravée de Caserta, transfigurée dans les doigts d'Antonio, matérialise la dangereuse projection de son corps de jeune fille confondu dans celui d'Amalia : une tentative maladroite, enfantine, d'accepter la violence subie et immédiatement refoulée. Car ce n'était pas Caserta qui avait violé Amalia en profitant de sa gentillesse, de sa docilité naïve. Amalia n'avait pas trompé son mari, malgré les

77. *L'amour harcelant*, *op. cit.*, p. 45.
78. *Ibid.*
79. *Ibid.*, p. 45.
80. *Ibid.*, p. 116.
81. *Ibid.*, p. 117.

confessions détaillées de la jeune fille. C'était elle-même, Delia, qui, dans la cave de la pâtisserie, immobile et étonnée, se faisait tripoter le sexe par le grand-père d'Antonio : le père de Caserta. C'était elle qui, insouciante de la gravité, secrètement envoûtée par ses caresses, éprouvait un plaisir inavouable et obscène. Elle qui voyait, non pas la langue de Caserta, mais « une longue langue rouge qui parlait non de sa bouche, mais de son pantalon[82] ».

L'érotisme détraqué – le « sexe harcelant[83] » – que Delia développe pendant l'enfance ressurgit dans l'impossible relation sexuelle avec Antonio. Elle prend conscience de ses tendances érotiques grâce au rapport manqué avec l'ami d'enfance. Delia éprouve un plaisir féroce pendant la masturbation, mais elle pense ne pas pouvoir entretenir une liaison amoureuse authentique. Elle découvre enfin que sa sexualité irrésolue, nourrie du transfert envers la figure maternelle, cache le besoin d'établir un contact avec Amalia ; de lui faire du mal – encore. De la punir. En compagnie du grand-père d'Antonio, elle s'effaçait jusqu'à disparaître complètement : « C'était Amalia qui éprouvait tout le plaisir : à moi, il ne restait que la terreur[84]. » Delia se dissout dans son onanisme tardif sonnant comme un sinistre message envoyé à sa mère. À l'instar du moment où, adolescente, elle espérait être surprise, nue, par Amalia qui la « regard[ait], hésitante, et puis elle referm[ait] sans hâte la porte de la chambre à coucher[85] ». La tentative de se mortifier pour désorienter Amalia, revient aussi dans un passage amputé, que Ferrante avait jugé trop explicite et qui à présent est repris dans *Frantumaglia*. Nous y retrouvons une jeune Delia en train de se couper les cheveux avec des ciseaux de couturière appartenant à sa mère : « j'entendais défier ma mère, lui crier sans un mot mon inimitié[86]. » Cet acharnement provoque en elle une joie cruelle et désespérée qui se concrétise dans le désir souterrain d'humilier Amalia, de lui montrer son autonomie héroïque.

L'amour *harcelant* représente l'authenticité du sentiment pour sa mère que Delia redécouvre. Ferrante choisit cet adjectif pour narrer d'un amour maltraité, bâti sur la juxtaposition de plusieurs contradictions ; un amour gêné, construit sur les cendres d'une violence

82. *Ibid.*, p. 171-172.
83. *Ibid.*, p. 139.
84. *Ibid.*, p. 172.
85. *Ibid.*, p. 104.
86. *Frantumaglia*, *op. cit.*, p. 121.

enfantine (le viol de Delia) et traversé par un mensonge délibéré (l'aveu concernant la présupposée infidélité d'Amalia) ; un amour éclaboussé par une agressivité répétée et gratuite, par des silences chargés de rancœur, par des mots vidés de toute douceur. Apprendre à aimer Amalia signifie accepter la réalité de son corps dépossédé en rompant le projet impossible d'une union symbiotique. Aimer sa génitrice comporte l'acceptation de son héritage linguistique. Delia, qui prononce la vérité sur sa violence, absorbe ainsi le verbe maternel. Elle *se met* au monde en assumant sa dévastation à travers la parole. Elle comprendra, grâce à Amalia, que le langage suit un double parcours car les mots nous servent, finalement, à « se perdre ou se retrouver[87] ».

Naples : simulacre onirique

Delia quitte Rome pour se rendre à l'enterrement de sa mère. Elle est consciente des dangers mais n'a pas d'autres possibilités. Elle a déjà tout perdu : elle *s'est* perdue. À présent elle doit se reconstruire, au risque de se dissiper dans les rues napolitaines, dans la vulgarité d'un idiome qu'elle a tenté de supprimer, devant le regard suspicieux des parents, sous l'œil réprobateur des tantes et des sœurs. Pour elle, Naples ne représente pas, en reprenant une expression de Raffaele La Capria, une harmonie perdue[88], un territoire oublié qu'il faut, à tout prix, retrouver. Elle s'inscrit, en suivant la leçon de l'écrivain napolitain, dans l'idée d'un *bloc* à sonder. La ville cache un mystère dans ses recoins : il s'agit d'un « point à partir duquel tout s'est gâché[89] ». Comprendre ce nœud est la seule manière de récupérer le fil d'un récit qui donnerait à Delia la possibilité de saisir l'énigme de son enfance. Car R. La Capria le sait bien : l'autobiographie de chacun se dissout dans la mémoire des villes dans lesquelles nous avons habité[90]. Toutefois, Naples présente un obstacle. Elle n'est pas un lieu géographique, mais apparaît plutôt dans son statut allégorique, chargé de significations et de souvenirs.

Dans notre analyse nous chercherons à comprendre l'évolution de la névrose de Delia qui coïncide – en suivant les traces d'Anna

87. *L'amour harcelant*, *op. cit.*, p. 173.
88. R. La Capria, *L'armonia perduta* [1986], Milano, Rizzoli, 1999.
89. *Ibid.*, p. 18. La traduction est la mienne.
90. *Ibid.*

Maria Ortese – avec la névrose d'une ville animée par une électricité singulière. La cité construite par Ferrante porte dans son épiderme géographique les traces d'un lieu que, faisant écho à A. M. Ortese, nous pouvons qualifier d'« involontaire[91] ». Chargée d'autonomie, elle agit sur les habitants, elle en conditionne les destins. La Naples de Delia est d'ailleurs perçue à travers une optique décalée car Ferrante adhère à la leçon ortesienne en choisissant d'observer la ville à travers la perspective des souvenirs et des pulsions. Cet endroit irréel devient, en récupérant aussi l'optique proposée par Elsa Morante, un véritable lieu d'évocations. Naples se structure à l'instar d'une « ville-mémoire[92] » : un espace dépourvu d'identité topographique, terrain de réminiscence et de perdition. Malgré la minutieuse attention que l'écrivaine porte aux rues et à l'encombrement urbain, la Naples de *L'amour harcelant* n'est rien d'autre que l'archive allégorique d'un passé condamné à être répété à l'infini. C'est en partant de cette perspective que Ferrante cherche à mettre en place une véritable *re*-connaissance de la ville. Delia *re*-définit des lieux qu'elle a déjà habités dans le passé sans les avoir saisis. Cette opération de « re-connaissance[93] » est, pour R. La Capria, une manière de se réapproprier certains espaces – affectifs et géographiques – dans le but de parvenir à les comprendre et à se comprendre.

Naples est observée au prisme du passé. La ville de la mémoire et la ville réelle se superposent. Delia recherche un dépaysement douloureux[94] renforcé, dans ce contexte, par la représentation d'une ville-labyrinthe[95] : un endroit d'égarement contribuant à la désorientation des sujets. Ainsi, la protagoniste établit un corps-à-corps avec sa ville natale : mais comment définir sa manière de s'infiltrer dans les méandres d'un lieu qui n'est pas simplement géographique ? Il nous semble, en effet, que son rapport à Naples peut être identifié par le biais de trois moments différents. Nous distinguerons une première phase que nous avons appelée de *remémoration*, une deuxième centrée sur la modalité de la *fluctuation* et une dernière construite sur l'idée d'*affrontement*. Dans notre optique, ces trois passages correspondent aux dynamiques relationnelles que la protagoniste met en place dans la tentative de *s'apprendre* à travers la ville.

91. A. M. Ortese, *Il mare non bagna Napoli* [1953], Milano, Adelphi, 1994, p. 97.
92. E. Morante, *Menzogna e sortilegio, op. cit.*, p. 27.
93. R. La Capria, *L'armonia perduta, op. cit.*, p. 118.
94. A. M. Ortese, *Il mare non bagna Napoli, op. cit.*, p. 11.
95. Ferrante a été la première à associer Naples à un labyrinthe. Voir *Frantumaglia, op. cit.*, p. 78.

Pendant l'enterrement d'Amalia, Delia se sent écrasée sous la pression de Naples. Le premier contact avec les lieux de son passé est connoté par un sentiment d'oppression et de dépaysement aggravé par le désarroi causé par la disparition de sa mère. Les rues de son enfance sont perçues comme « instables » : la ville perd sa fixité spatiale et elle fond sous la chaleur, éclairée par une lumière « grise et poussiéreuse[96] » accentuant la sensation de déracinement. Son besoin de compréhension passe par la volonté de retracer une topographie antérieure imaginaire : elle utilise l'expédient de la *remémoration* pour apprivoiser un paysage ressenti comme hostile.

Noyée dans les rues du « quartier Incis » elle se laisse divaguer jusqu'au « Jardin botanique ». Son imagination migre vers le parvis du marché de « Sant'Antonio Abate », mais les contours sont fragiles et la mémoire est trompeuse : « J'avais le sentiment que ma mère emportait avec elle les lieux aussi et aussi le nom des rues[97]. » La reconstitution géographique de Delia est marquée par un souci de précision, mais elle s'effondre devant l'impossibilité d'établir un véritable contact émotionnel avec Naples. Elle tente de rehabiter son passé, de mettre en place une construction relationnelle avec les lieux, mais à chaque fois sa démarche est interrompue par un élément dissonant. La *remémoration* de Delia est vouée à l'échec et pour cette raison elle devra explorer une autre piste si elle souhaite parvenir à la connaissance qu'elle recherche.

Dans sa quête ininterrompue, elle quitte donc le Rione[98] Incis pour s'approprier la ville tout entière. Sa recherche est alimentée par l'espoir de trouver une clé de lecture qui lui permette de comprendre le suicide d'Amalia. La piste de la lingerie maternelle devient le moteur d'une longue *fluctuation* la conduisant dans les rues de Naples. Si à première vue elle suit une trajectoire précise – son voyage commence dans le magasin des sœurs Vossi –, son parcours devient ensuite incohérent. La ville s'empare de Delia : elle cède au potentiel phagocytant de Naples sans parvenir à lui résister. Cherchant à comprendre le mystère relatif aux cadeaux d'anniversaire, elle se perd en suivant les traces de Caserta, l'homme-ville, et flâne d'un transport en commun à l'autre sous l'emprise d'une étrange déréalisation.

96. *L'amour harcelant*, *op. cit.*, p. 17-18.

97. *Ibid.*, p. 18.

98. Le mot « rione » se traduit en français par « quartier ». Mais dans l'acception italienne, le terme garde la connotation d'un lieu certes circonscrit mais aussi modeste et étroit.

Initialement elle traverse une « via Foria semi-déserte » : les sonorités sont encore « légères », les oiseaux chantent dans l'air pur du petit matin. Elle est enveloppée dans une série d'impressions positives et elle croit avoir maîtrisé son désarroi. Mais, la « via Duomo » concrétise l'impossibilité d'entretenir un rapport pacifié avec l'espace urbain. Le bruit s'intensifie avec « les voix des femmes dans les maisons » ; elle est frappée par la véhémence de la circulation automobile intense[99]. Même l'atmosphère est plus pesante : « l'air était devenu plus gris et plus lourd[100]. » La pelote de rues et d'impasses se succédant dans le quartier du Vomero donne corps à la confusion de Delia[101] : le rythme de sa *fluctuation* est forcené. À l'instar d'une somnambule, accablée par la pluie battante, elle glisse contre les murs des édifices, en essayant d'éviter les embouteillages à côté du magasin « Upim ». Elle cherche à attraper Caserta, mais elle perd ses traces entre la « via Luca Giordano » et la « via Scarlatti » qui est désormais devenue un « point d'interrogation de véhicules immobiles ». Elle allonge son parcours jusqu'à la « piazza Vanvitelli » pour poursuivre vers la « via Merliani »[102]. Ses efforts s'avèrent inutiles : l'homme s'échappe et elle reste troublée, trempée et sans points de repère.

Cette chasse, qui la conduit vers la Chartreuse de San Martino, provoque chez elle une forte sensation d'exaspération : « La place me parut changée [...] dévorée par les tôles des voitures, surplombée par un trapèze aux poutrelles de fer peintes en jaune[103]. » Exténuée par l'inutilité de sa poursuite, elle se replie sur elle-même, consciente de sa défaite. Dans la pénombre de la chambre d'hôtel réservée par Antonio, Delia découvre le côté « intestin[104] » de la ville : son profil intime, secret. Après l'épisode du miroir – qui lui permet de glisser vers une récognition subjective – la protagoniste fait appel à une force nouvelle, fruit de son adaptation à cette condition existentielle inédite. L'artifice du miroir affiche le caractère symbolique de la ville, en annonçant son statut osmotique capable d'établir un dialogue incessant entre un dedans (l'intime, le refoulé, la mémoire)

99. *L'amour harcelant*, *op. cit.*, p. 54.

100. Ibid.

101. Cette description de l'espace urbain fait penser à la nouvelle d'Anna Maria Ortese, « Oro a Forcella » in A. M. Ortese, *Il mare non bagna Napoli*, *op. cit.*, p. 65.

102. *L'amour harcelant*, *op. cit.*, p. 85-86.

103. *Ibid.*, p. 70.

104. Voir à ce propos l'œuvre d'Antonella Cilento, concernant l'idée de Naples interprétée à l'instar d'un « gros intestin ruminant » : A. Cilento, *Napoli sul mare luccica*, Roma, Laterza, 2006.

et un dehors (l'expérience, la rencontre, la capacité de vision). La perméabilité de Naples contribue à la reconfiguration individuelle de Delia et la conduit vers l'ultime étape de son voyage : le quartier de son enfance.

La quête assume enfin la connotation claustrophobe d'un *affrontement* parental. Le cœur du labyrinthe est habité par le père de la protagoniste, incarnant à la fois l'ogre de son enfance et le bourreau d'Amalia. Le temps passé, avec ses cauchemars et ses anciens délires, se matérialise dans l'immuabilité du *rione*. Après un voyage en train, Delia descend à la gare de la « piazza Garibaldi » dans la banlieue ouest de la ville. Elle suit la « vieille Manufacture de tabacs » située aux marges du quartier où elle a grandi et retrouve l'atmosphère provinciale de son enfance. La description paraît donner forme au Rione Luzzatti qui, toutefois, ne sera jamais cité :

> L'air paysan [...], avec ces immeubles blanchâtres à quatre étages construits au milieu de la campagne poussiéreuse, s'était au fil des ans changé en celui d'une banlieue ictérique écrasée de gratte-ciel, étranglée par le trafic et par les serpents des trains qui longeaient les maisons[105].

L'appartement paternel est en réalité un taudis sombre et humide. Le géniteur de Delia vit dans le délaissement : sa brutalité physique trouve un écho dans la dégradation de son logement, dans l'atrocité de sa solitude matérielle et affective. Le voyage napolitain de la protagoniste se termine ainsi dans les bas-fonds d'une mémoire délabrée : elle en est terrifiée et pourtant elle cherche cette perdition, elle veut l'*affrontement* qu'elle interprète comme un passage indispensable pour la découverte de sa personne. En se positionnant sur un terrain de lutte, Delia découvre que la rage de son père est fondée sur le mensonge qu'elle avait délibérément construit. Elle se revoit en train de fabriquer l'histoire malhonnête d'une hypothétique liaison entre Caserta et sa mère. Les vestiges du passé s'écroulent sous ses croyances erronées et la prise de conscience de la condition paternelle lui révèle la cruauté de ses affabulations. Le coup qu'elle reçoit « contre l'épaule droite[106] » a le pouvoir de démanteler la paroi illusoire qu'elle s'était elle-même construite. Pour Delia, tuer métaphoriquement son père signifie affronter la vérité de sa personne – « la douleur physique me

105. *L'amour harcelant*, *op. cit.*, p. 140.
106. *Ibid.*, p. 150.

sembla peu de chose[107] » – et s'écraser contre le passé calomnieux qu'elle-même avait contribué à construire.

La cessation de l'angoisse passe par le combat contre ce Minotaure symbolique qui, caché sous les difformités paternelles, dévoile les réelles responsabilités de la protagoniste. Dans l'horreur de la tanière paternelle, Delia reconnaît ses torts en prenant conscience de sa turpitude délibérément oubliée : « Je me souvenais, mais je ne réussissais pas à me le raconter[108]. » Le stratagème qu'elle avait préparé contre sa mère – et contre elle-même – trouve ici son épilogue misérable. La descente vers une Naples obscure, périphérique, gardant pourtant sa centralité-excentrée, est la seule manière de se raconter et, comme l'affirme Ferrante, de narrer « malgré tout[109] ». L'*affrontement* trouve sa concrétisation dans le *rione* enfantin et conserve les ressemblances morphologiques d'un père incarnant toute la force obscure d'une Naples enterrée et toutefois frémissante. Delia, secouée par la complexité de son voyage, est rendue à la vie à l'instar d'une naufragée : son récit peu digne de foi dévoile une authentique sincérité émotionnelle.

Toutefois, l'*affrontement* ne s'arrête pas au simple plan familial. La protagoniste est confrontée, dès son arrivée à Naples, à une autre bataille incarnée par une langue réfutée : le dialecte maternel. Revenir dans sa ville natale signifie se replonger dans un idiome effacé qui ressurgit en affichant la prégnance de sa portée relationnelle :

> C'était la langue de ma mère que j'avais cherché inutilement à oublier [...]. Quand nous nous voyons chez moi ou que je venais à Naples [...] elle se forçait à emprunter un laborieux italien, et moi, avec ennui [...] je glissais au dialecte [...] : un dialecte [...] prononcé péniblement comme une langue étrangère mal connue[110].

Accepter la mère signifie se laisser gagner par son idiome étranger, par l'âpreté de ses discours. La condition d'extirpation de la protagoniste, que nous désignerions par le terme *orphélinité*[111], coïncide avec un déracinement sonnant comme un abandon multiple. Le projet de

107. Ibid.
108. *Ibid.*, p. 154.
109. *Frantumaglia, op. cit.*, p. 432.
110. *L'amour harcelant, op. cit.*, p. 23.
111. Ce terme a été employé par Maria Benedita Basto pour décrire « un rapport au passé, à l'autorité, à la tradition qui ne découle pas d'une filiation mais d'une affiliation, d'un choix volontaire, individuel », Voir, M. B. Basto, « Danse de l'histoire, écritures mobiles : enjeux contemporains dans les littératures de l'Angola et du Mozambique », *Revue de littérature comparée*, n° 340, 2011, p. 471.

s'arracher à la Langue de la Mère – différenciée de la simple langue maternelle – dénote la persévérance de Delia qui pour s'affirmer met en acte un exil délibéré. Même Naples lui apparaît comme une entité suscitant des sentiments d'inimitié : « je n'éprouvais plus aucune sympathie pour la ville d'Amalia, pour la langue dans laquelle elle s'était adressée à moi[112]. » L'éloignement volontaire de la protagoniste – son *orphélinité* invoquée – illustre l'obstination à s'effacer de son propre passé dans l'espoir de pouvoir s'inventer au-delà des rôles prédéfinis. Elle cherche à abattre ce « *sýn* » – cet « avec » – qui lui permettrait de garder un lien de « *páthos* », d'affection, avec la ville de sa mère. Cette négation est une manière d'effacer tout le dispositif mémoriel et affectif qui l'a déterminée et établit un lien étroit avec sa matrice. Les veines de Naples[113], articulées dans un réseau d'expériences dépaysantes, contribuent à sa dépossession psychologique.

Judith Butler, en citant Hegel et sa *Phénoménologie de l'Esprit*, montre comment les parcours de récognition identitaire privent les sujets de leur propre perspective d'origine[114]. Dans l'impossibilité d'un « retour à soi[115] », Delia expérimente une nouvelle posture caractérielle la conduisant à la rencontre des figures de son enfance. Ces corps *re*-découverts s'enchevêtrent dans l'autonomie caractérielle d'une ville qui, adoptant les apparences d'un Autrui symbolique, contribue au discernement de sa personne. Le sujet, conclut J. Butler, ne peut pas être considéré comme une composante isolée : ainsi Delia, dans l'*affrontement* avec l'espace urbain et ses habitants, arrive à se redéfinir comme une identité stratifiée. Elle sera déterminée par la langue : Naples, à l'instar de l'incessant flux de sang menstruel, recommence à couler dans ses veines presque *malgré elle*. Mais aussi par des rapports sociaux interprétés dans leur double statut alternant résignation et combat, et par une « sédimentation de normes[116] » qui se répercutent sur sa personnalité en l'amenant à une lente, mais progressive, altération. En suivant cette réflexion, nous voyons comment la Naples de *L'amour harcelant* est une cité poreuse[117] suivant la

112. *L'amour harcelant*, *op. cit.*, p. 69.

113. Voir A. M. Ortese, *Il mare non bagna Napoli*, *op. cit.*, p. 134.

114. Voir J. Butler, *Le récit de soi*, Paris, Presses universitaires de France, 2005, p. 28 : « Je suis toujours, pour ainsi dire, autre que moi-même, et il n'y a pas de moment final où s'opère un retour sur moi-même. [...] la reconnaissance devient le processus qui me fait devenir autre que ce que j'étais et qui m'empêche de redevenir ce que j'étais ».

115. *Ibid.*

116. *Ibid.*

117. Voir aa.vv., *Poros. Idee di Napoli e variazioni sul tema del Mediterraneo*, a cura di Lucio Saviani, Torino, Marco Valerio Editore, 2002.

configuration imaginée par Walter Benjamin[118] qui la décrit comme un endroit chargé d'une spécificité insaisissable, éternellement en formation. La discontinuité géographique de Naples suit les traces du parcours délirant de Delia qui peut être interprétée comme un paria tentant, en vain, de trouver sa propre dimension à l'intérieur de l'espace collectif.

Certains critiques comme Goffredo Fofi[119] ont évoqué l'hypothèse qu'entre Amalia et Naples il existerait une sorte de continuité thématique. Cela renverrait à une idée de Naples interprétée dans son statut de ville-matrice capable d'engendrer et, simultanément – comme dans le cas de Delia – de désavouer. Toutefois Ferrante, dans ses réponses, n'a pas confirmé cette vision des choses[120]. En suivant cette trajectoire, il nous paraît intéressant d'inverser la perspective de G. Fofi. Selon notre optique, Naples, dans sa déstructuration permanente, pourrait incarner toute la complexité identitaire de Delia. Chercher à narrer une ville pour parvenir à se comprendre équivaut, comme le souligne Claudio Magris, à construire son propre autoportrait. Notre propre identité est ancrée dans notre manière d'aller à la rencontre du monde[121]. Ainsi, nous avons l'impression que la descente de Delia vers la ville maternelle n'est qu'une incursion dans les viscères de sa subjectivité irrésolue. Naples, ville insaisissable, conserve dans la multiplicité de ses visages masculins et féminins, dans la matérialité de ses corps enfantins et désormais vieillis[122], toute la pluralité de Delia : la femme androgyne. Delia : la fillette toute ridée. Delia qui dans son corps masculinisé, apparemment dépouillé de toute sensualité, est capable d'un érotisme jouissant. Delia qui, dans son silence réticent, sombre dans ses propres bas-fonds caractériels et qui, adoptant tous les masques, habitant sa dichotomie[123], se dissipe dans sa propre *inappartenance*.

---

118. Voir W. Benjamin, *Neapel*, Frankfurter Zeitung, 19 agosto 1925 puis in *Immagini di città*, Torino, Einaudi, 2007 et dans la récente édition : W. Benjamin, A. Lācis, A. Sohn-Rethel, *Sur Naples*, Éditions la Tempête, 2019.

119. Voir *Frantumaglia*, *op. cit.*, p. 81-83.

120. *Ibid.*, p. 78.

121. C. Magris, « Prefazione », W. Benjamin, *Immagini di città*, *op. cit.*, p. V.

122. Voir, à ce propos, l'absence d'enfance décrite par A. Maria Ortese, « La città involontaria », *Il mare non bagna Napoli*, *op. cit.*, p. 93.

123. Voir à ce propos, la notion d'« imbroglio » proposée par R. La Capria, « A chi spedisco questa cartolina ? », *L'armonia perduta*, *op. cit.*, p. 155. En effet, il existe une forme de *scollamento* entre la ville et sa narration. La Naples de Ferrante garde, à l'instar de celle de R. La Capria, un côté insaisissable.

Amalia : physionomie d'une absence

Le grand Autrui de *L'amour harcelant* est Amalia, la mère-absence qui, à travers son manque, permet la réalisation de sa fille. Cependant, il s'agit d'une construction très tardive : Delia a dû attendre la disparition de sa matrice pour tenter de résoudre ses dissensions identitaires. En suivant la leçon de Melanie Klein, la protagoniste arrive, par le biais du suicide, à symboliser « la perte de l'objet » maternel et elle entame, tout à la fois, son projet créatif et son individualisation[124]. En reprenant les théories de A. Cavarero concernant le *soi-narrable*, nous voyons comment l'édification personnelle de Delia passe par la reconstruction des vicissitudes maternelles ; en parallèle, seule sa narration laisse filtrer l'histoire d'Amalia. En considérant l'impossibilité, pour le sujet qui narre, de saisir sa propre identité[125], nous voyons comment la réédification du parcours maternel sert à la protagoniste pour construire une double affabulation : le vécu d'Amalia est incorporé à l'histoire personnelle de Delia. Pourtant, cette absence créatrice amène la protagoniste en terrain périlleux. Sa construction est tardive et fondée sur un manque, fruit d'un suicide. Si d'un côté ce geste délibéré pourrait rimer avec l'idée d'un sacrifice ayant une finalité créatrice, de l'autre nous nous heurtons à l'insanité d'un don infect, contaminé d'une manière irréparable. L'héritage, dans ce contexte, s'avère problématique car vidé de toutes les connotations vitales typiques du premier âge. Delia, la « petite fille toute ridée », n'a rien à voir avec l'image d'un enfant qui s'édifierait en toute autonomie en l'absence temporaire d'une mère *vivante*. Le jeu du « Fort-Da[126] » illustré par Freud, où l'enfant mime, par le biais d'un jouet, tant l'absence que le retour de sa propre génitrice, en est l'exemple emblématique. Ainsi, Delia vit une deuxième enfance, tardive et pathologique. Le suicide maternel faute d'une réelle explication, la condamne à errer dans une condition d'instabilité perpétuelle. Ainsi s'explique que son récit – son *soi-narrable* – se construise d'une manière arbitraire, souvent désaxée.

---

124. M. Recalcati, « L'assenza », *Le mani della madre*, Milano, Feltrinelli, 2015, p. 52-53.

125. A. Cavarero, *Tu che mi guardi, tu che mi racconti*, *op. cit.*, p. 36.

126. S. Freud « Au-delà du principe de plaisir », *Essais de psychanalyse*, Paris, Petite bibliothèque Payot, 1985, p. 43.

Cette chronique funèbre s'articule autour de ce qu'Annie Ernaux appelait une « disjonction[127] » soit la difficulté, pour une fille, de s'exprimer en partant de la disparition de sa propre mère. Écrire autour de cette absence n'est possible qu'en adoptant une optique décalée, incongrue : une expérience s'articulant autour d'un « creux[128] ». L'abîme permet de prêter attention aux cicatrices, à ces résidus que Marina Tsvetaïeva appelait les « traces des mers maternelles[129] » : c'est-à-dire tout ce qui aide le narrateur, Delia dans ce cas, à mettre en valeur l'écho d'une existence perdue en la soustrayant aux ténèbres. Luce Irigaray souligne comment, face à la mort de la mère, les filles restent nouées autour d'une question paraissant les persécuter : « Est-ce que je ne suis pas morte aussi ? Est-ce que ce n'est pas moi qui l'ai tuée ? Est-ce que je n'avais pas besoin qu'elle meure pour exister ?[130] » C'est en écoutant ce sentiment de culpabilité que Delia se lance dans un voyage se présentant comme un itinéraire de compréhension, avant tout. Elle se remet au monde en reproduisant l'histoire de sa lente gestation[131]. Cette naissance identitaire n'est possible qu'au prix d'une descente vers ce que Luce Irigaray appelle le « continent noir[132] » incarné, ici, par l'ombre d'Amalia. La structuration d'un *qui* subjectif, inédit, passe par un véritable corps-à-corps avec la présence maternelle symbolisée, dans *L'amour harcelant*, à travers trois paradigmes différents.

Delia *fait* l'expérience de sa mère à travers ses souvenirs. Amalia se manifeste d'abord dans son acception de *mère-corps*, laissant émerger une mémoire qui est avant tout olfactive, sensorielle, fortement ancrée dans sa corporéité. En deuxième acception, nous retrouvons le paradigme de la *mère-morcelée*. L'imaginaire traumatisé de la protagoniste contribue à la formation d'une Amalia fractionnée, se manifestant à travers des lambeaux oniriques, par le biais de microdétails

---

127. A. Ernaux, « Je ne suis pas sortie de ma nuit » [1997], *Écrire la vie*, Paris, Éditions Gallimard, 2011, p. 654.

128. M. Tsvetaïeva, « Ma mère et la musique », *Prose autobiographique*, Paris, Éditions du Seuil, 2009, p. 83.

129. *Ibid.*

130. L. Irigaray, « Nietzsche, Freud et les femmes », *Le corps-à-corps avec la mère*, Ottawa, Les Éditions de la Pleine Lune, 1981, p. 63. Cette question concerne surtout les petites filles car, à différences de petits garçons, elles perçoivent leur mère comme une semblable, comme une autre de soi à la fois identique et différente.

131. Nous pensons à la notion de la maternité symbolique étudiée par Luce Irigaray : *ibid.*, p. 63 : « Être mère, ce n'est pas simplement procréer, c'est une dimension de donner naissance tout le temps ».

132. *Ibid.*, p. 61.

qui renvoient à la pluralité de sa figure. Le troisième et dernier modèle se définit par le spectre d'une relation mutilée. Delia cherche ici à établir un retour désespéré vers la mère s'organisant autour d'un rapport insoluble. Cette composante a son centre dans la conjonction mère-fille et se précise dans la perspective d'une *mère-relation*.

La première approche vers le paradigme de la *mère-corps* a lieu pendant l'enterrement. Durant les funérailles d'Amalia, un marchand ambulant cherche à vendre des tableaux représentant une jeune gitane peinte par le père de Delia. L'impression est violente. Non seulement à cause du mépris provoqué par le corps à demi nu de la figure représentée, mais parce que cette peinture renvoie la protagoniste à la vulgarité de son père, à sa jalousie maladive, à son avarice allant jusqu'à vendre l'intimité d'Amalia pour des sommes ridicules. En effet, pour Delia, l'anatomie de sa mère est transposée sous les apparences de cette gitane provocante, dépouillée de toute pudeur : « [il] avait envoyé à l'enterrement de ma mère non pas lui, mais sa peinture rudimentaire que nous, ses filles, détestions plus que nous ne détestions son auteur[133]. » Amalia, revenante, réapparaît à ses propres funérailles, mais la caricature de la « bohémienne à demi nue[134] » ne met en évidence que la volupté de son corps, exposé, dans l'optique révoltée de Delia, aux yeux de tous.

La corporéité d'Amalia suscite souvent, chez elle, un étrange sentiment d'attraction et de refus. Cette ambivalence est un thème récurrent chez certaines narratrices et trouve une claire transposition dans une expression de Simone de Beauvoir qui la définit comme « une dépendance chérie et détestée[135] ». Le besoin de punir sa propre mère à cause d'une indépendance qu'elle n'a par ailleurs jamais revendiquée revient brutalement avec l'image du doigt d'Amalia, « troué par l'aiguille quand elle n'avait pas encore dix ans[136] ». Pour la jeune fille, cette cicatrice prématurée devient le prétexte d'un besoin d'émulation vorace aboutissant à une tentative de possession symbolique : « Sur le bout […] il y avait une cicatrice blanche : la blessure s'était infectée, on la lui avait incisée[137]. » La laideur du doigt ne l'empêche pas d'éprouver un désir sordide, presque indécent : « J'avais long-

133. *L'amour harcelant*, *op. cit.*, p. 16.

134. *Ibid.*

135. S. de Beauvoir, *Une mort très douce* [1964], Paris, Éditions Gallimard, 2008, p. 147.

136. *L'amour harcelant*, *op. cit.*, p. 81.

137. *Ibid.*

temps désiré le lécher et le sucer, plus que le bout de ses seins[138]. » La perversion de Delia trouve une raison d'être dans l'allégorie de la blessure qui interpelle, dans sa difformité, le passé d'Amalia. Le doigt mortifié porte encore « l'odeur de sa vieille Singer[139] » ; il garde en lui, dans son anomalie irréparable, toute la structure, toute la figuration du corps maternel reproposé dans son intégralité. Il est l'appendice de l'histoire d'Amalia, il préfigure le métier qu'elle exerçait dès la plus tendre enfance. Il incarne le désir de l'Autre[140] qui, pour Delia, s'illustre dans l'ambition d'appartenir à sa mère et d'en être reconnue. Delia, imprimant sa jouissance enfantine dans la déchirure maternelle, cherche une fissure pour s'accrocher à Amalia. Elle espère pouvoir obtenir, psychanalytiquement, une inscription symbolique à l'intérieur de l'Autre – du corps de l'Autre – se traduisant dans la volonté d'être voulue, d'être choisie en tant que Delia, *désirée* à son tour par le *désir* maternel. Il s'agit d'une pure urgence de reconnaissance.

Mais l'obsession de la *mère-corps* se traduit aussi dans la volonté de la détruire, en lui ôtant sa puissance secrète. Dans la salle de bains de l'appartement d'Amalia, Delia évoque une scène du passé. Elle avait tenté d'épiler les jambes de sa mère, sans se préoccuper de la fragilité de sa peau : « j'arrachai la croûte de cire pendant qu'elle m'observait sans ciller. Je le fis sans ménagement, [...] mais la peau ne résista pas. Elle devint d'abord rouge feu puis aussitôt après violacée, en révélant un réseau de vaisseaux capillaires éclatés[141]. » Cette évocation lui provoque un choc tardif : « Je le regrettais plus intensément aujourd'hui[142]. » Malgré la douleur posthume, ces réminiscences permettent à la protagoniste de comprendre son incapacité à être en relation avec sa *mère-corps* : sa mère-femme. Delia, à l'instar d'autres mauvaises filles, finit par enserrer[143] Amalia : en l'étouffant, elle s'étouffe elle-même.

Pour affronter le paradigme de la *mère-morcelée*, il faut reprendre une idée centrale développée dans le féminisme italien de la différence. Le travail de Luisa Muraro et celui des philosophes de la

138. *Ibid.*
139. *Ibid.*
140. M. Recalcati, « Il desiderio dell'Altro », *Ritratti del desiderio*, Milano, Raffaello Cortina, 2012, p. 40-67.
141. *L'amour harcelant, op. cit.*, p. 33.
142. *Ibid.*
143. *Frantumaglia, op. cit.*, p. 258.

communauté Diotima de Verone[144] ont permis une remise en question des idées du féminisme de la première vague[145], resituant au cœur du discours philosophique et psychanalytique l'importance de la relation mère-fille. Cette dernière a été réinterprétée non pas comme un terrain de conflits, mais plutôt comme une liaison productive fondée sur l'amour et la proximité. Luisa Muraro met au centre de son discours féministe la nécessité « d'apprendre à aimer sa propre mère[146] », en faisant de cette figure le noyau symbolique du développement du sujet. Pour la philosophe, même à l'âge adulte, il est nécessaire de se réapproprier l'importance de la figure maternelle. Savoir aimer sa propre mère « fait ordre symbolique[147] » car la structuration d'une personnalité passe par la langue et non par le pouvoir ou la loi paternelle[148]. En effet, l'ordre symbolique contenu dans la langue maternelle – ou, selon H. Cixous, dans la Langue de la Mère – permet le développement de la parole et l'accès aux discours. Le rapport à la mère fournit donc au sujet une ouverture sur le monde. La « créature petite[149] » acquiert un statut de corps parlant : elle découvre sa conscience, en habitant ainsi sa subjectivité.

En prenant en compte ces réflexions, nous observons comment Delia décide de revenir sur les traces d'Amalia après sa mort. Ce travail de *re*-connaissance se structure autour d'un lent retour à la mère qui coïncide avec une tentative de réconciliation. Cependant, l'ordre symbolique d'Amalia ne peut pas, ici, passer par la langue, car le suicide lui retire la possibilité de transmettre une parole susceptible de donner forme à la conscience démantibulée de sa fille. Ainsi, la voix muette de cette mère absente revient à travers la remémoration et grâce à la pratique de l'inconscient[150]. Elle se manifeste dans les rêves, dans les images que Delia arrache à un passé douloureux, dans les réflexions déformées de l'enfance et ensuite ressassées dans

144. Nous renvoyons à la note n° 46 au sein de ce même chapitre.

145. Pour un approfondissement des dynamiques mère-fille à l'intérieur de différents courants du féminisme voir A. Scacchi (dir.), *Madri e figlie tra biografia e letteratura*, Roma, Luca Sossella Editore, 2005.

146. Voir L. Muraro, *L'ordine simbolico della madre* [1992], Roma, Editori Riuniti, 2006.

147. *Ibid.*, p. 13.

148. *Ibid.*, p. 150.

149. L. Muraro, *Il lavoro della creatura piccola. Continuare l'opera della madre*, Milano, Mimesis Edizioni, 2013, p. 20-22.

150. Comme nous l'avons déjà dit, la théorisation de cette pratique a été mise en place au sein des groupes d'auto-conscience féministe. Voir à ce propos la note n° 46.

ses considérations d'adulte. Delia exhume une Amalia symbolique. C'est donc à travers une *mère-morcelée* que la protagoniste ébauche son parcours de récognition.

La mère réapparaît par la sonorité de son rire – si souvent critiqué par son mari – qui remonte aux oreilles de Delia comme la énième représentation des vexations subies : « Mon père ne supportait pas qu'elle rît. [...] Ce rire lui semblait du sucre répandu exprès pour l'humilier[151]. » Amalia avait même tenté de construire un rire convenable, suffisamment discret pour ne pas éveiller les colères de son mari. La jalousie paternelle, souvent *introjetée* par Delia, met à jour – à travers le souvenir – l'absurdité de sa portée : « Ça devait lui avoir été difficile de choisir le rire, les intonations, les gestes, que son mari pût tolérer[152]. » Mais Amalia apparaît aussi en forme de fantasmagorie, flottant au centre de sa cuisine. Avec cette vision dérangeante, Delia accède à la réalité du suicide maternel : « Je la vis flotter, le visage tourné vers le bas, suspendue au centre de la cuisine, sur le fond des faïences bleu pâle[153]. » L'image de sa mère noyée, ondoyant dans les pièces de son ancien appartement, se fait porteuse d'une double sémantique. D'un côté, elle permet à Delia de métaboliser sa mort, de l'autre elle revivifie une ancienne peur enfantine. L'angoisse éprouvée envers la beauté d'Amalia, unie à la peur de la perdre, coïncidait, pour la protagoniste, avec le besoin de lui attribuer un érotisme débordant, vorace, capable de perversités inattendues.

La sensualité passe aussi par les cheveux maternels, coupables de véhiculer une lascivité explicite et dérangeante. Ferrante admet avoir fait allusion à un imaginaire mythique. Elle s'est inspirée de Samson et Dalila, mais aussi de l'obscure figure d'Iris dans l'*Énéide*, chargée par Junon d'arracher un cheveu à Didon afin d'en accélérer la mort[154]. Delia consume son enfance dans la fabrication d'une série d'images faussées et dégradantes, dans l'objectif de condamner sa mère pour des fautes non commises. Elle s'amuse à la brutaliser jusqu'à se faire souffrir. Ses cheveux symbolisent l'objet érotique par excellence, capable de satisfaire la jouissance d'hommes mystérieux, cachés dans des anfractuosités sombres : « Je soupçonnais que parfois ma mère, échappant à ma surveillance, allait les plonger directement

151. *L'amour harcelant, op. cit.*, p. 129.
152. *Ibid.*
153. *Ibid.*, p. 31.
154. *Frantumaglia, op. cit.*, p. 121.

dans le bidon, avec la complicité de l'homme du magasin[155]. » Malgré les efforts de Delia, la corporéité d'Amalia présente une irréductibilité insolente, ne pouvant être maîtrisée :

> Effort inutile : le corps d'Amalia ne se laissait pas circonscrire. Ses flancs se dilataient dans le couloir vers les flancs des hommes qu'elle avait à côté d'elle ; ses jambes, son ventre se gonflaient vers le genou ou l'épaule de celui qui était assis face à elle[156].

Ces exemples nous montrent comment, entre évocation et imagination, Delia entre en contact avec une Amalia parcellisée, confinée à une pure essence rhétorique, qui se matérialise en assumant un statut purement symbolique. Amalia est réduite, à travers une tentative désespérée de possession fétichiste, à une synecdoque particularisante. La minutie avec laquelle Delia se concentre sur les éléments de sa personne permet la reconstruction posthume de sa subjectivité. Ainsi, la protagoniste tente de *réduire* (un corps, une mère, un souvenir) pour atteindre son désir de compréhension. Se réapproprier le corps maternel constitue le passage indispensable pour aboutir à la réappropriation de soi-même.

Le dernier passage à propos de cette récupération tardive passe par la confrontation avec une perspective ultérieure : la *mère-relation*. Peu avant la mort de sa mère, Delia subit une « régression désordonnée[157] » due au choc émotionnel provoqué par une série d'appels téléphoniques. Avant son suicide, Amalia avait tenté de joindre sa fille, mais son état mental semblait déjà troublé. Sa déchéance émotionnelle traduite par sa voix altérée, excessivement haute, porteuse d'un dialogue obscène et incompréhensible, provoque chez Delia un court-circuit affectif. Elle tombe dans un état d'authentique régression, comme si la conscience tangible de la faiblesse maternelle avait le pouvoir de briser toute l'autonomie qu'elle avait tenté de construire au cours de longues années d'éloignement.

La tentative de confrontation avec ce corps disparu contraint la protagoniste à un subterfuge caricatural, presque grotesque. Sans même s'en rendre compte, Delia efface la photo d'identité de sa mère pour reconstituer un autre visage : le sien. Toutefois, ce geste

155. *L'amour harcelant*, *op. cit.*, p. 36.
156. *Ibid.*, p. 66.
157. *Ibid.*, p. 12.

qu'elle méconnaît, en cherchant à se déresponsabiliser d'une telle transformation, se traduit dans la volonté d'établir un rapprochement identitaire envers la figure maternelle : « Le blanc surgi autour de la tête avait été, au crayon, changé en un gris nébuleux. Avec le même crayon quelqu'un avait [...] durci les traits de la figure. La femme de la photo n'était pas Amalia : c'était moi[158]. » Ce geste est révélateur d'un rapport potentiellement pathologique. Car, pour reprendre les mots de la psychanalyste Caterina Arcidiacono, il reproduit les mécanismes d'un couple « confus et interdépendant[159] ». En effet, la liaison mère-fille se caractérise par son statut ambivalent : elle alterne un côté productif sur le plan relationnel et, parallèlement, elle cache des propriétés phagocytantes. L'identification avec sa propre mère peut, en effet, produire des effets dévastateurs sur la jeune fille qui risque de ne pas pouvoir construire son propre espace vital au-delà des frontières maternelles.

Delia, en s'inscrivant dans le parcours d'une fille mécontente et irrésolue, refuse la responsabilité de cet effacement : « quelqu'un lui avait gratté les cheveux et lui avait déformé le visage pour la réduire à mon corps[160]. » Cependant, le mystère de la photo métamorphosée lui permet d'accéder à une zone inexplorée de sa personnalité. C'était elle, Delia, qui tout au long de son adolescence avait essayé d'effacer « par haine, par peur[161] » non seulement les traits, mais aussi toute la racine maternelle, y compris les gestes, les inflexions dialectales, la façon de boire ou de porter une jupe. Détruire les traces maternelles avait été, pendant une longue période, son unique combat – « pour devenir moi et pour me détacher d'elle[162] » –, comme si la formation de sa personnalité ne pouvait passer que par l'effacement de l'image maternelle. Ce qui est sûr c'est que la photo modifiée contraint la protagoniste à une confrontation désormais inévitable. L'affectivité niée et l'éloignement recherché se heurtent à la lente réapparition d'Amalia qui revient d'abord par la photo, ensuite en laissant émerger sa présence « sous [...] la peau, comme un liquide chaud[163] ».

Le *Je* narratif de *L'amour harcelant* expérimente, à travers le simulacre d'une *mère-relation*, le choc du semblable pathologique,

158. *Ibid.*, p. 77.
159. C. Arcidiacono, *Identità femminile e psicoanalisi*, Milano, FrancoAngeli, 1994, p. 75.
160. *L'amour harcelant*, *op. cit.*, p. 82.
161. Ibid.
162. *Ibid.*
163. *Ibid.*, p. 112.

l'anéantissement de l'homologue cannibale : « J'étais identique à elle et pourtant je souffrais de l'inachèvement de cette identité[164]. » Delia touche les malheurs d'une symbiose impraticable se traduisant, enfin, dans le désir de fusion – donc d'extinction – dans le corps maternel. Sa dernière remarque – « Il y avait eu Amalia. J'étais Amalia[165] » – constitue l'aveu d'un rêve impossible et, toutefois, férocement latent.

Du lait et des ténèbres : *La venue à l'écriture*

Chez Ferrante, *L'amour harcelant* constitue la première étape d'un parcours de récognition littéraire passant par une remise en question de certains événements personnels. Il ne s'agit pas d'une autobiographie au sens strict[166], mais d'une plongée au cœur d'une thématique – celle du rapport à la mère – préoccupant intimement l'écrivaine. Écrire sur un nœud affectif, à travers des éléments de son vécu – la figure d'une mère couturière, la jalousie paternelle, le besoin de posséder-enchaîner-comprendre sa matrice –, la conduit à se confronter avec une forme littéraire jouant avec les codes de l'autofiction pour les briser, en les réinventant.

La discontinuité du récit de Delia, les nombreuses réflexions sur la question de l'écriture – inaugurant les ébauches d'un usage futur des métalepses – nourrissent notre hypothèse de départ. Ferrante s'amuse à manipuler les formes autobiographiques classiques pour les plier à ses exigences fictionnelles. Elle met sa vie au profit de l'aventure romanesque dans l'intention de disparaître derrière les personnages[167] en leur donnant, ainsi, un double pouvoir narratif. Elle communique à ses figures littéraires toute l'angoisse, tout le désir de compréhension, toute la volonté de discernement qui sont les siens afin de construire – en suivant le paradigme illustré par A. Iovinelli[168] – une

164. *L'amour harcelant*, *op. cit.*, p. 171.

165. *Ibid.*, p. 182.

166. Voir *Frantumaglia*, *op. cit.*, p. 71-72 : « mes textes regorgent de références à des situations et des événements qui se sont vraiment produits [...]. Je tiens donc à ce que mon livre s'éloigne le plus possible de moi afin qu'il puisse offrir sa vérité romanesque et non les fragments d'autobiographie [...] qu'il contient ».

167. Cette question a été amplement confirmée par Ferrante elle-même, à propos de son désir d'exister à travers un *je* féminin. Voir, entre autres *I margini e il dettato*, Roma, Edizioni e/o, 2021, trad. Nathalie Bauer : *Entre les marges*, Paris, Éditions Gallimard, 2023, p. 62.

168. En observant les ressemblances entre Delia et Ferrante nous voyons comment *L'amour harcelant* (avec toutes les autres œuvres de Ferrante) se situe dans le troisième groupe de narrations métabiographiques illustrées par Alessandro Iovinelli. Dans le schéma

narration en dialogue avec le lecteur. Ce faisant, elle s'insère dans les mailles du texte dans le but de le réécrire ; elle s'invente à nouveau.

Ce récit, fondé sur la relation mère-fille, se produit presque *contre* la volonté de la narratrice[169] ; il est avant tout la mise en scène d'un amour avorté, incomplet, coupable. Ferrante *vient* à l'écriture[170] – selon l'enseignement d'Hélène Cixous[171] – à partir d'une mère émergeant contre le spectre de la mort. La narration résiste car elle concrétise la possibilité d'une présence *in absentia*. Elle permet la revivification d'une disparue et l'incarnation d'une ou de plusieurs figures effacées : Ferrante, en tant qu'écrivaine sans visage et Delia en personnage démantibulé par ses névroses. Narrer est la manière la plus discrète pour éviter de « laisser place au mort », pour réfuter l'éventualité de « se laisser surprendre par l'abîme »[172] d'un anéantissement empêchant toute forme de communication et donc d'existence.

Ainsi, la narration *à l'écrit* conserve une capacité d'observation et de compréhension, même dans son paradoxe d'aveuglement. Pour H. Cixous on écrit les « yeux fermés[173] » en développant une autre forme de connaissance sans liens avec les schémas habituels. Delia l'exprime quand elle avoue qu'elle « voyai[t] et cherchai[t] à fermer les yeux[174] » ou quand elle est consciente que l'on peut « regarder sans voir[175] ». D'une manière analogue, Ferrante délimite le champ d'observation à la page, seul véhicule romanesque de son désir d'expression et donc de sa soif créatrice. Mais cette écriture traitant de la Langue de la Mère naît, dans l'optique de H. Cixous, du lait maternel : elle est débitrice de la Mère en tant que figure généalo-

---

qui voit l'auteur de l'œuvre (A1), l'auteur réel biographé (A2), le narrateur (N) et le personnage (P), nous aurons la formule suivante : A1 = P > A2. Le roman pourrait être défini comme autobiographique (tout en gardant une structure fortement métafictionnelle) car l'auteur (Ferrante) s'identifie avec le narrateur (Delia) qui est le personnage à la première personne (P). Tout cela donne lieu à un texte où l'auteur coïncide, métabiographiquement, avec le personnage (A2). Voir A. Iovinelli, *L'autore e il personaggio*, *op. cit.*, p. 202.

169. Ferrante, comme Delia, est habitée par la narration, presque malgré elle. Voir *Frantumaglia*, *op. cit*, p. 69-70.

170. Ferrante traite à plusieurs reprises la question de l'écriture féminine en affirmant sa proximité avec les philosophes de la différence. Toutefois, malgré sa dette, elle reconnaît l'importance de *re*-penser l'écriture à l'instar d'un terrain libre, privé d'idéologies, susceptible de savoir désobéir à toute loi, à tout canon, à toute imposition. Voir à ce propos *Frantumaglia*, *op. cit.*, p. 386-387.

171. H. Cixous, « La venue à l'écriture » in H. Cixous, M. Gagnon, A. Leclerc, *La venue à l'écriture*, Paris, Union Générale d'Éditions, 1977.

172. *Ibid.*, p. 11.

173. *Ibid.*

174. *L'amour harcelant*, *op. cit.*, p. 103.

175. *Ibid.*, p. 167.

gique capable de donner naissance, de produire des mots, des paroles, du sens. Il s'agit d'une narration se structurant sur une « langue à la fois singulière et universelle[176] » gardant en elle sa productivité poétique (le lait) et sa capacité à édifier les consciences (le miel). C'est une écriture qui, au-delà d'interprétations erronées, de critiques qui l'ont accusée d'essentialisme, ne se préoccupe pas du genre du sujet écrivant, ne cherche pas à contenir, à fixer des codes, à imposer des normes. La notion d'écriture conçue par H. Cixous, à forte réverbération politique, illustre les traits d'une narration par laquelle l'inconscient s'exprime. Elle commence au point exact où tout est précipité, où tout est perdu.

Ferrante, anéantit son identité charnelle et sombre à l'intérieur d'un récit qui la met en discussion ; elle creuse dans le « sous-sol de l'écriture[177] » et récupère, ainsi, une langue contaminée, impure, subtilement vulgaire, faite « de mauvaises intrigues d'amour et de trahison[178] ». Comme si l'objectivation de certaines thématiques (le soi, la mère, l'identité) ne pouvait être transposée qu'à partir d'un registre à la fois modeste, populaire ou esquissé. Il s'agit d'une littérature qui « vibre la langue maternelle, la langue de la mère[179] » et dans la perspective problématisée de Ferrante, à travers un texte – *L'amour harcelant* – qui tente de contenir la figure d'Amalia. Le roman se mesure, entre-temps, au besoin de donner forme au tumulte, en combattant « l'erreur de l'Informe[180] ». Nous parlons d'une écriture qui s'attaque au fagotage des corps traduisant, dans ce contexte, un harnachement des identités. Cette incertitude linguistique coïncide avec la langue bafouillante de Delia qui cherche à s'articuler en piétinant sa propre insuffisance. Il s'agit d'une langue parlant le discours de l'inconscient, traversée par les mots informes de l'enfance, reléguée au stade prélinguistique. Cette « *lalangue* dite maternelle[181] » reprend, dans l'optique lacanienne, la lallation enfantine et donne lieu à une narration polymorphe qui résonne dans le désordre d'une parole cherchant à s'organiser contre l'« essaim bourdonnant[182] » d'un passé tordu, condamné à l'aphasie du non-sens.

---

176. H. Cixous, *La venue à l'écriture*, *op. cit.*, p. 29.
177. *Frantumaglia*, *op. cit.*, p. 75.
178. *Ibid.*
179. H. Cixous, *La venue à l'écriture*, *op. cit.*, p. 29.
180. *Frantumaglia*, *op. cit.*, p. 23.
181. J. Lacan, *Livre XX. Encore 1972-1973* [1975], texte établi par Jacques-Alain Miller, Paris, Éditions du Seuil, 2016, p. 174.
182. *Ibid.*, p. 181.

Ainsi, l'aventure dans la littérature commence pour Ferrante avec une chute dans le puits de l'inexprimable : terrain de solitude, de refoulé, de douleur. Toutefois, la réflexion opérée sur la narration, sur la langue, sur la *dicibilité* de la souffrance, montre une forme d'inventivité romanesque se concrétisant dans l'exigence de donner voix à trois perspectives différentes : celle d'une mère (Amalia), d'une fille (Delia) et d'une auteure (Ferrante). L'optique de l'écrivaine se transpose ainsi dans son personnage qui utilise le questionnement sur l'écriture pour figurer un égarement non seulement identitaire, mais avant tout poétique.

Se former, à partir de la disparition d'une mère, passe par la nécessité d'habiter le précipice de sa propre incapacité communicative. Delia-Ferrante s'exprime à partir d'une position marginale qui détermine le manque de fiabilité de chaque énoncé : « j'avais du mal à me tenir en marge[183]. » Il s'agit d'un récit incomplet : il est détérioré, imparfait, à l'instar de la photo d'Amalia rongée par « l'absence[184] ». Tout au long de sa narration, Ferrante s'amuse à disséminer des indices qui dévoilent le caractère défaillant d'une écriture qui s'efforce de dire, sans y parvenir. Parallèlement, elle cherche à camoufler sa réflexion sur l'écriture, en l'intégrant, allégoriquement, à ses figurations romanesques.

En suivant cette piste, nous voyons comment, à travers l'évocation des tonnerres comparés au « déchirement sec d'un tissu[185] », Ferrante réfléchit à la réalité d'une étoffe narrative porteuse d'anomalies. La constatation d'un récit incomplet est comparable à la traduction impossible d'un vécu personnel apparemment mutilé tantôt par l'absence de mémoire, tantôt par une réticence volontaire. L'idée d'un tissu renvoyant autant à la mère couturière qu'à la trame – conçue, ici, dans l'idée d'intrigue narrative – revient plusieurs fois dans le roman. Ferrante parle d'une « étoffe sans mémoire[186] » ou d'un vêtement capable de raconter une vérité inavouable : « Je m'en rendis compte d'un coup, comme si c'était la robe de chambre même qui, sur ma peau, me la racontait[187]. » La mère comme étoffe ou, encore mieux, comme allégorie de la narration, revient dans une formulation qui définit l'étrange

183. *L'amour harcelant, op. cit.*, p. 34.
184. *Ibid.*, p. 56.
185. *Ibid.*, p. 86.
186. *Ibid.*, p. 136.
187. *Ibid.*, p. 113.

proximité entre ces deux éléments : « cette femme [...] s'était inventée jusqu'à la fin son histoire en jouant pour son compte avec des étoffes vides[188]. » Les vêtements d'Amalia, figurés sous les apparences d'illusoires costumes de théâtre, mettent en relief la caducité de la narration, son caractère lacunaire, fortement défaillant : « je sentis l'extrême récit que ma mère m'avait laissé et qui, maintenant, avec tous les artifices nécessaires, collait parfaitement à moi[189]. » Toutefois, si d'un côté les habits de la couturière – pensée dans la double acception de mère de Ferrante et de Delia – marquent leur statut déficitaire, de l'autre ils constituent, par oxymore, l'héritage nécessaire pour entamer le récit en donnant ainsi vie à l'œuvre narrative.

En outre, nous remarquons que l'effritement de la narration est accentué par l'attitude du binôme Delia-Ferrante, étrangement affecté par la même « maladie du mensonge[190] » qui avait contaminé Elisa, la protagoniste de *Mensonge et sortilège*. En effet, cette dernière a besoin des morts – de leurs simulacres hallucinateurs – pour écrire son histoire s'avérant, comme celle de Delia, privée de fiabilité. C'est la mémoire qui « dicte les pages de la [...] chronique passée[191] » et qui contamine la reconstruction, déjà précaire, du récit. Pareillement, dans *L'amour harcelant*, l'optique de la fantasmagorie – « de l'imagination maladive[192] » – structure la construction romanesque de Delia. Ferrante, en poursuivant dans la même direction qu'Elsa Morante, embrasse l'idée d'une narration constituée par des êtres qui, comme le disait Cesare Garboli, sont possédés par le spectre « de l'irréalité ». En jouant sur la métaphore empruntée à Italo Calvino concernant les « marécages de la folie », C. Garboli voit, dans cette volonté de tracer un récit familial au féminin, dans le projet d'écrire en partant des disparus, dans la volubilité d'une mémoire amputée, l'âme même des narrations du XXe siècle[193]. Ferrante suit donc la voie du récit fiévreux en jouant sur les contradictions qui affectent le travail de mémoire de la protagoniste.

L'oncle Filippo, par exemple, reproche à Delia son incapacité à se souvenir même des choses les plus importantes – « Tu ne te rappelles

188. *Ibid.*, p. 134.
189. *Ibid.*, p. 175.
190. C. Garboli, « Introduzione », in E. Morante, *Menzogna e sortilegio*, *op. cit.*, p. V-XXVII.
191. E. Morante, *Menzogna e sortilegio*, *op. cit.*, p. 29. La traduction est la mienne.
192. *Ibid.*, p. 660.
193. C. Garboli, « Introduzione », *op. cit.*, p. XVIII. La traduction est la mienne.

rien[194] » – et elle-même mesure ses amnésies, plus ou moins intentionnelles. Dans la discontinuité de son parcours, Delia présente un désir d'effacement – voire de négation – vis-à-vis des agressions que le grand-père d'Antonio lui a fait subir. Conjointement, elle s'enferme dans des tentatives exténuantes d'autopersuasion vouées à dénoncer les infidélités supposées d'Amalia :

> Bien cachés dans les zones les plus obscures, ils se touchaient l'un l'autre entre les jambes. Moi, pendant ce temps, je me distrayais pour ne pas pleurer et, puisque le grand-père d'Antonio ne marquait aucune intention de m'en empêcher, mais espérait se venger d'Amalia en me faisant mourir d'indigestion, je me gavais de caramels mous[195].

Cette scène, contrefaite par le refoulé comprimant l'existence de Delia, fournit l'exemple d'une histoire fondée sur de fausses pistes. Delia est consciente qu'une narration basée sur la véracité des faits pourrait lui fournir une clé d'accès à sa personnalité désarticulée. Cependant, Ferrante montre que la capacité d'entrer dans les mailles de l'écriture pour en décortiquer le réel provoque un autre type d'inquiétude : « je ne savais pas si ce que je découvrais et me racontais [...] me faisait plus horreur ou plaisir[196]. » La vérité, interprétée dans sa profonde valeur morale, révèle ainsi son côté obscur, fortement déstabilisant.

L'écrivaine utilise l'expédient d'une mémoire irrésolue dans le but de laisser émerger sa résistance émotionnelle. Chercher à démêler la complexité des fils affectifs qui épaississent la relation mère-fille se traduit, pour elle, par la difficulté à trouver une forme romanesque capable d'incarner la prolifération de ces sentiments. Son écriture est celle de l'impatience, traversée par l'angoisse : « il m'arrive de penser que je n'ai rien écrit d'autre. Toutes mes inquiétudes se sont concentrées là[197]. » Ainsi, fabriquer une image maternelle devient l'exercice nécessaire pour tenter de pénétrer dans le territoire de l'indicible. Au début de sa narration, Delia se contente de créer une Amalia-fantoche, nécessaire pour sa névrose. Cette mère-marionnette – « une Amalia suggestionnée[198] » – s'écroule, à la fin du roman, dans l'absurdité de son inconsistance. L'intrigue, fabriquée dans la volonté de

194. *L'amour harcelant, op. cit.*, p. 62.
195. *Ibid.*, p. 109-110.
196. *Ibid.*, p. 83.
197. *Frantumaglia, op. cit.*, p. 298.
198. *L'amour harcelant, op. cit.*, p. 128.

se protéger d'une vérité difficilement avouable, se désagrège face au besoin d'authenticité. Quand son père lui permet d'accéder à la vérité, Delia se découvre dépouillée de sa propre structure subjective. Son accès douloureux à une parole nouvelle, à une *Alètheia* contrastant avec l'oubli, s'oppose, dans son *a* privatif, à *Lèthè*, le fleuve du silence, seigneur de l'effacement. La vérité se présente à la protagoniste dans sa conformation productive, elle est – pour reprendre l'optique proposée par Marcel Detienne – une « créatrice d'être[199] ». Delia, en arrachant Amalia à l'oubli, s'aperçoit que la Mère racontée ne correspond pas à la Mère réelle : « d'elle, il n'avait rien, d'aucune des Amalia que nous nous étions inventées, pas même des pires[200]. » Le masque est tombé, le jeu narratif dévoile sa caducité, sa décrépitude mortifère. Il se présente dans son statut de simulacre apte à occulter une évidence inavouable. Elle découvre ainsi que son récit est basé sur un « mensonge de la mémoire[201] ». Narrer, suggère Ferrante, donne forme à un dire capable d'« enchaîner temps et espaces perdus[202] ».

Toutefois, Delia – et Ferrante avec elle – est moins tendre envers l'absence de réponses de sa mère. Amalia, sensuelle et taciturne, est la responsable implicite de l'exil de sa fille : elle l'a condamnée à errer dans le monde à « jouer toute seule avec les mots du mensonge, sans mesure, sans vérité[203] ». Néanmoins, selon la perspective de Delia, cette mère qui est lait, miel, obscurité, tissu narratif et étoffe romanesque résiste comme « l'unique source possible du récit[204] ». Pour Ferrante, nous ne pouvons pas narrer en nous inspirant de quelque chose d'extérieur ou d'inventé. L'écriture plonge dans les eaux troubles du sujet. Delia nous confie dans la conclusion du roman, que « je ne pouvais ni ne voulais chercher en dehors de moi[205] ». La littérature naît d'ici : la voix de la mère est génératrice d'une autonarration se bâtissant sur le vide tout en trouvant son expression. La mère – supposée ou réelle, peu importe – incarne l'inexpugnabilité d'un « *a-mur*[206] » qui, selon Jacques Lacan, marque la singularité,

199. M. Detienne, « Retour sur la bouche de vérité » [1994] in *Les Maîtres de Vérité dans la Grèce archaïque* [1967], Paris, Le Livre de Poche, 2006, p. 9.
200. *L'amour harcelant, op. cit.*, p. 152.
201. *Ibid.*, p. 169.
202. *Ibid.*, p. 173.
203. *Ibid.*
204. *Ibid.*, p. 178-179.
205. *Ibid.*, p. 179.
206. J. Lacan, *Je parle aux murs*, Paris, Éditions du Seuil, 2011 ; *Id.*, *Livre XIX. … ou pire 1971-1972* [1981], texte établi par Jacques-Alain Miller, Paris, Éditions du Seuil, 2011 ; *Id.*, *Livre XX. Encore 1972-1973*, *op. cit.*

le caractère de tout amour. Dans la verticalité inaccessible, difficile à conquérir, dans la volonté d'une impossible *en-corporation*[207] au mystère de l'Autre, nous édifions les fondations des liens affectifs. Ainsi, l'amour maternel et filial se traduit, pour Ferrante, dans la volonté d'escalader la fortification de l'objet aimé : c'est le parcours *vers* le mur, dans la direction de cette indicibilité concrétisant la voie d'un apprentissage littéraire capable de dissoudre le sentiment dans le désir d'expression.

L'être *a-mur* – face au mur – s'accorde, pour l'auteure, avec la paroi inabordable de l'écriture, avec la recherche d'un langage passionné, *amoureux*, capable de restituer par écrit l'énigme de cette déchirure révélant le nœud entre soi, autrui et la narration. C'est le même *a-mur* qui coïncide avec les *Leçons de ténèbres*. Pour Helena Janeczek, le « mystère irrésoluble » de la vérité maternelle se révèle dans l'incapacité à saisir l'authenticité de sa propre matrice : « je sais que je n'arriverai jamais à connaître ma mère, je sais aussi que je ne la connais que trop bien[208]. » Ferrante, par le biais de Delia, tente l'utopique fusion d'un *moi* avec un *tu*, en apportant, dans sa langue empreinte de lait et de miel, les traces d'une identité en décomposition à la recherche, désespérée, d'un idiome capable de structuration. Elle met en place, à travers la littérature, ce que Marina Tsvetaïeva définissait comme le « choc du reconnaître[209] » : elle cherche à comprendre la mère, elle la forge à travers les mots, elle accepte sa figure insaisissable en tentant de l'ancrer dans la page. Elle fabrique, par le biais d'un autrui, ce qui, pour Susan Sontag, est une « identité privée[210] » faite d'écriture. En édifiant une mère romanesque, imbue d'autobiographie et de fiction, elle se *crée* elle-même[211].

207. Voir la notion de l'« *en-corps* » jouée sur la demande d'amour par excellence : « *encore* » in *Id.*, *Livre XX. Encore 1972-1973*, *op. cit.*, p. 12-13.

208. H. Janeczek, *Lezioni di tenebra* [1997], Parma, Ugo Guanda Editore, 2011, p. 16. La traduction est la mienne.

209. M. Tsvetaïeva, *Il poeta e il tempo* [1984], Milano, Adelphi, 2009, p. 104.

210. S. Sontag, *Reborn. Journals and Notebooks 1947-1963*, trad. Paolo Dilonardo : *Rinata. Diari e taccuini 1947-1963*, Milano, nottetempo, 2018, p. 226.

211. *Ibid.*, p. 191.

La perte de l'amour
Les jours de mon abandon (2002)

Olga au miroir des surveillantes

L'acte de naissance des *Jours de mon abandon*[1], publié en 2002, c'est une femme qui, un soir, ferme la porte de son appartement et le matin suivant, sans aucune explication précise, se trouve dans l'incapacité de la rouvrir[2]. À cet égarement comportemental, Ferrante oppose la ténacité d'un personnage tentant de dresser son intelligence contre la menace de l'annihilation émotionnelle. À dix ans de distance du premier roman, l'écrivaine poursuit dans sa volonté de donner voix à ces femmes « authentiques », faisant partie de son quotidien. La protagoniste Olga, épouse de Mario, mère de Gianni et d'Ilaria, est le résultat d'une expérience émotionnelle vécue à la première personne – l'« humiliation de l'abandon[3] » – pétrie du profil biographique d'autres figures à la fois réelles, imaginaires et tirées de certaines œuvres littéraires. Nous retrouvons le dessein, déjà poursuivi dans *L'amour harcelant*, d'édifier un *Je* capable de se raconter à travers son manque, son échec.

En partant de cette perspective, nous essayerons de montrer comment l'écrivaine, en mélangeant les codes de l'autofiction et du journal intime, construit un personnage capable de réunir force et étourdissement, dynamisme et délaissement, courage et frayeur. Ferrante emploie le mot « surveillance[4] » pour poser la problématique d'un combat visant à protéger le sujet contre l'effondrement de son propre *Je*. Olga est un personnage stratifié. Son ancienne réalité napolitaine

1. Comme pour *L'amour harcelant*, ce deuxième roman de Ferrante a donné lieu à une adaptation cinématographique de Roberto Faenza, réalisateur du film *I giorni dell'abbandono*, sorti en 2005.
2. *Frantumaglia*, *op. cit.*, p. 308.
3. *Ibid.*
4. *Ibid.*, p. 122.

se superpose à celle de la femme déférente qui, pendant sa jeunesse, a décidé de quitter sa ville natale pour suivre son mari, architecte à succès. Son passé garde une dimension plastique visant même à conditionner son existence future. Les souvenirs, illustrés sous forme d'épouvantables apparitions, la mettent en garde contre les conséquences d'un possible *déraillement*[5]. Otage de son passé comme de son futur, Olga se situe au carrefour de trois structures temporelles représentant le paroxysme de sa situation affective : le passé marqué par l'autorité maternelle (imprégné de la voix autobiographique de Ferrante), le présent sous l'enseigne de la « surveillance » et enfin le futur incertain, allégoriquement menacé par la présence de la Pauvrette. L'usage d'une temporalité malléable montre comment, dans la production littéraire de Ferrante, l'histoire – publique ou privée –, nourrie à la fois du passé et du futur, se présente dans sa double acception de mémoire et de prophétie : tissu changeant, traversé sans cesse par les ingérences des souvenirs, par des projections futures, par la pénombre d'un présent élastique et étrangement pétrissable.

Dès sa plus tendre enfance, Olga a été confrontée à la nécessité de contraster la virulence d'une famille napolitaine habitée par des « sentiments » extériorisés « à grand renfort de cris »[6]. Face à la véhémence de ses parents, la protagoniste se tenait « muette, dans un recoin de [son] appartement de Naples, les mains sur les oreilles[7] ». La figure d'une mère couturière, déjà présente dans *L'amour harcelant* et issue de l'enfance de Ferrante, revient dans ce deuxième roman. La mère d'Olga, pendant ses longues heures de travail, se fait la porte-parole des vicissitudes de la Pauvrette : « Les femmes sans amour mouraient vives. C'est ce qu'elle disait tandis qu'elle cousait des heures et des heures [...]. Récits, médisances et couture : j'écoutais[8]. » Ferrante garde un souvenir analogue. Les discussions autour de la souffrance des femmes s'associent au métier de sa mère, affaiblie par la même fatigue, la même solitude, les mêmes renoncements assimilant les

5. Le mot « deragliamento » est souvent employé par Ferrante pour indiquer une véritable sortie des rails de la raison. Il indique une perte de soi, une forme d'égarement qui affecte tant le corps que l'esprit. Voir, à ce propos, la note n° 8 dans l'*Introduction* de cette étude.

6. *I giorni dell'abbandono* [2002], Roma, Edizioni e/o, 2015, trad. Italo Passamonti : *Les jours de mon abandon*, Paris, Éditions Gallimard, coll. « Du monde entier », 2004, p. 13.

7. *Ibid.*

8. *Ibid.*, p. 61.

travailleuses aux humiliées. Dans la mémoire de l'écrivaine, l'histoire de Didon remplace celle de la Pauvrette, mais le dispositif reste identique : « Parce que j'avais grandi dans ce milieu [...] j'avais vu la blonde Didon dans l'attitude même que ma mère adoptait au travail : [...] ses mains adroites marquées par des blessures d'aiguille ou de ciseaux[9]. » Pareillement, la mère d'Olga entrevoit, dans les ressemblances avec sa fille, le même destin de privation auquel elle s'est condamnée : « elle se mettait souvent en colère après moi pour des peccadilles, [...] comme si elle reconnaissait sur mon visage quelque chose qu'elle détestait chez elle, un mal secret personnel[10]. » Le langage prudent, l'attention minutieuse à son propre corps proviennent aussi de cet héritage malheureux : « c'est la faute de ma mère qui m'avait appris les soins obsessionnels de la femme[11]. » La discipline inculquée s'avérera une arme à double tranchant. Les méthodes utilisées resteront ancrées dans la mémoire d'une Olga désormais adulte, révélant ainsi le côté pathologique de cette éducation.

Pour Ferrante, la création de cette femme ravagée a été une manière de remuer « le couteau dans [s]es plaies encore infectées, sans distance de sécurité[12] ». Comme dans c'est le cas pour *L'amour harcelant*, l'écriture du roman est bâtie sur un terrain personnel pas encore assaini. À travers ses lésions mémorielles, l'écrivaine arrive à constituer une narration composite, fruit d'un amalgame entre « [s]on fond le plus secret et le plus incontrôlé[13] » et la création littéraire. La résistance qu'Olga met en place pour faire face à l'égarement est, selon Ferrante, un geste de compréhension[14]. La protagoniste est douée d'une force « masculine[15] » capable de désamorcer les pulsions qui pourraient l'entraîner à la perte de soi. Le personnage adopte l'« autodiscipline » apprise durant l'enfance pour pouvoir « attendre patiemment que chaque émotion implose »[16]. Peu après le départ de Mario, elle tente de mettre en place une mise en scène grotesque et désespérée, conçue pour le faire revenir. Elle joue la femme conciliante, capable de comprendre le *déraillement* temporaire du conjoint : « en

9. *Frantumaglia, op. cit.*, p. 172-173.
10. *Les jours de mon abandon, op. cit.*, p. 74.
11. *Ibid.*, p. 141.
12. *Frantumaglia, op. cit.*, p. 97.
13. *Ibid.*, p. 105.
14. *Frantumaglia, op. cit.*, p. 91.
15. *Ibid.*, p. 123.
16. *Les jours de mon abandon, op. cit.*, p. 14.

vertu d'une stratégie que je m'étais prescrite [...] je lui opposais la mise en scène des gestes de notre vie domestique, un ton fait de compréhension, une douceur affichée et même accompagnée de quelques reparties joyeuses[17]. » L'exercice d'une contraction de la souffrance – « Comprimer sa douleur, ôter la possibilité du geste, d'une voix stridente[18] » – ressemble d'Olga pendant les premières années de mariage : effacer toute capacité d'émancipation. Juste avant la séparation, encore ignorante de son destin sentimental, elle avait annoncé à Mario son désir de reprendre le travail. L'embauche dans une petite maison d'édition lui avait redonné une autonomie psychologique. Toutefois, malgré de petites satisfactions, Mario l'avait persuadée de « ne pas donner suite à ce projet[19] ». Et Olga, obéissante, avait accepté.

Cette soumission volontaire a un aspect ambivalent. Elle s'associe à une forme de subordination, mais demande aussi un effort considérable. Olga, en s'assujettissant d'abord à sa mère, ensuite à son mari, fait preuve de ténacité. Son impératif est celui de « [s]e montrer résistante, l'être[20] ». Face à la tromperie de son mari, elle n'a d'autres ressources que de s'accrocher à son ancienne attitude enfantine : s'enfermer dans le mutisme et résister. Ce comportement rappelle d'ailleurs celui d'Elsa Morante. *Territoire du rêve*, à mi-chemin entre la confession autobiographique, la fiction et la correspondance imaginaire, rassemble une série de lettres adressées à Alberto Moravia (A.), mais jamais envoyées. À travers l'expédient des rêves, souvent à forte composante érotique, nous découvrons une jeune E. Morante affamée de vie, férocement sensuelle, réitérant sa demande de compréhension à travers l'externalisation nocturne de ses désirs. L'œuvre met en lumière le côté malheureux de l'écrivaine qui expérimente, comme Olga, la voie de la surveillance comportementale. Mais, comme la protagoniste de Ferrante, elle ne parvient pas à cacher les « difficultés effrayantes dans lesquelles [elle] [s]e débat ». Elle est incapable de supprimer une souffrance qui « émerge malgré [elle][21] ». Cette sensation de précarité existentielle – la menace de la « labilité[22] » – est la même que celle qu'Olga éprouve face à l'absence

17. *Ibid.*, p. 17.
18. *Ibid.*, p. 26.
19. *Ibid.*, p. 28.
20. *Ibid.*, p. 29.
21. E. Morante, *Diario 1938* [1989], Torino, Einaudi, 2005, p. 45. La traduction est la mienne.
22. *Les jours de mon abandon*, *op. cit.*, p. 29. La traduction est la mienne, tirée de l'italien : « labilità ».

prolongée de Mario. Désormais confrontée à une solitude risquant de lui faire perdre ses traits identitaires, elle tombe dans une forme d'inconsistance psychique.

D'une manière analogue, l'image de la *Femme rompue* de Simone de Beauvoir, citée à plusieurs reprises dans *Les jours de mon abandon*, devient l'illustration d'une peur atavique. Olga craint d'éclater en mille morceaux : « ne te laisse pas rompre tel un bibelot, tu n'es pas une fanfreluche, aucune femme n'est une fanfreluche. *La femme rompue, ah, rompue*, rompue mes couilles[23]. » Monique, la protagoniste de Simone de Beauvoir, fait écho au personnage de Ferrante en décidant de laisser tomber toute ambition pour se dévouer à son mari. Elle se retranche dans un monde intérieur bâti sur de fausses convictions qui lui permettent d'opposer « une attitude compréhensive, conciliante » à l'évidence d'une relation extraconjugale. Monique s'impose de ne pas « heurter [Maurice] de front », convaincue – comme Olga – que si « je lui permets de vivre "correctement" il s'en fatiguera vite »[24]. De son côté, la protagoniste de Ferrante peine à comprendre la gravité de sa faute : « Quelle erreur [...] de croire que je ne pouvais pas vivre sans lui[25]. » Monique dénonce ce qu'elle appelle « les pièges du dévouement[26] » : elle voit dans son attitude serviable toute la généalogie d'une vie marquée par un excès d'abnégation.

Ces références romanesques, souvent allusives, constituent l'ossature du travail de Ferrante. Dans une interview accordée à ses éditeurs[27], l'auteure précise l'importance de cette tradition littéraire interprétée à l'instar d'un « immense entrepôt[28] » situé dans le XXe siècle littéraire. Ce bassin poétique est le centre d'inspiration de nombreux personnages de Ferrante comme de sa propre construction méta-autobiographique. Par ailleurs, cette même perspective s'inscrit dans notre méthodologie de recherche s'appuyant sur la volonté de considérer la figure féminine comme l'« objet » ou le « sujet » de l'œuvre littéraire[29]. Il est important de préciser que cette orientation critique ne considère pas les œuvres des écrivaines à l'instar d'une littérature

---

23. *Ibid.*, p. 81.
24. S. de Beauvoir, *La femme rompue* [1967], Paris, Éditions Gallimard, 2018, p. 140.
25. *Les jours de mon abandon*, *op. cit.*, p. 204.
26. S. de Beauvoir, *La femme rompue*, *op. cit.*, p. 143.
27. *Frantumaglia*, *op. cit.*, p. 306.
28. *Ibid.*, p. 319.
29. Voir à ce propos la théorisation de L. Sergiacomo, « Femminilità e femminismo nelle scrittrici italiane del Novecento », S. Contarini, M. Marras, « Femminismi : teoria, critica e letteratura nell'Italia degli anni 2000 », *op. cit.*, p. 119.

« à part[30] ». Car ce n'est pas le genre de l'écrivain qui pose question, mais plutôt les interactions entre les femmes-personnages créées par des auteures au sein d'une tradition littéraire qui, dans notre contexte, est celle du xxe et du xxie siècle. La figure d'Olga repose elle-même sur ce vaste terrain romanesque. Par exemple dans *Une femme*, considéré comme le premier roman féministe du xxe siècle[31], Sibilla Aleramo dénonce les dérives de son attachement à la famille en montrant comment l'attention méticuleuse envers autrui produit l'effacement de soi[32]. Marina Tsvetaïeva, emblème de l'incapacité à concilier les affects avec son métier de poète, le répétait souvent : « Dans l'amour je n'existe pas : à ma place il y a un être frénétique, hors de soi, souffrant, une âme sans corps[33]. » Même Alessandra, la protagoniste de *Elles* d'Alba de Céspedes, adopte ce dispositif de dévotion envers son mari Francesco. Elle surjoue le rôle de femme au foyer jusqu'à l'anéantissement de soi, dans l'intention d'être aimée et reconnue pour sa valeur[34]. La condition de ces figures est celle d'un effacement identitaire progressif dénoncé par la poétesse Alejandra Pizarnik[35] porteuse, elle aussi, d'une écriture à mi-chemin entre la fiction et l'autobiographie. Il s'agit d'un *moi* s'engageant dans sa propre destruction : « je m'approxime, je me renonce / je me silence[36]. » Mais la suppression intentionnelle de soi passe aussi par une forme de jouissance paroxystique qui affecte ces voix littéraires, oscillant entre l'exténuation d'une servitude invoquée et la joie d'un sacrifice sublime fait au nom du sentiment.

Ainsi, Olga se soumet à une épreuve de résistance : pour ne pas succomber, il faut « réhabituer [s]on regard à voir » et il faut s'arracher « cette douleur de [s]a mémoire », il est nécessaire de flanquer

30. L. Sergiacomo, « Femminilità e femminismo nelle scrittrici italiane del Novecento », S. Contarini, M. Marras, « Femminismi : teoria, critica e letteratura nell'Italia degli anni 2000 », *op. cit.*, p. 119.

31. Nous renvoyons, entre autres, aux lectures critiques de Lea Melandri et de Saveria Chemotti. Voir, à ce propos, L. Melandri, *Come nasce il sogno d'amore*, Torino, Bollati Boringhieri, 2002 ; S. Chemotti, *L'inchiostro bianco. Madri e figlie nella narrativa italiana contemporanea*, *op. cit.*, p. 31-43.

32. Nous retrouvons, d'ailleurs, cette même thématique dans l'œuvre déjà citée de A. Ernaux, *Se perdre*, *op. cit.*

33. M. Tsvetaïeva, *Il paese dell'anima. Lettere 1909-1925*, *op. cit.*, p. 257. La traduction est la mienne.

34. A. de Céspedes, *Dalla parte di lei*, *op. cit.*, p. 210.

35. Poétesse argentine née le 28 avril 1936 à Buenos Aires et morte par suicide dans la même ville le 25 septembre 1972.

36. A. Pizarnik, *Poesia completa*, Varese, LietoColle, 2018, p. 320. La traduction est la mienne.

« les griffures qui [...] dévast[ent] le cerveau »[37]. L'apprentissage d'une nouvelle discipline, non pas *subie* – comme cela a été le cas pendant l'enfance et les années de mariage – mais *choisie*, est le seul processus pour contrôler « les régurgitations du désespoir[38] ». Olga porte, dans son ambivalence, l'inconciliabilité entre ces deux statuts. Elle est l'emblème d'un « entre » les deux incarnant l'impossibilité de trouver un point d'équilibre *entre* la mère et la femme, *entre* son affectivité irrésolue et son désir d'indépendance. Victime de ses frustrations, elle succombe à elle-même en s'effondrant dans l'abîme de son impuissance.

La Pauvrette incarne, par le biais des souvenirs enfantins et à travers les étranges hallucinations d'Olga, le dernier bastion émotionnel avant le *déraillement* identitaire. Elle est l'allégorie d'une peur ancestrale devenue, à travers le traumatisme de l'abandon, angoisse d'une future métamorphose. Olga exhume l'histoire de sa voisine de la Piazza Mazzini dans la certitude que sans surveillance elle tomberait dans les mêmes pièges psychologiques qui ont conduit la Pauvrette au suicide.

Emilia était une femme pleine de vie, habitant le bâtiment de la famille d'Olga. Mère de trois enfants, elle s'occupait de sa famille et des enfants du quartier : « Elle avait l'allure et les manières d'une femme heureuse de son labeur[39]. » Quand son mari décida de la quitter pour s'installer avec une femme de Pescara, la douleur de cet abandon se manifesta d'abord à travers une vague de désespoir – « [elle] commença à pleurer chaque nuit[40] » –, ensuite par un délire sans fin : « La femme perdit tout, même son prénom [...], elle devint pour tous "la pauvrette"[41]. » Olga sait que la souffrance peut conduire à la mort. Emilia est condamnée à endurer son tourment de nombreuses années, avant de trouver la paix dans la désintégration éternelle : « n'étant pas parvenue à se procurer la mort grâce au poison, notre voisine s'était noyée du côté du cap Misène[42]. » L'angoisse de ce gouffre mortifère est d'ailleurs intensifiée par des visions cauchemardesques. La Pauvrette apparaît pendant l'agonie d'Otto, le chien de la famille. Elle,

37. *Les jours de mon abandon*, *op. cit.*, p. 147-148.
38. *Ibid.*, p. 221.
39. *Ibid.*, p. 18.
40. *Ibid.*, p. 19.
41. *Ibid.*
42. *Ibid.*, p. 73-74.

l'« anchois argenté[43] », condamnée à être une revenante des abysses marins, se manifeste à Olga à travers une attitude maternelle inusitée. Assise au milieu du bureau de Mario, elle cherche à réchauffer le corps agonisant du chien en rappelant à Olga le destin auquel l'animal est condamné : « Tu as peu de temps. Otto est en train de mourir[44]. » C'est encore elle, avec son « corps en papier mâché[45] », qui ramène la protagoniste à ses obligations de mère : « Souviens-toi que [...] Gianni a une mauvaise fièvre intestinale[46]. » C'est toujours elle, pétrifiée dans son corps livide et transparent, qui lui apparaît à travers le miroir : « je reconnus les traits de la pauvrette [...], son profil s'était tapi en moi, c'était cela que j'offrais maintenant à mon miroir[47]. » En se voyant avec les traits d'Emilia, Olga mesure les risques de sa condition psychologique. Déchirée entre la volonté de résistance et l'angoisse de l'abandon, elle tente de faire face à ce que la psychanalyste Catherine Chabert définit comme « l'amour maniaque ». Elle se trouve en équilibre entre la possibilité de survivre et l'obsession de l'effondrement : « je m'imaginais que la pauvrette s'était allongée sur le fil de l'épée [...] et que ce fil avait coupé sa robe, sa peau[48]. » C. Chabert décrit ces femmes victimes de la folie amoureuse comme des acrobates « sur la crête, entre les vestiges du passé et les vestiges des abîmes[49] ». Depuis sa vulnérabilité, cherchant à surmonter sa condition de déséquilibre, Olga tente d'opposer aux yeux « noyés dans des mares violacées[50] », le regard perçant de sa vigilance. Elle affronte l'intimidation des mains « en toiles d'araignée humides[51] » provenant des exilés de la terre, avec une ardeur hurlant son désir d'existence : « Ma tâche [...] consiste à démontrer qu'on peut rester saine d'esprit. Me le démontrer à moi-même, et à nul autre[52]. » Cette attitude est révélatrice d'un désir sous-jacent illustrant la volonté de ne pas succomber à ses propres faiblesses. Toutefois, malgré ses tentatives de résistance intellectuelle, c'est le corps qui suit un parcours opposé en devenant, lui-même, source d'angoisse et de déséquilibre.

43. *Ibid.*, p. 74.
44. *Ibid.*, p. 168.
45. *Ibid.*, p. 184.
46. *Ibid.*, p. 181.
47. *Ibid.*
48. *Ibid.*, p. 62.
49. C. Chabert, « Aimer à la folie » in *Maintenant, il faut se quitter...*, Paris, Presses universitaires de France / Humensis, 2017, p. 122.
50. *Les jours de mon abandon*, *op. cit.*, p. 20.
51. *Ibid.*
52. *Ibid.*, p. 81.

Le corps déraillé[53]

La voix du corps conditionne toute la phase centrale du roman coïncidant, symboliquement, avec le cœur de la souffrance. Quand l'abandon devient un fait tangible, quand toutes les barrières défensives tombent, Olga n'arrive plus à masquer la gravité de sa situation émotionnelle. Le corps, interprété comme un deuxième cerveau, dérape de sa structure. Le personnage perd ainsi tout contrôle sur sa personne : ses gestes, son langage, ses désirs sont « décollés[54] » de sa volonté.

En observant le dispositif mis en place par la protagoniste, le « sens d'identité corporelle » et le « sens de soi » deviennent interdépendants[55]. Selon la psychanalyste Caterina Arcidiacono, le corps possède une capacité élastique caractérisée par une tendance d'ouverture sur autrui. Il peut accueillir, nourrir, donner. Olga, cristallisée dans son dévouement maternel, dans son mariage vécu sous l'enseigne de la serviabilité, s'inscrit dans cette tendance. Toutefois, ce même corps communiquant peut, face à un événement traumatique, interrompre tout échange extérieur pour se replier sur soi. Le corps verrouillé, obturé par ses afflictions, est saturé par l'impossibilité d'établir un contact avec l'autre. L'organisme abandonne sa vitalité pour se scléroser dans un état d'apesanteur : il tombe malade, il disjoncte de toute fonction[56]. Le corps est donc interprété comme un « moi-peau » incarnant toute la complexité psychique de l'individu. Ce concept, conçu une première fois par le psychanalyste Didier Anzieu[57], a ensuite été repris par Anna Salvo[58] et adapté dans une optique centrée sur la corporéité féminine. Pour l'analyste, ces femmes figées dans leurs névroses, victimes de leur incapacité à évacuer la douleur, utilisent la peau – et, dans le cas d'Olga, l'ensemble de l'appareil corporel – comme véhicule d'expression. Faute d'autres solutions, leur moi-souffrant choisit l'externalisation physique pour objectiver les ravages d'un malaise intérieur.

53. Voir dans l'*Introduction* la note n° 8.

54. Concernant ce terme qui peut paraître incongru, voir dans cette même partie la note n° 6.

55. C. Arcidiacono, « Corpo come confine », *Identità femminile e psicanalisi, op. cit.*, p. 98.

56. *Ibid.*

57. D. Anzieu, *Le moi-peau*, Paris, Dunod, 1985.

58. A. Salvo, « Che cosa c'è sotto la pelle ? », *Perversioni al femminile*, Milano, Mondadori, 1997, p. 115.

Olga sombre : à son nihilisme corporel s'associe son déraillement émotionnel. La violence d'un tel mal-être est d'autant plus évidente qu'elle ajoute à la douleur d'abandon toute la rage avalée pendant son enfance, sa jeunesse, son mariage. L'enchevêtrement psychique qui l'affecte se manifeste à travers trois axes corrélés. Le premier met en lumière la valeur symbolique de la souffrance. Tantôt sur le plan linguistique, tantôt sur le plan imaginaire, Ferrante nous offre un portrait de la douleur corporelle dépeinte à travers plusieurs métaphores qui se superposent avec un langage halluciné, sillonné de néologismes, pétri d'un imaginaire exprimant la complexité d'un moi-détraqué. Dans le deuxième axe, nous verrons comment la protagoniste se livre au pouvoir d'une corporéité débridée. L'auteure met l'accent sur un corps féminin qui s'exprime à travers sa répugnance et montre sans pudeur les effets secondaires de l'abandon. Le dernier point se concentrera sur des actions délibérées mises en place par la protagoniste. Il existe une forme de volonté perverse, un plaisir à s'enfoncer dans les mailles d'un désespoir visant à l'anéantissement de soi. Toutefois, nous verrons comment elle pourra enfin retrouver une ébauche d'indépendance à travers ses choix délibérés.

La condition d'Olga est similaire à celle vécue par la protagoniste d'un roman de Marguerite Duras. Dans *Le ravissement de Lol V. Stein*[59], l'écrivaine décrit les conséquences de l'abandon sentimental en voyant, dans les mécanismes de la souffrance, une sorte de rapt, une espèce de « ravissement » conduisant l'être abandonné vers un dépouillement émotionnel. Durant un bal organisé au Casino municipal de T. Beach, Lol assiste sidérée à la fin de son amour. Son fiancé, foudroyé par le charme délétère d'une inconnue, l'abandonne à son destin et elle, désarmée, tombe dans une forme d'engourdissement émotionnel. Son corps, ses gestes, ses désirs ne lui appartiennent plus. D'une manière analogue, Olga décrit l'abandon de Mario par une expression déjà utilisée dans sa jeunesse, à la suite d'une rupture temporaire avec lui : « mes veines s'étaient éteintes[60] ». La perte de sens[61] invoquée par le mari pour justifier son éloignement est celle

59. M. Duras, *Le ravissement de Lol V. Stein* [1964], Paris, Éditions Gallimard Folio, 2014.

60. *Les jours de mon abandon*, *op. cit.*, p. 10.

61. *Ibid.* Mario parle, en effet, d'un « vide de sens ». La traduction d'Italo Passamonti, « sensation de vide », ne rend pas tout à fait l'idée.

qui, en vérité, affecte la protagoniste. Ses manifestations sont, pour elle, les « affirmations [...] d'un déraillement[62] ». Elle subit les symptômes d'un « détraquement[63] » intellectuel et physique lui interdisant toute action quotidienne. Les marges corporelles cèdent le pas à une entité enténébrée : « quelque chose [...] s'était brisé en moi. La raison et la mémoire s'étaient clivées, une douleur trop persistante en est capable[64]. »

La souffrance possède, pour Ferrante, l'étrange capacité d'agir sur les anatomies. C'est le corps qui se décompose, en laissant émerger les régurgitations d'un désespoir aigre et nauséabond. Le sujet n'existe plus – « je m'étais décomposée, comme [...] un acide[65] » – son existence est entraînée par les remous. Il reste de cette chair exsangue, vidée de ses sécrétions vitales, réduite à sa réalité de fantoche atonique, l'image d'une femme sans visage, « sèche comme un coquillage vide[66] ». Olga, dépossédée de sa personne, se retrouve comme Monique, la femme « rompue » : dépouillée de ses certitudes, écorchée vive, démunie face à une solitude qu'elle ne peut pas interpréter. Le personnage de Ferrante émerge à travers les mots de Simone de Beauvoir : « je tombais, je tombais et je me suis retrouvée complètement brisée[67]. » L'incapacité à imaginer une issue, la tendance à s'appuyer sur une langue hurlant le néant, conduit Olga à l'usage d'un vocabulaire corporel vidé de signifiances : « – Je suis tombée. – Où t'es-tu retrouvée ? – Nulle part. Il n'y avait nulle profondeur, il n'y avait aucun précipice. Il n'y avait rien[68]. » Les signaux du désespoir restent ancrés dans son corps vidé de vie, vidé d'amour. Mais l'angoisse se manifeste aussi à travers une longue fantasmagorie hallucinée. S'égarer signifie savoir se regarder dans la glace et avoir le courage de s'atrophier dans la représentation déformée de sa propre figure : « j'étais [...] sur le point de me perdre dans le miroir [...] je me voyais [...] avec [...] mes cheveux ébouriffés, mes yeux dépourvus de maquillage, mon nez gonflé par l'ouate et le sang, tout mon visage griffé par une grimace de concentration[69]. » Seul le miroir

62. *Les jours de mon abandon*, *op. cit.*, p. 29.

63. *Ibid.*, p. 89. La traduction de l'italien « squinterno » est la mienne. Dans sa littérature, Ferrante joue beaucoup sur l'idée d'un dégondement de la structure psychique des individus. Le simple mot « déséquilibre », dans ce contexte, devient insuffisant.

64. *Ibid.*, p. 185.

65. *Ibid.*, p. 77-78.

66. *Ibid.*, p. 43.

67. S. de Beauvoir, *La femme rompue*, *op. cit.*, p. 171.

68. *Les jours de mon abandon*, *op. cit.*, p. 274.

69. *Ibid.*, p. 151.

peut restituer au personnage un minimum d'intégrité. Toutefois, cette femme « rompue », hachée par son propre dégoût et renvoyée à l'infini à travers une superposition d'images, ne coïncide pas à l'idée qu'Olga s'était forgée d'elle-même. Elle ne se reconnaît plus et suit le destin tragique de Monique : en aimant, elle s'est effacée, en ayant perdu l'amour, elle s'est oubliée. Son corps-simulacre est réduit à une « forêt de figures cubistes, inconnue [...] à [soi] – même[70] ».

Face à l'incompréhension, la protagoniste tente une recomposition maladroite à travers la construction d'un collage aboutissant à l'image d'un sujet monstrueux : « je découpai aux ciseaux les yeux, les oreilles, les jambes, les nez, les mains des enfants, de Mario comme de moi-même. [...] J'obtins un corps unique à la monstrueuse indéchiffrabilité futuriste[71]. » La recomposition de son *Je* narratif passe à travers la création d'un collage interprété comme l'impossible synthèse d'une identité fracturée. Pour A. Cavarero, ce sujet féminin tentant la piste de l'énonciation, ne pourra jamais savoir qui il est : il *ne se voit pas*, mais il *se donne à voir*. Il « s'exhibe » sans pour autant pouvoir imaginer ce qu'il renvoie aux autres[72] et pourtant : il *s'*expose, il *se* dit.

Le deuxième modèle racontant le déraillement corporel d'Olga illustre les effets secondaires de la souffrance. Le corps réagit à travers une véritable mise en scène de la répugnance où l'évacuation physique, le détraquement identitaire, la chute dans l'abîme d'une vulgarité linguistique sont les seuls moyens pour résister à l'anéantissement du sujet. Comme Monique, Olga s'ensevelit vivante à l'intérieur d'un lieu devenant, lui aussi, étranger : « J'ai choisi de me terrer dans mon caveau[73]. » Pour la « femme rompue », la maison suit le même parcours de dépravation : « Tous les objets, tous les meubles autour de moi ont été décapés par un acide. Il n'en demeure qu'une espèce de squelette, navrant[74]. » Olga, en poursuivant dans la même direction, cesse de se laver, crache des obscénités en se livrant à des bassesses physiques comme à la recherche d'une forme de soulagement. La vision réitérée de Mario et Carla en train de faire l'amour contribue à sa défaite : « J'y pensais nuit et jour et, sur ces entrefaites,

70. *Ibid.*, p. 190.
71. *Ibid.*, p. 240.
72. A. Cavarero, « Il pensiero femminista. Un approccio teoretico », A. Cavarero, F. Restaino, *Le filosofie femministe : due secoli di battaglie teoriche e pratiche*, *op. cit.*, p. 114.
73. S. de Beauvoir, *La femme rompue*, *op. cit.*, p. 221.
74. *Ibid.*, p. 232.

prisonnière de mes pensées, je me négligeais, je ne me coiffais pas, je ne me lavais plus[75]. » Ce sont les mêmes pensées qui l'empêchent de dormir – « les nuits [...] devinrent un [...] supplice[76] » – la faisant tomber dans un état de narcolepsie diurne : « je sombrais toujours plus souvent dans le sommeil à dix heures du matin[77]. » Même son langage se métamorphose en un idiome trahissant son abrutissement : « Que lisait-on sur mon visage ? Que je ne couchais pas avec un homme depuis presque trois mois ? Que je ne suçais pas de braquemarts, que personne ne me léchait la chatte ? Que je ne baisais pas[78] ? » Cette autodégradation s'accompagne d'une forme de strabisme : « j'eus le sentiment que, contre ma volonté, il me faisait me tordre les yeux, les poussant latéralement de manière non coordonnée, une sorte de torsion obligée du regard[79]. » Si au début de sa relation avec Mario le contrôle qu'elle s'imposait était presque paradoxal – « Je me frottais, je me raclais, je me lavais les cheveux tous les deux jours » – après la rupture elle s'abrutit dans un extrémisme caricatural : « J'étais [...] en train de m'ensauvager, je regardai mes chevilles, mes aisselles, depuis quand ne m'étais-je plus épilée, depuis quand ne me rasais-je plus[80] ? » La recherche fanatique d'une sauvagerie malheureuse l'amène à un pic de souffrance : « J'éprouvai [...] l'anxiété de me liquéfier en purin, une angoisse qui me prit au ventre [...]. J'étais si lourde et gonflée [...], je tirai sur ma chemise de nuit, je m'accroupis, j'urinai et je déféquai derrière un tronc d'arbre. Je m'étais épuisée, épuisée, épuisée[81]. » Olga incarne les apparences d'une carcasse vidée de sens, abêtie dans un déraisonnement pathologique. Elle s'acharne sur des « objets vicaires » devenant, dans l'optique psychanalytique, des lieux à la fois de compensation et de sublimation de la douleur[82].

Ainsi, elle se retrouve impliquée dans des disputes futiles qu'elle transforme en véritables bagarres. Elle coupe les liens avec tous ses amis, coupables, de son point de vue, d'être secrètement complices de Mario et de Carla[83]. Son besoin de violence est à l'aune de la

75. *Les jours de mon abandon*, *op. cit.*, p. 36.
76. *Ibid.*, p. 40.
77. *Ibid.*, p. 48.
78. *Ibid.*, p. 85.
79. *Ibid.*, p. 131.
80. *Ibid.*, p. 141.
81. *Ibid.*, p. 142-143. La traduction est la mienne.
82. M. Valcarenghi, « L'aggressività vicariata e l'autoaggressività », *L'aggressività femminile*, Milano, Bruno Mondadori, 2003, p. 109.
83. *Les jours de mon abandon*, *op. cit.*, p. 34.

mise à mort d'un petit lézard vert : « Je le coinçai dans un recoin et je l'écrasai en poussant de tout mon poids sur le manche du balai[84]. » Mais la réaction la plus violente – celle qui permet à Olga de mesurer les effets néfastes de sa cruauté – est celle déversée sur Mario et Carla. Durant une rencontre accidentelle, elle attrape son mari par la chemise – « je le secouai avec une telle violence que je la lui déchirai sur l'épaule droite » – et le frappe avec une extase féroce : « Je lui flanquai des coups de pied, une, deux, trois fois[85]. » Toutefois, le véritable objet vicaire de cette violence déraisonnée est représenté par Carla, la maîtresse de Mario. Les boucles d'oreilles de famille, que Mario avait offertes à Olga, en sont l'élément déclencheur :

> Je voulais les lui arracher [...], je voulais traîner derrière moi son beau visage et ses yeux, son nez, ses lèvres, son cuir chevelu, sa mèche blonde, [...] comme si un hameçon s'était planté dans son vêtement de chair, les poches de ses seins, son ventre qui recouvrait ses boyaux et s'extravasait par le trou de son cul, par sa chatte profonde couronnée d'or. Et lui laisser seulement ce qu'en réalité elle était, une sale tête de mort toute tachée de sang frais, un squelette qu'on venait tout juste d'écorcher[86].

Cette violence peut, toutefois, se transformer en masochisme. En cherchant à contrôler ses pulsions, la protagoniste sombre dans une forme d'autopunition quand, en se voulant rassurante avec Ilaria, elle finit par se gifler : « le sang coula sur ma chemise de nuit, ce qui fit naître un sentiment de honte en moi[87]. » Après la surprise, Olga comprend la brutalité de son geste qu'elle avait initialement interprété comme une banale manifestation de force.

Enfin, nous tenterons de comprendre dans quelle mesure la perte de l'amour provoque une série de comportements voués à une dégradation corporelle délibérée. Si d'un côté presque toutes les actions violentes commises par Olga peuvent s'associer à une volonté pathologique, nous verrons comment, dans ce dernier cas, la protagoniste gagne une forme d'autonomie qu'elle ne possédait pas précédemment. Broyée par la logique perverse de sa souffrance, Olga devient une victime de ses manifestations. Elle obéit à la brutalité de sa névrose, consciente d'être victime de ses nerfs altérés et de sa

84. *Ibid.*, p. 39.
85. *Ibid.*, p. 102.
86. *Ibid.*, p. 103.
87. *Ibid.*, p. 150.

soif de vengeance. Le sadisme déchargé contre les objets, les gens, les animaux est l'expression directe des effets secondaires de l'abandon. Toutefois, dans son rapport à la sexualité, Olga sort de sa catatonie pour prendre le statut d'un corps maître de ses choix. Elle tente une reconstruction personnelle à travers l'expérience traumatique d'un rapport à l'autre inédit.

Dans la monotonie de sa relation conjugale, elle a toujours été rassurée par la domesticité d'un érotisme discipliné, docilement ordinaire. Dans un passage que Ferrante a tronqué et publié par la suite dans *Frantumaglia*, Olga décrit sa sexualité conjugale par un lexique enfantin et rassurant : « j'aimais [...] sa saveur domestique, son odeur. Je me livrais à ses bras comme à une robe de mes premières années, comme si j'étais redevenue une fillette tout en demeurant par miracle une adulte[88]. » Dans ses rapports ordinaires, Olga espère détruire toute possibilité de séparation, en chassant ainsi le cauchemar de la perte primordiale : celle de sa propre mère[89]. Mais, après l'abandon, elle veut briser à tout prix le souvenir de cette domesticité monotone, coupable de véhiculer un côté puéril comparé à la voracité sexuelle qu'elle attribue à Mario et à sa maîtresse. Elle veut arracher de son corps l'image de la femme condescendante, maternelle, piteusement rassurante, que l'ex-mari a méprisée.

Ses angoisses trouvent un terrain fertile dans la figure solitaire d'un musicien habitant l'appartement de l'étage inférieur. Il devient la proie désignée pour mimer une sexualité dissolue, jamais encore expérimentée, mais qui devient la seule clé d'accès à l'univers érotique de Mario. Elle songe à reproduire la même convoitise qu'elle attribue à son mari et à sa nouvelle compagne : « chacun de mes spasmes de souffrance coïncidait avec l'un de leurs spasmes de plaisir[90]. » En suivant cette fausse piste, elle s'oblige à une gestualité artificielle. En caressant le corps de Carrano, elle cherche à chasser le spectre de l'impudence sensuelle de Carla. Car elle connaît, désormais, la vérité sur Mario. L'homme qu'elle croyait être un modèle de fidélité est celui qui, dans le lit conjugal, réprimait l'envie féroce d'être avec une autre femme : « Carla, cette effronterie [l]'avait toujours eue, dès l'âge de quinze ans, et sait-on combien elle avait plu à Mario,

88. *Frantumaglia, op. cit.*, p. 152.

89. Pour une clarification sur le besoin, pathologique, d'un retour à l'identique dans la pratique sexuelle voir A. Salvo, « I labirinti dell'eros », *Perversioni al femminile, op. cit.*, p. 70-71.

90. *Les jours de mon abandon, op. cit.*, p. 110.

comment il avait rêvé d'elle tandis qu'il dormait auprès de moi, jusqu'à se réveiller et à m'embrasser comme s'il l'embrassait[91]. » Le besoin de s'abandonner à un érotisme envoûtant, pétri d'un désir d'abnégation, s'effrite face à la conscience du manque d'amour. Le corps de Carrano ne suit pas la trajectoire imaginée par Olga et elle, ravagée par la honte et le dégoût – « son braquemart ne s'était pas dressé, je n'avais pas su faire bouillir son sang[92] » – se lance dans une pantomime forcenée et paradoxale. Succube de son désespoir, elle utilise Carrano pour s'imposer une sexualité nouvelle la jetant dans un état de prostration inattendue :

> [J]e demeurai à quatre pattes. Je riais sous cape, je ne parvenais pas à me retenir en pensant à la tête que Mario ferait lorsque je le lui raconterais. Je cessai [...] de rire lorsque je sentis Carrano qui poussait avec force contre mon corps. J'eus soudainement peur, je retins mon souffle. Une position animale, des liquides animaux et une perfidie tout humaine. [...] J'étais dégoûtée de moi-même[93].

Olga cherche dans la sodomie une issue à sa perte de sens. Le corps du musicien, pour elle, n'existe pas. Leur rapport sexuel est marqué par la faille d'une distance ne pouvant se combler et la jouissance recherchée n'est que le fruit contaminé d'un narcissisme destructif. À la suite de cet échec érotique, il ne reste d'Olga que – comme le disait Lacan dans son *Séminaire XX* – « la fracture, la cassure, l'interruption de la formule être sexué[94] ». Toutefois, c'est dans cette volonté destructrice que la protagoniste récupère une partie de sa valeur identitaire. Elle ne subit plus les excès de ses pulsions, mais elle devient actrice de ses actes. Pour le dire avec Geneviève Fraisse[95], cette femme-personnage répond à l'impératif féministe de l'*habeas corpus*. Malgré la douleur, elle se découvre propriétaire de sa peau et, par ce biais, elle s'ouvre à une lente *re*-connaissance de sa personne.

---

91. *Ibid.*, p. 118.
92. *Ibid.*, p. 123.
93. *Ibid.*, p. 125-126.
94. J. Lacan, *Livre XX. Encore 1972-1973*, *op. cit.*, p. 19.
95. Pour une réflexion féministe sur le corps et ses pulsions voir G. Fraisse, « Le propre et son excès : trop ou pas assez de corps », *Lunes*, n° 24, juillet-septembre 2003 puis in *Id.*, *La fabrique du féminisme*, Lyon, Éditions le passager clandestin, 2012, p. 279-284.

Turin : l'exil et la double lacération

Pour pouvoir raconter la relation qu'Olga entretient avec la ville, Ferrante avoue avoir relu les vers de Virgile dans l'*Énéide*. Didon, d'abord animée par la passion puis ravagée par le désespoir, représente le fondement de l'édifice émotionnel de la protagoniste de Ferrante. Le rapport liant la reine à Carthage est associé au parcours de désagrégation d'Olga à Turin. Car la ville ne s'arrête pas à sa simple connotation d'agglomération citadine. Comme pour la Naples de *L'amour harcelant*, Turin – en suivant la trajectoire de Carthage – est « pierre secouée tour à tour par les mouvements intérieurs des [...] personnages ». Dans toute l'œuvre de Ferrante, la notion d'espace urbain rime avec l'image d'une substance palpitante, presque humanisée : « pierre soudain animée par nos émotions, par nos désirs »[96]. À travers les mots de la reine mourante, déchirée par l'abandon d'Énée, Carthage passe du statut de ville chargée de splendeurs à terre de vengeance. L'expression « *Nullus amor populis nec foedera sunto* » incarne, pour l'écrivaine, l'atroce contingence du cri de Didon qui, abandonnée, se donne la mort avec l'épée de son ancien amant[97].

Ferrante montre comment les villes ont le pouvoir de changer de forme en suivant les parcours des personnages qui les habitent. Pour Olga, Turin c'est une ville *subie*. Cette nouvelle cité lui a certes permis de s'émanciper de Naples, mais l'espace urbain peut condamner le personnage à une double forme de captivité. Bannie de ses lieux d'origine – Naples n'est qu'un mirage lointain – la protagoniste constate son statut d'exilée dans un territoire qui la rejette. Turin dévoile son statut de ville-miroir, capable de lui renvoyer son image de femme *trouée*, de sujet manquant, fracturé par la solitude.

À travers les perceptions du personnage, nous verrons comment Naples et Turin sont souvent mises en parallèle et présentées à travers l'émergence de leurs contrastes. La mémoire et le temps présent, la vitalité éclatante contre la mollesse du paysage, les hurlements comparés au silence peu naturel montrent leur réalité antinomique. Toutefois, Naples et Turin conservent aussi des points communs. Leurs spécificités arrivent à constituer un dialogue nourri d'échos renvoyant – par adhésion ou par dissemblance – au tissu identitaire du personnage. Naples, par exemple, ne revient qu'à travers les souvenirs d'Olga. Elle incarne le lieu d'une mémoire ardente, animée

96. *Frantumaglia, op. cit.*, p. 174.
97. *Ibid.*, p. 175.

par des sentiments chargés de rage, de vivacité et d'angoisse. Elle introduit le côté frémissant de la souffrance, exprimé dans la figuration d'un environnement chaotique aux tonalités fébriles. Cependant, cette mémoire douloureuse se heurte aux nouvelles blessures du personnage. Olga, dans sa tentative de survivre aux récentes lacérations, met en place une réorganisation de son passé dans le but d'effacer la lourdeur du quotidien en se réfugiant dans un hypothétique (et trompeur) paradis perdu.

Turin, inversement, se présente comme terre de séparation. C'est la cité aux teintes pâles, qui, dans sa viscosité, constitue le contrechant aux bouillonnements napolitains. Nous verrons comment cette ville-seconde, terre d'une possible adoption, engendrera une stratégie d'exclusion de la protagoniste. Dans un premier moment, Turin se replie sur soi en adoptant une attitude de fermeture. La cité passera ensuite à une série d'attaques vouées à fragiliser le personnage. En conclusion, l'espace urbain arrivera à se métamorphoser en adoptant les postures mêmes d'Olga dans le but de l'anéantir en l'englobant dans sa propre dissipation. Turin, ville-*présent*, s'oppose à Naples, ville-*mémoire* : les deux espaces restituent la complexité d'un personnage qui transpose dans les lieux les symptômes d'une personnalité au bord des abysses.

Naples émerge dans les souvenirs d'Olga à travers des images fugaces : la mer, le parapet de pierre de Sant'Elmo, la solitude du premier baiser avec Mario. L'espace urbain s'imprègne d'une mémoire traversée par des scènes remplies d'affection et toutefois déjà souillées par le présage de l'abandon. Naples est une « ville décolorée[98] » qui, dans ses figurations délavées, garde les prémisses d'un déchirement futur. Les cadences dialectales, la mémoire d'une certaine véhémence linguistique, les éclats constituent pour Olga des cicatrices à effacer. Naples doit rester confinée dans son rôle mémoriel : elle ne doit pas influencer sa vie présente. À l'inverse Turin, deuxième épiderme, est destinée à entrer de plein droit dans le quotidien de la protagoniste. Olga s'efforce d'adhérer à ce lieu inconnu en essayant d'apprivoiser un endroit qu'elle n'a pas choisi, mais qu'elle interprète comme une possibilité existentielle. La protagoniste cherche à mimer le même attachement viscéral qu'elle a nourri pour sa terre d'origine : faire couler Turin dans ses veines, l'incorporer à sa peau. Mais, pour y

98. *Les jours de mon abandon*, *op. cit.*, p. 11.

parvenir, il lui est nécessaire de s'imposer une discipline, une surveillance supplémentaire qui, cette fois-ci, concerne aussi toute sa famille. Olga souhaiterait reproduire les mêmes dynamiques affectives vécues durant son enfance, mais elle voit le potentiel révolutionnaire de Turin, terre interprétée comme théâtre de maturité.

Toutefois, après la rupture, ce passé napolitain ressurgit. Le vide laissé par Mario correspond à un vide géographique. Olga souffre de l'absence des lieux qu'elle a toujours essayé d'éradiquer. Naples représente sa jeunesse : elle coïncide, malgré ses défauts et ses carences, avec son indépendance existentielle. Olga surinterprète son passé en le lisant au regard de son présent tourmenté. L'enfance devient un Éden perdu : Naples se caractérise comme terre d'insouciance, lieu de toutes les libertés, région dépourvue de conditionnements. C'est pour cela que l'ancien accent, savamment bridé par un travail de limage, résiste comme seul témoignage d'un temps libre, synonyme d'une autonomie perdue. À l'inverse, la cadence turinoise, compressée dans la sonorité d'un idiome méconnu, incarne le spectre de son effacement actuel. La langue garde, dans son anatomie phonétique, l'ensemble de son parcours de perdition, ou pire, de soumission : la protagoniste ne peut plus supporter l'endiguement volontaire auquel elle s'est pliée en suivant les volontés de son ex-mari : « je désirais les blesser mes enfants, je désirais surtout blesser le garçonnet qui avait déjà l'accent piémontais ; effaçant [...] sa cadence napolitaine, Mario, lui aussi, se plaisait à parler à la turinoise[99]. »

Naples est, pour Olga, l'emblème d'une généalogie sentimentale marquée par une éducation au féminin, par le refrain des litanies fredonnées par sa mère couturière. La « ville d'origine » est associée à un imaginaire caractérisé par un sentiment de plénitude restituant, malgré le camouflage temporel, un minimum d'intégrité identitaire au corps morcelé de la protagoniste. Tout est pensé à travers le filtre d'une mémoire vibrante : « la table sous laquelle j'écoutais les histoires que racontait ma mère serait une poussière dans la lumière brûlante du mois d'août[100]. » Cette même enfance revient, de façon inattendue, au sommet d'une journée d'amertume. Ici, Naples, dans sa capacité à se faire mélodie, réapparaît dans la musicalité d'une berceuse parlant la langue de la consolation : « rien que pour me tenir compagnie [je] chantonn[ais] une berceuse dans le dialecte de mon enfance[101]. »

99. *Ibid.*, p. 94.
100. *Ibid.*, p. 184.
101. *Ibid.*, p. 225.

Toutefois, ce même endroit affectif peut se faire porteur d'un sentiment de malaise : Naples est aussi violence sonore, brutalité du regard. L'image d'Ilaria, monstrueusement maquillée, éveille, dans la conscience pathologique d'Olga, le souvenir des deux vieilles naines, grotesques représentantes d'une ville aux allures lascives et perturbantes :

> On aurait dit l'une de ces vieilles naines que, petite fille, ma mère racontait avoir vues dans le funiculaire du Vomero. C'étaient deux jumelles [...] identiques, âgées de cent ans, disait-elle. [D]ans les wagons [...] elles jou[aient] de la mandoline. Elles avaient des cheveux d'étoupe, des yeux lourdement fardés, des visages rugueux aux joues rouges, des lèvres peintes[102].

Les deux figures, chargées d'une cupidité insatiable, s'infiltrent dans l'imaginaire déjà affaibli de la protagoniste. Naples n'est pas un inavouable paradis perdu, mais plutôt un territoire menaçant, caractérisé par des peurs primitives qui se heurtent à la discrétion de Turin, la ville-*présent*, en accentuant sa froide inhospitalité. La difformité de Naples passe par la rugosité de ses corps. Les deux jumelles incarnent l'angoisse d'un monde troublé, capable de s'écouler à tout moment en entraînant Olga vers le précipice de son incertitude subjective.

De la même manière, Turin, reflétant le quotidien de la protagoniste, ne parvient jamais à contenir sa souffrance. La « ville [...] de métal[103] » se présente comme un bastion inexpugnable et s'impose dans l'esprit fragilisé du personnage en lui renvoyant son exclusion : « Turin me faisait l'effet d'une grande forteresse munie de remparts semblables au fer, des murs d'un gris glacé que le soleil de printemps ne parvenait pas à réchauffer[104]. » Elle est la terre d'exil qu'Olga cherche à conquérir sans succès. Réduite au statut de paria, la protagoniste s'anéantit dans le rôle de l'étrangère dépossédée de ses droits, privée de toute relation. Elle subit le sort que l'ex-mari lui a imposé : d'abord à travers un déplacement forcé, ensuite dans le déchirement de l'abandon sentimental.

Turin, ville ennemie, revient ainsi dans l'accent savamment travaillé de Mario : lui, le citadin, s'oppose à Olga l'exclue. La tentative d'apprivoisement urbain que la protagoniste cherche à mettre en

102. *Ibid.*, p. 175-176.
103. *Ibid.*, p. 11.
104. *Ibid.*, p. 44.

place s'effondre face à son incapacité. Elle essaye de s'adapter à un lieu qu'elle perçoit comme antagoniste, mais ses gestes vont dans la mauvaise direction. Turin révèle son côté insaisissable. C'est la ville de l'incohérence, le lieu où tout est destiné à tomber dans l'abîme de l'absurdité : « je me dirigeai de façon insensée vers une vespasienne grise sur laquelle un estampillage suranné précisait "casa del fascio". Puis je changeai d'avis, qu'étais-je donc en train de faire, je revins sur mes pas[105]. » Olga se perçoit comme une adversaire et cette conviction est renforcée par le sentiment de refus que la ville lui renvoie à chaque tentative de colonisation.

En parallèle à ces messages de fermeture, Turin alterne aussi une stratégie de rejet. Son aspect inexpugnable glisse vers une série de mesures vouées à déstabiliser la protagoniste. La verdure luxuriante du parc du Valentino, par exemple, paraît un artifice mis en place pour montrer la vitalité effrénée des lieux, en révélant, derrière la fécondité démesurée de la nature, son aspect vorace, son impraticabilité. Turin oppose, aux faibles défenses d'Olga, son statut de ville inhabitable :

> Le printemps lui-même, qui avait désormais commencé et qui devait peut-être lui sembler [...] une saison splendide, avait seulement été pour nous la toile de fond de notre malaise, de notre abattement. Jour et nuit, le jardin public semblait pousser en direction de notre appartement comme s'il voulait le dévorer de ses branches, de ses feuilles[106].

Dans l'éruption des pollens, à travers les feuilles s'introduisant dans l'appartement, et une végétation qui semble dévorer la maison et exciter les sens du chien Otto, Turin montre son côté vorace, prêt à se nourrir des êtres identifiés comme inadaptés, malades. Turin n'est plus la ville méconnue, mais elle prend un aspect envahissant. Olga se trouve attaquée sur tous les fronts. Des fourmis la dépouillent de son espace vital – « l'appartement avait été envahi [...]. En groupes compacts, elles avançaient depuis les fenêtres, depuis le balcon, elles jaillissaient du parquet » –, la chaleur étouffante – « qui pesait sur les arbres immobiles du jardin public »[107] – tend à l'immobiliser en la réduisant à une marionnette désarticulée. Elle devient la victime désignée d'un lieu doublement inhospitalier.

105. *Ibid.*, p. 46.
106. *Ibid.*, p. 48.
107. *Ibid.*, p. 69-70.

Mais Olga, en premier, attribue à la ville des facultés typiquement humaines. Turin, ville-adversaire, devient aussi la sournoise complice de Mario et de sa maîtresse. La protagoniste assigne à l'espace urbain les mêmes perversités qu'elle remarque chez les amis de sa famille. Le monde s'est coalisé pour l'exclure, la tromper :

> [S]elon une rumeur [Mario et Carla] habitaient bien du côté de l'esplanade Brescia. [...]. Quant à leur appartement, esplanade Brescia était seulement une indication générique : il pouvait tout aussi bien s'agir de cours Palermo, rue Teramo, rue Lodi, difficile à dire, il n'y avait que des noms de villes dans ce quartier-là[108].

La géographie urbaine paraît protéger l'ex-mari de sa furie déraisonnée. La ville se renferme sur elle-même : elle modifie sa topographie, les lieux s'effondrent les uns sur les autres, les rues changent de noms. L'agglomération devient une pelote de fausses directions. La condition d'étrangeté est renforcée par un sentiment d'incomplétude : « la ville me sembla déchirée dans sa compacité. » Turin révèle ses lacunes intérieures, son irrégularité architecturale, rehausse un caractère défectueux et désagréable. La présence d'un ciel sombre « noir, seulement repoussé par une grue haute et élégante », pesant sur des « bâtiments bas » faiblement éclairés par la « lumière malade des réverbères », intensifie la désolation d'une cité spectrale incapable d'incarner la vitalité passionnée de Naples. La dissymétrie des immeubles – « à des bâtiments restaurés depuis peu succédaient des constructions délabrées » –, la misère d'une affliction humaine traduite par un état de perpétuel délaissement – « commerces fermés, un ivrogne blotti dans un recoin » – symbolisent la gravité émotionnelle de la protagoniste, en lui permettant de saisir la vérité grotesque de sa recherche. Dans les rues abandonnées, dévastées par l'incurie, Olga voit sa condition d'être abandonné incapable de sortir de son propre désastre. « Dégoût des tourments qui enchaînent des liens d'une vie accablante »[109] : le personnage se reflète ainsi dans la désolation de la périphérie, dans le manque de chaleur des lieux, dans la solitude qui devient aliénation. Elle prend conscience de son état psychologique amplifié par un lieu qu'elle ressent comme adverse.

La ville incarne le grand Autrui capable de la subjuguer par son regard accusateur. En mesurant l'impuissance de sa personne, Olga

108. *Ibid.*, p. 63-64.
109. *Ibid.*, p. 65.

touche enfin à sa condition d'aliénée. Malgré ses efforts, Turin ne lui appartient pas. Pour le dire avec Sartre, la protagoniste comprend être devenue « quelque chose » qu'elle n'a « pas choisi [d']être »[110] : tout ce qu'elle représente dans le monde n'est rien d'autre que la figuration d'un individu subordonné, humilié, privé de ses facultés. Vide. Elle est donc, ici, un être *subi*[111]. Cette révélation ne vient ni de Mario ni d'autres personnes. Turin, ville-cruelle, ville-témoin, observe de tout près son incapacité d'action et lui révèle le naufrage de sa personnalité.

Mais l'espace urbain porte aussi un dernier masque susceptible d'abattre ses faibles défenses. D'un côté nous avons observé une attitude agressive visant à chasser Olga, stigmatisée comme l'élément à expulser ; de l'autre nous découvrons une ville capable de prendre une connotation ambiguë, faussement rassurante, dans le but de confondre son esprit déjà précaire. Après avoir hissé des remparts défensifs, Turin montre un aspect malléable. La ville oppose à la stratégie du rejet une forme de passivité. Elle met en place une véritable politique de subordination. La mollesse de la condition identitaire d'Olga est mimée par la cité qui s'écoule, en plongeant dans la ruine du non-sens :

> Je courus à travers le jardin public comme pour lier les allées, les arbres à l'aide de mes déplacements aussi rapides qu'incohérents, je craignais qu'ils ne volent en mille éclats. Je m'arrêtai devant une bouche à feu de l'artillerie turque du quinzième siècle [...]. Je criai à nouveau les noms de mes enfants. Ils me répondirent de l'intérieur du canon[112].

Turin, simulant la fracture d'Olga, s'effondre dans ses propres formes. La topographie chute vers l'incohésion en reproduisant l'égarement même de la protagoniste. La ville présente son côté changeant : elle se montre dans sa fragilité de paysage capable tantôt d'exclure, tantôt d'entrer en empathie avec les souffrances de ses habitants, même les plus étrangers. En suivant la même trajectoire qu'Olga, Turin perd son statut géographique pour s'asservir dans une opération d'anthropomorphisation : ses confins s'écroulent, se superposant au corps souffrant du personnage. La ville se décom-

110. J.-P. Sartre, *L'être et le néant*, *op. cit.*, p. 690.
111. *Ibid.*
112. *Les jours de mon abandon*, *op. cit.*, p. 95.

pose dans un état boueux : elle sombre dans l'inaction pathologique. Pour reprendre à nouveau les mots de Sartre, cette cité devient non seulement l'espace de l'aliénation, mais aussi le règne du visqueux : d'un côté elle semble devenue gérable, potentiellement « compressible », de l'autre elle révèle une flaccidité pathologique aux volontés phagocytantes[113].

L'espace urbain est recouvert par une substance gluante qui lui donne l'allure d'un lieu *docile*, maniable. Toutefois, malgré ses nombreuses tentatives, Olga se heurte au constat sartrien : elle croit posséder Turin, mais « voilà que, par un curieux renversement » c'est la ville même qui la possède car « sa mollesse fait ventouse »[114]. Nous pourrions donc en déduire que la cité met en place une stratégie délibérée. Dans un premier moment, elle attaque Olga en utilisant l'arme active du rejet, puis elle arrive à l'absorber passivement en l'enfermant dans son dispositif mortifère. Toutefois, cet englobement inattendu fournit au personnage une clé de lecture paradoxale. S'effondrer dans le paysage urbain, sombrer à travers des rues, s'amuser dans un déguisement topographique paraît le seul moyen pour toucher sa réalité. Olga arrive ainsi à se comprendre malgré l'Autre, *grâce* à l'Autre.

Ilaria : l'autrui révélateur entre complexe de la mère morte et *dirty care*

Ilaria – « Petite machine de chair rose[115] » – incarne l'objet d'amour capable de révéler à Olga toutes ses négligences affectives. À travers ce double spéculaire, Ferrante raconte les ravages de l'abandon associés au côté le plus obscur de l'amour maternel dévoilant des désirs d'infanticide[116]. Derrière le calme apparent de la protagoniste se cache

113. Il est intéressant de faire un lien avec la description que Sartre fait de la ville de Naples dans une lettre adressée à Olga Kosakiewicz. Voir, J.-P. Sartre, « À Olga » [été 1936] in *Lettres au Castor et à quelques autres. 1926-1939*, édition éditée et annotée par Simone de Beauvoir, Paris, Éditions Gallimard, 1983, p. 66 : « Imaginez, jointe à ces misères, une extraordinaire liberté, sinon sexuelle, du moins charnelle : tous les enfants jusqu'à cinq ou six ans ont le derrière nu. [...] Et de fait, tout ce grouillement de derrières sales et de sexes, ça fait terriblement animal. Des animaux malades et souffreteux, une espèce qui grouille et qui est en train de crever, à la fois » ; p. 83 : « D'une façon générale, les rues regorgent de nourriture : on vend des noix, des épis de maïs bouillis, des fèves grillées, des poissons, des crustacés, de petites pieuvres ».

114. *Id.*, *L'être et le néant*, *op. cit.*, p. 796.

115. *Frantumaglia*, *op. cit.*, p. 148.

116. *Ibid.*, p. 217.

l'accablant sourire de Médée car, sous l'emprise d'un déséquilibre fielleux, Olga choisit la violence pour atténuer son propre désespoir. Elle est prête à sacrifier ses affects pour se venger de l'infidélité de son mari.

À la lumière de cette ambiguïté affective, nous chercherons à illustrer le dispositif mis en place par Ferrante : par le biais du prisme relationnel mère-fille, Olga peut se *voir*, se comprendre. Ilaria, dans son rôle de gardienne de l'ordre, incarne le sens moral d'un autre soi en miniature capable d'empêcher le déraillement intellectuel de sa mère. Mais Ferrante ne cherche pas à construire un personnage secondaire servant de pivot identitaire à la protagoniste. Cet autrui, placé métaphoriquement au-delà du miroir, porte sur son corps les stigmates de la souffrance maternelle : Ilaria les absorbe, elle en est affectée. Olga, enfermant sa fille dans l'immobilité de la glace et se servant d'elle pour arriver à se comprendre, finit par l'asphyxier à l'intérieur d'une fonction prédéfinie, en détruisant chez elle toute possibilité d'autonomie. Nous pourrions donc nous demander quelles sont les conséquences de ce type de relation alternant amour et haine, dépendance et désir de distanciation. Ilaria, dans sa ténacité précaire, dans sa maturité grotesque et parfois désespérée, incarne toutes les réactions typiques du « complexe de la mère morte » théorisé par André Green[117]. Nous verrons comment la jeune fille, porteuse malgré elle de ce complexe, arrivera à se forger une personnalité à travers un manque congénital permettant à Olga d'opérer une récognition personnelle spéculaire. Pour sauver sa mère de la perdition, Ilaria s'engagera dans ce que les féministes ont défini comme le *dirty care*. En suivant les hypothèses de la philosophe Elsa Dorlin, nous découvrirons que les attentions visant à la protection d'autrui – qualités morales considérées comme positives – peuvent rimer, parfois, avec une stratégie de défense personnelle risquant d'entraîner l'effondrement du sujet-aidant. Celui-ci, par amour de l'autre, finit par se laisser dévorer par sa propre bienveillance.

Quand Olga reste enfermée dans son appartement, elle subit une inquiétante régression intellectuelle. Elle abdique son statut de génitrice et glisse vers les postures vacillantes d'une jeune fille démunie face au regard accusateur de sa propre mère. Ilaria, de son côté, se fait porteuse des directives impitoyables d'un surmoi

---

117. Voir A. Green, « La mère morte », *Narcissisme de vie. Narcissisme de mort* [1983], Paris, Les Éditions de Minuits, 2007, p. 247-283.

imposant : « Je l'imaginai vieille, les traits déformés, proche de la mort, ou déjà morte, et néanmoins comme une partie de moi-même, l'apparition de la petite fille que j'avais été, que je serais[118]. » Olga se reflète dans le corps miniaturisé de sa fille en y lisant sa propre impuissance. Elle touche à ses faiblesses ; mais cette image met aussi en évidence l'aspect problématique de cette identification. Le constat d'une projection relationnelle traumatique est amplifié par l'expédient du déguisement. Ilaria, dans une tentative d'assimilation affective, cherche à ressembler à sa mère en brisant son interdiction : « "Puis-je me maquiller moi aussi comme tu t'es maquillée ?" – "Non. Surveille ton frère." – "Surveille-le toi-même. [...]" – "Ilaria, ne touche pas à mes produits de beauté"[119]. » Olga lit, dans ce banal désir enfantin, l'angoisse d'une éventuelle proximité physionomique avec sa fille. Ainsi, elle cherche à tout prix à conjurer une possibilité qui la jetterait dans une évidente condition de minorité. Toutefois, Ilaria désobéit en donnant vie à une composition corporelle mêlant les codes physiques de la jeune fille à ceux de la femme séduisante. Dans sa monstruosité indéchiffrable, sa corporéité raconte la duplicité du rapport mère-fille :

> Elle s'était revêtue de mes vêtements, elle s'était maquillée [...]. Elle portait aux pieds mes chaussures à talons hauts, elle était attifée d'une robe bleue qui entravait ses mouvements [...]. On aurait dit l'une de ces vieilles naines que, petite fille, ma mère racontait avoir vues dans le funiculaire du Vomero[120].

Olga voit, dans le petit corps d'Ilaria, la transposition hallucinée de sa vie morcelée par le ravage de l'abandon. Dans cette silhouette carnavalesque, elle découvre toute la sauvagerie de sa vie d'adulte se dissolvant dans les anfractuosités de son enfance. Ilaria se superpose à l'image angoissante des deux naines du Vomero et jette sur sa mère toute la cruauté d'un passé qu'elle n'a pas pu effacer. Olga ne veut pas glisser vers l'abîme d'une infantilisation caractérielle qui rimerait avec l'assassinat de sa vie d'adulte. Dans ses hallucinations, Ilaria possède le pouvoir de ressusciter un passé tourmenté : son image se confond aussi avec le fantôme de la Pauvrette renvoyant, à son tour, au risque d'un déraillement ultérieur :

118. *Les jours de mon abandon*, *op. cit.*, p. 129.
119. *Ibid.*, p. 159-160.
120. *Ibid.*, p. 175.

> [S]i cette femme était là, une enfant de huit ans, qui m'était désormais étrangère, était en train de l'emporter sur moi, qui en avais trente-huit, et elle commençait de m'imposer son temps, son monde [...]. Elle travaillait, la petite fille, à me dérober le sol sous les pieds, afin d'y substituer le sien. Et c'était seulement le début [...][121].

Ainsi, le personnage tente de résister à cette assimilation en niant la proximité affective avec sa fille : « Ilaria m'appel[ait]. Mais pourquoi me fallait-il accourir ? Je découvris avec regret que, si la petite fille avait besoin de moi, je n'avais nullement besoin d'elle[122]. » Cette relation ambivalente se traduit par un jeu ultérieur de superpositions. Ilaria, âgée de trois ans, se retrouve toute seule sur le canapé et Olga l'observe en cachette, avec un mélange de stupeur, d'alarme et de dégoût :

> Son menton est enfoncé dans le coussin vert, elle a les yeux écarquillés, le regard voilé, les joues rouges, les cheveux collés sur son front moite. Ses bras croisés se perdent sous son ventre, ils vont et viennent laborieusement, elle halète. Je devine qu'elle se fatigue, les deux mains sur le sexe. Elle s'agite comme une araignée rouge, blessée, ce sont les derniers spasmes. J'ai honte d'elle, je sais que les enfants se masturbent, [m]ais j'ai quand même honte. [E]lle se caresse frénétiquement, comme moi, sans doute, au même âge[123].

Ce passage – repris *in extenso* dans *Frantumaglia,* mais supprimé dans la version finale du roman, car jugé trop explicite du point de vue psychanalytique – met en lumière l'intention dissimulée derrière les difficultés relationnelles qu'Olga entretient avec sa fille. L'enfant devient problématique quand elle montre sa différence physique ou quand on lui découvre une autonomie précoce l'éloignant de l'image virtuelle qui lui est attribuée. À la vue d'Ilaria en train de se masturber, Olga est confrontée à sa propre sexualité gênée. Elle voit, dans le petit corps de sa fille, la concrétisation de ses propres fantasmes enfantins ainsi que la maladresse de sa vie d'adulte.

À côté de ses tentatives de distanciation, Olga se sert de sa fille en lui attribuant un rôle protecteur. Ilaria devient la gardienne de l'état psychologique de sa mère. Quand Olga, par exemple, n'arrive plus

---

121. *Ibid.*, p. 165.
122. *Ibid.*, p. 143-144.
123. *Frantumaglia, op. cit.*, p. 147-148.

à gérer la fièvre de Gianni, Ilaria réagit : « Comme je me mettais à chercher le thermomètre sans satisfaire à sa requête, elle me punit par traîtrise en me pinçant[124]. » En reconnaissant le potentiel de ce geste intimidateur, Olga décide de confier à Ilaria le rôle de surveillante : une manière de lui donner de l'importance, de la calmer et de se servir d'elle pour neutraliser ses angoisses. En voulant obéir à sa mère, la petite fille sombre dans un rôle dangereux qu'elle n'a pas le moyen de comprendre. Elle est fière de sa mission, mais dans ce dispositif nous voyons apparaître la notion de mère morte théorisée par André Green[125]. Faute d'avoir un rapport équilibré avec sa mère, Ilaria agit comme si elle avait disparu. Olga, la mère souffrante, est symboliquement remplacée par l'engagement d'Ilaria qui, dans un rôle de contrôle, se fait génitrice d'elle-même. La mère morte est « une mère qui demeure en vie, mais qui est [...] morte aux yeux du jeune enfant[126] ». La tendance est de transformer un « objet vivant » – dans ce cas l'image heureuse d'une maternité accomplie – en une « figure lointaine, atone, quasi inanimée »[127]. Pour la psychanalyste Catherine Chabert, il est possible d'élargir ce complexe à « toute construction mettant au jour un désinvestissement par l'objet[128] ». L'enfant est confronté à des situations relationnelles difficiles où le rapport avec sa propre mère est soumis à un changement drastique, souvent douloureux. Ce contexte peut aussi conduire à un éloignement volontaire. L'enfant victime de ce complexe tentera, dans certains cas, de mettre en pratique une distanciation l'amenant à la perception d'une exclusion, d'une désaffection subie. Ilaria, au sommet de son incompréhension, n'hésite pas à accuser Olga d'abandon. Elle déverse sur sa mère le poids de son manque d'amour en lui attribuant la responsabilité de ses souffrances : « Tu es méchante, je ne peux pas te supporter[129]. »

Cependant, pour Luisa Muraro[130] ce même complexe pourrait être considéré dans son acception positive. Pour les féministes de la différence, il faudrait voir dans la souffrance d'une petite fille métaphoriquement abandonnée par une mère manquante, la pre-

124. *Les jours de mon abandon*, *op. cit.*, p. 136.

125. A. Green, « La mère morte », *Narcissisme de vie, narcissisme de mort*, *op. cit.*, p. 222-253.

126. *Ibid.*, p. 222.

127. *Ibid.*

128. C. Chabert, « Deuil », *Maintenant il faut se quitter...*, *op. cit.*, p. 43.

129. *Les jours de mon abandon*, *op. cit.*, p. 177.

130. L. Muraro, *L'ordine simbolico della madre*, *op. cit.*

mière étape d'une construction affective susceptible de conduire l'enfant, une fois adulte, à une pleine compréhension de sa féminité. Apprendre à aimer sa propre mère malgré les souffrances qu'elle a vécues et qu'elle a involontairement transmises est, pour L. Muraro, une démarche indispensable pour restituer au sujet maternel son statut de femme et pour permettre à la jeune fille de se *lire* à travers sa génitrice. La cassure de cette mère absente ne doit pas être interprétée comme le témoignage impitoyable d'une mauvaise maternité : elle est, à l'inverse, la trace tangible de son humanité, de son authenticité existentielle. Dans ce désinvestissement affectif, il faut voir le signe d'un désarroi maternel qui ne concerne pas l'enfant et qui n'est pas dirigé contre lui. Selon l'optique de L. Muraro, accepter ce passage est, pour la femme adulte, la seule manière de s'émanciper de ces anciens fantasmes. Comprendre et accueillir la blessure de sa matrice signifie pouvoir remettre à sa mère « quelque chose qui lui a été ôté[131] ». Cela signifie s'accomplir à travers le renouvellement d'un lien relationnel interprété comme fondateur de chaque subjectivité au féminin.

Ilaria se charge ainsi de la douleur de sa mère, mais son jeune âge ne lui permet pas la distanciation nécessaire. Sa tentative de consolation et de responsabilisation se heurte au *dirty care* : la cure au négatif. En suivant les théories d'Elsa Dorlin[132], nous voyons comment la petite fille met en place une stratégie de soin paraissant dirigée vers sa mère, mais visant – en réalité – à l'autodéfense. Aux yeux perturbés d'Olga, l'attitude autoritaire de la jeune fille a un côté disproportionné : « elle me parut [...] ma mère [...] revenue du royaume des morts pour me rappeler à mes devoirs[133]. » Dans le but de soulager sa propre mère, Ilaria veut l'écarter de sa vie. Elle tente de lui ôter son rôle, elle veut, par ce biais, se libérer de sa présence pathologique : « La petite fille s'était substituée à moi. Elle s'était comportée comme je me comportais avec ma mère lorsque j'étais une enfant[134]. » En s'occupant de son frère fiévreux, Ilaria cherche aussi une reconnaissance : « "Les pièces de monnaie sont fraîches", m'expliqua Ilaria, "elles lui font passer son mal de tête et la fièvre".

131. *Ibid.*, p. 156. La traduction est la mienne.

132. E. Dorlin, *Se défendre. Une philosophie de la violence*, Paris, Éditions la Découverte, 2017.

133. *Les jours de mon abandon*, *op. cit.*, p. 145.

134. *Ibid.*, p. 146.

De loin en loin, elle en ôtait une et la plongeait dans un verre d'eau, puis elle l'essuyait et elle la remettait de nouveau sur le front de son frère[135]. » Elle dévoile ses faiblesses de jeune fille, en cherchant à être rassurée sur la positivité de ses actes.

Olga profite de cette implication en lui confiant des tâches disproportionnées. Ilaria doit piquer sa mère pour lui éviter de sombrer dans une sorte de sommeil intellectif : « "Tiens cela", lui dis-je, "et si tu vois que je suis distraite, pique-moi avec". La petite fille prit le coupe-papier et m'observa attentivement. "Comment je fais pour savoir que tu es distraite ?" – "Tu t'en apercevras"[136]. » Ce n'est qu'en observant Ilaria en possession de cet objet mortifère qu'Olga mesure l'absurdité de son projet : « Maintenant c'était elle le valet d'épées, elle serrait un coupe-papier dans ses mains, elle en avait les jointures des doigts blanches tant elle avait pris sa tâche à cœur[137]. » L'étonnement de la protagoniste se heurte à la rage pleine de colère d'Ilaria qui se trouve démunie devant l'attitude de sa mère : « "Regarde ce que tu m'as fait" – "Tu mérites bien davantage" – répéta-t-elle les yeux brillants de larmes[138]. » Cette modalité relationnelle correspond à des mécanismes dénoncés dans la théorisation du *dirty care*. Pour Elsa Dorlin, cette disposition consiste à pousser le sujet à devenir en quelque sorte « expert·e·s des autres ». L'idée est d'arriver à « connaître le mieux possible autrui dans le but de tenter de se défendre de ce qu'il peut nous faire »[139]. Ilaria, en voulant se protéger des attitudes maternelles, tente d'opposer à sa furie immotivée l'arme de la précaution, de l'obéissance servile. Elle devient une *spécialiste de l'autre*, mais en se pliant à son vouloir, elle finit par succomber aux volontés perverses d'Olga. La petite fille est ainsi deux fois victime : d'une mère absente qui ne la protège pas et de sa propre personne. En s'adaptant à une posture qu'elle n'a pas choisie et qui lui sert de protection contre une souffrance qu'elle n'a pas les moyens d'interpréter, elle risque de s'anéantir dans son propre engagement.

La négativité de cette posture est accentuée par l'attitude d'Olga qui utilise sa fille comme bouclier de sa névrose. Ilaria risque ainsi d'être employée comme prétexte servant à faire revenir l'ex-mari

135. *Ibid.*, p. 154.
136. *Ibid.*, p. 195.
137. *Ibid.*, p. 199-200.
138. *Ibid.*, p. 208-209.
139. E. Dorlin, *Se défendre. Une philosophie de la violence*, *op. cit.*, p. 177.

– « le désir irréfléchi d'utiliser la petite fille pour ramener Mario à la maison[140] » –, en devenant le bouc émissaire du manque d'attention maternel. « [Le] front d'Ilaria alla heurter le pare-brise qu'il fit voler en éclats [...], sa peau devient aussitôt livide[141] » : la jeune fille connaît un traumatisme après l'accident de voiture. Elle est engloutie par la frénésie rageuse d'Olga, par une imprudence pouvant la conduire à l'infanticide. Les choses empirent quand la protagoniste, aveuglée par son désarroi, décide de punir Ilaria en risquant de la noyer. Olga veut la sanctionner à cause de sa désobéissance, de ses provocations enfantines. Mais en vérité ce qui la pousse à un geste si extrême est la ressemblance qu'elle lit dans le regard maquillé de sa fille. Elle se reflète dans son visage en se percevant sans défense. En voulant la démaquiller brutalement, elle cherche à effacer de son propre corps les traces de cette vulnérabilité existentielle :

> [J]e traînai la petite fille jusqu'à la baignoire qui était pleine à ras bord. D'une main, je pris Ilaria par la tête et la lui plongeai dans l'eau [...]. C'était ce dont j'avais besoin, pour l'heure, si je voulais me sauver [...] Je nettoyai la petite fille et en soufflant elle m'aspergea le visage d'eau, en se démenant, en respirant avidement et en criant : « Tu m'as fait boire la tasse, tu étais en train de m'étouffer »[142].

Olga mesure enfin l'absurdité de son acte : Ilaria a été le contre-chant à sa dépression. Elle lui a servi de point d'équilibre, mais en partageant avec elle sa douleur, elle a risqué de la perdre. En se voyant dans le visage terrorisé d'Ilaria, Olga évalue la lourdeur de sa souffrance et y lit l'ampleur de sa culpabilité. C'est pour cela qu'elle est affectée par l'attention que sa fille déverse sur Carla, l'amante de Mario. Elle craint de perdre à jamais son amour : « Ilaria l'étudierait sans le lui donner à voir afin d'apprendre les gestes présidant à son maquillage, à sa démarche, à sa manière de rire [...] elle la confondrait avec mes propres traits, mes goûts, mes gestes[143]. » Cette jeune fille qui a tant aimé sa mère et qui a dû se construire en allant parfois au-delà de cet amour, se tourne en effet vers Carla : « Tu es méchante, Carla est plus gentille que toi[144]. » Il s'agit d'une manière de défier Olga, de la remettre à sa place.

---

140. *Les jours de mon abandon, op. cit.*, p. 47.
141. *Ibid.*, p. 45.
142. *Ibid.*, p. 177-178.
143. *Ibid.*, p. 245-246.
144. *Ibid.*, p. 248.

Les jours de mon abandon n'est pas le simple récit d'un amour perdu. Le roman questionne aussi l'affectivité vacillante entre mères et filles : un sujet restant, dans l'optique de Ferrante, le réel point de départ de toute de son œuvre[145]. Ilaria devient le miroir permettant la restructuration émotionnelle de sa mère. Pour A. Cavarero il n'y a pas d'identité qui ne soit relationnelle : l'identité en tant que telle demande la présence d'autrui[146]. Ainsi, le dérèglement émotionnel d'Olga se heurte à l'existence de sa fille et fonctionne comme l'élément amplificateur de sa propre réalité humaine. Comme le disait Luisa Muraro, ce lien affectif constitue l'enjeu fondateur[147] de toute identité féminine.

La grammaire de la résistance

Malgré un premier livre publié à vingt-deux ans, Olga est une écrivaine avortée. Durant sa jeunesse, elle souhaitait construire des personnages féminins « aux nombreuses ressources, [...] aux paroles invincibles[148] ». Mais le désir d'écriture est vite étouffé par une paresse psychologique qui l'enferme dans les habitudes de la femme au foyer. Cette écriture susceptible de descendre dans les profondeurs des sujets féminins restera, pour Olga, un projet vain : une illusion imaginée dans ses journées de solitude. Toutefois, après la rupture, elle décide de se remettre à l'écriture à travers un long récit accompagné d'une série de lettres qu'elle souhaite envoyer à son ex-mari sans avoir la force de le faire. À travers le choix de la première personne, Olga expérimente un *Je* littéraire coïncidant avec son idéal romanesque. Elle récupère les ambitions de sa jeunesse pour créer une langue qui permette aux lecteurs de « regarder en contrebas et sentir le vertige de la profondeur, la noirceur de l'enfer[149] ». L'objectif est d'atteindre un style imparfait, rugueux – « plei[n] de courants d'air, de rayons filtrés où danse la poussière[150] » –, sachant toucher l'authenticité d'une condition humaine stratifiée.

En considérant ce contexte, nous pouvons nous demander dans quelle mesure l'écriture accompagne la protagoniste dans un parcours

145. *Frantumaglia*, *op. cit.*, p. 298.
146. A. Cavarero, *Tu che mi guardi, tu che mi racconti*, *op. cit.*, p. 32.
147. L. Muraro, *L'ordine simbolico della madre*, *op. cit.*, p. 156.
148. *Les jours de mon abandon*, *op. cit.*, p. 27.
149. *Ibid.*
150. *Ibid.*

alternant déconstruction et reconstruction identitaire. Savoir maîtriser son propre passé – en le produisant à travers la sublimation littéraire – est l'impératif qu'Olga cherchera à atteindre par la narration de son histoire. Ce verbe hybride, à mi-chemin entre les époques et les sujets, surgit grâce à la conscience que toute expression naît, comme le disait H. Cixous, du ventre maternel. Dans cette réflexion, Ferrante fait son apparition. Elle suggère ses intentions narratives en jouant à disloquer les perspectives dans le but de se glisser dans l'anatomie morcelée de son personnage. Ainsi, nous découvrirons que cette écriture travaillant le refoulé n'est qu'un reflet des faiblesses – stylistiques et émotionnelles – de la protagoniste. Le style même est trompeur et les récits peuvent glisser vers une rhétorique vidée de sens. Mais en se soumettant à une discipline stricte, Olga, à l'instar de Ferrante, s'impose une écriture *de la main gauche*. En effet, nous verrons comment la parole, en réagissant à sa propre caducité, peut être transformée en outil de contrôle. La narration représente une potentialité de guérison : une façon d'articuler un monde à la dérive. En conclusion, nous découvrirons que cette discipline autoritaire et cruelle permet la construction de nouveaux mondes. La parole est pour Olga un rossignol : le crochet ouvrant une déchirure sur la toile de fond du quotidien. La blessure qui en résulte – interprétée à la fois comme fracture du sujet et cassure de la page – marque, en reprenant la leçon d'Eugenio Montale, la possibilité de *voir* ce que les autres, aveuglés par les bourdonnements de la société de masse, n'arrivent pas à identifier. L'écriture est cette loupe qui permet une hyper-vision des choses : elle est occasion d'existence et outil de discernement.

Les jours de mon abandon pourrait être considéré comme un livre féministe « nourr[i] des réactions des femmes à l'abandon ». Mais dans ce récit, il manque l'énergie pour retracer une généalogie de la solitude, de la détresse au féminin. À l'inverse – et c'est cela qui rend la structure du roman méta-autobiographique – Ferrante veut construire une histoire fictionnelle « à partir de [s]on expérience, de [s]es sentiments, de [s]es lectures, de [s]es convictions et surtout de [s]on fond le plus secret et le plus incontrôlé[151] ». Le but n'est pas de théoriser, mais de réfléchir poétiquement en créant un roman se nourrissant à la fois du terrain autobiographique et de lectures, de réflexions transversales.

151. *Frantumaglia, op. cit.*, p. 104-105.

L'auteure construit l'histoire de l'effondrement d'une femme qui, un jour, se découvre dépossédée d'elle-même. Pour le faire, elle se superpose à la voix d'Olga, l'écrivaine ratée. Ce personnage dépouillé ayant déjà vécu l'expérience de l'écriture – « j'avais écrit un long récit d'ambiance napolitaine que j'avais publié sans difficulté[152] » – trace, d'une manière inversée, le portait de son auteure. En effet, le premier livre d'Olga, structuré sur ses racines napolitaines, fait penser aux atmosphères évoquées dans *L'amour harcelant*. Olga, comme Delia, est la fille d'une couturière et elle aussi voit, dans la narration, le besoin de reproduire des mécanismes enterrés dans son passé. L'auteure, de son côté, crée des figures narratives sachant entretenir la métaphore qui a forgé son entrée dans la littérature. Car pour Olga, Delia et Ferrante, l'écriture naît des histoires racontées par leurs mères couturières : c'est le fruit d'un temps volé au travail, arraché à la fatigue. Le fil de la narration se confond avec le bruit de la machine à coudre ; les vicissitudes racontées oralement deviennent, pour ces filles, l'étoffe romanesque de leurs paroles futures : « Le besoin d'écrire [...] je l'ai découvert sous la table, tandis que je jouais[153]. » L'écriture est le seul moyen pour toucher à la vérité – « pour aller au nœud de toute question » – pour effacer ce qui voile le regard en empêchant une réelle perception de faits. Écrire pour comprendre – « [e]ffacer le superflu. Réduire le champ » – est l'impératif pour réagir au désarroi. En suivant Ferrante, Olga découvre que, pour conter, il faut se plonger dans l'obscurité du « ventre maternel »[154]. Les mots maternels ont la possibilité de réduire le sujet, de l'emprisonner et, toutefois, c'est à partir de cette parole que la protagoniste se construit : « ces mots-là étaient pour moi des ciseaux entiers, longs, de métal bruni, sortant de sa bouche[155]. »

Ferrante suit la théorisation de H. Cixous visant à sonder les connexions entre la figure maternelle et une langue susceptible de traduire la solitude, l'abandon, l'exaspération. Il existe, pour la philosophe féministe, une urgence politique caractérisant cette écriture produite, souvent, dans « l'immanence de[156] ». Comme pour Ferrante, le but est celui de « ne pas mentir, de ne pas voiler en écrivant ». Pour atteindre cet objectif, il n'est pas nécessaire – et nous le voyons

152. *Les jours de mon abandon*, *op. cit.*, p. 40-41.
153. *Ibid.*, p. 61.
154. *Ibid.*, p. 185.
155. *Ibid.*, p. 149.
156. H. Cixous, *Entre l'écriture*, Paris, Éditions des femmes, 1986, p. 181.

dans la spoliation lexicale d'Olga – de « faire joli ». Il ne faut pas s'efforcer de « faire propre, quand ça ne l'est pas »[157] : l'écriture, basse ou brutale, a le devoir de rendre la réalité des individus. Olga, sous l'emprise de sa colère, utilise sa mémoire passée et sa conscience du présent pour donner lieu à ce que H. Cixous a défini comme une écriture « des nerfs » : une écriture se construisant « autour du cœur »[158] et tentant, malgré ses difficultés, de restituer l'authenticité des sujets féminins.

Toutefois, quand Olga décide de consigner son histoire, elle se confronte à la précarité du langage. La friabilité des récits reflète l'état de désarticulation identitaire de la protagoniste qui, déchirée par sa blessure affective, s'effondre dans ses mêmes incapacités. La parole absorbe cette même disjonction caractérielle : « bien des mots évoluaient déjà le long de cette trajectoire au-delà de laquelle on ne parvient plus à se demander ce qu'il est bien à propos de dire et ce qu'il l'est moins[159]. » La langue est basse et obscène : « Dès que j'ouvrais la bouche, je sentais l'envie de me moquer, de traîner dans la boue, de salir[160]. » Prisonnière d'un idiome n'ayant que la vengeance pour objectif, Olga mesure la réalité de sa solitude : il n'y a pas d'autre compagnie, dans l'heure de l'abandon, qu'une foule de « paroles mortes[161] ». Face à la perte de soi, les mots tombent dans le nihilisme du non-sens. Pour M. Duras, il s'agit de se confronter à un vide qu'elle identifie à travers l'image d'un « mot-trou » : un terme creusé, dépouillé de sa sémantique, un vocable-cavité gardant, dans son infécondité, l'ensemble des autres mots – « ce trou où tous les autres mots auraient été enterrés »[162] – représentant, dans l'optique d'Olga, la perte d'énonciation. L'absence de structure – même linguistique – révèle ainsi la paralysie de toute communication. La parole-trouée finit par véhiculer une forme de défiance transformant la langue en un imperturbable instrument apte à mesurer la désolation identitaire du personnage.

La protagoniste se heurte à ce « compteur de la vie qui s'en va en laissant un sillage d'angoisse[163] » : le discours se dissipe en laissant le

157. *Ibid.*, p. 186.
158. *Ibid.*, p. 196.
159. *Les jours de mon abandon, op. cit.*, p. 23.
160. *Ibid.*, p. 35.
161. *Ibid.*, p. 44.
162. M. Duras, *Le ravissement de Lol V. Stein, op. cit.*, p. 48.
163. *Les jours de mon abandon, op. cit.*, p. 56.

sujet démuni. Ainsi, Olga choisit de s'engouffrer dans la brutalité d'un langage interprète de l'impuissance d'une femme désaxée : « J'en ai ma claque de faire la gnangnan. Tu m'as blessée, tu es en train de me détruire, et je devrais parler en brave épouse bien élevée ? Va te faire foutre ! Quels mots devrais-je utiliser pour évoquer tout ce que tu m'as fait, tout ce que tu es en train de me faire[164] ? » Pour exprimer l'inexprimable, Olga cherche à offenser l'ex-mari par des propos choquants. Le langage s'embrouille sur lui-même et elle se heurte à l'inconsistance de ses moyens. Les mots révèlent leur côté trompeur et la protagoniste ne parvient plus à organiser ses narrations : « Les tromperies des mots, tout est un enchevêtrement, la terre promise est peut-être dépourvue de vocables susceptibles d'embellir les faits[165]. » La parole se réduit à un morne instrument tout juste capable de limer le réel, en le condamnant à son insignifiance. Comme le montre la poétesse Alejandra Pizarnik, le dépouillement du langage conduit à la suppression des mots : « autant de solitude / que les mots se suicident[166]. » D'une manière analogue, Olga renonce à l'expression. Les mots, privés de tout amour, suivent la même direction : asséchés, brisés, ils se dirigent vers le gouffre d'un anéantissement identitaire : « non / les mots / ne font pas l'amour / font l'absence[167]. » En s'inscrivant dans ce dispositif, la protagoniste sombre dans un choix nihiliste. Soit « de peur d'exagérer en imagination [elle cesse] d'écrire » soit, pour combattre l'inefficacité, elle choisit d'effacer toute ponctuation : « ne t'abandonne pas à des monologues distraits, médisants ou rageurs. Efface les points d'exclamation »[168]. Ainsi, elle parvient à une pureté du langage dénudée de toutes ses nuances. Si ce n'est pas l'excès qui témoigne de l'authenticité de sa douleur, ce sera peut-être le laminage du style.

Cependant, la littérature n'est pas toujours interprétée comme synonyme d'impuissance : elle peut aussi être porteuse de protection. Les mots-refuges d'Olga sont des instruments d'auto-analyse – « Pour me calmer, je commençai à prendre l'habitude d'écrire jusqu'à l'aube[169] » – avec des termes – « Des vocables pour ne pas

164. *Ibid.*, p. 58.
165. *Ibid.*, p. 143.
166. A. Pizarnik, « Figlia del vento », *Poesia completa*, *op. cit.*, p. 75 : « così tanta solitudine / che le parole si suicidano ». La traduction est la mienne.
167. *Id.*, « In questa notte, in questo mondo », *op. cit.*, p. 396 : « no / le parole / non fanno l'amore / fanno l'assenza ».
168. *Les jours de mon abandon*, *op. cit.*, p. 81-82.
169. *Ibid.*, p. 41-42.

tomber[170] » – fonctionnant comme des attaches. Elle s'oblige, comme un automate, à « S'en tenir aux virgules, s'en tenir aux points[171] » comme si, cherchant à prévenir l'érosion de sa propre identité, la grammaire pouvait lui offrir une grille de sens. Sous l'impératif de « Modifier aussitôt les temps de la grammaire[172] », Olga tente d'opposer la force d'une structure bien soignée au chaos de sa désarticulation linguistique : « mes pensées [...] se confondaient, se chevauchaient, des bribes de paroles, des lambeaux d'images[173]. » Malgré sa structure défaillante, l'écriture devient le seul refuge au désarroi existentiel : « Dans mes cahiers, [...] chaque soir, [j]'écrivais [...] comment je me sentais : un grumeau de nourriture que mes enfants mâchaient continuellement ; un bol fait de matière vive[174]. » Pour surmonter la douleur d'une rupture, il faut en faire matière à narration. En suivant l'exemple de Sophie Calle, Olga choisit de métaphoriser son histoire – le bol alimentaire comme corps souffrant – dans le but de l'assimiler. Comme dans le cas du livre-exposition *Douleur exquise*, il s'agit de relativiser la souffrance en l'élaborant sous formes différentes. Pour comprendre un abandon, il faut chercher à épuiser sa « propre histoire à force de la raconter[175] ». Les mots, pour le dire à nouveau avec A. Pizarnik, sont finalement « des crochets, sont des clés[176] ».

Mais comment exprimer une détresse existentielle paralysant toute faculté intellectuelle ? La blessure ne peut être racontée qu'au prix d'une écriture somnambule. Suivant la trace d'une dictée intérieure, Olga décrit son parcours narratif à travers la métaphore de la main gauche. C'est le corps lui-même qui, en hurlant sa douleur, « a écrit de la main gauche, afin de combattre la peur, afin de résister à l'humiliation[177] ». Cette écriture gauchère montre le besoin d'inventer d'autres structures lexicales, grammaticales, morphologiques. Elle rime avec la nécessité de pétrir le discours littéraire d'une série de mauvaises

170. *Ibid.*, p. 99.
171. *Ibid.*, p. 101.
172. *Ibid.*, p. 134.
173. *Ibid.*, p. 135.
174. *Ibid.*, p. 133.
175. S. Calle, *Douleur exquise*, Paris, Actes Sud, 2003, p. 202. L'artiste a d'ailleurs poursuivi son travail sur la thématique de l'abandon en 2007. Voir S. Calle, *Prenez soin de vous*, Paris, Actes Sud, 2007.
176. A. Pizarnik, « Rivelazioni », *op. cit.*, p. 154 : « le parole sono cardini, sono chiavi ».
177. *Les jours de mon abandon, op. cit.*, p. 186.

lectures : une histoire, pour Ferrante, ne doit pas convaincre ou diffuser de bonnes normes comportementales[178]. On peut s'inspirer d'une littérature basse – « [c]e sous-sol de l'écriture » – nourrie de « mauvaises intrigues d'amour et de trahison [...] de trames qui ne soient pas nécessairement sensées, la jouissance de passions fortes et un peu vulgaires »[179]. Olga en vient ainsi à percevoir son propre déraillement grâce à la confrontation avec d'autres récits. La littérature – créée ou subie – est un filtre permettant au sujet de faire toute la lumière sur ses zones obscures : « après avoir regimbé, après avoir résisté des mois et des mois, je m'étais vue dans ces livres et je m'étais troublée, définitivement détraquée[180]. » Les narrations ont donc ce pouvoir étrange : d'un côté, quand elles sont produites, elles peuvent restituer au sujet le sens de sa condition humaine. Mais de l'autre, même la littérature subie – celle qui est lue – peut permettre une récognition identitaire. Les livres, comme le soutient Massimo Recalcati[181], ont – eux aussi – le pouvoir de *nous* lire : de nous délivrer le mystère de notre personne. Pour Olga lire signifie, avant tout, *être lue* par le texte. Grâce aux mots venus d'ailleurs, elle aussi peut se découvrir : apparaître à elle-même.

La parole permet au sujet de trouver son émancipation : « Les mots réalisaient aussitôt le futur[182]. » Les discours ont un pouvoir performatif. Si au début Mario a pu détruire l'horizon existentiel d'Olga en prononçant certaines phrases, dans les dernières pages du roman la protagoniste arrive à comprendre que, à l'inverse, il est toujours possible d'agir sur le langage d'autrui : « il s'était servi du jargon [...] pour me suggérer des obscénités [...] il me fallait effacer de ma tête toutes les significations préoccupantes de ces paroles [...], faire le ménage. [R]emettre tout en ordre, pallier les défaillances du sens[183]. » Aux yeux d'Olga, le regard de son ex-mari arrivait à la confiner à l'intérieur d'un imaginaire qu'il avait lui-même fabriqué et qui déterminait son existence. Pour Sartre, l'Autre est capable de *guetter* le sujet, de l'observer et, en quelque sorte, de l'emprisonner dans une image figée, capable de détruire toute opportunité future.

---

178. *Frantumaglia*, *op. cit.*, p. 104.
179. *Ibid.*, p. 75.
180. *Les jours de mon abandon*, *op. cit.*, p. 156.
181. M. Recalcati, *A libro aperto. Una vita è i suoi libri*, Milano, Feltrinelli, 2018, p. 18.
182. *Les jours de mon abandon*, *op. cit.*, p. 149.
183. *Ibid.*, p. 172.

Olga mesure la portée de ce danger : elle sait qu'autrui représente « la mort cachée[184] » de toutes ses possibilités. Toutefois, grâce à une écriture capable d'organiser les faits en les restituant à leur vérité, Olga se libère de sa vulgarité lexicale : « Le langage obscène disparut tout à coup[185]. » Elle réacquiert la fluidité d'une parole éclectique capable de rendre l'exactitude de sa condition émotive jusqu'à comprendre que la narration peut réellement devenir une forme de thérapie personnelle : « Je passai les tièdes matinées des premiers jours de l'automne assise à écrire [...]. Je voulais [...] raconter de bout en bout tout le malheur de ces mois détestables[186]. » L'écriture, faisant écho au sens présent dans toute la poésie d'Eugenio Montale[187], devient ainsi une possibilité de vision : « une déchirure dans le réseau des événements[188]. » Olga utilise la narration pour affronter ce que E. Montale définit comme des *occasions* : ces instants fatals de l'existence[189] où il est possible d'entrevoir une réalité différente. Pour pouvoir toucher à l'exactitude d'un récit, il faut savoir créer une cassure dans le langage courant pour lui opposer le rythme cadencé de la poésie, l'asymétrie de ses expressions cacophoniques, un hermétisme qui soit, avant tout, recherche de sens et volonté de compréhension.

La parole montre, dans ce contexte, toute son ambivalence : d'un côté elle se manifeste dans son manque à être, mais de l'autre elle révèle sa perméabilité, en s'ouvrant à de multiples possibilités. Le sujet qui tente la voie de l'expression doit trouver « une maille rompue dans le filet / qui nous enserre[190] ». Les mots ont, tant pour Olga que pour E. Montale, la possibilité de résister aux catastrophes. Ils sont porteurs de lumière et messagers de connaissance : « chatoyaient tes paroles, écailles / d'un rouget mourant[191] ». Si pour le poète ils constituent les outils permettant de creuser la fissure de l'expression – « la passe est-elle ici ?[192] » ; « Une trouée se trace point à point[193] »

---

184. J.-P. Sartre, *L'être et le néant*, *op. cit.*, p. 365.

185. *Les jours de mon abandon*, *op. cit.*, p. 225.

186. *Ibid.*, p. 237-238.

187. Voir à ce propos toute la poétique de la vision, du « dévoilement » théorisée par G. Ficara, *Montale sentimentale*, Venezia, Marsilio, 2012.

188. *Les jours de mon abandon*, *op. cit.*, p. 259.

189. G. Zampa, « Introduzione », in E. Montale, *Tutte le poesie* [1984], Milano, Arnoldo Mondadori Editore, 2006, p. XXXVII. En français : *Poèmes choisis, 1916-1980*, trad. Patrice Dyerval Angelini, Paris, Gallimard, 1991.

190. *Id.*, « In limine », *op. cit.*, p. 31.

191. *Id.*, « Dora Markus », *op. cit.*, p. 89.

192. *Id.*, « La maison des douaniers », *op. cit.*, p. 101.

193. *Id.*, « Sous la pluie », *op. cit.*, p. 104.

– pour la protagoniste ils fournissent un point d'appui contre toute perdition : « L'essentiel était que la corde, le tressage qui me soutenait, tînt bon[194]. » La langue imparfaite d'Olga, nourrie de souffrance et salie par les ravages de sa trivialité, naît donc d'ici : les cicatrices – sentimentales et lexicales – qu'elle garde dans sa conscience sont ces failles permettant aux mots de se dire.

194. *Les jours de mon abandon*, *op. cit.*, p. 259.

La perte des enfants
Poupée volée (2006)

Ces filles flétries devenues des (mauvaises) mères

Pour saisir le cœur de l'un des romans les plus énigmatiques de Ferrante, il est intéressant de s'attarder sur l'une de ses déclarations. Lors d'une interview réalisée par les féministes Marina Terragni et Luisa Muraro, Ferrante admettait sa condition de subordonnée vis-à-vis de sa propre mère en identifiant, dans ce comportement, une forme d'étiolement : « j'ai toujours eu l'impression d'être une fille pâle, y compris quand je suis devenue mère[1]. » Face à la prépondérance des génitrices, ces filles, une fois devenues mères, s'effondrent. Selon l'écrivaine, l'hégémonie de leur propre matrice risque de faire précipiter ces femmes dans une condition de désorientation perpétuelle. Pour éviter les séquelles d'un rapport vacillant, il serait important, selon Ferrante, d'apprendre à « accepter » sa propre mère en évitant ainsi d'en devenir la victime[2]. Pour ces *filles-mères*[3] le poids d'une relation incertaine peut compromettre l'accomplissement de leur nouvelle fonction.

C'est le cas de Leda, la protagoniste de *Poupée volée*, professeure de littérature à l'université. À quarante-huit ans, après un divorce et un lourd secret qui pèse sur son passé, elle décide de profiter de ses vacances estivales en louant un appartement au bord de la mer. Ses filles, désormais adultes, vivent de l'autre côté de l'océan : elles ont

1. *Frantumaglia*, *op. cit.*, p. 257.

2. Nous rappelons que cette position de Ferrante prend ses racines dans le féminisme italien de la différence. Voir à ce propos les théories de Luisa Muraro concernant l'apprentissage amoureux envers la mère in L. Muraro, *L'ordine simbolico della madre*, *op. cit.*

3. Avec l'usage du nom composé *fille-mère* nous ne voulons pas faire référence à une *mère célibataire*, mais plutôt à la condition d'une femme adulte qui, comme Leda, n'a pas pu s'émanciper de son rôle de fille et qui, en devenant mère à son tour, garde avec son propre enfant un rapport ambivalent et souvent trouble.

rejoint leur père qui habite depuis des années au Canada et gardent avec leur mère un rapport ambigu, teinté à la fois de rancune et de tendre complicité. Le projet de passer quelques semaines dans la solitude est brisé par une série d'événements obligeant Leda à une violente récognition personnelle. La narration, jouant sans cesse sur la juxtaposition d'analepses et de prolepses, dévoile graduellement le secret affectant la protagoniste : elle a abandonné ses filles pendant trois ans quand elles étaient encore petites. L'ombre de ce geste engendre une violence inusitée, en poussant la protagoniste à une confrontation avec son propre passé. En analysant le rapport avec sa mère, Leda cherche à saisir la nature des relations complexes avec ses filles. En parallèle, elle tente de comprendre l'étrange sentiment la poussant à un acte imprudent et apparemment insensé : le vol d'une poupée appartenant à une petite fille s'appelant Elena comme elle[4].

Dans ce contexte, il nous paraît opportun d'analyser comment les souvenirs liés à la figure maternelle fragilisent la personnalité de Leda. Une fois encore, Ferrante construit son personnage en s'inspirant des dynamiques personnelles : le lien difficile avec sa propre mère vient à nouveau nourrir le dispositif romanesque. Leda-Ferrante, en développant un paradigme méta-autobiographique, mime la même précarité existentielle, les mêmes inquiétudes d'autres narratrices italiennes. À travers l'usage d'un inquiet *Je* narratif, ces auteures ont su conter, dans leur écriture alternant autobiographie et fiction littéraire, les difficultés des figures féminines démunies face à la souffrance de leurs génitrices et désorientées, à leur tour, par leur propre rôle de jeunes mères.

Malgré ses contradictions, la figure maternelle possède un attrait inévitable. Leda évoque les images de ses étés enfantins à travers l'écho d'anciens souvenirs liés à sa mère, photographiée dans des moments de bonheur :

> [T]out me rappelle la bouche de ma mère : elle rit pendant qu'elle écrase les gousses, en extrait les petits fruits jaunes [...] elle les mange [...] en se salissant les lèvres de poudre sombre et en me disant, pour m'apprendre à être un peu moins timide : et pan, rien pour toi, tu es pire qu'une pigne pas mûre[5].

4. Leda est le diminutif d'Elena.

5. *La figlia oscura* [2006], Roma, Edizioni e/o, 2015, trad. Elsa Damien : *Poupée volée*, Paris, Éditions Gallimard, coll. « Du monde entier », 2009, p. 18-19.

La fascination suscitée par la beauté maternelle provoque chez la protagoniste un mélange de sentiments contrastés. D'un côté elle *désire* sa génitrice. Mais, de l'autre en reproduisant les mêmes angoisses que Delia[6], elle craint sa beauté : « Je soupçonnais qu'elle avait commencé à m'échapper dès qu'elle m'avait conçue[7] ». Le charme maternel oblige Leda à se confronter avec sa propre insignifiance physique – « Ma mère dégageait une puissante chaleur vitale, je me sentais au contraire aussi froide que si j'avais des veines en métal[8] » – et risque de compromettre son projet de fusion affective. Ferrante éprouve le même sentiment face à la beauté de sa matrice : « La culpabilité de ma mère résidait dans la possibilité d'être une source de plaisir pour autrui[9] ». La grâce de la génitrice est décrite comme une *faute-dénudée* : elle constitue un élément intrinsèque à sa personne. L'attraction qu'elle suscite sur la jeune Ferrante reproduit les sentiments vécus par Leda : « Je la regardais [...] se préparer avec son application habituelle[10] ». Le processus est identique : le magnétisme du corps maternel – l'envie de le posséder, d'en être la seule bénéficiaire – se heurte au constat de sa volubilité. Nous retrouvons cette même dichotomie dans le travail de la poétesse féministe Chandra Livia Candiani évoquant, dans son recueil *L'enfant boxeuse*, ce besoin primordial d'intégration au corps maternel décrit tantôt comme source de puissance, tantôt comme merveille : « Serre-moi / et je me transformerai / en merveille, / tes mains / au chaud / cette même chaleur qui, la nuit, / fait pousser le blé[11] ». Dans la continuité de ces questionnements s'inscrit aussi l'œuvre poétique de Mariangela Gualtieri associant la splendeur maternelle à une image de vigueur, capable de résister aux adversités existentielles : « Maman était ma maison à l'époque / une tanière, une coquille, une énorme noix de lait. Une patrie dans laquelle je restais / recroquevillée[12] ». Cette littérature seconde est intéressante, car elle s'inscrit dans le courant thématique que Ferrante reprend dans son œuvre. Nous observons comment la construction maternelle développée au sein de la poésie de C. L. Candiani et de M. Gualtieri possède la

6. La protagoniste de *L'amour harcelant.*

7. *Poupée volée, op. cit.*, p. 82.

8. *Ibid.*

9. *Frantumaglia, op. cit.*, p. 139.

10. *Ibid.*, p. 140.

11. C. L. Candiani, *La bambina pugile ovvero La precisione dell'amore*, Torino, Einaudi, 2014, p. 25. Les traductions sont les miennes.

12. M. Gualtieri, *Le giovani parole*, Torino, Einaudi, 2015, p. 39.

même ambivalence, le même sentiment d'émerveillement décrits par Ferrante tant dans ses écrits autofictionnels – *Frantumaglia*, *Entre les marges* et ses articles en sont un exemple – que dans ses écrits romanesques.

L'image maternelle, présentée dans ces poèmes est celle d'une femme-entité capable de dégager une force secrète. Parallèlement, la perspective critique proposée par ces *Je* lyriques met en avant la puissance d'une figure qui, à l'instar des mères de Ferrante, demeure à la fois insaisissable et irrésistible. Le pouvoir ambivalent que ces génitrices exercent envers leurs filles paraît suggérer à Ferrante l'attitude romanesque de ses protagonistes. Dans l'émerveillement que Leda éprouve envers sa mère, Ferrante retrouve sa propre posture métafictionnelle de fille. Mais l'écrivaine ne se limite jamais à mettre en place un récit mémoriel. Ses réflexions semblent plutôt tisser un dialogue souterrain avec cette littérature seconde abordant la question mère-fille à travers une lecture double, souvent dissonante. L'espace textuel est le terrain le plus adapté pour bâtir un paradigme maternel où la force alterne avec la fragilité ; où l'amour fou – l'amour aveugle envers ces figures – tourne souvent au ravage.

Nous observons comment ce modèle solide se heurte au versant obscur de la figure maternelle. Leda craint de tomber dans l'abîme ayant dévoré sa propre mère. Pendant sa jeunesse, peu avant l'abandon de ses deux filles, elle a traversé un moment de désarroi, associé au même gouffre qui a conditionné l'existence de sa génitrice : « j'avais été, quelques années auparavant, une jeune femme perdue. Les espoirs de la jeunesse semblaient déjà tous partis en fumée, j'avais l'impression d'être précipitée vers ma mère, ma grand-mère et la série de femmes muettes et rageuses dont j'étais issue[13]. » La beauté maternelle est brutalement remise en question, car elle ne représente plus une source de solidité et de courage, mais plutôt un oripeau vidé de toute signification. Car ces mères, ces femmes incapables de rébellion, sont prisonnières de leur chair. Elles ne possèdent pas d'armes de révolte. Figées dans leur splendeur, elles demeurent dans une condition de subordonnées. Leda les représente comme de tristes collectionneuses d'une série d'« occasions manquées[14] » ; elles ont vu leurs ambitions se briser contre une réalité dont elles n'étaient pas les protagonistes. Il s'agit d'une « chaîne » de femmes impuissantes,

13. *Poupée volée*, *op. cit.*, p. 99-100.
14. *Ibid.*

démunies. Depuis de longues générations, elles sont condamnées à vivre à l'intérieur d'un univers aux allures carcérales.

En s'inscrivant dans cette généalogie de séquestrées, Leda se voit prisonnière « dans [s]a propre tête, sans possibilité d'être mise à l'épreuve[15] ». Ferrante connaît bien cette longue lignée de figures féminines à la fois fortes et vulnérables. Elle admet avoir construit ses personnages en prenant appui sur ces « échos de femmes réelles », avec la volonté de raconter leurs « souffrances et leur combativité ». Ces sujets authentiques sont traversés par une ambiguïté qui les voit, d'un côté, comme des personnalités « fortes, cultivées, conscientes » et, de l'autre, comme des figures exposées à des « faiblesses subites, à des subalternités de toutes sortes, à de mauvais sentiments »[16]. Ferrante admet avoir été « blessée, indignée, déprimée, réjouie[17] » par ces figures tirées de sa mère, de ses amies, de ses connaissances. Elle paraît poursuivre le même chemin déjà ouvert par Goliarda Sapienza qui dans *Lettre ouverte*[18] – une longue confession à mi-chemin entre le journal, la missive et le roman – aborde la généalogie de son écriture en l'identifiant à un groupe indéfini de femmes « clouées », assises sur des chaises, en train de la regarder « sans rien dire[19] ». L'écrivaine ne les identifie pas : elle ne cite ni leurs noms ni leurs origines, mais elle perçoit leur présence comme le point de départ de sa littérature. Les histoires de ces personnages deviennent, par osmose, l'histoire même de Goliarda. Ferrante, de son côté, adhère au même dispositif ; des rencontres deviennent matière à littérature et ses protagonistes fictionnelles incarnent, dans leur ambivalence, certains aspects du vécu de l'écrivaine : « C'est une oscillation qui m'appartient, que je connais bien[20]. » Cette fluctuation entre vie et narration se traduit dans une modalité poétique et thématique traversant l'ensemble de son œuvre et parvenant à en conditionner le parcours.

En outre ces mères, sous leurs apparences à la fois fortes et vulnérables, cachent un secret. Elles rêvent d'horizons lointains – « Ma mère [...] voulait être différente[21] » – elles espèrent se libérer de leurs

15. *Ibid.*
16. *Frantumaglia, op. cit.*, p. 297.
17. *Ibid.*, p. 357.
18. Voir G. Sapienza, *Lettera aperta* [1967], Torino, Einaudi, 2017. La traduction est la mienne.
19. *Ibid.*, p. 55.
20. *Frantumaglia, op. cit.*, p. 297.
21. *Poupée volée, op. cit.*, p. 35.

souffrances pour se réinventer dans une vie nouvelle. Leda découvre, dans le visage sombre de sa génitrice, un désir de fugue se manifestant à travers des éclats de colère où la volonté d'évasion s'exprime par des menaces plus ou moins réalistes. Ces intimidations laissent des séquelles sur la jeune fille en la condamnant à vivre avec la menace d'un départ annoncé, mais, heureusement, jamais réalisé : « je vivais dans l'angoisse de ne plus réussir à la trouver [...]. Elle ne nous quitta jamais, bien qu'elle nous le criât[22]. » Toutefois, malgré l'inquiétude, Leda éprouve une joie inédite et contradictoire, car elle voit, dans le rêve d'éloignement de sa propre mère, la concrétisation d'un destin privé de toute obligation : « j'imaginais que ma mère sortait de chez nous en secret, de jour comme de nuit [...] et je sentais sur mon corps la joie qu'elle éprouvait[23]. » Elle imagine, par personne interposée, un horizon de possibilités se traduisant dans la perspective d'une existence impétueuse, traversée par de nouvelles rencontres amoureuses. D'une manière analogue, Ferrante décrit le mélange de sentiments contradictoires face au projet de fugue de sa propre mère :

> [S]es pas résonnaient dans l'appartement. Aussitôt je changeais d'humeur, je me faisais sèche et hostile. Je résistais à la joie [...]. Je lui tournais autour, son corps suscitait en moi une vague de dégoût, je la scrutais [...]. Je m'immolais, je me livrais à la terreur pour obtenir en échange son salut[24].

À l'instar de Leda, elle reconnaît avoir été une jeune fille très possessive – « Je me représentais des scènes ignobles[25] » – capable d'étonnantes rêveries liées au destin de sa matrice. Le corps de la mère se présente, à nouveau, comme une terre à la fois familière et étrangère, un espace magnétique au pouvoir de provoquer de sentiments contradictoires. Nous retrouvons cette même ambiguïté chez une autre écrivaine, chère à Ferrante. Nous remarquons comment dans *Nul ne revient sur ses pas* d'Alba de Céspedes, Stefania, abandonnée dans un pensionnat de jeunes filles, vit les visites de sa mère Emanuela avec le même sentiment d'ambivalence que celui vécu par Ferrante et ses personnages. L'absence-présence de sa génitrice provoque chez Stefania des réactions discordantes. Si d'un côté l'éloignement de sa mère ne semble pas influencer son quotidien, de l'autre elle déve-

22. *Ibid.*, p. 57 ; p. 140.
23. *Ibid.*, p. 131.
24. *Frantumaglia*, *op. cit.*, p. 141-142.
25. *Ibid.*, p. 140.

loppe aux égards d'Emanuela un attachement vital rendant difficile sa permanence au collège[26]. La relation est bâtie sur un déséquilibre qui devient, dans son paradoxe, le fondement d'une affectivité teintée à la fois de douceur et d'incertitude.

Parallèlement, les désirs frustrés des mères s'associent à d'autres souffrances. La mère de Leda songe à quitter sa famille pour se libérer d'une douleur sourde, l'affectant secrètement. Il s'agit d'une angoisse qui, en suivant cette logique des rêves avortés, se manifeste à travers des emportements brusques, des phrases violentes, des moments d'absence : « Je me rappelle [...] de ma mère [...] quand elle se mettait à hurler contre nous, ivre d'insatisfaction : j'en ai marre de vous, j'en ai marre[27]. » Les souvenirs des moments de bonheur sont rares et culminent souvent dans des « flots assommants » de tristesse : « ma mère savait passer sans transition de la fiction [...] au flot nauséeux de son malheur[28]. » Cette forme de dépression s'associe à un « broyage » qui, pour la mère de Leda, prend le nom de « frantumaglia » : « ton cœur est broyé : tu n'arrives pas à supporter de rester avec toi-même et tu as certaines pensées que tu ne peux pas dire. » Cet état de détresse, intrinsèquement lié à une forme d'égarement intellectuel, touche tant la mère de Leda – « [elle] en a fait une maladie »[29] – que celle de Ferrante : « [elle] m'a légué un mot de son dialecte qu'elle employait pour décrire son état d'esprit lorsqu'elle éprouvait des impressions contradictoires qui la tiraillaient et la déchiraient. Elle se disait en proie de la *frantumaglia* [qui] la déprimait[30]. » Par ailleurs, cette condition que l'écrivaine identifie dans l'acte de se broyer, la concerne directement : « je sais ce que "se briser" veut dire. J'ai observé ce processus chez ma mère, chez moi, chez de nombreuses femmes[31]. » Nous retrouvons, dans cette démarche, la volonté de poursuivre le chemin déjà tracé avec *L'amour harcelant* et *Les jours de mon abandon*. Ces textes, auxquels il convient d'associer *Poupée volée*, traitent d'un *Je* féminin qui se perçoit « déstructuré[32] » débouchant sur un état d'anarchie émotionnelle. Les personnages découvrent

26. A. de Céspedes, *Nessuno torna indietro* [1938], in *Romanzi*, coll. « I Meridiani », Milano, Arnoldo Mondadori Editore, 2011, p. 175.
27. *Poupée volée*, *op. cit.*, p. 26.
28. *Ibid.*, p. 127.
29. *Ibid.*, p. 167.
30. *Frantumaglia*, *op. cit.*, p. 118.
31. *Ibid.*, p. 263.
32. *Ibid.*

un tourbillon de déchets – « un tourbillon de rebuts[33] » – qui se mélangent à une masse difforme de pensées, de mots, d'expressions.

Ainsi, la souffrance maternelle frappe ces filles qui se retrouvent anéanties face aux malaises de leurs matrices. Plus particulièrement, dans *Poupée volée* nous verrons comment cette fragilité congénitale se transforme en une véritable cicatrice héréditaire jusqu'à conditionner les rapports de Leda avec ses enfants. Les difficultés de ces jeunes mères s'expriment dans une incertitude perpétuelle, dans un sentiment de faillibilité. Dans son premier roman autofictionnel, *La passion d'une fille ingrate*, Saveria Chemotti analyse le même sentiment de « perte des confins », devant la maladie mentale de sa propre mère. Cette dernière, hospitalisée à la suite d'une complication due à la maladie d'Alzheimer, mime les mêmes fragilités psychologiques vécues tantôt par la mère de Leda tantôt par celle de Ferrante : « Elle s'était écoulée brutalement, en perdant tous ses confins[34]. » Même Sibilla Aleramo, dans *Une femme*, décrit avec inquiétude le sentiment de désespoir éprouvé devant la folie de sa propre mère, internée dans un hôpital après une tentative de suicide lié au surgissement d'une démence progressive : « le remords me piquait […] Je pensais à ma mère, […] au passé… Qui était-elle pour moi ? L'avais-je aimée[35] ? » Ce remords filial, fruit d'une relation déchirée par le spectre de la folie, marque l'univers affectif de Sibilla Aleramo. Dans la deuxième partie du roman, la protagoniste, en suivant les traces de son auteure, abandonne son fils dans l'objectif désespéré de reconstruire une vie à elle. D'une manière analogue, Chandra Livia Candiani dénonce, dans son *Hymne à l'utérus*[36], la brutalité d'un avortement dû à son émotivité ravagée, fruit d'un rapport impossible avec sa mère folle. Son *Je* poétique, confronté à l'interruption de grossesse, reconnaît la violence d'une solitude, marquée par un long « sommeil schizophrénique[37] ». En suivant ces réflexions, nous observons comment Leda s'inscrit dans cette série des filles *ingrates*[38] gardant, dans leurs maternités futures, le spectre des rapports vacillants entretenus avec leurs propres mères.

33. *Ibid.*, p. 264.

34. S. Chemotti, *La passione di una figlia ingrata*, Verona, L'Iguana editrice, 2014. Les traductions suivantes sont les miennes.

35. S. Aleramo, *Una donna*, *op. cit.*, p. 23.

36. C. L. Candiani, *Inno all'utero* in L. Di Nola (dir.), *Poesia femminista italiana*, Roma, Savelli, 1978, p. 117.

37. *Ibid.*

38. L'expression est de Saveria Chemotti.

Le corps de la mère entre blessures et jouissance

Après la mort de sa mère, Leda n'arrive pas à se libérer de son emprise et demeure engourdie dans un rôle de fille-éternelle, incapable d'émancipation. Sa nouvelle maternité n'a pas comblé « la perte archaïque[39] » de la figure parentale et ses grossesses l'ont précipitée dans un état de prostration culminant dans l'abandon de ses filles. En partant de cette posture psychologique, nous essayerons de montrer comment le contexte estival – aggravé par la découverte d'une nouvelle cellule familiale – conduit la protagoniste à un véritable déraillement émotif.

À travers le concept de *lésion,* nous chercherons à comprendre comment l'égarement émotif du personnage trace un lien étroit avec sa propre corporéité. Par la blessure, le corps de Leda exprime un besoin de changement passant par une remise en question tant identitaire que relationnelle. En un deuxième temps, nous aborderons la question de la *répulsion* liée à son contraire : le concept d'*attraction.* Grâce à la présence de certaines allégories – les insectes, les voix camouflées, la poupée – nous verrons comment la maternité fracturée de Leda est le reflet d'un corps-à-corps avec des présences à la fois réelles et artificielles. Enfin, la notion de *jouissance* nous permettra de cerner l'ambivalence du personnage. À travers de longues analepses, Ferrante décrit les tortuosités d'une maternité enfermant la protagoniste dans une ataraxie cachant le désir d'une nouvelle sexualité.

Poupée volée s'ouvre sur une prolepse : Leda, souffrante, au volant de sa voiture, tente de rejoindre l'hôpital le plus proche. Blessée au flanc gauche, porteuse d'une « lésion inexplicable[40] », elle termine sa course par un accident. La scène condense les deux éléments de la descente aux enfers de la protagoniste : la blessure physique, symbole d'autres cicatrices émotionnelles, et l'opacité concernant sa propre condition émotive. En effet, dès son arrivée à la mer, le corps du personnage devient le réceptacle d'une série de *lésions* risquant d'affecter sa stabilité mentale.

Au début de ses vacances, en rentrant chez elle après une journée passée à la mer, Leda est frappée par un « coup violent dans le dos[41] ».

39. Pour un approfondissement sur le lien pathologique mère-fille qui se traduit souvent, pour la fille en question, par une maternité difficile, voir E. Lemoine-Luccioni, « Grossesses et féminité », *Partage de femme*, Paris, Éditions du Seuil, 1976, p. 69-70.

40. *Poupée volée, op. cit.*, p. 10.

41. *Ibid.*, p. 41.

La douleur est forte, mais la protagoniste est surtout dérangée par l'effet de surprise car il n'y a personne dans la pinède. Le choc lui provoque « une tache livide qui ressemblait à une bouche[42] ». Cette contusion, vaguement anthropomorphique, accentue son sentiment de désorientation : Leda s'engouffre dans une spirale de suspicion, aggravée par sa santé instable. Victime d'insomnies – « Je ne pus fermer l'œil de la nuit[43] » – affaiblie par des nausées – « je commençai à me sentir mal [...] la sueur [...] me donnait le vertige[44] » – troublée par des crises d'angoisse – « Je pressai deux doigts contre ma poitrine je voulais calmer la tachycardie[45] » – le personnage s'effondre. Prisonnière de son corps souffrant, elle finit par se faire agresser par Nina, le modèle féminin qu'elle admire et qu'elle scrute en secret, attirée par sa maternité heureuse. L'épingle à chapeau que Leda lui offre en signe d'amitié se transforme en une arme à double tranchant. Quand la jeune femme découvre que Leda est la responsable du vol de la poupée de sa fille, elle ne résiste pas à sa rage vengeresse : « je sentis un élancement du côté gauche [...]. Je baissai les yeux et vis la pointe de l'épingle qui jaillissait de ma peau, au-dessus de mon ventre, juste sous les côtés[46]. »

Ces lésions corporelles possèdent un statut hallucinatoire. Soudaines et, au premier abord, imperceptibles, ces blessures ne se manifestent pas dans l'immédiat : elles ont besoin d'une forme de *distanciation* avant d'exploser. La pomme de pin qui frappe Leda est le fruit du hasard. La contusion au dos ne se présente que quelque jour après et même la coupure causée par Nina paraît, dans un premier temps, un geste marginal, limité à un espace irréel. Mais ces manifestations ne restent pas confinées au simple plan de la violence physique. Au cours de la narration, Leda ressent un sentiment de colère grandissant au fur et à mesure des attaques reçues : elle cède ainsi le masque de la tranquille quadragénaire en vacances pour laisser place à la femme colérique, prisonnière de ses rancunes.

De ces analepses surgissent les souvenirs d'une maternité caractérisée par des emportements envers ses propres filles, traversée par des crises de jalousie à l'égard d'autres femmes plus amoureuses ou malléables. La conscience d'avoir été une mauvaise mère est accentuée

42. *Ibid.*, p. 43.
43. *Ibid.*, p. 49.
44. *Ibid.*, p. 99.
45. *Ibid.*, p. 159-160.
46. *Ibid.*, p. 195.

par la chaleur incessante, la solitude et les insomnies. Leda évoque la férocité de son passé malheureux – « je couvais dans mon estomac une énergie destructrice[47] » – aggravé par les manières impeccables de Lucilla, charmante amie de famille : « je criai à mon mari, devant Bianca et Marta, que je ne voulais plus jamais la revoir, cette connasse, jamais, et mon mari me dit "très bien", pour avoir la paix[48]. » Sa confusion psychologique aboutit à un état de distanciation, où son corps souffrant paraît *décollé* de son esprit. Même la scène finale, où l'épingle pénètre son flanc avec une violence inouïe, est vécue par personne interposée. Leda n'est plus responsable de ses gestes : son corps noyé dans sa propre insuffisance affective ne lui appartient plus. Mais il ne s'agit pas d'une posture nouvelle. Pour la féministe Lea Melandri la *fille-mère* – qui est, par définition « née de femme » – perçoit le corps, *son* corps, comme étant toujours « *le corps de l'autre* »[49]. Cet autrui féminin regroupe la mère, la grand-mère, et toute la généalogie de femmes qui, avant elle, se sont retrouvées dans la même condition physique et émotionnelle. En suivant ce postulat, nous remarquons comment l'aliénation que Leda éprouve vis-à-vis de sa même corporéité est due au fait que son corps appartient à l'*autre*. Cette altérité, cette *autre*-femme cachée, est l'élément de comparaison, de jalousie et de désir. Le manque d'adhésion à sa propre souffrance n'est, pour reprendre l'expression de L. Melandri, qu'« un vide d'amour et d'existence[50] » – un tâtonnement inquiet – à la recherche d'une nouvelle fusion avec sa propre mère. Considération par ailleurs confirmée par la déclaration finale de la protagoniste qui, à la suite de la blessure provoquée par l'épingle, elle répond à l'appel de ses filles : « Je suis morte, mais je vais bien[51]. » Ce décès hypothétique, conçu par Ferrante comme l'effacement d'une partie de soi, doit être compris dans sa double connotation de mutilation et de changement. Pour Ferrante il coïncide avec l'ablation d'une « partie vivante mais malade[52] » permettant au sujet d'opérer une réappropriation de sa personne.

Le deuxième aspect fragilisant l'intégrité psychologique de Leda se développe autour d'un double axe de *répulsion-attraction*. Ce binôme

---

47. *Ibid.*, p. 109.
48. *Ibid.*
49. L. Melandri, « Una terra d'altri », *Le passioni del corpo*, Torino, Bollati Boringhieri editore, 2001, p. 28.
50. *Ibid.*
51. *Poupée volée, op. cit.*, p. 196.
52. *Frantumaglia, op. cit.*, p. 263.

antinomique, caractérisé par une longue série d'allégories, enveloppe la conscience du personnage en l'obligeant à une remise en question involontaire. Les insectes constituent le premier pivot concourant à accentuer ce sentiment de dégoût. Dès son arrivée dans l'appartement en location, Leda découvre une étrange bestiole ressemblant à une grosse mouche :

> [U]n insecte de trois ou quatre centimètres [...]. Il avait des ailes membraneuses, il était marron foncé et immobile. [...] Je l'effleurai avec un pan de mon peignoir, il bougea puis s'immobilisa [...] Quelle horreur[53] !

D'une manière analogue, la pinède que Leda traverse tous les jours pour rejoindre la plage est habitée par des « lézards poussiéreux qui abandonn[ent] les interstices de soleil à [s]on passage[54] ». Ces insectes, apparemment inoffensifs, provoquent chez elle une répugnance contribuant, comme dans le cas des *lésions*, à alimenter sa désorientation sans pourtant opérer un changement comportemental. En revanche, c'est le corps en plastique d'une poupée sans valeur qui déclenche un déraillement dans le calme de ses vacances. Dès les premiers jours, Leda observe hypnotisée une jeune mère, Nina, en compagnie de sa fille Elena. Les deux figures jouent sans cesse avec Nani, une vieille poupée : ce trio est l'exemple d'une union harmonieuse, à l'opposé de ses maternités compliquées. Nina, dans sa beauté et ses attentions envers sa fille, incarne tout ce que Leda n'a jamais été. Mais, le jouet en plastique éveille chez elle un désir indécent, porteur de sentiments ambivalents. La poupée possède une apparence sinistre : elle ressemble à un bébé en chair et os tout en cachant un potentiel érotique. Nina et Elena jouent avec Nani en la traitant comme un véritable nouveau-né : « elles l'habillaient, la déshabillaient, faisant semblant de lui passer de la crème solaire, elles la baignaient [...], elles faisaient mine de lui donner le sein[55]. » Mère et fille, en simulant l'allaitement, suscitent la jalousie de Leda – « je [les] enviai[56] » – se heurtant à une autre sensation – « j'éprouvais un sentiment semblable à de l'aversion, même si je ne savais pas ce qui me répugnait[57] » – accentuée par l'apparence malpropre de la poupée : « laide, vieille, elle avait sur le visage et sur le corps des marques de

53. *Poupée volée*, *op. cit.*, p. 17.
54. *Ibid.*, p. 19.
55. *Ibid.*, p. 24.
56. *Ibid.*, p. 27.
57. *Ibid.*, p. 52.

stylo à bille[58]. » Elle découvre ainsi la force secrète de l'objet, « dans ces moments-là elle dégageait une force vitale », accentuée par le geste masturbatoire de la petite fille : « de ses deux mains elle pressa fort, comme par défi, la tête de la poupée entre ses jambes[59]. » Nani est douée d'une autonomie grotesque. C'est elle qui cherche à séduire la petite fille en embrassant « Elena avec une frénésie croissante[60] ».

Victime de son inconscient, Leda en vient à s'approprier la poupée dans le but de la posséder, de la traiter comme une troisième fille à aimer. Mais Nani, adoucie dans sa physionomie de bébé, cache une sexualité effrayante : « Je regardai [l]a poupée [...] dans une position pénible, les bras grands ouverts, les jambes écartées, allongée sur le dos[61]. » Au dégoût s'oppose un désir de tendresse. Le corps-à-corps avec la poupée, marqué par ce mouvement d'*attraction-répulsion*, touche à son paroxysme quand Leda, en voulant imiter les jeux entre Nina et sa fille, adopte les postures d'une maman aux comportements fanatiques :

> Je la pressai contre ma poitrine. Combien de choses gâchées, perdues, avais-je derrière moi [...]. Je compris clairement que je ne voulais pas rendre Nani [...]. Je l'embrassai sur le visage, sur la bouche, je la serrai comme j'avais vu Elena le faire[62].

Nani, épicentre d'une attraction irrépressible, se présente aussi comme une femme en miniature gardant, dans son ventre, la préfiguration allégorique d'un fœtus. Elena, en voulant imiter la grossesse de sa tante Rosaria, a caché un ver à l'intérieur de la poupée. Leda le découvre avec horreur : « Voilà l'enfant que Lenuccia a inséré dans le ventre de sa poupée pour jouer et la rendre enceinte [...]. Je le retirai délicatement. C'était un ver du bord de mer[63]. » L'impression de dégoût suscité par le vermisseau, renvoie la protagoniste à ses grossesses, à la figuration de ses anciennes nausées, au « dégoût fasciné[64] » vécu pendant les mois de gestation. Nani, la poupée, en train d'éjecter dans le lavabo l'eau stagnante contenue dans son corps, ressemble à une femme en miniature en train de vomir. Leda, ren-

58. *Ibid.*, p. 53.
59. *Ibid.*
60. *Ibid.*
61. *Ibid.*, p. 55.
62. *Ibid.*, p. 87.
63. *Ibid.*, p. 176.
64. *Ibid.*

voyée à ses souffrances de jeune mère, « mon organisme devint une liqueur sanglante, avec une lie bourbeuse en suspension où croissait un poulpe violent[65] », revit, à travers le corps du jouet, la difformité menaçante de son ancienne grossesse. Le fœtus n'est pas le signe d'une vie nouvelle qui vient d'apparaître, mais un monstre agressif : « poulpe violent », étranger et maudit.

La protagoniste, pour le dire avec la psychanalyste Eugénie Lemoine-Luccioni, perçoit sa gestation, notamment celle de Marta, sa fille cadette, comme un acte de violence et de *privation* laissant émerger un dépouillement identitaire. Dans les cas des *filles-mères*, la maternité « réveille la perte de cette autre part d'elle[s]-même[s], à partir d'un fantasme de totalité[66] ». Leda, n'ayant pas pu accomplir son rôle de fille, vit ses grossesses sous le signe du narcissisme. Elle ne cesse pas de chercher « l'Autre[67] » – interprété ici comme la mère perdue – et, parallèlement, elle ne parvient pas à reconnaître l'enfant qu'elle porte. Ce dernier demeure l'étranger ou, comme elle le dit elle-même, un polype cannibale : être difforme privé de toute humanité, capable de la réduire « à mesure qu'il se nourrissait et gonflait, en une matière putrescente et sans vie[68] ».

Nous arrivons, enfin, au troisième point de notre analyse. Le corps de Leda, touché par des *lésions* symboliques, prisonnier d'un binôme caractérisé par l'oscillation entre la *répulsion* et l'*attraction* se retrouve, enfin, assujetti à la notion de *jouissance* susceptible de modifier ses rapports affectifs.

Après le départ de ses filles à la suite de son divorce, Leda subit une révolution tant sur le plan existentiel, que corporel. Ses habitudes changent « la nuit je corrigeais les mémoires [...] l'après-midi je dormais [...] je mangeais une fois par jour[69] » : en expérimentant une liberté qu'elle croyait perdue. Ce bouleversement s'accompagne d'une floraison physique qu'elle interprète comme une forme de réappropriation corporelle : « je retrouvai le corps mince de ma jeunesse et cela me donna une douce sensation de force[70]. » Cette sensation de plénitude se heurte aux souvenirs d'un passé rageur. Leda, victime

65. *Ibid.*, p. 172.
66. E. Lemoine-Luccioni, « La femme comme être parlant », *Partage de femme*, *op. cit.*, p. 58.
67. *Ibid.*, p. 59.
68. *Poupée volée*, *op. cit.*, p. 172.
69. *Ibid.*, p. 13.
70. *Ibid.*

de l'étranglement familial, a été enfermée dans un corps bridé, un récipient « inanimé », privé de toute pulsion[71]. La fatigue physique dépensée dans ses tâches de mère et ses devoirs de femme est une « loupe » sur le détachement affectif éprouvé envers sa famille :

> J'étais trop fatiguée pour travailler, penser, rire, pleurer, et pour aimer cet homme trop intelligent, trop engagé dans son défi acharné avec la vie et trop absent [...] Quand commençaient ses caresses et ses baisers, je devenais nerveuse, j'avais l'impression d'être un stimulus [...] pour ses plaisirs, de fait, solitaires[72].

Leda, enfermée sur elle-même, se comportait comme un *corps-bastion* porteur de rancunes et de fatigues malheureuses. Mais l'adolescence de ses filles réveille, aussi, un besoin secret. Dans la rue, les regards désireux des hommes qui se posent d'abord sur elle, ensuite sur les anatomies encore immatures de ses enfants, suscitent chez elle un sentiment de jalousie, mêlé à un besoin de reconnaissance. Stimulée par l'envie de plaire, elle retrouve une énergie inespérée : « quand les amis de mes deux filles venaient à la maison, je soignais mon apparence pour les recevoir [...] je demeurais très attentive à mon allure et à mes manières[73]. » La reconquête d'une féminité perdue se nourrit d'événements concrets. La rencontre avec un couple d'autostoppeurs, par exemple, bouleverse son quotidien. Grâce à la découverte involontaire des effusions des deux amants, Leda reconquiert d'une cupidité étouffée. De son côté Nina – à moitié nue – entrevue dans la pinède en compagnie du plagiste, contribue à l'évocation d'autres souvenirs, d'autres images liées à sa maternité contraignante. Comme Nina, Leda aussi a désiré quitter ses filles pour revivre les émotions de sa jeunesse perdue, gâchée par l'impératif des obligations. Elle aussi s'est abandonnée à des fantasmes sexuels : « je me perdais dans des désirs qui m'embarrassaient et en même temps m'excitaient[74]. » Elle aussi a désiré le corps d'un autre homme, Hardy, un spécialiste de littérature anglaise reconnu dans le milieu académique :

> Hardy [...] était un homme d'une cinquantaine d'années, un peu petit, maigre, au visage agréable et aux yeux d'un bleu extraordinaire. Il adopta

71. *Ibid.*, p. 67.
72. *Ibid.*, p. 113.
73. *Ibid.*, p. 73.
74. *Ibid.*, p. 133.

pour parler une voix basse et enveloppante, et [...] je me surpris à me demander si cela me plairait de me laisser toucher par lui, caresser, embrasser[75].

L'ardeur d'une nouvelle aventure sexuelle, consommée pendant son séjour en Angleterre avait effacé toutes ses responsabilités de mère. Ses filles, encore petites, restées en Italie en compagnie du mari, étaient malades. Mais Leda, envoûtée par son nouvel amant et fortifiée par la puissance d'un intense « plaisir physique[76] » avait oublié ses enfants : « la varicelle de Marta chercha une place à l'intérieur de moi [...] mais au lieu du vide de ces dernières années elle trouva une fureur joyeuse[77]. » Pour exister en tant que femme, la protagoniste efface son image de mère et ses souvenirs de fille encore attachée à sa propre génitrice. Pour L. Irigaray, Leda entre dans la lignée de ces femmes ayant besoin d'avoir « un *meurtre* sur la conscience[78] » pour pouvoir se réaliser en tant que sujet. En repensant à son adultère, elle revoit son attitude fébrile, insensible aux demandes de Bianca et de Marta. Les appels téléphoniques avec Hardy se succédaient en un crescendo de tension érotique : « [je] répondais à des sous-entendus obscènes et faisais à mon tour allusion à des obscénités[79]. » Malgré la souffrance imposée à ses enfants, elle comprend que le plaisir vécu pendant cette relation clandestine lui a permis d'opposer son corps (*retrouvé*) de femme aux torpeurs du rôle maternel.

La protagoniste incarne une maternité n'arrivant pas à concilier l'amour pour ses filles avec l'amour de soi. Leda, *corps-jouissant*, sous les apparences d'un bien-être fictif, découvre la face destructrice du plaisir. À distance de plusieurs années, elle relit son adultère comme un passage clé dans son existence de mère. Il signifie, malgré les déchirures et la privation, la conquête de son autonomie d'adulte. Elle admet que l'abandon de sa famille lui a provoqué une joie inouïe : « – "Et comment est-ce que tu t'es sentie sans elles ?" – "Bien". » Toutefois, elle comprend que la supposée réappropriation physique n'est pas séparée d'une volupté bâtie sur un abandon, nourrie d'individualisme et conquise au prix de sa propre désintégration. La jouissance est pour Leda un précipice : « "C'était comme si tout en moi s'effondrait, et des parties de moi s'éparpillaient [...] dans un sentiment de satisfac-

75. *Ibid.*, p. 135.
76. *Ibid.*, p. 136.
77. *Ibid.*
78. L. Irigaray, *Le corps-à-corps avec la mère*, *op. cit.*, p. 63.
79. *Poupée volée*, *op. cit.*, p. 140.

tion" »[80]. Son érotisme la condamne, dans sa recherche hédoniste, à une décadence corporelle. Touchée par l'obscur héritage de la *frantumaglia*, elle succombe à une corporéité déréglée qui, malgré son bonheur potentiel, est marquée par « un manque insupportable[81] » transformant son existence en un grotesque effondrement.

Le paysage entre stupeur, réminiscence et frayeur

Pour comprendre le rapport que Leda entretient avec les lieux, reprenons une déclaration de Ferrante contenue dans *Frantumaglia* :

> J'ai quitté Naples très tôt [...]. Rarement je me suis accordée aux villes que j'ai habitées. Je les considère aujourd'hui comme des prothèses [...] soit elles demeurent matière morte, à jamais étrangères ; soit elles font corps avec votre corps et prennent part à vos sensations[82].

L'impression d'un interminable exil de Naples est confirmée par les dénominations que l'écrivaine attribue aux autres lieux, aux autres villes : elles sont, à ses yeux, des prothèses fausses. Matière morte ou expérience sensorielle physique que Ferrante assimile à un affrontement entre les espaces et les individus. Les sujets entretiennent avec ces endroits des relations d'adhésion ou de détachement. L'indifférence envers certains paysages peut même amener les êtres humains à une forme d'aliénation géographique se traduisant, dans l'imaginaire de l'écrivaine, en aliénation existentielle, voire identitaire.

Dans notre contexte, la protagoniste de *Poupée volée* choisit l'éloignement de sa ville natale ; comme Ferrante, elle a quitté Naples quand elle était encore jeune. Elle a déménagé à Florence où, après le divorce, elle mène une vie tranquille. Le roman s'ouvre sur le début de ses vacances dans une localité mystérieuse sur la côte ionienne. Mais au lieu de profiter de ses jours de repos, son séjour est conditionné par l'alternance de plusieurs sollicitations, à la fois physiques et sensorielles, venant de l'environnement, de la nature, de la mer. Le rapport que Leda entretient avec les lieux est analysable à travers trois étapes psychologiques correspondant à différentes perspectives spatiales, géographiques et atmosphériques.

80. *Ibid.*, p. 164.
81. *Ibid.*, p. 165.
82. *Frantumaglia, op. cit.*, p. 165-166.

La première phase, caractérisée par la présence de la mer, coïncide, pour Leda, avec un imaginaire paisible, marqué par une forme d'opulence sensorielle. Le paysage maritime constitue le prélude émotif à ses vicissitudes. La nature vigoureuse signifie un état d'*enchantement* – presque d'aveuglement – qui sera rapidement remis en question. Le deuxième moment est marqué par la superposition de deux plans temporels : présent et passé. À travers la rencontre avec le clan des camorristes, Leda met en place un dispositif mémoriel ancré dans son imaginaire napolitain. Comme dans le cas des protagonistes de *L'amour harcelant* et de *Les jours de mon abandon*, la cité parthénopéenne ressurgit en donnant vie à des sentiments allant de la brutalité à la tendresse. La Naples immatérielle du passé se concrétise sous les apparences anthropomorphiques de certains vacanciers. Elle contribue à la *réminiscence* de certaines situations qui laissent la protagoniste dans un état d'inquiétude. Le troisième passage, centré sur la notion de *déstabilisation*, repose sur le côté perturbant des lieux. D'espace paisible, la mer devient un endroit hostile, aux allures sinistres qui jettent la protagoniste dans une condition de dérèglement psychologique fragilisant sa stabilité identitaire.

En voyage pour rejoindre la localité maritime où elle passera ses vacances, Leda est traversée par des sentiments contrastés. D'un côté, elle éprouve un enthousiasme vif face à la perspective de profiter d'un séjour en solitaire mais, de l'autre, elle se figure prisonnière d'un endroit aux allures déprimantes. Toutefois, contre toute attente, le paysage lui apparaît agréable, « C'était une belle journée, un air torride plein de parfums d'été entrait par les vitres [...]. Le village paraissait joli [...] il y avait de bonnes odeurs[83] » ; le petit appartement loué pour l'occasion se révèle lumineux et accueillant. Même la verdure révèle sa beauté étincelante. Leda s'extasie devant un paysage envoûtant – « La pinède était très épaisse, son sous-bois était dense » – s'animant sous son regard : « les troncs qui avaient poussé sous les rafales de vent semblaient sur le point de tomber en arrière[84]. » La sensation de bien-être se mêle ainsi à une forme d'*enchantement* vis-à-vis d'une végétation ardente suivant la protagoniste dans son besoin d'évasion.

La mer, dans sa présence envoûtante, attire sans cesse son attention. Les couleurs de l'eau – « une bande violette [où] le vent se

83. *Poupée volée*, *op. cit.*, p. 14.
84. *Ibid.*, p. 19.

lève » – semblent, d'une part, refléter la stupéfaction esthétique du personnage et, d'autre part, elles fortifient son sentiment d'affaiblissement – « Comme le temps est changeant ! La température est brusquement tombée » – accentué par la présence active, quasiment humaine, des éléments naturels : « Une serviette en papier s'envola [...] le vent s'était renforcé, il gémissait longuement [...] et il poussait vers l'intérieur de l'appartement de la poussière[85]. » Parallèlement, les odeurs omniprésentes accentuent, dans leurs arômes séduisants, la sensation de plénitude du personnage. Même des éléments apparemment banals suscitent, chez Leda, une attirance. Mais la joie provoquée par ces sollicitations est le prélude d'un tournant désagréable[86]. Le sentiment de merveille tourne au vertige : « Là, ballottée [...] je commençai à me sentir mal[87]. » Confuse, elle évolue vers une forme de cahotement identitaire l'obligeant à une reconfiguration de son passé.

La Naples de Leda, *ville-reniée*, fait son apparition à travers la présence vociférante du clan des camorristes. Leur attitude, à la fois festive et violente, contribue à la mise en place d'un dispositif voué à la *réviviscence* d'un passé oublié :

> Ils s'interpellaient les uns les autres par de longs cris, ils s'exclamaient, se lançaient des boutades et parfois se disputaient : une famille élargie, semblable à celle dont j'avais fait partie lorsque j'étais enfant, avec les mêmes plaisanteries, les mêmes mièvreries et les mêmes colères[88].

Attiré par les mouvances de la famille napolitaine, le personnage est projeté vers ses étés enfantins en voyant, dans les comportements du clan, une reproduction presque fidèle de son passé. Au mépris provoqué par leur conduite, Leda oppose son identification avec la figure de Nina en reconnaissant, dans sa manière d'être, une sorte de double inversé de sa personne. La jeune maman, photographiée dans sa parentalité heureuse, suscite chez la protagoniste une nostalgie tendre. Le dialecte qu'elle utilise pour communiquer avec sa fille

---

85. *Ibid.*, p. 64-65.

86. La force du paysage, doué d'un pouvoir ambivalent, susceptible de mélanger l'émerveillement avec l'angoisse, est d'ailleurs présente chez Curzio Malaparte qui, en parlant de Naples, met en évidence la même dichotomie. Voir, C. MALAPARTE, *La pelle* [1949], Milano, Mondadori, 1978, p. 46-47.

87. *Poupée volée, op. cit.*, p. 99.

88. *Ibid.*, p. 22-23.

prend la musicalité d'une cantilène enfantine, renvoyant aux souvenirs de la protagoniste : « le napolitain que j'aime [...] tendre du jeu et des mots doux. J'étais sous le charme[89]. » Leda opère une sorte de superposition temporelle : dans sa conscience, Nina n'appartient plus au groupe des camorristes, elle n'est plus la maman de la petite Elena, mais elle adhère, par un jeu de remplacement, au corps perdu de sa propre mère.

Naples, comprise dans son statut de *ville-mère*, émerge aussi grâce à une conversation avec Giovanni. L'homme, se référant à son enfance, se souvient de l'usage que sa mère faisait de la *pupatella* : un chiffon imbibé de sucre venait calmer l'agitation des enfants. Dans les mots de Giovanni, Leda revoit sa grand-mère en train d'utiliser ce même stratagème pour apaiser ses colères, souvent dirigées envers sa propre génitrice : « j'en avais marre, elle me critiquait tout le temps[90]. » Ce chiffon sucré devient la porte d'accès à une longue génération de femmes. Leda y retrouve une lignée de mères – dont elle-même fait partie – s'occupant en permanence de leurs filles et, à côté d'elles, elle voit d'autres mères, d'autres grands-mères : « Marta aussi, qui, dans les bras de son arrière-grand-mère, serrait entre ses lèvres la petite tête blanche de ce lutin [...]. Même ma mère s'apaisa, s'amusa et dit que sa mère me faisait taire ainsi[91]. » Le dialecte, aussi, porteur d'un imaginaire affectueux, sombre vers un terrain périlleux, laissant émerger un côté violent, imbu d'une réalité grotesque : « j'entendais le dialecte du clan comme s'il était amplifié, leurs cris, leurs rires, et cela m'empêchait de me concentrer[92]. » Pétri de réminiscences enfantines, le napolitain contient une duplicité antinomique[93]. La musicalité des paroles maternelles associées aux moments de bonheur se heurte aux angoisses suscitées par des disputes souvent marquées par des éclats de violence.

Face à la perte de la poupée, même l'engagement des camorristes produit, chez Leda, une impression négative. Leurs comportements lui rappellent les attitudes d'une « famille dont je m'étais

89. *Ibid.*, p. 26.
90. *Ibid.*, p. 153.
91. *Ibid.*, p. 153-154.
92. *Ibid.*, p. 38.
93. Le côté antinomique du dialecte napolitain est d'ailleurs bien analysé par R. La Capria qui dans *L'armonia perduta*, parle d'un « usage enchanté du dialecte » en mettant en évidence sa mélodie, ses « mots en musique ». Il s'agit, toutefois, d'une langue qui est générée à partir d'une blessure et elle peut être interprétée, aussi, comme une « langue de la consolation ». Voir, à ce propos, R. La Capria, *L'amornia perduta*, *op. cit.*, p. 120-128.

enfuie quand j'étais jeune[94] ». Le gouffre de souffrance, dont elle pensait s'être extirpée, se représente. Leda superpose la haine envers ses parents à celle qu'elle éprouve vis-à-vis de ces gens ; passé et présent se confondent, donnant vie à une prise de conscience : « Je ne les supportais pas et pourtant ils m'avaient sous leur emprise, je les avais tous à l'intérieur de moi[95]. » La mauvaise racine d'une descendance à la fois proche et atrocement étrangère, souille l'esprit de la protagoniste qui, tout en ayant voulu s'éloigner de sa famille, reste otage de ses postures. L'assimilation des comportements et des tonalités linguistiques enracinés dans sa corporéité produisent en elle un sentiment de désordre décrit à travers l'allégorie des eaux stagnantes étouffant toute forme d'éloignement : « ils faisaient partie de mon propre temps, de ma propre vie marécageuse, dans laquelle parfois je m'enfonçais encore[96]. » C'est pour conjurer une contagion envers ses enfants que Leda avait tenté, pendant sa jeunesse, une opération de déracinement. En craignant une incorporation pathologique à la *race* indigne de ses parents, elle n'avait pas hésité à mettre en garde ses filles contre la métamorphose dangereuse qui pouvait les affecter : « Mes deux filles s'enfonceraient petit à petit dans le puits noir d'où je venais, à force d'en respirer les habitudes, la langue et tous ces traits que j'avais effacés de moi quand j'avais quitté la ville[97]. » Mais cet effort sera vain.

La fatigue de sa maternité malheureuse produit un résultat opposé. Leda, épuisée, en décidant de quitter ses filles et son mari, cède sur leur éducation en les livrant aux soins de sa mère, restée à Naples. Ses cicatrices géographiques – les « blessures de [s]a ville natale[98] » – sont les mêmes que celles qu'elle transmet, d'une manière involontaire, à ses filles, en jugeant son passé et ses douleurs comme « inguérissables[99] ». Mais avec le temps, ces souvenirs se redimensionnent. Dans le présent de Leda, l'influence maternelle néfaste, la cadence dialectale napolitaine ainsi que le sang de ses parents, sont désormais réduits à un pâle héritage dont n'émerge qu'un côté positif : « pauvre maman. Qu'est-ce qu'elle avait transmis de mal aux filles, après tout ? Rien, juste un peu de dialecte[100]. » Cette prise de conscience n'arrive qu'à

94. *Poupée volée, op. cit.*, p. 123.
95. *Ibid.*
96. *Ibid.*
97. *Ibid.*, p. 124.
98. *Ibid.*
99. *Ibid.*
100. *Ibid.*, p. 126.

la fin des vacances où Leda mesure la disproportion de ses jugements. La laideur, physique et intellectuelle, qu'elle attribuait au clan lui paraît désormais excessive par rapport à la réalité des faits. La frayeur de ces gens – « la peur que j'ai [...] depuis l'enfance » – accompagnée d'une sensation de « dégoût[101] » a contribué à une prise de conscience en l'obligeant à mesurer les failles de son passé. Mais le fantasme de Naples, incarné dans la physionomie ambiguë des vacanciers, n'est pas le seul à corroder l'intégrité psychique de la protagoniste.

Leda, au fil des pages, tombe dans un état de *déstabilisation* émotive. Le paysage enchanté présente son versant sinistre, laissant émerger des sentiments négatifs. Une fois encore, géographie terrestre et géographie émotionnelle coïncident en créant un court-circuit à l'intérieur du personnage. Les espaces parviennent à pénétrer dans la structure psychologique de Leda jusqu'à en déterminer ses comportements. Ferrante adopte une perspective semblable à celle employée par Alba de Céspedes dans *Nul ne revient sur ses pas*. Comme dans le cas de Leda, la maternité difficile d'Emanuela s'accorde aux changements climatiques, aux modifications atmosphériques. Les villes qu'elle fréquente, à savoir Florence et Rome, suivent ses changements émotionnels en incarnant, dans la fluctuation de leurs perspectives urbaines, les mêmes joies et souffrances. Florence, par exemple, conserve, au sein de sa même géographie, une instabilité psychique allant du statut de *ville-d'amour*, théâtre de la première rencontre avec Stefano, à *ville-de-mort*. La ville toscane, après avoir été le berceau de la relation entre Emanuela et son amant aviateur, abandonne sa configuration romantique pour devenir une allégorie funèbre. Stefano meurt dans un accident aérien et sa jeune compagne, enceinte, désespérée, projette de se lancer dans l'Arno, le même fleuve qui, quelque mois auparavant, avait salué la naissance de leur amour[102].

D'une manière analogue, avec le changement de paysage l'euphorie de Leda débouche sur un état de déstabilisation psychologique. La mer, le petit village et l'appartement lumineux perdent leurs connotations enchantées pour prendre des apparences menaçantes. Comme dans le cas d'Emanuela, l'émerveillement initial de Leda n'est pas le fruit d'une observation attentive. Les éléments environnementaux cachent, derrière leur beauté apparente, un tournant obscur présage

101. *Ibid.*, p. 169.
102. A. de Céspedes, *Nessuno torna indietro*, *op. cit.*, p. 71-72.

des angoisses futures. L'appartement propre, enrichi par un cadeau d'arrivée, révèle subitement un côté pourri :

> Je découvris que, sous leur belle apparence, figues, poires, pruneaux, pêches et raisin avaient vieilli ou pourri. Je pris un couteau et enlevai de gros morceaux noircis, mais l'odeur et le goût me répugnèrent et je jetai presque tout à la poubelle[103].

Le petit café au pied de l'immeuble qui constituait un lieu de rencontre affiche désormais un aspect fermé – « j'entendis derrière mon dos des vieillards qui chuchotaient en dialecte : ils jouaient aux cartes et ricanaient[104] » – traversé par un air sinistre amplifié par la présence d'insectes : « je regardai à travers la vitre : on entendait voler les mouches[105]. » Giovanni, le factotum ayant montré une gentillesse respectueuse, change d'attitude et laisse émerger des manières lascives révélant un appétit sexuel inattendu : « J'entendis les rires rauques des joueurs [et] je compris que cet homme devait s'être vanté d'une quelconque intimité avec moi, l'étrangère, ce qu'il avait essayé de prouver en imitant [...] des comportements de mâle propriétaire[106]. » Le petit village qui était apparu accueillant est, en vérité, un endroit chaotique, bondé de vacanciers agités – « un flux de jeunes, de vieux et d'enfants chargés de sacs qui encombraient le sentier[107] » – gâchant l'atmosphère des premiers jours. À cela s'ajoute un changement de température. Le ciel se fait nuageux, l'orage éclate, « très violent, de nombreux éclairs éblouiss[ent] et des grondements de tonnerre explos[ent] comme des voitures bourrées de dynamite[108] », et dans l'esprit de la protagoniste monte un sentiment d'abandon rimant avec un état dépressif. L'hostilité des lieux est ainsi accentuée par l'âpreté de la nature. Au lieu d'être un fond musical, les cigales produisent un bourdonnement « assourdissan[t][109] ». Les ruelles, bordées par des arbustes, laissent place au déploiement d'étalages dans un dédale de bruit, de désordre, d'angoisse : « La place, le boulevard, les rues et les ruelles [...] étaient un labyrinthe [...]. Je me perdis dans la foule[110]. »

103. *Poupée volée, op. cit.*, p. 16.
104. *Ibid.*, p. 46.
105. *Ibid.*
106. *Ibid.*, p. 47.
107. *Ibid.*, p. 49.
108. *Ibid.*, p. 69.
109. *Ibid.*, p. 128.
110. *Ibid.*, p. 158.

La sensation d'inquiétude trouve enfin son sommet dans la pinède où l'ombre d'un inconnu semblant la suivre jette la protagoniste dans un précipice d'incertitude – « je fus saisie de panique et commençai à courir[111] ». Ainsi, la localité maritime abandonne son image paisible pour ériger un scénario terrifiant.

Le dérèglement progressif vécu par le personnage se concrétise dans le changement environnemental. Leda, confuse, traversée par un sentiment de culpabilité, phagocytée par la puissance lugubre de la poupée, sombre dans une forme d'aliénation qui conditionnera toutes ses actions. Les lieux, dans leurs oscillations sinistres, accompagnent la protagoniste vers sa chute psychologique, devenant les témoins de l'effondrement identitaire du personnage dans un lent abandon de ses facultés.

Se dire à travers l'Autre. Le paradigme des *maternités proliférantes*

Dans une interview parue dans le magazine *Io Donna*[112], Elena Ferrante définit *Poupée volée* comme un roman centré sur l'amour « obscur » de la mère. Cette liaison a souvent été étudiée par la psychanalyse[113] qui a montré comment une telle dépendance risque de se transformer en un « facteur de lutte ». L'ambivalence affective a le pouvoir de transformer l'amour en une forme d'hostilité profonde[114]. Pour la psychanalyste Sylvie Faure-Pragier, certaines analysantes croient pouvoir se libérer de ce que Ferrante définit « la prépondérance absolue de la mère[115] » en devenant mères à leur tour – « il faudrait être mère pour être femme[116] » – comme si la présence d'une deuxième maternité pouvait les émanciper de l'ombre de leurs génitrices.

Le récit à la première personne de Leda met en évidence la centralité du geste narratif interprété comme le seul outil capable de donner

111. *Ibid.*, p. 179.

112. *Frantumaglia*, *op. cit.*, p. 210.

113. Parmi les nombreuses publications, signalons un essai critique qui nous semble particulièrement proche des thématiques traitées par Ferrante : J. André, *Mères et filles*, coll. « Petite bibliothèque de psychanalyse », Paris, Presses universitaires de France, 2003.

114. Voir S. Faure-Pragier, « Défaut de transmission du maternel. Absence de fantasme, absence de conception ? », J. André, *Mères et filles*, *op. cit.*, p. 53.

115. *Frantumaglia*, *op. cit.*, p. 211.

116. S. Faure-Pragier, « Défaut de transmission du maternel. Absence de fantasme, absence de conception ? », *op. cit.*, p. 53.

forme à l'informe. En nous appuyant, une fois encore, sur les théories de A. Cavarero[117] concernant le sujet relationnel, nous constatons qu'une identité ne peut se définir sans confrontation permanente avec autrui. Grâce à la théorisation de J. Butler[118], nous observons comment ce *Je* narrant a besoin d'un autrui pour concrétiser sa propre histoire et, parallèlement, sa propre existence[119]. Toutefois, la narration de Leda est précaire car, pour le dire avec J. Butler, elle conserve dans sa structure une forme d'« incommensurabilité constitutive[120] ». Leda raconte à partir d'une série de failles. Son récit conserve des zones d'ombre, des remaniements postérieurs accentués par la présence d'analepses et de prolepses rendant le récit creux. Dans cette histoire *in medias res*, le sujet narrant essaye de récupérer des morceaux perdus pour tenter de donner à la matière narrée une cohésion structurelle. Le *Tu* raconté – Bianca, Marta, mais aussi Nina et Elena, dans leur relation spéculaire – sert au *Je* narrant – Leda – pour donner une cohérence à sa propre identité désarticulée. Car Leda n'est pas un sujet défini. Elle croit avoir réglé les conflits avec sa propre mère, elle pense avoir expié les fautes d'un passé marqué par l'abandon de ses filles, mais elle comprend, en narrant l'histoire d'une maternité apparemment heureuse – celle de Nina et d'Elena –, qu'en vérité ses hostilités relationnelles demeurent irrésolues.

Dans ce contexte nous verrons comment ce récit d'autrui fonctionne à travers un système paradigmatique décrivant des *maternités proliférantes* comparables au mécanisme des poupées russes. La maternité de Leda est le point de départ pour pénétrer dans l'univers d'une autre maternité, celle de Nina qui, à son tour, est contenue dans la relation qu'Elena, sa fille, entretient avec sa poupée Nani.

Bianca et Marta ont quitté l'Italie pour déménager à Toronto. Leda vit cette distance comme une forme de mépris : « Nos conversations téléphoniques étaient presque toujours hâtives, et parfois elles sonnaient faux comme au cinéma[121]. » Il perdure, entre mère et filles, une forme d'éloignement affectif aggravé par les tons artificiels des conversations. Malgré ces difficultés, durant les jours de vacances la protagoniste éprouve souvent le besoin de communiquer avec ses

117. Voir A. Cavarero, *Tu che mi guardi, tu che mi racconti*, *op. cit.*

118. Voir J. Butler, *Le récit de soi*, *op. cit.*

119. *Ibid.*, p. 33 : « Si je perds les conditions de l'interpellation, si je n'ai aucun "je" auquel m'adresser, alors c'est "moi-même" que je perds ».

120. *Ibid.*, p. 40.

121. *Poupée volée*, *op. cit.*, p. 12.

enfants. Mais la vacuité des appels téléphoniques replonge Leda dans la période de leur adolescence où la perception d'une distance caractérielle était déjà évidente. Dans les critiques acharnées que Leda adressait à ses filles, son mari voyait une proximité caractérielle : « Toi aussi tu es comme ça, me disait mon mari. C'était peut-être vrai, ce que je trouvais antipathique [...] n'était que le reflet de l'antipathie que j'avais pour moi-même[122]. » Comme sous l'emprise d'une épiphanie tardive, Leda arrive enfin à comprendre un mécanisme resté longtemps étranger. L'antagonisme éprouvé envers sa propre maternité était, en vérité, le signe d'une proximité dangereuse : « je me sentais d'autant plus proche d'elles que je n'avais pas l'impression de porter la responsabilité de leurs corps[123]. » Pour Leda, l'amour n'arrive à *se dire* qu'avec une prise de distance : la déresponsabilisation affective est la seule voie pour vivre ses propres sentiments en liberté.

Cependant, ce mécanisme anticipe la brutalité de l'abandon que la protagoniste a réalisé, mais qu'elle ne parvient pas à raconter. Dans la demande d'amour de Bianca et de Marta, Leda mesure la violence de son sentiment de culpabilité accentué par la souffrance de ses filles prisonnières, à leur tour, d'un sentiment à la fois recherché et renié :

> Elles étaient mécontentes [...] des ressemblances évidentes, mais aussi [...] des ressemblances secrètes, celles dont on prend conscience plus tard – le souffle des corps, justement, le souffle qui étourdit comme un alcool fort. Les tonalités de la voix qui sont à peine perceptibles. Un petit geste, une manière de battre les paupières[124].

Le corps se présente comme un champ de conflits permanents. Marta et Bianca accusent Leda de leurs imperfections physiques, de leurs laideurs imaginaires. Pour Ferrante, la puissance du corps maternel se manifeste toujours à travers des injustices – « la puissance de la mère paraît toujours distribuée de manière injuste » – restituant la complexité d'une relation minée « dès le nid vivant du ventre[125] ».

Quand elle était une jeune femme au foyer, Leda tentait de garder un lien avec le monde académique en travaillant à un essai critique qu'elle ne parvenait pas à terminer. La confusion intellectuelle s'accompagnait d'une fatigue affective amplifiée par la présence dévorante de ses filles : « Marta jouait sous la table, à mes pieds ; Bianca

122. *Ibid.*, p. 84.
123. *Ibid.*
124. *Ibid.*, p. 85.
125. *Ibid.*

était assise à côté de moi, elle faisait mine de lire et d'écrire en imitant mes gestes et mes mimiques[126]. » Ainsi, la violence explose soudaine, sans que Leda ne puisse la refréner. Bianca, sans raison précise, frappe sa mère à l'oreille. Leda réagit. Les coups assenés à sa fille s'adressent à un bouc émissaire sans nom responsable de sa frustration sans limites : « Je sens les larmes de l'enfant sous mes doigts et je continue à la frapper[127]. » Le retour à la réalité coïncide avec une vitre brisée et la réalisation d'une tragédie évitée par miracle :

> Je ne sais pas trop ce qui se produisit, peut-être la poussai-je de façon trop énergique [...]. Bianca apparut, les yeux grands ouverts, petite, de l'autre côté du rectangle vide : elle ne hurlait plus. Je la regardai abasourdie – à quoi pouvais-je donc en arriver ? – : je m'épouvantais moi-même[128].

Cette exaspération est pour Ferrante « le versant sombre[129] » de la maternité concernant tantôt le personnage fictionnel tantôt l'écrivaine elle-même. Dans les pages de *Frantumaglia*, elle analyse la réalité de ces maternités paisibles qui sont, en vérité, exposées aux désastres. Les mères, pour Ferrante, vivent souvent, comme dans le cas de Leda ou Nina, en équilibre sur un « fil de fureur[130] ».

À travers un jeu d'emboîtements, la protagoniste arrive à se refléter dans les relations que d'autres femmes entretiennent avec leurs filles. Le cas de Nina est, ici, paradigmatique. Au début de sa narration, l'émerveillement éprouvé face à un rapport si empathique suscite chez Leda des sentiments ambivalents :

> [J]e sais que ce matin-là les observer m'agaça. [...] Nina [...] m'eut tout l'air de minauder : elle miaulait de plaisir [...]. Je la soupçonnai de mettre en scène son rôle de mère jeune et très belle [...] pour nous, la foule de la plage[131].

Dans son récit, Leda ne réussit pas à s'avouer les raisons du vol de la poupée. Cependant, dans la mesquinerie de cette action, elle

126. *Ibid.*, p. 100.
127. *Ibid.*, p. 102.
128. *Ibid.*
129. *Frantumaglia, op. cit.*, p. 261.
130. *Ibid.*
131. *Poupée volée, op. cit.*, p. 29.

montre sa tentative d'abîmer un cadre familial qu'elle reconnaît comme idéal et contre lequel elle projette ses frustrations de mauvaise mère. Le vol de la poupée produit le résultat espéré : Elena tombe malade, pleure sans cesse et la fièvre l'empêche de dormir. La rage causée par le jouet perdu est déversée sur Nina, la mère, se retrouvant anéantie face aux colères de sa fille. Au corps souffrant de Nina, Leda superpose sa corporéité de jeune mère défaite par les fatigues :

> Je reconnus l'embarras de se retrouver dans une telle situation sous le regard d'étrangers [...] elle essayait depuis des heures de calmer l'enfant sans y parvenir et elle se sentait épuisée [...] Elle avait essayé de se voir dans la glace telle qu'elle était avant de mettre au monde cet organisme, avant de se condamner pour toujours à l'ajouter au sien[132].

Elle voit dans les tentatives que Nina met en place pour résister aux fureurs d'Elena sa propre volonté de combattre le cannibalisme de ses filles. Pour Leda, les corps des nouveau-nés s'englobent – *s'additionnent* – dans ceux de leurs mères. Ces femmes se retrouvent enchaînées, prisonnières d'une anatomie multiple. Mais son projet d'identification spéculaire n'est pas innocent. Elle tente de la pousser à commettre le geste irréparable – l'abandon – dans le but de trouver une confirmation à ses actes. Les dialogues serrés entre les deux femmes montrent une Leda déterminée dans le besoin de mettre en avant sa propre personne au détriment de ses enfants : « "Alors tu es revenue par amour pour tes filles" – "Non, je suis revenue pour la même raison que j'étais partie : par amour pour moi"[133]. » C'est à partir de ces déclarations que nous observons comment le personnage adhère au paradigme de la mère-narcissique[134] analysée par le psychanalyste Massimo Recalcati. Ces mères ont souvent été, à leur tour, filles d'un autre groupe de femmes problématiques, à savoir les mères-crocodiles déjà théorisées par Lacan[135]. L'image du crocodile montre la tendance, pour ces femmes, à *dévorer* symboliquement leurs enfants en répondant ainsi à leur propre désir de possession affective. Leur amour n'existe que dans la forme d'un esclavage sentimental où l'enfant, sans défense, devient assujetti au désir des génitrices. L'affection de ces femmes est telle qu'à travers leurs attitudes

132. *Ibid.*, p. 93.
133. *Ibid.*, p. 165.
134. M. Recalcati, « La madre narcisistica », *Le mani della madre*, *op. cit.*, p. 125-139.
135. Voir J. Lacan, *Le séminaire. Livre XVII. L'envers de la psychanalyse 1969-1970*, texte établi par Jacques-Alain Miller, Paris, Seuil, 1991.

phagocytantes elles parviennent à « séquestrer le désir[136] » de leurs petits en le rendant, ainsi, impossible.

Ayant vécu l'expérience du cannibalisme maternel, ces sujets transforment l'anthropophagie sentimentale connue pendant leur enfance en une forme de narcissisme exaspéré. Elles montrent l'autre facette du carnage affectif : leurs petits sont abandonnés et tombent dans une forme d'indifférence. Il s'agit d'un « désinvestissement libidinal[137] » où l'enfant est perçu comme un obstacle à leur propre réalisation. Comme dans le cas de Leda, la mère-narcissique choisit la fuite comme moyen de réalisation personnelle. Mais elle ne parvient pas à comprendre que l'abandon produit, chez l'enfant, un sentiment d'annihilation : de vacuité existentielle. Pour les enfants des mères-narcissiques, le choix d'éloignement de leur génitrice n'est pas perçu comme une recherche de liberté, mais comme la confirmation d'une absence affective.

De son côté Nani, la poupée que Leda récupère en secret, possède un magnétisme singulier : il incarne le dernier exemple de ces *maternités proliférantes*. À travers la description de la douleur éprouvée par la petite fille, Leda revient, une fois encore, sur son passé. Elle se souvient de Mina, une poupée que sa mère lui avait offerte durant son enfance et qu'elle-même, à son tour, avait donné à sa fille Bianca.

Jeune mère, elle se prêtait avec patience aux jeux de sa fille. Pour l'amuser, elle interprétait à la première personne le rôle de la poupée – « patiemment, j'ai été la poupée de Bianca pendant ses premières années de vie. Elle me traînait sous la table de la cuisine, c'était notre cabane, elle me faisait allonger. J'étais épuisée[138] » – avant d'être remplacée par Mina. Mais le cadeau ne satisfait pas les désirs capricieux de Bianca en provoquant, chez la protagoniste, une tristesse inexprimée. Le climax est atteint quand Leda découvre la poupée abîmée par le jeu de sa fille. La réaction disproportionnée témoigne d'un état de détresse :

> Je lançai la poupée par-dessus la rambarde du balcon. Je la vis voler vers l'asphalte [...] et éprouvai une joie cruelle. Tandis qu'elle plongeait, elle me sembla un être abject. Je restai appuyée à la rambarde [...] à regarder les voitures lui passer sur le corps et la massacrer[139].

136. M. Recalcati, « La madre coccodrillo », *Le mani della madre, op. cit.*, p. 118.
137. Id., « La madre narcisista », *op. cit.*, p. 126.
138. *Poupée volée, op. cit.*, p. 66.
139. *Ibid.*, p. 69.

Lancer la poupée par le balcon est la seule manière pour combattre l'inadvertance de sa fille, sa nonchalance coupable. À travers la mort métaphorique de la poupée, hachée par les voitures, Leda met en scène la violence de son désir de rupture. Mais la brutalité d'une telle éventualité provoque, chez elle, comme chez sa fille, un choc. Elles restent immobiles devant la concrétisation d'un homicide symbolique.

De son côté Nani, simulacre tardif de Mina – son ancienne poupée – réveille l'instinct maternel de Leda. Elle tente ainsi de reproduire les gestes de Nina et de sa fille. Par répétition, elle cherche à se rapproprier sa maternité ratée par le biais du corps sans vie de la poupée. Mais cette dernière n'est pas le simulacre d'un nourrisson. À l'intérieur de son anatomie enfantine, Elena a caché un vermisseau. La poupée est à la fois petite fille et femme enceinte. Elle révèle ainsi un côté monstrueux : « "Elle a un bébé dans le ventre." [...] "Nani aussi est enceinte ?" La jeune femme dit : "Elle a décidé que sa tante et sa poupée chérie attendaient toutes deux un enfant. C'est ça, Elena ?"[140]. » En tentant d'enlever l'eau stagnante présente dans son corps en plastique, Leda se revoit, jeune mère, dans les mêmes postures, victime de spasmes atroces. L'obscénité de la poupée, ravagée dans son anatomie de petite fille, brutalisée par la mise en scène d'une grossesse paradoxale, renvoie la protagoniste à sa propre gestation : « Nani qui crache du noir me ressemble quand je tombai enceinte pour la deuxième fois[141]. » Mais Leda ne s'arrête pas. Elle tente de faire accoucher la poupée, de la libérer d'un fardeau qu'elle-même vit, par personne interposée, comme un poids intolérable : « Je lui ouvris les lèvres [...] je lui fis couler l'eau du robinet à l'intérieur et puis je la secouai vigoureusement pour bien laver la cavité sombre du tronc et du ventre, et faire enfin sortir l'enfant qu'Elena avait mis dedans[142]. » Elle interprète le rôle de sage-femme avec une précision surréaliste. Le ver inséré par Elena devient à la fois « l'enfant » à faire naître et l'ennemi – « la pulpe violente » – à extirper. La poupée n'est donc pas un jouet passif, symbolisant le nouveau-né à soigner : elle devient le double difforme de la protagoniste.

Ferrante, en répondant aux animateurs de l'émission littéraire *Fahrenheit*, souligne comment la métaphore de la poupée ne peut

140. *Ibid.*, p. 160.
141. *Ibid.*, p. 172.
142. *Ibid.*, p. 173.

s'arrêter à la simple mise en scène d'une parentalité. Ces jouets peuvent arriver à contenir toute la complexité du genre féminin, mimant, à chaque fois, « tous les rôles que le patriarcat nous a attribués[143] ». Nani – la poupée – représente le parcours de souffrance de Leda. Elle est à la fois la jeune fille en quête de sa mère et la jeune mère incapable d'accomplir à son rôle de génitrice, malheureuse dans son corps de femme.

Écrire dans l'abattoir : la parole entre chair et vertige

La narration de Leda s'ouvre sur une prise de conscience : « Le plus difficile à raconter, c'est ce que nous ne parvenons pas nous-même à nous comprendre[144]. » Dans le récit de soi, il existe un élément – « un noyau d'ombre en forme de coin[145] », disait V. Woolf – demeurant inconnu à l'écrivant mais c'est là, nous dit Ferrante à travers la voix de Leda, que la littérature commence. *Poupée volée* met en scène un « parler femme[146] » susceptible de se reproduire tant à l'oral qu'à l'écrit. En poursuivant le discours déjà avancé par Hélène Cixous[147], Luce Irigaray analyse la spécificité de cette pratique expressive qui « n'obéit pas à un code existant[148] » et demeure dégagée de toute norme. Cette parole irrévérencieuse fait scandale[149] et possède la désinvolture nécessaire pour *déjouer* les catégories littéraires et sociales déjà existantes[150]. Écrire sur le corps maternel, sur le « continent noir » de l'être féminin passe, pour L. Irigaray, H. Cixous et pour Ferrante elle-même, à travers la recherche d'un langage qui s'élève contre les ténèbres du *non-dit*. Cette parole, cachée dans les profondeurs des sujets, témoigne d'une prise de conscience. L'analyse de son propre vécu s'accompagne d'une inaptitude d'expression minant la possibilité de formuler tout ce qui la ravage en profondeur en mettant en péril sa propre subjectivité.

143. Réponse à Miriam, dans le cadre de l'émission *Fahrenheit*, Radio 3, 7 décembre 2006 puis in *Frantumaglia*, *op. cit.*, p. 253.

144. *Poupée volée*, *op. cit.*, p. 10.

145. V. Woolf, *To the Lightouse* [1927], Ware, Wordsworth Editions, 1994, p. 45 : « a wedge-shaped core of darkness ».

146. L. Irigaray, *Le corps-à-corps avec la mère*, *op. cit.*, p. 49.

147. Voir à ce propos H. Cixous, *Entre l'écriture*, *op. cit.*, et *Id.*, *Le rire de la méduse*, *op. cit.*

148. L. Irigaray, « Nietzsche, Freud et les femmes », *op. cit.*, p. 50.

149. *Ibid.*, p. 51.

150. *Ibid.*, p. 50.

Ferrante décrit ce sentiment d'impuissance dans les pages de *Frantumaglia*. Elle avoue être attachée à *Poupée volée* : un roman qui l'a mise à l'épreuve, où à chaque ligne elle a dû se confronter à la « crainte d'échouer ». La page blanche a provoqué chez elle une sensation de vertige – « l'impression qu'on éprouve lorsqu'on nage jusqu'à l'épuisement[151] » – témoignant de l'angoisse de se noyer, de se perdre, *dans* l'écriture. Pour Ferrante, la narration est comparable à l'égarement éprouvé pendant une traversée où les écrivains, fatigués, perdus, s'aperçoivent « qu'on s'est trop éloigné du rivage[152] » sans avoir l'énergie pour revenir en arrière. Mais, dans son optique, c'est ce sentiment de perte qui constitue le pivot de chaque narration. Dans la fragmentation des discours, nous retrouvons l'émergence d'une littérature qui s'éloigne des chemins classiques pour s'inscrire dans les mailles – pour le dire à nouveau avec L. Irigaray – de cette *parole-femme* faisant de l'incohérence le fondement de toute narration efficace : « un roman n'a pas à être cohérent ; mieux, c'est de l'incohérence qu'il doit se nourrir[153]. » La narration de Leda est, dans ce contexte, exemplaire.

La première caractéristique que la protagoniste met en évidence est la *difficulté* de tout récit. Dans sa déclaration d'intention, Leda montre l'abîme dans lequel elle se précipite. Commençant par une belle journée estivale, tout se termine sur un lit d'un hôpital avec une blessure au flanc. Dans la tentative de reconstruire les fils d'une narration qui trébuche sur ses propres convictions, le personnage avoue sa fragilité face à l'horizon de la parole. Sa confusion argumentative se traduit dans un chevauchement de plans narratifs (présent-passé), de personnages (elle, sa mère, ses filles, le couple Nina-Elena), de perspectives (la sienne qui tente de restituer la vérité d'autrui). La parole narrée ne peut se générer qu'à partir d'un mélange de frétillements et d'ombres : « Il y a des élans qu'aucun graphique ne peut enregistrer, un mouvement est lumineux, l'autre est obscur[154]. » Le récit suit un chemin de revirements, de fausses pistes, d'hésitations. L'évocation même d'événements passés s'écroule dans une nébuleuse, « tourbillon d'images », témoignant d'une mémoire incertaine et toutefois indispensable à la narration : « Combien de choses gâchées,

151. *Frantumaglia*, *op. cit.*, p. 383.
152. *Ibid.*
153. *Ibid.*, p. 261.
154. *Poupée volée*, *op. cit.*, p. 39.

perdues, avais-je derrière moi, et pourtant elles étaient présentes maintenant[155]. »

L'écriture de sa propre histoire est donc faite dans la conscience d'une *difficulté* d'expression devenant un élément intégré au récit. Cette complexité est la même que Leda avait vécue quelques années auparavant, pendant l'écriture d'un essai scientifique. Jeune femme au foyer, abîmée par les fatigues d'une maternité douloureuse, elle s'accrochait à la page : seul outil de résistance contre une existence vouée aux soins de ses enfants. Mais toute recherche de cohérence était vaine : « Rien ne marchait, dans ma tête les hypothèses se multipliaient et je craignais que même le professeur qui m'avait encouragée à [...] écrire ne m'aide plus[156]. » Le discours naît d'un quotidien rude, où les certitudes du personnage sont rongées par l'épuisement physique et la confusion émotionnelle.

La présence de sujets incarnant un idéal féminin que Leda perçoit comme inatteignable contribue à fragiliser son langage. L'expression vacille face à Lucilla, l'amie de famille, considérée comme l'incarnation de la femme parfaite. Elle est, aux yeux de Leda, la meilleure copine de ses filles et l'amante idéale de son mari. La présence de la jeune femme concourt à la destruction de toute tentative de cohésion : les règles de bonne conduite « volai[ent] en éclats en quelques minutes[157] » en plongeant Leda dans un état de confusion à la fois linguistique et psychologique. Même la recherche d'une parole affectueuse qui jetterait un pont entre Leda et ses filles se heurte à la difficulté de communication : « je leur ai écrit une longue lettre dans laquelle je racontais en détail comment j'en étais venue à les abandonner[158]. » Consciente de l'impossibilité d'expliquer les motivations de l'abandon – « je ne voulais pas expliquer mes raisons – quelles raisons ? » – la protagoniste cherche à convaincre ses filles que l'histoire d'une mère – son histoire personnelle – peut, malgré la douleur, contribuer à la construction identitaire de ses enfants : « Leur dire : je suis votre histoire, c'est avec moi que vous commencez, écoutez-moi, cela pourrait vous servir »[159]. La narration de son propre soi, articulée à travers un parcours de lutte, est pour Leda la seule possibilité de *se révéler* à

155. *Ibid.*, p. 87.
156. *Ibid.*, p. 100.
157. *Ibid.*, p. 105.
158. *Ibid.*, p. 112.
159. *Ibid.*

ses propres enfants : « qu'[elles] nous voient comme une personne et non comme une fonction[160]. »

C'est d'ailleurs dans cette direction que L. Irigaray envisage la construction d'un soi féminin. Il faut comprendre sa propre mère, en allant au-delà des rôles préconstitués, pour pouvoir adhérer à son rôle de femme : « ne sois pas seulement mère [...] sois quelque chose d'autre que la pure et simple fonction maternelle[161]. » Toutefois, la tentative de Leda restera vaine. La difficulté de l'écriture se nourrit, aussi, de l'absence de réponse, de l'impossibilité de poursuivre le dialogue. Leda croit toutefois au pouvoir performatif de la parole, interprétée comme geste thérapeutique servant à tisser des liens, à forger les subjectivités. Mais Bianca et Marta ne semblent pas vouloir donner suite à ce type de parcours en accentuant la sensation d'impuissance communicative de la protagoniste : « Une fois seulement, à une légère manifestation d'amertume de ma part, Bianca m'a répliqué [...] tu en as de la chance, toi, d'avoir le temps d'écrire des lettres[162]. »

La narration fallacieuse de Leda s'alimente aussi d'un désarroi expressif nourrissant ses fantasmagories romanesques. Elle fabrique à sa guise une histoire trompeuse concernant la maternité de Nina : « Je lui avais attribué un rôle de mère parfaite, de fille bien réussie[163]. » Sa lecture est le fruit d'un désir caché : reproduire une idylle affective qu'elle-même n'a pas connue. Elle arrive même à soustraire la poupée d'Elena dans le but de provoquer une souffrance chez Nina : elle veut la transformer en un double caricaturé de sa personne. Sa narration, nourrie de chemins illusoires, de réponses imaginaires, bâtit un dispositif romanesque privé de toute authenticité : « j'avais répondu à ses questions [...] par des énigmes[164]. » Pour tenter de combler les manques de son récit, la protagoniste se lance dans ces exercices de réticences qui lui permettent de compléter le tissu troué de son histoire. Ils témoignent d'une complexité narrative et, parallèlement, ils montrent la dimension vacillante de tout récit de soi.

Au-delà de la difficulté d'expression, un deuxième aspect caractérise l'écriture de Leda et son rapport avec la page : c'est la *violence*, la brutalité du dire. La narration incarne les mêmes lacérations émotives

160. *Ibid.*
161. L. Irigaray, *Le corps-à-corps avec la mère, op. cit.*, p. 65-66.
162. *Poupée volée, op. cit.*, p. 112.
163. *Ibid.*, p. 188.
164. *Ibid.* Le choix du mot « énigmes » ne rend pas correctement l'expression de Ferrante : « exercices de réticences ».

du personnage. L'écriture, pour Leda, est corps, matérialité, sang. Elle témoigne, pour reprendre une expression de Ferrante, d'un langage se faisant chair : « le mot est toujours charnel[165]. » La parole se concrétise au point d'assumer les apparences d'une anatomie, féminine ou pas, pliée par les incertitudes des désirs étouffés. L'écriture du vrai est celle qui « naît d'une percée » permettant au sujet d'exister dans la page : « la chair qui fait un tout avec le souffle des mots[166]. » Si écrire est nécessaire pour édifier son propre *Je*, la parole, de son côté, fatigue à trouver sa place et se tord dans la véhémence du dire. Pour Ferrante, la création littéraire n'est rien d'autre qu'un acte de férocité. L'écriture conserve, dans son parcours d'expression, une barbarie semblable à l'*abattage*[167] des anguilles : « j'écris comme si je tuais des anguilles[168]. » La page naît d'un sentiment de gêne ; la recherche de la belle forme est bannie pour laisser place à tout ce qui est vivant et qui se déforme dans la volonté d'arriver à exprimer la vérité de l'individu : « J'accorde peu d'importance au côté désagréable de l'opération et j'utilise l'intrigue [pour] ramener du fond de mon expérience tout ce qui est vivant et qui se tortille[169]. » Ainsi, *Poupée volée* émerge à partir de cette difficulté fouillant dans les bas-fonds de l'existence, dans l'intimité des sujets, pour décrire la complexité des rapports, l'implication des sujets, leur manière d'être au monde.

Françoise Lefèvre maîtrise bien ce mécanisme liant l'écriture à la chair, lorsqu'elle témoigne d'une proximité étouffante entre la parole écrite et la fatigue d'exister. Parler de la maternité, pour elle comme pour Ferrante, signifie se confronter avec les adversités du quotidien, avec – une fois encore – ce *continent noir* vécu comme espace à la fois d'amour et de terreur. Pour F. Lefèvre la quête d'expression commence dans « les décombres ». Pour arriver à *dire,* il faut pouvoir « se jeter dans le puits » dans la tentative de récupérer ces « premières phrases » qui constituent le début de la narration[170]. L'écriture vient

165. *Frantumaglia, op. cit.*, p. 264.

166. *Ibid.*, p. 265.

167. Conscients de la dissonance entre la notion d'abattage – utilisée surtout pour les animaux de boucherie – et les anguilles, nous avons tout de même préféré garder cette incongruité présente d'ailleurs dans l'expression de Ferrante. Cette discordance nous semble fondamentale car, à travers « l'abattage des anguilles », l'écrivaine cherche à expliquer le sens de sa recherche littéraire fondée, comme nous l'avons dit, sur le mélange de styles différents, sur les oxymores, sur des néologismes nécessaires à traduire la complexité de son univers narratif. La traductrice française, Nathalie Bauer, a préféré le verbe « tuer ».

168. *Frantumaglia, op. cit.*, p. 266.

169. *Ibid.*

170. F. Lefèvre, *Le petit prince cannibale*, Paris, Acte Sud, 1990, p. 25.

d'une « forteresse », d'une « prison » : elle est « vidée de son sang. De ses nerfs[171] ». Ferrante aussi, à travers la voix de Leda, perçoit la tentative de raconter l'histoire d'une maternité souffrante comme le moyen le plus efficace pour arriver à se comprendre. C'est pour cela que la page doit incarner toute la brutalité d'un quotidien traversé par des pensées inavouables. Car le récit du rapport mère-fils est, pour le dire à nouveau avec F. Lefèvre, tissé du « trop-plein des terribles joies, l'angoisse, le sable des heures[172] ». La présence des enfants est capable « d'assassiner avant tout l'écriture[173] ». Leda, par exemple, cherche un havre de paix éloigné des bruits de la vie domestique : « écrire a toujours été ma façon de me calmer[174]. » Toutefois, les soins maternels abîment l'espace de création coïncidant pour la protagoniste avec une identité qu'elle croit perdue : celle de la chercheuse. Condamnée à répéter les gestes monotones d'une mère au foyer, privée de son univers personnel, elle perd son autonomie et sa capacité d'expression. La page reste le seul site où pouvoir mettre en scène une fureur interdite dans la vie de tous les jours.

Leda songe ainsi à biffer tout ce qui peut gêner sa construction individuelle, à savoir ses deux filles. Elle rêve de neutraliser les cris, les demandes, les fausses menaces. Sous l'emprise d'un épuisement sans nom, d'une rage longtemps supprimée, la page devient le réceptacle de désirs cachés : « Ah, les rendre invisibles, ne plus sentir les appels de leur chair comme des demandes plus pressantes et plus puissantes que celles qui venaient de la mienne[175]. » L'écriture travaille dans les profondeurs d'un univers chaotique restituant le versant problématique du sujet et, dans le cas de Leda, de son rapport controversé avec ses enfants. La protagoniste, qui a l'habitude de s'accrocher au travail intellectuel pour gérer le chaos de son existence – « j'ai appris à être très disciplinée[176] » – se retrouve, face à ses grossesses, démunie de son pouvoir de maîtrise. C'est ainsi que la langue révèle son côté précaire. Les mots peuvent être des « crampons », comme dans le cas d'Olga, ou montrer leur caducité comme le constate Leda : « nulle prose, poésie, figure rhétorique [...] n'était [...] capable d'apprivoiser la bête obscure que je portais en mon sein[177]. »

171. *Ibid.*, p. 67.
172. *Ibid.*, p. 82.
173. *Ibid.*, p. 94.
174. *Poupée volée, op. cit.*, p. 69.
175. *Ibid.*, p. 144.
176. *Ibid.*, p. 157.
177. *Ibid.*, p. 173.

L'écriture témoigne alors d'une série de fantasmes secrets que la protagoniste exprime à l'écrit. À travers la construction d'un monologue intérieur qui ne s'adresse qu'aux autres – l'ex-mari, la mère morte, les filles désormais trop éloignées – Leda embrasse une narration se révélant, à l'inverse, un instrument d'analyse personnelle, nourri de la violence de ses propres angoisses : « Un de mes pires cauchemars, c'était que je puisse rapetisser, redevenir adolescente, enfant, et être condamnée à revivre ces phases de ma vie[178]. » La page, alourdie par des confessions atroces, représente une sortie de secours contre la dissipation mentale ; elle témoigne d'un attachement au monde, au quotidien, à la peau, sans équivalents. Leda garde son ancrage au réel grâce à l'écriture. C'est elle qui, même au milieu d'un déséquilibre émotionnel, rend possible l'aveu de ses obsessions en leur restituant une forme de cohésion : « Je la percevais comme un écart dans le temps : c'était comme si la même soirée, là sur la place, s'était déchirée [...] et que j'avais fini [...] par danser dans deux différentes saisons de ma vie[179]. » Écrire dans la *difficulté*, sortir du droit chemin pour interroger le *dérangeant* qui l'habite, est la seule manière, pour Leda, de témoigner de sa propre nature.

La page devient ainsi un prolongement identitaire qui demeure libre, sans censure. Elle restitue l'authenticité du sujet car, pour reprendre une expression de Ferrante, elle permet la manifestation de tout ce qui paraît « insupportable[180] » traduisant, à l'inverse, une sincérité qui n'est possible qu'à l'extérieur de l'écriture. L'*abattage* des anguilles est, en fin de compte, l'obscurité de ce féminin trouvant sa voie d'expression grâce à la parole et résistant, malgré les difficultés, dans l'abîme de tout ce qui est défaillant, obscur, condamné à l'imperfection.

178. *Ibid.*, p. 180.
179. *Ibid.*, p. 183.
180. *Frantumaglia*, *op. cit.*, p. 266.

La perte de l'innocence
La vie mensongère des adultes (2019)

Giovanna : une palingénésie laïque par le biais du mensonge

La vie mensongère des adultes[1] sort en novembre 2019 à l'apogée du « phénomène-Ferrante ». Certains journalistes avancent l'hypothèse que ce nouveau livre ne serait que le premier volume d'une nouvelle saga suivant les traces de *L'amie prodigieuse*[2]. Mais dans une interview à Simonetta Fiori[3], Ferrante précise qu'il s'agit d'un roman à part entière n'ayant pas de dettes littéraires envers la tétralogie[4]. Toutefois, elle souligne aussi qu'au départ elle avait réfléchi à la possibilité de donner vie à un long roman titré *L'état de veuvage*[5]. L'histoire ne se déroule finalement que sur quatre années, entre 1991 et 1994, et suit l'évolution de Giovanna dès l'adolescence jusqu'au moment où elle croit avoir atteint une nouvelle maturité.

La protagoniste se raconte à la première personne et la narration paraît débitrice des dispositifs littéraires abordés dans ce premier cycle narratif. La thématique de la perte se positionne au cœur du roman. À travers le personnage de Giovanna, Ferrante renouvelle le caractère méta-autobiographique d'un soi d'auteur déguisé en *Je* fictionnel fonctionnant davantage comme un outil critique que comme

1. *La vita bugiarda degli adulti*, Roma, Edizioni e/o, 2019, trad. Elsa Damien : *La vie mensongère des adultes*, Paris, Éditions Gallimard, coll. « Du monde entier », 2020.

2. Voir à ce propos les articles de : M. Tamburrino, « Giovanna, tradita nei suoi sogni d'infanzia : ecco in anteprima il nuovo libro di Elena Ferrante », *La Stampa*, 5 novembre 2019 ; T. Marrone, « Vecchia piccola borghesia, la Ferrante negli anni '90 », *Il Mattino*, 6 novembre 2019 ; L. Pezzino, « Ritorno al rione », *Vanity Fair*, 13 novembre 2019.

3. S. Fiori, « "Devo mentire per dire la verità". Pensieri, parole, opere e (poche) omissioni. Intervista a Elena Ferrante », *la Repubblica – Robinson*, 30 novembre 2019, p. 2-5.

4. *Ibid.*, p. 4.

5. *Ibid.*, p. 3.

un double d'auteur. Le but de ce *Je* – de cette Giovanna-Ferrante – est de parvenir à faire ressortir cette vérité narrative – « le résultat est un mensonge, dont la vérité nous permet de nous déplacer dans la foule chaotique du réel[6] » – susceptible de faire de la page un terrain où le langage, le style, les discours deviennent un reflet du quotidien[7].

L'incertitude de Giovanna retrouve celle d'une écrivaine qui, malgré son expérience, ne cesse de se chercher en effaçant, par le biais d'une narration incomplète, l'image que l'on croyait acquise. *La vie mensongère des adultes* est, peut-être, le livre le moins abouti de Ferrante montrant après ses succès, la courbe d'une parabole descendante. C'est un roman traitant de l'adolescence, mais il est écrit par une protagoniste qui a dépassé cette phase existentielle et se rapproche de la vieillesse. C'est pour cela que le « décollement » entre le *Je narrant* et le *Je narré* conserve ici, plus qu'ailleurs, un caractère vertigineux. Le paradoxe est que Giovanna – la plus jeune des protagonistes de Ferrante – possède une voix faible, souvent imprécise, portant en elle les traces d'une *sénilité* troublant la narration, et la rendant peu incisive. Dans ce contexte, il nous est difficile de comprendre s'il s'agit d'un échec involontaire ou si ce livre peut être considéré comme une longue réflexion métalittéraire sur l'impuissance de l'expression. Ferrante a déjà refusé de publier certains de ses textes, en les jugeant inadaptés ou peu réussis[8]. Pour ces raisons, cette publication nous interroge : comment imaginer que cette fragilité stylistique puisse être attribuée à une simple crise d'auteur ? Ne serait-elle pas, plutôt, le témoignage d'une posture d'auteure choisissant la forme romanesque pour avancer une critique métalittéraire sur les difficultés de l'écriture ?

Dans notre analyse, nous chercherons à mettre en évidence comment le passage de Giovanna vers le monde des adultes se structure en trois étapes. Dans un premier temps nous aborderons la question

6. *Ibid.*, p. 5. La traduction est la mienne.

7. Nous pouvons associer ce discours à la notion proposée par R. Barthes concernant « l'effet de réel », interprétée, dans notre époque contemporaine – postmoderne – comme « un nouveau vraisemblable » qui est, en fin de compte, ce « réalisme » dont Ferrante s'inspirerait. Voir, à ce propos, R. Barthes, « L'effet de réel » [1968], in C. Coste (dir.), *Barthes*, Paris, Éditions Points, coll. « Essais Bibliothèque », 2010, p. 191-203.

8. Ferrante a toujours manifesté une certaine réticence face à la publication. Nombreuses parties de ses livres ont été jetées au panier car jugées inadaptées à la publication. Mais nous avons aussi l'exemple d'un roman, *Les apprenties*, qui a été terminé sans jamais être parvenu sur la table de l'éditeur. Voir, à ce propos, une lettre du 18 mai 1998 où Ferrante s'adresse à son éditeur : *Frantumaglia*, *op. cit.*, p. 84.

de la chute à travers la *cécité* existentielle de la protagoniste. Ensuite, nous observons comment le parcours du personnage se caractérise par l'expérience de la *vision.* La troisième étape est marquée par l'allégorie du *bracelet.* Véritable symbole du mensonge, ce bijou devient l'arme capable de démasquer l'hypocrisie du monde des adultes en entraînant la protagoniste vers celle que nous pouvons définir comme une sorte de palingénésie laïque.

La *cécité* de Giovanna s'explique par son jeune âge. Andrea Trada, en faisant un rapprochement entre le visage de sa fille et celui de sa sœur Vittoria, parvient à entamer les certitudes de la protagoniste : « mon père [...] avec un de ses tons qu'il n'utilisait jamais avec moi [...] il laissa échapper ce qu'il n'aurait certainement pas voulu laisser échapper : – Cela n'a rien à voir avec l'adolescence : elle est en train de prendre les traits de Vittoria[9] ». La première étape de cette aventure intérieure consiste en effet à saisir sa propre posture d'aveugle[10]. La conscience de cette cécité constitue pour la protagoniste sa « première expérience de privation[11] » coïncidant avec la conscience d'un trou « terriblement douloureux qui s'ouvre en général lorsqu'une chose dont on pensait ne jamais pouvoir être séparé nous est brusquement ôtée[12] ». L'aveuglement correspond à un vide ontologique : à une absence radicale privée de toute entité[13]. À travers cette remise en question, Giovanna rencontre pour la première fois l'idée de perte. Sombrer dans l'obscurité signifie habiter sa blessure, percevoir – à tâtons – son dommage intérieur. Pour grandir, pour tenter de se régénérer, elle doit donc passer par l'expérience de la lacération. La palingénésie que Giovanna cherche à mettre en place n'est donc pas dissociable d'une forme de destruction. Pour conquérir sa nouvelle vie – en sortant ainsi de l'aveuglement –, elle doit faire le deuil d'une candeur perdue – « Je n'arrivais plus à être innocente [...] l'enfance était finie[14] » –, mais sa *cécité* existentielle provoque chez elle des pensées noires.

9. *La vie mensongère des adultes, op. cit.*, p. 14.

10. Concernant la posture de l'aveuglement qui interdit d'observer la réalité du monde, nous pensons, entre autres, à la nouvelle de A. M. Ortese, « Un paio di occhiali », *Il mare non bagna Napoli, op. cit.*

11. *La vie mensongère des adultes, op. cit.*, p. 46.

12. *Ibid.*

13. Pour une explication plus exhaustive sur la notion de vide ontologique voir, entre autres, B. Le Bihan, « Les propriétés du vide et de l'espace-temps », *Philosophiques*, volume 43, n° 1, 2016, p. 49-66.

14. *La vie mensongère, op. cit.*, p. 145.

Cette Giovanna au-delà du miroir est une « femelle[15] laide et perfide[16] », incapable de sentiments authentiques, porteuse de malheur, désireuse de blesser. Elle rappelle, dans ce mécanisme émotionnel, les sentiments vécus par la jeune Ferrante : « J'eus bientôt l'impression d'être une bête sauvage qui feint d'être domestique. Je ne voyais dans les êtres humains que des enchaînements de fautes une somme infinie de raisons pour répondre au mal par le mal ; l'innocence [...] je ne la voyais pas[17] ». À l'instar de Giovanna, Ferrante relate dans les pages de *Frantumaglia* un état de confusion émotif survenu vers la fin de son enfance : « Étais-je faite pour le mal ? Et qu'est-ce qui me poussait vers le mal ? Ma nature, ou plutôt les torts des autres ?[18] ». Ainsi, le sujet se retrouve enfermé dans un déséquilibre permanent où le côté négatif prime sur les sentiments bénéfiques.

L'aveuglement de la jeune Giovanna est, d'ailleurs, aggravé par son goût pour la lecture. Il s'agit d'une passion qui la rapproche du personnage d'Emma Bovary cité, à plusieurs reprises, par Ferrante elle-même. Dans l'article *Le poids du langage*, l'écrivaine insiste sur sa passion pour le livre de Gustave Flaubert et sur l'identification avec certains passages du texte. Ferrante explique que les phrases du roman ont eu le pouvoir de « se ru[er] sur [elle] » en parvenant à la « frapp[er] en pleine poitrine ». Les mots « pénétraient en [elle] et ressortaient »[19] comme sous l'emprise d'une force irrépressible. Le lien se tissant entre Ferrante et Madame Bovary renvoie à l'attitude que Giovanna développe à l'égard de la littérature. À cause de ses lectures précoces, la protagoniste est influencée par la tentation de l'autonarration aboutissant à rendre fictifs des événements, même les plus banals. En effet, c'est à cause de sa passion pour les romans qu'elle est séduite par l'appel du mensonge ; quand Costanza – la maîtresse d'Andrea – s'étonne de sa perspicacité, Giovanna lui répond : « – Je ne suis pas mûre, mais je lis beaucoup de romans[20] ». La littérature aggrave sa *cécité* en l'enfonçant davantage dans les tréfonds d'un monde fictif qu'elle ne parvient pas à discerner.

L'univers narratif, interprété par Ferrante comme un territoire où les auteurs jouent à mêler vérité et mensonge, se fait métaphore d'un univers de frontière, où le plaisir de l'invention s'entrelace avec

15. La traduction de *femmina* en *femelle* est la mienne.
16. *Ibid.*, p. 47.
17. *Frantumaglia, op. cit.*, p. 134.
18. *Ibid.*, p. 136.
19. *Ibid.*, p. 229.
20. *La vie mensongère, op. cit.*, p. 188.

la recherche d'authenticité. Dans *La littérature comme mensonge*[21], Giorgio Manganelli affirme que la parole conserve, dans son artifice, le pouvoir d'être « infiniment plausible[22] ». Mais malgré son potentiel révélateur, la littérature ne cache pas sa volonté « mystificatrice[23] » ; elle est l'exemple de la mauvaise foi, de la volonté d'inventer en jouant avec le réel : dans ses mailles « tout est exact, tout est menti[24] ». En suivant cette optique, Giovanna ne peut que succomber au pouvoir affabulateur de ses lectures. Consciente que son univers repose sur une illusion, elle s'oblige à trouver une échappatoire : faire la connaissance de Vittoria est donc la seule possibilité pour mettre fin à son aveuglement.

Au mécanisme de la *cécité* s'oppose celui de la *vision*. Pour la psychanalyste Simone Korff-Sausse[25], le mensonge enfantin mériterait d'être réquisitionné pour le sortir du simple statut psychopathologique. Ce type de lecture pourrait s'avérer trop schématique dans la compréhension du comportement des tout-petits. Pour D. W. Winnicott, même la pratique du vol chez l'enfant indiquerait une posture allant au-delà de la volonté de s'approprier, furtivement, un objet. L'acte de dérober ne serait qu'une expression de vie susceptible d'illustrer la volonté de combler un manque par le geste de la soustraction illégitime[26]. En s'inscrivant dans ce courant, S. Korff-Sausse montre comment le mensonge pourrait, dans certains contextes, suivre le chemin suggéré par D. W. Winnicott : « L'enfant qui ment cherche la personne à qui il peut dire ou demander une vérité [...] on en vient à penser que le mensonge est l'expression d'une vérité, ou plus précisément une manière de faire advenir la vérité[27] ». Cette lecture expliquerait pourquoi Giovanna, horrifiée par le pouvoir dévastateur du mensonge, choisit d'y avoir recours. Manipuler la réalité pour émerveiller Angela et Ida – ses amies d'enfance –, inventer un profil

21. G. Manganelli, *La letteratura come menzogna* [1967], Milano, Adelphi, 1985. La traduction est la mienne.

22. *Ibid.*, p. 221.

23. *Ibid.*, p. 222.

24. *Ibid.*, p. 223.

25. S. Korff-Sausse, « Mentir pour dire vrai. Le mensonge, le déni et l'affabulation », *ERES, La lettre de l'enfance et de l'adolescence*, n° 75, 2009.

26. D. W. Winnicott, « La tendance à voler », *L'enfant et le monde extérieur*, Paris, Payot in S. Korff-Sausse, « Mentir pour dire vrai. Le mensonge, le déni et l'affabulation », *op. cit.*, p. 28 : « Le voleur ne cherche pas l'objet qu'il prend. Il cherche une personne. Il cherche sa mère, seulement il ne le sait pas ».

27. *Ibid.*

de Vittoria ne correspondant pas à l'original, apparaissent comme des tentatives d'édification. Giovanna cherche à façonner son quotidien dans l'espoir de pouvoir le modifier : de le *voir se modifier* sous ses yeux. Sa tante lui apprend l'importance de l'observation, unique arme contre la condition d'aveuglement que ses parents ont entretenue : « Elle insista beaucoup sur cette question du regard. [...] Regarde, regarde, regarde, martela-t-elle. [...] Regarde bien tes parents, sinon tu ne pourras pas te sauver[28] ». Apprendre à scruter ce qui se cache derrière la toile d'un réel supposé devient un passage obligé pour mettre en place une sorte de *ré*-appropriation de soi-même.

Ainsi, la *vision* constitue le contrechamp à l'immobilisme dans lequel Giovanna est emprisonnée. Ferrante vient suggérer qu'atteindre la maturité implique de traverser le terrain ambigu des contradictions, symbolisées par le couple d'antonymes proposés par Vittoria : la *cécité* et la *vision*. Mais apprendre est une pratique douloureuse, car l'authenticité du monde s'entrelace avec la présence de simulacres trompeurs. L'interprétation que Ferrante donne de la vérité semble, d'ailleurs, renvoyer à la lecture heideggérienne de la notion d'*aléthéia*. C'est l'acte de la dissimulation qui donne la possibilité à l'Être d'apparaître. En s'inspirant de l'allégorie de la caverne de Platon, Heidegger indique que la traduction d'*aléthéia* n'est pas celle de *vérité*, mais plutôt celle de « non-voilement[29] ». Le mot *Unverborgenheit* a été traduit par « non-occultation », « non-latence », « décèlement », pour arriver à la lecture d'Alain Boutot qui par l'expression « hors-retrait » apporte une interprétation plus intéressante. Pour ce dernier, la question du « voile » se révèle problématique car l'usage de ce terme laisserait penser qu'il suffirait de soulever le susdit « voile » pour laisser apparaître l'Être, lecture d'ailleurs peu conforme à la pensée heideggérienne[30]. À ce propos, nous observons comment la biffure noire trouvée sur les photos familiales permet à Giovanna de s'interroger sur l'influence de sa tante. De ce geste d'effacement, concrétisé dans un « rectangle noir tracé au feutre[31] », la vérité surgit à travers l'image ravagée : « Mon père avait beau s'acharner à effacer ceux qui se trouvaient à son côté, il avait laissé leur trace sur le trottoir[32] ». L'ombre de la tante laissée

28. *La vie mensongère*, *op. cit.*, p. 97-107.

29. M. Heidegger, « De l'essence de la vérité », *Question I et II*, Paris, Éditions Gallimard, 1968, p. 176.

30. A. Boutot, « Préface du traducteur », *De l'essence de la vérité* [1988], Paris, Éditions Gallimard, 2001, p. 12.

31. *La vie mensongère*, *op. cit.*, p. 24.

32. *Ibid.*, p. 25.

par inadvertance sur l'une des photos suggère que l'incarnation de la vérité n'émerge que par le biais d'un acte de camouflage. Vittoria – silhouette mi-effacée sur une photo – se fait, par soustraction, messagère de cette vérité *non occultée*. Giovanna détourne la vérité dans le but de la faire advenir : de la *produire*. Cette métamorphose se présente comme une véritable palingénésie au négatif ; le *Je* narrant plonge dans une sorte d'aliénation vis-à-vis de sa propre personne : « Les mensonges, je les racontais essentiellement à moi-même »[33]. La nouvelle Giovanna, toujours vêtue de noir, faussement désinhibée, n'est qu'une adolescente « étrangère à [s]oi-même[34] ». Ainsi, à travers ce personnage, Ferrante-la-faussaire tente d'orchestrer un artifice littéraire illustrant le questionnement d'un sujet cherchant à atteindre une authenticité poétique.

Nous en venons maintenant au dernier des trois paradigmes constitutifs de la palingénésie de Giovanna. Le bracelet, que Vittoria lui offre à l'occasion de sa naissance, se situe au milieu d'une intrigue se déroulant comme une histoire secondaire, parallèle à la narration principale. Les péripéties de ce bijou fonctionnent comme un contrepoids aux vicissitudes de Giovanna. Quand Vittoria le mentionne pour la première fois, la protagoniste n'a jamais entendu parler de cet objet. C'est en suivant le conseil de sa tante et à travers l'observation du monde des adultes qu'elle s'aperçoit de son pouvoir révélateur. D'un côté il est émissaire de vérité, mais de l'autre il détient un pouvoir sinistre : « il était comme imprégné des humeurs [...] il s'imposait [...] comme si les scintillements de ses pierres et de son métal irradiaient autour d'eux toutes sortes de tourments[35] ». Le bijou possède une sémantique contradictoire qui, au fil de la narration, laisse émerger tout son pouvoir métamorphique. Son histoire, sa provenance et même sa signification sont, d'ailleurs, toujours subverties par des éléments nouveaux effaçant toute tentative de compréhension. Quand Giovanna pense avoir enfin saisi son parcours, l'objet se révolte :

> Quel que soit l'angle sous lequel on examinait [...] quelle que soit l'histoire dans laquelle on l'insérait [...] il ne mettait en évidence qu'une seule chose : notre corps, secoué par les convulsions de la vie qui le

33. *Ibid.*, p. 151.
34. *Ibid.*, p. 168.
35. *Ibid.*, p. 162.

consument, nous pousse à faire des choses stupides qui ne devraient pas avoir lieu[36].

Doué d'un pouvoir souterrain, il devient le symbole de l'impossibilité à établir une ligne de démarcation entre les territoires de la vérité et du mensonge. Ce n'est qu'à la fin du roman que Giovanna arrive à reconstituer le véritable parcours de l'objet. Giuliana avoue à la protagoniste que sa grand-mère était la première détentrice du bijou. Ensuite l'objet a été dérobé par Andrea qui, au lieu de l'offrir à sa fille selon les volontés de sa sœur, l'a cédé – en guise de cadeau de fiançailles – à sa maîtresse Costanza. Le bracelet est finalement revenu à Giovanna pour passer à nouveau dans les mains de Vittoria : « Elle me l'avait pris, à moi qui étais sa nièce [...] alors qu'on aurait dit qu'elle ne pouvait pas s'en passer, elle l'avait donné à sa belle-fille[37] ». Vers l'épilogue de la narration, le bracelet manifeste toute sa puissance d'instrument ambigu. Giovanna choisit d'aller à Milan, chez Roberto, pour le récupérer. Le bijou devient un prétexte faussement positif pour permettre à la protagoniste de mettre en acte son plan de conquête : « je n'avais pas de nobles intentions [...] je n'effectuais pas ce voyage pour récupérer le bracelet, [...] j'aillais prendre l'homme que [Giuliana] aimait[38] ». Toutefois, malgré la volonté de mener à bien son plan, Giovanna n'arrive pas à aller au bout de ses désirs. Le parcours de l'objet se termine enfin à côté du lit de Rosario, l'homme avec lequel Giovanna choisit de perdre sa virginité. Elle se débarrasse de son corps de jeune fille d'une manière brutale dans le but de mettre fin à un parcours de déstructuration qu'elle-même avait décidé d'entamer : « – C'était exactement comme ça que je voulais [le] faire [...] et je dégrafai le bracelet que je posai sur le sol, près du lit, comme un cadeau du mauvais sort[39] ». D'une manière analogue, la palingénésie de Giovanna trouve son point final dans un choix d'indépendance ne correspondant pas au rêve enfantin qu'elle s'était construit.

Grâce à la protagoniste, le bijou – dans sa duplicité de talisman et d'objet noir – perd son pouvoir ensorcelant. Grandir signifie, pour Giovanna, choisir avec sa propre tête. Mais l'entrée dans l'âge adulte comporte la perte d'une partie de soi qu'elle croyait bien enracinée

36. *Ibid.*, p. 167.
37. *Ibid.*, p. 286.
38. *Ibid.*, p. 375.
39. *Ibid.*, p. 403.

dans son caractère. L'impératif de Giovanna – « dev[enir] adult[e] comme aucune fille n'avait jamais réussi à le faire[40] » – signifie accepter d'abandonner l'objet qui la rattachait à l'histoire de sa famille : la fin de son enfance coïncide donc avec la conquête d'une subjectivité inédite.

« Voglio essere bella[41] » : corps enlaidi, corps révolté

La notion de laideur préoccupe Ferrante depuis plusieurs années. Depuis sa jeunesse l'écrivaine réfléchit à la problématique du regard, interprétée comme un acte susceptible d'emprisonner l'autre, de le figer dans le terrain glissant de la perception. Un jugement négatif prononcé sur le corps d'autrui – demeurant, dans la narrative de Ferrante, éminemment féminin – finit par altérer le ressenti que le sujet *observé* porte sur lui-même. Dans ce contexte, le concept de laideur se mêle à l'idée de beauté, comprise comme un idéal à atteindre. Cette quête esthétique – vécue comme synonyme de réussite identitaire et sociale – est indissociable d'un impératif illustrant comment la présence envahissante de modèles hors de portée finit par emprisonner un grand nombre de femmes à l'intérieur d'un cercle vicieux. Le désir de perfection – traduit en désir d'amour, en désir d'acceptation – s'articule avec un quotidien rude, où la conscience d'une laideur supposée produit une spirale d'humiliations que le sujet s'impose dans l'objectif de se métamorphoser en effaçant son côté hideux. La discipline de la beauté – présentée comme un désir de bonheur – engendre des mécanismes de culpabilisation et de souffrance.

S'inscrivant dans le courant des études féministes, la journaliste Mona Chollet montre comment cette course vers un idéal inaccessible amène le sujet sur le terrain de l'aliénation. L'individu, dans l'impossibilité de s'identifier à sa propre anatomie, perçoit son corps comme un appendice : un objet extérieur. Il devient « matière inerte, désenchantée, malléable à merci[42] ». Dans la société de consommation, M. Chollet observe que pour combattre la *honte* de la laideur les femmes dépensent une « énergie exorbitante[43] ». D'un côté elles cherchent à se soustraire aux critiques extérieures et, de l'autre,

40. *Ibid.*
41. *Ibid.*, p. 43 : « Je veux être belle ».
42. M. Chollet, *Beauté fatale* [2012], Paris, Éditions La Découverte, 2015, p. 8.
43. *Ibid.*

elles tentent d'être aimées, comprises. Ce n'est donc pas un hasard si cette notion de laideur revient dans l'incipit de *La vie mensongère des adultes*. Prendre les traits d'une tante bannie de la famille signifie condamner Giovanna à l'univers des exclus. La laideur supposée de Vittoria, transposée sur le corps de l'adolescente, l'emprisonne dans le périmètre de son apparence physique en la figeant dans le cadre d'une infamie esthétique et morale. À partir de ce contexte, nous allons montrer comment la thématique de la laideur devient un prisme par lequel la protagoniste peut évaluer sa propre présence dans le monde et son rapport à autrui. À travers son corps, Giovanna réagit à la condamnation paternelle en mettant en place un double mouvement marqué d'abord par une attitude de *vérification* et ensuite par une forme d'*acceptation* sonnant comme un acte de résignation.

La ressemblance avec sa propre tante provoque, chez Giovanna, une sorte d'épiphanie. La phrase de son père se fait révélatrice d'une réalité que la protagoniste ignorait :

> [À] douze ans j'appris par la voix de mon père [...] que j'étais en train de devenir comme sa sœur, une femme qui – aussi loin que je me souvienne, c'était ce que j'avais toujours entendu dire – allait à la perfection laideur et propension au mal[44].

La laideur se fait synonyme d'un défaut moral. Le corps devient un ennemi : une prothèse douée d'une vie à soi, incapable de s'accorder avec les inquiétudes intérieures du personnage. L'infamie corporelle finit par conditionner l'existence de Giovanna en obscurcissant son monde extérieur. Pour cela, la protagoniste met en place une véritable analyse de son quotidien. Elle veut *vérifier* les propos paternels : elle tente de les mettre à l'épreuve en les confrontant avec un miroir métaphorique, constitué tantôt par ses proches, tantôt par elle-même. Car, si son corps possède le pouvoir de se métamorphoser, en laissant émerger l'adulte à travers les vestiges de son soi enfantin, alors le monde – tout le monde – peut suivre le même chemin.

Giovanna commence à remarquer cette mutation pathologique chez les individus, au sein de sa famille, auprès de ses amis. Vittoria, par exemple, face à la souffrance change d'expression : ses yeux deviennent « exorbités » tandis que son visage se mue en une « tête

44. *La vie mensongère*, *op. cit.*, p. 15.

horrible »[45]. La mère de Giovanna, Nella, à la suite de sa séparation, tombe dans le même piège. Sa nouvelle laideur – « un visage déformé par les tourments[46] » – n'est qu'un symptôme de sa solitude sans issue. Giuliana, face au chagrin sentimental causé par Roberto, finit par se défigurer. Si, d'une part, elle est affectée d'une forme d'alopécie – « les cheveux restèrent enroulés autour de ses doigts[47] » – d'autre part son corps perd de sa consistance : « s'étiolait. On aurait dit que son visage s'affinait ». Le chagrin parvient à « l'estropier[48] » et les yeux, soudainement « devinrent vitreux, comme si elle allait s'évanouir »[49]. D'une manière parallèle, quand le monde paraît garder une sorte d'ordre, la présence d'un « voile noir [qui] peut s'abattre à tout instant » intervient pour subvertir tout équilibre. Cette laideur, comme une corruption de la réalité, devient une « brusque cécité » où les individus ne parviennent plus à garder la « distance » et le risque devient celui de « se cogne[r] » face à l'inconnu[50]. Cette misère physique – véritable indignité sociale – n'est finalement qu'un élément fluctuant, qui peut s'abattre sur n'importe quel individu, sur n'importe quel objet, en déformant ses contours, en les pliant aux mécanismes d'une impureté tout à la fois esthétique et psychologique.

Le propos du roman est, en ce sens, assez frappant. Si Andrea désigne la laideur de sa fille en la condamnant à l'univers des exclus, c'est un autre homme – Roberto – qui peut lui ôter ce voile noir en parvenant à la sauver de sa *cécité* provisoire. Lui, avec « son immense autorité de mâle[51] », peut conférer à Giovanna une « nouvelle beauté »[52]. Dans ce cas, Ferrante attribue à un autrui masculin le pouvoir d'éradiquer l'avilissement de la protagoniste, en lui restituant une forme de dignité physique et spirituelle. Toutefois, ce choix sonne plutôt comme une provocation. Roberto, aux yeux de Giovanna, se présente comme une sorte de messie, un sauveur capable de s'élever au-dessus de la masse. Mais malgré les apparences, il lui révélera – lui aussi – son côté noir et sa bassesse d'homme quelconque : « Les mâles, qu'ils soient amoureux ou pas, il suffit

45. *Ibid.*, p. 140.
46. *Ibid.*, p. 151.
47. *Ibid.*, p. 371.
48. La traduction est la mienne.
49. *Ibid.*, p. 354.
50. *Ibid.*, p. 321.
51. La traduction est la mienne.
52. *Ibid.*, p. 375.

de les effleurer, et ils veulent niquer[53] ». Roberto n'échappe pas à cette hideur congénitale qui le souille en le rapprochant des autres adultes du roman : « La splendeur d'un visage [...] couvait et promettait encore plus de douleur qu'un visage opaque[54] ». Si dans la plupart des cas les personnages féminins sont caractérisés par leur ambivalence, chez Ferrante les hommes frappent par leur superficialité. Ce qui nous interroge c'est le contraste entre la précision psychologique avec laquelle l'écrivaine construit ses rôles féminins et l'inconsistance employée pour bâtir les rôles masculins. Ce déséquilibre serait-il le signe d'un procédé heuristique précis ? Car, construire des personnages caricaturaux pourrait être un moyen de faire valoir la complexité des figures féminines. En effet, dans *La vie mensongère,* l'univers masculin se montre comme un obstacle à la formation émotionnelle de la protagoniste. Ces hommes donnent vie à une sorte d'identification spéculaire. Giovanna dépend de leur présence : elle mesure son attirance et sa propre intelligence à travers leurs regards. Ce besoin de reconnaissance se répercute aussi sur son quotidien. Ainsi, le miroir devient un interlocuteur nécessaire : « M'examiner devint une obsession. Je voulais comprendre ce qui dans mon corps rappelait ma tante[55] ». Si cet objet offre au personnage une image accablante et sans appel, les autres – hommes et femmes – sont victimes d'un dérèglement les empêchant de saisir la vérité des choses. Roberto avec ses encouragements donne l'impression de cacher un dessein précis. Ses amies d'enfance restent prisonnières d'un sentiment embrouillé : un mélange d'amour et d'amitié finissant par faire obstacle à tout discernement objectif. Vittoria, femme seule et possessive, est victime de ses caprices. Les parents de Giovanna, après leur passé mensonger, ne peuvent en aucun cas être des interlocuteurs de confiance.

La protagoniste, par les révélations paternelles, découvre ainsi sa laideur en tombant dans une forme de dysmorphophobie, symptôme d'une lecture pathologique de son propre aspect extérieur. Pour la psychothérapeute Donatella De Lisi, cette perception distordue est révélatrice d'une volonté de négation[56]. Le sujet touché par cette pathologie, en s'opposant à une lecture véridique du

53. *Ibid.*, p. 327. La traduction de *maschi* en *mâles* est la mienne.
54. *Ibid.*, p. 323.
55. *Ibid.*, p. 26.
56. D. De Lisi, E. Gebhardt, L. Giorgini, A. Raballo, *Dismorfofobia. Quando vedersi brutti è patologia*, Roma, L'Asino d'oro Edizioni, 2017, p. 90.

monde, choisit de l'altérer. Giovanna s'engouffre dans une lecture superficielle des propos paternels en tombant, malgré ses efforts de *vérification*, dans les pièges d'une affabulation qu'elle-même choisit d'alimenter.

Ainsi, la laideur présumée devient, pour la protagoniste, une laideur assumée. Giovanna accepte sa nouvelle condition d'exclue et, au lieu de la fuir, elle préfère la confirmer. Si dans un premier moment la disgrâce éveille chez elle une volonté de compréhension, dans cette deuxième phase la protagoniste choisit de jouer la carte de l'*acceptation* par défi. Accueillir cette horreur de soi n'est pas, toutefois, sans conséquence. Car la laideur possède un caractère subjectif. Elle ne peut être comprise qu'en relation avec son opposé : la beauté. Giovanna la considère comme une qualité purement esthétique. Si la laideur conserve tout un magma de sentiments négatifs, la beauté désirée par le personnage n'est que matérielle : « – Maman, mais moi je ne veux pas être intelligente, je veux être belle comme vous l'êtes tous les deux[57] ». Faute de pouvoir s'inscrire dans l'univers des parents, Giovanna préfère le détruire en revendiquant sa condition d'étrangère : elle interprète la beauté comme une illusion. Même les gens possédant « un beau visage plein de finesse », révèlent, tôt au tard, des traits « laids et grossiers ». Ces sujets, confortés dans leur facilité esthétique, sont souvent les premiers à « cach[er] des enfers »[58]. La laideur apparaît dans l'imaginaire de Giovanna comme l'emblème d'un manque. Elle coïncide avec une forme de privation – d'absence[59] – opposée à un idéal de plénitude. Cette condition physique et existentielle fondée sur une idée de carence produit chez la protagoniste une volonté de dégradation. Les comportements qu'elle

57. *La vie mensongère*, *op. cit.*, p. 43.

58. *Ibid.*, p. 323.

59. Concernant l'idée de la laideur opposée à celle de beauté et identifiée à travers un manque, une privation, nous renvoyons, entre autres, à la notion de laideur théorisée dans la Grèce antique. Parmi les études contemporaines, dédiées à la question, voir : F. Frontisi-Ducroux, « Idéaux féminins : le cas de la Grèce ancienne », *L'Esprit du temps*, « Topique », 2003/1, n° 82, p. 111-119. Concernant l'idée de laideur interprétée en tant que privation, voir, aussi : R. Polin, *Du laid, du mal, du faux*, Paris, PUF, 1948. Cependant, Karl Rosenkranz met en évidence la difficulté à saisir cette notion dans son K. Rosenkranz, *Esthétique du laid*, trad. Sibylle Muller, Belval, Circé, 2004, p. 42. D'une manière analogue, pour approfondir la complexité de la notion de laideur, voir : U. Eco, *Storia della bruttezza*, Milano, Bompiani, 2007 ; Sur la laideur de Socrate, nous citons, entre autres : R. Dupré, « Socrate », *Bulletin de l'Association Guillaume Budé*, n° 5, juin 1948, p. 77-90 ; A. Nehamas, « Le visage de Socrate a ses raisons… Nietzsche sur "le problème de Socrate" », *Revue germanique internationale*, n° 11, 1999, p. 27-57.

met en place ne font que confirmer une attitude de résignation, voire d'oubli de soi. Dans la tentative de s'opposer à ses parents, en manifestant une forme d'indifférence vis-à-vis de la menace de devenir semblable à Vittoria, Giovanna choisit la voie de la destruction, déclinée à travers deux axes complémentaires : l'apparence physique et la sexualité.

En ce qui concerne le paradigme de l'apparence physique, nous observons comment s'enlaidir devient le premier impératif de la jeune femme :

> Je m'employais devant le miroir, à m'habiller et à me coiffer comme une folle. Je voulais que les gens se sentent mal à l'aise à mes côtés, exactement comme moi je me sentais mal à l'aise avec eux[60].

L'indignité présumée de Giovanna l'oblige à se réfugier dans la laideur, vécue comme un terrain propice où il est possible d'exister en toute liberté. Se maquiller d'une manière grotesque ou s'accoutrer en mettant en relief son mauvais goût signifie transformer son corps en un lieu de repli où pouvoir assumer sa propre divergence. La recherche acharnée devient une mission identitaire : « j'étais un sac de pommes de terre : je me sentais, *je voulais être* un sac de pommes de terre [...] et j'y arrivais très bien[61] ». Mais ses gestes de rébellion ne font qu'accentuer son aliénation identitaire, sa perte de repères, sa solitude de jeune femme abandonnée à elle-même. Dans la construction narrative de son personnage, Ferrante paraît mettre en place certaines tournures psychologiques décrites par Antonia Pozzi[62]. Condamnée à une forme d'exil intérieur – « Moi, enfant seule[63] » –, la poétesse joue souvent sur le parallèle existant entre le corps, l'amour et la solitude. Sans passion, sans possibilité de partage, le sujet se défigure et le corps finit par se replier sur lui-même en tombant dans le piège de la dégradation :

60. *La vie mensongère*, *op. cit.*, p. 206.

61. *Ibid.*, p. 288.

62. Antonia Pozzi (1912-1938), poétesse milanaise morte par suicide à vingt-six ans, témoigne dans ses œuvres de la violence provoquée par la solitude. Elle raconte le manque d'amour et l'isolement émotionnel, physique, psychologique. Prisonnière de son regard impitoyable, elle rappelle, dans certains de ses poèmes, l'attitude de Giovanna. Les deux figures présentent des analogies surtout dans la perception qu'elles ont de leur corps et de leur personne.

63. A. Pozzi, « Io, bambina sola », *Parole. Tutte le poesie.* A cura di Graziella Bernabò e Onorina Dino, Milano, Àncora Editrice, 2015, p. 87.

[J]e t'ai vu
[…] Mais je ne sais pas où j'étais.
Je n'étais peut-être qu'une branche crasse et hérissée
de figue de Barbarie, derrière un vieux mur[64].

L'absence de réponse – véritable refrain traversant toute la poésie d'Antonia Pozzi – revient en guise de *leitmotiv* dans la quête de Giovanna. L'acharnement corporel se déverse sur l'évocation d'une anorexie latente, interprétée comme le signal d'alerte d'un corps cherchant à se faire entendre. À l'instar du *Je* lyrique de A. Pozzi, Giovanna expérimente la voie de la dissolution, celle de la légèreté meurtrière, cadencée par un silence traversé d'éclat : « Ce que la chair est faible et poisseuse. Je m'efforçai de me considérer comme un simple squelette[65] ». Giovanna met en place ce que dans son livre Mona Chollet définit comme un « fantasme absurde[66] » habitant maintes femmes et se traduisant dans la volonté de se débarrasser de la pesanteur d'un corps vécu comme un obstacle. Mais pour Giovanna ce « prestige de l'ascèse[67] » n'est pas que le fruit de sa rencontre avec Roberto. Cette volonté de disparition coïncide plutôt avec une tentative de dégradation en altérant son image, elle s'enfonce davantage dans son délire d'avilissement.

Nous parvenons donc à notre deuxième paradigme illustrant comment le désir de dépravation de Giovanna passe par des gestes concrets. S'enlaidir signifie se livrer à un érotisme malsain, consommé dans la honte de soi et le dégoût. Les jeux sexuels vécus pendant l'adolescence avec Angela – « face à face […] nous nous frottions, nous nous tordions sans gêne, pressant fort entre nous la poupée qui semblait heureuse et pleine de vie[68] » – deviennent un fantasme passionnel, utilisé comme prétexte pour une forme d'onanisme qui, dans ses contours, rappelle étroitement celui vécu par Delia dans *L'amour harcelant*. La répugnance ressentie face à l'absurdité de cette jouissance ne fait que s'accentuer dans la rencontre érotique avec autrui. Les récits de Vittoria incitent Giovanna à la découverte d'un plaisir fusionnel et absolu :

64. Id., « Vaneggiamenti », *op. cit.*, p. 101. La traduction est la mienne.
65. *La vie mensongère, op. cit.*, p. 359.
66. M. Chollet, *Beauté fatale, op. cit.*, p. 139.
67. *Ibid.*
68. *La vie mensongère, op. cit.*, p. 36.

> Si toi ça, dans toute ta vie, tu ne le fais pas comme moi je l'ai fait, avec la passion que j'y ai mise et l'amour que j'y ai mis, je ne dis pas onze fois mais au moins une, alors ça ne vaut pas la peine de vivre [...]. Jusqu'alors, personne ne m'avait raconté [...] une adhésion au plaisir aussi désespérément charnelle, j'étais sidérée[69].

Mais pour Giovanna, cet imaginaire sensuel fait de désir et de passions féroces ne peut se concrétiser. Car l'amour pour Roberto, véritable cible de ses attentions, reste platonique. L'alternative à ce besoin d'affect se présente à elle sous les apparences d'un plaisir érotique dévoyé, fait d'allusions indécentes et de caresses maladroites. Il s'agit d'un érotisme consommé, avant tout, à travers la construction de dialogues obscènes – « Plus nous bavardions ainsi, plus grandissait en moi une agréable sensation d'interdit[70] » –, de frôlements sordides – « son pantalon [...] dégag[ait] une forte odeur de latrines, ce qui me dégoûta[71] » –, coïncidant avec le « désir frénétique de [s]e sentir héroïquement abjecte[72] ». Il est évident que Giovanna n'éprouve pas de désir pour les corps de ses camarades. Toutefois, malgré son caractère brutal, sa première expérience sexuelle lui permet de sonder la profondeur d'un abîme qu'elle a toujours voulu connaître : « Il finit par me pénétrer complètement, avec une telle force que j'eus l'impression d'un véritable déchirement au fond de mon ventre. Cela ne dura qu'un instant, ensuite il sortit d'un coup en me faisant encore plus mal que lorsqu'il était entré[73] ». Rosario, qui déflore le corps de Giovanna sans délicatesse, n'est qu'un outil permettant à la protagoniste de vivre son rituel de passage. Mettre en scène son propre acte sexuel, en veillant à construire, tout autour, un contexte morne et avilissant, devient pour elle une nécessité poïétique[74]. La protagoniste ne peut se créer – se mettre au monde – qu'à travers l'adhésion à sa propre perte, à sa propre détérioration. Elle cherche le mal – physique, émotionnel – car elle perçoit qu'en se niant elle peut atteindre une nouvelle sémantique.

69. *Ibid.*, p. 91-92.
70. *Ibid.*, p. 176.
71. *Ibid.*, p. 177.
72. *Ibid.*, p. 203.
73. *Ibid.*, p. 403.
74. Nous allons approfondir cette notion dans le chapitre *Se découvrir : la parole poïétique* contenu dans la deuxième partie de ce travail. La théorisation d'une construction personnelle à travers les gestes, les actions et, surtout, le langage, est théorisée par L. Irigaray, « Nientzsche, Freud et les femmes », *Les corps-à-corps avec la mère*, *op. cit.*, p. 43-72.

Naples, autoportrait de la terreur

Dans *La vie mensongère,* Naples se présente comme une sorte d'épiphénomène en arrière-plan du récit principal. En comparaison avec *L'amour harcelant* ou à *L'amie prodigieuse*, nous observons une forme d'usure dans les descriptions citadines : la ville perd sa puissance d'endroit énigmatique pour devenir comme la coulisse d'une histoire déjà écrite.

Toutefois, malgré certaines faiblesses romanesques, nous remarquons un attachement à la thématique de l'ambivalence. La dichotomie entre la ville resplendissante habitée par la famille Trada s'oppose à la ville industrielle, territoire de Vittoria. Le contraste entre ces deux Naples n'est pas nouveau chez Ferrante. Toutefois, dans ce contexte, l'écrivaine insiste sur l'impossibilité d'oublier ses racines, sur l'inutilité de toute conquête face au piège des origines. La dichotomie entre une élite culturelle, habitant dans les hauteurs de Naples, et le prolétariat inculte, condamné à sombrer dans les bas-fonds de la ville, reflète une fois de plus la volonté de construire un récit romanesque fondé sur le déséquilibre. Dans ce contexte, la figure de Roberto, lui aussi né au Pascone mais émigré à Milan, émerge comme un facteur déstabilisant et vient souligner comment la volonté d'éloignement échoue face à l'appel du sang.

À partir de ces constats, nous avons l'impression que la Naples de *La vie mensongère* fonctionne comme l'autoportrait amer d'une écrivaine à bout de souffle. Naples, paradigme d'une obsession devient, pour Ferrante, miroir de sa propre incomplétude. La cité parthénopéenne, dans la lassitude de certains clichés, dans la banalité de certaines tournures – qui font ressortir les tonalités rouillées typiques d'un manque d'inspiration après trente ans de carrière – se révèle l'incarnation d'une auteure qui, malgré ses tentatives d'émancipation, n'a pu se détacher de son monde. L'instabilité de la ville se fait matière littéraire, réflexion métabiographique sur la caducité du dire. La Naples du roman est donc une ville-aporie reflet de l'épuisement d'une écrivaine emprisonnée dans ses inquiétudes. Elle se fait autoportrait d'une irréconciliabilité devenue une marque de style : « j'ai mes limites et j'ai appris à les accepter. Ce livre, oui, je le sens nouveau par rapport aux précédents. Mais le nouveau, pour moi, aujourd'hui est comme une paroi qui s'effondre, une vitre brisée, une porte qui éclate[75] ».

75. S. Fiori, « "Devo mentire per dire la verità". Pensieri, parole, opere e (poche) omissioni. Intervista a Elena Ferrante », *op. cit.*, p. 5.

Nous observons comment la première Naples, celle de la splendeur, est représentée à travers le Rione Alto où la famille Trada habite ; elle est l'émanation de leur réussite sociale. Andrea, le père de Giovanna, a tout fait pour prendre ses distances avec son milieu d'origine. Cette démarche fonctionne comme une ligne de séparation non seulement géographique, mais aussi morale – identitaire. Andrea est l'exemple d'un homme qui, malgré ses succès, craint sans cesse un retour en arrière. C'est pour cette raison qu'il insiste, auprès de Giovanna, sur l'importance des études. Il ne peut supporter l'échec qui signifierait retomber vers le bas, perdre l'aisance acquise, revenir en arrière vers les bouches de Naples. Andrea est, pour Ferrante, le représentant d'une Naples des élites, mais il porte, dans sa conformation, l'ombre de la ruine :

> Andrea [...] garde en lui le haut et le bas et, tout en s'occupant d'idées menant à un changement social et économique radical, il veut monter davantage ; il craint, pour lui et pour sa fille, le retour aux origines, la régression et le précipice : il veut que Giovanna monte les échelons comme et plus que lui[76].

Giovanna, de son côté, a grandi dans un quartier résidentiel et ignore la réalité urbaine de la partie basse de la ville. La différence entre ces deux univers est donc accentuée par leur position géographique : « Nous habitions dans la partie la plus élevée de Naples et, où que nous allions, il nous fallait toujours descendre[77] ». Dans les souvenirs enfantins de Giovanna, la zone d'influence de la famille Trada reste un territoire collinaire associée à un monde édénique. Mais ce quartier privilégié est éloigné du centre citadin[78] ; ainsi pour travailler, aller à l'école ou rencontrer des amis, Giovanna et sa famille doivent « descendre » jusqu'au cœur de Naples. Toutefois, dans l'esprit d'Andrea, la ville idéale ne remet jamais en question ses habitants : elle est, à l'inverse, un lieu sûr, paisible, capable de les rassurer dans leurs (fausses) certitudes. Naples est donc métaphoriquement divisée en zones distinctes : celle des amis est identifiable avec « la Via Suarez, [...] la Piazza degli Artisti, [...] la Via Luca Giordano, [...] la Via Scarlatti, [...] la Via Cimarosa, des rues que je connaissais bien [...] Sans oublier que ces rues conduisent toutes au parc de la

---

76. *Ibid.*, p. 4. Les traductions sont les miennes.
77. *La vie mensongère*, *op. cit.*, p. 19.
78. Pour le contraste entre ces deux Naples, voir l'essai de D. Rea, *Le due Napoli* [1950], Napoli, Ariccia, 1996.

Floridiana, un endroit que j'adorais[79] ». En parallèle, il existe aussi la ville du travail, celle des courses ou des activités quotidiennes :

> Pour aller au travail, pour faire des courses et, surtout mon père, pour des obligations liées à ses recherches [...], ils descendaient tous les jours, généralement avec les funiculaires, jusqu'à Chiaia, jusqu'au Toledo et, de là, ils poussaient jusqu'à la Piazza Plebiscito, la Biblioteca nazionale, la Port'Alba et la Via Ventagliere, la Via Floria, et tout au plus jusqu'à la Piazza Carlo III, où se trouvait le lycée où enseignait ma mère[80].

Le périmètre toléré part du Vomero et s'étale vers un cadre demeurant central. En outre, les meilleures amies de Giovanna, Angela et Ida, habitent à « Posillipo » : un endroit resplendissant adhérant à la géographie idéale établie par la famille Trada. Le reste, la Naples hors des confins, est une terre « indéfini[e] et sans nom », ayant perdu toute connotation topographique, demeurant dans l'obscurité d'une sorte de *non-lieu* auquel Giovanna n'a jamais eu accès : « En dehors du Vomero, la ville n'était plus vraiment la mienne, et plus on avançait dans la plaine, plus elle m'était franchement inconnue »[81]. Dans son écriture, Ferrante ne s'attarde pas sur les descriptions de cette cité rêvée. Cette « Naples [qui] dans toute sa splendeur [...] semblait se trouver sous une coupole transparente[82] » n'est qu'une représentation abstraite, privée d'élan identitaire. Dans *La vie mensongère* la ville idéale perd toute sa complexité de lieu symbolique ; frustrée de sa puissance, elle est dans l'impossibilité de conditionner ses personnages. Elle devient – par choix ? par inadvertance ? – le simulacre éteint d'un lieu ayant égaré toute richesse humaine, toute épaisseur littéraire.

La deuxième Naples – celle de la misère – s'incarne dans la figure de Vittoria, image de la cassure, qui oblige la protagoniste à faire face à la dualité d'une ville devenant le symbole de sa propre ambivalence caractérielle. Après avoir découvert l'existence de sa tante, Giovanna décide de lui rendre visite. Mais pour la protagoniste, confinée dans un périmètre urbain privilégié, la zone industrielle n'est qu'une *terra incognita* n'existant que dans l'annuaire indicateur des rues. Le quartier du Pascone ainsi que le cimetière du Pianto ne se manifestent

79. *La vie mensongère, op. cit.*, p. 19.
80. *Ibid.*
81. *Ibid.*, p. 18-20.
82. *Ibid.*, p. 252.

que dans la sémantique de leurs noms : des « rue[s] de tourments, un escalier, des buissons pleins d'épines qui griffaient les jambes, des chiens errants couverts de boue avec des gueules énormes et écumantes[83] ». Ainsi, l'exploration d'un territoire inédit se fait, d'abord, sur les « plans de la ville[84] ».

Ayant comme unique instrument de connaissance la boussole de son doigt, Giovanna s'amuse à répertorier les traces d'une existence parallèle s'étalant bien au-delà du cadre protégé dans lequel elle a toujours vécu. La descente vers le bas correspond, aussi, à une descente vers la périphérie. Ferrante met donc en place un double mouvement : celui vers l'enlaidissement et l'autre vers l'anonymat. Ce déplacement passe, en première instance, par la théorie. Chercher les rues sur le papier signifie appliquer la leçon parentale de la discipline. Toutefois, dans sa première approche au monde nocturne, la protagoniste ressent un attachement à une décence rimant avec l'horizon immaculé construit par ses parents.

Se connaître passe, dans l'optique de Giovanna, par la découverte – la vision – de l'appartement de Vittoria, dans cette Naples malfamée qui avec son côté familier lui révèle des vérités sur ses origines. La Naples de la zone industrielle, qui s'étale entre Poggioreale, le Pascone et le chemin de fer, est finalement « une autre ville ». Un lieu inimaginable, fait de :

> [R]angées d'immeubles sordides, de murs décolorés, d'entrepôts industriels, de cabanons et d'étals, de petits espaces verts souillés de déchets de tout genre, d'air vicié et de gros trous remplis d'une pluie récente[85].

La ville d'Andrea – et donc la vraie ville de Giovanna – n'est pas celle bridée, paisible, qu'elle a toujours connue, mais plutôt cet endroit hostile, délabré. Il s'agit d'un lieu où la pauvreté des grands-parents de la protagoniste s'inscrit dans l'image caricaturale d'une privation absolue : « dans ma famille on avait que ses yeux pour pleurer[86] ». Ferrante, dans ses descriptions, ne met en relief que cette sensation de vétusté, associée à une impression de dégradation progressive. Ce monde qui s'écoule sous les yeux hallucinés de Giovanna est celui qui l'a générée, qui lui a donné la vie. Elle découvre ainsi

83. *Ibid.*, p. 47.
84. *Ibid.*, p. 52.
85. *Ibid.*, p. 54.
86. *Ibid.*, p. 55.

la vérité sur sa naissance : son père n'est pas que l'intellectuel, le professeur bien aimé, la personne respectable qui habite dans les quartiers qui comptent. Car son enfance noire – identifiée dans son passé effacé – préfigure la bassesse dont Giovanna se fait porteuse.

L'horreur de cette Naples se fait miroir de l'ambivalence qui habite la famille Trada, de la lueur sombre affectant le regard de l'adolescente. La rencontre avec cet autre monde coïncide avec l'exploration d'une consanguinité – « Vittoria elle-même parla de cette tournée en disant en dialecte : Nous allons faire connaissance avec ton sang[87] » – ayant pour objectif de repérer tous les indices susceptibles de lui permettre de se révéler. Le territoire étranger représenté par cette deuxième Naples finit par devenir un lieu familier, une deuxième patrie – laide et inhospitalière – capable, toutefois, d'assumer sa misère sans complaisance, sans hypocrisie. Vittoria, de son côté, contribue à offrir à Giovanna une version sans filtre de sa propre *napolitanité*. Cette « langue impudente mâtinée de dialecte[88] » que Giovanna ignore, se fait porteuse, dans sa cacophonie inédite, d'une friabilité signe du déséquilibre d'une ville au bord de l'abîme. À travers les phrases mal prononcées que Vittoria crie par téléphone avec « un ton si désagréable et un accent napolitain tellement agressif[89] », la protagoniste est aussitôt catapultée dans un univers qu'elle perçoit comme familier, avec lequel elle doit se confronter.

Ferrante insiste sur le fait que « l'origine de classe[90] » existe comme une donnée inaltérable. Elle perdure dans les traces corporelles et linguistiques. L'origine ressurgit par la langue, par les gestes, par une grossièreté rimant avec la dégradation et témoignant d'une proximité familiale qui ne peut être éradiquée. Chaque personnage de Ferrante « garde en lui le haut et le bas[91] ». Dans la parabole descendante de ces figures, l'écrivaine paraît lancer un message plus sibyllin. Leur parcours renvoie à sa propre dette envers Naples, à sa propre incapacité de briser ses propres limites, de s'émanciper. Ainsi, nous chercherons à analyser comment Ferrante, à l'instar de Roberto, apparaît comme une fausse émissaire de nouveauté susceptible de replonger, d'un moment à l'autre, dans les abysses de sa propre semence.

87. *Ibid.*, p. 96.
88. *Ibid.*, p. 85.
89. *Ibid.*, p. 48.
90. S. Fiori, « "Devo mentire per dire la verità". Pensieri, parole, opere e (poche) omissioni. Intervista a Elena Ferrante », *op. cit.*, p. 4.
91. *Ibid.* Les traductions sont les miennes.

Roberto, du Pascone a migré vers Milan pour poursuivre sa carrière universitaire. Ce jeune homme d'allure charmante et rassurante est le représentant d'une Naples cherchant à sortir de ses propres frontières : physiques et intellectuelles. Mais il revient souvent dans son quartier natal : il intervient auprès de la paroisse avec ses lectures théologiques et suscite facilement l'admiration de tous. Il est « un fragment [...] lumineux » s'étalant dans le « contexte sordide »[92] d'un quartier à la dérive.

Quand Giovanna tombe amoureuse de lui, elle fait la connaissance d'une Naples différente, comme une troisième ville. Roberto incarne le potentiel révolutionnaire d'un individu qui a su renverser les coutumes de la cité. Toutefois, la rencontre avec cette altérité accentue le besoin de dégradation de la protagoniste. Elle admire cette figure entreprenante e charismatique, mais elle désire aussi sa ruine. À l'instar de Vittoria, sa possessivité et son désir de lui font ressurgir sa tendance à l'aveuglement : Giovanna incarne, face à Roberto, la Naples réactionnaire et cannibale, celle qui est dans l'incapacité de se remettre en question :

> Mais je découvris aussi que j'étais du côté de Vittoria. Je voulais que Roberto quitte Milan et qu'il s'établisse à Naples. Je voulais que ma tante gagne et qu'elle impose aux futurs époux de vivre, par exemple, au Pascone, afin de pouvoir associer ma vie à la leur et les fréquenter autant que je voulais, pourquoi pas tous les jours[93].

La protagoniste prend ainsi le visage d'un territoire gluant et mortifère réclamant ses habitants, en établissant, avec eux, un lien indissoluble et dérangeant. Dans son amour déraisonné, elle se fait la porte-parole d'une gravité létale, d'une Naples aveugle aux besoins des citoyens, d'une ville qui, pour citer Pietro Treccagnoli, se révèle un lieu d'accumulation. En reprenant la leçon de Matilde Serao (*Le ventre de Naples*[94]) et de Curzio Malaparte (*La peau*[95]), l'auteur de *La peau de Naples*[96] parvient à lire la cité parthénopéenne dans sa structure anatomique, en l'assimilant à une entité dévorante qui se fait ventre, estomac, terre de « l'éternel retour[97] ». Naples devient une

92. *La vie mensongère, op. cit.*, p. 233.
93. *Ibid.*, p. 279.
94. M. Serao, *Il ventre di Napoli* [1884], Milano, Bur, 2012.
95. C. Malaparte, *La pelle* [1949], Milano, Mondadori, 1991.
96. P. Treccagnoli, *La pelle di Napoli. Voci di una città senza tempo*, Milano, Cairo Editore, 2016.
97. *Ibid.*, p. 268. La traduction est la mienne.

ville confluence, un réceptacle capable de cumuler, sans distinction, beauté et misère, douleurs et rédemption. Roberto, d'ailleurs, n'est pas indifférent à l'attrait de son lieu natal :

> Il commença par Naples, le Pascone et son enfance dans ces lieux. Il en parla comme d'endroits merveilleux [...]. Il déclara qu'il avait contracté une dette et qu'il devait la rembourser [...], il m'expliqua qu'il devait rendre [...] ce qu'il avait reçu dans son enfance, et qu'une vie ne suffirait pas à rééquilibrer la balance[98].

La dette envers Naples émerge en opposition à l'émancipation, au succès existentiel qui a touché le jeune homme. Roberto a besoin du Pascone pour continuer à créer : c'est son passé qui l'oblige à la mesure, lui imposant une discipline et une remise en question permanente. Mais Giuliana, sa fiancée, ne partage pas son avis : « il faut que je parte du Pascone [...], il faut que je quitte Naples[99] ». Elle, habitant toujours dans le quartier de son enfance, atteinte par le désespoir de perdre Roberto – sa seule possibilité de fuite – souffre devant l'attachement de son futur époux à l'égard de sa ville natale. Car la dette que Roberto revendique ne fait que mettre en lumière la fidélité, le dévouement, envers un lieu qu'elle veut oublier. Giuliana qui, à différence de Roberto, n'a jamais pu sortir de Naples est prisonnière des bassesses, de toute la dégradation urbaine et humaine. Dans le portrait de Roberto, revendiquant sa dette envers un lieu qu'il a détesté, puis aimé, et enfin tenté de comprendre, Ferrante paraît inscrire sa propre figure d'écrivaine déracinée. Si elle n'est pas Roberto, elle s'incarne dans la géographie de cette même ville. Elle trace ainsi son autoportrait : en disparaissant dans la cité, elle pénètre dans l'incertitude de ses descriptions sommaires et à peine esquissées. Cette Naples incolore – déjà dite, déjà racontée – semble traduire la difficulté méta-autobiographique d'une écrivaine hésitante face à la parole, plongeant dans l'impuissance de son dire. Sa difficulté d'auteure – victime, nous l'avons vu, d'une sorte de *sénilité poétique* – se reflète dans la préfiguration d'une terreur amplifiée par une ville semblant toujours sur le point de s'effondrer, d'exploser et, peut-être, de disparaître. Cette angoisse d'écrivaine est directement liée à la notion d'anticipation. Comme si Ferrante avait pu annoncer, dans l'écriture romanesque, la préfiguration de ses craintes. D'une

98. *La vie mensongère, op. cit.*, p. 329.
99. *Ibid.*, p. 334.

manière analogue, pour Iosif Brodskij[100], ce sentiment d'anticipation coïncide, chez l'être humain, avec la reconnaissance de son potentiel négatif : le sujet, confronté à sa propre dérive, réagit avec cette terreur lucide capable de lui annoncer l'essence même de ce qu'il pourrait être[101]. C'est ainsi que Ferrante revient sans cesse sur ses anciennes tournures : elle semble avoir perdu sa capacité d'analyse et succombe dans une écriture lasse, en devenant elle-même toile de fond. La crainte de ne pas pouvoir atteindre une certaine qualité narrative devient, désormais, une réalité. Nous retrouvons cette conscience – ce malheureux cri d'impuissance – dans les descriptions de la ville, dans cette présence qui n'a jamais cessé de faire écho à l'auteure et qui devient, ici, gémissement de douleur, soupir nostalgique.

Naples cesse d'être le paradigme relationnel avec lequel les personnages interagissent. Dans ce roman, elle n'apparaît pas comme le grand Autre, susceptible de remettre en question les sujets, de les orienter, de le blesser. Cette ville aimée, détestée, vénérée ou oubliée, ne serait-elle pas, alors, l'autoportrait terrifiant d'une auteure qui s'affaisse dans la construction de ses propres origines ? Car, en acceptant cette hypothèse, la cité ne serait que le témoignage malheureux d'une perte, d'un égarement stylistique. Et la terreur préfigurée par Ferrante représenterait ainsi la réverbération d'un territoire urbain demeurant, une fois encore, le lieu de l'ambiguïté et de la non-appartenance : un espace d'indétermination, fragment vacillant se faisant tantôt plénitude, tantôt carence.

Vittoria : *s'échouer* dans l'Autre

La figure de Vittoria constitue le miroir à travers lequel Giovanna parvient à se construire. Si, pour A. Cavarero[102], raconter autrui devient une voie pour édifier une identité ne pouvant être que relationnelle, et donc narrative, il est évident que Giovanna opère une identification à double sens. D'abord, elle se construit – grâce à l'autre – dans le but de se comprendre. Ensuite, elle se déconstruit – contre l'autre – dans le but de s'annihiler.

---

100. I. Brodskij, *On Grief and Reason* [1995], trad. Gilberto Forti : *Dolore e ragione*, Milano, Adelphi, 2013.

101. *Ibid.*, p. 85.

102. A. Cavarero, « L'identità altruistica », in A. Bottani, N. Vassalo, (dir.), *Identità personale : un dibattito aperto*, Napoli, Loffredo Editore, 2001, p. 236.

Le paradoxe de cette opération vouée à l'échec réside dans le fait que le *Je narrant*, après avoir fondé son identification sur le récit d'un *Tu narré*, décide de méconnaître son travail. Giovanna relègue Vittoria dans l'oubli : elle l'efface de son projet romanesque. Pour la première fois dans la littérature de Ferrante, le sujet narrant écarte l'un de ses personnages-miroirs en choisissant de le supprimer. Toutefois, ce vide romanesque n'est pas sans conséquence et il résonne comme l'écho d'une défaite identitaire touchant la protagoniste : en refusant Vittoria, Giovanna *se* refuse. Mais Ferrante paraît avoir bien pondéré son choix d'effacement. Giovanna est une adolescente : un être hybride ni (encore) enfant ni (déjà) femme. Elle habite dans un espace mitoyen. Il s'agit d'une sorte de *non-temps* – un « nicht-Zeit[103] » pour employer une expression d'Hannah Arendt – où l'existence du personnage ne peut se définir qu'à travers un *entre-deux*. La vie de la protagoniste est, ainsi, un *non plus* ou un *pas encore*. L'univers hybride où Giovanna se trouve positionnée est donc structuré à cheval entre deux temps. D'une part, un passé marqué par une enfance édénique gâchée par la découverte de ses origines prolétaires. D'autre part, un futur incertain, accompagné d'un espoir de différenciation – d'éloignement par rapport à la famille – potentiellement irréalisable. Ainsi, le présent de la protagoniste ne peut se vivre qu'à travers une tentative de narration – de l'autre, du soi – qui se ressent de cette ambivalence perpétuelle. Cette ambiguïté s'inscrit dans le corps même de Vittoria : une figure ni belle ni laide et, parallèlement, une identité qui peut être à la fois dramatiquement belle et monstrueuse.

Par conséquent, Vittoria apparaît comme un autrui *excentrique*. Cette notion d'« excentricité » constitue donc le pivot de sa personnalité et elle finit par orienter le récit de Giovanna : elle en conditionne la subjectivation. Toutefois cette caractéristique ne doit pas être interprétée comme la marque d'une singularité caractérielle, mais elle devrait plutôt être lue au sens arendtien du terme, à savoir en tant que « marginalité »[104], en tant qu'incapacité à marcher au pas des autres. Cette impossibilité à suivre le rythme du monde l'entourant relègue

---

103. Voir à ce propos la réflexion de L. Ritter Santini, « La passione di capire. Hannah Arendt e il pensare letteratura » in H. Arendt, *Il future alle spalle*, Bologna, Il Mulino, 1981, p. 29. Pour les références à la question du « nicht-Zeit », voir M. McCarthy (dir), H. Arendt : *The life on the Mind, I, Thinking IV*, New York, Harcourt Brace Jovanovic, 1978, p. 176. Voir, aussi, H. Arendt, « The Gap between Past and Futur », *Past and Futur : Six Exercises in Political Thougt*, New York, The Viking Press, 1961, p. 3-15.

104. H. Arendt, « Premessa », *Il futuro alle spalle*, Bologna, Il mulino, 2011, p. VIII.

Vittoria dans l'univers des parias, de ceux qui vivent dans un « état de marginalisation[105] ». À partir de ces réflexions, nous montrerons le double mouvement narratif de la protagoniste tracé à travers le paradigme de la *construction-destruction*. Cette structure contenant dans sa tentative d'édification la menace de sa propre désintégration met en évidence comment ce *Je* narratif échoue face à la présence de l'autre : il s'échoue *dans* l'autre. En détruisant son produit romanesque, il accepte de se décomposer dans les mailles de son propre récit.

S'observer dans le visage de Vittoria constitue pour Giovanna un passage indispensable pour grandir. La conscience de posséder le visage monstrueux et indéfini de sa tante pousse la protagoniste à aller à sa rencontre. Sa volonté de *la* voir coïncide avec le désir de *se* voir. Le choc de la rencontre est violent. Giovanna découvre que la menace paternelle annonçant la symbiose entre elle et Vittoria est mensongère. La tante possède un visage insaisissable qui « à ma plus grande surprise, m'avait semblé refléter une telle effronterie et une telle vivacité que je l'avais trouvé à la fois très laid et très beau[106] ». Dans un autre passage, Giovanna affirme qu'elle possède une « beauté [...] tellement insupportable que la considérer comme laide devint pour moi une nécessité[107] ». Vittoria se fait porteuse d'une ambivalence inconciliable : sa beauté se déversant dans la laideur n'est qu'un trait d'un caractère hors norme, capable de réunir contrastes et multitudes. La tante sait parler avec une « douceur » souvent contradictoire par rapport à ses « manière[s] féroce[s] »[108]. Elle est porteuse d'une capacité d'amour, d'une dévotion envers Enzo, son ancien amant, se heurtant à la haine qu'elle ressent pour le père de Giovanna :

> [L]a douleur ne m'a pas tuée, d'abord parce qu'il fallait que je continue à penser à Enzo, et ensuite par amour de ses enfants et aussi de Margherita [...]. Troisièmement, ce qui m'a maintenue en vie, c'est la haine, la haine envers ton père, la haine qui te fait vivre quand tu n'as plus envie de vivre[109].

L'ambivalence de Vittoria est donc le fruit d'une fatigue existentielle due à la misère, au manque d'argent, à la mort de son amant

105. *Id.*, « Kafka : l'uomo di buona volontà », *Il futuro alle spalle*, *op. cit.*, p. 19.
106. *La vie mensongère*, *op. cit.*, p. 70-71.
107. *Ibid.*, p. 56.
108. *Ibid.*, p. 82.
109. *Ibid.*, p. 89.

Enzo et à une solitude affective. Ce caractère antinomique est le reflet de l'ambivalence de Giovanna. Il traduit sa posture paradoxale, son désir de vérité tournant au mensonge, sa soif de beauté se déguisant en laideur. Giovanna trouve chez sa tante la réponse à son statut d'hybride. Mais la reconnaissance de cette *excentricité* blesse la protagoniste qui se perçoit dans la glace d'un être infortuné, laissé pour compte :

> [J]e ne cessai de déprimer en contemplant mon reflet sur le visage de ma tante, qui tantôt accueillait les paroissiens avec un enthousiasme artificiel, tantôt fixait le vide avec des yeux exorbités. Oui elle allait au moins aussi mal que moi. [...] Elle était malade à l'intérieur et je suis exactement comme elle, c'est bien la personne dont je me sens la plus proche[110].

Toutefois, cette identification lui permet de se reconnaître dans le destin d'une semblable. En Vittoria elle trouve une alliée. Le paradigme de la *construction* passe par la reconnaissance d'une solitude partagée. Par leur rencontre, ces deux femmes parviennent à tolérer leur condition d'exilées ; elles développent la conscience d'une sororité tacite. Ainsi, *se construire* à travers sa tante signifie, pour Giovanna, apprendre à vivre les choses avec amour, avec une passion déréglée, libre, capable de remettre tout en question. Cette adhésion à la sentimentalité, méprisée au sein de la famille Trada, devient une source d'inspiration : « Puis, à ma grande surprise, elle ne sortit pas du réfrigérateur [...] un jus en canette ou en bouteille, comme je m'y attendais, mais prit dans un panier deux oranges qu'elle coupa et commença à presser dans un verre, sans presse-agrumes, à la main, en s'aidant d'une fourchette[111] ». Vittoria, dans sa simplicité, prépare un jus d'orange sans utiliser le presse-agrume. Par le biais d'une fourchette, avec les mains trempées de jus, elle donne vie à un rituel quotidien qui impressionne Giovanna, habituée à sa vie bourgeoise où chaque objet détient une fonction particulière. Chez Vittoria les odeurs et les saveurs se fondent aux gestes, aux souvenirs, aux passions : « Le jour de ma fête [...] ma mère m'apportait un chocolat chaud dans mon lit, on aurait dit de la crème, il était gonflé comme si on avait soufflé dedans ; et toi, on te fait du chocolat chaud, pour ta fête ?[112] ». Le chocolat chaud n'est plus une simple boisson, mais il se

110. *Ibid.*, p. 140-141.
111. *Ibid.*, p. 62-63.
112. *Ibid.*, p. 65.

fait allégorie de l'enfance ; il devient la porte d'accès à une affectivité disparue, symbole d'une propension au soin qui se heurte à l'univers apaisé de Giovanna. Grâce à Vittoria, la protagoniste apprend l'importance d'une délicatesse existentielle synonyme d'empathie, de capacité d'écoute. À travers sa vitalité misérable, Vittoria s'oppose à la famille Trada : un noyau d'affects rigides, enfermés dans une posture de protection de leur propre périmètre.

> Chez nous, cacher ses sentiments était une obligation, ne pas le faire était le signe d'une mauvaise éducation. Elle, au contraire, dix-sept ans après la fin de leur amour [...] elle était encore au désespoir, pleurait devant une tombe, parlait au marbre et s'adressait à des ossements qu'elle ne voyait même pas, à un homme qui n'existait plus[113].

Cette femme qui sait pleurer son amant perdu incarne la férocité d'une vie vouée à l'insouciance, dans l'abandon déréglé de ses propres barrières. Se *construire* signifie ainsi abandonner la structure figée imposée par la famille en se livrant au territoire de l'incertitude. Vittoria-l'exclue montre à Giovanna que l'exil ne signifie pas perte, mais plutôt richesse. Elle lui apprend que la dignité passe par l'amour de soi et des autres. La fierté coïncide avec une générosité qui n'a pas d'arrière-pensée, pas d'autre intention si ce n'est le plaisir du partage et de la rencontre.

Toutefois, cette fascination initiale s'éteint et le paradigme de la *destruction* finit par souiller le rapport entre ces deux femmes. Nous observons comment Giovanna se fatigue d'une tante excentrique porteuse, dans son ambivalence, d'une banalité désolante. Elle comprend que l'attitude de « cette tante sorcière » n'est qu'un stratagème pour l'attirer dans son propre univers. Son objectif est « de [la] posséder et de [la] rendre semblable à elle »[114]. Ayant compris son jeu, la protagoniste commence à se lasser de cette figure extravagante abîmée par une solitude inouïe. Giovanna se perçoit, en compagnie de Vittoria, comme un bouclier ; l'arme nécessaire pour faire face à son sentiment d'abandon. Même ses qualités flétrissent devant sa fragilité :

> Peut-être aurais-je dû observer ma tante avec la même attention que celle qu'elle m'avait demandé d'avoir pour espionner mes parents. Peut-être

113. *Ibid.*, p. 86.
114. *Ibid.*, p. 163.

> aurais-je découvert que derrière sa dureté qui m'avait enchantée, il y avait une femmelette molle et crédule, coriace en apparence et tendre en profondeur. Si Vittoria est vraiment comme ça – me dis-je, découragée –, alors elle est laide, elle a la laideur de la banalité[115].

La découverte d'une *autre* Vittoria provoque le refus de Giovanna à choisir d'abandonner le récit d'un personnage devenu inutile. À l'instar de son père, après avoir utilisé les connaissances que Vittoria lui a fournies, la protagoniste décide de la supprimer de son propre récit et de sa propre vie. Toutefois ce choix – interprété comme une évidente négation de l'autre – trahit, en réalité, une négation de soi. Il s'agit d'un véritable manque d'acceptation : « Je la trouvais extraordinaire quand je m'imaginais devenir une adulte combative, et répugnante quand j'identifiais chez elle des traits de mon père[116] ». Giovanna ne se rend pas compte qu'Andrea Trada existe déjà dans son corps, dans ses pensées. Éloigner Vittoria sous prétexte de sa banalité n'est qu'une manière de nier une partie de sa propre personnalité. Ce qu'elle perçoit dans le visage de sa tante n'est que la confirmation d'un caractère voué à l'égoïsme devenant un narcissisme malsain : « ni Vittoria, ni mon père, ni moi n'arrivions vraiment à couper nos racines communes et, du coup, suivant les circonstances, ce que nous finissions par aimer ou détester, c'était toujours nous-mêmes[117] ». S'il n'est, dans la phase de *construction*, qu'un outil indispensable pour survivre dans le monde malgré ses propres faiblesses, l'amour de soi devient, dans ce contexte, un instrument dangereux conduisant à un égocentrisme aveugle.

Détruire l'image de Vittoria pour ensuite l'éradiquer de sa propre vie devient pour Giovanna un moyen pour plonger dans une phase de désintégration identitaire. La tante perd son allure d'être mythique – « Je songeai, encore plus qu'auparavant, qu'elle n'était pas un tourbillon vindicatif mais simplement une pauvre femme seule en mal d'affection[118] » – en devenant une petite femme morne, sans intérêt. L'effacement de Vittoria coïncide avec une tentative d'édification de soi, amenant la protagoniste vers une forme de récognition au négatif. Elle grandit, vit ses expériences, mais elle le fait à partir d'une suppression. Ainsi, l'extirpation de l'histoire de l'autre finit par gâcher la

115. *Ibid.*, p. 215-216.
116. *Ibid.*, p. 335.
117. *Ibid.*, p. 336.
118. *Ibid.*, p. 226.

structuration de sa propre narration. Le *Je* arrête tout dialogue avec son *Tu* : l'identité narrative s'effrite sous le poids d'un narcissisme aveuglé empêchant toute détermination subjective. Tandis que chez J. Butler, le *Je* se décompose face à autrui en perdant sa capacité d'édification[119], dans le cas de Ferrante, c'est plutôt l'absence volontaire de l'autre – de ce *Tu* fondateur – qui empêche la détermination du *Je* narrant. Par conséquent, en éliminant l'histoire de Vittoria, Giovanna plonge dans une forme de destruction identitaire l'obligeant à se confronter avec son échec existentiel et affectif.

Il est intéressant de remarquer comment le choix d'abandonner un personnage à son propre destin contribue à rendre la narration méta-autobiographiquement caduque. Car c'est Giovanna-Ferrante qui décide de détruire sa propre construction romanesque. En supprimant Vittoria, la protagoniste-auteure invalide son récit. L'objectif serait la remise en discussion du mécanisme spéculaire voué à la construction de soi à travers la narration. Dans ce contexte, l'édification par le biais de l'histoire d'autrui s'écoule à cause du gommage d'un personnage devenu sans intérêt. D'une manière analogue, rendre vaine une histoire signifie s'effacer *avec* le récit, *dans* son propre récit. Cela signifie accepter de se noyer dans l'abîme d'un non-sens littéraire devenant, par adhérence, son propre non-sens : sa propre défaite.

La destruction de Vittoria fragilise l'identification de Giovanna, mais elle contribue à abîmer le tissu romanesque de Ferrante qui, à son tour, finit par s'échouer dans sa propre narration. Faute de pouvoir nourrir son histoire avec des éléments nouveaux, faute de pouvoir *construire*, elle préfère *détruire*. Ce geste, alors, est-il un stratagème romanesque ? S'agit-il de la faiblesse d'une écrivaine sans inspiration ? En effet, la deuxième partie du roman se présente comme une lente descente vers le territoire de la perte. Perte qui signifie absence d'idées, chute vers l'inaction poétique. Et, encore : paralysie du regard, manque de justesse littéraire, rupture de la structure narrative. Nous faisons face à des problèmes d'écriture que nous chercherons à analyser dans le prochain chapitre dans le but de les décoder, en les insérant dans une problématique plus générale. Toutefois, cette sécheresse littéraire paraît déjà indiquer le symptôme d'un refus.

---

119. J. Butler, *Le récit de soi*, *op. cit.*, p. 69 : « Le "je" s'effondre de façon très singulière devant l'autre, ou, pour anticiper Levinas, devant le visage d'Autrui (…) ou, plutôt, en raison du visage, de la voix ou de la présence silencieuse d'Autrui. Le "je" découvre qu'en présence d'un autre, il se décompose. Il ne se connaît pas, peut-être ne se connaîtra jamais ».

Comme si l'auteure, poussée par des logiques éditoriales toujours plus pressantes, avait cédé à l'obligation d'une publication en contrevenant à sa propre déontologie littéraire. Son échec semble traduire un rejet de cette même logique. Ainsi, la parole romanesque devient le seul support possible pour souligner une problématique dédaignée, mais déjà annoncée, à travers Lenù dans les pages conclusives de *L'amie prodigieuse*[120]. La publication de Ferrante cacherait-elle, alors, le cri involontaire de son propre dégoût, de sa propre désapprobation ? C'est d'ailleurs l'écrivaine elle-même qui souligne comment :

> [J]'ai exclu d'avoir l'énergie pour terminer une histoire beaucoup plus longue que *L'amie prodigieuse. La vie mensongère des adultes* me paraissait se suffire à elle-même et, si cela n'est pas le cas, eh bien, elle doit se résigner à se suffire à elle-même[121].

D'une manière analogue, la banalité de Vittoria – devenant aussitôt banalité de Giovanna – pourrait être lue comme une véritable démarche méta-autobiographique. Dans ce triomphe du déjà vu, du déjà dit, dans cette écriture morne et superficielle, Ferrante affiche sa propre « résignation » : elle la met en scène, elle la transforme en (piètre) littérature.

Céder à l'imprécision : l'écriture infidèle

La littérature est le support choisi par Giovanna pour raconter son histoire, mais son écriture manifeste la fragilité d'un outil inadéquat. La protagoniste ne cache pas ses faiblesses et elle en fait part au lecteur à travers l'usage de nombreuses métalepses. Mais cet autrui imaginaire qui attend de l'autre côté de la page n'existe pas : il est un simple prétexte littéraire pour établir un monologue intérieur ne s'adressant qu'à elle-même. Giovanna-Ferrante se dévoile, ainsi, dans toute sa précarité de narratrice fragile.

Dans un dialogue avec Roberto, Giovanna reçoit un compliment qui paraît contredire sa propre analyse. Le jeune homme affirme qu'elle est capable de « met[tre] beaucoup de force dans les mots[122] »,

---

120. Voir E. Ferrante, *L'enfant perdue. Quatrième tome. Maturité – Vieillesse* où Lenù précise sa posture d'écrivaine-ratée.

121. S. Fiori, « "Devo mentire per dire la verità". Pensieri, parole, opere e (poche) omissioni. Intervista a Elena Ferrante », *op. cit.*, p. 3. La traduction est la mienne.

122. *La vie mensongère, op. cit.*, p. 294.

mais cette déclaration est trompeuse : la flatterie de Roberto n'est qu'un stratagème pour chercher à la conquérir. Cet affabulateur, capable d'enchanter les foules grâce à l'élégance de son élocution, se sert de la parole pour assujettir ses interlocuteurs. Posséder l'autre par le biais de l'encouragement paternaliste révèle sa nature d'être narcissique et individualiste. Ainsi, la fameuse *force des mots* que les critiques ont souvent attribuée à Ferrante est ici contredite par une narration ne faisant que souligner sa faillibilité. Le récit de Giovanna apparaît comme l'aveu littéraire – fait *dans* la littérature et *à travers* la littérature – d'un échec annoncé. Nous faisons face à une écriture de l'impuissance signifiant infidélité, imprécision, manque de contrôle :

> [J]e n'ai fait que glisser, et je glisse aujourd'hui encore à l'intérieur de ces lignes qui veulent me donner une histoire, alors qu'en réalité je ne suis rien, rien qui soit vraiment à moi, rien qui ait vraiment commencé ou vraiment abouti : je ne suis qu'un écheveau emmêlé dont personne ne sait, pas même celle qui écrit en ce moment, s'il contient le juste fil d'un récit, ou si tout n'est que douleur confuse, sans rédemption possible[123].

Ces lignes, présentées au début du texte, figurent comme une déclaration d'intention. Si la souffrance est motrice pour l'écriture, il est vrai aussi qu'elle contribue à la gâcher. L'indétermination de la protagoniste est un reflet de son incapacité à trouver un ton capable de restituer la sincérité de ses sentiments. Alors, la caducité de la mémoire n'est qu'un prétexte pour chercher à justifier l'impuissance d'un moyen de communication s'avérant fallacieux, traversé de lacunes et souvent mensonger. Dans la conscience de ce naufrage, nous chercherons à étudier toutes les fragilités d'une écriture précaire et indigente. D'un côté, nous analyserons la fonction des métalepses employées par l'auteure ; de l'autre, nous montrerons comment cette fragilité linguistique s'appuie sur un discours ordinaire qui, privé d'un contrepoids poétique, paraît incapable de faire émerger la vigueur indispensable à toute œuvre littéraire.

Les métalepses que Giovanna crée à l'intérieur de sa narration se présentent comme de véritables fractures dans le discours. Le mot « fracture » possède une valeur double. D'une part, il met en lumière la cassure présente dans le rythme du récit. Il s'agit d'une parenthèse où le *Je* narratif fait irruption dans l'histoire en dévoilant un point de vue

---

123. *Ibid.*, p. 11.

personnel relatif à la rédaction de son texte. D'autre part, la fracture est aussi celle du contenu. À travers Giovanna, Ferrante donne vie à sa propre instabilité. En se glissant dans la plume de sa protagoniste, elle ne fait que souligner la fatigue d'une narration méta-autobiographique vacillant devant la pauvreté d'une langue ayant perdu sa capacité d'évocation, sa possibilité de création. Nous chercherons donc à montrer comment cette fracture se fait synonyme de dysnomie et d'incertitude mémorielle ou linguistique. Comme nous l'avons déjà dit, Giovanna est consciente de ses problèmes narratifs. Ainsi, la métalepse devient un outil pour créer une pause ayant pour but de prévenir les critiques qu'un lecteur éventuel pourrait lui objecter :

> C'est ainsi qu'à douze ans j'appris par la voix de mon père [...] que j'étais en train de devenir comme sa sœur, une femme qui [...] alliait à la perfection laideur et propension au mal. On pourrait m'objecter ici : Peut-être que tu exagères[124].

Giovanna excède dans la narration. Elle abonde en détails superflus pour rendre son récit plus percutant. Son histoire est traversée d'hyperboles dramatisant les propos paternels jusqu'à même les déformer. Malgré cela, elle assume la responsabilité de son choix narratif en décidant d'en faire part à un public imaginaire. Cet autrui au-delà de la page – au-delà de l'encre – n'existe que pour recevoir ses aveux et son sentiment d'inadéquation tant littéraire qu'existentiel. La protagoniste finit ainsi par s'autocorriger, en déclarant ses propres inexactitudes : « ton père n'a pas dit littéralement "Giovanna est laide". C'est vrai, prononcer des mots aussi brutaux n'était pas dans sa nature. Mais j'étais dans une période de grande fragilité[125] ». La précarité existentielle devient une excuse. Ainsi, la langue de Giovanna est le fruit d'une confusion identitaire qui devient synonyme d'un désordre affectant le style, la syntaxe, le lexique. D'une manière analogue, la protagoniste critique souvent sa mère, en l'accusant d'une approximation rendant son expression problématique. Mais, c'est toujours elle-même qui possède un italien « friable[126] » et désorganisé. C'est Giovanna qui propose un discours confus, ne devenant intelligible qu'après de nombreuses « opérations de rabibochage[127] ».

124. *Ibid.*, p. 15.
125. *Ibid.*
126. *Ibid.*, p. 21.
127. *Ibid.*, p. 39.

Sa langue bricolée se heurte à la faiblesse de sa mémoire et à ses réticences caractérielles rendant son élocution embrouillée :

> Je n'avais pas réfléchi, les mots étaient sortis sans que je le veuille. Ou peut-être pas. Peut-être, quelque part en mon for intérieur, avais-je décidé depuis longtemps de raconter ce que j'avais vu à Vittoria, peut-être l'avais-je décidé quand j'avais cédé aux pressions de mes amies et organisé cette rencontre[128].

Nous observons comment la liberté du langage est aussitôt démentie par l'auteure qui, victime d'une forme de dysnomie, accuse la parole d'afficher une indépendance immodérée. Toutefois, dans un deuxième temps, Giovanna reconnaît sa propre incapacité en assumant la responsabilité de cette chute du langage. Dans ce type de métalepses, la protagoniste alterne maturité et infantilisme, justesse d'expression et volonté de déguisement, tentative d'honnêteté et recherche d'excuses puériles.

Toutefois, la métalepse la plus commune est celle où Giovanna affiche sa confusion due à sa mémoire lacunaire. De ces absences il résulte un récit qui tente de se construire malgré les failles temporelles, malgré l'imprécision qui précarise toute la structure romanesque. Dans la deuxième partie du roman, le personnage abandonne toute réticence en affichant sans réserve sa posture de narratrice infidèle. Son imprécision devient presque une marque de style :

> J'ai en tête de nombreuses phrases qui sont sans doute les siennes, mais je ne peux les situer, je confonds les paroles de ce jour-là avec celles que j'ai entendues plus tard. Certaines, toutefois, ont davantage de chance d'avoir été prononcées, ce dimanche-là[129].

La page romanesque est traversée par une série de verbes exprimant l'incertitude. La parole se pare d'un doute insoluble. Le langage décline :

> Plus souvent, *je crois me souvenir* qu'il a insisté sur la nécessité de connaître exactement nos ressources [...]. Ou bien *je me dis* qu'il nous a tous exhortés au courage, nous rappelant que le seul moyen de ne pas gâcher notre vie, c'est de la perdre pour le salut des autres. Ou encore, *je crois savoir* qu'il a raisonné sur la nécessité d'être réellement

---

128. *Ibid.*, p. 145.
129. *Ibid.*, p. 221.

juste [...]. Bref, *je ne sais plus*, le temps a passé, et *je n'arrive pas* à trancher[130].

Souvent, cette inexactitude est revendiquée comme une condition de l'esprit. L'oubli devient l'épicentre de la précarité – « je ne me souviens plus [...], cela me reviendra peut-être plus tard[131] » ; « j'ai oublié [...] – à moins que je n'aie pas envie de m'en souvenir[132] » – comme si l'histoire ne pouvait se constituer qu'à travers la revendication d'une infidélité nécessaire à toute création. Toutefois, cette posture finit par mettre en péril toute la construction narrative laissant le lecteur devant un récit approximatif qui traduit une complaisance arrogante. Le *Je* narratif se perd dans sa propre incapacité de cohésion. Ses « en gros[133] », alternés de nombreux passages marqués par une volonté de précision qui ne correspond pas à la réalité des faits – « j'aimerais raconter qu'il en alla ainsi [...]. Mais il s'agit là d'un dialogue imaginaire[134] » –, ne font que précariser la structure littéraire en invalidant le sens même de la construction mise en place par Giovanna.

C'est n'est pas la première fois que Ferrante présente aux lecteurs une narratrice malhonnête, incapable de tout dire. Mais la posture de Giovanna est nouvelle, car les coupures dans son tissu narratif ne font que mettre en relief une ambivalence qui dessert l'histoire en la transformant en un magma chaotique. Le récit manque, ainsi, d'une réelle intention romanesque. Le triomphe de cette frivolité littéraire invalide le sens d'une histoire s'effondrant, *in fine*, dans l'insignifiance du geste narratif.

C'est la première fois que l'écriture de Ferrante perd sa caractéristique primordiale, à savoir celle de la surveillance. Surveillance signifie précision, capacité à trouver un équilibre entre l'impureté de la langue et l'exactitude d'une parole lisse, durement travaillée avant d'être publiée[135]. Dans *La vie mensongère des adultes* Ferrante

130. *Ibid.,* p. 221-222. L'italique est le nôtre.
131. *Ibid.*, p. 316.
132. *Ibid.*, p. 353.
133. *Ibid.*, p. 366.
134. *Ibid.*, p. 373.
135. *Frangumaglia, op. cit.*, p. 334 : « Je relis de temps en temps et interviens surtout pour effacer ou ajouter. Mais cette première lecture n'a rien à voir avec la révision méticuleuse du texte, qui n'interviendra qu'une fois l'histoire achevée. Il y aura alors de nombreuses rédactions et corrections, remaniements, ajouts, jusqu'à ce que le manuscrit soit prêt pour l'impression. Au cours de cette phase, je suis sensible aux moindres détails du quotidien ».

abandonne son style dissonant. Elle excède dans l'usage réitéré des similitudes sans parvenir à recréer la spontanéité expressive des personnages. Le passage suivant en est un exemple :

> Elle m'expliqua que j'avais vu à l'œuvre le désir de baiser : pas le désir de baiser décrit par les petits livres éducatifs que m'avaient offerts mes parents, avec leurs dessins pleins de couleurs et leurs légendes simples et proprettes, mais quelque chose de répugnant et de ridicule à la fois, un peu *comme un gargarisme quand on a mal à la gorge*[136].

Ces figures de style sont souvent employées pour témoigner de l'inélégance du langage de Vittoria. Elles tentent d'en restituer la simplicité grossière et populaire. Parfois, elles accentuent l'infantilisme de Giovanna qui, désormais adulte, ne raconte jamais ses vicissitudes de manière directe. Si le récit de son adolescence ne peut se faire qu'à postériori, nous observons comment l'écriture coïncide, pour elle, avec un désir de compréhension passant par la volonté de trouver « le juste fil d'un récit[137] ». Mais cette confession tardive – cette adolescence *narrée* – manque de fraîcheur et de spontanéité.

Toutefois, malgré cette impression générale, nous avouons notre étonnement face à un roman demeurant, à nos yeux, ambigu. Par exemple, il nous est difficile de discerner la généalogie de certaines expressions. Car si d'un côté elles témoignent d'une recherche autour de la négligence linguistique, de l'autre elles apparaissent comme de véritables erreurs dues à la distraction. Cette phrase, par exemple, soulève un problème sémantique :

> Elle me montra une photographie en noir et blanc que je n'avais jamais vue, bien que j'aie fouillé partout quelque temps auparavant. Elle venait de la sortir du *vocabulaire* d'italien qu'elle possédait depuis le lycée, un endroit où il ne me serait jamais venu à l'esprit de chercher des photos[138].

L'usage impropre du mot « vocabulaire », utilisé à la place du plus approprié « dictionnaire », pourrait être le résultat d'une facilité linguistique, typique du personnage de Giovanna. Toutefois, selon une autre perspective, l'emploi de ce terme – choisi par Ferrante en guise de synecdoque – n'est pas pertinent et le résultat est déstabili-

136. *La vie mensongère*, *op. cit.*, p. 118. L'italique est le nôtre.
137. *Ibid.*, p. 11.
138. *Ibid.*, p. 182. L'italique et la traduction sont les nôtres.

sant. Le lecteur ne parvient pas à comprendre si l'objectif de l'auteure est celui de reproduire, *in toto*, une langue délaissée ou s'il s'agit, à l'inverse, d'une simple maladresse littéraire. Il est d'ailleurs difficile de défendre la thèse de la recherche d'un style faussement négligé, car cette théorie se heurte à la présence d'une langue au style plus recherché. Dans certains passages l'écrivaine maîtrise bien la cadence des mots ; Giovanna-Ferrante choisit avec attention ses verbes et ses adjectifs dans le but, souvent, de créer un effet saccadé, en intervenant ainsi dans la vivacité du discours[139].

L'écrivaine a souvent souillé son écriture dans l'objectif de reproduire la véracité de certaines dynamiques relationnelles, en insistant, par le biais de la langue, sur la rudesse des personnages, sur leur incapacité d'empathie. Toutefois, dans ce roman, la surabondance des similitudes à caractère grossier finit par miner le tissu littéraire. La page se transforme en un réceptacle d'une série de banalités renvoyant à l'usage – déplacé – des lieux communs. Pour n'en citer que quelques-unes, nous retrouvons la confusion existentielle rendue à travers l'image d'un « contenant dont les graines s'échappaient imperceptiblement, par une fissure minuscule[140] » ou l'image d'une « tête » qui, à force de réfléchir, semble « un clavier se metta[nt] en marche [et] dictant des propos inconcevables »[141]. La rage relationnelle entre Mariano et Andrea est restituée à travers des « mots » qui ressemblent à de « crachats fébriles[142] ». La confusion amoureuse est comparée à l'opacité typique « des fenêtres des chiottes[143] ». La complexité d'une écriture qui ne parvient pas à dénouer les difficultés de la protagoniste ressemble au « tourbillon » des fruits « dans un robot mixeur »[144]. À travers ces exemples, il ne s'agit pas de critiquer l'usage redondant d'une langue élémentaire, mais de mettre l'accent sur l'absence d'une contrepartie qui justifierait certains choix. La protagoniste est

139. Voir entre autres le passage de *La vie mensongère*, *op. cit.*, p. 312-313, où Giovanna réfléchit à une conversation imaginaire avec Roberto. Dans ce contexte la langue est bridée – bien mesurée – dans le but d'accentuer l'effet rythmique : « je n'aurais pas eu le courage de lui demander : Pourquoi, dès qu'on creuse un peu, trouve-t-on le sexe dans toute chose, même les plus élevées ? Pourquoi un seul adjectif est-il insuffisant pour décrire le sexe, et pourquoi en faut-il tant – gênant, insipide, tragique, joyeux, agréable, rebutant –, et jamais un seul, mais plusieurs à la fois ? Un grand amour sans sexe est-il possible ? Les pratiques sexuelles entre hommes et femmes peuvent-elles ne pas gâcher le besoin d'aimer en étant aimé en retour ? ».

140. *Ibid.*, p. 46.

141. *Ibid.*, p. 47.

142. *Ibid.*, p. 151.

143. *Ibid.*, p. 243.

144. *Ibid.*, p. 301.

d'ailleurs issue d'un milieu cultivé : elle a fait des études, elle est une grande lectrice. Cette volonté de créer une narration rudimentaire se heurte au profil de la narratrice et contribue à affecter la structure de l'œuvre.

Dans un passage de son livre *La loi et l'extase*, Giovanna Sicari insistait sur l'importance de succomber à la laideur « des mots et des actions » : seul moyen, pour la poétesse, de produire un langage parallèle – « inventer d'autres noms pour les choses paraît le seul acte de courage, le seul cri possible » – susceptible de créer une résistance face à la cécité contemporaine. Résister à travers l'usage d'une parole-laide était une manière, pour G. Sicari, de « voir »[145] la réalité des objets – et donc du monde – à travers plusieurs perspectives, sans se contenter de l'esthétique, de la précision, de l'élégance. Elle était en quelque sorte promotrice d'une laideur cognitive, permettant de faire émerger l'authenticité des choses au milieu d'un monde fait d'« absurde matière[146] ». Si cette poétique pouvait servir à la création d'un idiome inharmonieux, susceptible d'ouvrir la voie à une recherche littéraire précise, dans le cas de Ferrante la laideur de la parole paraît confinée à une sorte de paralysie créative. Car le personnage de Giovanna ne parvient pas à s'édifier à travers l'usage d'une langue si ordinaire et ce choix résulte, ainsi, vain.

Le style atteint, dans ce roman, sa dérive d'objet obsolète. Le fameux « sous-sol de l'écriture[147] », si cher à Ferrante, perd, dans ce contexte, toute sa force. Au lieu de faire émerger une vérité à travers la langue, l'auteure succombe à l'atonie d'une parole déjà visitée. Ferrante a toujours utilisé la littérature pour faire émerger son malaise, une forme d'insatisfaction vis-à-vis d'un style qui ne peut tout dire : « dès *L'amour harcelant*, j'ai orchestré une écriture insatisfaite de soi[148] ». Mais cette tentative paraît, dans ce contexte, se retourner contre elle : *La vie mensongère* restitue le portait d'une écrivaine qui faute de pouvoir inventer, préfère s'effacer derrière d'anciens clichés. À la lumière de cela, il est légitime de nous demander si cette chute n'est qu'un stratagème poétique mettant en lumière tout son désarroi, toute sa fragilité d'auteure perdue, d'auteure égarée.

---

145. G. Sicari, *La legge e l'estasi*, Bologna, I Quaderni del Battello Ebbro, 1999, p. 20-21.

146. *Ibid.*, p. 21. Les traductions sont les nôtres.

147. *La frantumaglia*, *op. cit.*, p. 75.

148. *Ibid.*, p. 339.

II. Identités démantibulées

Se chercher : littérature de jeunesse et écrits théoriques

« L'avenir est sombre », écrivait Virginia Woolf dans son journal, le 18 janvier 1915. Mais cette obscurité au lieu de se présenter comme une menace est perçue comme « la meilleure des choses pour un avenir[1] ». Rebecca Solnit, en reprenant cet extrait dans *Les ténèbres de Woolf*[2], analyse comment une telle posture pourrait être attribuée à tout écrivain, en devenant la métaphore d'une quête nécessaire au travail littéraire. Se perdre pour pouvoir ensuite se chercher paraît la solution la plus honnête pour « avancer dans le noir les yeux grand ouverts[3] ». V. Woolf est la porte-parole de l'imprévisible en littérature ; sa parole révèle une propension pour les détours qui transformeraient en aventure l'achat d'un simple crayon, dans les rues de Londres, à la fin d'une journée hivernale[4]. Explorer les ténèbres ce serait la seule façon pour une personnalité d'émerger dans la page ; « embrasser l'inexplicable[5] » est la voie pour arriver à bâtir une écriture qui sache garder, dans son imprévisibilité, le symptôme d'une vérité[6].

Cette idée d'une parole se structurant dans l'opacité définit le premier cycle narratif de Ferrante qui s'articule, comme nous l'avons vu par ailleurs, autour de la notion de perte. Sa deuxième phase littéraire

1. La citation de V. Woolf est présente dans le volume de R. Solnit, *Men Explain Things to Me* [2014], « Les ténèbres de Woolf », trad. Céline Leroy : *Ces hommes qui m'expliquent la vie*, Paris, Éditions de l'Olivier, 2018, p. 91.

2. *Ibid.*

3. *Ibid.*, p. 92-93.

4. Voir à ce propos V. Woolf, *Street Haunting : a London Adventure* [1930], trad. Marie-José Tramuta et Toby Gemperle Gilbert : *Au hasard des rues : une aventure londonienne*, Paris, Interférences, 2014.

5. R. Solnit, « Les ténèbres de Woolf », in *Ces hommes qui m'expliquent la vie*, *op. cit.*, p. 102.

6. Pour la question de la vérité littéraire voir la réflexion au début du chapitre 4 : *La perte de l'innocence : La vie mensongère des adultes (2019).*

se poursuit dans cette même direction en percevant, dans l'attitude indiquée par V. Woolf, un approfondissement de ses structures narratives. La notion de privation s'associe à la recherche d'une expérience personnelle qui se fait, une fois encore, motif littéraire.

La plage dans la nuit[7] paraît la traduction simplifiée, pour ne pas dire inversée, des questionnements soulevés dans *Poupée volée*. Celina, la protagoniste, se présente comme le double vivant de la Nani de *Poupée volée* incarnant, à travers un jeu de superpositions, les incertitudes d'une jeune fille à la recherche de sa propre mère. Quête physique et quête identitaire s'accompagnent, dans cette phase charnière, d'une réflexion sur la littérature interprétée comme un champ ouvert, théâtre de divagations et d'expérimentations poétiques. Dans ce deuxième cycle narratif, nous observons chez Ferrante une volonté de transformer le langage habituel, une aspiration à sortir des codes prédéfinis pour s'ouvrir à une perspective qui, au-delà des innovations, permette de rester fidèle aux écrits précédents. En effet, le lien entre ces deux périodes littéraires est défini par un dialogue de personnages et de situations qui ne cessent d'évoluer et de se réinventer à travers des plans narratifs à la fois proches et étrangement distants. Tout ce que le lecteur croyait maîtriser à la fin des *Chroniques du mal d'amour* est, dans ce contexte, tantôt confirmé par le retour de caractères similaires, tantôt démenti par le renversement de ce qui paraît déjà acquis. *Frantumaglia*, de son côté, est un essai critique conçu en 2003 sous forme de longue lettre et publié la même année à l'intérieur d'un volume éponyme. Dans l'ouvrage, considéré comme un véritable *zibaldone* contemporain[8], Ferrante dévoile les secrets de son métier à travers des missives, des interviews, des écrits inédits. À milieu de ce mélange hétérogène, l'essai critique intitulé *Frantumaglia* émerge par son originalité littéraire. Il signifie comment réflexion identitaire et création littéraire chez l'auteure progressent en parallèle dans la volonté de rechercher une forme qui contienne ce qui ne semble pas prêt à être défini.

Malgré les efforts, la quête entamée durant cette deuxième phase narrative ne paraît pas aboutir à une forme définie, capable de résoudre les inquiétudes métalittéraires de Ferrante. Les identités ana-

7. *La spiaggia di notte*, Roma, Edizioni e/o, 2007, trad. Elsa Damien : *La plage dans la nuit*, Paris, Éditions Gallimard Jeunesse, 2017.

8. La notion de « zibaldone » a été employée par différents critiques en devenant presque une formule paradigmatique pour définir ce recueil hétérogène. Voir, entre autres : S. Bartezzaghi, « Indizi e paradossi del rebus Ferrante », *la Repubblica*, 31 août 2016.

lysées dans cette deuxième partie se définissent autour de la notion de *démantibulement*. Ce néologisme – comparé au plus commun « broyage » utilisé par la traductrice Elsa Damien pour décrire la sensation physique et psychologique suscitée par la *frantumaglia* – s'accorde à la volonté de déboulonner le langage courant dans le but de raconter ce qui normalement reste tu. Nous avons choisi de ne nous concentrer que sur l'essai critique sans prendre en compte les autres parcours littéraires qui pourtant sont nombreux à l'intérieur du volume. Ce choix est justifié par le fait que la parole de l'écrivaine, fixée dans des interviews, dans des comptes rendus radiophoniques, ou dans des lettres laissées sans réponse, est déjà largement présente à l'intérieur de notre travail ; de plus il nous paraît important d'accorder une analyse particulière à un texte qui aurait pu, par sa structure, figurer dans une publication autonome. Cette deuxième partie, centrée donc sur la notion de *recherche*, montre comment la construction d'un parcours d'écrivain passe par des pérégrinations, qui deviennent des hésitations voire de véritables blocages. Ces déambulations littéraires témoignent de l'attachement que Ferrante nourrit pour une parole interprétée comme un espace de révélation. Dans cette deuxième phase, l'écrivaine expérimente le plaisir d'une flânerie identitaire qui, comme le disait V. Woolf, arpente tout ce qui « est noir […] tentaculaire et d'une profondeur insondable[9] ».

9. V. Woolf, *To the Lighthouse* [1927], trad. Françoise Pellan : *Vers le phare*, Paris, Gallimard, coll. « Folio classique », 1996, p. 116.

La recherche de la mère
La plage dans la nuit (2007)

Celina : narrer dans la lutte

Celina se retrouve seule après une longue journée estivale passée en compagnie de sa mère Mati, une enfant distraite. Sans comprendre les raisons de son abandon, elle tente de résister aux adversités nocturnes dans le but de la retrouver. En s'inspirant des dynamiques racontées dans *Poupée volée*, l'écrivaine donne la parole à la poupée abandonnée – Celina le double de la Nani du roman – en minimisant le rôle de la jeune fille, Mati – alter ego d'Elena –, qui était à l'inverse central dans la narration précédente[1]. Dans l'auto-récit de la poupée, Mati, la « mère » distraite, est une simple évocation. C'est elle qui, à travers son amour, a donné la parole à la poupée en lui apprenant à parler. Mais, devant son absence, Celina se trouve démunie ; plongée dans les périls de la plage nocturne, elle est victime des attaques répétées du Cruel Plagiste et du Grand Râteau. La quête maternelle coïncide avec la nécessité de se sauver et, par ce biais, de sauver sa propre identité à travers la narration. La protagoniste met ainsi en acte une tentative de résistance ; elle ne veut pas succomber aux violences du Plagiste qui cherche, à travers le vol du langage, à lui ôter sa spécificité en faisant d'elle un objet quelconque. La lutte définit cette nouvelle narratrice de Ferrante qui, à travers la seule arme qu'elle possède – les mots appris par Mati – s'oppose à l'effacement.

La solitude de la poupée, « toute seule, à moitié enfouie dans le sable[2] », s'accompagne de l'angoisse d'un abandon qui fragilise

1. Nous avons approfondi cette question in I. Moretti, « Mères, filles et poupées dans deux œuvres d'Elena Ferrante. Analyse d'une relation maudite entre littérature pour l'enfance et autofiction », M. Mas, A.-M. Mercier-Faivre (dir.) *Écrire pour la jeunesse, écrire pour les adultes : écritures et réécritures d'un lectorat à l'autre*, Paris, Classiques Garnier, coll. « rencontres », 2020, p. 131-144.

2. *La plage dans la nuit*, *op. cit.*, p. 10.

ses certitudes affectives. En faisant appel à une force souterraine, Celina tente à plusieurs reprises d'esquiver les attaques du Plagiste qui cherche à la décrédibiliser pour la faire capituler : « – Il n'y a que cette poupée très moche. Alors je hurle : – Je ne suis pas moche[3] ! » La vulnérabilité du personnage est le reflet d'une plus profonde instabilité constitutive que Ferrante attribue à l'écriture des femmes. Loin d'identifier la fragilité comme un caractère typiquement féminin, l'écrivaine s'éloigne de l'optique essentialiste en faisant référence à une posture littéraire. La féminité ne peut pas être définie à travers des attributs généraux. En revanche, il existe une attitude narrative particulière qui amène ces femmes à être « des tornades qui entraînent des fragments ». Cette position révèle une force poétique reposant sur la structuration composite de toute narration au féminin. Les textes qui en résultent se présentent comme « des agglomérats mobiles en équilibre toujours précaire[4] ». Ces femmes, transposant leurs vécus dans les narrations, s'affirment comme des « agrégations », des « fragments » historiques, biologiques, émotionnels parvenant à travers leur incohérence à être porteurs d'une complexité qui ne peut pas être limitée à un schéma établi.

Ainsi, la vulnérabilité de la poupée se mute en élément de force révélant son caractère insaisissable. Le Plagiste, malgré sa véhémence, n'arrive pas à franchir la conscience du jouet. Celina, comme Ferrante et comme d'autres de ses personnages, cache un *résidu* qui ne peut être identifié. Sa précarité naît d'un *excédent* inavoué qui fragmente sa personnalité en la rendant à la fois insondable et nomade : « heureusement – on ne peut [pas être] réduit à un schéma[5] ». Pour Ferrante, narrer signifie arriver à toucher « tout ce qui n'a pas été englobé[6] ». Le *soi unique* de A. Cavarero – répondant à la question « qui es-tu ? » – rejoint les identités fracturées du féminisme américain de Donna Haraway[7] avec ses sujets-cyborg, ainsi que les identités décomposées théorisées par Judith Butler[8] voyant, dans la prolifération de l'ordre symbolique, une déstabilisation des positionnements hégémoniques. En effet, pour J. Butler, c'est dans l'abattement d'un mécanisme ité-

3. *Ibid.*, p. 16.
4. *Frantumaglia*, *op. cit.*, p. 255-256.
5. *Ibid.*
6. *Ibid.*
7. Voir D. Haraway, « Manifesto for Cyborgs : Science, Technology, and Socialist Feminism in the 1980 », *op. cit.*
8. Voir J. Butler, *Bodies That Matter : On the Discursive Limits of Sex* [1993], trad. Simona Capelli : *Corpi che contano. I limiti discorsivi del « sesso »*, Milano, Feltrinelli, 1997.

ratif apte à préserver l'ordre patriarcal que les sujets féminins peuvent s'affirmer à travers un jeu – ou, pour le dire avec Ferrante, une narration – mettant en place la « ré-signification subjective » du code symbolique masculin[9]. L'écrivaine, de son côté, paraît trouver un point d'accroche entre les deux positionnements en se rapprochant, dans ce contexte, des idées de Rosi Braidotti. Pour cette philosophe, le « nouveau nomadisme » réside dans la nécessité de repenser l'idée de sujet comme « une collection éblouissante de fragments » tout en défendant sa « spécificité [...] féminine comme agent théorétique, pulsionnel, éthique et politique »[10]. En effet, à la fin de son volume *Dissonances*, la féministe américaine trouve un accord entre sa notion de sujets nomades – qui se rattache aux modalités identitaires identifiées par D. Haraway et J. Butler – et la spécificité du sujet féminin théorisé par les féministes de la différence.

Mais il existe une autre forme de violence. Face aux agressions du Plagiste qui menace Celina armé d'un Hameçon dans le but de la priver des mots, la poupée se retrouve sans son nom propre : « Ah, quelle tristesse ! J'ai perdu toujours le Nom que m'a donné Mati. Désormais, je ne suis plus qu'une petite poupée sans Nom[11]. » Ferrante insiste sur le sentiment de non-appartenance naissant de la perte de sa propre subjectivité. La perte du nom ouvre la voie à un décollement identitaire avec sa propre mère. C'est Mati qui a nommé, pour la première fois, sa poupée ; c'est elle qui lui a appris à parler. La tristesse de Celina vient à la fois de la violence reçue et de la conscience que son nom propre représente le seul lien qui l'attache à sa génitrice.

Ferrante utilise cet expédient narratif pour préciser sa position face à l'effacement de sa propre identité. Si, d'un côté, la perte du nom coïncide avec le fantasme de la privation identitaire, de l'autre l'anonymat, auquel Celina est condamnée – et qui touche aussi Ferrante à cause de son pseudonyme – est une condition nécessaire pour continuer son engagement à travers la narration. C'est pour faire face à cette angoisse de mort que le voyage de la poupée commence. Elle affronte des épreuves étonnantes ; elle se bat contre le Plagiste, elle s'oppose à la Mer, au Feu, au Vent. Le nom

9. A. Cavarero, « Il pensiero femminista. Un approccio teoretico », A. Cavarero, F. Restaino (dir.), *Le filosofie femministe : due secoli di battaglie teoriche e pratiche*, *op. cit.*, p. 109-110.

10. R. Braidotti, *Dissonanze. Le donne e la filosofia contemporanea*, *op. cit.*, p. 280. La traduction est la nôtre.

11. *La plage dans la nuit*, *op. cit.*, p. 20.

propre représente, pour Ferrante, cet *excédent* demeurant caché aux regards d'autrui, sous peine de devoir interrompre l'écriture : le *résidu* – le nom, en l'occurrence son prénom – est l'élément qu'elle « choisi[t] de livrer d'[elle]-même ». Il doit rester secret pour éviter « qui [l]'avale entièrement[12] » en dépouillant l'écrivaine de la distance nécessaire à toute écriture de soi. Ferrante, dans ce texte atypique, approfondit l'analogie entre la notion de *mère* et celle de *narration*. Celina, porte-parole d'autres conteuses de conflits, incarne toute la ténacité d'une parole ne nécessitant pas d'être criée pour affirmer sa permanence.

Le *corps-étui*

Le corps de Celina est un corps ravagé. Entre le Cruel Plagiste, le Râteau, le Feu et l'Eau de la Mer, la poupée doit faire face à des tentatives d'anéantissement. En mettant en place une stratégie de résistance, la voix narratrice se retranche dans une zone liminaire. Il s'agit de ce fameux *résidu*, caché au regard d'autrui, qui permet à la poupée de se distancier de sa corporéité pour narrer, à travers un mécanisme d'abstraction, son histoire en dépit des humiliations. Le corps de Celina est réduit à une enveloppe protectrice d'une zone interne : il est un *corps-étui*, soumis à la brutalité, mais aussi imperméable aux blessures.

En nous appuyant sur l'enseignement de Lea Melandri qui promeut, dans l'idée d'un corps interprété comme une « terre d'autrui[13] », une réflexion entre parole et écriture de soi, il nous paraît intéressant de comprendre comment la distanciation entre corporéité et identité facilite la narration de la poupée. En faisant référence aux écrits d'Alberto Asor Rosa dans le volume *Le dernier paradoxe*[14], Lea Melandri montre comment la perception de sa propre corporéité est souvent influencée par une série de superstructures venant de l'extérieur. Le corps féminin n'est plus vécu comme un bien attaché à l'identité du sujet. Il se trouve modelé à travers une série de stéréotypes accentués par son sentiment d'étrangeté.

12. *Frantumaglia*, *op. cit.*, p. 100.

13. L. Melandri, *Le passioni del corpo*, *op. cit.*, p. 17. Toutes les traductions de Melandri sont les nôtres.

14. A. Asor Rosa, *L'ultimo paradosso*, Torino, Einaudi, 1985. Toutes les traductions de Rosa sont les nôtres.

Ces femmes se trouvent aliénées par des modèles extérieurs qui s'imposent à leur imaginaire en arrivant même à altérer le lien entre perception et réalité. Dans la plupart des cas, ces images sont tellement ancrées dans les individus qu'elles abolissent leurs capacités de discernement. Le sujet féminin ne parvient plus à se voir de l'intérieur ; il ne s'interprète qu'à travers l'accumulation de « ce tissu d'images reçues[15] ». La féministe, à travers l'enseignement de A. Asor Rosa, démontre comment un détachement vis-à-vis de sa propre superstructure – « [le fait de] se séparer de sa propre pensée[16] » – favorise la disjonction entre subjectivité et épiderme. Même s'il est lu comme la structure primordiale du sujet – « une enveloppe qui nous appartient, qui est la nôtre » –, le corps ne parvient pas à être identifié comme une composante capable de le définir.

En s'inscrivant dans cette perspective, L. Melandri suggère qu'il faudrait percevoir sa propre corporéité comme un terrain étranger où la composante charnelle, à savoir l'identité physique, n'est rien d'autre qu'une protection faisant partie des êtres, mais ne pouvant pas les structurer : « il nous appartient, mais [...] ce n'est pas nous. » Le corps est donc un surplus, une adjonction – « un excédent, un ajout, une localisation forcée » – qui conduit le sujet à se vivre comme un invité : l'« hôte de soi-même[17] ». Pour la féministe ce rapport faussé entre corporéité et subjectivité s'articule autour d'un « rendez-vous raté[18] », qui demeure toutefois central dans la narration. Ce corps d'autrui – un *corps-étui* – qui nous appartient sans nous appartenir garde en lui la « préhistoire[19] » des identités en favorisant, grâce à son statut d'annexe – ou d'*excédent* pour le dire avec Ferrante –, la *dicibilité* d'une condition personnelle. Il permet l'écriture, l'auto-narration et l'analyse de sa propre condition de femme.

En suivant cette trajectoire, nous observons comment Celina arrive à faire le récit de son déchirement, physique et psychologique, à travers les blessures qui affectent son identité. Les menaces arrivent par tous les fronts. D'abord par le Grand Râteau :

> Le Grand Râteau a d'horribles dents de fer, elles ont tellement servi qu'elles sont luisantes. Il mord le sable avec férocité et il avance. [...]

---

15. L. Melandri, « La terra d'altri », *Le passioni del corpo*, *op. cit.*, p. 18.
16. A. Asor Rosa, *L'ultimo paradosso*, *op. cit.*, p. 177, in L. Melandri, « La terra d'altri », *op. cit.*, p. 17.
17. *Ibid.*
18. L. Melandri, « La terra d'altri », *Le passioni del corpo*, *op. cit.*, p. 19.
19. *Id.*, « Prefazione », *Le passioni del corpo*, *op. cit.*, p. 12.

> Ça y est, le voilà ! Je finis sous ses dents avec de petits morceaux de pierre ponce et des noyaux de prune et de pêche[20].

La violence du Grand Râteau laisse ensuite place à celle du Cruel Plagiste qui la menace avec son Hameçon en fer, « j'aperçois entre ses lèvres un Hameçon tout petit[21] », utilisé comme arme d'effacement, visant à la rendre muette : « le Nom ne lui suffit pas, et il me secoue encore et encore [...] il me jette avec rage sur le tas de branchages[22]. » Même la nature s'acharne sur le corps de Celina. Le Feu tente de la brûler : « le Feu brûle tout et il va me brûler moi aussi[23] ! » La Tempête Nocturne la pousse vers la Mer qui l'attrape avec la puissance de ses Vagues en tentant de l'étouffer, de s'emparer de ses mots, de toutes les expressions que Mati lui a données : « l'eau entre dans ma bouche [...] je me noie[24]. » Seule, au fond de la Mer, Celina ne cesse d'exprimer son désespoir sans, pourtant, s'attarder sur la douleur physique. Pour se protéger, la poupée s'enferme dans son statut de *résidu* : elle se détache de son corps souffrant livré aux désirs d'autrui. Elle s'exprime à partir de son identité d'*invitée* : son histoire vient d'un lieu qui lui est étranger. Elle est détachée de sa peau, interprétée désormais comme une « terre d'autrui ». Elle est *dans* son corps *sans être* son corps et c'est grâce à cette posture qu'elle trouve la force de se dire, sans succomber aux agressions.

Le langage, fragilisé par les menaces extérieures, demeure le seul outil pour surmonter la barbarie du Plagiste. Détruire la capacité d'expression de la poupée passe par la coupure de sa langue : « Les langues je coupe / Sans entourloupe[25]. » Il tente, ainsi, d'extirper sa faculté de pensée, il cherche à capturer son *résidu* insaisissable en la frappant droit au cœur :

> Quel beau trésor
> D'amour je vis
> De jeux aussi
> Je te pique le cœur
> Jusqu'à ce qu'il meure[26].

20. *La plage dans la nuit, op. cit.*, p. 13.
21. *Ibid.*, p. 18.
22. *Ibid.*
23. *Ibid.*, p. 22.
24. *Ibid.*, p. 28.
25. *Ibid.*, p. 34.
26. *Ibid.*

Dans son aptitude à s'opposer aux violences, Celina montre une volonté d'auto-narration qui définit sa manière de vivre, de percevoir sa même corporéité. Ne pouvant pas maîtriser le regard d'autrui – ce que L. Melandri définit comme « la perception de l'altérité[27] » –, elle choisit de se concentrer sur sa réalité de corps dépossédé : ce manque devient sa matière de narration. La parole se développe à l'intérieur d'un corps devenu terrain vague. Il s'agit d'un endroit où l'*hôte* – pour reprendre l'idée de A. Asor Rosa – se transforme en *invité* de son propre territoire[28]. L'identité narrative de Celina profite de sa même dépossession corporelle pour structurer son chant désespéré qui parle la langue de la mémoire, des souvenirs maternels, du désir de retrouvailles. Celina s'oppose au pouvoir d'autrui grâce à ses « dents bien serrées » capables d'unir ses traits corporels à ce qu'elle possède de plus précieux : la « chaîne hurlante des Mots[29] ».

La nature entre personnification et *décontournement*

L'aventure de Celina commence vers la fin d'une journée estivale. Les lieux rappellent le paysage dépeint dans les pages initiales de *Poupée volée*. En suivant le même parcours que Leda, la poupée instaure un rapport serein avec le cadre vacancier : « Je suis là sur le sable, au soleil [...]. Il fait très chaud[30]. » Mais la conscience de l'abandon précipite la poupée dans une condition d'égarement. Comme dans le cas de Leda, le paysage quitte son apparence rassurante pour revêtir un aspect inquiétant, témoignant de la confusion identitaire de la protagoniste. La nuit tombe, les ombres modifient ses perceptions visuelles ; les profils des objets, oubliés sur la plage par des vacanciers, prennent des expressions grotesques en incarnant, dans leurs géométries improbables, ses mêmes angoisses. Les jeux des enfants se mélangent avec les déchets des touristes, la lumière perd son caractère étincelant pour s'obscurcir vers des tonalités noirâtres en conférant au paysage un caractère étranger :

> La lumière n'est plus rosée mais violette [...] le sable est tiède. [...] Il commence à faire noir. Il n'y a pas d'étoiles, et pas même la lune. Le bruit

27. L. Melandri, « La terra d'altri », *Le passioni del corpo*, *op. cit.*, p. 18.
28. A. Asor Rosa, *L'ultimo paradosso*, *op. cit.*, p. 177, in L. Melandri, « La terra d'altri », *op. cit.*, p. 17.
29. *La plage dans la nuit*, *op. cit.*, p. 34-36.
30. *Ibid.*, p. 9.

de la mer s'accentue. Il fait humide, je risque d'attraper un rhume. Mati me dit toujours : « Quand tu t'enrhumes, tu as de la fièvre »[31].

En poursuivant le discours déjà entamé dans les pages de *Poupée volée*, Elena Ferrante choisit d'accentuer l'anthropomorphisation du paysage pour proposer une personnification des éléments atmosphériques. La nature qui, dans le cas Leda, était animée d'une force perverse capable d'amplifier son mal-être, devient dans *La plage dans la nuit* un personnage concret, habité par une puissance destructrice.

Le Feu, doué d'un aspect mi-humain, montre dans ses manières faussement rassurantes – « il grésille, heureux [il] réchauffe, quel plaisir ! » – toute l'ambiguïté d'un adversaire prêt à séduire la poupée avant de la détruire. Grâce à sa chaleur, il arrive à l'attirer dans ses flammes – « il fait chaud, je ne sens plus l'humidité je ne vais pas m'enrhumer » – avant de révéler ses intentions : « – Feu, s'il te plaît, ne me brûle pas ! Je suis la poupée de Mati, elle va être furieuse ! Le Feu se penche aussitôt vers moi en faisant claquer sa langue rouge vif – *Wouam*[32] ! » Les vagues procèdent de même. L'une, majestueuse, fascine Celina : « Il y a une Vague qui va et vient. On dirait une dame élégante portant un long volant d'écume blanche[33]. » La poupée se lance vers l'eau dans l'espoir de retrouver les étreintes rassurantes de Mati. Mais la Vague, en imitant les manières du Feu, ignore son désir et profite de sa faiblesse : « – Aide-moi, Vague ! Je suis la poupée de Mati [...] tu te rappelles ? La Vague s'abat violemment sur la rive noire. – *Baoum*[34] ! » Les tentatives de communication de Celina restent sans réponse.

La Vague s'exprime dans une langue étrangère, un mélange d'onomatopées chargées de mystère et de violence : « La Vague parle, mais je ne la comprends pas[35]. » Le mutisme de la nature accentue, en outre, le sentiment d'abandon de la poupée. Privée de la parole maternelle, elle se retrouve sans moyens de communication, victime d'un lieu qu'elle croyait maîtriser et qui se révèle une terre traversée de périls. Même la Mer, après l'avoir sauvée des griffes du Feu, refuse de lui adresser la parole. Celina tente un énième geste de rapprochement – « – Madame la Mer, dis-je, c'est très gentil de m'avoir sauvée, vous et votre Vague, mais maintenant ramenez-moi tout de suite sur

31. *Ibid.*, p. 14.
32. *Ibid.*, p. 22-24.
33. *Ibid.*, p. 21.
34. *Ibid.*, p. 24.
35. *Ibid.*, p. 25.

le rivage, merci[36] ! » –, interpellation qui reste sans réponse. La Mer, retranchée dans son mutisme – « La Mer ne répond rien » –, abandonne Celina sous l'emprise de la Tempête Nocturne – « une dame avec une très longue robe bleu foncé. Elle a une couronne d'Éclairs [...], des Coups de Tonnerre sortent [...] de sa grande bouche[37] » –, en la laissant seule dans son désert expressif.

La personnification des éléments naturels, au lieu de rendre le cadre accessible, produit un effet de distanciation obligeant Celina à faire face à un endroit âpre, devenu doublement étranger. L'opération de Ferrante est intéressante, car l'écrivaine joue à bouleverser les codes d'une narration pour enfants pour les plier à ses exigences fictionnelles. Habituellement, dans les contes, la personnification des lieux contribue à établir un rapprochement affectif entre nature et êtres humains. En revanche, dans *La plage dans la nuit*, l'anthropomorphisation de l'environnement amplifie la condition d'aliénation de la protagoniste. La poupée croit apprivoiser le Feu, la Vague, la Tempête, car elle reconnaît ces éléments comme des semblables. Mais elle se retrouve doublement trompée par la brutalité d'un langage qui, au lieu de réduire les distances, contribue à les dilater. Pour cette raison, le récit de Celina pour pouvoir se construire doit trouver un point d'accroche entre les souvenirs d'un passé serein – sa *préhistoire*, pour le dire avec L. Melandri – et le temps présent qui affiche son caractère énigmatique.

La narration d'une identité en quête de sa mère s'observe, dans le cas de Ferrante, à travers la notion de *décontournement*[38]. Les lieux ont perdu leurs profils habituels. C'est la longue nuit cauchemardesque qui oblige Celina à prendre conscience de la déformation de la nature. En effet, pour Lea Melandri, les espaces, dans les auto-récits au féminin, sont souvent perçus comme « détourés[39] ». L'enfance, nourrie de la Langue de la Mère, chez les sujets en quête de réponses laisse des souvenirs qui, confrontés à la réalité, peuvent paraître amputés de leurs caractéristiques initiales. Progresser – comprendre – passe forcément par la capacité à narrer un inconnu qui était familier et qui doit retrouver le mot juste pour pouvoir être compris. En reprenant l'enseignement de Lea Melandri, Ferrante monte comment le récit d'une conscience

36. *Ibid.*, p. 27.
37. *Ibid.*
38. L'expression est de L. Melandri, *Alfabeto d'origine*, *op. cit.*, p. 18.
39. Ibid.

féminine naît d'un lieu « suspendu entre une pause et l'autre, port franc ou terra nullius[40] ». Elle est à la recherche d'une voie capable de traduire la complexité d'un voyage commençant dans les endroits paisibles de l'enfance et se heurtant à l'environnement déformé de l'âge adulte, aigri par la perte de l'innocence. Le *détournement* visuel, qui s'alimente de la recherche d'une langue différente, paraît promouvoir une attitude de compréhension obligeant le sujet à un changement de perspective. Ferrante, dans son langage plié aux exigences d'une narration pour l'enfance, adhère elle-même à cette démarche. Elle montre la complexité d'une quête au féminin à travers le voyage d'une poupée qui, bouleversée, seule, raconte *en dépit de* l'étrangeté, *grâce à* l'étrangeté[41].

Être son propre manque : raconter la mère

Celina bâtit son récit à travers Mati. C'est elle qui lui a tout appris, qui l'a rendue humaine en l'ouvrant à la vie : « Elle m'a fait sauter en l'air et courir, elle m'a fait peur, elle m'a fait parler et crier, elle m'a fait rire et aussi pleurer[42]. » Mais la poupée ne peut pas se définir sans sa mère. Son récit met en lumière un « soi narrable » qui se nourrit constamment de la présence-absence de l'autre. Ainsi, pour se décrire, la poupée trace sans cesse le profil maternel. Tout est rapporté à cette relation primordiale qui l'a forgée en lui conférant une spécificité que les autres jouets n'ont pas : le don de la parole, qui est aussi le don d'une conscience.

L'abandon sur la plage oblige Celina à se confronter à sa solitude. Mati ne peut pas l'aider : elle est seule et démunie face à l'obscurité qui avance. Elle n'a rien d'autre, pour survivre, que l'arme du langage qui lui permettrait de témoigner de sa condition. La conscience de son délaissement définit l'interruption d'une relation fondée sur l'échange, sur la proximité affective : « À cette heure-ci, je devrais déjà avoir pris mon bain avec elle [...] mangé ma purée avec sa cuillère : une bouchée pour Mati, une bouchée pour moi[43]. » Le lien

40. *Ibid.*

41. Par cette expression nous voulons souligner comment la conscience de sa propre différence – de son étrangeté – qui peut être perçue comme un obstacle, devient, finalement, le point de départ pour construire le récit. Si d'un côté nous éprouvons une difficulté dans la prise de parole, de l'autre Ferrante, en s'accordant avec la pensée féministe de Lea Melandri, montre comment la narration a lieu par la conscience de cette position marginale.

42. *La plage dans la nuit*, *op. cit.*, p. 10.

43. *Ibid.*, p. 14.

avec la mère est si profond – « Mati et moi, nous sommes mère et fille » – que la poupée n'arrive pas à lui attribuer la responsabilité de son abandon : « C'est pour ça qu'elle n'a pas pu m'oublier, c'est impossible. Dès qu'elle s'apercevra que je suis restée ici sur la plage, elle viendra me chercher, c'est sûr. Peut-être est-ce seulement un jeu qu'elle a inventé pour me faire peur[44]. » Mais avec cet éloignement prolongé, Celina doit se mesurer à sa propre impuissance. Elle se reconnaît comme un être perdu, dépourvu des capacités nécessaires pour sortir d'une situation dangereuse : « Sans Mati, je ne sais plus comment m'en sortir[45]. » Elle n'a pas confiance dans son pouvoir de survie ; privée de sa génitrice, elle se sent près de la mort. La mère est, pour Celina, synonyme de puissance, de totalité :

> Je pense une dernière fois à Mati et à son petit lit douillet. Comme on est bien, la nuit, contre sa poitrine de maman endormie ! Cela n'arrivera jamais plus. En ce moment, elle dort sans doute avec son chat. Son amour pour moi est fini. Je ne veux pas être prise par le Grand Râteau. Je préfère brûler en conservant dans ma poitrine les mots des jeux de Mati[46].

Face à l'angoisse d'une nuit épouvantable, où la poupée fait appel à toutes ses forces pour éviter de succomber, Mati incarne le paradis perdu, la rêverie impossible synonyme de bien-être et repos. La quête de la mère est, ainsi, le point de départ d'une narration de souffrance. Celina construit son récit à partir d'une case blanche, d'un vide qui lui paraît un désir impossible, tel que d'autres protagonistes de Ferrante l'ont expérimenté : la *ré*-assimilation au corps maternel. Le silence de la nature se heurte au murmure continuel de la poupée. Elle ne cesse d'interroger et de sonder la sensibilité d'autres personnages qui, toutefois, persistent dans leur incommunicabilité. Celina comprend, à travers l'absence de Mati, que le monde n'est pas construit à son image : l'union, apparemment indissoluble, entre mère et fille est destinée à périr, à se confronter avec le mutisme. Sa parole, nourrie du langage que Mati lui a fourni, résonne, dans la solitude de sa quête onirique, en incarnant ce que Chandra Livia Candiani a qualifié de « silence parlant[47] ». La mère, qui d'abord enseigne la langue et qui, ensuite, favorise l'évolution de son enfant

44. *Ibid.*, p. 14-16.
45. *Ibid.*, p. 25.
46. *Ibid.*, p. 26.
47. C. L. Candiani, *Fatti vivo*, Torino, Einaudi, 2017, p. 143.

à travers son absence[48], devient ici cette sorte de mutisme verbal permettant à Celina – animée par la volonté de retrouver son *objet perdu* – de s'exprimer malgré l'effacement. Nous observons comment la présence d'une altérité transparente – qui est pure évocation, pur souvenir – permet au sujet de trouver une justification à son propre désir d'expression. Une fois encore, Ferrante choisit de construire l'identité d'un personnage à travers un effet miroir : l'histoire de l'autre – la mère – devient le prétexte d'une écriture personnelle. Devant le manque d'éléments nécessaires à la narration, Celina se trouve contrainte à combler ses failles cognitives :

> Tant qu'il y avait Mati, je pouvais m'adresser à n'importe quel objet, à n'importe quel animal, et ils me répondaient de façon claire et intelligible. Si des gens, des bestioles ou des choses nous embêtaient, nous poussions aussitôt de grands cris à l'unisson, et ils arrêtaient. [...] Et maintenant[49] ?

Avec l'absence de sa mère, grâce à la conscience de sa fragilité, la poupée expérimente une forme d'autonomie qui s'alimente d'une lacune déclarée. Ainsi, elle fait de cette privation le cœur même de sa force narrative. Celina met en place ce que Jean François Chiantaretto a défini comme une « écriture des limites[50] ». Le sujet cherche à *se dire* en tentant de reconstruire l'inexprimable qui est, dans ce contexte, le vide laissé par la mère. Dans les questionnements, dans les suppositions que la poupée adresse à sa génitrice, Celina accède à sa mutation. Elle n'est plus l'objet dépendant, fébrilement lié aux volontés de Mati. Dans sa solitude, elle découvre une autonomie discursive qui devient, aussi, une forme de résistance au désespoir. L'inexprimable caché au fond d'elle, le même *résidu* qui lui a permis de résister aux violences du Plagiste, autorise alors une évolution, presque une métamorphose qui, pour Louise Grenier[51], définit tout récit de soi. Une partie de Celina disparaît en se mettant au service de la page. Dans le but de témoigner, elle se dissipe à travers le « regard de

48. Voir, à ce propos, le jeu du « Fort-Da » analysé par S. Freud. La question d'une édification développée à partir de l'absence de sa propre mère a déjà été approfondie dans la première partie de cette étude. Voir, notamment le chapitre 1.4. *Amalia : physionomie d'une absence.*

49. *La plage dans la nuit*, *op. cit.*, p. 24-25.

50. J. F. Chiantaretto (dir.), *Écriture de soi, Écriture des limites*, Paris, Hermann, 2014, p. 6.

51. L. Grenier, « Changer de personnage ? Des passions nécessaires à l'être », in J. F. Chiantaretto (dir.), *Écriture de soi, Écriture des limites*, Paris, Hermann, 2014, p. 245.

l'autre » – le regard de Mati – pour chercher à reproduire la véracité de leur relation. Sa narration est donc le fruit d'un « angle mort »[52] : c'est-à-dire d'un *reste* qui, malgré ses carences, produit le discours.

Vers la fin du récit, les retrouvailles avec sa mère souffrante donnent à la poupée la mesure de l'authenticité des émotions vécues tout au long de son histoire : « Elle a pleuré toute la nuit, elle a le visage rougi et baigné de larmes. Ni sa mère, ni son père, ni son frère n'ont réussi à la consoler[53]. » Mati a pâti de la même séparation perçue comme insurmontable par Celina. Toutefois, entre les deux, c'est la poupée qui a acquis une conscience nouvelle. C'est la poupée qui, sans le savoir, a transformé la *rature* en construction, en narration.

Se découvrir : la parole poïétique

Quand le Cruel Plagiste menace Celina, il veut s'emparer de son patrimoine le plus précieux : « – Elle a encore des mots à l'intérieur ! dit-il au Grand Râteau. Puis il me lance : – Elle t'a mis plein de mots là-d'dans, ta p'tite maman, pas vrai[54] ? » Celina comprend que protéger la Langue de sa Mère est sa seule possibilité de survie : « Je rassemble au plus vite tous les mots de Mati et les cache dans ma poitrine[55]. » C'est l'expression qui forge sa subjectivité en la différenciant des autres jouets. Pour Ferrante, comme pour C. L. Candiani, la mère « fait parole » : elle permet la sortie du mutisme, elle fournit la clé d'accès pour pénétrer dans « les choses muettes »[56] en leur donnant une cohésion. Cet idiome est donc l'expression d'une venue au monde : il devient le symbole d'une différence identitaire.

Mais le Plagiste n'en démord pas. Avec son Hameçon il attrape les mots que Celina n'a pu cacher – « L'Hameçon en attrape un, et il tire » – mais « Les mots [...] se serrent les uns contre les autres, terrorisés » – et la poupée tente d'opposer sa volonté au spectre du mutisme, à l'angoisse d'une élocution artificielle : « Moi, je tire d'un côté, l'Hameçon tire de l'autre, et au milieu il y a les mots, tout tassés[57]. » Le langage traduit un Éden à jamais perdu : « Avec ces

52. *Ibid.*, p. 247.
53. *La plage dans la nuit, op. cit.*, p. 38.
54. *Ibid.*, p. 16.
55. *Ibid.*, p. 18.
56. Voir à ce propos le lien entre mère, écriture, identité dans l'œuvre de C. L. Candiani, « La precisione dell'amore », *La bambina pugile, op. cit.*, p. 123.
57. *Ibid.*, p. 32.

mots, Mati et moi, nous avons été heureuses. Avec ces mots, elle parlait et me faisait parler[58]. » Mais il ne se réduit pas à un simple moyen de communication. Il possède le pouvoir de la description, « elle faisait parler [...] les étoiles, les nuages, les grains de sable[59] ». Savoir s'exprimer signifie, pour Celina, savoir *faire* parler. La préservation d'un *Je* linguistique passe par un ultime geste désespéré. L'Hameçon tire avec violence dans le but de récupérer les mots cachés au fond du ventre de la poupée. Celina a juste le temps de « fermer la bouche sur le dernier [mot] qui est resté : "maman"[60] ». Grâce à ce mot-clé, elle parvient à remonter à la surface de la Mer, elle est sauvée :

> Les dents bien serrées autour de « maman », je me mets à monter, monter ! Tandis que je remonte à la surface, accrochée à mes propres mots [l]e fil de salive répugnant est de plus en plus tendu, un dernier coup me fait jaillir hors de l'eau avec la chaîne hurlante des Mots[61].

Sur la plage, désorientée par la fin de la bataille, la poupée retrouve enfin sa langue – « Les mots rentrent d'un coup dans ma bouche avec un bruit sec, comme le claquement d'un élastique[62] » – et avec l'aide du chat Minou, elle parvient à retrouver sa maman, son verbe, son appartenance.

Nous observons comment dans ce court texte pour l'enfance, le discours de Ferrante atteint son niveau le plus allégorique. Sauver la parole signifie arriver à fondre, dans une narration au féminin, tout ce qui pour l'écrivaine existe de plus précieux dans la construction d'une identité. Tout d'abord le corps qui dans *La plage dans la nuit* fusionne avec le langage. La parole n'est plus un produit de l'intellect, mais elle se renferme au plus profond d'elle-même. La mémoire maternelle, de son côté, dévoile des rêves d'incorporation traduisant un besoin d'attachement pathologique au corps maternel. Mais, en dépit de ces ombres, elle se fait instrument d'apprentissage en obligeant la protagoniste à se confronter à ses propres carences. Enfin, la narration de soi fait ressortir l'équilibre fragile entre le plaisir du *dire* et l'angoisse d'un effondrement – conceptuel, linguistique – qui coïncide, dans ce conte, avec le spectre du mutisme.

58. *Ibid.*
59. *Ibid.*
60. *Ibid.*, p. 34.
61. *Ibid.*, p. 34-36.
62. *Ibid.*, p. 36.

Il existe, chez Ferrante, une intention de recherche pour trouver un point d'accroche entre le désir d'expression et les conflits personnels. Les mélancolies du sujet narrant se manifestent toujours à travers un idiome fracturé, souvent témoin d'un passé incertain. Mais dans sa quête d'une expression différente, l'écrivaine trouve une forme de réconciliation entre la construction d'un soi propre et la mémoire d'une enfance qui n'est pas, comme dans les romans précédents, traversée d'angoisse. Au milieu d'un quotidien cauchemardesque, le passé de Celina émerge comme un paradis perdu. Mati, la mère symbolique, qui résiste dans le corps de la poupée à travers son pouvoir de *se faire parole*, deviendrait, vers la fin de la narration, presque un élément secondaire. Ferrante attribue à la poupée une forme de maturité très rare chez ses personnages féminins. Celina, malgré toute la fragilité qui l'accompagne, paraît assimiler les enseignements féministes de L. Melandri[63]. Il n'existe pas de narration sans lutte. La recherche de soi à travers la parole passe par une bataille contre l'obsession du silence. C'est dans cette direction qu'il faut savoir inventer une langue qui n'est pas que le produit d'un apprentissage enfantin. L'écriture de soi est le fruit d'une quête solitaire : elle naît à partir d'un obstacle, en se nourrissant d'une mémoire oubliée qui doit être pétrie d'autres rencontres. La parole qui émerge est donc le fruit d'un chemin de transformation.

À la fin de cette recherche seulement, et grâce à un « destin imprévu », ces paroles, « élevées avec soin » arrivent à se faire « mères de sa propre enfance »[64]. Ainsi, dans le cas de Celina, ces mots invoqués ne peuvent plus être « les mots de Mati », comme elle ne cesse de le répéter. Son auto-récit est le témoignage d'une forme de dépossession – la perte du langage maternel – au bénéfice de l'acquisition d'un idiome personnel et unique. Cette langue réélaborée, devenue enfin une langue personnelle, est celle que Luce Irigaray théorise à travers le concept de création. Il s'agit d'une « parole poïétique[65] », n'ayant pas l'ambition d'*être* « vérité », mais qui produit[66] et propose. Il est un idiome doté d'un potentiel pour structurer à la fois une conscience et un récit. Le langage se traduit dans une parole « qui *fait*[67] vérité » et qui témoigne de l'engagement du sujet narrant[68]. Celina, grâce à

---

63. L. Melandri, « Alfabeto d'origine », *Alfabeto d'origine*, *op. cit.*, p. 20-24.
64. *Ibid.*, p. 23.
65. L. Irigaray, *Le corps-à-corps avec la mère*, *op. cit.*, p. 45.
66. Le mot grec « poièsis » (ποίησις) signifie en effet création.
67. L'italique est le nôtre.
68. L. Irigaray, *Le corps-à-corps avec la mère*, *op. cit.*, p. 45.

son aventure, apprend que le verbe maternel peut être assimilé pour renaître sous forme de réélaboration subjective. Il ne doit pas rester un simulacre : éternellement habité par la présence de l'Autre. Il peut, en revanche, constituer le point de départ d'une *re*-connaissance individuelle. Dans sa longue tentative de résistance, dans sa lutte pour préserver la Langue Maternelle, la poupée parvient à s'approprier sa généalogie et, à travers la narration de son histoire, elle arrive à créer – à *se* créer – en transformant la parole[69] en dispositif d'imagination.

69. Cette idée présentée chez Ferrante peut aussi trouver un lien avec l'infant romain. En effet, dans la société romaine, jusqu'à l'âge de sept ans l'enfant est défini à travers le terme « infant » qui signifie, littéralement, « celui qui ne parle pas ». En parvenant à trouver la parole, l'enfant sort de cette condition en devenant *puer* (s'il s'agit d'un garçon) ou *puella* s'il s'agit d'une fille.

La recherche de soi
Frantumaglia (2003)

Ferrante et l'anamorphose : vers une autofiction apocryphe ?

Frantumaglia est le résultat désarticulé, sous forme de réponse, à cinq questions que Camilla Valletti et Giuliana Olivero, rédactrices de la revue *L'indice dei libri del mese*, ont posées à Elena Ferrante. Sandra Ozzola, éditrice de « e/o », reçoit ses réponses au mois de juillet 2003. La revue, faute d'espace, ne peut pas publier l'intégralité du texte et Ferrante, de son côté, ne souhaite ni réduire l'ampleur de ses réflexions ni les adapter au format journalistique. S. Ozzola[1] reconnaît la force du travail et propose à l'écrivaine de ne pas renoncer au projet de publication. Malgré ses réticences habituelles, Ferrante accepte de publier non seulement la version intégrale de ses réponses, mais aussi l'autre correspondance, celle entretenue avec ses éditeurs, certains journalistes et des lecteurs. Le volume est publié en 2003, puis est réédité dans une nouvelle version en 2016, à laquelle sont adjoints des inédits, des passages amputés tirés des romans, ainsi qu'un certain nombre d'idées encore à l'état d'ébauche. Cette compilation hétéroclite constitue le contrechamp d'un parcours littéraire allant de *L'amour harcelant* jusqu'à nos jours. Mais c'est l'essai critique *Frantumaglia* – conçu entre d'avril et juin 2003 – qui constitue le pivot du volume et lui donne son titre.

Ce texte hybride naît, au-delà de toute attente, d'un pur plaisir d'écriture, « j'ai entrepris de vous écrire pour le seul plaisir de vous répondre[2]. » Mi-lettre, mi-journal intime, mi-étude critique,

1. S. Ozzola, *Frantumaglia*, *op. cit.*, p. 197.
2. E. Ferrante, *ibid.*, p. 117.

Frantumaglia est divisée en cinq parties différentes – *Tourbillons*, *La bête dans le cagibi*, *L'image de la mère*, *Les villes* et *Vêtements féminins* – où l'écrivaine raconte ses obsessions et sa manière de concevoir l'écriture : elle reconnaît ses carences, le sentiment de culpabilité développé durant les après-midi enfantins et devenu, à l'âge adulte, un fantasme littéraire, centre de son tissu narratif. Dissimulée dans ses pages fictionnelles, Ferrante joue à construire un appareil critique fonctionnant comme une sorte de lecture commentée qui se développe en marge de son premier cycle narratif. Elle y dévoile sa conception du travail littéraire en cherchant à définir théoriquement comment un récit de soi peut devenir œuvre fictionnelle. En prenant en considération la double acception de création et d'autocritique, nous observons comment le paradigme de A. Iovinelli peut se développer pour constituer ce que nous avons défini, dans l'introduction de cette étude, comme une *autofiction apocryphe*.

Ainsi, nous pouvons lire le travail de Ferrante à travers la notion d'« autobiographie apocryphe » théorisée par Carla Benedetti et reprise par Alessandro Iovinelli[3]. L'écrivaine, au lieu de manipuler son histoire au profit de l'invention romanesque (comme c'est le cas dans les autobiographies apocryphes), cherche plutôt à mettre en scène une vie fictionnelle qui se nourrit de ses personnages littéraires dans le but d'attribuer à ces derniers une forme de vérité autobiographique. Cette démarche n'est d'ailleurs pas nouvelle. Nous avons déjà observé comment, en se dissimulant derrière l'existence de ses personnages, Ferrante arrive à se raconter dans ses romans. Toutefois, dans le cas de *Frantumaglia* ce dispositif touche un niveau plus approfondi : l'écrivaine se sert de sa littérature pour élaborer une sorte d'autobiographie imaginaire que nous définissons comme *apocryphe*, car élaborée à des fins théoriques. À travers sa mère, ses sœurs, ses souvenirs à mi-chemin entre le romanesque et l'auto-récit, elle dévoile *en littérature* son enfance napolitaine, son rapport à la ville, ses relations familiales, ses tourments intimes. Comme le souligne A. Iovinelli, l'authenticité d'une telle opération doit être recherchée non dans son accord avec des faits réels[4], mais dans certains éléments intertextuels. Dans le cas en question, l'écrivaine ne cesse de créer des ponts entre sa correspondance, ses interviews et sa page littéraire.

Ainsi, Ferrante tente l'expérience d'une écriture de soi qui joue sans relâche avec ses propres failles ; une écriture qui tend à confondre

3. Voir A. Iovinelli, *L'autore e il personaggio*, *op. cit.*, p. 266.
4. *Ibid.*, p. 272.

les plans fictionnels et théoriques dans le but de les amalgamer en un corpus à la fois multiple et unique. À l'instar du jeune Albert Camus qui se raconte dans les essais contenus dans le recueil *L'envers et l'endroit*, l'écrivaine expérimente la caducité d'une parole mêlée de « maladresse et de désordre[5] », incapable d'aboutir à une forme définie, assoiffée de vérité et désireuse de jouer avec les codes de la fiction[6]. Dans ce contexte, le personnage métafictionnel analysé à la lumière de l'autobiographie montre toute la brutalité de son caractère artificiel : l'effet apocryphe produit une distorsion du regard. Car à la lecture de ce texte, il est difficile de discerner entre la fiction et le désir d'auto-narration. Le côté perturbant réside dans le fait que le lecteur se trouve emprisonné dans le paradigme de l'anamorphose : il subit une véritable pathologie du regard.

C'est Jacques Lacan qui a étudié cette manipulation du réel dans son *Séminaire XI, Les fondements de la psychanalyse*[7] en prenant, à titre d'exemple, un tableau de Hans Holbein : *Les ambassadeurs*. Le spectateur croit percevoir deux hommes richement habillés, mais, en sortant de la salle où le tableau est exposé, il s'aperçoit que la forme géométrique qu'il n'arrivait pas à déchiffrer et qui était située dans la partie inférieure du portrait représente, en réalité, le squelette d'un crâne humain. Le tableau, symbole de vie et d'opulence, perd ainsi toute connotation positive et prend aussitôt un caractère sinistre. Dans notre contexte, le lecteur de *Frantumaglia* semble affecté par la même pathologie du regard : il est victime d'une sorte d'*anamorphose littéraire*. En croyant lire le témoignage d'une écrivaine qui affronte, pour la première fois, son vécu personnel à la lumière de ses œuvres, il s'aperçoit, grâce aux éléments intertextuels renvoyant aux autres romans de Ferrante, du caractère fictionnel des faits initialement perçus comme autobiographiques.

Dans le jeu de déformation entre plans narratifs et perspectives autobiographiques, il existe, toutefois, une forme d'authenticité. La parole écrite devient un prolongement existentiel, une extrémité char-

5. A. Camus, *L'envers et l'endroit* [1958], Paris, Éditions Gallimard, coll. « Folio essais », 1988, p. 29.

6. Il nous semble intéressant de mettre en relation les écrits de jeunesse d'Albert Camus avec l'opération littéraire de Ferrante. Car les deux témoignages semblent reposer sur les mêmes principes alternant le récit mémoriel avec le désir fictionnel. Dans l'introduction à *L'envers et l'endroit*, Camus cherche à décrire le statut de ses chroniques fondées sur un déséquilibre entre fiction et autobiographie, voir *ibid.*, p. 29.

7. J. Lacan, *Le séminaire. Livre XI, Les quatre concepts fondamentaux de la psychanalyse*, Paris, Éditions du Seuil, 1973.

nelle du langage, une *manière d'être* susceptible d'exprimer une vérité subjective qui ne trouve sa place que dans les plis du texte. L'écriture de soi – et, en voulant aller plus loin, l'écriture tout court – est une manière de *re*-vivre « l'intelligence de la vie[8] ». Elle produit les outils nécessaires pour pouvoir transformer la parole littéraire – messagère de création – en *parole cognitive*, porteuse de sens et de connaissance. La page, pour citer Lalla Romano, surgit alors de la tentative d'isoler, au milieu du « bruit du monde », quelques notes pour les entourer de silence[9]. L'écriture – fait solitaire – devient cet exercice d'écoute qui permet d'opposer au mutisme du monde contemporain, une voix souvent désaccordée : vague musicale ou fantôme sonore elle se fait reproduction désordonnée de quelques bribes d'existence.

La *frantumaglia* ou le visqueux

Frantumaglia est un mot napolitain issu de l'enfance de Ferrante. C'était sa mère qui l'employait : « (elle prononçait ce mot en redoublant le m) [cela] la déprimait. [...] Ce mot désignait un mal-être qui n'était pas qualifiable autrement, il évoquait une foule de pensées hétérogènes, des rebuts flottant sur l'eau boueuse de son cerveau[10]. » La *frantumaglia* produisait des répercussions tangibles : « la réveillait en pleine nuit, l'amenait à parler toute seule [...] lui soufflait de petits refrains incompréhensibles à chantonner tout bas [...] elle lui tirait aussi des larmes [...] et sans raison consciente[11]. » Ce sentiment de *démantibulement* obligeait sa mère à des actions brutales, produites contre sa propre volonté : « la poussait à sortir subitement sans éteindre la cuisinière sur laquelle sa sauce finissait par brûler dans sa casserole[12] ». Ce mélange indéfini de décombres habitant le sujet, uni à l'incapacité de contrôler des comportements vécus comme étrangers, rappelle l'idée du « visqueux » que Jean-Paul Sartre aborde dans *L'être et le néant*. Le philosophe cherche à définir cette notion à travers l'analyse de sa matérialité gluante, de sa capacité d'opposer une « résistance visible » au sujet qui cherche à l'attaquer. Pour Sartre, le visqueux n'est rien d'autre qu'un « anéantissement qui s'arrête à

8. L. Romano, *Diario Ultimo*, [2001], Torino, Einaudi, 2006, p. VIII.
9. *Ibid.*, p. XII.
10. *Frantumaglia*, *op. cit.*, p. 118.
11. *Ibid.*
12. *Ibid.*

mi-chemin » ; il est l'élément indéfinissable capable de renvoyer le sujet à sa « propre puissance destructrice » en le confrontant à « ses limites »[13]. Le contact avec cette masse constituée par « une mollesse poussée à son extrême conséquence[14] » favorise, chez l'individu, une prise de conscience sur sa propre existence.

En observant le mal-être de sa mère, Ferrante découvre qu'à l'instar du visqueux, le monde habité par la *frantumaglia* se révèle comme « une masse aérienne ou aquatique d'une infinité de débris » qui réduit la chair humaine à une essence inanimée : « un corps de plus en plus semblable à une chose, une bourse en cuir perdant de l'air et des liquides »[15]. D'une manière analogue, ce « mou » sartrien possède l'étonnante capacité de se fondre avec le sujet malgré les nombreuses tentatives de résistance : « il adhère à moi, il me plombe, il m'aspire [...] il m'attire en lui comme le fond d'un précipice pourrait m'attirer[16]. » Ferrante ressent le même sentiment de répugnance, traversé par la conscience d'une force qui séduit dans le but de détruire. À travers le souvenir d'un geste déplorable commis contre Gina, sa sœur cadette, l'écrivaine réalise qu'elle aurait pu être affectée par cette même pathologie maternelle. Pour profiter, toute seule, de la compagnie de ses sœurs aînées, elle avait songé à enfermer Gina dans le cagibi dans l'espoir de la faire disparaître. Elle envisageait même de l'assassiner : « je souhaitais sa mort. Je pensais qu'elle la méritait car elle entravait nos jeux [...] la tuer n'était pas [...] un simple désir mais une nécessité[17]. » Toutefois, après l'avoir emprisonnée, l'angoisse de la savoir transformée en *frantumaglia* avait pris le dessus sur le désir de la tuer : « L'image d[e son] corps [...] réduit à l'état de bouillie sanglante avait suscité en moi un malaise insupportable[18]. » La représentation de sa sœur transformée en « pâte sanguine » provoque, chez Ferrante, une sensation de nausée qui la pousse à la libérer, mettant fin à son plan meurtrier. Enfermée dans le débarras et rongée par la *frantumaglia*, Gina risquait de devenir elle-même cette matière fétide capable d'infecter les sujets. Même pour Sartre le visqueux traduit l'angoisse vécue dans des délires imaginaires : il ressemble à un « liquide vu dans un cauchemar[19] ». Terrorisée à l'idée

13. J.-P. Sartre, *L'être et le néant*, *op. cit.*, p. 796.
14. *Ibid.*
15. *Frantumaglia*, *op. cit.*, p. 118-119.
16. J.-P. Sartre, *L'être et le néant*, *op. cit.*, p. 797.
17. *Ibid.*, p. 131.
18. *Ibid.*, p. 135.
19. J.-P. Sartre, *L'être et le néant*, *op. cit.*, p. 797.

d'assister à la transformation de sa sœur, Ferrante redoute d'être elle-même transfigurée en une masse désordonnée de déchets. Ainsi, le mal provoqué paraît s'attacher directement au bourreau : « Étais-je faite pour le mal[20] ? »

La violence, que Ferrante reconnaît pouvoir produire sur l'autre, est aussi celle qu'elle sait pouvoir s'auto-infliger. Elle conserve, comme pour le visqueux, l'aspect d'« un fluide chaud, vivifiant » capable d'« engendr[er] le fracas » ainsi que l'horreur de la destruction[21]. C'est la *frantumaglia* qui a éveillé la souffrance de sa mère en la poussant à des actions disloquées. C'est elle qui a failli s'emparer de sa sœur pour la dévorer, pour l'assimiler et la réduire à néant. Ferrante, petite, en train de réparer son geste meurtrier cherche, en vérité, à se préserver de cette furie ravageuse. À l'instar de l'individu sartrien, elle craint la métamorphose, car « toucher le visqueux, c'est risquer de se diluer en viscosité[22] ». Ces deux notions ne débouchent toutefois pas sur une similitude parfaite entre la théorisation sartrienne et la littérature de Ferrante. Cette dernière n'a, d'ailleurs, jamais fait référence à aucune des œuvres de Sartre. Elle n'explicite pas ses références littéraires et sa *frantumaglia* n'est peut-être rien d'autre qu'un étrange souvenir enfantin, issu du dialecte maternel. Toutefois, au-delà des dettes plus ou moins explicites, il nous a paru intéressant de montrer comment ce concept faisant référence à une incapacité du sujet, révélant sans cesse ses pièges et ses contradictions, n'est pas tout à fait nouveau. Même s'il ne constitue pas la transposition contemporaine de la *Psychanalyse existentielle* de Sartre[23], la *frantumaglia* nous paraît étroitement liée à une curiosité psychanalytique avouée sans réticence par Ferrante :

> Je dois vous l'avouer, la psychanalyse m'a effrayée quand je l'ai découverte à l'âge de seize ans et elle m'effraie encore. […] Bien entendu, c'est une crainte qui me séduit ; ce que j'aime surtout, dans le discours psychanalytique, c'est son effronterie visionnaire[24].

20. *Frantumaglia, op. cit.*, p. 136.
21. *Ibid.*
22. J.-P. Sartre, *L'être et le néant, op. cit.*, p. 798.
23. Voir *Id.*, « La psychanalyse existentielle », *L'être et le néant, op. cit.*, p. 745-466. La psychanalyse existentielle est une « méthode » qui permet, comme le dit Sartre lui-même, de « dresser la liste des conduites, des tendances et des inclinations » pour pouvoir ensuite « les *déchiffrer* », « les *interroger* ».
24. *Frantumaglia, op. cit.*, p. 144.

La complexité de cette matière est révélatrice d'un savoir sur l'être humain que Ferrante ne cesse d'interroger au fond de son écriture. La souffrance qui habite ses personnages, réels ou imaginaires, est d'ailleurs animée par un double statut. Tuer Gina pour profiter d'une jouissance affective (la relation avec ses sœurs aînées) équivaut à exercer le pouvoir mortifère de la *frantumaglia* contre quelqu'un : une « façon à moi de désigner l'angoisse de mort[25] ». L'ombre de Sigmund Freud fait, ici, son apparition et alimente une dynamique relationnelle fondée sur un jeu d'ambivalences. Pour Ferrante faire du mal à l'autre exprime la crainte d'en subir. La volonté de dévorer sa propre sœur se heurte à l'inquiétude d'être possédée par les mêmes outils mortifères qu'elle souhaitait utiliser. Cette dynamique de « destruction-création » renvoie, une fois encore, au visqueux sartrien qui, d'une part, donne au sujet « l'impression d'un être qu'on peut posséder » et, d'autre part, lui révèle son caractère meurtrier : « la mollesse de cette substance, qui s'écrabouille dans mes mains, me donne l'impression que je *détruis* perpétuellement[26] ». Cette viscosité s'accompagne, chez Ferrante, d'un désir de possession (envers sa mère, envers ses sœurs) indissociable de la nécessité de *dire* le corps à travers ses perceptions, ses fantasmes et ses obsessions.

Enfance napolitaine : s'éduquer à l'égarement

Dans *Frantumaglia* Naples est évoquée avec le souvenir d'un été d'enfance. Pendant une journée orageuse, Ferrante, âgée de onze ans, franchit les frontières de son quartier pour s'acheter une glace en compagnie de sa sœur. La désobéissance aux impératifs maternels – « Notre mère nous avait formellement interdit de nous éloigner de la cour de l'immeuble où nous vivions[27] » – s'associe à un besoin de liberté. L'indiscipline se confond avec une révélation : « pour la première fois, j'appréhendai la ville[28]. » L'angoisse de la perte s'unit à la fascination suscitée par un endroit étranger où le lieu devient compagnon de fuite. Naples pèse, littéralement, sur le dos de la jeune Ferrante : « Je la sentis sur mes épaules et sous mes chaussures : elle filait avec nous, soufflait une haleine sale ». La cité est, à la fois

25. *Ibid.*, p. 119.
26. J.-P. Sartre, *L'être et le néant*, *op. cit.*, p. 796.
27. *Frantumaglia*, *op. cit.*, p. 164.
28. *Ibid.*, p. 165.

« étrangère et familière », « limitée et étendue » : magnétique, « dangereuse et excitante ». Appréhender Naples, pour la première fois, signifie mettre en place une opération d'errance volontaire : « Je la reconnaissais en m'égarant[29]. »

Ainsi, rentrer à la maison devient une opération impossible : « je me trompai de chemin. » L'envie de se perdre – le « désir d'erreur »[30] – prime sur la sagesse. La structure de la ville accompagne le *Je* narratif dans sa propre divagation ; la cité suit sa déambulation en devenant l'écho de son aventure. Car le parcours décrit par Ferrante est déterminé par un mouvement *horizontal*, métaphore de liberté. Cette trajectoire s'oppose non seulement à la structure verticale de Naples, mais aussi à la figure maternelle qui reproduit, dans son rôle tutélaire, la géographie – *verticale* – de la ville ancienne[31]. Se perdre répond à une « possibilité d'échapper à [l]a mère[32] ». L'insoumission se transforme en désir d'émancipation : l'auteure choisit le territoire urbain comme théâtre d'une *re*-connaissance de sa propre individualité.

Dans les pages d'*Enfance Berlinoise* de Walter Benjamin, Ferrante trouve une réponse à ses questionnements. Dans le chapitre d'ouverture, *Tiergarten*, l'auteur se souvient de ses promenades enfantines à la découverte du parc zoologique de Berlin. Au milieu d'un lieu ordinaire doté toutefois d'un exotisme inexplicable, W. Benjamin théorise sa notion d'égarement citadin. L'objectif n'est pas de réfléchir aux difficultés d'orientation au milieu d'une ville étrangère, mais plutôt dans la capacité de se perdre à l'intérieur d'un endroit que nous croyons maîtriser : « Ne pas trouver son chemin dans une ville, ça ne signifie pas grand-chose. Mais s'égarer dans une ville comme on s'égare dans une forêt demande toute une éducation[33]. » En suivant cet enseignement, Ferrante s'interroge sur la possibilité de transformer

29. *Ibid.*

30. *Ibid.*

31. Naples est considérée comme une ville verticale par sa structure géographique – où les abysses de la mer constituent le point de départ pour arriver jusqu'aux hauteurs de Castel Sant'Elmo – et grâce à la configuration des habitations comme les bâtiments des *Quartieri spagnoli* avec leur architecture étroite et verticale, qui se structurent à partir des *bassi*, jusqu'au dernier étage. Avec le temps, cette géographie est en train d'évoluer et à la structure verticale de la ville s'oppose l'horizontalité de nouvelles habitations et d'une banlieue en expansion. Voir M. Prisco, *La città verticale. Napoli nella letteratura degli ultimi decenni dell'Ottocento al nuovo millennio*, Salerno, Oèdipus, 2006 ; S. Perrella, *Giùnapoli*, Vicenza, Neri Pozza, 2006.

32. *Frantumaglia*, *op. cit.*, p. 165.

33. W. Benjamin, *Berliner Kindheit um neunzehnhundert* [1950], trad. Jean Lacoste : *Enfance berlinoise*, Paris, Les Lettres Nouvelles/Maurice Nadeau, 1978, p. 29.

une *ville-de-connaissance* en « ville-d'égarement[34] ». Naples, à travers la lecture de W. Benjamin[35], se révèle dans sa réalité de labyrinthe urbain : terre de perdition où pouvoir suivre les traces d'une moderne Ariane qui, selon l'acception du philosophe, représente l'accès à une forme supplémentaire de connaissance : celle de « l'amour[36] ». La ville de Ferrante se fait synonyme d'un dépaysement réfléchi qui donne accès à une compréhension autrement interdite.

À travers ses réminiscences, l'écrivaine s'abandonne au plaisir de fondre son enfance (napolitaine) dans celle (berlinoise) de W. Benjamin. La superposition de deux images – la Naples orageuse associée aux labyrinthes du Jardin zoologique – indique une volonté de théorisation qui nécessite des expériences enfantines pour pouvoir se réaliser. Si Ferrante ne peut dissocier l'idée de Naples du plaisir de l'égarement, c'est parce qu'elle superpose sa perception de femme adulte à l'insouciance des jours pluvieux de son enfance. Son regard sur Naples se nourrit d'une expérience personnelle qui ne cesse d'être *ré*-interprétée dans le but de bâtir un récit qui soit à la fois narration urbaine et métaphore de construction personnelle. La ville devient alors terrain propice pour développer un art de l'errance indispensable pour *se* comprendre à travers les lieux. Se perdre devient un moyen de s'incarner dans le modèle d'Ariane – « il n'est pas impossible que j'aie songé à Ariane, ce jour-là, à Naples, sous l'orage[37] » – qui, à travers son fil, possède la capacité de gouverner l'art de l'égarement.

Dans la lecture de Ferrante, Naples incarne l'appendice d'un discours mythopoïétique[38] visant à réinterpréter l'espace urbain comme terre de fondation identitaire. La ville natale sort de ses frontières géographiques pour se prêter à une transfiguration allégorique la définissant à la fois comme territoire d'amour ou de détresse. Dans les pages de *Frantumaglia*, les frontières de Naples sont poreuses[39] : ses

34. *Frantumaglia, op. cit.*, p. 167.

35. Comme nous l'avons déjà dit, W. Benjamin a écrit aussi un texte sur Naples, voir W. Benjamin, *Neapel, op. cit.*

36. *Id.*, *Enfance berlinoise*, *op. cit.*, p. 29.

37. *Frantumaglia, op. cit.*, p. 168.

38. Ferrante semble mettre en place un dispositif mythopoïétique où l'intégration de certains thèmes mythologiques (le discours sur Didon en est un exemple) contribue à l'édification de l'univers poétique de la ville. La figure de Didon revient aussi dans *L'amour harcelant* ou dans *Les jours de mon abandon*, où elle constitue l'élément indispensable pour déchiffrer la ville et le vécu des personnages.

39. Concernant la porosité de la ville voir AA.VV., *Poros. Idee di Napoli e variazioni sul tema del Mediterraneo, op. cit.*

rues incarnent les névroses, les douleurs et les joies des personnages qui l'habitent. L'écrivaine souligne ainsi sa proximité avec Didon et son intérêt pour le mythe de Carthage. Naples, comme l'ancienne cité punique, se présente tantôt comme une terre de désir tantôt comme un territoire anéanti. Carthage apparaît comme une région de transition : elle « est ce qui n'existe pas encore, qui est en devenir, matériau en cours d'œuvre, pierre secouée tour à tour par les mouvements intérieurs des [...] personnages[40] ». Elle se fait zone indiscernable à mi-chemin entre ce qu'elle pourrait devenir et ce qu'elle ne sera jamais.

Pour Ferrante, se chercher passe par la perception des lieux pensés comme les miroirs identitaires des individus. Les souvenirs modifient les structures urbaines : villes réelles et villes imaginaires se mélangent pour déterminer des espaces nouveaux et, à l'image d'un corps mimétique, la cité se fait porte-parole de la complexité des personnages. Porteuse de mémoire, elle s'effondre sous le poids des souffrances, elle prospère grâce à l'élan des passions. Apprendre à s'égarer dans les rues d'une ville natale signifie alors transformer l'espace géographique en un deuxième épiderme. Naples devient ainsi le contrechamp allégorique d'une recherche ne cessant pas de sonder l'obscurité labyrinthique de lieux – urbains, émotionnels – pour parvenir à témoigner de la vérité des sujets.

Quand l'*Autre* est soi-même

Pour se *dire*, l'écrivaine choisit de donner la parole à un personnage qui devrait la représenter, mais qui possède les traits d'autres figures féminines déjà rencontrées dans d'autres romans. La narration de soi devient une narration de l'*Autre* : le « soi narrable[41] » théorisé par A. Cavarero se bâtit autour d'une petite fille qui serait la transposition romanesque de la jeune Ferrante, mais qui finit par être la coprotagoniste de sa narration. La relation que l'enfant entretient avec sa mère est, par exemple, mise au service d'une *ré*-interprétation du vécu par le détachement du simple prisme mémoriel. Les gestes et les actions de la jeune Ferrante sont isolés du *Je* narrant qui opère une véritable mise à distance entre l'auteure et le personnage raconté.

D'une manière analogue, les réflexions que l'écrivaine mène à propos de certaines thématiques liées à l'innocence, au sentiment de

40. *Frantumaglia, op. cit.*, p. 174.
41. A. Cavarero, *Tu che mi guardi, tu che mi racconti, op. cit.*, p. 48.

culpabilité, à la peur de l'abandon, sont filtrées par la narration d'un alter ego qui se fait miroir d'une condition intime. Le *Tu* employé dans les romans précédents devient ici un *Je* assumant la fonction d'un *Autre*. Il s'agirait d'une sorte de simulacre d'auteure doué des mêmes caractéristiques autobiographiques, mais indépendant sur le plan fictionnel[42]. Ferrante, en employant d'une façon tout à fait personnelle l'effet de distanciation typique du théâtre brechtien, alterne une authentique narration de soi – où le *Je* narré coïncide avec le *Je* narrant – à des moments où la protagoniste nommée Ferrante n'est rien d'autre qu'un personnage du récit[43]. Le lecteur ne peut distinguer les passages autobiographiques des expédients fictionnels car les points de vue se chevauchent en permanence. Réalité et fiction forment un tout consacré à l'édification d'une identité qui se mêle à la littérature et fait de la page un terrain de définition.

Dans ce scénario hétérogène, il est intéressant de remarquer que pour Ferrante toute narration de soi nécessite un *Tu* (peu importe qu'il soit le reflet d'un *Je* narrant ou d'un personnage secondaire) pour pouvoir se réaliser. Le désir de dissimulation s'unit à la construction d'une identité relationnelle adoptant l'éloignement (entre *Je* narré et *Je* narrant) dans la tentative de saisir la réalité d'une subjectivité en phase d'expérimentation.

L'enfance de Ferrante, affectée par le sentiment de culpabilité, est analysée par la même métaphore du cagibi déjà employée dans d'autres narrations. Le projet d'enfermer Gina, la sœur cadette, pour pouvoir jouer en compagnie de ses autres sœurs, est le point de départ pour analyser le monde des adultes. Le *Je* narré de Ferrante,

42. Voir, à ce propos *Frantumaglia*, *op. cit.*, p. 297 : « Je suis romancière. Raconter m'intéresse toujours. [...] Les femmes de mes histoires sont toutes des échos de femmes réelles qui, par leurs souffrances et leur combativité, ont influencé mon imagination ; ma mère ; une de mes amies ; des connaissances dont la vie m'est familière. En général, je mêle leurs expériences aux miennes. Delia, Amalia, Olga, Leda, Nina, *Elena* et Lila naissent de cet amalgame ». L'italique est le nôtre : le prénom Elena n'est pas un hasard ici. Le nom de plume que Ferrante s'est donné figure parmi celui d'autres personnages. Elena semblerait un simple personnage parmi tant d'autres.

43. En considérant les éléments mis en place dans la théorisation de A. Iovinelli, à savoir *L'auteur de l'œuvre* (A1), *Le personnage* (P) et *L'auteur réel biographé* (A2), nous observons, dans les pages de *Frantumaglia*, deux cas de figure. Quand Ferrante se raconte sans filtres en construisant une sorte d'autobiographie le modèle est le suivant : A1 = A2 = P. Cela signifie que *L'auteur de l'œuvre* coïncide avec *L'auteur réel biographé* qui devient, dans ce contexte, *Personnage* du récit. Mais quand le *Je* narrant se détache du *Je* narré pour devenir personnage à part entière, nous aurons : A1 ≠ P ; A2 = P. *L'auteur de l'œuvre* ne coïncide pas avec le *Personnage* raconté ; *L'auteur réel biographé* devient *Personnage*.

en train de souffrir de son désir d'annihilation – « j'[ai] éprouvé le désir de tuer et de me punir de ce désir[44] » –, devient le prétexte pour transformer une expérience enfantine en métaphore de la scène politique :

> [S]i le chef du gouvernement actuel – je me refuse à le nommer – devait être déclaré un jour juridiquement innocent, alors qu'il a fondé un parti avec son argent et ses chaînes de télévision, qu'il s'est introduit au Parlement au moyen de sa fortune et de son entreprise, qu'il a promulgué des lois destinées à le soustraire aux lois grâce à ses innombrables milliards et à son pouvoir médiatique [...] je considérerais ce parcours vers l'innocence comme la pire de ses fautes[45].

L'écrivaine alterne des épisodes personnels aux réflexions sur les attitudes de Silvio Berlusconi, symbole – selon son optique – de la distorsion du concept de justice. Aux yeux de Ferrante, l'ancien président du Conseil représente le paradoxe d'une figure qui a été disculpée par la loi en dépit de ses torts. Elle trace ainsi un parallèle avec ses réminiscences enfantines en faisant appel au même mécanisme romanesque de *L'amour harcelant*. La jeune Ferrante devient une transposition autofictionnelle des points de vue de Delia. Si cette dernière s'enfermait dans le cagibi pour se punir du désir de tuer sa mère, faute de pouvoir la posséder, l'écrivaine, dévorée par les remords, cherche à emprisonner Gina pour profiter de l'amour de ses sœurs. Le sentiment de culpabilité ressenti par la jeune Delia ressemble à celui éprouvé par Ferrante. Toutefois, dans *Frantumaglia*, son expérience personnelle – réelle ou romancée, peu importe – est prétexte pour aborder la question de la présomption d'innocence dans le contexte italien à travers la figure de Silvio Berlusconi. Ferrante devient cette jeune fille rongée par l'angoisse de voir sa sœur dévorée par la bête du débarras et la figure maternelle incarne toutes les limites d'une autorité incapable de discernement. La mère, à l'instar de la jurisprudence italienne face aux délits du président du Conseil, n'applique qu'un protocole théorique. Gina pleure, car Ferrante l'a enfermée. Logiquement, c'est Ferrante la coupable : « Je n'arrivais pas à le croire : je m'étais interposée entre ma sœur et la bête [...] et ma mère réagissait comme si c'était moi la coupable[46] ! » Le bien

---

44. *Frantumaglia*, *op. cit.*, p. 130.
45. *Ibid.*, p. 129-130.
46. *Ibid.*, p. 133.

et le mal, la culpabilité réelle et l'innocence présumée se mélangent donnant lieu à une réflexion sur les contradictions de l'enfance qui se reflètent dans les injustices de l'âge adulte.

La construction d'un « soi narrable », à cheval entre la véracité des questionnements et le plaisir d'une narration fictionnelle, montre comment les souvenirs d'enfance deviennent le prétexte pour élaborer une autofiction *à rebours*. Pour Geneviève Fraisse[47], l'expédient d'une narration à contre-pied est une manière d'habiter le présent à travers le prisme du passé. Dans le cas de Ferrante, la mémoire s'avère trompeuse, volontairement discontinue, empreinte d'un désir romanesque falsifiant la réalité. Toutefois, elle constitue la base d'une édification personnelle qui associe fiction et authenticité. Dans l'optique de G. Fraisse, le passé se fait « producteur » de « pensées nouvelles »[48] : il devient un espace d'acquisition de son propre soi en brisant le mur de la froide réception passive. Chez Ferrante les échos d'une réminiscence autobiographique se fondent avec les désirs romanesques dans l'objectif d'ôter aux souvenirs et aux expériences leur fonction d'héritage. L'histoire personnelle est porteuse de sens grâce au mouvement incessant d'un *Je* d'auteur qu'interroge le *Je* du personnage et la page devient alors un terrain dynamique de mémoire et de pensée.

L'écriture d'expérience : chercher son *Alphabet d'origine*

La recherche que Ferrante met en place dans ces pages est celle d'une expérimentation à l'aveugle. Le choix d'un format hybride, à cheval entre genres différents, constitue la posture la plus adaptée pour accueillir un témoignage qui est, avant tout, une réflexion sur le métier d'écrivain. Le point de départ est celui déjà élaboré dans ses romans ; les mots, en défiant la notion d'impénétrabilité, peuvent servir comme des clés, donnant l'accès aux méandres des sujets. Il faut « posséd[er] la faculté de nuire par [d]es mots sans le montrer[49] ». L'écriture naît d'une difficulté : elle se bâtit sur l'impossibilité des discours, sur l'insuffisance des expressions. Elle est messagère d'une anomalie – « écriture atypique » –, elle creuse dans les abysses

47. G. Fraisse, *Le Privilège de Simone de Beauvoir* [2008], Paris, Éditions Gallimard, coll. « Folio essais », 2018.
48. *Ibid.*, p. 14.
49. *Frantumaglia, op. cit.*, p. 134.

– « écriture à remous » – à la recherche de formules capables de signifier l'inexprimable[50].

Raconter les femmes, en tant que femme, n'est pas chose facile. Le risque est de sombrer dans une forme de redondance. Ferrante conteste ces récits qui reposent sur le goût des formules bien construites. La médiocrité habite les narrations convenables, « quand je sens que l'histoire [...] se soucie d'être "correcte", je recule, désolée[51] », où la recherche d'authenticité cède la place à une superficialité improductive. C'est dans ces contextes qu'il faut élaborer un vocabulaire nouveau capable d'effacer le « moyen adéquat[52] ». La langue doit se brider dans une forme de surveillance éveillée car son expérience de femme ne peut pas contaminer la sincérité des récits. Il faut descendre dans les bassesses de l'esprit – « sonder[53] » – les corps des personnages à la recherche d'un idiome capable de décrire la dissemblance et l'horreur, parfois la peur.

Écrire signifie avoir le courage de heurter ses propres fantasmes : « Mieux vaut se tromper avec la lave incandescente qui est en nous. » La parole, pour être efficace, suppose de prendre le risque d'écœurer le lecteur « mieux veux dégoûter [...] plutôt que de s'assurer une réussite[54] ». Il faut s'éduquer à l'indécence, ce qui ne signifie pas s'immerger dans une vulgarité triviale, mais rechercher la spontanéité cachée dans les histoires de chacune. Il faut apprendre à étouffer la pudeur ainsi que les bonnes manières qui déforment les textes. Refuser une langue plate et raffinée, qui a été longtemps attribuée à toute narration au féminin, devient une voie pour troubler les codes prédéfinis et, ainsi, réinventer une autre façon de concevoir la littérature. Adhérer à la page implique que le langage déferle – « trouver des cascades de mots[55] » – sans se soucier de la forme. Toute écrivaine doit pouvoir affronter à travers sa plume la permanence dévastatrice du visqueux, identifié ici dans ce « mucilage[56] » rendant la parole gluante, mais véridique.

La déclaration d'intention de Ferrante réside, encore, dans la conscience que toute écriture d'autrui – toute narration, toute fiction – n'est rien d'autre qu'une écriture de soi. Les textes roma-

50. *Ibid.*, p. 167.
51. *Ibid.*, p. 146.
52. *Ibid.*, p. 145.
53. *Ibid.*, p. 146.
54. *Ibid.*
55. *Ibid.*, p. 149.
56. *Ibid.*

nesques sont alimentés par des lectures personnelles – « l'écriture est aussi l'histoire de ce que nous avons lu et de ce que nous lisons, de la qualité de nos lectures » – se mélangeant aux épisodes autobiographiques : « un ouvrage est bon s'il est écrit du fond de notre vie[57]. » Dans cette optique Ferrante refuse l'enseignement standardisé : « pour bien écrire, il convient de faire le contraire de ce que prescrivent les manuels[58]. » Une auteure, pour être efficace, doit posséder le courage d'enfreindre les règles de bonne conduite. Ferrante refuse la tromperie et la falsification du réel. Selon sa méthode, elle envisage la création de mondes littéraires qui possèdent des points d'ancrage à l'intérieur du vécu. La page devient un prolongement corporel – « raccourcir de plus en plus les distances, les abolir » – voire une dérivation linguistique parlant la langue intime de l'auteure et traduisant toute sa proximité aux figures fictionnelles : « sentir les veines vibrantes des corps vivants sur la page[59]. »

L'écrivaine cherche donc à définir ses stratégies littéraires en mettant l'accent sur la nécessité de redécouvrir ce que Lea Melandri avait défini comme un « alphabet d'origine[60] », à savoir un style capable de témoigner de la mémoire des sujets, des sédimentations linguistiques qui viennent de l'enfance et qui sont réélaborées tout au long d'une vie. La parole n'est qu'un substrat hybride du monde intérieur : elle est intégrée aux corps, elle témoigne de leurs réalités :

> Les romanciers savent que les raisons poétiques ne sont pas des phalènes aux ailes transparentes. Elles possèdent de la chair et du sang, des passions, des sentiments complexes : la poésie consiste à fouiller son propre ventre avec des mouvements toujours imprévisibles [elle] est nourrie de sueur et de salive [...][61].

Pour Ferrante, la poésie naît de cette mémoire subjective qui réside dans les obscurités du ventre. Accrochée aux organes, elle structure la conscience émotionnelle des sujets. L'écriture n'est rien d'autre que la tentative d'élaborer un alphabet secret, dissimulé dans les anfractuosités des êtres. Elle est un acte physique, éloigné des froideurs conceptuelles. Ferrante traite d'une langue qui se fait spoliation et qui

57. *Ibid.*, p. 164.
58. *Ibid.*, p. 169.
59. *Ibid.*
60. L. Melandri, « Una mineralogia del pensiero », *Alfabeto d'origine*, *op. cit.*, p. 119.
61. *Frantumaglia*, *op. cit.*, p. 179.

produit une vérité littéraire souvent dans la fatigue. L'expression de soi oblige les auteures à se « fouiller[62] », à descendre dans ces viscères mémoriels qui sont à la fois source d'inspiration et récipient intellectuel. C'est là, semble nous dire Ferrante, que résident les souvenirs et les images ferments de la matière littéraire.

Pour L. Melandri l'écriture dite « d'expérience » naît de ces ténèbres. Elle se manifeste à travers des débris : « le hors sujet devient le sujet »[63]. Tout ce qui est considéré comme liminal, privé de valeur, constitue l'ossature de la narration. Mais, à la différence de l'autobiographie qui travaille les souvenirs pour les réadapter sur la page, « l'écriture d'expérience » se fait messagère d'un *dire* féministe qui sort des frontières connues pour réinventer les codes du récit de soi. Ainsi, Ferrante quitte la langue ordinaire et s'aventure « à la limite du corps[64] » dans la tentative de définir cet inexplicable situé dans une zone cachée de la conscience. Il s'agit d'une écriture qui ne craint pas de dégonder les structures classiques. Dans *Frantumaglia*, elle explore ce que L. Melandri identifie à travers la pratique du « fragment[65] » qui n'est pas interprété comme un simple morceau littéraire ; il ne représente pas une structure narrative procédant par des phrases courtes, ou des paragraphes autonomes. Au contraire : il devrait être plutôt assimilé à l'idée de ce *résidu* capable de fournir aux narratrices une possibilité de discernement autrement interdite. Il pourrait être interprété comme l'hyperonyme d'autres genres littéraires inexpérimentés, représentant ces formes poétiques idoines pour sortir des normes codées dans le but de témoigner d'une autre manière de raconter.

Les structures littéraires classiques s'avèrent désormais désuètes. Elles ne peuvent plus raconter l'hétérogénéité des parcours. C'est pour cette raison que ces écrivaines, dont Ferrante fait partie, cherchent à travers l'exploration des genres, des styles et des vocabulaires, à attester d'une réalité humaine s'appuyant sur un *Je* métalittéraire pour faire de la page un terrain fictionnel et subjectif.

62. *Ibid.*
63. L. Melandri, « Una mineralogia del pensiero », *op. cit.*, p. 121.
64. *Ibid.*, p. 120.
65. *Ibid.*

III. Identités de papier

Se dissiper : la tétralogie et autres fantasmagories

L'amie prodigieuse, premier tome d'une tétralogie qui passionnera quinze millions de lecteurs, apparaît dans les librairies au mois d'octobre 2011, consacrant Elena Ferrante aux yeux du monde entier. L'intérêt autour de sa figure accentue le paradoxe de son anonymat. Plus les journalistes tentent d'enquêter sur son identité réelle, plus elle se retranche derrière une réticence qui pour certains sonne comme une provocation[1]. Les lecteurs dévorent les volumes comme sous l'emprise d'une sorcellerie ; les Américains, parlant d'une fièvre littéraire, ont mis l'accent sur une voracité, une curiosité littéraire comparable à de la boulimie[2]. Les journalistes multiplient les interviews à l'écrit, ainsi que les enquêtes et les comptes rendus. Les critiques littéraires se divisent entre détracteurs et adeptes. Roberto Saviano, à la surprise générale, décide de proposer la candidature de Ferrante pour le prix littéraire Strega, soulignant la puissance d'un nom qui, « rempli uniquement de mots[3] », représente toute la puissance et le mystère de la grande littérature. Face à ce tumulte, l'écrivaine accentue sa posture d'inconnue. Elle dose, plus que jamais, sa présence à l'écrit. Les interviews sont rares et l'effervescence autour de son œuvre amplifie son besoin de disparition.

La troisième partie de notre travail met l'accent sur cette dernière phase littéraire. *L'amie prodigieuse*, dans son architecture proliférante, avec ses mille six cent trente pages, remet en question les structures textuelles auxquelles l'auteure nous avait habitués. En 2018, quatre

1. Voir P. Di Paolo, « Perché ha successo la Ferrante ? Boh », *L'Espresso*, 12 février 2018.
2. Voir à ce propos les interviews réalisées dans le documentaire de G. Durzi, *Ferrante Fever*, Italia, Malìa e Rai Cinema, 2017.
3. R. Saviano, « Cara Ferrante, ti candido allo Strega », *la Repubblica*, 21 février 2015.

ans après la publication du dernier tome de la tétralogie, l'écrivaine accepte une collaboration avec le quotidien *The Guardian*. Ces deux parcours, apparemment contradictoires, constituent en réalité les deux volets d'un même mécanisme narratif. Dans leurs structures différentes, ils masquent le même objectif romanesque, le même désir identitaire. Toutefois, notre but ne consiste pas à découvrir, coûte que coûte, la marque d'un quelconque aboutissement littéraire, thématique ou personnel. Car Ferrante, auteure vivante, n'est certainement pas arrivée au terme de sa carrière. D'autres pages seront écrites – comme le témoigne la toute récente publication *Entre les marges*[4] – d'autres livres seront, probablement, publiés. Il ne s'agit pas, pour nous, de forger une conclusion – quand bien même provisoire – à son parcours d'écrivaine. Cependant, il nous paraît intéressant de chercher la trace d'une volonté d'effacement semblant trouver, dans ces écritures ambivalentes, un terrain fertile.

Du point de vue théorique, l'« absence[5] » de Ferrante n'est pas le prolongement critique des frontières proposées par Roland Barthes et Michel Foucault. La théorie de la mort de l'auteur ne peut pas être le point de départ pour comprendre les raisons de ce désir de suppression. M. Foucault, dans son article *Qu'est-ce qu'un auteur ?*[6], met en évidence comment la dissolution de l'écrivain dans la page signifie « l'effacement des caractères individuels du sujet écrivant[7] ». Pour les poststructuralistes la trace des auteurs est contenue dans « la singularité de [leur] absence[8] ». Elle est présente dans l'effacement d'un *Je* au profit d'un *Il*[9] et dans la recherche d'une écriture qui est « ce neutre [...] où vient se perdre toute identité[10] ». En revanche Ferrante, avec son œuvre méta-autobiographique, se situe sur un plan opposé. Son *Je* n'est pas le produit épigonal – pour reprendre une expression de Carla Benedetti[11] – d'un auteur-simulacre, d'un écrivain-copiste apte à réitérer sans cesse un « geste toujours antérieur, jamais originel[12] ». Pour Ferrante, ce *Je* métafictionnel, situé à

4. Voire, à ce propos la partie : « Aquamarine ».

5. *Frantumaglia*, *op. cit.*, p. 302 : « je n'ai pas choisi l'anonymat, mes livres sont signés. J'ai plutôt choisi l'absence. ».

6. M. Foucault, *Qu'est-ce qu'un auteur ?*, *op. cit.*

7. *Ibid.*, p. 821.

8. *Ibid.*

9. M. Blanchot, « La solitude essentielle », *L'espace littéraire* [1955], Paris, Éditions Gallimard, 2005, p. 31.

10. R. Barthes, *La mort de l'auteur*, *op. cit.*, p. 63.

11. C. Benedetti, « Epigonalità introiettata », *L'ombra lunga dell'autore*, *op. cit.*, p. 197.

12. R. Barthes, *La mort de l'auteur*, *op. cit.*, p. 67.

mi-chemin entre l'ambition d'authenticité et le vertige de la fiction, se présente comme un *Je-foule*[13]. Il s'agit d'un sujet parlant apte à amener dans sa singularité toute la complexité d'une subjectivité en train de se faire et heureuse de se dire.

C'est dans cette direction que nous observons comment le projet de l'écrivaine coïncide plutôt avec l'idée d'une disparition rimant avec une volonté de création, voire d'auto-construction. S'édifier dans l'écriture signifie abandonner son statut d'être vivant pour adhérer à un dessein existentiel marqué par le désir, comme le disait M. Foucault, de « ne plus avoir de visage, pour s'enfouir soi-même sous sa propre écriture[14] ». Ferrante disparaît du monde pour n'exister que dans les « traces minuscules qu'on dépose sur le papier[15] ». Elle met en place ce que Sartre avait défini, en abordant la question de la *venue à l'écriture* de Gustave Flaubert, une « Contre-Création ». L'entreprise de la page possède le pouvoir de forger une existence seconde : elle génère un « *être* » susceptible de *se* construire *en* construisant[16]. Ainsi, un caractère d'écrivaine s'élabore dans les pages de *L'amie prodigieuse* et un surcroît de vie se définit dans les chroniques hebdomadaires du *The Guardian*. Appeler la protagoniste de la tétralogie « Lenù » signifie qu'« Elena [...] est le prénom qui [lui] semble le plus personnel », car il possède le pouvoir de définir « [son] identité » contenue « sans réticences, dans les livres qu'[elle] écri[t] »[17].

Le long parcours des identités fictionnelles parvient, dans cette troisième phase narrative, à une caractérisation précise. Les sujets, déstructurés par le sentiment de perte, puis broyés par le *démantibulement* de leur subjectivité, trouvent dans l'édification d'une identité de mots – une *identité de papier* – la marque de leur être, la trace de leur présence dans le monde. En jouant sur la faillibilité de tout récit, Ferrante, à l'instar de ses personnages qui ne se définissent qu'à l'écrit, s'incarne dans la caducité d'un récit qui joue sur sa propre insuffisance. Exister en tant qu'écrivaine signifie alors, en reprenant le discours de Sartre, s'objectiver dans une œuvre qui devient un second épiderme capable de traduire la vérité d'une

13. Voir *Frantumaglia*, *op. cit.*, p. 381.
14. M. Foucault, *Le beau danger. Entretien avec Claude Bonnefoy*, Paris, Éditions de l'École des hautes études en sciences sociales, 2011, p. 57.
15. *Ibid.*
16. J.-P. Sartre, *L'idiot de la famille, Gustave Flaubert de 1821 à 1857*, Paris, Éditions Gallimard, 1971, p. 966.
17. *Frantumaglia*, *op. cit.*, p. 282.

existence. Ferrante, auteure invisible, s'écarte ainsi de la théorie de la mort de l'auteur pour embrasser l'idée – sartrienne – d'une *personnalisation* dans l'écriture[18]. En *se faisant* écrivaine, elle crée son identité d'aliénée. Elle oppose, à l'anéantissement de toute subjectivité, l'édification d'un *Je* effondré qui, pour reprendre l'enseignement du poète Attilio Bertolucci, définit « une absence, plus aiguë que la présence[19] ». Ferrante se forge à travers la rature : elle sacrifie sa corporéité pour devenir un être de mots. Sa disparition marque ainsi sa naissance dans la parole.

Toutefois, ce projet de « Contre-Création » garde en lui la double valeur de l'*être* – une nouvelle existence qui se profile – et du *non-être* car l'ancienne existence est destinée à périr[20]. La littérature permet de bâtir une nouvelle subjectivité, mais le prix à payer est celui de l'extinction : l'écrivain devient un « mort conscient » qui accepte sa biffure au profit de la narration. Sartre le répète souvent : faire « un livre c'est donner à la mort ce qu'on crée »[21]. Il existe, en effet, dans cette volonté à se faire discours, une évidente « préfiguration de la mort[22] ». Car le gommage constitue le passage nécessaire pour se livrer à la vérité de la page ; se créer comme *identité de papier* provoque un indispensable détachement du monde. L'inexistence devient donc, pour Ferrante, une forme de permanence : identités littéraires et identités métafictionnelles se fondent en donnant vie au grand roman de la disparition.

18. J.-P. Sartre, *L'idiot de la famille, Gustave Flaubert de 1821 à 1857*, *op. cit.*, p. 658-659.
19. A. Bertolucci, « Assenza », *Le poesie* [1998], Milano, Garzanti, 2018, p. 26.
20. J.-P. Sartre, *L'idiot de la famille, Gustave Flaubert de 1821 à 1857*, *op. cit.*, p. 968.
21. *Ibid.*, p. 969.
22. *Ibid.*

Disparaître en écrivant *L'amie prodigieuse* (2011-2014)

Lila et Lenù : l'ombre et le miroir

« J'ai eu une amie à laquelle je tenais beaucoup, c'est de cette expérience que je suis partie[1] » : tel est le point de départ d'un long roman qui suit les évolutions de deux femmes, Lila – la copine narrée – et Elena, Lenù, la voix narratrice. L'entreprise de Ferrante est d'autant plus intéressante que *L'amie prodigieuse*[2] constitue le terrain de confluence des romans précédents. Lenù conserve certaines postures d'Olga, les angoisses de Leda et la même matrophobie[3] que Delia. Nous retrouvons la présence des poupées interprétées dans leur acception de double énigmatique : à la fois miroir d'une maternité refoulée et incarnation d'un soi-même en miniature. Dans ces pages, plus qu'ailleurs, « l'identité coïncide avec la narration[4] ». La *narrabilité* de Lila – à savoir sa capacité à être sujet d'un récit – permet à Lenù d'aller au-delà de la simple reconstruction des vicissitudes de son amie. Ces deux personnages construisent, chacun de leur côté, deux récits biographiques : Lila, *être* purement conté, produit la biographie de Lenù et cette dernière, à son tour, bâtit l'histoire de Lila.

1. *Frantumaglia*, *op. cit.*, p. 281.

2. *L'amica geniale* [2011], Roma, Edizioni e/o, 2016, trad. Elsa Damien : *L'amie prodigieuse*, Paris, Éditions Gallimard, coll. « Du monde entier », 2014.

3. Nous allons approfondir dans les chapitres suivants la question de la matrophobie, interprétée comme l'angoisse, pour certains sujets féminins, de ressembler à leur propre mère. Voir à ce propos le travail de A. Rich, *Of Women Born* [1976], trad. Maria Teresa Marenco : *Nato di donna*, Milano, Garzanti, 1986 et de Tiziana de Rogatis qui applique ce paradigme au personnage de Lenù in T. de Rogatis, *Elena Ferrante. Parole chiave*, *op. cit.*, p. 91.

4. A. Cavarero, *Tu che mi guardi, tu che mi racconti*, *op. cit.*, p. 174. L'origine de *L'amie prodigieuse* paraît être personnelle mais aussi intellectuelle : l'idée d'une amie qui raconte la vie de l'autre est aussi reprise dans les pages d'*Entre les marges* où Ferrante s'attarde à nouveau sur l'influence d'Adriana Cavarero ainsi que sur le volume édité par la Libreria delle donne di Milano : *Non credere di avere dei diritti*, *op. cit.*

L'amie prodigieuse est ainsi l'exemple le plus explicite du paradigme de la *relation narrative* : c'est le *Tu* narré qui parvient à produire l'histoire du *Je* narrant[5].

Mais l'opération de Ferrante ne peut être réduite à cette seule théorisation. En utilisant la philosophie de la narration pour construire les identités de ses personnages, en se cachant dans les ratures de son nom de plume, elle parvient à convertir l'écrit en espace vital. Bâtir la subjectivité littéraire de ses protagonistes devient le point de départ pour élaborer sa propre individualité d'écrivaine. Fiction et désir auto-narratif se concrétisent dans l'édification d'une *identité de papier* qui procède à rebours par rapport à la théorie de A. Cavarero. Chez Ferrante, c'est l'histoire (méta-autobiographique) qui parvient à générer un sujet ou, dans notre cas, une auteure invisible. Par conséquent, c'est le récit en tant que tel qui se fait porteur d'existence.

En dépit du nombre d'ouvrages centrés sur la thématique amicale, il est étonnant de constater combien les rapports amicaux entre femmes sont plutôt rares dans le panorama littéraire. Considérée comme une « relation affective non institutionnalisée et singulière[6] » elle a souvent occupé une place secondaire comparée à d'autres thématiques dominantes. Carolyn Heilbrun, chercheuse américaine et spécialiste de la condition féminine, souligne comment les afroféministes ont été les pionnières en matière de narrations amicales au féminin. Elle s'est concentrée sur le travail autobiographique de la poétesse Audre Lorde[7] ainsi que sur le rôle joué par Toni Morrison qui, grâce à son roman *Sula*[8], a été la première à raconter une amitié-inimitié entre deux femmes[9]. De son côté, Vera Brittain, dans la préface de son *Testament of Friendship*[10], dénonce une amitié au féminin souvent ridiculisée, voire banalisée dans sa complexité affective[11].

5. I. Pinto, « Intervista ad Adriana Cavarero. Filosofia della Narrazione e scrittura del sé : primi appunti sulla scrittura di Elena Ferrante », *op. cit.*, p. 3.

6. S. Roseneil, « Foregrounding Friendship : Feminist Pasts, Feminists Futures » [2006] trad. Françoise Armengaud : « Mettre l'amitié au premier plan : passés et futurs féministes », *Amies*, Nouvelles Questions Féministes, Volume 30, n° 2, Lausanne, Éditions Antipodes, 2011, p. 56.

7. Voir, entre autres, les recueils de poèmes : A. Lorde, *Cables to rage*, London, Paul Breman, 1970 ; *Id.*, *The Black Unicorn*, New York, W. W. Norton Publishing, 1978 ; *Id.*, *Sister Outsider : Essays and Speeches*, Trumansburg, New York, The Crossing Press, 1984.

8. T. Morrison, *Sula* [1973], trad. Pierre Alien : *Sula*, Paris. C. Bourgois, 1994.

9. C. Heilbrun, *Writing a Woman's Life* [1988], trad. Katia Bagnoli : *Scrivere la vita di una donna*, *op. cit.*, p. 85-87.

10. V. Brittain, *Testament of Friendship* [1940], London, Virago, 1980.

11. C. Heilbrun, *Writing a Woman's Life*, *op. cit.*, p. 119.

Parallèlement, en reprenant un passage de l'*Éthique à Nicomaque* d'Aristote[12], Giorgio Agamben[13] arrive à illustrer la spécificité de ce type de relation fondée sur la *synaisthanesthai* : la capacité de cosentir l'existence de l'ami[14]. En suivant la leçon d'Aristote, il montre comment un ami est « un devenir autre du même », c'est-à-dire le porte-parole d'une « désubjectivation » intervenant au sein de l'individu[15]. À l'instar de Lila et de Lenù, l'amitié est « le partage qui précède tout autre partage[16] ». La tétralogie de Ferrante constituerait donc un exemple de l'hétérogénéité, mais surtout de la complexité d'un sentiment souvent abordé avec superficialité. Ainsi, pour analyser le rapport entre les deux protagonistes, nous nous orienterons à l'aide de trois paradigmes différents. Dans un premier temps, nous analyserons le concept d'amitié interprété dans son double statut d'*admiration/compétition*. Le deuxième point adhère à l'impératif féministe du « *continue !* » et illustre comment l'amitié entre deux femmes peut souvent devenir un moteur de courage et de potentialité. Le dernier paradigme se fonde sur l'idée d'une *construction à travers l'autre*. Le rapport entre Lila et Lenù fonctionnerait comme un effet miroir fondé sur la réverbération de deux existences liées par le prisme de la littérature.

Le modèle de l'*admiration/compétition* trouve son point d'appui dans l'un des premiers souvenirs de Lenù, fascinée par la précocité de son amie : « Lila savait lire et écrire. Et de ce matin gris où la maîtresse nous le révéla, il m'est resté avant tout en mémoire la sensation de faiblesse que cette nouvelle laissa en moi[17]. » À la jalousie s'associe la conscience que Lila, petite fille déplaisante avec ses « jambes très maigres, nerveuses et qui bougeaient sans arrêt », représente un antidote contre « la démarche de [s]a mère, qui était entrée dans [s]on cerveau et n'en sortait plus »[18]. Dans sa diversité intellectuelle, l'amie constitue une voie de fuite contre l'existence misérable du *rione*. Son corps mince et élastique s'oppose au pas boiteux de la mère de Lenù – Immacolata – porteuse d'une tare physique qui pourrait s'avérer

12. Le passage cité par G. Agamben est le 1170a 28-1171b 35.

13. G. Agamben, *L'amicizia* [2007], trad. Martin Rueff : *L'amitié*, Paris, Éditions Payot & Rivages, 2017, p. 23.

14. *Ibid.*, p. 33.

15. *Ibid.*, p. 35.

16. *Ibid.*, p. 40-41.

17. *L'amie prodigieuse*, *op. cit.*, p. 48-49.

18. *Ibid.*, p. 51.

héréditaire. L'admirer est un acte rationnel qui représente un subterfuge à sa condition d'éternelle seconde, à sa sensation d'impuissance intellectuelle : « Telle fut sans doute ma manière de réagir à l'envie et à la haine, et de les étouffer[19]. » L'attraction pour l'amie lui permet, ainsi, d'oublier le poids de son sentiment d'infériorité.

Toutefois, avec le temps et malgré ses succès scolaires, Lenù ne cesse de se heurter à la supériorité manifeste de Lila. Elle s'effondre sous le talent de son amie et, parallèlement, elle est attirée par son intelligence magnétique, vaguement perturbante : « Sa vitesse de réaction tenait du sifflement, du jaillissement et de la morsure fatale[20] ». Simone de Beauvoir raconte, dans le premier volume de ses mémoires, la rencontre avec une amie d'enfance Élisabeth Mabille – dite Zaza – qui paraît reproduire le même parcours d'attraction et de dépendance raconté par Ferrante. Dans les *Mémoires d'une jeune fille rangée*, Zaza conserve les mêmes audaces que Lila, le même caractère singulier, le même courage. Comme dans le cas de Lila et de Lenù, l'individualité que Simone de Beauvoir cherche à construire à travers son rapport amical n'est rien d'autre qu'une identité relationnelle, fondée sur les échanges réciproques. Les succès scolaires de Zaza – « Élisabeth se rangea bientôt parmi les premières de la classe[21] » – constituent un modèle à suivre. Mais cette proximité – initialement perçue comme pivot indispensable à la construction identitaire des protagonistes – se révèle un miroir dangereux : « C'est seulement quand je me confrontais à Zaza que je déplorais amèrement ma banalité[22]. » L'admiration pour la copine, jugée plus intelligente, alimente la fragilité caractérielle de ces voix narratives. Comparées à leurs amies, ces filles – ces éternelles secondes – finissent par être phagocytées par leur propre médiocrité. En se reflétant dans la glace de leurs doubles, elles découvrent leur banalité et se perçoivent comme le pâle simulacre de leurs brillantes camarades.

En suivant ce mouvement, nous observons comment l'amitié entre les deux personnages se construit dans une oscillation perpétuelle. D'une part, le besoin de devancer l'autre traduit la nécessité de bâtir une forme d'autonomie personnelle ; ce mécanisme constitue, par ailleurs, la marque d'une indépendance intellectuelle. Mais,

---

19. *Ibid.*
20. *Ibid.*, p. 54.
21. S. de Beauvoir, *Mémoire d'une jeune fille rangée* [1958], Paris, Éditions Gallimard, « Folio », 2012, p. 149.
22. *Ibid.*, p. 151.

d'autre part, le désir d'émulation, associé à l'admiration envers son amie, traduit un affect profond. Ces flottements antinomiques sont, dans le cas de Lila et Lenù, intrinsèquement liés. Leur rapport se joue sur un déséquilibre permanent ; le succès de l'une produit la frustration de l'autre et, parallèlement, la tristesse de l'amie éveille un instinct de protection. Dès l'enfance, leurs parcours existentiels bifurquent en deux directions opposées : Lenù pourra continuer à étudier tandis que Lila, malgré les efforts et les tentatives pour convaincre sa famille, devra s'arrêter. Mais la distance qui, au fil de la narration, va se creuser entre les deux amies n'empêche pas la réitération de leurs dynamiques ambivalentes. Lila, malgré ses difficultés existentielles, reste accrochée à sa force : elle porte en elle l'empreinte d'une suprématie qui ne peut pas être éclaboussée. Ainsi, Lenù reconnaît son imposture : elle n'est rien d'autre qu'un masque. Sans Lila, que vaut-elle ? Démunie face au pouvoir charmeur de l'amie, elle oscille entre le vieux désir d'émulation et un besoin, sibyllin, d'anéantissement. Supprimer Lila signifierait pouvoir assumer librement la médiocrité de sa condition. La disparition de la rivale rimerait avec une possibilité de survie : « mon désir de la voir mourir resta tapi dans un coin : je le chassais mais il ne s'en allait pas[23]. » Ainsi, la narratrice comprend que cohabiter avec la puissance de l'autre – avec sa force obscure – demande un effort qui parfois dérape vers un rêve d'annihilation.

En dépit des mécanismes pervers que les deux amies mettent en place, le rapport entre Lila et Lenù émerge dans son caractère positif. La volonté de restructuration d'une liaison souvent fragilisée par les carences de l'une et par les cruautés de l'autre montre la persistance d'un lien fondé, entre autres, sur ce que les féministes de la différence avaient identifié à travers l'impératif « *continue !* ». Cette exhortation s'appuie sur l'expression italienne « va' avanti ! » utilisée par les philosophes de la *Libreria delle donne di Milano*. En s'inspirant des vicissitudes racontées par la poétesse H. D. – Hilda Doolittle – dans son livre *Tribute to Freud*[24], elles montrent comment la proximité d'une amie permet de surmonter des difficultés autrement infranchissables.

23. *Storia di chi fugge e di chi resta. L'amica geniale volume terzo* [2013], Roma, Edizioni e/o, 2016, trad. Elsa Damien : *Celle qui fuit et celle qui reste* (*L'amie prodigieuse, vol. 3*), Paris, Éditions Gallimard, coll. « Du monde entier », 2017, p. 288.

24. Voir « Introduzione » in Libreria delle donne di Milano, *Non credere di avere dei diritti*, *op. cit.*, p. 19-23 ; H. Doolittle, *Tribute to Freud* [1956], Oxford, Carcanet Press, 1971.

H. D., touchée par une obsession singulière, commence son analyse avec Freud dans le but de se soigner d'une série d'hallucinations lui provoquant un mal-être persistant. Avant de découvrir son talent d'écrivaine, elle était persécutée par des traces écrites qu'elle voyait apparaître sur les murs. Ces visions étaient si fréquentes au point de lui provoquer des crises d'angoisse. Son amie Bryher, pour l'aider, décide ainsi d'organiser un voyage en Grèce. Dans la chambre d'hôtel que les deux amies partagent, les images ne tardent pas à tourmenter H. D. Mais, au lieu de les fuir, elle décide sur le conseil de son amie de ne pas échapper à son angoisse. Encouragée par une présence chère, H. D. commence à décrire ses visions. Le fait de pouvoir raconter, en prise directe, sa propre obsession lui permet de déchiffrer ces images illustrant une « vision de l'écriture qui s'écrit[25] ». Les traces sur le mur sont enfin comprises : il s'agit un poème illustré renfermé dans son imaginaire et élaboré sous la forme d'hallucinations. Sa vocation intérieure ne sollicitait qu'une reconnaissance : H. D. parvient ainsi à accepter sa posture d'écrivaine grâce à la présence « d'une femme qui, assise à côté d'elle, dans le moment de la décision, lui dit : continue[26] ! ». Ce même paradigme est utilisé par Lila et Lenù qui, d'une manière spéculaire, adhèrent à cet impératif pour survivre face à des événements douloureux.

Lila oblige Lenù à apprendre le grec avant d'entrer au lycée : « Elle voulut que j'apprenne moi aussi cet alphabet [...], elle m'obligea à l'écrire et à le lire. » Cette imposition est un signe d'amitié et d'encouragement malgré le sentiment « permanent d'infériorité et de honte »[27] auquel Lenù succombe depuis son enfance. D'une manière analogue, Lenù arrive à soulager Lila de ses douleurs après les vicissitudes vécues à l'usine Soccavo. Détruite par un travail usant, humiliant et mal payé, Lila s'adresse à Lenù pour pouvoir retrouver un peu de paix. Dans une phrase que Lila prononce avant de s'endormir – « Regarde-moi jusqu'à ce que je m'endorme. Regarde-moi toujours, même quand tu t'en vas loin de Naples. Comme ça, je sais que tu me vois, et ça m'apaise[28] » –, nous observons comment la proximité de Lenù est précieuse pour son bien-être. Lila a besoin de son amie pour se sentir en sécurité, pour retrouver sa force et se reconstruire après la fin de la relation avec Nino, après avoir déménagé dans un

25. Libreria delle donne di Milano, *Non credere di avere dei diritti*, *op. cit.*, p. 21.
26. *Ibid.*, p. 23.
27. *L'amie prodigieuse*, *op. cit.*, p. 179.
28. *Celle qui fuit et celle qui reste*, *op. cit.*, p. 224-225.

taudis à San Giovanni a Teduccio, après avoir expérimenté sur sa peau l'injustice ainsi que la dégradation physique et intellectuelle.

Cette dynamique d'aide réciproque perdure tout au long du roman. Leur union constitue un appui contre l'avilissement émotif, contre la décadence du quartier, la dépravation de ses habitants, le délabrement des appartements respectifs. L'énergie de Lila et la mansuétude de Lenù deviennent ces injonctions nécessaires pour sortir du désespoir. La présence de l'autre est un moyen pour prendre racine, évitant ainsi de sombrer dans les ténèbres.

Enfin, nous observons comment l'amitié entre les deux protagonistes se fait paradigme d'une *relation en miroir* fondée sur un principe de construction identitaire arrimée à la présence d'autrui. *Se construire à travers l'autre* signifie arriver à saisir la véracité de son propre soi narrable qui émerge grâce à la présence d'une amie *à narrer* au cœur du récit et miroir de sa propre subjectivité. Narrer l'histoire d'une proche représente, dans la perspective des philosophes de la différence, un geste typiquement féministe. Traduire à l'écrit la vie d'une amie est, dans la pratique de l'« écriture d'expérience » déjà expérimentée par Lea Melandri et par les autres féministes de la *Libreria delle donne di Milano*[29], une forme de proximité éthique qui transforme l'écriture en geste de transmission et de mémoire. Faire de la réalité d'une autre femme la réalité de toutes les femmes en érigeant l'individuel au statut de collectif devient le passage primordial pour se comprendre. L'objectif de ces groupes d'auto-conscience consiste à mettre au centre du discours la « représentation de soi et de ses semblables en rapport avec le monde[30] ». Il s'agit d'une pratique d'écriture qui se détache du simple autobiographisme : le témoignage apporté, puis réélaboré par une femme-*écrivante*, transforme le *Je* autobiographique – autoréférentiel, enfermé sur soi – en un *Tu* collectif – symbolique – qui révèle sa connotation politique. D'une manière analogue, Lenù, tout en évitant le chemin autobiographique, finit inévitablement par arriver à se construire grâce à l'histoire de Lila. Elle emprunte ainsi la voie de l'édification narrative : *dire de l'autre* coïncide donc pour Lenù-Ferrante avec un *dire de soi.*

29. Voir à ce propos l'expérience de Lea Melandri vécue dans le quartier milanais d'Affori-Bovisasca grâce aux cours de 150 heures centrés sur la pratique de l'écriture collective : L. Melandri, *Alfabeto d'origine*, *op. cit.*

30. Libreria delle donne di Milano, *Non credere di avere dei diritti*, *op. cit.*, p. 124.

Dans un passage du deuxième volume, Lenù admet que la présence de son amie a influencé sa manière d'être. En faire le récit signifie se confondre avec son histoire en arrivant, par le biais des mots, à émerger à travers la personnalité de Lila :

> Ma vie me pousse à imaginer ce qu'aurait été la sienne [...]. Et sa vie surgit constamment dans la mienne, dans les mots que j'ai prononcés et derrière lesquels il y a souvent un écho des siens, [...] dans mon habitude d'être *en deçà* qui correspond à sa manière d'être *au-delà*, dans mes tentatives d'aller *au-delà* qui exagèrent ses façons d'être *en deçà*[31].

Dans ces lignes nous retrouvons la clé de toute la tétralogie. Lenù s'avère une narratrice infidèle. Dans l'écho des descriptions de Lila, Lenù comprend quelque chose d'elle-même : la structure du récit se fonde sur un déséquilibre permanent qui, dans sa structure vacillante, atteint une forme de stabilité paradoxale. Ce que Lenù ne dit pas – son « *en deçà* » – trouve son complément dans l'abondance descriptive de Lila – son « *au-delà* » – se mélangeant, à son tour, à l'imaginaire de la narratrice. La construction de son propre soi procède tantôt par une carence due au manque de connaissance, tantôt par l'excès d'une expression cherchant à combler des lacunes et se faisant porteuse, grâce à la création d'une histoire, d'une identité relationnelle, narrative, fluctuante entre des vides et des pleins. Aux yeux de Lenù, l'amie représente ce qu'elle-même définit comme « son rôle de miroir » permettant de faire émerger ses propres qualités, mais aussi ses « insuffisances »[32]. Le rapport devient un lien qui se maintient « par soustraction[33] » et, toutefois, dans cette envie d'effacement perdure la nécessité d'alimenter une liaison indispensable aux deux protagonistes. L'amitié s'inscrit sous l'enseigne d'un mot-clé :

> *Devenir*. Ce verbe m'avait toujours obsédée [...]. *Je voulais devenir*, même sans savoir quoi. Et *j'étais devenue*, ça c'était certain, mais sans objet déterminé, sans vraie passion, sans ambition précise. J'avais voulu devenir quelque chose – voilà le fond de l'affaire – seulement parce

---

31. *Storia del nuovo cognome. L'amica geniale volume secondo* [2012], Roma, Edizioni e/o, 2016, trad. Elsa Damien : *Le nouveau nom* (*L'amie prodigieuse, vol. 2*), Paris, Éditions Gallimard, coll. « Du monde entier », 2016, p. 446.
32. *Celle qui fuit et celle qui reste*, *op. cit.*, p. 249.
33. *Ibid.*, p. 407.

que je craignais que Lila devienne Dieu sait quoi en me laissant sur le carreau. *Pour moi, devenir, c'était devenir dans son sillage*[34].

Édifier l'histoire d'une autre si proche, si aimée est, en fin de compte, un procédé pour se représenter à rebours. Lila, ce « devenir autre du même[35] », pour le dire avec G. Agamben, est cet autre – ce *dedans* – dans lequel Lenù se bâtit, dans lequel elle cherche à *devenir*.

Contre l'horreur : les corps *démargés*

La corporéité racontée dans les pages de *L'amie prodigieuse* atteint le climax d'un parcours de souffrance où les répercussions physiques subies par Lila et Lenù ont les caractères explicites d'une violence qui, pour citer Pierre Bourdieu, va au-delà du plan symbolique[36]. Lea Melandri montre comment ce mécanisme réduit les femmes à une forme d'inexistence. Les effets secondaires de ces blessures prévoient l'incorporation d'une vision du monde « dominante » qui conduit ces sujets à mettre en place des « adaptations, assimilations, résistances douloureuses[37] ». Ainsi l'individu, ne parvenant pas à reconnaître la brutalité, finit par l'*introjeter* : il l'apprivoise à l'instar d'un objet quotidien. Cette violence physique illustre comment le corps se fait « *Je* comprimé[38] » : subjectivité étrangère à elle-même et violente, à son tour, à autrui. Les dérives d'une *sexualité obnubilée* ainsi que la notion de *démargeure*[39] nous illustrent comment l'écroulement subjectif et l'appréhension face à l'absurdité du monde traduisent tantôt

34. *Ibid.*, p. 448.

35. G. Agamben, *L'amitié*, *op. cit.*, p. 35.

36. P. Bourdieu, *La domination masculine* [1998], Paris, Éditions du Seuil, 2002, p. 12.

37. L. Melandri, *Amore e violenza. Il fattore molesto della civiltà*, Torino, Bollati Boringhieri, 2011, p. 35.

38. *Ibid.*, p. 30.

39. Le mot italien « smarginatura » est intraduisible en français, s'agissant d'un néologisme. Dans la traduction de *L'amie prodigieuse* (Elsa Damien : 2014), la traductrice opte pour le terme « délimitation » qui ne tient pas compte de la sémantique profonde recherchée par Ferrante et du côté sonore du mot italien visant à produire un effet strident, presque dépaysant chez le lecteur. En outre, E. Damien propose une traduction discutable. « Smarginarsi » signifie sortir de ses propres marges, perdre ses repères, tomber dans un état de confusion identitaire qui ne concorde pas avec l'idée de « délimitation » qui garde, au contraire, une signification diamétralement opposée. Bien conscients de l'impossibilité de rendre l'exactitude de l'univers de l'écrivaine, il nous paraît pertinent de jouer sur l'invention d'une expression qui conserve, dans sa dissonance improbable, le mot « marge » et, selon la sémantique française, le préfixe privatif « dé » ainsi que le suffixe « -eur ; -eure » provenant

une angoisse existentielle, tantôt un projet de fuite vers l'effacement de son propre soi comme l'unique possibilité d'identification.

Pour Lila et Lenù, le corps – interprété dans sa notion d'instrument sexué – se présente dès l'enfance comme un élément problématique. Si d'un côté Lenù découvre la sexualité à travers l'expérience traumatique des caresses de Donato, Lila ne connaîtra jamais l'ambivalence d'une jouissance alternant « plaisir et dégoût[40] ». Pour elle, la découverte de la sexualité coïncide avec le traumatisme d'un viol conjugal subi pendant la première nuit de noces. Lenù, en observant la candeur de Lila peu avant son mariage anticipe, sous forme d'un rêve prémonitoire, la fracture entre le corps immaculé de son amie et l'attitude dévastatrice de Stefano, prêt à dégrader son « innocence sereine[41] ». Pour atténuer ce qu'elle juge une souffrance inévitable, elle s'impose de vivre avec son fiancé Antonio la même scène sexuelle à laquelle Lila paraît destinée. Le spectre d'une identité fracturée à cause d'un autrui sans scrupules amène Lenù vers un projet d'émulation qui ne se concrétisera pas grâce à Antonio qui rejettera le scénario savamment préparé par la protagoniste : « j'avais besoin d'être écrasée et mordue, je voulais en avoir le souffle coupé[42]. » Pour suppléer à la perte de Lila, Lenù songe ainsi à une sexualité brutale, qui rappelle la voracité pathologique décrite par Goffredo Parise dans son roman autofictionnel *L'odeur du sang*[43]. Le recours à un érotisme débridé, chargé d'une jouissance malsaine, renvoie, dans l'acception trouvée par Cesare Garboli, à une forme de « narcose de la volonté[44] ». Le rapport forcé que Lenù cherche à imposer à Antonio traduit une forme d'assoupissement volontaire illustrant en réalité une tentative de « résistance à la vérité[45] ». Le sang[46] est à l'origine de la vie : il représente la naissance, le soin. Il est un territoire de possibilités. Mais il peut aussi révéler son côté troublant. Il incarne cette zone fronta-

de l'étymologie latine « -orem ; -atorem » qui désigne, dans le français d'aujourd'hui, des noms abstraits du genre féminin.

40. *L'amie prodigieuse*, *op. cit.*, p. 329.

41. *Ibid.*, p. 406.

42. *Le nouveau nom*, *op. cit.*, p. 31.

43. G. Parise, *L'odore del sangue* [1997], Milano, BUR, 2006.

44. C. Garboli, « Prefazione », G. Parise, *L'odore del sangue*, *op. cit.*, p. XIX.

45. *Ibid.*

46. La symbolique du sang revient aussi d'une manière prépondérante dans l'œuvre de Dante Alighieri. Nous pensons, entre autres, à l'incipit de la *Vita Nova* où Dante décrit sa vision d'une Beatrice enveloppée dans un drap sanglant. La question a été approfondie par Christophe Libaude : C. Libaude, *Dante, la pierre et le sang*, Paris, Éditions Kimé, 2014.

lière où la blessure mortelle[47] traduit le manque d'espoir, l'absence de toute rédemption. Cette même ambivalence revient dans la narration de Lenù. Ferrante, dans sa conception d'une *sexualité obnubilée*, privée de toute possibilité de pacification, semble ainsi s'inspirer des confessions torturées de Carlo, mari de Silvia, obsédé par l'infidélité de sa femme. L'odeur du sang qui hante le protagoniste n'est qu'un présage – comme dans le cas de Lenù – exprimant « le mystère, l'attente, la référence pour comprendre[48] ». Dans son goût vaguement douceâtre, nauséabond, il rappelle « l'odeur de la vie », mais, en même temps, il traduit le côté le plus inintelligible de l'existence en illustrant cet instinct « anthropophagique, vampirique qui existe encore dans les cavités de l'humain[49] ». Ce n'est d'ailleurs pas un hasard si Lenù, dans sa vision anticipatrice, prévoit l'anthropophagie de Stefano : c'est encore le sang qui, dans la scène du viol, demeure comme l'élément emblématique porteur d'une symbolique déroutante. Stefano, plié sur Lila, est victime d'une déréalisation avant tout corporelle. La rage et le désir métamorphosent son corps en laissant émerger celui de don Achille : « le père était en train de faire craquer la peau du fils […] et allait faire exploser son corps ». Mais le sang est, aussi, une arme de résistance. Lila oppose sa force pour contraster l'implacabilité du mari : « [elle] essaya de le repousser […] en cherchant le moyen de le mordre jusqu'au sang »[50].

En suivant cette logique, nous observons comment même les rapports sexuels nés sous l'enseigne du consentement montrent leur orientation pathologique, leur volonté cannibale. Quelques années plus tard, durant sa relation avec Lenù, Nino prononce une phrase sur Lila qui deviendra matière, pour la narratrice, d'une réelle interrogation : « "rien ne va chez elle : ni la tête ni rien, pas même le sexe". Ces derniers mots – *pas même le sexe* – me frappèrent encore plus que le reste[51] ». L'expression surprend Lenù, en provoquant chez elle, toutefois, une sensation de victoire coupable à l'égard de son amie. Un court instant, elle savoure la sensation d'être l'élue, celle qui a été choisie. Toutefois, la réflexion de Nino est paradigmatique parce qu'elle ouvre la voie à une forme de conscience qui finira par unir les deux protagonistes. Ferrante suggère, en citant parmi

47. Voir C. Garboli, « Prefazione », *op. cit.*, p. XVII.
48. G. Parise, *L'odore del sangue*, *op. cit.*, p. 5.
49. *Ibid.*
50. *Le nouveau nom*, *op. cit.*, p. 52-53.
51. *Celle qui fuit et celle qui reste*, *op. cit.*, p. 37.

les lectures de Lenù Carla Lonzi[52] et son féminisme radical, une interprétation plausible sur les attitudes sexuelles de Lila et Lenù. Lila avoue à Lenù que, malgré l'amour et la dévotion éprouvés pour Nino, elle n'a jamais ressenti le moindre plaisir durant leurs rencontres amoureuses :

> Elle l'avait beaucoup désiré, elle avait voulu lui plaire [...]. Mais ce qu'une femme était censée éprouver en étant pénétrée, ça elle ne l'avait jamais éprouvé, elle en était sûre, et pas uniquement avec Stefano, mais aussi avec Nino[53].

En faisant un parallèle entre son expérience, celle de Lila et la phrase prononcée par Nino, Lenù comprend qu'« être mal faite dans le sexe[54] » est un symptôme de la vision patriarcale du jeune homme. Nino juge la sexualité féminine à partir d'un point de vue pétri d'une vision mesquine, limitée à son univers conservateur. Mais dans la perspective de Lenù cette insinuation : « veut dire [...] qu'on ne réussit pas à éprouver du plaisir sous les poussées du mâle. Cela veut dire qu'on se tord de désir en se frottant pour assouvir son envie[55] ». Sa lecture de femme démonte la construction de Nino. Si nous voulons attribuer à Lila le paradigme dénoncé par C. Lonzi, nous constatons qu'elle ne peut pas être définie comme une *femme vaginale*, à savoir un sujet qui « atteint l'orgasme pendant le coït ». À l'instar de Lenù, elle incarne plutôt le prototype de la *femme clitoridienne* : « celle qui atteint l'orgasme grâce aux caresses sur le clitoris »[56]. En suivant un modèle misogyne, empreint d'un patriarcat aveuglant, Nino interprète le plaisir féminin à travers une lecture qui met au centre de son discours la figure caricaturale de la femme-mère. Pour C. Lonzi, le plaisir féminin est souvent bridé dans une « condamnation procréative[57] ». À travers l'acte sexuel, la femme reste emprisonnée à l'intérieur d'un imaginaire imposé par la société. C'est pour cela que le clitoris – considéré comme un « organe de plaisir autonome par rapport à la procréation[58] » – assume un statut subversif, émancipa-

52. Voir à ce propos les pages où Lenù découvre, grâce à sa belle-sœur Mariarosa, l'œuvre de Carla Lonzi *Sputiamo su Hegel* in *Celle qui fuit et celle qui reste*, *op. cit.*, p. 360-364.
53. *Celle qui fuit et celle qui reste*, *op. cit.*, p. 183.
54. Il s'agit de la traduction littérale de la phrase de Ferrante à propos de l'attitude de Lila.
55. *Celle qui fuit et celle qui reste*, *op. cit.*, p. 222.
56. C. Lonzi, « La donna clitoridea e la donna vaginale », *Sputiamo su Hegel* [1974], Milano, et.al./economica, 2010, p. 67.
57. *Ibid.*, p. 65.
58. *Ibid.*

teur, capable de remettre en discussion les « lois » d'une société vouée au contrôle et à l'immuabilité des rôles sociaux.

Nino, dans ses accusations, est incapable de sortir de ses schémas misogynes. Il incarne le prototype de l'homme à femmes, mais son regard accusateur révèle, en réalité, une fracture bien plus profonde faisant de lui le représentant le plus vil du capitalisme contemporain : l'emblème du consommateur sériel. Sa dépravation touche les corps privés, mais aussi les corps publics en considérant que dans sa carrière politique il parvient à appliquer les mêmes catégories utilisées dans la sphère érotique. Son intérêt personnel prime, toujours, sur l'intérêt collectif : « [il] vint s'ajouter à la liste toujours plus fournie des corrupteurs et des corrompus[59]. » Ce n'est d'ailleurs pas un hasard si Ferrante construit ce personnage en mettant en relation sexualité et politique. Sa chute morale, sa dégradation physique et intellectuelle, son plaisir frénétique qui le conduit à penser l'autre comme un objet à manipuler, l'associe à un produit issu de l'imaginaire berlusconien[60]. D'abord socialiste – de matrice vaguement craxienne[61] – puis impliqué dans un scandale qui assume les contours de l'affaire « Mains propres », enfin homme de droite, entouré de personnages ambigus, Nino le menteur, Nino le séducteur – le narcissique, le collectionneur de femmes[62] –, se fait métaphore d'un univers contre lequel Lenù, mais surtout Lila, cherchent à résister.

À travers ce *Je comprimé* qui se mesure à l'aune des fantasmes d'une sexualité problématique, nous arrivons ainsi à notre deuxième paradigme qui élucide comment un corps aliéné, voué à la

---

59. *Storia della bambina perduta. L'amica geniale volume quarto* [2014], Roma, Edizioni e/o, 2016, trad. Elsa Damien : *L'enfant perdue* (*L'amie prodigieuse, vol. 4*), Paris, Éditions Gallimard, coll. « Du monde entier », 2019, p. 568.

60. Elena Ferrante s'est toujours montrée particulièrement sensible à la figure de Silvio Berlusconi. Voir « Le beau style », *Frantumaglia, op. cit.*, p. 112-115.

61. Nous faisons référence à Bettino Craxi, né à Milan le 24 février 1934 et mort à Hammamet le 19 janvier 2000. Il a été président du Conseil entre 1983 et 1987 et secrétaire du Parti socialiste entre 1976 et 1993. Il a été mis en cause dans l'affaire « Mani pulite » en 1992.

62. La ressemblance entre le parcours de Nino et celui d'un hypothétique Silvio Berlusconi semble confirmée par le passage de *L'enfant perdue, op. cit.*, p. 579 : « il se définit comme la *victime d'une gauche qui n'était pas une gauche et était même pire que les fascistes.* [...] Par la suite, je lus nombre de ses articles très agressifs, où il reprenait une thèse qu'il avait déjà adoptée dans un lointain passé : *le pouvoir judiciaire doit être soumis au pouvoir exécutif.* Indigné, il écrivait : Il n'est pas possible que, un jour, les magistrats combattent ceux qui veulent frapper l'État au cœur, et que, le lendemain, ils fassent croire aux citoyens que ce même cœur est malade et bon à jeter ! [...] lui il se battit pour ne pas être jeté. Il fit le tour des vieux partis en voie de démantèlement, se déplaçant de plus en plus vers la droite, et en *1994* il retourna s'asseoir au Parlement, rayonnant ». L'italique est le nôtre.

dissipation, traduit paradoxalement une volonté de quête, un désir d'auto-affirmation.

Dans l'acception de Ferrante, la notion de *démargeure* peut assumer deux connotations différentes. D'un côté, elle est associée à une forme de distanciation par rapport aux situations vécues. Il s'agit d'une forme d'absence, d'étrangeté, où Lila – victime d'une forme de panique intérieure – s'isole du monde. Cette position pourrait être résumée par l'expression « *io non ci sto* » qui signifie, littéralement : « je ne suis pas là[63] ». Ce choix contient dans ses modalités les traits d'une posture féministe où le sujet s'auto-affirme dans une situation de difficulté, de danger ou d'oppression. Pour se sauver, il choisit la seule voie possible pour préserver sa propre intégrité[64] : celle de l'éloignement, du manque d'engagement. Pour Ferrante, *se démarger* signifie entrer en contact avec la présence de l'autre :

> Quand nous nous exclamons à la fin d'une journée : « je suis rompu », il n'y a rien de plus littéralement vrai. À bien y regarder, nous sommes les poussées déstabilisantes que nous subissons et infligeons, et l'histoire de ces poussées est notre véritable histoire. [...] Nous sommes des fragments hétérogènes qui, grâce à des effets de compacité [...] coexistent malgré leur casualité et leur contradiction[65].

La *démargeure* se présente ainsi comme une cassure à l'intérieur du sujet. La faille qui en résulte permet à l'individu de se découvrir dans son authenticité de sujet-lézardé, méfiant face à la présence d'un autrui capable de remettre en discussion sa propre intégrité. Entrer en relation avec les êtres humains signifie assumer la blessure que l'autre a provoquée en nous et, parallèlement, faire face à la blessure que nous sommes en train de provoquer chez l'autre. Dans l'optique sartrienne, « autrui n'est pas seulement celui que je vois, mais celui *qui me voit* [...] est celui pour qui je suis non sujet, mais objet[66] ». L'acceptation de cette condition existentielle permet à l'individu de transformer la cicatrice de la rencontre – la fente congénitale – en un outil critique susceptible d'ouvrir la voie à une compréhension de soi. Quand Ferrante affirme que se sentir « rompu » correspond

63. *Frantumaglia*, *op. cit.*, p. 387, mais aussi « je ne l'accepte pas ».
64. Libreria delle donne di Milano, « La pratica del fare », *Non credere di avere dei diritti*, *op. cit.*, p. 89-95.
65. *Frantumaglia*, *op. cit.*, p. 437-438.
66. J.-P. Sartre, *L'être et le néant*, *op. cit.*, p. 320.

à la perception du sujet face à son manque d'intégrité vis-à-vis de l'autre, elle paraît condenser dans la notion de *démargeure* certaines réflexions contenues dans *L'être et le néant*. Pour Sartre l'apparition d'autrui dans la sphère du sujet est perçue comme « un élément de désintégration de [ce] [même] univers[67] ». Les pages dédiées à « L'être pour-autrui » – en particulier le chapitre IV, centré sur la notion de « regard » – semblent anticiper certains traits décrits par Ferrante :

> L'apparition d'autrui dans le monde correspond donc à un glissement figé de tout l'univers, à une décentration du monde qui mine par en dessous la centralisation que j'opère dans le même temps. [...] Il ne s'agit pas d'une fuite du monde vers le néant ou hors de lui-même ; mais plutôt, il semble qu'il est percé d'un trou de vidange, au milieu de son être, et qu'il s'écoule perpétuellement par ce trou[68].

Sartre définit cela comme une « hémorragie interne[69] » du sujet qui, à son tour, se dématérialise, se perd face à la perception d'un être différent – étranger, potentiellement ennemi – qui envahit son territoire : « Ainsi tout à coup un objet est apparu qui m'a volé le monde. Tout est en place, tout existe toujours pour moi, mais tout est parcouru par une fuite invisible et figée vers un objet nouveau[70]. » La subjectivité de chacun peut se dissiper à cause d'un individu qui avec sa seule présence ôte le sentiment d'unité, d'adhésion entre lui-même et l'environnement.

Toutefois, l'hémorragie de ce *Je* ne reste pas figée dans un état d'écoulement permanent. Ferrante met en évidence le caractère plastique du sujet. L'environnement, tout comme l'être humain, possède l'habilité à revenir toujours à sa structure de départ. Même pour Sartre l'univers, après avoir vécu – en parallèle au sujet – l'expérience de la putréfaction, se présente à nouveau comme un terrain où « tout est récupéré, ressaisi et figé en objet[71] ». D'une manière analogue, la décomposition du sujet, puis l'altération du monde concomitant à son écoulement identitaire sont illustrées par Eugenio Montale dans l'un de ses poèmes les plus célèbres :

67. *Ibid.*, p. 354.
68. *Ibid.*, p. 354-355.
69. *Ibid.*, p. 357.
70. *Ibid.*, p. 354.
71. *Ibid.*, p. 356 : « tout cela est là *pour moi* comme une structure partielle du monde, bien qu'il s'agisse, en fait, de la désintégration totale de l'univers. [...] [Il s'agit d']une fuite rigoureusement colmatée et localisée ».

Peut-être, un matin, allant dans un air de verre,
sec, en me retournant verrai-je s'accomplir le miracle :
le néant dans mon dos, le vide derrière
moi, avec une terreur d'ivrogne.

Puis, comme sur un écran, se camperont d'un jet
arbres maisons collines pour l'illusion habituelle.
Mais il sera trop tard ; et je m'en irai muet
parmi les hommes qui ne se retournent pas, avec mon secret[72].

Ferrante, en parallèle à l'enseignement de Sartre, paraît avoir *introjeté* la leçon d'Eugenio Montale qui décrit dans ces vers contenus dans le recueil *Os de seiche* l'expérience de la désintégration du monde. Cette conscience, transformée en une forme de connaissance, n'appartient qu'aux sujets capables d'une vision approfondie. Pour E. Montale il s'agit de « ce cercle lent / du regard qui désormais sait voir[73] ». La possibilité d'une observation lucide, avisée, s'oppose à la multitude d'aveugles présents sur terre. Le poète parvient à s'apercevoir de la vacuité – « le néant dans mon dos, le vide derrière » – en choisissant, par pur hasard, de tourner la tête sans que le monde n'ait eu le temps de mettre en place sa tromperie quotidienne. Ce qu'il ressent face à cette décomposition environnementale coïncide avec une forme de dissipation subjective. La recomposition envisagée par Sartre, puis par Ferrante, s'opère même à l'intérieur des vers montaliens. L'univers fuit son caractère décomposé – voué à l'anéantissement – et se dissimule en mettant en place son apparat habituel : « arbres maisons collines » pour E. Montale ou, dans le cas de Sartre, « un décor de carton qui pouvait être brusquement déplanté[74] ».

L'épisode de *démargeure* du 31 décembre ainsi que tous les autres rappellent d'ailleurs les vicissitudes qui affectent un personnage sartrien : Antoine Roquentin. Au-delà des vertiges et du profond sentiment d'écœurement, ce qui rapproche Lila de Roquentin est la perception de leurs maux respectifs. Elle s'appréhende comme faisant partie de la *démargeure* dans la mesure où elle ressent sur elle les conséquences corporelles et émotives de ce type de manifestation : « elle avait déjà souvent eu la sensation d'être transportée [...] à l'intérieur d'une personne, d'un objet, d'un nombre ou d'une syllabe[75]. »

72. E. Montale, « Peut-être un matin », *Poèmes choisis*, *op. cit.*, p. 46.
73. *Id.*, « Chrysalide », *op. cit.*, p. 65.
74. J.-P. Sartre, *La nausée*, [1938], Paris, Éditions Gallimard, 1996, p. 115.
75. *L'amie prodigieuse*, *op. cit.*, p. 111.

Roquentin face aux symptômes de la *nausée*, comprend comment « La Nausée n'est pas en moi [...] c'est moi qui suis en elle[76] ». La maladie n'est pas dans le sujet : c'est le sujet qui adhère à la maladie, qui en devient partie intégrante, qui l'incarne, même. *Subir* le phénomène et, par conséquent, *être* le phénomène, conduit les deux personnages à une forme de connaissance qui rime, malheureusement, avec un désespoir sans limites.

Grâce aux études, Lila cherche à sortir de sa condition socioculturelle, mais ses efforts se heurtent à la volonté paternelle. Sans la possibilité de se construire un futur différent, le personnage a l'impression d'être condamné à devenir la copie déformée des membres de sa famille : « sa démarche élégante deviendrait-elle semblable à celle de Rino, jambes écartées et bras éloignés du buste[77] ? » La *démargeure* naît, dans ce contexte, d'un sentiment d'angoisse dû à la conscience d'un destin ingrat, étranger à ses aspirations et devient ainsi une tournure de l'esprit, une disposition du sujet féminin cherchant à sortir de sa position d'aliéné sans y parvenir.

Le dernier épisode est celui du tremblement de terre de Naples, le 23 novembre 1980. Cet événement constitue, pour Lila, l'épicentre de toutes les manifestations subies tout au long de son existence. La terre qui tremble casse toutes ses barrières : « pendant toute ma vie, je n'ai fait ce ça [...] essayer de contenir ce genre de mouvement[78]. » La protagoniste prend conscience de l'impossibilité de gouverner cette puissance obscure. Limiter son corps, lui donner des marges est une entreprise impossible, car le monde dans sa vérité lui révèle sans cesse son caractère osmotique, visqueux, prêt à s'amalgamer dans une masse informe, sans nom. Habiter l'horreur, l'accueillir à l'intérieur de soi, accepter d'être, en fin de compte, matière de cette même *démargeure*, suscite chez Lila le désir de disparition. Son corps *démargé* devient ainsi un corps cessant de résister à la sauvagerie quotidienne – « ça ne sert pas à grand-chose, la terreur persiste, elle trouve toujours un interstice entre une chose normale et une autre[79] » – car, malgré les efforts, la protagoniste comprend que : « il existe en permanence un solvant qui opère lentement, avec une douce chaleur et qui détruit tout, même quand il n'y a pas de tremblement de terre[80] ». La dispari-

76. J.-P. Sartre, *La nausée*, *op. cit.*, p. 38.
77. *Le nouveau nom*, *op. cit.*, p. 134.
78. *L'enfant perdue*, *op. cit.*, p. 223.
79. *Ibid.*, p. 224.
80. *Ibid.*, p. 225.

tion de Lila – son effacement programmé – pourrait donc être considérée comme une manière d'affirmer sa propre différence, sa propre capacité de vision et son destin hors norme, fracturé par les mesquineries familiales, sociales et culturelles. À l'instar de Roquentin, elle accueille ce « plein que l'homme ne peut quitter[81] » et s'immerge dans les profondeurs de son déracinement en choisissant la dissipation comme unique possibilité pour adhérer à son identité en lambeaux. Lila fait partie de ces personnages qui, pour le dire avec C. Garboli[82], ont eu le courage d'observer Gorgone droit dans les yeux, sans jamais baisser le regard.

Naples métaphysique

Pour l'écrivaine napolitaine Anna Marie Ortese, écrire sur sa propre ville n'est possible qu'à travers une forme d'« égarement[83] », conduite critique indispensable pour restituer de la sincérité à une narration qui ne peut – et ne veut pas – être linéaire. Sa Naples est un lieu « métaphysique[84] » qui s'érige sur un terrain glissant où le temps passé et le temps présent se confondent. Pour Ferrante, il s'agit d'une terre-mère, espace de naissance mais aussi « lieu de tous les dangers[85] » : périmètre géographique et sentimental mélangeant attraction et répulsion. La ville est une « mère-crocodile[86] » qui dévore ses propres habitants, incapables, à leur tour, de se détacher d'elle car « il est difficile de se libérer de Naples[87] ». Même Raffaele La Capria, dans son écriture sur la cité parthénopéenne, est confronté à une tension qui oscille entre la réalité d'un espace à conter et son impuissance trébuchant sur les limites du dire. Cette « insaisissabilité du réel[88] » contraint les auteurs à chercher d'autres angles de vision pour tracer les frontières d'un lieu qui ne cesse de se soustraire à la plume, tout en gardant sa nature intraduisible. En effet, la Naples de *L'amie géniale* n'est pas, malgré les descriptions des rues et des endroits précis, un

81. J.-P. Sartre, *La nausée, op. cit.*, p. 191.
82. C. Garboli, « Prefazione », G. Parise, *L'odore del sangue, op. cit.*, p. XXII.
83. A. M. Ortese, *Il mare non bagna Napoli, op. cit.*, p. 11.
84. *Ibid.*, p. 10.
85. *Frantumaglia, op. cit.*, p. 76.
86. J. Lacan, *Le Séminaire Livre XVII. L'envers de la psychanalyse, 1960-1970, op. cit.*, p. 129.
87. *La frantumaglia, op. cit.*, p. 206.
88. R. La Capria, *Letteratura e sentimento del tempo, op. cit.*, p. 13. Sur ces thèmes, nous renvoyons aussi au texte le plus célèbre de R. La Capria, *L'armonia perduta, op. cit.*

espace reconnaissable. Massimo Fusillo, dans un article sur la tétralogie, affirme comment tout en étant né à *via* Tasso – cette même rue habitée par Lenù après être devenue une écrivaine plus ou moins célèbre – il « n'[a] rien reconnu de [s]on quartier » : celle de Ferrante « est une autre Naples »[89]. Cette manipulation du réel est due à un mélange qui juxtapose atmosphères locales et ouvertures globales où la notion de *glocal* prend en compte la coexistence oxymorique entre la mise en valeur des habitudes autochtones et une tendance à l'universalisation. Quelle pourrait être, alors, la posture à adopter pour reconstruire la complexité d'une ville qui est à la fois toile de fond et *dramatis personae* de toute la tétralogie ? Car l'importance de Naples est loin d'être anodine ; il suffit d'observer les traductions de *L'amie prodigieuse* en langue anglaise pour comprendre comment, dans ces *Neapolitan novels*[90], la cité occupe une place centrale dans le succès éditorial des quatre volumes. Nous chercherons ainsi à comprendre comment la ville parvient à s'insinuer dans les dynamiques entre les personnages en s'incarnant dans leurs corporéités, leurs discours ou leurs choix de vie. Nous nous concentrerons d'abord sur une *Naples-cavité*, ensuite sur une *Naples-ambivalente* qui garde, dans sa polysémie, toutes les contradictions d'une ville ne cessant d'indiquer de fausses pistes, de fléchir sur elle-même pour renaître sous une nouvelle forme. Enfin, nous analyserons la nature de cette *Naples-androgyne* en montrant comment un tissu urbain si particulier parvient à s'insinuer dans les corporéités des personnages.

Ferrante, grâce à son statut d'auteur anonyme, se situe dans une sorte de *no man's land* littéraire. Elle écrit sur Naples, elle est peut-être née dans cette même ville, mais le choix de sa non-appartenance fait d'elle un auteur hybride[91]. La sienne est donc une ville qui, potentiellement, n'existe pas : une région de l'esprit qui ne peut être ni colonisée ni comprise en arpentant les rues ou en essayant de reproduire, volumes à la main, une géographie poétique qui permettrait de saisir la physionomie des lieux.

---

89. M. Fusillo, « Sulla smarginatura. Tre punti-chiave per Elena Ferrante », *Allegoria 73*, *op. cit.*, p. 150.

90. C'est le titre trouvé par la maison d'édition « Europa editions » – la version en langue anglaise de l'italienne « e/o » – pour réunir en coffret la tétralogie de *L'amica geniale*. Voir à ce propos : E. Ferrante, *Neapolitan novels*, 2012-2015. La traduction est d'Ann Goldstein.

91. Cette condition hybride est d'ailleurs commune à plusieurs écrivains napolitains. Pour Raffaele La Capria « être napolitains ce n'est pas qu'une évidence : cela signifie "ne pas avoir achevé son destin" ». Voir R. La Capria, *L'armonia perduta*, *op. cit.*, p. 17.

La descente vers les entrailles de cette *Naples-cavité* commence par l'incursion de Lila et Lenù dans le sous-sol de don Achille. Cette incursion pour récupérer les poupées coïncide avec la découverte du côté sombre de la ville ; plonger dans la tanière de la bête correspond à une sorte de rituel d'initiation : « Tous les enfants étaient tentés, mais en même temps terrorisés, par la possibilité de forcer cette petite porte juste assez pour pouvoir passer de l'autre côté. C'est ce qu'on fit[92]. » Ce contraste entre le monde superficiel et le monde souterrain montre comment les profondeurs de la cave – conduisant à un imaginaire nébuleux, pétri d'« objets non identifiables, de masses obscures[93] » – s'opposent à l'emplacement de l'appartement de Don Achille : il habite au dernier étage et surplombe le quartier. La dualité de son caractère se combine dans une seule et même personne réunissant, dans sa corporéité sombre, dans ses manières brusques face aux deux jeunes filles étrangement gentilles, tous les paradoxes d'une ville comme Naples. Pour Lila et Lenù la conscience de cette ambiguïté se forge à travers un voyage en deux étapes. La descente dans le noir, pour surmonter l'angoisse envers l'inconnu, précède la montée vers le dernier étage, dans le but de récupérer les poupées que don Achille semble avoir cachées – selon l'hypothèse de Lila – dans son sac noir.

La nature métamorphique du personnage paraît ainsi refléter la structure perméable de la ville. Elle constitue, aux yeux inexpérimentés des jeunes filles, une clé de lecture leur permettant de saisir l'hétérogénéité de Naples. Comme si la vérité des sujets et l'authenticité d'un lieu ne pouvaient être saisies qu'à travers un double mouvement, mieux : une distorsion du regard ou, pour le dire avec Anna Maria Ortese, une névrose[94]. L'épicentre de ce même déséquilibre est un *rione* anonyme : le quartier de Lila et Lenù qui paraît calqué sur la géographie du Rione Luzzatti. Dans la tétralogie, il perd ses contours toponymiques pour devenir un territoire de seuil. Il se présente comme une zone frontière éloignée de la mer[95], où la férocité intérieure se heurte à un extérieur imagé qui s'étale après la barrière constituée par la voie de chemin de fer. Il s'agit d'un espace restreint que Lila décide de franchir, un jour, en compagnie de Lenù : « Qu'y avait-il donc au-delà de notre quartier, [...] de ce périmètre que nous

92. *L'amie prodigieuse*, *op. cit.*, p. 63.
93. *Ibid.*, p. 64.
94. A. M. Ortese, *Il mare non bagna Napoli*, *op. cit.*, p. 10.
95. *Frantumaglia*, *op. cit.* « Je suis née dans une ville maritime, cependant je n'ai découvert la mer que tardivement », p. 350.

connaissons par cœur[96] ? » Pour saisir Naples, il faut quitter ces lieux connus et expérimenter des parcours étrangers qui s'étalent derrière le périmètre du *stradone*[97]. Mais le projet n'aboutira pas : l'émancipation souhaitée est interdite. Même quand Lila cherche à s'éloigner du *rione*, elle capitule dans une zone liminaire qui garde le même degré de pauvreté, de laideur et d'injustice déjà connues dans son faubourg. La banlieue de San Giovanni a Teduccio – « un gouffre proche de [leur] quartier[98] » – conserve les mêmes caractéristiques de cette ville-dentelée capable d'avaler ses habitants : elle les mâche jusqu'à la consommation. La misère des lieux, le délabrement de son appartement, l'ignorance du voisinage, parviennent même à affecter l'éducation de Rinuccio qui, enlisé par la force anthropophage de la ville, a oublié les bonnes manières et adhère à l'abjection urbaine avec une condescendance qui sonne comme un avertissement : « il lança aussitôt une vilaine insulte en dialecte [...]. Les deux enfants se bagarraient dans un vacarme d'objets lancés et de hurlements féroces[99]. »

Cette *Naples-cavité* est donc une cité de la profondeur, éloignée de la mer et privée d'horizon. Pour Anna Maria Ortese les citoyens de cette ville involontaire[100] n'ont jamais possédé une capacité de vision. Cet espace restreint et misérable, avec son univers magmatique, parvient même à coloniser les quartiers lumineux avec sa dégradation sans fin : « Qu'est-ce que c'est de là-haut, la mer ? Un peu de couleur. C'est mieux de la voir de près : comme ça tu te rends compte que c'est dégueulasse, c'est de la boue et de la pisse et ça pue[101]. » Le *rione*, prolongement pervers d'une ville aux mille facettes, parvient à empoisonner, avec sa présence implacable, les horizons lumineux, l'azur de l'eau et la vue resplendissante.

Le paradigme d'une *Naples-ambivalente* montre comment derrière l'apparat grandiloquent se cache le spectre de l'abjection. Pour les yeux enfantins de Lenù, la Naples riche et lumineuse constitue une autre facette de la cité. La splendeur de cette ville parallèle devient pour Lila – et ensuite pour Lenù – une manière de signifier les sen-

96. *L'amie prodigieuse*, *op. cit.*, p. 88.

97. Dans la version française : « boulevard ». La bonne traduction serait plutôt : « la grosse rue » qui en langage enfantin désigne la ligne de séparation qui fait du quartier – du *rione* – un lieu séparé du reste du monde.

98. *Le nouveau nom*, *op. cit.*, p. 585.

99. *Ibid.*, p. 607.

100. Anna Maria Ortese, *Il mare non bagna Napoli*, *op. cit.*, p. 75.

101. *L'enfant perdue*, *op. cit.*, p. 162.

timents : « Sans amour, non seulement la vie des personnes est plus pauvre, mais aussi celle des villes[102]. » Lila, dans la tentative d'expliquer *L'Énéide* à son amie, associe Naples à Carthage en montrant la relation indissoluble qui existe entre les passions des êtres humains et l'espace citadin. Cette métaphore, déjà employée à plusieurs reprises par Ferrante[103], met en relief comment la ville-amour est le fruit de l'engagement de ses habitants qui, à travers la force de leurs désirs, parviennent à modifier l'atmosphère d'un lieu en conditionnant l'évolution même de sa structure urbaine.

Dans les quartiers aisés du centre-ville habite une intelligentsia semblant se situer au-delà des valeurs typiquement bourgeoises. Elle vante un militantisme de gauche, un engagement politique et social qui perdure dans les formes et non dans la substance. C'est la Naples de Madame Galiani, la Naples de Nadia, première fiancée de Nino :

> Il y avait des livres partout, il y en avait plus dans cette maison que dans la bibliothèque de mon quartier, des murs entiers étaient recouverts d'étagères jusqu'au plafond. [T]ous faisaient des études, et leurs parents en avaient fait avant eux[104].

Il s'agit d'une Naples cultivée qui vante une forme d'ouverture à l'autre – notamment aux classes prolétaires – mais qui révèle, rapidement, son hypocrisie sous-jacente. Ses manières puériles illustrent un côté sordide qui rappelle la petitesse et les mesquineries qui rongent le *rione*. À l'occasion d'une fête organisée par Madame Galiani, Lenù décide d'y participer en compagnie de Lila. Mais le résultat s'avère catastrophique : « Combien cette soirée l'avait fait souffrir, je ne le sus que plus tard, en lisant ses cahiers[105]. » Malgré son intelligence vive et son imagination créative, Lila est isolée, marginalisée à cause de sa différence : « dans cette maison, [elle] ne sait pas qui elle est et ne sait pas se mettre en valeur comme dans notre quartier[106]. » À la différence de Lenù qui, de son côté, suscite un enthousiasme sincère car elle porte sur sa peau la trace de ce prolétariat qui a su abattre les barrières en conquérant une place éminente grâce à ses mérites scolaires. Fière d'être reconnue comme une semblable, elle se vante de l'avantage qui,

102. *L'amie prodigieuse*, *op. cit.*, p. 204.
103. *Frantumaglia*, *op. cit.*, p. 174 : « Voilà ce que sont les villes : de la pierre soudain animée par nos émotions, par nos désirs ».
104. *Le nouveau nom*, *op. cit.*, p. 202-203.
105. *Ibid.*, p. 211.
106. *Ibid.*, p. 207.

désormais, la sépare de Lila. Elle montre que misère économique ne rime pas avec grossièreté, manque d'élégance, pauvreté d'éloquence. Face aux compliments reçus elle mesure l'abîme qui la sépare de cette amie désormais perdue, celle qui n'émerge que dans l'ambiance infâme du *rione*. Toutefois, Lila, voix de la conscience, parvient à entamer la position de Lenù en brisant ses fausses certitudes. À la fin de la soirée, elle montre comment les différences entre deux milieux si éloignés ne se réduisent pas à la surface :

> Il n'y a pas un truc dans cette baraque, pas un objet ou un tableau qu'ils aient gagné eux-mêmes. [...] Depuis des centaines d'années ils sont au minimum avocats, médecins ou profs. Du coup ils causent comme ci et comme ça, ils s'habillent, mangent et bougent comme ci et comme ça ! Tout ça parce qu'ils sont nés au milieu de ces choses-là[107].

Lila parvient à démasquer la tromperie de la famille Galiani. Elle possède un regard perçant lui permettant de saisir la réalité du monde, au-delà des apparences : la différence supposée qui devrait diviser les deux Naples, n'existe pas. Ces gens ne sont pas d'une catégorie supérieure. Ils mentent, car leurs étiquettes, leurs diplômes, ne sont que de banales décorations extérieures face à une pensée éteinte, morne, sans faculté d'ouverture, qui s'arrête au déjà dit. Figés dans leur classe sociale, forts de leur position, ils demeurent dans l'incapacité de produire des idées nouvelles. Leurs discours ne sont que la lente reproduction d'un savoir acquis par d'autres. Toute leur culture – une éducation qui devrait les protéger face à la morsure de la médiocrité – ne leur donne pas accès à une forme d'éthique. Malgré la honte, Lenù reconnaît à Lila une vision supérieure : elle possède « le regard du *rione*[108] », celui de l'exilé, du dernier de la terre qui parvient dans son délire lucide à percevoir une vérité inaccessible aux autres. Grâce à son statut d'exclue, elle démasque les horreurs de la terre émergée en observant comment les opposés, parfois, arrivent à se mélanger en s'effondrant dans le même abîme.

L'ambiguïté de Naples se reflète aussi dans la physionomie de ses habitants qui en deviennent des expressions. Cette *androgynie* de la ville illustre la tendance métamorphique des lieux, l'instabi-

107. *Ibid.*, p. 213.
108. *Ibid.*, p. 222. « Quartier » dans la traduction française.

lité des périmètres, le caractère double des frontières citadines. Lila est, parmi les personnages, la première à avancer l'hypothèse d'une possible androgynie, en l'attribuant à l'assassin de don Achille : « un être noirâtre, un peu homme mais surtout femme[109] » habitant les égouts et traînant dans les bas-fonds en compagnie des rats. L'assassin imaginé par la jeune fille devient ainsi une émanation de la cité qui s'adapte aux apparences trompeuses de cette figure mi-homme, mi-femme. Naples, de son côté, prend l'aspect d'un territoire changeant échappant à la loi et privilégiant l'artifice des masques publics pour cacher ses imperfections. Lila qui se présente comme un produit même de la ville – elle, qui n'est jamais sortie de Naples – en incarne le caractère versatile, inconstant, voué à la métamorphose et au pétrissage.

Ainsi, la cité parthénopéenne se présente comme une ville-assassine qui dévore ses habitants et les fait disparaître. Lila le sait bien, car c'est finalement Naples qui a avalé Tina : « Pas une goutte de sang n'était restée sur l'asphalte, rien de rien. [...] dans le néant [...] l'enfant fut perdue à jamais[110]. » Sa fille se fond dans le panorama urbain, elle se dissout dans les rues, dans les murs écaillés, dans la poussière du *stradone*. Tina, absorbée par le tissu urbain d'une ville indéchiffrable, constitue une énième blessure sur le corps de Lila ; sa souffrance déborde de son corps et finit par se répandre sur les lieux : un désespoir gluant s'attache aux murs, aux bâtiments, aux rues en devenant partie intégrante de la géographie citadine.

Mais le caractère osmotique de la ville est surtout incarné par Alfonso, l'être à part qui en représente l'androgynie : « un jeune homme aux manières et au physique gracieux avec des cheveux très noirs, une barbe aux reflets d'un bleu intense qui remontait sur les joues, des yeux langoureux et un costume qui [...] modelait son corps [...] fin[111]. » Tiziana de Rogatis a souligné comment sa figure ambivalente conserve les traits typiques du *femminiello* napolitain[112]. Alfonso serait l'emblème d'une forme d'hermaphrodisme qui toucherait la ville de Naples. Même si la proximité de cet univers nous semble pertinente, il est vrai que la question de l'hermaphrodisme mériterait, selon notre perspective, d'être plus nuancée. Cela pour éviter d'attribuer un côté excessivement explicite, du point de vue

109. *L'amie prodigieuse*, *op. cit.*, p. 117.
110. *L'enfant perdue*, *op. cit.*, p. 429.
111. *Le nouveau nom*, *op. cit.*, p. 224.
112. T. de Rogatis, *Elena Ferrante. Parole chiave*, *op. cit.*, p. 157-160.

physique, à un lieu – Naples – et à un personnage – Alfonso – qui doivent conserver dans l'économie du texte de Ferrante une forme d'insaisissabilité. Ce n'est d'ailleurs pas un hasard si, avec A. M. Ortese, nous insistons plutôt sur une lecture métaphasique de la ville et sur l'énigme de ses personnages changeants. La même distorsion du regard est, d'ailleurs, avancée par Italo Calvino qui voyait le geste de Persée observant Méduse à travers son bouclier comme l'exemple d'une capacité de vision se faisant synonyme d'intelligence. Il ne s'agit pas de nier la réalité, mais plutôt de la comprendre en opposant à une « vision directe » la finesse d'une perspective inversée, qui embrasserait le réel en l'assumant « comme son propre fardeau »[113]. En suivant ces réflexions nous paraît pertinent de lire Naples – mais aussi Lila et même Alfonso – sous le prisme d'une androgynie critique. Ce chemin d'indétermination nous semble d'ailleurs celui suivi par Ferrante. Comme le souligne T. de Rogatis, l'écrivaine évite consciemment d'employer le terme *femminiello*[114] et ne souhaite pas classer Alfonso dans une catégorie précise. Elle préfère garder un halo d'incertitude se recoupant avec les mêmes caractéristiques de sa Naples métaphasique. La force du personnage réside dans sa capacité à fuir toute définition essentialiste en se positionnant sur un plan propre à abattre toute définition physiologique. Alfonso échappe sans cesse à son genre : il outrepasse ses apparences masculines, il enfreint les barrières corporelles pour atteindre un idéal féminin incarné, en l'occurrence, par Lila.

Dans une dernière confession avant de mourir, il raconte son parcours identitaire et explique comment sa différence s'est présentée dès l'enfance comme une force obscure, une *démargeure* : « Je suis quelque chose d'autre, quelque chose qui est caché dans mes veines, qui n'a pas de nom et qui attend[115]. » Alfonso est l'émanation d'une Naples qui s'affiche dans son statut de ville excessive et ondoyante, incapable de trouver un équilibre entre magnificence et désir de dégénérescence. Battu par Michele Solara – « [il] se mit à le bourrer de coups de poing et de pied, puis il saisit la perche [...] et le passa à tabac longuement, méthodiquement[116] » – et ensuite retrouvé mort sur la plage de Coroglio, il incarne dans sa chair torturée toute l'ambivalence, toute la tragédie de la cité parthénopéenne. Son corps exsangue dans

113. I. Calvino, « Leggerezza », *Lezioni americane*, *op. cit.*, p. 9.
114. T. de Rogatis, *Elena Ferrante. Parole chiave*, *op. cit.*, p. 158-159.
115. *L'enfant perdue*, *op. cit.*, p. 270.
116. *Ibid.*, p. 357-358.

la baie de Naples illustre l'atrocité d'une ville cannibale qui conserve, même face à la mort, toute l'incompréhension qui la caractérise. La beauté du golfe de Pausilippe se heurte à la sauvagerie de ce corps massacré ; la ville se présente comme un tissu anatomique, révélant dans son ambiguïté des « plaies infectées » d'autant plus « visibles et insupportables »[117] qu'elles résultent de sa splendeur. Ainsi Naples, dans son intégrité merveilleuse, se désagrège dans une prolifération de violences souterraines trouvant, dans le martyre d'Alfonso, leur concrétisation finale. Ce meurtre rappelle, d'ailleurs, une autre mort : celle d'Amalia, découverte près de la localité Spaccavento, à quelques kilomètres de Minturno, ou encore celle de Pier Paolo Pasolini, figée dans l'image de son corps ravagé par ses *ragazzi di vita*[118]. La ville de Rome, symbolisée par son quartier périphérique – le lido di Ostia –, pourrait être rapprochée de la plage de Coroglio. Comme si ces deux corps – celui de Pasolini et celui d'Alfonso – pouvaient incarner, dans la barbarie de leur supplice, toutes les contradictions de deux villes – Rome et Naples – si différentes et paradoxalement si complémentaires. Dans l'émission *Io e…* d'Anna Zanoli transmise en 1974, Pasolini développe, dans un documentaire titré *La forma della città*, son analyse sur l'impossibilité de filmer une ville dans son intégrité. Car la perfection stylistique d'une agglomération est souvent profanée – pour Pasolini « fêlée, abîmée, défigurée » – par la présence d'une série d'éléments concourant à en modifier sa structure harmonieuse. Il est important de préserver cette complexité : « le profil d'une ville » est donc quelque chose qu'il faut protéger dans sa « totalité », dans sa grâce souvent abîmée par « un corps étranger »[119].

Ferrante, à travers le récit d'une Naples multiforme et androgyne exprime tant la difficulté d'une ville que celle d'une écrivaine. La cité devient ce corps à la fois éphémère et charnel qui, comme le suggère Pasolini, ne peut pas être filmé – *écrit* – car il échappe à toute théorie, à toute tentative de normalisation. Ainsi, la narration, donc l'écriture, ne peut répondre qu'à une optique décalée – oblique – trouvant dans la définition d'un « poétique litige[120] » son angle de lecture privilégié.

117. *Frantumaglia*, *op. cit.*, p. 351.
118. Garçons de vie.
119. A. Zanoli, « P. P. Pasolini – La forma della città », *Io e…* (1974) : https://www.youtube.com/watch?v=btJ-EoJxwr4.
120. R. La Capria, *Letteratura e sentimento del tempo*, *op. cit.*, p. 13.

La matrophobie : une identification au négatif

Dans la tétralogie, la question d'une identité *narrable* théorisée par Adriana Cavarero se charge d'une valeur double fondée sur la construction d'une *subjectivité relationnelle* qui fonctionne à l'instar d'un collant identitaire : les deux protagonistes tissent l'une le récit de l'autre qui débouche finalement sur un récit de soi[121]. Toutefois, cette perspective par personne interposée est complexifiée par d'autres figures qui remettent en question le statut du *Je* narratif. Cet autre-miroir est problématique, car l'identification n'est pas exempte d'une série de mécanismes qui conduisent le sujet à se distancier, à renier même l'appartenance à son propre semblable. La particularité consiste dans le fait que cet autrui – ce reflet au-delà de la glace – est incarné par une série de femmes qui sont toutes des mères. Ce dispositif s'inscrit dans ce qui, pour Adrienne Rich, est l'éternelle recherche d'une affirmation de soi à travers la confrontation, spéculaire, avec d'autres figures féminines[122]. L'identification au négatif qui en résulte est dénommée par un terme précis : la matrophobie. Toutefois, l'angoisse qui affecte la plupart des protagonistes de Ferrante n'est ni la peur de la maternité ni celle de sa propre mère. Elle consiste plutôt dans la crainte de ressembler à sa propre génitrice : d'en devenir sa copie en reproduisant d'abord sur soi, ensuite sur ses propres filles, non seulement une attitude éducative et affective, mais même un destin. Comme l'a déjà suggéré Tiziana de Rogatis[123], cette pathologie affecte Lenù qui voit dans le pas boiteux de sa mère Immacolata le symbole d'une modalité existentielle qu'il faut impérativement abattre avant de finir par la reproduire. Par ailleurs, la chercheuse utilise ce même modèle relationnel, au-delà du strict rapport mère-fille, en attribuant à Lila une panique identique quand elle reproduit sur la figure de Melina une pathologie analogue à celle déversée par Lenù sur sa propre mère[124]. Ce paradigme a d'ailleurs été théorisé une première fois par Lynn Sukenick[125], puis repris et approfondi par Adrienne Rich

121. I. Pinto, « Intervista ad Adriana Cavarero. Filosofia della Narrazione e scrittura del sé : primi appunti sulla scrittura di Elena Ferrante », *op. cit.*, p. 3-4.

122. A. Rich, *Of Women Born* [1976], trad. Maria Teresa Marenco : *Nato di donna*, *op. cit.*, p. 314.

123. T. de Rogatis, *Elena Ferrante. Parole chiave*, *op. cit.*, p. 91.

124. Ibid.

125. L. Sukenick, *Feeling and Reason in Doris Lessing's Fiction*, « Contemporary Literature », XIV, n° 4, p. 519.

dans son *Of Women Born*[126]. Dans son texte, centré sur la question de la maternité, analysée à la lumière d'un « devenir femme », A. Rich met au centre la responsabilité des mères face à cette phobie – souvent inconsciente – qui touche les filles jusqu'à exprimer une forme pathologique d'attraction[127]. En effet, par peur de glisser vers une superposition de personnalités et d'être influencée par sa propre matrice, la fille opte pour une cassure nette, souvent définitive, avec son autrui-parental. Comme cela a été répété à plusieurs reprises par toute une génération de féministes – Luisa Muraro et Luce Irigaray pour n'en citer que quelques-unes –, cette déchirure affective, au lieu de protéger le sujet, devient un manque d'être se révélant dangereux pour la structuration et surtout pour l'acceptation de son propre soi.

À la lumière de ces considérations, nous approfondirons l'intuition de T. de Rogatis en montrant comment le fantasme de cette assimilation malsaine ne se limite pas aux personnages d'Immacolata et de Melina. Nous illustrerons ainsi comment Ferrante parvient à construire un dispositif réticulaire à l'intérieur duquel le modèle de cette « maternité-noire » se structure à travers un jeu d'articulations englobant des générations, des territoires et des classes sociales très hétérogènes. Ce mouvement de va-et-vient – *vers* la mère et *contre* la mère – correspond à un mécanisme éducatif que le *Je* narratif s'impose dans le but d'édifier sa personnalité en luttant aussi contre la dernière des oppositions, la plus radicale : la naissance – la fertilité – en contraste avec la maladie et l'ombre, néfaste, de la mort.

Melina Cappuccio rappelle un autre personnage de Ferrante, raconté dans *Les jours de mon abandon.* Il s'agit d'une « figure noire[128] » issue de l'enfance napolitaine d'Olga : la Pauvrette, rendue folle à la suite du départ de son mari, tombé amoureux d'une femme de Pescara. Les deux figures se ressemblent dans la fatigue de leurs misérables existences. Melina « n'avait guère plus de trente ans et six enfants, mais pour nous c'était déjà une vieille femme[129] », tandis que la Pauvrette « traînait toujours derrière elle ses trois rejetons à travers le lacis des ruelles bondées[130] ». La souffrance de

126. A. Rich, *Of Women Born*, *op. cit.*
127. *Ibid.*, p. 336.
128. *Les jours de mon abandon*, *op. cit.*, p. 18.
129. *L'amie prodigieuse*, *op. cit.*, p. 40.
130. *Les jours de mon abandon*, *op. cit.*, p. 18.

ces deux femmes est inscrite dans leurs corporéités ravagées mais, dans le cas de Melina, elle ne provient pas de sa condition familiale. Cette femme délaissée et inconsolable se désespère à cause de Donato Sarratore : le voisin qui habite à l'étage inférieur et qui l'a aidée – matériellement et sexuellement – pendant son veuvage. Cet amour impossible – un amour brisé – l'a rendue folle. Épicentre de toutes les moqueries du quartier, cette figure solitaire et fragile ne laisse pas Lila différente : « Seule [elle] soutenait Melina, mais elle ne nous expliqua jamais pourquoi[131]. » La protagoniste se retrouve victime d'une attraction indéfinissable qui atteint son acmé quand, face au corps aliéné de Melina dévorant du savon au milieu du *stradone*, Lila avance vers elle, comme fascinée par une force sibylline et féroce :

> Je vis, dans son attitude plus que sur son visage, quelque chose qui me troubla, et qu'aujourd'hui encore j'ai du mal à définir [...] : bien qu'elle se déplaçât pour traverser la grosse rue[132] [...] elle était pétrifiée. Pétrifiée au cœur de ce que la parente de sa mère était en train de faire, pétrifiée à cause de sa peine, pétrifiée comme une statue de sale. Soudée. Ne faisant qu'une avec Melina[133].

La douleur qui ronge Melina cache pour Lila une propriété osmotique. Parfois, dans son propre égarement, dans son visage hanté par l'obsession, elle anticipe les mouvements de sa parente, comme si elle pouvait en ressentir les blessures, dans une sorte de transmigration de sentiments. Lila connaît, plus que Melina, la réalité de ce désespoir jusqu'à tracer le dessin d'un chagrin qui pourrait être le sien. Elle décrit la fatigue qui fléchit le corps, les blessures de l'abandon, l'atrocité du manque d'amour et de la perte de lucidité mentale mais aussi ce masochisme fiévreux qu'elle expérimente directement. La ténacité de ce corps frêle, qui frotte avec une énergie démesurée les escaliers des immeubles – « pliée en deux, elle commençait par le dernier étage et passait la serpillière humide avec les mains [...] avec une énergie et une fébrilité qui auraient épuisé des personnes bien plus robustes qu'elle[134] » –, rappelle en effet l'attitude de Lila pendant la période passée à l'usine de Bruno Soccavo. Affectée dans

131. *L'amie prodigieuse*, *op. cit.*, p. 43.

132. « La grosse rue » est, pour Ferrante, le « stradone ». Pour ce terme la traduction est la nôtre.

133. *L'amie prodigieuse*, *op. cit.*, p. 43-44.

134. *Ibid.*, p. 205.

les ateliers les plus pénibles – « mise en boyaux [...], mélangeage [...] désossage[135] » –, elle aussi travaille, jusqu'à l'épuisement, avec un acharnement effrayant. Lila, avec ses yeux « fiévreux », ses « joues [...] creusées », les « mains gonflées [...] par ses blessures, des coupures anciennes et récentes »[136], reproduit, dans sa corporéité brutalisée, la même souffrance que Melina. Elle pressent son destin à travers le corps de cette femme vulnérable, seule, condamnée à un avenir de privations et d'afflictions.

Pétrifiée face à elle – « comme si elle vivait la même destruction intérieure[137] » –, la protagoniste partage avec cette femme affligée la proximité d'un ravage psychologique sans nom, sans issue : Lila la regarde comme si elle *se* regardait dans une glace. Ce transfert touche à son paroxysme vers la fin de la tétralogie lorsque le miroir que Melina a incarné pendant toute une vie devient une sorte d'image double à laquelle Lila finit par adhérer intégralement. À l'instar de cette malheureuse qui, à trente ans, ressemblait déjà à une femme mûre, la protagoniste porte sur son visage l'empreinte d'une vieillesse précoce traduisant ses afflictions : « La dernière image qu'elle m'offrit fut celle d'une femme de cinquante[138] ans qui avait l'air d'en avoir dix de plus[139]. » Son visage est celui d'une folle : « pendant qu'elle parlait, était prise de désagréables bouffées de chaleur. Elle devenait rouge vif, même son cou se couvrait de taches, son regard s'égarait[140]. » Si son corps a absorbé le fantasme de Melina, c'est aussi dans sa gestualité que Lila reproduit, d'une manière involontaire, le drame qui habitait sa parente : le même désordre émotif, la même vulgarité enfantine. En se reflétant dans cette glace lugubre, elle sombre dans sa *démargeure*, affronte les affres de la maladie, de la perte d'amour et de la mort, tout en gardant les yeux figés, comme quand elle était petite et observait – immobile – Melina qui dévorait du savon.

Le deuxième cas de matrophobie liée à l'ambiance du *rione* touche Lenù et concerne la relation ambivalente qu'elle entretient avec Immacolata depuis l'enfance : « Le problème c'était ma mère, avec elle ça se passait toujours mal. J'avais à peine plus de six ans mais j'avais déjà l'impression qu'elle faisait tout pour me faire comprendre

135. *Le nouveau nom*, *op. cit.*, p. 609.
136. *Ibid.*, p. 611-612.
137. *Ibid.*, p. 126.
138. « Cinquante-un » en vérité. Le chiffre a été mal traduit dans l'édition française.
139. *L'enfant perdue*, *op. cit.*, p. 589.
140. *Ibid.*

que, dans sa vie, j'étais de trop[141]. » La protagoniste développe ainsi une forme de distance qui est alimentée par le dégoût qu'elle ressent envers le corps maternel. La jambe d'Immacolata, sa démarche claudicante, la hante même pendant la nuit ; elle se souvient de la proximité de sang et l'emprise des liens familiaux. Immacolata manifeste envers Lenù une mésestime qui en vient à coïncider avec la volonté de l'effacer de son propre horizon : elle serait, à ses yeux, une enfant maudite, celle qui a refusé une éducation vouée au travail et à la mortification.

Cette difficulté à établir une forme de proximité devient d'autant plus évidente à la puberté. Quand le corps de Lenù change, Immacolata, au lieu d'être une présence rassurante et protectrice, vit la métamorphose de sa fille comme un acte, volontaire, de rupture : « ma mère me dit que j'étais indécente avec toute cette poitrine qui avait poussé [...]. Elle avait l'air d'avoir honte que j'aie des seins et mes ragnagnas. Les instructions abruptes qu'elle me donnait étaient [...] grommelées du bout des lèvres[142]. » L'attitude maternelle contraint Lenù à vivre son adolescence comme une faute. Aux yeux d'Immacolata elle est coupable d'abandonner son statut de petite fille ; coupable d'entrer dans une phase existentielle qui signifie, selon son regard tordu, le détachement du nid familial.

Cette opposition est aussi celle qu'elle cherche à mettre en place lorsque Lenù part pour la *Normale* de Pise. La fille est accusée d'être une égoïste, une dégénérée, incapable de générosité : « Elle se mit à m'agresser d'une voix étouffée et sifflante [...] : pour toi on est que dalle, tu nous dis toujours tout au dernier moment ! mademoiselle se croit Dieu parce qu'elle a étudié[143]. » Immacolata reproche à Lenù une forme de supériorité vis-à-vis de sa famille. Cependant, ce mépris supposé traduit, en vérité, une douleur personnelle. La rage envers sa fille cache une jalousie qu'elle n'arrive pas à traduire, mais qui émerge d'une manière sous-jacente durant les disputes : « moi qui t'ai portée là-dedans, je suis aussi intelligente que toi, sinon plus ! et si j'en avais eu la possibilité, j'aurais fait les mêmes trucs que toi, t'as compris[144] ? » Immacolata, dans ses accusations, prophétise une assimilation entre mère et fille en laissant entendre à Lenù que la prétendue différence de visions, de destins, d'intelligence, en vérité

141. *L'amie prodigieuse, op. cit.*, p. 49.
142. *Ibid.*, p. 126.
143. *Celle qui fuit et celle qui reste, op. cit.*, p. 52.
144. *Ibid.*

n'existe pas. Lenù, la fille ingrate, l'enfant dégénérée, incapable de reconnaître les mérites de ses parents, reste, malgré les tentatives de détachement, membre de sa famille. Elle en porte les marques, elle en subit l'influence. La protagoniste, dans sa matrophobie, se découvre habitée par un déterminisme – le même que Lila – qui devient dans la littérature de Ferrante une sorte de topos. À l'instar des protagonistes de *La vie mensongère des adultes,* il n'existe pas de moyens efficaces pour effacer ses propres origines. Cette menace revient dans l'intimidation d'Immacolata – « t'es sortie de ce ventre-là et t'es faite de cette chair-là[145] ». Ainsi, la présence maternelle, enkystée dans le corps de la protagoniste, se concrétise dans l'inquiétude d'un destin déjà tracé. La cadence mesurée, monotone « de son pas qu'[elle] aurai[t] reconnu entre tous », constitue la sonnette d'alarme annonçant le piège de la régression : « je me rappelais combien j'avais craint de devenir comme elle »[146]. Elle incarne le cauchemar de la perte de toute indépendance. Elle est cette voix du *rione* qui attire – séduit – ses enfants dans le but de les dévorer.

Mais Lenù, qui dans son activité d'écrivaine privilégie la langue italienne, choisit, à travers la littérature, de s'extraire d'un monde qu'elle exècre. Elle veut prendre de la distance avec ce « Logos cruel[147] » incarné par l'idiome maternel. À l'instar des personnages de la *Mère* et de la *Fille* racontés dans *Althénopis* de Fabrizia Ramondino, l'éloignement de la terre natale provoque, chez ces femmes, une fracture encore plus profonde. Quitter Naples ne correspond pas au simple abandon d'une ville. Ce départ représente l'acte de rupture avec une terre d'origine chargée d'une série de significations interdépendantes. Seulement face à la maladie d'Imma, la matrophobie tant détestée devient l'ouverture qui lui permet de pénétrer dans les profondeurs d'une relation contradictoire pour en sonder à la fois les limites et la puissance. Face à la mort, elle mesure la portée de cet apprentissage inversé. Savoir regarder autrui dans le miroir permet de saisir son mystère en se définissant à travers un héritage fait de sang et de souvenirs. Se confronter avec l'Autre signifie savoir l'accepter : cela signifie *s*'accepter.

La question de ces maternités obscures peut, toutefois, être étendue à un cadre plus général atteignant la plupart des figures fémi-

145. *Ibid.*
146. *Le nouveau nom, op. cit.*, p. 499.
147. F. Ramondino, *Althénopis*, Torino, Einaudi, 1981, p. 233.

nines du *rione*. Dans une phrase que la maîtresse Oliviero adresse à Lenù concernant le destin de Lila – « La plèbe, c'est vraiment pas du joli [...]. Et si quelqu'un veut rester dans la plèbe [...] il ne mérite rien[148] » –, l'enseignante exprime, d'une manière brutale, l'une des vérités du quartier. Le déterminisme contre lequel la voix narrative cherche à se battre s'accorde avec la tentative de supprimer son appartenance à cette masse anonyme, populaire, incapable de sortir de sa condition d'origine. Car les mères du *rione* souffrent toutes d'une pathologie sous-jacente qui affecte aussi leurs propres enfants. Les mailles phagocytantes du quartier parviennent à s'incarner sous les apparences d'une maternité qui ne sait pas protéger. Le rapport mère-fille est gâté dans son fondement : il ne vise pas à l'émancipation mais il reproduit dans la consistance douceâtre du lait maternel, un modèle parental qui impose une réitération pathologique des lois, des habitudes, du même langage de rage et de désespoir. Sortir de cette emprise implique l'acceptation d'une condition d'*orphélinité*[149], car s'affranchir de ces mères-noires passe par un reniement de sa propre racine. Mais cette transition d'un état à l'autre – de la captivité à une indépendance solitaire et, souvent, contrastée – génère chez les sujets une série de séquelles physiques – le pas boiteux de Lenù en est un exemple – et psychologiques, comme dans le cas de la *démargeure* de Lila.

De leur côté, les mères du *rione vecchio* – du vieux quartier – sont toutes affectées par une maladie de la volonté :

> Elles étaient nerveuses et résignées. [...] Très maigres, joues creuses et yeux cernés, ou au contraire dotées de larges fessiers, des chevilles enflées et de lourdes poitrines, elles traînaient [...]. Quand cette transformation commençait-elle ? Avec les tâches domestiques ? Les grossesses ? Les coups[150] ?

Elles portent, dans leurs anatomies dévastées, les empreintes d'un modèle unique mettant en scène une seule image féminine : celle d'une mère qui souffre. C'est une femme qui a perdu la capacité de penser, qui a oublié son identité et qui, accablée par les obligations de son rôle, ne parvient plus à se détacher de cette image. Pour reprendre à nouveau une expression de F. Ramondino, le corps de ces mères est

148. *L'amie prodigieuse, op. cit.*, p. 86.

149. Concernant l'usage de ce terme, voir la note n° 111 dans le chapitre *Naples : simulacre onirique*.

150. *Le nouveau nom, op. cit.*, p. 133-134.

un corps entre parenthèses[151] qui illustre, chez Ferrante, la volonté de poursuivre dans une écriture de l'autre présentée comme une sorte de « dé-facement[152] » des sujets annonçant la perte de toute identité personnelle pour aboutir au fantasme d'une identité collective marquée par le spectre de l'abrutissement.

Une autre femme – une femme-méduse – habite le *rione*. Il s'agit de Manuela Solara, mère de Marcello et Michele. C'est une figure de l'ombre. Elle parle peu, mais elle garde, dans le livre rouge, le pouvoir d'effrayer – de détruire – tout le quartier. En effet, Manuela Solara, après la mort de don Achille, prend sa relève en poursuivant l'activité d'usurière. Femme minuscule – décrépite – vénérée par ses enfants à l'instar d'une déesse, elle représente le côté répugnant d'une maternité impossible, d'un monde féminin habitant les bas-fonds et côtoyant la barbarie. Elle ne représente pas un miroir pour Lenù. Son image négative, pétrifiante, incarne toute l'absurdité d'une figure capable de pourrir les lieux et les liens, de les infecter par le biais de son halo infernal. Quand Elisa, la sœur de Lenù, choisit d'aller vivre chez Marcello, en appelant Michela « mammà » en signe de respect, la protagoniste mesure dans sa chair que l'identification avec le mal peut, finalement, s'infiltrer dans le cœur de sa propre famille. Il n'existe pas d'immunité possible, pas de fuite envisageable face à l'avancée des ténèbres qui parviennent à ronger même les rares et fragiles zones de lumière.

Ces femmes – ces mères du *rione* – se juxtaposent, donc, à d'autres femmes, à d'autres modèles féminins issus d'un milieu différent. Adele Airota, la mère de Pietro – mari de Lenù –, se situe à l'opposé de ces figures sombres. Dans sa culture, dans son élégance bourgeoise et ses manières modérées, elle incarne, pour Lenù, un idéal auquel aspirer : « J'étais subjuguée [...]. Mon attitude d'élève attentive lui plaisait[153]. » Mais, avec le temps, elle aussi révèle son côté mesquin : ses petitesses comportementales illustrent sa proximité dérangeante avec les femmes du *rione*.

Silvia, de son côté, se situe sur le même plan social. Elle représente un deuxième modèle de référence pour la jeune Lenù. Forte de son expérience à la *Normale*, la protagoniste reste touchée par l'allure de cette jeune mère contestataire rencontrée à Milan, lors d'une assem-

151. F. Ramondino, *Althénopis*, *op. cit.*, p. 39.

152. S. Chemotti, *L'inchiostro bianco. Madri e figlie nella narrativa italiana contemporanea*, *op. cit.*, p. 231. Le terme est en français.

153. *Celle qui fuit et celle qui reste*, *op. cit.*, p. 122.

blée générale à l'*Università Statale*. Elle allaite son bébé avec une grâce étonnante qui ressort dans ce contexte. Silvia exprime, aux yeux de Lenù, l'« icone d'[une] maternité[154] » hors normes donc heureuse, cultivée, irrévérencieuse qui s'oppose à l'imaginaire maternel morne et craintif auquel elle a été habituée. Mais cette représentation est, en vérité, le fruit d'une lecture superficielle. Violée par des fascistes, la jeune femme perd tout son courage, toute sa beauté, toute la maîtrise de soi qui avaient enchanté Lenù : « Elle avait les yeux vides, qui contrastaient avec les chuchotements frénétiques ponctués de petits rires[155]. » Sa maternité, anéantie par le spectre de la violence, éveille chez la protagoniste l'image d'autres maternités désespérées du *rione*. Le rejet de Silvia – dans la tentative d'effacement de son modèle négatif – est d'autant plus violent qu'il est accentué par la présence des enfants. Ces derniers contribuent à jeter une lumière sinistre sur le rapport mère-fils, mère-fille. Pendant le récit du viol, Dede – la fille aînée de Lenù – joue avec Mirko, le fils de Silvia et de Nino :

> Dede expliquait à Mirko : *tu dois me donner une claque, tu as compris ?* Par jeu, la nouvelle chair vive copiait l'ancienne, nous formions une chaîne d'ombres qui, depuis toujours, montaient sur scène avec la même charge d'amour, de haine, de désir et de violence[156].

Cette vague noire[157] – un apprentissage de l'horreur qui se transmet de mère en fille, de mère en fils – ne fait pas de différence entre richesse et pauvreté, entre instruction et ignorance, entre beauté et laideur. Ainsi, à travers le mécanisme d'un récit d'autrui structurant l'identité du soi, Ferrante poursuit dans sa volonté de tisser un lien entre écriture et maternité, entre subjectivité et narration, entre relations sociales et construction personnelle. La matrophobie apparaît comme une tentative, pour le dire avec Lea Melandri, d'« exister à travers l'autre[158] », car ces femmes, malgré leurs perspectives obscures, parviennent à conserver un côté positif. Elles sont, comme nous l'enseigne Mariangela Gualtieri, ces « ancêtres vivantes » porteuses d'un

154. *Ibid.*, p. 84.
155. *Ibid.*, p. 374.
156. *Ibid.*, p. 375.
157. La *vague noire* est une allégorie de mauvais comportements humains qui touche non seulement Naples mais toute l'Italie pour se répandre au monde entier. Voir *L'enfant perdue*, *op. cit.*, p. 412.
158. L. Melandri, « Lettura », in *Sibilla Aleramo : un amore insolito*, Milano, Feltrinelli, 1979, p. 472.

héritage – problématique, souvent ambivalent – qui peut, même dans une perspective renversée, devenir matière à réflexion et, en quelque sorte, objet de construction. Elles sont ces « donneuses de souffle[159] » qui laissent émerger, dans les pages de Ferrante, une dissonance de caractères et de profils capables de converger dans l'image de ce grand Autre qui structure les sujets. Il s'agit, pourtant, d'un double noir : tantôt proche, tantôt ennemi.

Les deux écritures : *litura* et permanence

L'amie prodigieuse se structure comme une ultime réflexion sur l'écriture. Parmi les œuvres de Ferrante, la tétralogie est celle qui, plus que d'autres, met en scène d'une manière explicite les enjeux du métier littéraire. Les blocages de la rédaction, l'incertitude de la page, les ambiguïtés de la publication ainsi que la fragilité du métier d'écrivain se mélangent au matériel fictionnel. Avec la tétralogie, Ferrante ne se contente plus de se cacher derrière sa posture d'auteure fantôme, bien plus elle parvient à dévoiler, grâce à l'usage réitéré de métalepses traversées de longs passages narratifs, plusieurs aspects – plusieurs angoisses – liés à son rôle d'auteure qui raconte, et *se* raconte, dans la page. Si *Frantumaglia* ou *Entre les marges* se présentent comme une sorte de *zibaldone*[160] critique axé sur les méthodes de son travail, *L'amie prodigieuse* est la prolongation (fictionnelle) d'une série de réflexions littéraires qui hantent l'écrivaine depuis les débuts de sa carrière. Toutefois, les différences de ces textes sont évidentes. La voix narrative de la tétralogie – une Ferrante-Lenù[161] qui ne cesse de trébucher sur les limites de la parole – se laisse aller à une manifestation explicite – et dolente – sur la précarité du rôle d'écrivain. Si dans *Frantumaglia* les interrogations sur la genèse d'une œuvre littéraire ainsi que l'analyse des thématiques affrontées sont enrichies par des réflexions qui restituent le portrait d'une écrivaine *in fieri*, la Ferrante qui émerge dans les

159. M. Gualtieri, « Le Antenate viventi », *Doppiozero*, 13 décembre 2019 : https://www.doppiozero.com/materiali/le-antenate-viventi.

160. En référence au *Zibaldone di pensieri* (1817-1832) le journal intellectuel du poète et philosophe Giacomo Leopardi. Mot intraduisible, il pourrait se rapprocher du terme « mélange ».

161. Voir à ce propos l'affirmation de Ferrante concernant l'ambivalence entre elle et son personnage in *Frantumaglia*, *op. cit.*, p. 282 : « J'ai donné mon prénom à la narratrice pour me faciliter la tâche. En effet, Elena est le prénom qui me semble le plus personnel, mon identité est entièrement concentrée, sans réticences, dans les livres que j'écris ».

pages de *L'amie prodigieuse* est une auteure au sommet de son succès n'ayant de cesse de souligner les limites de son travail. Elle tisse le portrait d'une figure d'écrivaine condamnée à répéter les mêmes erreurs ; une écrivaine fragilisée par la publication de ses livres.

Lenù décide d'écrire *L'amie prodigieuse* pour préserver son passé, mais surtout pour chercher à contenir – grâce à l'outil littéraire – l'insaisissabilité de Lila, la fugacité du temps et la friabilité de la mémoire. Tisser le récit d'autrui est, encore, une autre façon d'écrire sur soi. Dans ce contexte, l'expression littéraire devient le seul moyen pour tenter de recomposer l'ordre des faits, pour chercher à restituer la vérité d'une existence – celle de Lila – qui ne peut être récupérée qu'à travers la trace écrite. Pour cela la qualité de la parole est toujours interrogée, toujours soumise à une analyse acharnée, souvent redondante. La page reste la seule manière pour témoigner, pour donner forme aux souvenirs et, en quelque sorte, pour exister. Sans qualité littéraire, sans la force d'une langue capable de tout raconter, la construction s'effondre et la vie, *les* vies, chutent dans les abysses du silence et de l'oubli. Mais il existe un piège. Pour Ferrante-Lenù, toute la narration se fonde sur la volubilité de la mémoire et sur la nécessité de trouver une voie efficace pour traduire la complexité d'une amitié et d'une amie qui échappent à toute catégorie.

Dans le premier chapitre, nous avons montré comment la construction d'un soi à travers l'autre est fondée sur la capacité de Lila à être l'aiguillon stimulateur de Lenù. En poursuivant sur ce chemin, nous montrerons à présent comment ce paradigme relationnel mis en place par Ferrante fonctionne, en suivant des modalités presque identiques, même pour la question de l'écriture. D'une part nous avons la parole de Lenù : la seule qui est restituée au lecteur. D'autre part, nous faisons face au pouvoir expressif de Lila qui demeure toujours aussi inaccessible. Dans la tétralogie nous ne pouvons pas lire une seule de ses lignes, mais grâce au récit de Lenù nous avons un écho de sa finesse littéraire. Cette parole-transparente conserve les caractéristiques d'une écriture de la *rature* – avec un style incarnant le tout et le rien, la plénitude de la forme et l'abîme de la structure – qui a été effacée volontairement par ses protagonistes. Dans notre analyse, nous chercherons à montrer comment ces deux modèles différents – la page pleine de Lenù et la page vide de Lila – s'entrelacent sans cesse tout au long de la narration en arrivant presque à se substituer aux deux personnages. Car ce qui compte, dans *L'amie prodigieuse*, c'est la centralité de deux entités *de papier* : l'écriture de Lila et l'écriture de Lenù. La parole se substitue aux sujets, elle est à la base de toute la construction narrative. Le discours de Lenù produit le texte, mais c'est grâce à la langue de Lila, paraphrasée dans ses huit cahiers, dans ses lettres, dans son témoignage et dans son livre fantôme sur Naples, que ce récit – le récit que nous, lecteurs, nous sommes en train de lire – est possible.

Lila incarne l'effacement : elle *est* cet effacement. Victime de la *démargeure*, talentueuse dans sa capacité à créer, selon Lenù, des mots-gouffres, cette femme-absence – cette plume absente – s'inscrit dans ce que Lacan appelait la *lituraterre*. Ce néologisme, issu d'une conférence tenue le 12 mai 1971 et ensuite repris dans une publication à l'intérieur du séminaire *D'un discours qui ne serait pas du semblant*[162], traduit l'idée d'une littérature des restes, de la pourriture. En citant un passage de James Joyce où – à l'intérieur de l'une de ses lettres – il passe de « *a letter* à *a litter*[163] », Lacan montre comment la narration glisse parfois de la lettre à l'ordure : de la page bien faite à la dégradation. Cette transition, apparemment négative, marque à l'inverse le caractère heureux de cette *lituraterre* qui possède la capacité à sortir de la belle forme – incarnée par les pages de Lenù – pour habiter une écriture du vide, du manque, qui s'incarne dans le style de Lila :

> Je pensais confusément : J'ai eu tort d'écrire comme je l'ai fait jusqu'à présent, en couchant sur le papier tout ce que je sais. Je devrais écrire comme elle parle, en laissant des abîmes, en jetant des ponts qui restent inachevés, en obligeant les lecteurs à fixer le courant[164].

Pour Lacan, cette littérature de l'écart – une littérature qui est donc « accommodation des restes[165] » – se structure autour du terme latin *litura* (effacement) et du mot « terre » qui évoque un terrain creusé, sillonné, à l'instar de la page : « L'écriture est ce ravinement[166]. » Ainsi, cette *lituraterre* se fait porteuse d'une parole qui contient dans sa réalité de figure lacérée un discours capable de se fonder sur tout ce qui fait absence : à savoir quelque chose qui casse l'ordre établi, qui salit la belle forme, qui pollue la parole polie.

162. J. Lacan, *Le séminaire de Jacques Lacan. Livre XVIII, D'un discours qui ne serait pas du semblant – 1971*, texte établi par Jacques-Alain Miller, Paris, Éditions du Seuil, 2006.
163. Id., *Littérature*, n° 3, octobre 1971, Éditions Larousse, p. 3.
164. *L'enfant perdue*, *op. cit.*, p. 212.
165. J. Lacan, *Littérature*, *op. cit.*, p. 3.
166. *Ibid.*, p. 9.

Ce n'est d'ailleurs pas un hasard si, à propos de la notion de pourriture, Lacan cite *Fin de partie*[167] et si Lila parvient à conquérir Nino grâce au théâtre de Samuel Beckett qui met en scène une parole-effondrée parvenant, malgré tout, à « en fai[re] naître mille autres[168] ». À travers cette langue-érodée qui réussit, malgré son manque, à se faire porteuse de sens, il est possible d'entrer dans la vérité de l'écriture. Cette parole s'incarne, pour Ferrante, dans un discours qui, à la différence de celui de Lacan, est dépouillé du cadre analytique, mais qui se présente, en suivant ce même enseignement, comme un trou : un précipice. Il s'agit d'une parole – d'une lettre – « qui fait *trou*[169] » dans le sens qu'elle agit comme un *limen* : un seuil. Ou, pour le dire à nouveau avec les mots de Lacan : comme un « littoral » – une frontière – qui devient, donc, « littéral[e] »[170]. Il s'agit d'une zone de démarcation qui trace la limite entre le connu – ce que nous pouvons narrer – et ce qui, à l'inverse, demeure inconnu, vacant. L'écriture de Lila que nous ne pouvons ni voir ni lire, est donc une écriture de la *litura*, de l'effacement. C'est une écriture de la disparition qui anticipe, dans son absence, le projet impossible de la protagoniste : celui de gommer ses traces en s'abandonnant au néant. Dans cette alternance Ferrante parvient à raconter son propre parcours dans la page, en dévoilant son désir de dissolution accompagné d'un bilan amer qui anticipe, par le biais de la fiction, la conscience de sa défaite.

Lenù décide d'écrire l'histoire de Lila en acceptant son défi. La disparition de son amie est un prétexte : elle fonctionne comme une invitation à la narration. Les métalepses, insérées tout au long de la narration, permettent au lecteur de se confronter avec la duplicité du personnage. Car la voix narrative crée un récit spéculaire. Elle raconte ses difficultés passées, ses fatigues littéraires et, parallèlement, elle commente sa nouvelle narration : le récit de *L'amie prodigieuse*. L'écriture à la première personne se heurte à la difficulté de restituer l'exactitude des vicissitudes de Lila. Le récit de l'autre est constamment soumis à l'avis personnel : il est abîmé par une manipulation, parfois involontaire, des faits. En outre, la fragilité de la mémoire se

167. *Ibid.*, p. 3.
168. *Le nouveau nom*, *op. cit.*, p. 282.
169. J. Lacan, *Littérature*, *op. cit.*, p. 4.
170. *Ibid.*, p. 7 : « Entre centre et absence, entre savoir et jouissance, il y a littoral qui ne vire au littéral qu'à ce que ce virage, vous puissiez le prendre le même à tout instant ».

heurte à la caducité de la page. Elle glisse sur une langue demeurant lacunaire dans son impossibilité à traduire l'union des deux perspectives. Mais pour Lenù la responsabilité vient de Lila. Raconter son amie est problématique, car il faut trouver une forme épurée – celle que Lila possédait dans son écriture – pour fournir un récit qui soit honnête, privé de redondances et de représentations personnelles qui, dans leurs intrications, entravent une lecture cohérente.

Se mettre en narration est simple, presque banal – « C'est si facile de parler de moi sans Lila[171] » – car il s'agit d'adopter une perspective unilatérale qui n'a besoin ni de bifurcations ni de chemins interposés prenant en compte le vécu d'autrui. Ferrante utilise la métaphore de l'aéroport pour décrire les spécificités de l'écriture de soi. Les mots autobiographiques de Lenù glissent sur la page comme sur le carrousel à bagages. À l'inverse, la narration qui retrace les expériences de Lila ne parvient pas à suivre un parcours rectiligne. La page – le « tapis roulant » – assume, alors, un rythme cadencé et irrégulier : « ralentit, puis accélère, prend un virage trop serré et sort des rails[172]. » Les valises, représentant le contenu de cette même narration, tombent. Les sacs, dans leur contenu éparpillé sur le sol, constituent donc la difficulté d'une trame qui ne peut pas être linéaire, car elle aborde deux vies parallèles qui s'entrelacent et qui se défont constamment. Le carrousel à bagages c'est, de son côté, le style. L'écriture plate qui traduit l'existence de Lenù doit subir, dans la tentative de raconter la vérité de Lila, un virage vers une forme autre, susceptible de décrire ses accélérations, ses temps d'arrêt, ses ondulations qui à la fois s'interrompent et rebondissent. Ainsi, la narration d'autrui rend l'écriture ardue, éprouvante, sans possibilité d'issue : « c'est Lila qui rend l'écriture difficile[173]. » Le caractère de cette autobiographie spéculaire, qui se sert de l'existence d'autrui pour pouvoir construire le récit de soi, est affirmé clairement par Lenù avouant comment la vie de son amie « surgit constamment dans la [sienne] ». Mais le point crucial consiste dans le fait que seuls les discours, les lettres, les échanges verbaux rendent concrète cette existence. Les mots de Lenù gardent « un écho » des discours de Lila. Écrire signifie, alors, opérer une « transposition »[174] : mettre en place une sorte de pastiche capable de contenir le vide de l'une « mon habitude d'être *en deçà* »

171. *Le nouveau nom*, *op. cit.*, p. 445.
172. *Ibid.*
173. *Ibid.*, p. 446.
174. *Ibid.*

et les plénitudes de l'autre : « sa manière d'être *au-delà* »[175]. Le résultat ne peut être qu'une écriture tissée de points morts, de chemins sans issue, d'abondances se heurtant aux vides créés par le manque d'informations et aggravés par la méconnaissance des faits.

Même le métier d'écrivaine n'est pas libre : Lenù avoue avec amertume comment elle s'est pliée aux exigences du monde de l'édition. La liberté des débuts est remplacée par la nécessité de séduire le lecteur, en lui ôtant « toute envie d'objecter[176] ». Dans ce contexte, Ferrante se glisse dans la peau de sa protagoniste pour mener une critique dirigée vers les auteurs vedettes, qui participent aux salons littéraires et qui ont besoin d'un contact avec leur public pour avoir la sensation d'exister. Lenù, après les premières défaites, apprend rapidement les méthodes les plus adaptées pour faire face aux critiques. Sa posture n'est plus celle, spontanée, d'une femme qui a écrit un livre et se présente, avec son intégrité, devant les lecteurs. À l'inverse, elle prend les caractères d'une marionnette qui produit, sans cesse, une pantomime grotesque de son rôle.

> [Je] fixa[i] dans ma mémoire ces quelques concepts qui devinrent pour moi comme un refrain. Je les utilisai souvent en public, de manière tantôt amusée tantôt dramatique ; parfois je les synthétisais, d'autres fois je les développais en faisant de grandes circonvolutions. Je me sentis particulièrement à mon aise[177].

En exprimant une pensée qui n'est pas la sienne dans le seul objectif de plaire au public, la protagoniste paraît évoquer, dans sa parabole éditoriale, la notion lacanienne de « poubellication ». Ce néologisme a été proposé lors du séminaire du 15 décembre 1965 : *L'objet de la psychanalyse*. Pour Lacan « Écrire et publier n'est pas la même chose[178] ». Le rapprochement entre la notion de publication et celle de l'ordure – de la poubelle – vient du fait que le sujet, selon Lacan, se retrouve, souvent malgré lui, dans un dépouillement de son propre langage. Lenù répète automatiquement certaines formules, car elle

175. *Ibid.*
176. *Celle qui fuit et celle qui reste*, *op. cit.*, p. 29.
177. *Ibid.*, p. 75.
178. J. Lacan, *L'objet de la psychanalyse*, 15 décembre 1965 in E. Porge, « Instance de la lettre et poubellication selon Lacan », *Essaim*, 2014/2, n° 33, p. 36 : « La conjonction fortuite, inattendue de ce quelque chose qui est l'écrit et qui a ainsi d'étroits rapports avec l'objet *a*, donne, à toute conjonction non concertée d'écrits, l'aspect d'une poubelle. [...] Je crois que si le mot *poubelle* est venu si exactement se colloquer avec cet ustensile, c'est à cause de sa parenté avec la *poubellication* ».

sait qu'elles feront mouche dans le public. D'une manière analogue quand elle écrit, elle cherche à produire une littérature artificielle – endiguée – capable de toucher le cœur des lecteurs. Elle tombe dans ce que le psychanalyste définit comme la tentative d'articulation d'une pensée qui n'appartient pas – qui n'appartient plus – au sujet. Publier devient alors, pour Lacan, une manière de se débarrasser de cette voix intérieure : une voix fausse – trompeuse – complètement affectée. Écrire de cette voix, l'emprisonner dans la page et ensuite la reproduire – la neutraliser – en plusieurs exemplaires est une façon – certes maladroite – de se libérer d'une pensée insincère. Il faut donc « pou-belliser »[179] un contenu qui ne correspond pas à la nature originelle du sujet : le jeter dans l'ordure du monde éditorial est le seul moyen pour le détruire, pour l'oublier. En effet, le parcours littéraire de Lenù reproduit ce même mécanisme de création et de destruction.

Seule sa vieillesse apparaît vraiment comme une prise de conscience, définitive, de la médiocrité de son propre travail. La conscience de sa propre insuffisance, aggravée par un hypothétique livre-parallèle de Lila, l'oblige à se confronter à son rôle de plagiaire. Elle ne se considère plus comme une écrivaine, mais comme une sorte d'épigone destinée à répéter – d'une manière factice – ce qui avait déjà été dit par les autres. C'est face à ces considérations finales, jetant une lumière sinistre sur l'ensemble de la tétralogie, qu'il faut prendre en compte la question initiale de Lenù – *peut-on raconter un effacement ?* – pour comprendre la réflexion que Ferrante développe pour clore son livre en cherchant à se définir, d'une manière quasi définitive, à travers la page. Comprendre l'écriture invisible de Lila est une voie pour cerner la page de Ferrante-Lenù. Il s'agit d'une page certes tangible dans laquelle persiste le pressentiment de l'échec.

Le génie de Lila reçoit un coup d'arrêt après l'école élémentaire. Son père Fernando décide de son destin, mais elle n'en démord pas. Pendant toute sa vie, elle cherche à sublimer le manque d'instruction et l'impossibilité de suivre le parcours brillant de Lenù à travers la création. Inventer un projet de chaussures, plonger dans les livres de la bibliothèque du *rione* ou étudier, en autodidacte, le grec et le latin pour ne pas céder au déterminisme familial, est une manière de résister. Lila se retrouve elle-même dans la possibilité d'inventer des mondes. Elle sublime l'impossibilité d'être écrivaine en se concen-

179. B. Morales, « Paroles imposées », *ERES, Psychanalyse*, 2012/3, n° 25, p. 22.

trant sur des objectifs plus concrets qui lui permettent, en dépit des empêchements extérieurs, de continuer dans son rêve d'épanouissement. L'écriture de *La fée bleue*, les chaussures, la lecture, le magasin des frères Solara, les articles écrits avec Lenù ou Nino, sont pour elle des palliatifs pour résister à la souffrance.

Toutefois, tous ces projets sont traversés par une réalité sous-jacente. Lila cache un côté mystérieux que personne, sauf Lenù, ne connaît. L'écriture reste, pour elle, une activité latente – obscure – qui l'accompagne tout au long de son existence. La preuve de ce travail quotidien parvient à Lenù à travers les huit cahiers déposés dans une boîte en métal. Les pages de Lila contiennent la tentative de résister à la barbarie grâce à une autodiscipline rigide. L'écriture est un prétexte pour s'obliger à un travail intellectuel forcé. Sa tête doit rester éveillée. Ce qui frappe Lenù est la qualité de sa parole : « ses phrases étaient d'une précision extrême, sa ponctuation très soignée et sa graphie élégante[180]. » L'écriture de Lila n'est pas le fruit d'un hasard, mais d'un lent, constat travail voué à la création d'un effet spontané qui cache, finalement, une discipline sévère. Lenù sent « le style naturel » de son amie comme un « artifice »[181], mais elle ne parvient ni à trouver la faille ni à identifier les points de fragilité où l'écriture cède en révélant sa caducité. Le mystère de cette langue est savamment entretenu par Lenù-Ferrante qui annonce, qui décrit, mais qui ne montre jamais les pages de son amie.

La force évocatrice des phrases écrites par Lila oblige la narratrice à une mise en discussion permanente. C'est pour cela qu'elle décide de lancer les cahiers de son amie dans l'Arno, d'effacer à jamais la preuve de sa propre inconsistance. Car l'écriture de Lila constitue la confirmation que les études, les livres avalés dans la fatigue, les bonnes notes, les tentatives réitérées d'être toujours la meilleure, ne sont que des futilités face aux facultés d'autodidacte de son amie : « Tous mes efforts passés me semblèrent privés de sens[182]. » Ferrante suggère ici que l'élan créatif est indépendant de toute structure : il ne peut être ni bridé ni orienté à l'intérieur de certaines institutions qui, comme dans le cas de la *Scuola Normale*, apparaissent comme des cathédrales froides. La position de Lenù, comparée à celle de Lila, est d'autant plus frustrante qu'elle a pu bénéficier d'un cadre privilégié qui, toutefois, ne lui a pas permis d'atteindre les résultats espérés.

---

180. *Le nouveau nom*, *op. cit.*, p. 18.
181. *Ibid.*, p. 21.
182. *Ibid.*, p. 531.

La tentative de disparaître dans la page illustre la volonté de n'exister qu'à travers la transposition d'une série de mots, alignés l'un à côté de l'autre. Ainsi, le défi que Lila lance à Lenù et qui se concrétise dans ce dernier livre – celui que le lecteur est un train de lire comme à travers une mise en abyme – consiste à obliger son amie à entrer, une fois de plus – et encore mieux – dans son jeu impossible. Ce récit titré *L'amie prodigieuse* correspondrait donc à la dernière leçon de Lila : pénétrer dans son enseignement pour chercher à sortir des facilités stylistiques en rendant justice à un modèle littéraire que Lenù a poursuivi tout au long de son existence.

Mais le paradoxe de cette entreprise se révèle dans le fait que la protagoniste ne peut pas raconter une rature, car son écriture s'avère inadéquate. Le défi est donc un défi à perdre : il s'agit d'une entreprise littéraire montrant, même dans ses fondations, son statut de chimère. Lenù-l'imposteur est celle qui, une fois de plus, cherche à se mettre à la place de Lila tout en sachant que cela reste illusoire : « Elle seule peut [...] raconter[183]. » Lenù rêve que son écriture puisse être envahie par l'ombre de Lila, car elle sait que ce n'est qu'à travers la voix de l'autre que sa page est efficace. Raconter une rature n'est possible qu'en étant raturé. Lila est l'écrivaine inexistante qui, dans ses pages, a toujours pratiqué la réticence. Elle qui craignait « les mots creux[184] », la perte de toute signification, est celle qui a fait de cette même insignifiance, de cette même dépossession, le sens de sa recherche linguistique et littéraire. Lila – la femme-raturée, la femme-*litura* – est la seule qui pourrait tracer, avec exactitude, le fil de cette histoire. Lenù, sans elle, demeure dans l'impuissance.

Mais, transversalement, la narratrice sait bien que Lila n'aurait jamais accepté un tel pari. Car elle ne souhaitait pas apparaître : elle voulait rester dans son statut d'être invisible, effacé.

> Pour écrire, il faut désirer que quelque chose te survive. Alors moi, je n'ai même pas envie de vivre, ce n'est jamais quelque chose que j'ai éprouvé fortement, contrairement à toi. Si je pouvais m'effacer maintenant, au moment même où nous parlons, je serais plus que contente. Alors me mettre à écrire, tu parles ! [...] je ne veux rien laisser de moi. La touche que je préfère c'est celle qui sert à effacer[185].

183. *L'enfant perdue*, *op. cit.*, p. 19.
184. *Ibid.*, p. 275.
185. *Ibid.*, p. 593-594.

Cette volonté de s'effacer dévoile la réalité d'une souffrance sans nom qui ne peut pas être contenue et qui déborde du corps de Lila en l'obligeant à sortir d'elle-même, à s'annihiler, à s'effacer dans son propre désespoir. La rature interprétée dans sa réalité d'acte définitif est une manière de succomber à la souffrance : « Elle voulait s'effacer parce qu'elle ne se supportait pas. C'est ce qu'elle avait toujours fait, durant toute son existence[186]. » Le gommage est un moyen de laisser place au désespoir en lui permettant de ronger sa consistance de femme, de personne. Lila montre, dans plusieurs choix de sa vie, comment cette incapacité d'acceptation l'a souvent poussée vers une forme de castration. Se limiter, s'isoler, se confiner « dans un périmètre étouffant[187] » a été une manière de se nier, d'effacer sa personne. Mais son projet ne s'arrête pas ici. Lila choisit de disparaître, car elle voit, dans la néantisation de sa propre personne, une posture stylistique : « S'effacer était une espèce de projet esthétique[188]. » En choisissant une écriture du néant, une écriture du vide, Lila donne vie à son désir d'exprimer, en suivant ainsi l'enseignement de Lacan, « son corps parlant » à travers le « ratage de ce qu'il veut dire »[189]. Car, ce n'est qu'à travers la dissolution de sa subjectivité et par la soustraction de son dire, que Lila laisse émerger sa pensée, son écriture invisible – son livre fantôme comme le suggère Lenù – qui existe sans que personne ait pu ni le voir ni le lire. Raturer est donc une manière d'exister ; sublimer ou gommer sont deux façons complémentaires pour réussir « à être encore reproduit[190] ». Ainsi, son écriture de la *litura* – sa *lituraterre* – se manifeste dans sa capacité à laisser une trace : elle pénètre dans la cavité du langage, elle se sert d'une absence qui fait présence et qui contraint à la recherche d'un idiome capable de combler le manque.

Lenù veut rester et elle veut que Lila reste : elle écrit pour la sauver. Mais ce n'est que dans le dernier chapitre de la tétralogie – *Restitution* – que la narratrice avoue une vérité douloureuse. Sans la possibilité de retrouver son amie, Lenù s'aperçoit que son travail littéraire n'est qu'un échec. Son œuvre, qui avait l'ambition de récupérer la vie d'une amie pour pouvoir la figer, montre toute l'arrogance d'une telle entreprise. Ferrante le sait bien. Pour elle, cette

186. *Ibid.*, p. 605.
187. *Ibid.*
188. *Ibid.*, p. 594.
189. J. Lacan, *Livre XX. Encore 1972-1973*, *op. cit.*, p. 152.
190. *Ibid.*, p. 153.

écriture qui lutte contre la mort, qui prétend sauver la mémoire de tous, montre toute l'insolence du métier d'écrivain : « que signifie : vous ne savez pas me voir et vous voir, mais moi je me vois et je vous vois[191] ? » L'œuvre médiocre d'une écrivaine, qui a tant écrit en croyant sauver son amie de l'oubli, se heurte au pouvoir souterrain d'une parole plus modeste. Lila, dans sa transparence, se fait porteuse d'une éthique de la page qui percute contre la présomption de Lenù. Ferrante, de son côté, paraît se situer au croisement de ces deux chemins à la fois opposés et complémentaires. Elle écrit pour témoigner, pour exister, mais parallèlement elle choisit la disparition : ne pouvant adhérer au projet esthétique de Lila, elle semble se contenter d'un entre-deux. Le constat sur sa page est cruel : la meilleure des œuvres est peut-être celle qui n'a pas encore été publiée ; celle qui, potentiellement, ne le sera jamais. Il s'agit d'un texte qui ne cesse de se nourrir de réticences, de lacunes. Un texte qui cherche, dans ses manques, une forme d'harmonie. Dans le gommage l'œuvre *fait silence*. Elle résiste en tant que « question qui veut demeurer telle[192] » : espace mystérieux, lieu de l'insoluble, acte manqué et toutefois terrain de renouvellement, horizon du possible.

191. *Frantumaglia, op. cit.*, p. 452.
192. C. Parmiggiani, *Stella, Sangue, Spirito*, Paris, Actes sud, 2004, p. 110.

Autobiographie de l'absence *The Guardian* ou *Chroniques du hasard* (2018-2019)

Ferrante journaliste

Au cours de l'automne 2017, le quotidien *The Guardian* propose à Ferrante d'écrire une chronique hebdomadaire. Commencée le 20 janvier 2018 et terminée le 12 janvier 2019, cette collaboration a donné lieu à cinquante et un textes traduits en anglais par Ann Goldestein et publiés ensuite en italien – *L'invenzione occasionale* – puis en français sous le titre de *Chroniques du hasard.* L'écriture n'est plus un lieu de création, mais un exercice contre la montre (une rubrique par semaine), devant respecter des contraintes liées à l'espace typographique et aux thématiques imposées par le quotidien. Écrire ces chroniques contraint Ferrante à affronter la complexité d'une langue qui se bâtit dans la soustraction – « en effaçant beaucoup » – et dans l'épuisement : « les mots les uns derrière les autres, presque toujours au prix de gros efforts[1]. » Ferrante a dû « fouill[er] » dans la profondeur d'une mémoire souvent involontaire, en mélangeant des expériences personnelles avec des réflexions issues des « livres lus il y a plusieurs années »[2]. L'écriture de ces « fragments de [s]oi », de ces « petits filets d'encre »[3], est souvent le fruit d'un assemblage dissonant où la cohabitation d'expériences personnelles se confond avec des intuitions imprévues, avec des conclusions brusques qui restituent à la page un caractère rudimentaire, volontairement esquissé.

1. E. Ferrante, « Chocs – 18 mars 2019 », in *L'invenzione occasionale*, Roma, Edizioni e/o, 2019, trad. Elsa Damien : *Chroniques du hasard*, Paris, Éditions Gallimard, 2019, p. 10.
2. *Ibid.*, p. 11.
3. *Id.*, « Dernière fois – 12 janvier 2019 », *Chroniques du hasard*, *op. cit.*, p. 168-169.

Le langage journalistique devient l'occasion de s'immerger dans les profondeurs d'un atelier d'écriture : un laboratoire d'écrivain – chambre personnelle *mal meublée* – qui ne se préoccupe pas de la forme : « On ne remet pas l'écriture au jour où [...] on aura un bureau à soi dans un lieu à soi, avec un jardin et une terrasse donnant sur la mer[4]. » En lisant les proses de Ferrante, nous avons l'impression de reparcourir une tradition littéraire déjà expérimentée par d'autres auteurs qui se sont consacrés au journalisme ou à l'art d'écrire des textes courts susceptibles de resituer aux lecteurs un surplus de vie à travers la fiction. Dino Buzzati, par exemple, avec les chroniques contenues dans *In quel preciso momento*[5], a donné vie à ce qu'Eugenio Montale a défini comme des « confettis de poésie[6] » où nous retrouvons la recherche d'une authenticité – « [ce sont] des histoires tout à fait sincères[7] » – qui se font à la fois édification de soi et confession romanesque susceptible de transformer des *topoï* littéraires en matière autofictionnelle. Claudia Durastanti, dans son compte rendu pour le quotidien *la Repubblica*, a souligné comment la « domesticité étrangère[8] » dans les chroniques de Ferrante fait penser au regard sur le monde que nous retrouvons dans certains écrits de Natalia Ginzburg. C'est à *Les petites vertus*[9] que nous pensons en lisant les articles de Ferrante où la sincérité littéraire traduit une forme d'honnêteté se manifestant, avant tout, dans le style d'écriture, dans la limpidité d'une parole qui se construit avec la conscience d'un travail quotidien qui doit résister aux sirènes de la tromperie. Ce clivage entre vérité et mensonge est bien celui-là qui préoccupe Ferrante et qui revient, sans cesse, dans ses textes en prose : « L'écriture étant, par nature, artificielle, tout emploi littéraire de l'écriture comporte toujours une forme de fiction. L'élément discriminant serait plutôt : quelle part de vérité la fiction finit-elle par capturer[10] ? » La littérature se fait pour Ferrante, un « mensonge plein de noblesse[11] » : seul endroit

4. *Id.*, « Le besoin d'écrire – 12 mai 2018 », *op. cit.*, p. 65.

5. D. Buzzati, *In quel preciso momento* [1955], Milano, Arnoldo Mondadori Editore, 2006.

6. E. Montale, « Coriandoli di poesia », *Corriere della Sera*, 21 mars 1951.

7. N. Pozza (dir.), *Saranno idee d'arte e di poesia. Carteggi con Buzzati, Gadda, Montale e Parise*, Vicenza, Neri Pozza, 2006, p. 40-41.

8. C. Durastanti, « Lo sguardo globale », *la Repubblica – Robinson*, 25 mai 2019.

9. N. Ginzburg, *Le piccole virtù* [1962], Torino, Einaudi, 2015 ; *Les petites vertus*, trad. de l'italien par Adriana Salem, Paris, Ypsilon, 2021.

10. E. Ferrante, « Le vrai, le faux – 17 février 2018 », *Chroniques du hasard*, *op. cit.*, p. 29.

11. *Id.*, « Mensonges – 28 juillet 2018 », *op. cit.*, p. 99.

où pouvoir inventer tout en restant fidèle à sa personne : « défendre la vérité passe avant tout par dire la vérité sur soi-même[12]. » Ainsi, pour écrire en journaliste, l'auteure choisit de prendre une posture liminaire en transformant son propre regard en instrument critique.

Elle raconte à partir de ses limites, en assumant la *domesticité* d'une attitude qui revendique, sans honte, son *excentricité*. Excentricité interprétée une fois de plus[13] comme exclusion, capacité à regarder de travers : optique lui permettant d'observer le monde à travers une fissure dans la porte ou à travers une brèche dans le mur. Cette vision sommaire, certainement partielle et tout à fait personnelle, ne symbolise ni le triomphe de l'ordinaire ni la mise en valeur de petites vertus interprétées dans le sens le plus médiocre du terme. Il s'agit, plutôt, de revendiquer – encore – une posture éthique qui, en reprenant l'enseignement de Simone Weil, indique qu'il est indispensable, avant tout, d'être à la hauteur de petites choses[14].

La vision de Ferrante est donc une manière de se positionner *a latere* de la vie, à côté de grands mouvements. Elle n'a pas traité certaines thématiques, elle ne s'est pas occupée « des désastres que [l'inégalité] engendre sur les plans économique, social, culturel[15] ». Son discours incarne toujours la parole d'une première personne du singulier qui tente de lire le monde en le regardant par sa fenêtre, à partir, donc, de son expérience quotidienne. Ferrante l'exprime clairement : « Dans la fiction, j'avais l'impression que nous étions, mes vérités[16] et moi, un peu plus en sécurité[17]. » Cette *invention occasionnelle* n'est donc pas une méthode de travail, mais elle représente la pratique identitaire d'une auteure qui a pu maintenir dans le temps, grâce à la littérature, son choix d'absence : rêve d'anonymat ou plaisir de dissolution.

12. *Id.*, « Confesser – 4 août 2018 », *op. cit.*, p. 102.

13. Nous avons déjà traité de ce concept en tissant un lien entre la pensée de H. Arendt et d'autres personnages de Ferrante, notamment avec Vittoria de *La vie mensongère des adultes*. Voir, H. Arendt, *Il futuro alle spalle*, *op. cit.* et les références présentes dans le chapitre *Victoria : s'échouer dans l'Autre*.

14. A. Sofri, « Prefazione », N. Ginzburg, *Le piccole virtù*, *op. cit.*, p. VI. Concernant l'expression de Simone Weil reprise par Adriano Sofri voir à ce propos S. Weil, *Cahiers I*, Paris, Gallimard, 1994.

15. E. Ferrante, « Dernière fois – 12 janvier 2019 », *op. cit.*, p. 168.

16. La notion de « vérité », à la fois centrale et paradoxale dans l'œuvre de Ferrante, fait référence, comme nous l'avons déjà vu, à une sorte de « vérité littéraire » qui ne se manifeste que dans l'écriture. Il s'agit d'un concept analysé tout au long de cette étude. Voir, entre autres, le chapitre *Giovanna : une palingénésie laïque par le biais du mensonge*. Voir aussi le propos de Ferrante répété à plusieurs reprises aux journalistes in *Frantumaglia*, *op. cit.*, p. 95.

17. E. Ferrante, « Tenir un journal intime – 3 février 2018 », *op. cit.*, p. 23.

Le corps en devenir

Pour Ferrante, les frontières de l'être humain sont poreuses, prêtes à se rompre en laissant le sujet à la merci de son ingouvernabilité. Dans ses écrits journalistiques, l'écrivaine revient sur la question de la *démargeure*, mais elle le fait en sondant d'autres possibilités d'interprétation. Le corps, dans son acception d'objet-mutant, est porteur d'une singularité changeante, ouverte vers une multitude qui signifie connaissance et compréhension : « ce n'est pas l'idée de ne plus exister qui m'effraie, mais celle d'être diminuée par les traitements, d'osciller entre illusion de guérison et déception, et de souffrir l'agonie[18]. » Ce n'est donc pas la mort qui interroge, mais plutôt la crainte d'une « vie dans la souffrance[19] » qui devient l'une des caractéristiques typiques de ces sujets-lisières. Ferrante ne cache pas sa stupeur face à cette mutation permanente. Elle est surprise par « [l']impressionnant[e] instabilité de nos corps depuis la naissance, [par] leur processus continu de formation et déformation, [par] leurs efforts incessants pour comprendre ce qu'ils doivent devenir, sans jamais y parvenir[20] ». L'être humain est prisonnier des changements de son anatomie ressentie comme un territoire privé de structure, soumis sans cesse aux influences extérieures : « Je sais désormais depuis longtemps qu'il m'arrive d'exagérer[21]. » Le corps se métamorphose jusqu'à la perdition, conscient d'avoir perdu toute forme de contrôle, toute possibilité de salut. Cette attitude déjà analysée dans d'autres romans – nous faisons référence à la *démargeure* de Lila, à la *frantumaglia* maternelle, au *scombino* (l'embrouillement) de Melina ou au *squadernamento* (disloquement) d'Olga – illustre comment l'être humain ne peut être figé dans une configuration précise.

Malgré les tentatives de compréhension, il existe toujours, chez Ferrante, un détail qui oblige à une remise en question des acquis, à une reformulation des structures que le sujet croyait avoir maîtrisées : « il y a quelque temps, j'ai retrouvé une photo de moi sur laquelle j'avais dix-sept ans, et je me suis tellement plu que – chose extraordinaire – je l'ai fait encadrer et l'ai placée sur un rayon de ma bibliothèque[22]. » La découverte d'une photographie de jeunesse devient prétexte pour bâtir une réflexion sur l'évolution des indivi-

18. *Id.*, « Fin – 10 février 2018 », *op. cit.*, p. 25.
19. *Ibid.*, p. 26.
20. *Id.*, « Enfances heureuses – 8 septembre 2018 », *op. cit.*, p. 113.
21. *Id.*, « Peurs – 27 janvier 2018 », *op. cit.*, p. 20.
22. *Id.*, « Ça, c'est moi – 22 décembre 2018 », *op. cit.*, p. 158.

dus, sur l'impossibilité de se percevoir *hic et nunc*, dans l'exactitude du temps présent. Seul l'art de l'image peut témoigner d'un temps actuel qui, dans son paradoxe, échappe à toute tentative de catégorisation. Car la photographie, dans son immuabilité souvent mensongère – « Avais-je eu cette apparence seulement dans la fraction de seconde où quelqu'un avait appuyé sur le bouton[23] ? » –, ne fait que souligner la précarité de l'individu : son incapacité à se comprendre dans son être et dans son environnement. Roland Barthes, dans son essai *La chambre claire*[24], avait lu cet *intersum* – en latin cet « être entre », cet « être séparé par un intervalle » – à travers le noème « Ça-a-été ». Ce dernier désigne la frontière entre cette existence immuable figée dans la photo et la distance qui sépare celui qui observe (le *spectator* dans l'acception barthienne) du sujet observé : « cela que je vois s'est trouvé là, dans ce lieu qui s'étend entre l'infini et le sujet [...] il a été là, et cependant tout de suite séparé ; il a été absolument, irrécusablement présent, et cependant déjà différé[25]. » C'est dans cette différence, dans cet espace entre le passé et le présent – entre ce qui a été et ce qui pourrait être – que le corps trouve son horizon d'existence. Il ne peut que se produire dans un espace-temps, toujours en mutation, toujours en train de se construire.

Le corps-mutant apparaît ainsi comme une entité porteuse de créativité. D'une manière analogue, la grossesse devient pour Ferrante la métaphore d'un dévoilement. Le corps se préparant pour accueillir une autre vie abandonne son statut rationnel pour laisser émerger une forme instinctive – un devenir-animal[26] – qui laisse présager la puissance « terrible [...] magnifique[27] » de la nature primant sur toute tentative de rationalisation. Il s'agit d'un corps prêt, en suivant la logique avancée par Gilles Deleuze et Felix Guattari, à se livrer à ce devenir autre de soi[28] : espace ouvert, métamorphique, soumis

23. *Ibid.*, p. 159.

24. R. Barthes, « La chambre claire », *Œuvres Complètes, nouvelle édition revue, corrigée et présentée par Éric Marty*, tome 5, 1977-1980, Paris, Éditions du Seuil, 2002.

25. *Ibid.*, p. 851-852.

26. Pour la question du devenir-animal, à savoir un corps en évolution, sans organes, soumis à l'acte du devenir, voir l'œuvre de G. Deleuze, F. Guattari, *Mille Plateaux. Capitalisme et Schizophrénie*, *op. cit.*, p. 200. Voir aussi le travail de Sophie Beaulé, à propos des corps en devenir sous le prisme d'une optique féministe : S. Beaulé, « Le corps en devenir et la machine de guerre : Bérard, Chen, Darrieussecq et Dufour », *Recherches féministes*, *27* (1), 2014, p. 129–144.

27. E. Ferrante, « Grossesse – 10 mars 2018 », *op. cit.*, p. 37.

28. Nous renvoyons aussi à la lecture d'une devenir-femme chez Gilles Deleuze et Felix Guattari, réalisée par L. Mozère, « Devenir-femme chez Deleuze et Guattari », *Cahiers du Genre*, n° 38, 2005/1, p. 43-62.

au mouvement incessant qui se fait, toutefois, porteur de possibilité et de vie.

Nous sommes loin, ici, de la terreur lucide affectant Lila quand elle observait le monde s'évanouir devant ses yeux, quand elle percevait, d'une manière horrifiée, les frontières des corps se liquéfier jusqu'à devenir une masse gluante et mortifère, porteuse de néant, de dévastation. Le corps que Ferrante analyse dans les chroniques publiées dans *The Guardian* est bel et bien un corps construit, un corps assemblé. Il s'agit d'un corps-collage soumis à la variabilité des sujets, aux changements physiques, émotionnels et relationnels. Ce corps en devenir, chargé de désir et de potentiel, s'inscrit dans l'enseignement proposé par Simone de Beauvoir dans son essai le plus connu : *Le deuxième sexe*[29]. Dans l'expression devenue désormais proverbiale, « On ne naît pas femme : on le devient[30] », il est question d'une identité qui parvient à se structurer en s'appuyant sur la notion de responsabilité. Mais c'est surtout le concept de mouvement – d'évolution, de transformation – qui oriente ce corps de femme[31]. Dans ses chroniques, Ferrante paraît tisser un dialogue avec ses lecteurs à partir de ce paradigme-Beauvoir. Elle se sert du mot « devenir » ; elle le réhabite pour l'employer à l'instar d'une optique à travers laquelle concevoir la subjectivité, la possibilité des corps, la mutation des sujets. L'opportunité de se structurer dans le *devenir* – dans l'*avenir* – indique que rien n'est figé et que tout peut être inventé, subverti, reconstruit comme dans le façonnage infini de chaque narration.

Inappartenance géographique

Dans ces chroniques l'espace urbain, conçu dans sa structure de *dramatis personae*, n'existe pas. Ferrante choisit d'éradiquer tout sentiment d'appartenance à un territoire géographique : elle rompt avec sa terre d'origine. L'Italie racontée à travers une série des stéréotypes – les spaghettis, la pizza, parler à voix haute ou gesticuler sans arrêt – n'est qu'une représentation caricaturale, irréelle, vouée à la critique : l'obligation de s'identifier à travers son lieu natal. La seule

29. S. de Beauvoir, *Le deuxième sexe* [1949], tome II, Paris, Éditions Gallimard, 1976.

30. *Ibid.*, p. 13.

31. La théorisation de Simone de Beauvoir autour de cette idée du « devenir » a été d'ailleurs interrogée et développée par d'autres philosophes contemporaines. Voir, entre autres, G. Fraisse, *Féminisme et philosophie*, Paris, Éditions Gallimard, 2020 ; F. Brugère, *On ne naît pas femme, on le devient*, Paris, Stock, 2019.

détermination susceptible d'édifier les individus est donc celle d'une langue porteuse de culture et de signifiance, qui se présente à travers la notion de nationalité linguistique. Le fait d'être italienne ne passe que par ce « condensé de l'histoire, de la géographie, de la vie matérielle » qui émerge chez tous ceux qui parlent la même langue, qui baignent dans la même culture verbale. Ce sont les « mots, la grammaire et la syntaxe »[32] qui parviennent à déterminer les individus, à établir, entre eux, une sorte de similitude, une possibilité de reconnaissance mutuelle.

La langue n'est pas interprétée dans sa force identitaire, mais plutôt dans son potentiel subversif, dans sa capacité à être traduite, à s'adapter à d'autres langues, à devenir outil de communication susceptible d'outrepasser les limites géographiques et culturelles. Traduire, signifie produire une possibilité d'évasion et édifier un canal permettant le brassage des savoirs : « Ceux qui traduisent transportent des nations à l'intérieur d'autres nations[33]. » C'est grâce à cette transmutation que ce deuxième texte – désormais traduit – peut être enrichi, augmenté par les potentialités du premier. Ferrante ne craint pas la déformation de sa pensée. Pour elle l'équation traduction-trahison n'existe pas. Au contraire : elle assume fièrement sa position de déracinée, d'apatride géographique. Car elle voit dans la parole-traduite, dans la parole-trahie, une forme de « salut[34] » où les carences dues à un horizon restreint, certainement étouffant, peuvent tomber : « la traduction [...] nous sort du puits dans lequel nous sommes tombés à notre naissance[35] ». Toutefois, il n'est pas question de s'attarder sur l'importance d'une identité géographique, car la terre natale peut aussi se présenter sous l'apparence d'un lieu limitant, qui doit être subverti pour permettre à l'individu d'évoluer, de sortir des mailles oppressantes de sa descendance.

En s'inscrivant dans la méthode théorisée par Antoine Berman, Ferrante met en évidence l'idée d'une traduction interprétée comme un espace de rencontre avec autrui. La relation entre le texte originel et le texte traduit est fondée sur un échange permanent, défini comme *éthique*, car axé sur l'importance du lien dialogique existant entre les textes et donc entre traducteurs et auteurs. Dans

32. E. Ferrante, « Nationalité linguistique – 24 février 2018 », *op. cit.*, p. 31.
33. *Ibid.*, p. 32.
34. *Ibid.*
35. *Ibid.*

son ouvrage *La Traduction et la Lettre ou l'Auberge du lointain*[36], A. Berman montre comment cette dimension se fonde sur la volonté de comprendre l'« Étranger en tant qu'Étranger[37] ». Le respect de cette même diversité ainsi que le choix de ne pas aplatir, de ne pas déformer le sens de mots, constituent les principes indispensables de cette pratique établie exclusivement sur les liens et sur la compréhension de l'autre[38].

Ainsi, dans ses chroniques, Ferrante prend les distances vis-à-vis des lieux qui l'ont formée. Elle nie l'appartenance géographique envers une terre qui, d'une manière plus ou moins récurrente, a structuré l'ensemble de sa narration. Ce n'est donc pas un hasard si Naples se présente dans le silence de son absence[39]. Ferrante esquive toute thématique qui pourrait renvoyer à la cité parthénopéenne. Elle préfère se concentrer sur d'autres sujets en veillant bien à ne jamais tomber dans le piège du personnalisme, du récit mémoriel, de l'élan à la fois nostalgique ou critique. L'objectif est d'éluder une étiquette, de nier la proximité entre son œuvre et une littérature qui se sert de Naples, de son horizon thématique, pour bâtir le discours romanesque. Dans une conférence tenue à la Sorbonne le 28 novembre 2003, Raffaele La Capria[40] soulignait une gêne tout à fait semblable comme si le fait d'être né dans la cité parthénopéenne était une sorte de « marque de fabrique[41] » condamnant ces auteurs à n'exister que dans l'horizon étouffant d'une empreinte territoriale. C'est donc la langue, le rythme, le souffle contenu dans une œuvre qui en détermine sa provenance et non pas la ville, non pas le caractère caché dans les lieux ou les habitants, non plus leurs usages ou leurs manies.

La clé interprétative fournie à tout lecteur, à tout critique littéraire, réside donc dans cette capacité de se démarquer d'une soumission poétique en arrivant à interpréter la page comme un terrain propice

36. A. Berman, *La Traduction et la lettre ou L'auberge du lointain*, Paris, Éditions du Seuil, 1999.

37. *Ibid.*, p. 75.

38. Antoine Berman avait d'ailleurs déjà abordé ces thématiques dans un autre texte. Voir A. Berman, *L'épreuve de l'étranger : culture et traduction dans l'Allemagne romantique : Herder, Goethe, Schlegel, Novalis, Humbolt, Schleiermacher, Hölderlin*, Paris, Éditions Gallimard, « coll. Tel », 1984, p. 16.

39. De ce point de vue, Ferrante semble suivre un mouvement plus général, déjà pointé par Anna Maria Ortese. Voir à ce propos A. M. Ortese, *Il mare non bagna Napoli*, *op. cit.*, p. 134.

40. R. La Capria, « Il mio poetico litigio con Napoli », *minima&moralia*, 27 novembre 2014, puis in R. La Capria, *Introduzione a me stesso*, Roma, Elliot Edizioni, 2014. Voir : http://www.minimaetmoralia.it/wp/raffaele-la-capria-il-mio-poetico-litigio-con-napoli/.

41. *Ibid.*

à faire ressortir une « petite singularité[42] ». Ferrante, dans ses chroniques affirme en effet cette même volonté de démarcation par rapport à une étiquette qui, au lieu de promouvoir la particularité d'une écriture, finit par brider la parole en l'enfermant dans le « puits » de la restriction : celui qui « appauvrit »[43] et qui limite l'universalité de tout discours. Naples ne revient que dans une seule chronique, *Le seul véritable nom*[44], dédiée à l'importance de l'anonymat, à la force d'une œuvre qui parle sans nécessité de catégoriser. En suivant les réflexions de Sartre contenues dans sa nouvelle *Nourritures*, nous observons comment la cité parthénopéenne ne peut pas, d'ailleurs, subir le processus d'une *reductio ad unum* : « Naples, est-ce que ça existe ? Naples, ce n'était peut-être qu'un nom donné à des milliers de chatoiements au ras du sol, à des milliers de lueurs dans des milliers de vitres, à des milliers de passants solitaires et de bourdonnements dans les airs[45]. » Ainsi, pour Ferrante gommer « les traces[46] » signifie revendiquer son rôle d'écrivaine invisible qui fait de son manque d'origine, de sa dissipation géographique ou identitaire, une manière d'être dans la page, une manière d'appartenir – d'exister – dans la non-appartenance.

Du *Je* au *Nous* : le chemin de la *re*-connaissance

La présence d'un autrui féminin traverse toute l'œuvre d'Elena Ferrante et revient, en guise d'altérité discursive, même dans *Chroniques du hasard*. Il s'agit d'un sujet – un *Je*-personnage – qui accompagne toute sa production en se transformant, dans ces articles, en un *Je* d'auteure qui choisit de s'exprimer en abandonnant les superstructures romanesques. Souvent, ce sujet-narrant cède sa posture pour s'égarer dans la multitude d'un *Nous* féminin se signifiant à partir d'une subjectivité plurielle. Voix à la fois multiple et singulière, cette identité hétérogène poursuit le même chemin déjà visité par d'autres protagonistes de Ferrante, mais dans ses articles elle cherche plutôt à reproduire la pensée d'une hypothétique communauté de *parleuses*

---

42. *Ibid.*
43. E. Ferrante, « Nationalité linguistique – 24 février 2018 », *op. cit.*, p. 31-32.
44. *Id.*, « Le seul véritable nom – 7 avril 2018 », *op. cit.*, p. 48.
45. J.-P. Sartre, « Nourritures », in *Œuvres romanesques*, Édition de Michel Contat, Michel Rybalka avec la collaboration de George H. Bauer et Geneviève Idt, Paris, Éditions Gallimard, « coll. Bibliothèque de la Pléiade (n° 295) », 1982, p. 2127.
46. E. Ferrante, *L'amie prodigieuse*, *op. cit.*, p. 15.

– l'expression est de Marguerite Duras et de Xavière Gauthier[47] – susceptibles d'analyser le temps présent et ses contradictions. En racontant de son expérience avec l'autrui féminin – incarné toujours par des mères, des amies, des enfants –, Ferrante abandonne donc la posture du singulier pour laisser émerger sa préoccupation métalinguistique. Son attention se concentre sur le « qui parle[48] » en s'interrogeant sur la position de ce « qui » – de ce *Nous* – qui émet un son, une pensée. L'écrivaine a toujours eu besoin d'un *Tu* pour pouvoir bâtir son propre discours. Contrechamp insondable, miroir à la fois impitoyable et sincère, cette deuxième personne du singulier se présente comme une altérité nécessaire à la remise en question. Nous l'avons constamment observé : celle de Ferrante est une narration binaire construite autour d'une identité relationnelle impliquant au moins deux acteurs : « La troisième personne me semble un artifice peu utile [...] Je préfère le je, mais à condition de construire ligne après ligne, son absolu manque de fiabilité[49]. » Cette subjectivité narrative se structure contre l'apparence trompeuse de la troisième personne – le pronom du mensonge – qui cache derrière son indifférence « un autobiographisme grossier[50] ».

Dans ce contexte, le *Nous* devient alors une occasion pour tisser un dialogue collectif sur la nécessité de repenser le féminin, sur la place des femmes dans la société, sur leur capacité de s'édifier en relation à autrui. Occasion pour affirmer son appartenance à une communauté sans sombrer dans le piège du communautarisme, ce prénom collectif n'incarne rien d'autre que l'histoire de Ferrante dévoilée dans le récit de son rapport à la mère, de sa posture de fille, d'amie, de compagne. Pour Geneviève Fraisse, « Le féminisme dit *nous* sans oublier le *je*[51] », car ce pluriel n'est pas simplement « un geste politique », mais aussi « une capacité d'énonciation »[52] qui consiste à se penser en tant que sujet pluriel nomade, pour reprendre une expression de Rosi Braidotti – capable de bâtir une rationalité fondée « sur sa multiplicité ». Cette différence susceptible de « faire d'autrui une

47. M. Duras, X. Gauthier, *Les parleuses* [1974], Paris, Les Éditions de Minuit, 2013.

48. Voir M. Foucault, « Qu'est-ce qu'un auteur ? », *op. cit.*, p. 820-821 : « Qu'importe qui parle [...]. Dans l'écriture [...] il est question de l'ouverture d'un espace où le sujet écrivant ne cesse de disparaître ». La perspective de Ferrante se structure, toutefois, à travers un effacement qui est plutôt symptôme d'un surplus de présence.

49. S. Fiori, « Devo mentire per dire la verità », *op. cit.*, p. 5.

50. *Ibid.*

51. G. Fraisse, « Le féminisme, ça pense », in *Féminisme et philosophie*, *op. cit.*, p. 142. L'italique est le nôtre.

52. *Ibid.*

possibilité non-dialectisable »[53] ouvre la voie à une collectivité qui coïncide, chez Ferrante, avec le désir de se penser *en* société, *dans* une société faite de semblables : « Que nous vivions dans la misère ou l'aisance [...] nous sommes toutes profondément marquées par une manière d'être au monde qui, même lorsque nous la revendiquons comme nôtre, est empoisonnée à la racine par des millénaires de domination masculine[54]. » Cette emprise, dont il était question pour Pierre Bourdieu et pour Françoise Héritier[55], est ici reprise dans la volonté de mettre en lumière une série de mauvaises pratiques qui ne font qu'enfoncer ces femmes dans une solitude masochiste entravant toute édification personnelle.

Si pour Ferrante, « après un siècle de féminisme, nous ne parvenons pas à être nous-même jusqu'au bout, nous ne nous appartenons pas pleinement[56] », cela signifie que c'est à partir d'un *Nous* – assumé comme une posture du discours, mais réquisitionné dans sa signifiance collective – qu'il faut repartir. Elle a « du mal à [s]e contraindre à cette position[57] », car s'il n'est pas aisé d'abandonner certaines (mauvaises) pratiques, il est indispensable d'opérer une restructuration des habitudes pour pouvoir s'édifier ensemble. Observer ses propres enfants – « J'aime beaucoup me reconnaître dans mes filles et, en même temps, sentir qu'elles font tout pour être différentes de moi[58] » – devient une manière de saisir la complexité d'une relation toujours ambivalente, traversée tantôt par la volonté de détachement, tantôt par des tentatives d'assimilation avec sa propre génitrice. Ce « cordon invisible » qui « nous relie au corps de nos mères »[59], ne peut pas être oublié. Ferrante le répète souvent : « On ne se sépare pas facilement de ce que l'on a été[60] » : la tare des origines conditionne l'avenir des individus, en parvenant à en modifier la structure. Pourtant, l'écrivaine nous suggère qu'il faut comprendre les racines de notre appartenance pour parvenir à s'articuler « malgré tout[61] ».

53. R. Braidotti, *Dissonanze*, *op. cit.*, p. 251.
54. E. Ferrante, « Les odieuses – 17 mars 2018 », *op. cit.*, p. 40.
55. P. Bourdieu, *La domination masculine*, *op. cit.* ; F. Héritier, *Masculin/Féminin : La pensée de la différence*, tome I, Paris, Odile Jacob, 2012 ; *Id.*, *Masculin/Féminin : Dissoudre la hiérarchie*, tome II, Paris, Odile Jacob, 2012.
56. E. Ferrante, « Le odieuses – 17 mars 2018 », *op. cit.*, p. 41.
57. *Ibid.*, p. 40.
58. *Id.*, « Filles – 24 mars 2018 », *op. cit.*, p. 43.
59. *Id.*, « Mères – 25 août 2018 », *op. cit.*, p. 107.
60. *Id.*, « Coupures nettes – 18 août 2018 », *op. cit.*, p. 105.
61. *Frantumaglia*, *op. cit.*, p. 432.

Ainsi, le *Nous* devient un stratagème métadiscursif permettant d'embrasser non seulement le passé – les origines, l'ascendance, l'appartenance – mais aussi le futur. Ce *Nous* qui parle l'avenir et qui cherche à tracer une ligne de conduite, à la fois collective et individuelle, est le même pronom qui permet à l'écrivaine de se confondre – comme cela arrivait à Natalia Ginzburg – « dans la grande mer de l'être, de se sentir incluse et invisible à la fois[62] ». C'est cette volonté d'intégration et d'*invisibilisation* que Ferrante opère dans ses chroniques. La multitude dans laquelle elle décide de se perdre est aussi celle qui lui permet de se penser dans la perspective d'une histoire commune à travers laquelle saisir la sienne. Toutefois, cette immense mer de l'*être* ne fait que remettre l'accent sur la question du *non-être*. Comme nous l'avons montré, cette *inappartenance* permet à Ferrante d'abandonner les vestiges d'une singularité figée dans sa détermination spécifique, pour se raconter à travers l'histoire de toutes.

S'inventer dans l'écriture

Participer à l'aventure journalistique a été, pour Ferrante, une manière de se mettre à l'épreuve grâce à une écriture *autre* forgée en parallèle à sa production romanesque. Même *Frantumaglia* ainsi que les écrits d'*Entre les marges*, mettent en évidence une attitude chère à l'écrivaine : celle de s'immerger dans les eaux inconnues d'une langue *seconde* susceptible d'amener la parole littéraire au-delà du périmètre romanesque. Le style de Ferrante témoigne d'une vocation à emprunter des sentiers détournés avec la conscience que l'écriture, ardu exercice quotidien, se trouve toujours confrontée aux limites du dire, aux barrières imposées par la page. D'une manière analogue, le choix de ne donner des interviews qu'à l'écrit montre aussi comment, pour l'auteure, l'oralité se plie aux exigences d'une parole désireuse d'être immobilisée. Les textes de *Chroniques du hasard* sont la confirmation d'un univers littéraire ne négligeant pas les détours par d'autres langages susceptibles de répondre toujours au même désir, celui de se créer à travers l'écriture : « je trouve de plus en plus utiles [...] ces échanges épistolaires. [...] Je m'invente en m'adressant [...] à nos éventuels lectrices et lecteurs, mais aussi à moi-même[63]. » La création

62. D. Scarpa, « Appunti su un'opera in penombra », in N. Ginzburg, *Mai devi domandarmi* [1989], Torino, Einaudi, 2014, p. 234.

63. E. Ferrante, « Interviews – 15 septembre 2018 », *op. cit.*, p. 117.

ne se limite pas à l'univers fictionnel, mais elle représente aussi une occasion d'introspection où, souvent, c'est l'expérience personnelle qui nourrit la page journalistique. Parallèlement, l'anatomie de ces articles – leur brièveté, leur rythme, leur langage immédiat – oriente la narration et suggère cet amalgame mêlant vie et littérature, vécu personnel et discussion collective.

Dans *Le récit qui instruit*[64], Ferrante montre comment la création romanesque ainsi que la recherche d'un style de nature à contenir des « visions du monde[65] », peuvent devenir matière à penser. La littérature « transmet aussi des connaissances[66] » qui ne se limitent pas au simple plan intellectuel, mais invitent, auteurs et lecteurs, à se modifier « sous le choc de paroles[67] ». De plus, elle permet d'entrer en contact avec un monde – extérieur à la page – qui, *dans* la page, se fait témoignage d'une manière d'être. Dans cet horizon, c'est la langue qui s'impose : elle *parle l'auteur*, elle *l'*invente et *le* détermine. Il existe, chez Ferrante, un espace-frontière qui s'établit entre la création et la page : un lieu, comme le disait Marguerite Duras, « où ça s'écrit, où l'on écrit », région immatérielle où les choses, les idées, « apparaissent »[68]. Ce territoire inconnu, invisible et toutefois existant, est celui qui naît dans l'urgence : « Si vous éprouvez le besoin d'écrire, il faut absolument le faire. [É]crire ne doit absolument pas être subordonné à un "après que"[69]. » La publication demeure une opération secondaire qui n'est pas liée au besoin de création : « On peut certainement attendre pour publier, ça oui, et on peut même décider de ne pas publier du tout[70]. » À la différence de ce que croyait Lenù, préoccupée par le fait de ne pouvoir vivre que dans la matérialité de ses livres édités, la publication n'est pas synonyme d'existence. Seule la fatigue d'un travail quotidien permet l'édification d'une œuvre et de son auteur : il s'agit d'un « exercice obsessionnel et désespérant » qui « dure toute la vie »[71] et auquel on ne peut que se soumettre. Car il n'y a pas de limites à la construction de soi, et il n'y a pas de limites aux tentatives de bâtir un discours littéraire qui devient, comme le suggère Ferrante, une « priorité » qui gagne « sur les mille

64. *Id.*, « Le récit qui instruit – 5 janvier 2019 », *op. cit.*, p. 163.
65. *Ibid.*, p. 164.
66. *Ibid.*, p. 165.
67. *Ibid.*
68. M. Duras, X. Gauthier, *Les parleuses*, *op. cit.*, p. 14.
69. E. Ferrante, « Le besoin d'écrire – 12 mai 2018 », *op. cit.*, p. 65.
70. *Ibid.*
71. *Ibid.*, p. 66.

autres choses de la vie »[72]. Il ne faut pas s'étonner, alors, si ce devoir quotidien, accompli dans la fatigue d'une page qui demeure toujours insuffisante, ne parvient pas à donner satisfaction :

> Et même si les autres nous disent que maintenant ça y est, nous avons donné tout ce que nous pouvions donner, nous ne les croyons pas – il ne faut jamais les croire. Jusqu'à notre dernier souffle, nous ne cesserons de nous tourmenter en nous demandant si, en réalité, au moment précis où nous avons eu l'impression de réussir, nous n'avons pas échoué[73].

Tout écrivain peut être confronté avec la précarité des discours, avec le vide, le blanc[74] – pour employer une expression de M. Duras – caché au sein des langages. Pour faire face à ce mutisme, Ferrante a su forger une langue bâtie des néologismes issus de son enfance, du dialecte de sa mère, des histoires écoutées tout au long de son existence. Dans la création de cet idiome subsidiaire, elle a fait face aux trous du langage en se battant contre ces cavités sémantiques où souvent les auteurs – impuissants – s'arrêtent. Apprendre une « écriture qui adopte une espèce d'esthétique de la retenue[75] » apte à limiter les tons, à brider la virulence de certains discours peut devenir un paradigme du dire : « J'aime les tons feutrés, les enthousiasmes modérés [...] je prends garde que, au moins dans l'univers artificiel créé par l'écriture, il ne m'arrive jamais d'user exagérément[76] du point d'exclamation[77]. » La langue bridée, savamment orchestrée pour chercher à exprimer la réalité des individus, résiste face au narcissisme de certaines formes d'usage commun, comme les points de suspension : « Ils sont agréables », mais ils témoignent d'une « coquetterie, comme lorsqu'on bat des cils, lèvres entrouvertes, en feignant l'émerveillement »[78]. À côté de certaines règles auto-imposées, taillées pour rendre l'écriture plus authentique, Ferrante dévoile un désir d'absolu qui s'étend bien au-delà de la forme romanesque. De la poésie elle « adore les connexions qu'elle établit, tellement inattendues et hardies qu'elles peuvent paraître indéchiffrables[79] ». Cette authenticité

72. *Ibid.*, p. 65.
73. *Ibid.*, p. 66.
74. M. Duras, X. Gauthier, *Les parleuses*, *op. cit.*, p. 14.
75. E. Ferrante, « Creuser – 5 mai 2018 », *op. cit.*, p. 62.
76. Malheureusement, dans les traductions françaises de Ferrante, nombreux points d'exclamation ont été ajoutés.
77. *Id.*, « Exclamation – 31 mars 2018 », *op. cit.*, p. 46.
78. *Id.*, « En suspens – 30 juin 2018 », *op. cit.*, p. 86.
79. *Id.*, « En vers et en prose – 15 décembre 2018 », *op. cit.*, p. 155.

littéraire qui s'associe à une idée de « beauté » peut, faute de talent poétique, être conquise « ligne après ligne avec les moyens de la prose, c'est-à-dire en [s]'en tenant rigoureusement à une formulation aussi claire qu'efficace »[80]. La vérité tant recherchée est alors celle d'une parole susceptible d'exprimer une hypothèse de vision, un projet d'ouverture qui se bat contre la myopie du monde. Cette langue effacée, bridée, cherche par le biais de sa pauvreté et à travers ses propres limites à signifier une existence – celle de l'écrivain – qui se mêle à d'autres vies : celles de tous. Sonder les frontières du dire est ainsi la seule manière pour *s*'exister dans la page et pour témoigner d'une présence *in absentia*.

80. *Ibid.*, p. 156.

Conclusion
Revenir ?

Le mot *revenir* implique qu'un voyage ait eu lieu, qu'un parcours ait été dessiné, avant d'emprunter le chemin à l'inverse, en imaginant qu'un retour soit possible. Nous choisissons ce terme en guise d'interrogation. Pouvons-nous réapparaître une fois que nous avons acté notre effacement ? Pouvons-nous *revenir* une fois que nous avons décidé de disparaître dans la parole, derrière un nom de plume, au fond d'une série de narrations qui confondent réel et imagination, préoccupation politique et désir littéraire, angoisse existentielle et ambition théorique ? Ce mot possède une valeur particulière si nous pensons au voyage d'une écrivaine qui, depuis plus que trente ans, n'a choisi d'exister que dans la page, dissimulée dans les lignes de son univers littéraire, emprisonnée dans les mailles parfois heureuses, parfois ruineuses, de sa prison d'encre[1].

Un voyage, pourtant, a eu lieu. C'est celui d'une identité que nous avons cherché à dessiner. Nous avons tenté de retracer un parcours commencé à travers la perte de sa propre posture, qu'elle soit littéraire – dans le cas de l'auteure – ou humaine, en ce qui concerne les personnages. À la perte d'un affect, d'un amour ou d'un style narratif, ont succédé le broyage, la parcellisation de la langue. Cette confusion tant identitaire que narrative a coïncidé avec la recherche d'un ton linguistique, avec le désir de trouver une forme romanesque, journalistique ou critique permettant de répondre à la sollicitation intellectuelle d'une auteure qui a fait de sa page le centre d'une quête personnelle et littéraire. Se perdre, puis se chercher, a mené à la conscience qu'aucune solution n'est possible, si ce n'est dans la lente acceptation de sa propre faiblesse, de son impossibilité à dire et à *se* dire.

Ferrante a été lucide. Elle l'a été quand, en se glissant dans la plume de Lenù, elle a avoué son désarroi face aux clameurs publici-

1. Comme cela a déjà été précisé dans l'introduction, l'expression « prigione d'inchiostro » est de Renato Serra.

taires, face au succès de ses livres : l'écriture est un geste qui devrait survivre aux modes, au brouillement des critiques, aux ferveurs du public. Mais comment faire pour survivre – pour *se* survivre – quand la conscience de nos moyens est constamment soumise aux pressions éditoriales ? Comment résister aux injonctions de publication quand le monde de la littérature contemporaine préfère adhérer à la loi du marché capitaliste[2] ? Comment s'opposer à l'impératif de surproduction ? Cette obligation d'écrire prime, souvent, sur la valeur de l'attente et sur la leçon fournie par cette réticence – par ce manque à dire – qui transforme la parole littéraire en une parole soustraite qui doit limiter son apparition, qui doit doser sa présence.

Nous avons montré comment Ferrante, dans ses chroniques journalistiques, a cherché à signifier l'importance de cette attente. Mais elle s'est trahie, elle s'est trompée en voulant obéir à la logique imposée par les chiffres de son succès. Elle s'est trompée et elle en a fait les frais : sa *Vie mensongère* n'est qu'une lente, douloureuse confession de sa propre incapacité à résister aux logiques éditoriales. Dans cette écriture tardive, que nous avons qualifiée de *sénile*, Ferrante a fait un pas en arrière. C'est aussi dans cette optique qu'au sein de notre étude nous avons choisi, souvent, de rompre l'ordre chronologique – paradigme déjà précaire – dans la classification des œuvres. Car ce dernier livre, positionné parmi les premiers, aborde bel et bien la thématique de la perte. Il s'agit bien là de l'égarement d'une écrivaine. De la divagation d'une auteure qui, tout en traçant son parcours, ne s'est protégée contre les dérives d'un discours – celui sur la nécessité de repenser les logiques de publication – dont elle-même se fait, depuis toujours, porteuse.

« Il y a une grande écoute / tout autour de nous / un silence parlant / l'esprit qui court se tait / nous nous effondrons[3]. » Avec ses vers, la poétesse Chandra Livia Candiani mettait en garde contre la nécessité d'arrêter le murmure quotidien dans le but de prendre une pause et de repartir – de *revenir* – par l'importance de l'écoute. Il faut savoir *re*-penser la parole : la lire dans sa nécessité d'absence. La parole, Ferrante l'a confirmé à plusieurs reprises, doit être bridée – surveillée – dans l'objectif de laisser émerger ce silence-parlant.

2. C'est Stefano Jossa qui a souligné comment Ferrante, à travers son œuvre, semble répondre à un impératif capitaliste. Voir S. Jossa, « Non si deve studiare la Ferrante all'Università », *op. cit.*

3. C. L. Candiani, *Fatti vivo*, Torino, Einaudi, 2017, p. 142.

Ferrante a tenté de mettre en place cette logique. Elle l'a fait dans sa volonté de répondre à une forme d'éthique personnelle quand elle a renoncé, tout de suite après *L'amour harcelant*, à participer aux débats, aux présentations des livres, aux événements publics. Toutefois ce choix, gardé jusqu'à présent comme une sorte de mission, ne l'a pas protégée de certaines chutes. Elle aurait pu s'arrêter avant, elle aurait pu – fidèle à son idéal littéraire – limiter son dire, attendre le bon moment, réfléchir davantage dans l'objectif – peut-être – de garder une forme de cohérence avec son propos. En tout cas, ce n'est pas la cohésion qui nous intéresse ici, mais plutôt l'analyse d'un parcours poétique qui possède des moments de lumière et d'autres d'obscurité : cela, nous le savons, fait partie du jeu. Cela implique la réalité d'un voyage fait – comme nous l'avons fait – à l'intérieur d'une littérature en train de se construire.

Conscients des limites d'une perspective critique ne possédant pas la maîtrise de la juste distance, nous avons voulu prendre le risque de nous immerger dans un phénomène contemporain. Nous avons tenté de comprendre si derrière l'euphorie mondiale, derrière les chiffres et le succès, pouvait se dissimuler un auteur susceptible de répondre à l'appel malheureux de Francesco De Sanctis quand, dans sa conclusion à son *Histoire de la littérature italienne*, il rappelait que « la véritable identité italienne est toujours future[4] ». Dans cette idée d'avenir, dans cette volonté de lecture des phénomènes nous entourant, nous avons cherché à faire dialoguer Ferrante avec d'autres écrivains qui ont fait l'histoire de la littérature et que nous pouvons qualifier de « continus[5] » en suivant la classification mise en place par Giorgio Ficara. Il s'agit d'une série de personnalités qui, à la différence de Ferrante, représentent une tradition : littéraire, dans notre cas. Nous avons décidé de proposer des pistes, de suivre des échos, sans vouloir transformer ces dettes – poétiques, thématiques – en une donnée concrète, absolue. Nous avons préféré suggérer, plutôt qu'imposer. Nous avons choisi de créer des allusions plutôt que des affirmations, car le parcours littéraire de Ferrante est encore en train de s'écrire et nous n'avons ni la présomption ni la volonté de l'immobiliser dans une case : de la figer dans un réticule de références inébranlables. Toutefois ces dettes, ces parenthèses, cette volonté de dialogue, naît du fait que Ferrante – écrivaine de la fin du XXe et du début du XXIe – s'est nourrie de plusieurs lectures. Elle s'est construite *dans* une

4. Voir G. Ficara, « Italiani », *Stile Novecento*, Venezia, Marsilio, 2007, p. 239.
5. *Id.*, *Lettere non italiane*, *op. cit.*, p. 5.

littérature et *grâce* à une littérature qui a fait d'elle, à notre sens, une personnalité du *Novecento*. Elle vit dans ces années deux mille, mais elle est fille d'une culture, d'une tradition qu'elle a assimilée – *nolens volens* – et dont elle s'est servie pour bâtir son discours romanesque et, parfois, théorique.

Cette perspective, il faut le dire, est aussi le fruit d'une tradition italienne que nous n'avons pas voulu effacer. Nous avons pénétré, parfois d'une manière téméraire, dans le territoire de ce que Giorgio Ficara a défini avec Alfonso Berardinelli, « l'essai herméneutique[6] ». Une tendance critique qui répond à la volonté d'écrire *avec* l'auteur, en analysant de tout près le sens de son œuvre, en proposant ce que nous pouvons définir comme une lecture *interne* à la parole littéraire. Nous avons cherché à élucider certains mécanismes, en choisissant de nous immerger dans les replis d'une écriture dans le but d'identifier thèmes et hésitations, élans et chutes. Nous sommes conscients que ce travail présente les limites d'un dire qui est peut-être resté attaché à cette même tradition. Il s'agit d'une parole qui a souvent cherché à proposer, plutôt qu'à démontrer. Pour notre défense, nous pouvons chercher à expliquer ce parcours par le biais d'une position qui est celle d'un questionnement, d'un non-savoir ; dans ce contexte, nous nous sommes placés dans la position du chercheur qui veut comprendre un phénomène littéraire en étudiant ses mécanismes narratifs. Nous avons commencé ce voyage *dans* Ferrante et nous l'avons fait *avec* Ferrante en ayant la conviction, certainement un peu idéaliste, selon laquelle le rôle du critique comporte aussi le courage d'analyser le contemporain, de l'habiter sans peur de tomber dans ses pièges. Si nous avons adopté cette optique, c'est aussi dans le souci d'éviter de continuer à « explorer », comme le disait Giacomo Leopardi, « son propre cœur »[7]. Cela n'est certainement pas le pire des maux, surtout quand nous avons la chance de continuer à lire et à découvrir de grands poètes, mais sans errances audacieuses, nous risquons de laisser passer des choses sans avoir pris le temps de les comprendre. C'est d'ailleurs toujours Francesco De Sanctis qui affirmait que, souvent, « nous vivons trop sur notre temps passé et sur le travail d'autrui. Il n'y a pas de vie à nous, de travail à nous ». Face aux changements des époques et des courants de pensée, il est donc important de « ne [...] pas se retrouver au bout, pas en deuxième position »[8]. Il ne s'agit

6. *Id.*, « Italiani », *Stile Novecento*, *op. cit.*, p. 240.
7. G. Leopardi, « Palinodia al marchese Gino Capponi », *op. cit.*, p. 264.
8. F. De Sanctis, *Storia della letteratura italiana*, *op. cit.*, p. 981.

pas de dissoudre la tradition, mais plutôt de proposer d'autres pistes, d'ouvrir des chemins de dialogue, conscients des moyens fragiles que nous possédons. Car la question est de comprendre si un auteur comme Ferrante – fille d'une époque hypercontemporaine – peut trouver sa place dans le panorama littérature d'aujourd'hui.

La préoccupation propre à ce *revenir* repose sur cette problématique. Il est intéressant de repérer si l'auteur – déclaré mort et ensuite récupéré par la tradition postmoderniste[9] en tant que simulacre, en tant que copiste – n'est rien d'autre que cet être effacé, sans histoire et sans personnalité. Nous avons voulu comprendre s'il existe, pour Ferrante – auteure-disparue, auteure-auto-effacée – la possibilité de sortir d'un simple « tissu de signes », pour faire de la page autre chose qu'une banale « imitation perdue, infiniment reculée »[10]. Notre travail a cherché à mettre en relief l'importance d'un *qui*[11] d'auteur répondant à l'éthique narrative proposée d'abord par Hannah Arendt et ensuite par Adriana Cavarero. Dans ce *Je* qui prend la parole et qui tente de construire une histoire, nous avons voulu qualifier l'importance d'une position – littéraire et théorique – qui utilise les codes de la narration, qui se sert du rapport spéculaire entre personnages, dans le projet de bâtir un discours autour d'une subjectivité féminine qui cherche, grâce à la littérature, à se raconter.

L'histoire d'Amalia, de Giovanna, de Lila ou d'Olga, n'est pas une vicissitude singulière, mais elle se fait, plutôt, matrice d'une narration commune à d'autres femmes, à d'autres individus. Car, dans cette volonté de prendre la parole pour faire le récit de son propre vécu, nous avons voulu montrer le désir de se considérer à l'intérieur d'un groupe : le *Je* n'est pas la représentation égotiste d'un seul individu, mais bien l'occasion de repenser une vicissitude personnelle traduite dans une expérience qui doit être considérée comme collective. C'est pour cette raison que chaque *Je* présent dans l'œuvre de Ferrante a besoin d'un *Tu*, d'un autre-*narrable*, pour construire son propre récit. Il s'agit, d'ailleurs, d'un dire qui ne reste jamais confiné à la sphère personnelle, mais qui devient le reflet d'autres expériences plurielles. C'est dans cette optique que nous avons cherché à montrer comment ces personnages se font les moteurs d'une construction identitaire

---

9. Voir C. Benedetti, *L'ombra lunga dell'autore*, *op. cit.*, p. 57-59.

10. R. Barthes, *La mort de l'auteur*, *op. cit.*, p. 68.

11. Nous renvoyons à la théorisation de H. Arendt où elle analyse la portée d'un « qui » opposé à un « ce-que ». Voir à ce propos H. Arendt, *The human condition* [1958], trad. G. Fradier : *La condition de l'homme moderne*, *op. cit.*

fondée sur l'échange. Il s'agit d'une identité se construisant dans la parole, à travers l'écoute et aussi par le biais de la réécriture d'autres histoires, d'autres mémoires étrangères et toutefois familières. Ces identités parviennent ainsi à proposer une langue nouvelle – *seconde* – où la narration se structure en tant qu'outil poïétique, porteur d'identité, de connaissance et d'existence. Le recours à la réflexion philosophique sur le féminisme nous a souvent aidés dans cette démarche qui avait l'ambition de comprendre les liens entre corps et langage, entre expérience personnelle et collective, entre relations humaines et construction d'un récit.

Dans ce sens, nous n'avons pas voulu imposer une grille de lecture dogmatique, nous avons eu le souci de ne pas enfermer la parole de Ferrante dans les mailles d'une pensée éminemment politique ou militante. Nous avons plutôt cherché à comprendre l'enjeu de certains thèmes, en les analysant à la lumière de ses déclarations et à travers le prisme d'une pensée qui, dans le cas du féminisme de la différence, cherche à sonder les relations entre corps et discours, entre maternité et subjectivation : des préoccupations qui, comme nous l'avons mis en évidence, demeurent centrales dans l'œuvre de Ferrante. Pour éviter le piège d'une lecture excessivement rigide, nous avons choisi de mettre en relation le thème de l'identité féminine avec la problématique de la narration, ou, comme nous l'avons vu, de la métanarration.

En effet, le recours aux théories d'Alessandro Iovinelli nous a permis de lire le travail de Ferrante dans la continuité des études centrées sur l'autofiction. S'il n'est pas possible de mettre un point définitif sur un domaine de recherche qui reste encore ouvert et en voie de définition, nous avons néanmoins cherché à situer le travail de Ferrante dans ce contexte. Car il nous a paru intéressant de lire cette disparition programmée, ce recours à des éléments narratifs issus d'une expérience dite *réelle*, comme la tentative de bâtir une identité d'auteur par le truchement de la littérature. Le mélange entre vie fictive et vie réelle, le jeu de dévoilement mis en place dans les chroniques, dans les interviews ou dans les lettres, nous a fourni l'occasion de réfléchir au déguisement programmé d'un auteur ne cessant pas de se réinventer – de se construire – grâce à des instruments romanesques. Selon cette optique il nous a paru intéressant d'adopter la perspective d'un lecteur moyen.

La métabiographie, ou la *méta-autobiographie* comme nous l'avons suggéré, n'est qu'un instrument pour sortir de la simple narration, du cadre éminemment romanesque pour faire de l'œuvre un espace de création extensive. Car, nous faisons face, dans ce contexte, à la prolifération d'un soi d'auteur se construisant au sein du personnage et à travers la réception du lecteur. Il s'agit d'un personnage-auteur qui se dissout dans une *identité de papier* pour *revenir* à travers ses préoccupations critiques et, donc, métalittéraires. En effet, la littérature, en créant ces simulacres, ne cesse pas de réfléchir sur soi-même. Elle ne cesse pas de s'interroger sur ses limites et sur les frontières – infinies ou précaires – de la langue. Elle réfléchit à l'impossibilité – comme dans le cas de Ferrante – de résoudre le binôme écriture-publication ou le binôme présent entre le désir d'authenticité et la nécessité de fictionnalisation. Ferrante est d'autant plus Ferrante quand elle s'abandonne non pas à la confession de ses secrets, mais quand elle tisse un bilan – souvent impitoyable – sur l'insuffisance de sa plume, sur les difficultés d'un métier vécu comme une activité quotidienne sans cesse soumise au paradoxe d'une vérité qui se répand dans le mensonge.

Dans l'introduction de ce travail, nous avons soulevé la question du canon littéraire. Car ce *revenir* que nous retrouvons ici en guise de conclusion nous oblige à comprendre si Ferrante, auteure-ombre, n'est qu'une revenante faisant partie du panorama littéraire sans, pourtant, avoir eu la force d'imposer son empreinte, sa marque, son écriture. La question reste ouverte, car elle contient déjà, dans sa formulation, la trace d'une aporie. Le temps ne joue pas en notre faveur. Nous ne possédons pas la distance suffisante pour savoir si ce livre – ce livre unique qui raconte l'histoire d'un *Je-soustrait* et qui met en lumière les dérives d'une construction par soustraction – aura la force de résister à la *collision* avec l'histoire littéraire. Nous ne savons pas si Ferrante entrera dans les manuels scolaires, si elle passera la barrière des épreuves du bac, si elle franchira la frontière des concours de l'enseignement supérieur. Toutefois, nous pouvons d'ores et déjà affirmer que, malgré l'injonction de Stefano Jossa, Elena Ferrante s'étudie déjà dans les universités : en Italie comme ailleurs. Cela n'est pas forcément révélateur d'une tendance, mais cela nous indique, néanmoins, que sa présence ne se limite pas aux rayons des librairies, mais devient matière d'étude : phénomène que certains, à tort ou à raison, cherchent à sonder.

Dans ce panorama traversé par l'incertitude, nous avons cherché à voyager, nous aussi. Notre périple s'est déroulé dans l'univers d'un auteur qui est entièrement à inventer : notre bibliographie témoigne d'une recherche menée avec la conscience d'une littérature critique souffrant d'une pénurie d'études monographiques dédiées à Ferrante. Nous avons tenté, à notre manière, de combler cette lacune en nous appuyant sur des articles, des dossiers, des études que des professeurs, mais aussi des journalistes et des critiques militants, ont écrits. Mais notre travail est surtout débiteur d'une autre littérature – une littérature seconde – qui nous a permis, par le biais d'autres voix, de comprendre Ferrante, de la mettre en perspective, de l'appréhender à la lumière d'autres pensées, d'autres narrations.

Comme nous l'avons dit, le poids de la limite et du risque nous a toujours accompagnés. Nous avons voyagé sans savoir si un retour serait possible, si ce mot *revenir* serait lui-même envisageable. Deux postures complémentaires nous ont guidés : celle du colporteur, proposée par Geneviève Fraisse[12], et celle du *viandante*, théorisée par Umberto Galimberti[13]. Dans l'optique du colporteur, nous avons appris à accepter l'abîme d'une liberté théorique – celle engendrée par un auteur encore vivant – qui nous a obligés à construire un discours « à partir de morceaux épars du savoir ». En suivant cette logique, nous avons donc bâti notre réflexion « au fur et à mesure » en faisant face à de nouvelles publications, en affrontant le vertige d'un territoire qui demeure encore inexploré[14]. En tant que colporteur, nous avons compris qu'il n'y avait pas de lieux figés, que tout était à expérimenter y compris dans la création d'une perspective qui refuse la position de « maîtrise », qui rejette le « surplomb »[15] pour embrasser, à l'inverse, une attitude d'écoute, de curiosité, en deux mots : de lecture.

U. Galimberti, en s'inscrivant dans la même mouvance, nous a appris l'éthique du passant. Contrairement à ce que l'on pourrait croire, ce voyageur n'est pas poussé par le désir d'une errance désorganisée, sans règle, sans objectif. L'attitude du passant nous indique que face à un territoire fragile, périlleux, il n'est pas intelligent d'assumer le regard de ces voyageurs qui connaissent déjà leur destination et qui se déplacent dans le seul objectif d'arriver au bout de leur parcours. Le passant est plutôt celui qui adhère, à chaque fois, aux paysages qu'il rencontre. Il est un être déjà perdu, car, comme le suggère U. Galimberti, privé de son Ithaque, son odyssée consiste dans une

12. G. Fraisse, « Colporteuse », *Féminisme et philosophie*, *op. cit.*, p. 23-41.
13. U. Galimberti, M. Alloni, *Il viandante della filosofia*, Roma, Aliberti, 2011.
14. G. Fraisse, « Colporteuse », *op. cit.*, p. 24.
15. *Ibid.*, p. 25.

reprise perpétuelle du voyage, dans l'absence de toute référence, dans la nécessité d'avancer, même face à l'obscurité. Le passant ne connaît pas son avenir, car il est conscient de l'imprévisibilité du futur, mais il accepte la découverte, il est prêt à subvertir son parcours en le pliant à ses nécessités de connaissance. Pour lui, le voyage n'existe que dans l'événement : dans la tentative d'en saisir la signifiance. Une signifiance qui, toutefois, est toujours provisoire, toujours soumise aux lois de la précarité et de l'incertitude.

Conscients de notre déséquilibre, nous avons accepté d'étudier un phénomène littéraire par désir de compréhension et dans l'espoir – peut-être naïf – de croire que la littérature demeure une source inépuisable d'inspiration, même dans ses territoires contemporains, même dans ses sentiers risqués et parfois glissants. Nous l'avons fait, aussi, parce que nous croyons qu'un monde sans une littérature en train de s'écrire correspondrait à une terre déserte, à un non-monde privé de toute potentialité, de toute identité.

Si la parole littéraire se présente, comme le suggérait Eugenio Montale, comme l'art de l'inutile[16], c'est de cette inutilité, de cette fragilité, de ce bégaiement infini dont nous avons besoin pour continuer à nous penser dans notre finitude d'êtres humains.

Lyon, avril 2025

---

16. Voir https://www.nobelprize.org/prizes/literature/1975/montale/25109-eugenio-montale-nobel-lecture-1975/,

E. Montale, « È ancora possibile la poesia », 12 décembre 1975.

Bibliographie

• ŒUVRES D'ELENA FERRANTE

Romans

– *L'amore molesto* [1992], Roma, Edizioni e/o, 2015, trad. Jean-Noël Schifano : *L'amour harcelant*, Paris, Éditions Gallimard, coll. « Du monde entier », 1995.
– *I giorni dell'abbandono* [2002], Roma, Edizioni e/o, 2015, trad. Italo Passamonti : *Les jours de mon abandon*, Paris, Éditions Gallimard, coll. « Du monde entier », 2004.
– *La figlia oscura* [2006], Roma, Edizioni e/o, 2015, trad. Elsa Damien : *Poupée volée*, Paris, Éditions Gallimard, coll. « Du monde entier », 2009.
– *L'amica geniale* [2011], Roma, Edizioni e/o, 2016, trad. Elsa Damien : *L'amie prodigieuse*, Paris, Éditions Gallimard, coll. « Du monde entier », 2014.
– *Storia del nuovo cognome. L'amica geniale volume secondo* [2012], Roma, Edizioni e/o, 2016, trad. Elsa Damien : *Le nouveau nom (L'amie prodigieuse, vol. 2)*, Paris, Éditions Gallimard, coll. « Du monde entier », 2016.
– *Storia di chi fugge e di chi resta. L'amica geniale volume terzo* [2013], Roma, Edizioni e/o, 2016, trad. Elsa Damien : *Celle qui fuit et celle qui reste (L'amie prodigieuse, vol. 3)*, Paris, Éditions Gallimard, coll. « Du monde entier », 2017.
– *Storia della bambina perduta. L'amica geniale volume quarto* [2014], Roma, Edizioni e/o, 2016, trad. Elsa Damien : *L'enfant perdue (L'amie prodigieuse, vol. 4)*, Paris, Éditions Gallimard, coll. « Du monde entier », 2019.
– *La vita bugiarda degli adulti*, Roma, Edizioni e/o, 2019, trad. Elsa Damien : *La vie mensongère des adultes*, Paris, Éditions Gallimard, coll. « Du monde entier », 2020.

Conte pour enfants

– *La spiaggia di notte*, Roma, Edizioni e/o, 2007, trad. Elsa Damien : *La plage dans la nuit*, Paris, Éditions Gallimard Jeunesse, 2017.

Essais

– *La frantumaglia* [2003 renouvelé en 2016], Roma, Edizioni e/o, 2016 : trad. Nathalie Bauer : *Frantumaglia. L'écriture et ma vie*, Paris, Éditions Gallimard, coll. « Du monde entier », 2019.
– *I margini e il dettato*, Roma, Edizioni e/o, 2021 : trad. Nathalie Bauer : *Entre les marges*, Paris, Éditions Gallimard, 2023.

Recueil d'articles

– *L'invenzione occasionale*, Roma, Edizioni e/o, 2019, trad. Elsa Damien : *Chroniques du hasard*, Paris, Éditions Gallimard, 2019.

• TEXTES CRITIQUES

1. *Articles hors La frantumaglia*

1.1. *Revues scientifiques*

ALFANO, Giancarlo, « I feticci imbambolati della Storia. Il caso Elena Ferrante/4 », *La letteratura e noi*, 10 mai 2015.

BALDASSO, Franco, « Ferrante's secret mirror », *Publicbooks*, 6 juillet 2017.

BENEDETTI, Laura, « Il linguaggio dell'amicizia e della città. *L'amica geniale* di Elena Ferrante tra continuità e cambiamento », *Quaderni d'italianistica*, XXXIII, n° 2, 2012.

BOVO-ROMOEUF, Martine, « Sensualité et obscénité dans *L'amore molesto* et *I giorni dell'abbandono* d'Elena Ferrante », *Cahiers d'études italiennes*, n° 5, 2006, p. 129-138.

BROGI, Daniela, « Sé come un'altra. Su *L'amica geniale*, di Elena Ferrante », *Le parole e le cose*, 16 janvier 2014.

BROGI, Daniela, « Esiste una scrittura maschile ? », *Nazione Indiana*, 21 juin 2015.

COLLINA, Beatrice, « Esserci e non esserci. Il caso Ferrante/3 », *La letteratura e noi*, 29 avril 2015.

CONTI, Eleonora, « Abiti madri e figlie ne *L'amore molesto* di Elena Ferrante », *Lettera zero*, n° 1, 2015.

CRISPINO, Anna Maria, « L'una e l'altra », *Leggendaria*, 21 janvier 2015.

DE CAPRIO, Chiara, « Spazi, suoni e lingue nel romanzo "di Napoli" », *Nazione Indiana*, 16 décembre 2017.

DE ROGATIS, Tiziana, « *L'amore molesto* di Elena Ferrante. Mito classico, riti di iniziazione e identità femminile », in *Allegoria*, 69/70, 2014, XXVI, p. 273-308.

DE ROGATIS, Tiziana, « Elena Ferrante e il Made in Italy. La costruzione di un immaginario femminile e napoletano », in BALICCO, Daniele (dir.), *Made in Italy e cultura. Indagine sull'identità italiana contemporanea*, Palermo, Palumbo, 2015.

FALOTICO, Caterina, « Elena Ferrante : il ciclo dell'*Amica geniale* tra autobiografia, storia e letteratura », *Forum Italicum*, n° 49, 2015.

FERRARA, Enrica Maria, « Elena Ferrante e la questione dell'identità », *Oblio VII*, n° 26-27, 2017, p. 47-55.

GAMBARO, Elisa, « Il fascino del regresso. Note su *L'amica geniale* di Elena Ferrante », *Enthymema*, n° 11, 2014.

GAMBARO, Elisa, « L'andirivieni di un braccialetto », *L'indice dei Libri del Mese*, 14 janvier 2020.

GIOVANNUZZI, Stefano, « Il teatro della parola. Il caso Ferrante/6 », *La letteratura e noi*, 2 juillet 2015.

JOSSA, Stefano, « Non si deve studiare la Ferrante all'Università », *Doppiozero*, 20 mai 2017.

LUPERINI, Romano, « L'ultimo libro di Elena Ferrante : discutiamone. Il caso Elena Ferrante/1 », *La letteratura e noi*, 20 avril 2015.

MANETTI, Beatrice, « Due in una e una in due », *L'Indice dei Libri del Mese*, décembre 2012.

MANETTI, Beatrice, « Le donne e la città », *L'Indice dei Libri del Mese*, XXIX, n° 1, 5 janvier 2012.

MANETTI, Beatrice, « Le confessioni di un'italiana », *L'Indice dei Libri del Mese*, XXI, n° 12, décembre 2014.

MANETTI, Beatrice, « Guardami finché non mi addormento », *L'indice dei Libri del Mese*, XXXI, n° 4, avril 2014.

MARSILIO, Morena, « *Storia della bambina perduta* : la fortuna controversa di una world-fiction italiana. Il caso Elena Ferrante/2 », *La letteratura e noi*, 22 avril 2015.

MICALI, Simona, « La scrittura e la vita », *L'indice dei Libri del Mese*, XXI, n° 12, décembre 2014.

PAGLIARU, Alessandra, « Amiche geniali e intermittenze del mondo », *Letterate Magazine*, n° 115, 5 novembre 2014.

PEZZELLA, Mario, « La nitidezza e il gorgo. Sulla *Frantumaglia* di Elena Ferrante », *tysm*, 30 octobre 2017.

PINTO, Isabella, « Intervista ad Adriana Cavarero. Filosofia della Narrazione e scrittura del sé : primi appunti sulla scrittura di Elena Ferrante », *TestoeSenso*, Università di Roma « Tor Vergata », n° 17, 2016.

SARASINI, Bia, « Il desiderio di Lila e Lenù, amiche geniali », *Letterate Magazine*, n° 22, 17 octobre 2012.

TURCHETTA, Giovanni, « Dal rione al mainstream : *L'amica geniale* di Elena Ferrante », in SPINAZZOLA, Vittorio (dir.), *Tirature '16, Un mondo da tradurre*, Milano, il Saggiatore, 2016.

VERBARO, Caterina, « Cancellature. Il caso Elena Ferrante/5 », *La letteratura e noi*, 12 mai 2015.

1.2. *Quotidiens*

1.2.1. *Critiques sur l'œuvre d'Elena Ferrante*

L'amour harcelant

FERRARI, Fiorella, « Elena Ferrante. *L'amore molesto* », *Fiori di Libri*, 17 juin 2017.

Les jours de mon abandon

CERANOVI, Federica, « *I giorni dell'abbandono* », *Una casa sull'albero*, 16 septembre 2014.

DE MAIO, Cristiano, « La narrazione esotica italiana all'estero », *Rivista Studio*, 18 février 2015.

Poupée volée

ARMIERO, Mirella, « L'ustione Napoli di Elena Ferrante », *Il Corriere del Mezzogiorno*, 7 novembre 2006.

BENINI, Annalena, « Un'altra donna della Ferrante : evoluta, indipendente ed essiccata », *Il Foglio*, 8 novembre 2006.

CERVASIO, Stella, « La storia della madre che si perse nel futuro », *la Repubblica*, 11 novembre 2006.

DE GREGORIO, Concita, « Madre di bambola », *D/ la Repubblica delle Donne*, 27 novembre 2007.

LUCAMANTE, Stefania, « L'atroce smacco della madre », *Leggendaria*, 1er janvier 2017.

MINORE, Renato, « Ferrante : il mistero della bambola rubata », *Il Messaggero*, 20 novembre 2006.

MONDO, Lorenzo, « La bambola imbroglia il cuore », *La Stampa*, 25 novembre 2006.

OTTAVIANI, Fabrizio, « Ferrante – Speriamo che non sia femmina », *Il Giornale*, 22 novembre 2006.

PACCHIANO, Giovanni, « Risorse dell'anima », *Il Sole 24 ore*, 12 novembre 2006.

PICONE, Generoso, « Ferrante e le catttive madri », *Il Mattino*, 7 novembre 2006.

RÜEBESAMEN, Annette, « Elena Ferrante – *La figlia oscura* », *L'indice dei libri del mese*, 19 décembre 2015.

TAGLIETTI, Cristina, « Giallo sulla spiaggia : torna il mistero Ferrante », *Corriere della Sera*, 7 novembre 2006.

L'amie prodigieuse

ALVINO, Luca, « *L'amica geniale* », *Nazione Indiana*, 12 décembre 2011.

AMMIRATI, Maria Pia, « Lila, una vita in dissolvenza », *Mobydick Libri*, 21 novembre 2011.

BENINI, Annalena, « Appassionarsi alla paura così come all'amore », *Il Foglio*, 16 décembre 2017.

BENINI, Annalena, « Le amiche geniali », *Il Foglio*, 9 décembre 2013.

BENTIVOGLIO, Leonetta, « Un'amica geniale è sempre pericolosa », *D / la Repubblica delle donne*, 18 juillet 2015.

CANESCHI, Marco, « Elena e Lila. Alle prese con la smarginatura », *Critica Letteraria*, 10 avril 2015.

CATANESE, Cristina, « Elena Ferrante, tredici lettere, né più né meno », *Tropismi*, 13 octobre 2017.

D'ESPOSITO, Fabrizio, « La saga di Lila e Lenù, le amiche della Ferrante », *Il Fatto Quotidiano*, 25 avril 2015.

DE ROGATIS, Tiziana, « "Io, la voce americana del genio Elena Ferrante" », *l'Unità*, 9 mai 2017.

DE SILVA, Diego, « Cara Elena Ferrante che pacchia non esistere », *L'Espresso*, 9 mars 2015.

DI STEFANO, Paolo, « Ferrante : felice di non esserci », *La Lettura / Corriere della Sera*, 19 novembre 2011.

FARRIS, Sara, « Non si dà vita vera se non nella falsa. Sulla tetralogia di Elena Ferrante », *Nazione Indiana*, 17 juin 2016.

FARRIS, Sara, « Non si dà vita vera se non nella falsa. Sulla tetralogia di Elena Ferrante/2 », *Nazione Indiana*, 26 juin 2016.

FRANCESCHINI, Enrico, « Ferrante alla conquista dei teatri londinesi », *la Repubblica*, 13 mars 2017.

FUMAROLA, Silvia, « Tradurre senza tradire », *Robinson / la Repubblica*, 2 juillet 2017.

GUGLIELMI, Angelo, « Ferrante : sono due le regine di Napoli », *La Stampa*, 29 novembre 2011.

LAMBIASE, Sergio, « Una donna allo specchio », *Corriere del Mezzogiorno*, 6 octobre 2011.

MANETTI, Beatrice, « Le donne e la città », *L'Indice dei libri del mese*, 5 janvier 2012.

MANFREDI, Cecilia, « Donne in mezzo ad altre donne : il nome di Elena Ferrante », *Soft Revolution*, 31 mars 2017.

MARIETTI, Benedetta, « Sorelle d'Italia », *D / la Repubblica delle donne*, 22 octobre 2011.

MARRONE, Titti, « La Ferrante ritorna con una saga al femminile », *il Mattino*, 6 octobre 2011.

MAURI, Paolo, « Torna Elena Ferrante tra i segreti di Napoli », *la Repubblica*, 8 octobre 2011.

MAURIELLO, Giovanni, « Alfonso Carracci : un omosessuale che non si è saputo regolare », *404 file not found*, 22 juin 2016.

MINORE, Renato, « Ferrante ricomincia da un'infanzia a due », *Il Messaggero*, 22 octobre 2011.

OTTAVIANI, Fabrizio, « Se la tragedia dell'*Amica geniale* assomiglia a un fotoromanzo », *Il Giornale*, 9 janvier 2012.

PAGANO, Tatiana, « *L'amica geniale* di Elena Ferrante », *Cultura al femminile*, 27 février 2017.

PALIERI, Maria Serena, « Lenù e Lila : chi delle due è l'amica geniale ? », *l'Unità*, 10 octobre 2011.

PERICOLI, Matteo, « Anatomia di una sospensione », *Pagina 99*, 4 mars 2017.

RAZZANO, Pier Luigi, « Vi racconto i miei venticinque anni con il fenomeno Ferrante », *la Repubblica*, 29 octobre 2017.

SARASINI, Bia, « L'avventura di Lila e Lenù », *Società Italiana delle Letterate*, 18 janvier 2012.

SCARINCI, Viviana, « Chi sono i contemporanei di Elena Ferrante ? », *Doppiozero*, 28 mai 2017.

TAGLIETTI, Cristina, « Ferrante, ricomincia da una sparizione l'ultima saga della scrittrice-fantasma », *Corriere della Sera*, 7 octobre 2011.

TERRAGNI, Marina, « La scrittrice geniale », *Leiweb*, 16 janvier 2012.

ZUNINO, Claudia, « Elena Ferrante, *L'amica geniale* », *Doppiozero*, 16 janvier 2012.

Le nouveau nom

ARMIERO, Mirella, « Ferrante atto secondo », *Corriere del Mezzogiorno*, 28 septembre 2012.

BENINI, Annalena, « Due donna in corsa tra i rioni di Napoli », *Io Donna / Il Corriere della Sera*, 7 octobre 2012.

CALZOLAIO, Valerio, « Lila e Lenù, una vita che appassiona », *Il Salvagente*, 26 octobre 2012.

DARGENT, Françoise, « Elena Ferrante, une envoûtante saga napolitaine », *Le Figaro*, 18 février 2016.

DURANTE, Francesco, « Lenù lo scrittore più grande (e Lila il personaggio più di tutti memorabile) », *Corriere del Mezzogiorno*, 14 octobre 2012.

FERNIOT, Christine, « *Le Nouveau Nom.* Elena Ferrante », *Télérama*, n° 3444, 11 janvier 2016.

FORTINI, Laura, « Due ragazze del secolo scorso raccontate da Ferrante », *il manifesto*, 31 octobre 2012.

JOUNEAUX, Jérôme, « Elena Ferrante, revoir Naples et mûrir », *Libération*, 26 août 2016.

MANETTI, Beatrice, « Due in una », *L'indice*, 20 décembre 2012.

MARRONE, Titti, « Ferrante, il nome perduto delle donne », *Il Mattino*, 7 octobre 2012.

MAZZACARO, Vincenzo, « Maschi e mariti in Elena Ferrante », *il Pickwick*, 11 mai 2013.

NOIVILLE, Florence, « Les noces napolitaines d'Elena Ferrante », *Le Monde*, 14 janvier 2016.

INGALLINELLA, Laura, « Sul metro incerto delle parole : *Storia del nuovo cognome* di Elena Ferrante », *Critica Letteraria*, 30 octobre 2012.

SCAPPATICCI, Elena, « *Le Nouveau Nom* d'Elena Ferrante sacré meilleur livre de l'année », *Le Figaro*, 2 décembre 2016.

SCARINCI, Viviana, « L'amore o è molesto o non è. Il romanzo secondo Elena Ferrante », *La Società delle Letterate*, 30 décembre 2012.

RODRIGUEZ, Aloma, « Napoli, capitale della miseria », *Rivista Inutile*, 6 février 2015.

SERRI, Mirella, « Ferrante, due donne allo specchio con odio », *La Stampa*, 20 octobre 2012.

ZITA, Tiziana, « Non rinuncio a niente che possa piacere al lettore », *Cronache Letterarie*, 14 mars 2017.

Celle qui fuit et celle qui reste

BRESSA, Andrea, « *Storia di chi fugge e di chi resta*, il nuovo libro di Elena Ferrante », *Panorama*, 6 novembre 2013.

BROGI, Daniela, « Due donne, un destino di rivale reciprocità », *Alias / il manifesto*, 8 décembre 2013.

CANESCHI, Marco, « Provare a diventare adulti », *Critica Letteraria*, 26 mai 2015.

COLOMBO, Andrea, « L'empatia di un'era nel prisma di un'esistenza », *il manifesto*, 13 novembre 2013.

COSCIA, Fabrizio, « "Scrivo per non mentire". Firmato : Elena Ferrante », *Il Mattino*, 28 août 2014.

CRISPINO, Anna Maria, « Il gioco del doppio », *Leggendaria*, 1 janvier 2014.

DARGENT, Françoise, « *Celle qui fuit et celle qui reste*, d'Elena Ferrante : femmes en colère », *Le Figaro*, 11 janvier 2017.

FOLLI, Anna, « Due amiche, due destini non facili », *Gazzetta di Parma*, 8 décembre 2013.

FREDIANI, Francesca, « Elena in fuga », *D / la Repubblica delle donne*, 30 novembre 2013.

LAZZARONI, Cecilia, « Elena Ferrante : *Storia di chi fugge e di chi resta* », *Finzioni*, 6 novembre 2013.

LIGATO, Maria Grazia, « L'amicizia che resiste », *Io Donna / Corriere della Sera*, 30 novembre 2013.

MARRONE, Titti, « Elena Ferrante svela il mistero di Napoli e l'impossibilità di essere normali », *Huffington Post*, 12 novembre 2013.

MARRONE, Titti, « Note dagli anni affollati di Elena e Lila », *Il Mattino*, 6 novembre 2013.

MAURI, Paolo, « L'indagine sull'amore, la rabbia e altri demoni di Ferrante », *la Repubblica*, 6 novembre 2013.

NOIVILLE, Florence, « Elena Ferrante explore des territoires complexes avec précision et liberté », *Le Monde*, 12 janvier 2017.

PALIERI, Maria Serena, « Donne pensate da una donna », *l'Unità*, 12 novembre 2013.

PASCAUD, Fabienne, « *Celle qui fuit et celle qui reste.* L'amie prodigieuse III », *Télérama*, n° 3495, 2 janvier 2017.

SCAPPATICCI, Elena, « *Celle qui fuit et celle qui reste* : le retour prodigieux d'Elena Ferrante », *Le Figaro*, 3 janvier 2017.

SCARINCI, Viviana, « Alla ricerca delle parole per dirsi libera », *Società Italiana delle Letterate*, 19 décembre 2013.

SIMONETTO, Luisa, « La scrittrice geniale », *Elle*, 17 octobre 2014.

SULSER, Eléonore, « Pourquoi le troisième tome d'Elena Ferrante a tant de succès », *Le Temps*, 13 janvier 2017.

L'enfant perdue

BAUDINO, Mario, « *L'autrice geniale* », *La Stampa*, 15 avril 2016.

BENINI, Annalena, « Elena Ferrante : troppo umana, quindi esiste », *Grazia*, 18 juin 2015.

BENINI, Annalena, « *Storia della bambina perduta* », *Il Foglio*, 23 novembre 2014.

CALLIGARO, Giulia, « È ora di dire addio a Lena e Lila », *Io Donna / Corriere della Sera*, 31 octobre 2014.

CALZOLAIO, Valerio, « *Storia della bambina perduta* », *Il Salvagente*, 5 janvier 2015.

COLOMBO, Andrea, « Elena Ferrante, quando la realtà si "smargina" », *il manifesto*, 14 novembre 2014.

CANESCHI, Marco, « *L'amica geniale* : epica e scrittura », *Critica letteraria*, 24 juin 2015.

CRINÒ, Laura, « Elena Ferrante e la febbre delle periferie », *L'Espresso*, 18 novembre 2014.

D'ANTONA, Giulio, « Cercare di capire Elena Ferrante (parte prima, probabilmente) », *L'Espresso*, 17 octobre 2014.

FOFI, Goffredo, « Donne di Napoli », *Internazionale*, 4 décembre 2014.

FORTINI, Laura, « Lila e Lenù, due amiche sul "viale del tramonto" », *il manifesto*, 6 novembre 2014.

LATTANZI, Antonella, « Le due amiche della Ferrante al capolinea », *La Stampa*, 4 novembre 2014.

LAZZARONI, Cecilia, « Elena Ferrante. *Storia della bambina perduta* », *Finzioni Magazine*, 3 décembre 2014.

MARRONE, Titti, « L'ultima Napoli di Ferrante, feroce e furente », *Il Mattino*, 31 octobre 2014.

MASTRANTONIO, Luca, « Elena Ferrante e gli scrittori invisibili », *Corriere della Sera*, 2 novembre 2014.

MAZZOCCHI, Silviana, « Elena e Lila, la maturità e il finale dell'*Amica geniale* », *la Repubblica Sera*, 20 novembre 2014.

O'ROURKE, Megan, « L'amica misteriosa », *Internazionale*, 14 novembre 2014.

PALIERI, Maria Serena, « In debito con il femminismo », *Leggendaria*, 14 janvier 2015.

PANICHI, Camilla, « *Storia della bambina perduta* », *404 file not found*, 30 juin 2015.

PETRI, Romana, « *Storia della bambina perduta* », *Il Venerdì / la Repubblica*, 26 juin 2015.

RAZZANO, Pier Luigi, « Elena Ferrante fine della saga : romanzo sulla città delle false promesse », *la Repubblica*, 5 novembre 2014.

SCARINCI, Viviana, « *Storia della bambina perduta* », *Doppiozero*, 11 novembre 2014.

SPLENDORE, Paola, « I "fondali bassi" di Ferrante », *Lo Straniero*, 9 février 2015.

STANCANELLI, Elena, « Il mistero Ferrante migliora con il tempo », *la Repubblica Sera*, 9 janvier 2015.

TERRAGNI, Marina, « *Storia della bambina perduta* : si conclude la saga di Elena Ferrante, biografia di una generazione », *Io Donna / Corriere della Sera*, 14 novembre 2014.

La vie mensongère des adultes

ARMIERO, Mirella, « Il ritorno di Elena Ferrante, oltre il rione, lo sguardo sulla collina. Ma tra Lila e Giovanna non c'è partita », *Corriere del Mezzogiorno*, 6 novembre 2019.

BIANCHI, Irene, « Elena Ferrante è tornata », *Letterate Magazine*, 20 novembre 2019.

BUONAMANO, Oscar, « Napoli, musa ispiratrice di Elena Ferrante », *L'Espresso*, 26 novembre 2019.

DI CLEMENTE, Chiara, « L'amica Ferrante e tutto il dolore di una figlia », *Il Resto del Carlino*, 6 novembre 2019.

DI STEFANO, Paolo, « Elena Ferrante, il nuovo libro. Ritorna una Napoli di specchi », *La Lettura / Corriere della Sera*, 6 novembre 2019.

FIORI, Simonetta, « "Devo mentire per dire la verità". Pensieri, parole, opere e (poche) omissioni. Intervista a Elena Ferrante », *Robisnon / la Repubblica*, 30 novembre 2019.

FORTINI, Laura, « Elena Ferrante, la scompostezza dell'adolescenza », *il manifesto*, 7 novembre 2019.

GHIONI, Gloria, « "Mi sento brutta, di cattivo carattere, e tuttavia vorrei essere amata" : *La vita bugiarda degli adulti*, il nuovo attesissimo romanzo di Elena Ferrante », *Critica Letteraria*, 14 novembre 2019.

MARRONE, Titti, « Vecchia piccola borghesia, la Ferrante negli anni '90 », *Il Mattino*, 6 novembre 2019.

MASSINI, Stefano, « La mia notte con Elena Ferrante », *la Repubblica*, 6 novembre 2019.

MASSONE, Miriam, « Dietro la Ferrante, la lezione di Calvino », *La Stampa*, 5 novembre 2019.

PEZZINO, Laura, « Ritorno al rione », *Vanity Fair*, 13 novembre 2019.

SIMONETTI, Gianluigi, « Elena Ferrante, alla ricerca della verità nella violenza », *Il Sole 24 Ore*, 1er janvier 2020.

STACCA, Manuela, « *La vita bugiarda degli adulti*, Elena Ferrante tra ribellione e trasgressione », *Letteradonna*, 17 novembre 2019.

TAMBURRINO, Michela, « Giovanna, tradita nei suoi sogni d'infanzia : ecco in anteprima il nuovo libro di Elena Ferrante », *La Stampa*, 5 novembre 2019.

TURRINI, Davide, « *La vita bugiarda degli adulti*, la recensione del nuovo libro di Elena Ferrante », *Il Fatto Quotidiano*, 8 novembre 2019.

La plage dans la nuit

CERVASIO, Stella, « I giocattoli spiaggiati del mistero Ferrante », *la Repubblica*, 24 novembre 2007.

IANNUCCI, Fiorella, « L'infanzia senza parole di Elena Ferrante », *il Messaggero*, 29 octobre 2007.

LANDROT, Marine, « *La plage dans la nuit* », *Télérama*, n° 22, 5 octobre 2017.

SCHMITT, Amandine, « On a lu le livre pour enfants d'Elena Ferrante : c'est un beau cauchemar », *Bibliobs*, 30 novembre 2017.

VENTRONI, Sara, « *La spiaggia di notte* », *Il Foglio*, 8 décembre 2007.

Frantumaglia

BENINI, Annalena, « Elena Ferrante e la frantumaglia, che fa venir voglia di correre a frugare fra le pagine dei romanzi », *Il Foglio*, 3 septembre 2016.

BENINI, Annalena, « *La frantumaglia* », *Io Donna / Corriere della Sera*, 10 octobre 2016.

CALLIGARO, Claudia, « *La frantumaglia* di Elena Ferrante », *Io Donna / Corriere della Sera*, 27 septembre 2016.

MASUELLI, Elena, « La Ferrante cocciuta come un fiore di cappero », *La Stampa*, 1er octobre 2016.

MILANI, Giuliano, « Un po' di Ferrante in più », *Internazionale*, 16 janvier 2014.

MURARO, Luisa, « Pensare con Elena Ferrante », *Libreria delle donne*, 8 septembre 2016.

PIGLIARU, Alessandra, « Il laboratorio in divenire di una narrazione », *il manifesto*, 9 septembre 2016.

RAZZANO, Pierluigi, « Elena Ferrante, misteri e memorie di una scrittrice », *la Repubblica*, 15 septembre 2016.

SCARINCI, Viviana, « Ciò che la realtà non sa essere per noi. Elena Ferrante », *Il lavoro culturale*, 7 décembre 2017.

ZAGREBELSKY, Giulia, « La voce dell'io profondo », *L'indice*, 16 décembre 2016.

L'invenzione occasionale

ARMIERO, Mirella, « Quel dipinto del Seicento che piace a Elena Ferrante », *Corriere del Mezzogiorno*, 8 mai 2019.

BENINI, Annalena, « Le invenzioni occasionali di Elena Ferrante, che affondano nel presente e nella memoria », *Il Foglio*, 4 mai 2019.

BIANCHI, Irene, « La paura di Elena Ferrante », *Letterate Magazine*, 24 juin 2019.

BUONAMANO, Oscar, « "Il mondo nuovo" di Elena Ferrante e Vladimir Nabokov », *L'Espresso*, 4 juin 2019.

DURASTANTI, Claudia, « Lo sguardo globale », *Robinson / la Repubblica*, 25 mai 2019.

GHIONI, Gloria, « "Chi sente il bisogno di scrivere deve assolutamente scrivere" : Elena Ferrante e le sue "invenzioni occasionali" », *Critica Letteraria*, 8 mai 2019.

PATTI, Maria Anna, « Elena Ferrante : professione giornalista », *Robinson / la Repubblica*, 29 mai 2019.

1.2.2. *Articles de presse sur Elena Ferrante*

ALU, Giorgia, « Livres de l'été : Elena Ferrante ou le succès littéraire d'une auteure mystère », *Huffpost*, 21 juillet 2016.

BARTEZZAGHI, Stefano, « Indizi e paradossi del rebus Ferrante », *la Repubblica*, 31 août 2016.

BUFI, Fulvio, RASTELLI, Alessia, « Due ore con il fantasma della Ferrante », *Corriere della Sera*, 13 mars 2016.

CERDAN, Audrey, « Trois jours à Naples sur les traces d'Elena Ferrante », *Bibliobs*, 13 septembre 2016.

CHAUME, Delphine, « En choisissant l'anonymat, Elena Ferrante incarne toutes les femmes », *Bibliops*, 4 août 2017.

COSULICH, Oscar, « Il fenomeno Ferrante un mistero in cartoon », *Il Mattino*, 22 septembre 2017.

DAIF, Inès, « Elena Ferrante : scandale autour de l'enquête qui révèle son identité », *Le Figaro*, 5 octobre 2016.

DARGENT, Françoise, « Elena Ferrante : et si l'auteur était un homme ? », *Le Figaro*, 18 février 2016.

DE LUCA, Mariagrazia, « Elena Ferrante's "Smarginatura" and the Identity of Women », *La voce di New York*, 13 avril 2017.

DE SAINT VICTOR, Jaques, « Elena Ferrante, l'auteur qui fait fantasmer l'Italie », *Le Figaro*, 18 février 2016.

DESALVO, Valentina, « La mia amica che va in tv », *la Repubblica*, 2 juillet 2017.

DI COSTANZO, Antonio, « "Io la Ferrante ? Sono creativa solo in cucina" », *la Repubblica*, 13 mars 2016.

DI PAOLO, Paolo, « Caso Ferrante, se il romanzo è come un dentifricio », *La Stampa*, 2 mars 2015.

DI PAOLO, Paolo, « Ferrante, boh », *L'Espresso*, 11 février 2018.

DI PAOLO, Paolo, « Il caso Ferrante, il romanzo italiano secondo il *New Yorker* », *La Stampa*, 13 octobre 2014.

DI STEFANO, Paolo, « Tutti i nuovi indizi che portano a Elena Ferrante », *Corriere della Sera*, 14 mars 2016.

DI STEFANO, Paolo, « Una, due, quante Ferrante », *Corriere della Sera*, 6 octobre 2016.

DUNGLAS, Dominique, « Combien d'Elena derrière une seule Ferrante ? », *Le Point*, 6 octobre 2016.

ERBANI, Francesco, « Il mistero di Elena Ferrante », *la Repubblica*, 15 avril 1995.

FERRANTE, Elena, « Se l'amore è furioso », *la Repubblica*, 30 novembre 2007.

GEUE, Tom, « Pourquoi il faut respecter l'anonymat d'Elena Ferrante », *Libération*, 7 octobre 2016.

FIORI, Simonetta, « Elena Ferrante "Se scoprite chi sono mollo tutto" », *la Repubblica*, 5 décembre 2014.

FOFI, Goffredo, « Tutto (o quasi) su Elena Ferrante », *Il Sole 24 ore*, 4 septembre 2016.

FORTINI, Laura, « Due ragazze del secolo scorso raccontate da Ferrante », *il manifesto*, 31 octobre 2012.

FORTINI, Laura, « Il coraggio geniale », *il manifesto*, 6 novembre 2014.

GATTI, Claudio, « Elena Ferrante, le "tracce" dell'autrice ritrovata », *Il Sole 24 ore*, 2 octobre 2016.

GATTO, Simone, « Segui le tracce di Elena Ferrante e sei in Via Gemito, casa Starnone », *La Lettura / Corriere della Sera*, 23 octobre 2016.

HOROWITS, Jason, « Che faccia hanno Lila e Lenù », *Vanity Fair*, 14 juin 2017.

JACOB, Didier, « Elena Ferrante parle », *L'Obs*, n° 2776, 18 janvier 2018.

JACOB, Didier, « Mais qui est donc Elena Ferrante ? », *Bibliobs*, 2 février 2016.

LA CAPRIA, Raffaele, « Il labirinto nero di Elena Ferrante. A Napoli la vita è un rione infetto », *Corriere della Sera*, 30 décembre 2014.

LAGIOIA, Nicola, « "Elena Ferrante ? Sì, sono io" », *la Repubblica*, 3 avril 2016.

LÉCHENET, Alexandre, « Elena Ferrante démasquée ? », *Libération*, 2 octobre 2016.

LEVISALLES, Natalie, « Saga Ferrante. Tranches napolitaines », *Libération*, 15 janvier 2016.

LUYSSEN, Johanna, « Livrer l'identité d'Elena Ferrante, un procédé grossier », *Libération*, 3 octobre 2016.

MAHLER, Thomas, « Mais pourquoi révéler l'identité d'Elena Ferrante ? », *Le Point*, 4 octobre 2016.

MAURI, Paolo, « Elena Ferrante : "Contano i libri e non gli autori ecco perché io rimango nell'ombra" », *la Repubblica*, 21 septembre 2012.

MERELLI, Annalisa, « Elena Ferrante's writing is better in English than Italian », *Quartz*, 16 décembre 2015.

MISSIROLI, Marco, « Nella cucina della Ferrante » *La Lettura / Corriere della Sera*, 2 juin 2019, p. 51-53.

NOIVILLE, Florence, « Elena Ferrante, obstinément sous le masque », *Le Monde*, 14 janvier 2016.

NOIVILLE, Florence, « Elena Ferrante : un scoop, et quelques doutes », *Le Monde*, 3 octobre 2016.

PARMEGGIANI, Stefania, « La Ferrante stanca di fiction ma è fiction », *la Repubblica*, 19 février 2018.

PARMEGGIANI, Stefania, « Rabbia o euforia, il mondo si divide su Elena Ferrante », *la Repubblica*, 5 octobre 2016.

PERAS, Delphine, « Elena Ferrante, énigme littéraire fascinante », *L'Express*, 26 juin 2016.

PETRIGNANI, Sandra, « Ferrante ? Una fiaba dalla quale il mondo non vuole svegliarsi », *L'Espresso*, 18 février 2018.

RANDALL, Frederika, « Elena Ferrante è una geniale iniziativa commerciale », *Internazionale*, 2 janvier 2015.

RICCI, Luca, « Il fenomeno Ferrante visto dai critici », *Il Messaggero*, 19 mars 2015.

RIDET, Philippe, « À Rome, avec les gardiens du mystère Ferrante », *Le Monde*, 14 janvier 2016.

RIDERT, Philippe, « Elena Ferrante, l'écrivain(e) masqué(e) », *Le Monde*, 19 mars 2015.

ROTHMAN, Joshua, « Knausgaard or Ferrante ? », *The New Yorker*, 25 mars 2015.

SAVIANO, Roberto, « Cara Ferrante, ti candido allo Strega », *la Repubblica*, 21 février 2015.

SANTAGATA, Marco, « Elena Ferrante è... », *La Lettura / Corriere della Sera*, 13 mars 2016.

SCAPPATICCI, Elena, « Pourquoi faut-il absolument lire Elena Ferrante ? », *Le Figaro*, 3 février 2017.

SCARINCI, Viviana, « Ciò che la realtà non sa essere per noi. Elena Ferrante », *il lavoro culturale*, 7 décembre 2017.

SCARPA, Tiziano, « Santa Ferrante, salvaci tu », *L'Espresso*, 25 février 2018.

SCHMITT, Amandine, « Pourquoi les romans d'Elena Ferrante plaisent-ils surtout aux femmes ? », *Bibliobs*, 26 février 2017.

SCHNEIDER, Michel, « Elena Ferrante, l'amie inconnue », *Le Point*, 22 janvier 2017.

SERINO, Gian Paolo, « La Ferrante ha un'amica : la pubblicità (geniale) », *il Giornale*, 19 septembre 2017.

SERRA, Michele, « L'amaca », *la Repubblica*, 6 octobre 2016.

SERRA, Michele, « Lasciate a Ferrante il diritto all'assenza », *la Repubblica*, 4 octobre 2016.

SERRA, Michele, « Perché ho già nostalgia di Elena Ferrante », *la Repubblica*, 4 octobre 2016.

TINERO, Irene, « Ferrante : la febbre per l'identità che i fan-lettori non sentono », *Il Fatto Quotidiano*, 11 octobre 2017.

VITULLI, Stefania, « Chi è veramente Elena Ferrante », *Panorama*, 24 novembre 2014.

VULSER, Nicole, « Elena Ferrante, le bon filon de Gallimard », *Le Monde*, 5 janvier 2017.

WOOD, James, « Women on the Verge. The fiction of Elena Ferrante », *The New Yorker*, 21 janvier 2013.

2. Études littéraires consacrées à Elena Ferrante

BAUDINO, Mario, *Lei non sa chi sono io*, Milano, Bompiani, 2017.

BROGI, Daniela, DE ROGATIS, Tiziana (dir.), *Nel nome della madre. Ripensare le figure della maternità*, Bracciano, Del Vecchio, 2017.

CHEMOTTI, Saveria, *L'inchiostro bianco. Madri e figlie nella narrativa italiana contemporanea*, Padova, Il Poligrafo, 2009.

COLASANTI, Arnaldo, *Rosebud : una generazione di scrittori italiani*, Roma, Quiritta, 2003.

CRISPINO, Anna Maria, VITALE, Marina (dir.), *Dell'ambivalenza : dinamiche della narrazione in Elena Ferrante, Julie Otsuka e Goliarda Sapienza*, Guidonia, Iacobelli, 2016.

DE ROGATIS, Tiziana (dir.), « Elena Ferrante, *L'amica geniale* », *Allegoria 73*, gennaio/giugno 2016, Palermo, Palumbo & C. Editore, 2016.

DE ROGATIS, Tiziana, *Elena Ferrante. Parole chiave*, Roma, Edizioni e/o, 2018.

JAMROZIK, Elzbieta, TYLUSINSKA KOWALSKA, Anna (dir.), *Dal dialogo al polilogo : l'Italia nel mondo. Lingue, letterature e culture in contatto*, Atti del Convegno Varsavia 6-8 aprile 2017, 2018.

PARMEGGIANI, Sandra, PREVEDELLO, Michela (dir.), *Femminismo e femminismi nella scrittura italiana dall'Ottocento al XXI secolo*, Firenze, SEI, 2018.

PINTO, Isabella, *Elena Ferrante. Poetiche e politiche della soggettività*, Milano, Mimesis Edizioni, 2020.

RUSSO BULLARO, Grace, LOVE, Stephanie (dir.), *The Works of Elena Ferrante : Reconfiguring the Margins*, coll. « Italian and Italian American Studies », New York, Palgrave Macmillan, 2016.

SANTORO, Vito (dir.), *Notizie dalla post-realtà. Caratteri e figure della narrativa italiana degli anni Zero*, Roma, Quodilibet, 2010.

SCACCHI, Anna (dir.), *Madri e figlie tra biografia e letteratura*, Roma, luca sossella editore, 2005.

SCARINCI, Viviana, *Elena Ferrante*, Doppiozero Books, 2014.

SCARINCI, Viviana, *Il libro di tutti e di nessuno. Elena Ferrante : un ritratto delle italiana del XX secolo*, Guidonia, Iacobellieditore, 2020.

3. *Œuvres de caractère général*

ACCETTO, Torquato, *Della dissimulazione onesta* [1641], Torino, Einaudi, 1997.

ANZIEU, Didier, *Le moi-peau*, Paris, Dunod, 1985.

ARENDT, Hannah, *Between Past and Future* [1961], trad. Patrick Lévi : *La crise de la culture*, Paris, Éditions Gallimard, 2002.

ARENDT, Hannah, « Isak Dinesen, 1885-1962 », *Man in Dark Times*, Harcourt, Brace and World, New York, 1968.

ARENDT, Hannah, *The human condition* [1958], trad. Georges Fradier : *La condition de l'homme moderne* (1992) ; préface de Paul Ricœur, Paris, Presses Pocket, 2008.

ARISTOTE, *De la génération des animaux*, Paris, Société d'édition « Les Belles Lettres », 1961.

ASOR ROSA, Alberto (dir.), *Letteratura italiana del Novecento : bilancio di un secolo*, Torino, Einaudi, 2000.

BATAILLE, Georges, *La littérature et le mal* [1957], Paris, Éditions Gallimard, 2016.

BARTHES, Roland, *Le bruissement de la langue*. Essais Critiques IV, Paris, Éditions du Seuil, 1984.

BARTHES, Roland, *Le plaisir du texte* [1973], Paris, Éditions du Seuil, 2000.

BARTHES, Roland, *Œuvres Complètes, nouvelle édition revue, corrigée et présentée par Éric Marty*, tome 5, 1977-1980, Paris, Éditions du Seuil, 2002.

BASTO, Maria Benedita, « Danse de l'histoire, écritures mobiles : enjeux contemporains dans les littératures de l'Angola et du Mozambique », *Revue de littérature comparée*, n° 340, 2011.

BENVENISTE, Émile, *De la subjectivité dans le langage* [1958], Paris, Éditions Gallimard, 1966.

BENJAMIN, Walter, *Ursprung des deutschen Trauerspiels* [1928], trad. Sibylle Muller (avec le concours d'André Hirt) : *Origine du drame baroque allemand*, Paris, Flammarion, 2009.

BERARDINELLI, Alfonso, *La forma del saggio. Definizione e attualità di un genere letterario*, Venezia, Marsilio, 2002.

BERMAN, Antoine, *La Traduction et la lettre ou L'auberge du lointain*, Paris, Éditions du Seuil, 1999.

BERMAN, Antoine, *L'épreuve de l'étranger : culture et traduction dans l'Allemagne romantique : Herder, Goethe, Schlegel, Novalis, Humbolt, Schleiermacher, Hölderlin*, Paris, Éditions Gallimard, « coll. Tel », 1984.

BERTOLUCCI, Attilio, *Le poesie* [1998], Milano, Garzanti, 2018.

BLANCHOT, Maurice, *Le livre à venir* [1959], Paris, Éditions Gallimard, 1986.

BLANCHOT, Maurice, *L'espace littéraire* [1955], Paris, Éditions Gallimard, 2005.

BLIXEN, Karen, *Last tales* [1957], trad. Adriana Motti : *Ultimi racconti*, Milano, Adelphi, 1982.

BLIXEN, Karen, *Samlede essays* [1965], trad. Bruno Berni : *Dagherrotipi. Con un saggio di Hannah Arendt*, Milano, Adelphi, 1995.

BLOOM, Harold, *The Western Canon* [1994], trad. Francesco Saba Sardi : *Il canone occidentale*, Milano, BUR, 2008.

BRODSKIJ, Iosif, *On Grief and Reason* [1995], trad. Gilberto Forti : *Dolore e ragione*, Milano, Adelphi, 1998.

BUZZATI, Dino, *In quel preciso momento* [1955], Milano, Arnoldo Mondadori Editore, 2006.

CAMUS, Albert, *L'envers et l'endroit* [1958], Paris, Éditions Gallimard, 1988.

CANALI, Luca, *Nei pleniluni sereni. Autobiografia immaginaria di Tito Lucrezio*, Milano, TEA, 1998.

CHABERT, Catherine, *Maintenant, il faut se quitter…*, Paris, Presses universitaires de France / Humensis, 2017.

COMPAGNON, Antoine, *Le démon de la théorie. Littérature et sens commun*, Paris, Éditions du Seuil, 1998.

COSTE, Claude (dir.), *Barthes*, Paris, Éditions Points, coll. « Essais Bibliothèque », 2010.

DE LISI, Donatella, GEBHARDT, Eva, GIORGINI, Luca, RABALLO, Andrea, *Dismorfofobia. Quando vedersi brutti è patologia*, Roma, L'Asino d'oro Edizioni, 2017.

DE SANCTIS, Francesco, *Storia della Letteratura Italiana* [1870], Milano, Rizzoli, 2017.

DELEUZE, Gilles, GUATTARI, Felix, *Mille Plateaux. Capitalisme et Schizophrénie*, vol. II, Collection « Critique », Paris, Les Éditions de Minuit, 1980.

DETIENNE, Marcel, *Les Maîtres de Vérité dans la Grèce archaïque* [1967], Paris, Le Livre de Poche, 2006.

DOOLITTLE, Hilda, *Tribute to Freud* [1956], Oxford, Carcanet Press, 1971.

DUPRÉ, Raul, « Socrate », *Bulletin de l'Association Guillaume Budé*, n° 5, juin 1948.

ECO, Umberto, *I limiti dell'interpretazione*, Milano, Bompiani, 1990.

ECO, Umberto, *Storia della bruttezza*, Milano, Bompiani, 2007.

FERRONI, Giulio, *I confini della critica*, Napoli, Guida, 2005.

FICARA, Giorgio, *Montale sentimentale*, Venezia, Marsilio, 2012.

FOUCAULT, Michel, *Dits et écrits (1954-1988), tome I, 1954-1975*, Édition publiée sous la direction de Daniel Defert et François Ewald avec la collaboration de Jacques Lagrange, Collection Quarto, Paris, Éditions Gallimard, 2001.

FOUCAULT, Michel, *L'ordre du discours*, Paris, Éditions Gallimard, 1971.

FOUCAULT, Michel, *Scritti letterari*, Milano, Feltrinelli, 2010.

FREUD, Sigmund, « Au-delà du principe de plaisir », in *Essais de psychanalyse*, Paris, petite bibliothèque Payot, 1985.

FREUD, Sigmund, *Totem und Tabu* [1912], trad. Samuel Jankélévitch : *Totem et Tabou. Interprétation par la psychanalyse de la vie sociale des peuples primitifs*, Paris, Payot, 1951.

FRONTISI-DUCROUX, Françoise, « Idéaux féminins : le cas de la Grèce ancienne », *L'Esprit du temps*, « Topique », 2003/1, n° 82.

GALIMBERTI, Umberto, ALLONI, Marco, *Il viandante della filosofia*, Roma, Aliberti, 2011.

GARBOLI, Cesare, *Il gioco segreto. Nove immagini di Elsa Morante*, Milano, Adelphi, 1995.

GENETTE, Gérald, *Figures III*, Paris, Éditions du Seuil, 1972.

HABIB, Claude (dir.), *La pudeur : la réserve et le trouble*, Paris, Autrement, coll. « Série Morales », n° 9, 1992.

HEIDEGGER, Marin, *De l'essence de la vérité* [1988], trad. Alain Boutot, Paris, Éditions Gallimard, 2001.

HEIDEGGER, Martin, *Question I et II*, trad. Kostas Axelos, Jean Beaufret, Walter Biemel, Paris, Éditions Gallimard, 1968.

KORFF-SAUSSE, Simone « Mentir pour dire vrai. Le mensonge, le déni et l'affabulation », *ERES, La lettre de l'enfance et de l'adolescence*, n° 75, 2009.

LACAN, Jacques, *Je parle aux murs*, Paris, Éditions du Seuil, 2011.

LACAN, Jacques, *Le séminaire. Livre XI, Les quatre concepts fondamentaux de la psychanalyse*, texte établi par Jacques-Alain Miller, Paris, Éditions du Seuil, 1973.

LACAN, Jacques, *Le séminaire. Livre XVII. L'envers de la psychanalyse 1969-1970*, texte établi par Jacques-Alain Miller, Paris, Seuil, 1991.

LACAN, Jacques, *Le séminaire de Jacques Lacan. Livre XVIII, D'un discours qui ne serait pas du semblant – 1971*, texte établi par Jacques-Alain Miller, Paris, Éditions du Seuil, 2006.

LACAN, Jacques, *Le séminaire. Livre XIX. … ou pire 1971-1972* [1981], texte établi par Jacques-Alain Miller, Paris, Éditions du Seuil, 2011.

LACAN, Jacques, *Le séminaire. Livre XX. Encore 1972-1973* [1975], texte établi par Jacques-Alain Miller, Paris, Éditions du Seuil, 2016.

LE BIHAN, Baptiste, « Les propriétés du vide et de l'espace-temps », *Philosophiques*, volume 43, n° 1, 2016.

LEOPARDI, Giacomo, *Canti* [1835], Torino, Einaudi, 2016.

LYOTARD, Jean-François, *Lectures d'enfance*, Paris, Éditions Galilée, 1991.

LUPERINI, Romano, *L'allegoria del moderno*, Roma, Editori Riuniti, 1990.

MANGANELLI, Giorgio, *Il rumore sottile della prosa*, Milano, Adelphi, 1994.

MANGANELLI, Giorgio, *La letteratura come menzogna*, Milano, Adelphi, 1985.

MONTALE, Eugenio, « Coriandoli di poesia », *Corriere della Sera*, 21 mars 1951.

MORALES, Bibiana, « Paroles imposées », *ERES, Psychanalyse*, 2012/3, n° 25.

NEHAMAS, Alexander, « Le visage de Socrate a ses raisons… Nietzsche sur "le problème de Socrate" », *Revue germanique internationale*, n° 11, 1999.

ONOFRI, Massimo, *Il canone letterario* [2001], Bari, Laterza, 2015.

ONOFRI, Massimo, *Recensire : istruzioni per l'uso*, Roma, Donzelli, 2008.

PARISE, Goffredo, *L'odore del sangue* [1997], Milano, BUR, 2006.

PARMIGGIANI, Claudio, *Stella, Sangue, Spirito*, Paris, Actes sud, 2004.

PASOLINI, Pier Paolo, « Manifesto per un nuovo teatro », *Nuovi argomenti*, janvier-mars 1968.

PEREC, Georges, *W ou le souvenir d'enfance* [1975], Paris, Éditions Gallimard, coll. « L'imaginaire », 2004.

POLIN, Raymond, *Du laid, du mal, du faux*, Paris, PUF, 1948.

PORGE, Erik, « Instance de la lettre et poubellication selon Lacan », *Essaim*, 2014/2, n° 33.

POZZA, Neri, (dir.), *Saranno idee d'arte e di poesia. Carteggi con Buzzati, Gadda, Montale e Parise*, Vicenza, Neri Pozza, 2006.

RECALCATI, Massimo, *A libro aperto. Una vita è i suoi libri*, Milano, Feltrinelli, 2018.

RECALCATI, Massimo, *Ritratti del desiderio*, Milano, Raffaello Cortina Editore, 2012.

ROSENKRANZ, Karl, *Ästhetik des Häßlichen* [1853], trad. Sibylle Muller : *Esthétique du laid*, Belval, Circé, 2004.

SABA, Umberto, *Quel che resta da fare ai poeti* [1911], Milano, Herny Beyle, 2012.

SARTRE, Jean-Paul, *L'idiot de la famille, Gustave Flaubert de 1821 à 1857*, Paris, Éditions Gallimard, 1971.

SARTRE, Jean-Paul, *La nausée* [1938], Paris, Éditions Gallimard, 1965.

SARTRE, Jean-Paul, *Les mots* [1964], Paris, Éditions Gallimard, 2002.

SARTRE, Jean-Paul, *Qu'est-ce que la littérature ?* [1948], Paris, Éditions Gallimard, 2005.

SPLENDORE, Paola, *Il ritorno del narratore*, Parma, Pratiche, 1991.

TODOROV, Tzvetan, *La littérature en péril*, Paris, Flammarion, 2007.

TURI, Nicola, *Testo delle mie brame : il metaromanzo italiano del secondo Novecento*, Firenze, Società editrice fiorentina, 2007.

TSVETAÏEVA, Marina, *Il poeta e il tempo* [1984], Milano, Adelphi, 2009.

WINNICOT, Donald Woods, *The Child and the Outside World* [1957], trad. Annette Stronck-Robert : *L'enfant et le monde extérieur*, Paris, Payot, 1987.

WOOLF, Virginia, *To the Lightouse* [1927], Ware, Wordsworth Editions, 1994.

4. *Œuvres sur des thématiques chères à Elena Ferrante*

4.1. *Naples*

AA.VV., *Poros. Idee di Napoli e variazioni sul tema del Mediterraneo*, a cura di Lucio Saviani, Torino, Marco Valerio Editore, 2002.

ALBERTINI, Vincenzo, BALDI, Antonio, *Napoli. Il sottosuolo, la storia*, ABC, 2008.

BENJAMIN, Walter, *Städtebilder* [1963], trad. Giorgio Backhaus ; Marisa Bertolini ; Gianni Carchia ; Enrico Gannii ; Hellmut Riediger : *Immagini di città*, Torino, Einaudi, 2007.

BENJAMIN, Walter, LĀCIS, Asja, SOHN-RETHEL, Alfred, *Sur Naples*, Éditions la Tempête, 2019.

CASPAR, Marie Hélène (dir.), « Napoli e dintorni », in *Narrativa*, n° 24, Université Paris-X Nanterre, janvier 2003.

CILENTO, Antonella, *Bestiario napoletano*, Bari, Laterza, 2015.

CILENTO, Antonella, *L'amore, quello vero*, Parma, Guanda, 2005.

CILENTO, Antonella, *Napoli sul mare luccica*, Roma, Laterza, 2006.

CILENTO, Antonella, *Non è il paradiso*, Milano, Sironi, 2003.

DE FELICE, Camillo, « Madonna di Montevergine (Mamma Schiavona) », *Babel*, n° 35, 2017.

LA CAPRIA, Raffaele, *L'armonia perduta* [1986], Milano, Rizzoli, 1999.

LA CAPRIA, Raffaele, *Letteratura e sentimento del tempo*, Roma, Omicron, 1995.

LA CAPRIA, Raffaele, *Introduzione a me stesso*, Roma, Elliot Edizioni, 2014.

LA CAPRIA, Raffaele, *Il sentimento della letteratura*, Milano, Mondadori, 1996.

LA CAPRIA, Raffaele, *Cinquant'anni di false partenze ovvero l'apprendista scrittore*, Roma, Minimum Fax, 2002.

LANZETTA, Peppe, *Racconti disperati*, Napoli, Pironti, 2010.

MALAPARTE, Curzio, *La pelle* [1949], Milano, Mondadori, 1978.

MONTESANO, G. Montesano, *Nel corpo di Napoli*, Milano, Mondadori, 1999.

ORTESE, Anna Maria, *Il mare non bagna Napoli* [1953], Milano, Adelphi, 1994.

ORTESE, Anna Maria, *Il porto di Toledo* [1975], Milano, Adelphi, 1998.

PARRELLA, Valeria, *Enciclopedia della donna. Aggiornamento*, Torino, Einaudi, 2017.

PARRELLA, Valeria, *Mosca più balena*, Roma, Minimum Fax, 2003.

PARRELLA, Valeria, *Per grazia ricevuta*, Roma, Minimum Fax, 2005.

PARRELLA, Valeria, *Troppa importanza all'amore*, Torino, Einaudi, 2015.

PERRELLA, Silvio, *Giùnapoli*, Vicenza, Neri Pozza, 2006.

PIEDIMONTE, Antonio Emanuele, *Napoli segreta*, Napoli, IntraMoenia 2003.

PRISCO, Mario, *La città verticale. Napoli nella letteratura degli ultimi decenni dell'Ottocento al nuovo millennio*, Salerno, Oèdipus, 2006.

RAMONDINO, Fabrizia, *Althénopis*, Torino, Einaudi, 1981.

RANISIO, Gianfranca, *La città e il suo racconto. Percorsi napoletani fra immaginario e reale*, Roma, Maltemi Editore, 2003.

RASY, Elisabetta, *Posillipo*, Milano, Rizzoli, 1998.

REA, Domenico, *Le due Napoli* [1950], Napoli, Ariccia, 1996.

RUBINO, Gianfranco, « De Roquentin au dernier touriste : poétique(s) et anti-poétique(s) de la ville », *Cahiers de l'Association internationale des études françaises*, 1998, n° 50.

SARTRE, Jean-Paul, *Lettres au Castor et à quelques autres. 1926-1939*, édition éditée et annotée par Simone de Beauvoir, Paris, Éditions Gallimard, 1983.

SARTRE, Jean-Paul, *Œuvres romanesques*, Édition de Michel Contat, Michel Rybalka avec la collaboration de George H. Bauer et Geneviève Idt, Paris, Éditions Gallimard, « coll. Bibliothèque de la Pléiade (n° 295) », 1982.

SERAO, Matilde, *Il ventre di Napoli* [1884], Milano, Bur, 2012.

SERAO, Matilde, *Leggende napoletane*, Modena, Sarasino, 1891.
SETTI, Nadia, *Donne e Sud. Percorsi nella cultura italiana contemporanea*, Firenze, Cesati, 2018.
STARNONE, Domenico, *Scherzetto*, Torino, Einaudi, 2016.
TRECCAGNOLI, Pietro, *La pelle di Napoli. Voci di una città senza tempo*, Milano, Cairo Editore, 2016.

4.2. *Romans, poésies, autobiographies et autofictions au féminin*

ALERAMO, Sibilla, *Una donna* [1906], Milano, Feltrinelli, 2013, trad. Pierre-Paul Plan : *Une femme*, Monaco, Rocher, 2002.
ANGOT, Christine, *L'inceste* [1999], Paris, Éditions Stock, 2017.
CALLE, Sophie, *Douleur Exquise*, Paris, Actes Sud, 2003.
CALLE, Sophie, *Prenez soin de vous*, Paris, Actes Sud, 2007.
CANDIANI, Chandra, Livia, *Fatti vivo*, Torino, Einaudi, 2017.
CANDIANI, Chandra, Livia, *La bambina pugile ovvero La precisione dell'amore*, Torino, Einaudi, 2014.
CARDINAL, Marie, *Les mots pour le dire* [1975], Paris, Éditions Grasset, 2017.
CAVALLI, Patrizia, *Poesie (1974-1992)*, Torino, Einaudi, 1992.
CERATI, Carla, *Un matrimonio perfetto*, Venezia, Marsilio, 1975.
CERATI, Carla, *La cattiva figlia*, Milano, Frassinelli, 1990.
CHEMOTTI, Saveria, *La passione di una figlia ingrata*, Verona, L'Iguana editrice, 2014.
CHEMOTTI, Saveria, *Ti ho cercata in ogni stanza*, Verona, L'Iguana editrice, 2016.
CIALENTE, Fausta, *Le quattro ragazze Wieselberger*, Milano, Mondadori, 1976.
DE BEAUVOIR, *La femme rompue* [1967], Paris, Éditions Gallimard, 2018.
DE BEAUVOIR, *Mémoires d'une jeune fille rangée* [1958], Paris, Éditions Gallimard, 2002.
DE BEAUVOIR, *La Force de l'âge* [1960], Paris, Éditions Gallimard, 1986.
DE BEAUVOIR, *La Force des choses* [1963], Paris, Éditions Gallimard, 2002.
DE BEAUVOIR, *Tout compte fait* [1972], Paris, Éditions Gallimard, 2013.
DE BEAUVOIR, *Une mort très douce* [1964], Paris, Éditions Gallimard, 2000.
DE CÉSPEDES, Alba, *Dalla parte di lei* [1949], Milano, Mondadori, 1994.
DE CÉSPEDES, Alba, *La bambolona* [1967], Milano, Mondadori, 1986.
DE CÉSPEDES, Alba, *Nessuno torna indietro* [1938], Milano, Mondadori, 1990.
DE CÉSPEDES, Alba, *Quaderno proibito* [1952], Milano, Mondadori, 1997.
DE CÉSPEDES, Alba, *Romanzi*, coll. « I Meridiani », Milano, Arnoldo Mondadori Editore, 2011, p. 26.
DE VIGAN, Delphine, *Jours sans faim*, Paris, Éditions Grasset, 2001.
DE VIGAN, Delphine, *Rien ne s'oppose à la nuit*, Paris, Éditions Jean-Claude Lattès, 2011.
DURAS, Marguerite, *Le ravissement de Lol V. Stein* [1964], Paris, Éditions Gallimard Folio, 2014.
DURAS, Marguerite, GAUTHIER, Xavière, *Les parleuses* [1974], Paris, Les Éditions de Minuit, 2013.

DI NOLA, Laura (dir.), *Poesia femminista italiana*, Roma, Savelli, 1978.

DUPEREY, Anny, *Le Voile noir*, Photographies de Lucien Legras, Éditions du Seuil, 1992.

ERNAUX, Annie, *Écrire la vie*, Paris, Éditions Gallimard, 2011.

ERNAUX, Annie, *L'écriture comme un couteau. Entretien avec Frédéric-Yves Jeannet.* Postface inédite de l'auteur, Paris, Éditions Gallimard, coll. « Folio », 2011.

GINZBURG, Natalia, *Le piccole virtù* [1962], Torino, Einaudi, 2015.

GINZBURG, Natalia, *Lessico famigliare* [1963], Torino, Einaudi, 1999.

GINZBURG, Natalia, *Mai devi domandarmi* [1989], Torino, Einaudi, 2014.

GINZBURG, Natalia, *Un'assenza. Ricordi, memorie, cronache*, Torino, Einaudi, 2016.

GUALTIERI, Mariangela, « Le Antenate viventi », *Doppiozero*, 13 décembre 2019.

GUALTIERI, Mariangela, *Fuoco centrale* [2003], Torino, Einaudi, 2018.

GUALTIERI, Mariangela, *Le giovani parole*, Torino, Einaudi, 2015.

JANECZEK, Helena, *Lezioni di tenebra* [1997], Parma, Guanda, 2011.

LEFÈVRE, Françoise, *Le petit prince cannibale*, Paris, Actes Sud, 1990.

LISPECTOR, Clarice, *A paixão segundo G. H.* [1964], trad. Adelina Aletti : *La passione secondo G. H.*, Milano, Feltrinelli, 1991.

MASINO, Paola, *Nascita e morte della massaia* [1945], Milano, Isbn, 2009.

MELANDRI, Lea, *Alfabeto d'origine*, Milano, Neri Pozza, 2017.

MORANTE, Elsa, *Diario 1938* [1989], Torino, Einaudi, 2005.

MORANTE, Elsa, *Il mondo salvato dai ragazzini* [1965], Torino, Einaudi, 2012.

MORANTE, Elsa, *L'isola di Arturo* [1957], Torino, UTET, 2007.

MORANTE, Elsa, *La storia* [1974], Torino, Einaudi, 2018.

MORANTE, Elsa, *Lo scialle andaluso* [1963], Torino, Einaudi, 1994.

MORANTE, Elsa, *Menzogna e sortilegio* [1948], Torino, Einaudi, 2001.

PIZARNIK, Alejandra, *Poesia completa*, Varese, LietoColle, 2018.

POZZI, Antonia, *Parole. Tutte le poesie*. A cura di Graziella Bernabò e Onorina Dino, Milano, Àncora Editrice, 2015.

ROMANO, Lalla, *Diario ultimo* [2001], Torino, Einaudi, 2006.

ROMANO, Lalla, *Una giovinezza inventata*, Torino, Einaudi, 1979.

ROMANO, Lalla, *Le parole a noi leggere* [1969], Torino, Einaudi, 2012.

ROMANO, Lalla, *La penombra che abbiamo attraversato* [1964], Torino, Einaudi, 2013.

SAPIENZA, Goliarda, *Il vizio di parlare a me stessa*, Torino, Einaudi, 2011.

SAPIENZA, Goliarda, *L'arte della gioia* [1998], Torino, Einaudi, 2015.

SAPIENZA, Goliarda, *La mia parte di gioia*, Torino, Einaudi, 2013.

SAPIENZA, Goliarda, *Lettera aperta* [1967], Torino, Einaudi, 2017.

SICARI, Giovanna, *La legge e l'estasi*, Bologna, I Quaderni del Battello Ebbro, 1999.

SICARI, Giovanna, *Poesie. 1984-2003* [2003], Roma, Edizioni Empìria, 2006.

SICARI, Giovanna, *Sigillo* [1989], con una Introduzione di Giancarlo Pontiggia e una nota di Milo De Angelis, Roma, Donzelli editore, 2019.

SONTAG, Susan, *The complete Rolling Stone interview* [2013], trad. Maxime Catroux : *Tout, et rien d'autre*, Paris, Flammarion, coll. « Climats », 2015.

SONTAG, Susan, *Reborn. Journals and Notebooks 1947-1963*, trad. Paolo Dilonardo : *Rinata. Diari e taccuini 1947-1963*, Milano, nottetempo, 2018.
TSVETAÏEVA, Marina, *Deserti luoghi. Lettere 1925-1941* [1989], Milano, Adelphi, 2008.
TSVETAÏEVA, Marina, *Il paese dell'anima. Lettere 1909-1925* [1988], Milano, Adelphi, 1996.
TSVETAÏEVA, Marina, *Prose autobiographique*, Paris, Éditions du Seuil, 2009.
WEIL, Simone, *Cahiers I* [1970], trad. Giancarlo Gaeta : « Quaderno I », *Quaderni. Volume primo*, Milano, Piccola Biblioteca Adephi, 2004.

4.3. *Violence*

BOURDIEU, Pierre, *La domination masculine*, Paris, Éditions du Seuil, 1998.
CAVARERO, Adriana, *Orrorismo, ovvero della violenza sull'inerme*, Milano, Feltrinelli, 2007.
DE GREGORIO, Concita, *Malamore : esercizi di resistenza al dolore*, Milano, Mondadori, 2008.
DORLIN, Elsa, *Se défendre. Une philosophie de la violence*, Paris, Éditions la Découverte, 2017.
FO, Dario, RAME, Franca, « Lo stupro », *Tutta casa letto e chiesa* [1977], Milano, Fabbri, 2006.
FRAIRE, Manuela, ROSSANDA, Rossana, *La perdita*, a cura di Lea Melandri, Torino, Bollati Boringhieri, 2008.
HÉRITIER, Françoise, *Masculin/Féminin : La pensée de la différence*, tome I, *Masculin/Féminin : Dissoudre la hiérarchie*, tome II, Paris, Odile Jacob, 2012.
HILLMAN, James, *Peur aeternus*, Milano, Adelphi, 1999.
LIBAUDE, Christophe, *Dante, la pierre et le sang*, Paris, Éditions Kimé, 2014.
MELANDRI, Lea, *Amore e violenza : il fattore molesto della civiltà*, Torino, Bollati Boringhieri, 2011.
MONTALE, Eugenio, *Tutte le poesie* [1984], Milano, Arnoldo Mondadori Editore, 2006.
MURATORI, Filippo, *Ragazzi violenti*, Bologna, Il mulino, 2005.
RAVENNA, Marcella, *Odiare*, Bologna, Il mulino, 2009.
RELLA, Franco, *Figure del male*, Milano, Feltrinelli, 2002.
SARTRE, Jean Paul, *L'enfance d'un chef* [1939], Paris, Éditions Gallimard, 2003.
SARTRE, Jean Paul, *L'être et le néant* [1943], Paris, Éditions Gallimard, 2017.

4.4. *Amitié*

AGAMBEN, Giorgio, *L'amicizia* [2007], trad. Martin Rueff : *L'amitié*, Paris, Éditions Payot & Rivages, 2017.
ARISTOTE, *Éthique à Nicomaque* (livres VIII et IX), trad. Jules Tricot, Paris, J. Vrin, 1972.
BALDINI, Massimo, *La storia dell'amicizia*, Roma, Armando, 2001.
BARACCHI, Claudia, *Amicizia*, Milano, Mursia, 2016.
BÉGORRE-BRET, Cyrille, *L'amitié de Platon à Debray*, Paris, Eyrolles, 2012.

BRITTAIN, Vera, *Testament of Friendship* [1940], London, Virago, 1980.
CREPET, Paolo, *Elogio dell'amicizia* [2012], Torino, Einaudi, 2014.
DERRIDA, Jacques, *Politiques de l'amitié* [1994], Paris, Éditions Galilée, 2011.
EPSTEIN, Joseph, *Friendship : An Exposé* [2006], *Amicizia*, Bologna, Il mulino, 2008.
JACQUEMOND, Olivier, *Le juste nom de l'amitié : Pour une amitié sans visage*, Paris, Nouvelles éditions Lignes, 2011.
KAST, Verena, *La migliore amica : l'amicizia tra donne : una nuova cultura della relazione*, Como, Red/studio redazionale, 1994.
KRACAUER, Siegfried, *Über die Freundschaft* [1971], *Sull'amicizia*, Genova, Marietti, 1989.
LORDE, Audre, *Cables to rage*, London, Paul Breman, 1970.
LORDE, Audre, *Sister Outsider : Essays and Speeches*, Trumansburg, New York, The Crossing Press, 1984.
LORDE, Audre, *The Black Unicorn*, New York, W. W. Norton Publishing, 1978.
MORRISON, Toni, *Sula* [1973], trad. Pierre Alien : *Sula*, Paris. C. Bourgois, 1994.
ROSENEIL, Sasha, « Foregrounding Friendship : Feminist Pasts, Feminists Futures » [2006] trad. Françoise Armengaud : « Mettre l'amitié au premier plan : passés et futurs féministes », *Amies, Nouvelles Questions Féministes*, Volume 30, n° 2, Lausanne, Éditions Antipodes, 2011.

4.5. *Éthique de l'écriture*

AGAMBEN, Giorgio, *Auschwitz. L'archive et le témoin* [1998], trad. Pierre Alferi, Paris, Éditions Payot et Rivages, 2016.
AMENDOLA, Giovanni, *Etica e biografia* [1915], Milano-Napoli, Ricciardi, 1953.
ARENDT, Hannah, *Il futuro alle spalle* [1981], Bologna, il Mulino, 2011.
ASOR ROSA, Alberto, *L'ultimo paradosso*, Torino, Einaudi, 1985.
BARTHES, Roland, *Le degré zéro de l'écriture* [1953], Paris, Éditions du Seuil, 2014.
BRODSKIJ, Iosif, *On Grief and Reason* [1995], trad. Gilberto Forti : *Dolore e ragione*,
Milano, Adelphi, 2013.
CALVINO, Italo, *Lezioni americane* [1988], Milano, Mondadori, 2018.
FICARA, Giorgio, *Lettere non italiane. Considerazioni su una letteratura interrotta*, Milano, Bompiani, 2016.
FOUCAULT, Michel, *Le beau danger – Entretien avec Claude Bonnefoy* (1968), Paris, EHESS, 2011.
FOUCAULT, Michel, *Le gouvernement de soi et des autres. Le courage de la vérité ; cours au collège de France (1984)*, t. 2, Paris, Éditions du Seuil, 2009.
GIUNTA, Carlo, *E se non fosse la buona battaglia ? Sul futuro dell'istruzione umanistica*, Bologna, il Mulino, 2017.
LEVINAS, Emmanuel, *Éthique et infini* [1982], Paris, Fayard, 2017.

SERRA, Renato, *Esame di coscienza di un letterato* [1915], Pordenone, Studio Tesi, 1994.
SARTRE, Jean-Paul, *Vérité et existence*, Paris, Éditions Gallimard, 1989.
SIMONETTI, Gianluigi, *La letteratura circostante*, Bologna, il Mulino, 2018.
SINI, Carlo, *Etica della scrittura*, Il Saggiatore, Milano, 1992.
SINI, Carlo, *Pratica del foglio-mondo. La scrittura filosofica*, Milano, Libreria CUEM, 1994.
YEHOSHUA, Avraham B., *Il potere terribile di una piccola colpa. Etica e letteratura*, Torino, Einaudi, 2000.

4.6. Rapport mère-fille

ANDRÉ, Jacques, *Mères et filles*, coll. « Petite bibliothèque de psychanalyse », Paris, Presses universitaires de France, 2003.
ARCIDIACONO, Caterina, *Identità femminile e psicoanalisi. Da donna a donna : alla ricerca del senso di sé*, Milano, FrancoAngeli, 1994.
BOTTI, Caterina, *Madri cattive. Una riflessione su bioetica e gravidanza*, Milano, Il Saggiatore, 2007.
BRUSA, Luisella, *Mi vedevo riflessa nel suo specchio. Psicanalisi del rapporto tra madre e figlia*, Milano, FrancoAngeli, 2004.
BUZZATI, Gabriella, SALVO, Anna (dir.), *Corpo a corpo*, Bari, Editori Laterza, 1995.
DIOTIMA, *L'ombra della madre*, Napoli, Liguori, 2007.
FILOGRASSO, Ilaria, *Bambini in trappola*, Milano, FrancoAngeli, 2012.
GREEN, André, *Narcissisme de vie. Narcissisme de mort* [1983] Paris, Les Éditions de Minuits, 2007.
LEMOINE-LUCCIONI, Eugénie, *Partage de femme*, Paris, Éditions du Seuil, 1976.
IRIGARAY, Luce, *Le corps-à-corps avec la mère*, Ottawa, Les éditions de la pleine lune, 1981.
KLEIN, Melanie, *Envy and Gratitude* [1957], trad. Victor Smirnoff : *Envie et gratitude et autres essais*, Paris, Éditions Gallimard, coll. « Connaissance de l'Inconscient », 1978.
LAZZARATO, Francesca, ZILIOTTO, Donatella, *Bimbe donne e bambole*, Roma, Artemide edizioni, 1987.
MORANTE, Marcello, *Maledetta benedetta*, Milano, Garzanti, 1986.
MURARO, Luisa, *L'amore come pratica politica*, « Via Dogana », n° 3, décembre 1991.
MURARO, Luisa, *Il lavoro della creatura piccola. Continuare l'opera della madre*, Milano, Mimesis Edizioni, 2013.
MURARO, Luisa, *L'ordine simbolico della madre* [1992], Roma, Editori Riuniti, 2006.
RECALCATI, Massimo, *Le mani della madre*, Milano, Feltrinelli, 2015.
RELLA, Franco, *Ai confini del corpo*, Milano, Feltrinelli, 2000.
RICH, Adrienne, *Of Women Born* [1976], trad. Maria Teresa Marenco : *Nato di donna*, Milano, Garzanti, 1986.

SALVO, Anna, *Perversioni al femminile*, Milano, Mondadori, 1997.
SAMBUCO, Patrizia, *Corpi e linguaggi. Il legame figlia-madre nelle scrittrici italiane del Novecento*, Padova, Il Poligrafo, 2014.
SUKENICK, Lynn, *Feeling and Reason in Doris Lessing's Fiction*, « Contemporary Literature », XIV, n° 4.
VALCARENGHI, Marina, *L'aggressività femminile*, Milano, Bruno Mondadori, 2003.

5. *Œuvres sur l'autobiographie, l'autofiction, la métabiographie et l'auteur*

« L'autobiographie. Actes du colloque organisé par la Société d'histoire littéraire de la France le 25 janvier 1975 à la Sorbonne », *Revue d'histoire littéraire de la France*, n° 6, novembre-décembre 1975.
AMOSSY, Ruth, MAINGUENEAU, Dominique, « Autour des "scénographies auctoriales" : entretien avec José-Luis Diaz, auteur de L'écrivain imaginaire (2007) », *Argumentation et Analyse du Discours*, Université de Tel-Aviv, revues.org, mars 2009, mis en ligne le 15 octobre 2009.
AMOSSY, Ruth (dir.), *Images de soi dans le discours. La construction de l'éthos*, Genève, Delachaux et Niestlé, 1999.
AMOSSY, Ruth, « La double nature de l'image d'auteur », *Argumentation et Analyse du Discours*, Université de Tel-Aviv, revues.org, mars 2009, mis en ligne le 15 octobre 2009.
AMOSSY, Ruth, *L'argumentation dans le discours*, Paris, Armand Colin, 2000.
BANKS, David, *Les marqueurs linguistiques de la présence de l'auteur*, Paris, L'Harmattan, 2005.
BATTISTINI, Andrea, *Lo specchio di Dedalo. Autobiografia e biografia*, Bologna, Il Mulino, 1990.
BARENGHI, Mario, *L'autorità dell'autore*, Milano, Unicopli, 2000.
BENEDETTI, Carla, *L'ombra lunga dell'autore*, Milano, Feltrinelli, 1999.
BENEDETTI, Carla, *Pasolini contro Calvino*, Torino, Bollati Boringhieri, 1998.
BERARDINELLI, Alfonso, *Tra il libro e la vita*, Torino, Bollati Boringhieri, 1990.
BERNAS, Steven, *Archéologie et évolution de la notion d'auteur*, Paris, L'Harmattan, 2001.
BOKOBZA KAHAN, Michèle, « Introduction », *Argumentation et Analyse du Discours*, Université de Tel-Aviv, revues.org, mars 2009, mis en ligne le 15 octobre 2009.
BOKOBZA KAHAN, Michèle, « Métalepse et image de soi de l'auteur dans le récit de fiction », *Argumentation et Analyse du Discours*, Université de Tel-Aviv, revues.org, mars 2009, mis en ligne le 15 octobre 2009.
BORGES, Jorge Luis, *L'Auteur et autres textes* [1960], Paris, Éditions Gallimard, 1982.
BUFFAT, Marc. « La mort de l'auteur : une problématique oubliée » in *Où en est la théorie littéraire ?*, actes du colloque organisé à l'Université Paris-7 – Denis Diderot, les 28 et 29 mai 1999, textes réunis par Julia Kristeva et Evelynne Grossman, Paris, Textuel numéro 37, 2000.

CAMBI, Franco, *L'autobiografia come metodo formativo*, Roma, Editori Laterza, 2002.

CAMET, Sylvie, SABRI, Nourredine (dir.), *Les Nouvelles Écritures du Moi dans les Littératures française et francophone*, Paris, L'Harmattan, 2012.

CAPUTO, Rino, MONACO, Matteo (dir.), *Scrivere la propria vita : l'autobiografia come problema critico e teorico*, introduzione di Raul Mordenti, Roma, Bulzoni, 1997.

CHAMARAT, Gabrielle, GOULET, Alain (dir.), *L'auteur*, Caen, Presses universitaires de Caen, 1996.

CHANADY, Amaryll, « Une métacritique de la métalittérature : quelques considérations théoriques », *Études françaises*, vol. 23, n° 3, 1988.

CHAUCHAT, Catherine, *L'autobiographie. « Les mots » de Sartre*, Paris, Éditions Gallimard, coll. « Lire », 1993.

CHIANTARETTO, Jean-François (dir.), *Écriture de soi, Écriture des limites*, Paris, Hermann, 2014.

CHIANTARETTO, Jean-François (dir.), *Écriture de soi et psychanalyse*, Paris, L'Harmattan, 1996.

CHIANTARETTO, Jean-François (dir.), *Écriture de soi et sincérité*, Paris, In Press, 1999.

COETZEE, John Maxwell, KURTZ, Arabella, SPLENDORE, Paola, BAIOCCHI, Maria, *La buona storia. Conversazioni su verità, finzione e psicoterapia*, Torino, Einaudi, 2017.

COLONNA, Vincent, *Autofiction & autres mythomanies littéraires*, Paris, Tristram, 2004.

COUTURIER, Maurice, *La Figure de l'auteur*, Paris, Éditions du Seuil, 1995.

D'INTINO, Franco, *L'autobiografia moderna. Storie forme problemi*, Roma, Bulzoni, 1998.

DEMETRIO, Duccio, *Autoanalisi per non pazienti. Inquietudine e scrittura di sé*, Milano, Raffaello Cortina, 2003.

DEMETRIO, Duccio, *La scrittura clinica. Consulenza autobiografica e fragilità esistenziali*, Milano, Raffaello Cortina, 2008.

DEMETRIO, Duccio, *Perché amiamo scrivere. Filosofia e miti di una passione*, Milano, Raffaello Cortina, 2011.

DEMETRIO, Duccio, *Raccontarsi. L'autobiografia come cura di sé*, Milano, Raffaello Cortina, 1995.

DOUBROVSKY, Serge, *Autobiographiques : de Corneille à Sartre*, Paris. PUF, 1988.

DOUBROVSKY, Serge, *Fils* [1977], Paris, Éditions Gallimard, 2001.

DOUBROVSKY, Serge, LECARME, Jacques, LEJEUNE, Philippe (dir.), « Autofictions & Cie. Actes du colloque des 20 et 21 novembre à Nanterre », *RITM*, n° 6, 1993.

DUBEL, Sandrine, RABAU, Sophie (dir.), *Fiction d'auteur ? Le discours biographique sur l'auteur de l'Antiquité à nos jours*, Paris, Champion, 2001.

DUCAS, Sylvie, « Ethos et fable auctoriale dans les autofictions contemporaines ou comment s'inventer écrivain », *Argumentation et Analyse du Discours*, Université de Tel-Aviv, revues.org, mars 2009, mis en ligne le 15 octobre 2009.

EDELMAN, Bernard, *Le sacre de l'auteur*, Paris, Éditions du Seuil, 2004.
FOREST, Philippe, GAUGAIN, Claude, *Le roman, le Je*, Nantes, Pleins feux, 2001.
FORMENTI, Laura, *La formazione autobiografica*, Milano, Guerini e associati, 1998.
FOUCAULT, Michel, *Le beau danger. Entretien avec Claude Bonnefoy*, Paris, EHESS, 2011.
FOUCAULT, Michel, « Qu'est-ce qu'un auteur ? », dans « Bulletin de la Société française de philosophie », 63e année, n° 3, juillet-septembre 1969, p. 73-104, après dans *Dits et écrits, tome I, 1954-1969*, Éditions Gallimard, 1994.
GAMELLI, Ivano (dir.), *Il prisma autobiografico. Riflessioni interdisciplinari del racconto di sé*, Milano, Unicopli, 2003.
GASPARINI, Philippe, *Autofiction : une aventure du langage*, Paris, Le Seuil, coll. « Poétique », mai 2008.
GASPARINI, Philippe, *Est-il je ? : Roman autobiographique et autofiction*, Paris, Le Seuil, coll. « Poétique », mars 2004.
GASPARINI, Philippe, *Poétiques du je : Du roman autobiographique à l'autofiction*, Lyon, Presses universitaires de Lyon, coll. « Autofiction, etc. », mars 2016.
GRISI, Cesare, *Il romanzo autobiografico. Un genere tra opera e autore*, Roma, Carocci, 2011.
GUGLIELMINETTI, Marziano, « Biografia e autobiografia », in Alberto Asor Rosa (dir.), *Letteratura Italiana Einaudi* : *Le questioni*, vol. n° 5, Torino, Einaudi, 1986.
GUGLIELMINETTI, Marziano, Introduzione a *Memoria e scrittura. L'autobiografia da Dante a Cellini*, Torino, Einaudi, 1977.
GUSDORF, George, *Auto-bio-graphie*, Paris, Odile Jacob, 1990.
GUSDORF, George, *Les Écritures du moi*, Paris, Odile Jacob, 1990.
IOVINELLI, Alessandro, *L'autore e il personaggio*, Soveria Mannelli, Rubbettino, 2004.
LAHIRE, Bernard, *La condition littéraire, la double vie des écrivains*, Paris, Éditions La Découverte, 2006.
LAVIALLE, Nathalie, PUECH, Jean-Benoît (dir.), *L'auteur comme œuvre : l'auteur, ses masques, son personnage, sa légende*, Orléans, Presses universitaires d'Orléans, 2000.
LACAN, Jacques, « Le stade du miroir comme formateur de la fonction du Je », dans *Écrits*, Éditions du Seuil, 1996 ; rééd., coll. « Points », 1970, tome I, p. 89-97.
LECARME, Jacques, LECARME-TABONE, Eliane, « Je, mode d'emploi », *Page des libraires*, n° 52, juin-juillet-août 1998.
LECARME, Jacques, LECARME-TABONE, Eliane, *L'autobiographie*, Paris, Armand Colin, 1997.
LEJEUNE, Philippe (dir.), « L'autobiographie en procès. Actes du colloque des 18 et 19 octobre 1996 à Nanterre », *RITM*, n° 14, Université Paris X-Nanterre, 1997.
LEJEUNE, Philippe, « L'autobiocopie », dans *Autobiographie et biographe*, textes récoltés et présentés par Mireille Calle-Gruber et Arnold Rothe, Paris, Librairie A.G. Nizet, 1989.

LEJEUNE, Philippe, *Le pacte autobiographique* [1975], Paris, Éditions du Seuil, 1996.

LEJEUNE, Philippe, *Je est un autre. L'autobiographie à la troisième personne*, Paris, Éditions du Seuil, 1980.

LEJEUNE, Philippe, *Le désir biographique*, dans « Cahiers de Sémiotique Textuelle », n° 16, Université de Paris X, 1989.

LEJEUNE, Philippe, *Moi aussi*, Paris, Éditions du Seuil, coll. « Poétique », 1986.

LEJEUNE, Philippe, *Une autobiographie sous contrainte*, dans « Magazine littéraire », décembre 1993.

LOLLINI, Massimo, *Il vuoto della forma : scrittura, testimonianza e verità*, Genova, Marietti, 2001.

LUCAMANTE, Stefania, *Le scelte dell'autofiction : il romanzo della memoria contro il potere della storia*, dans « Studi novecenteschi », Pisa-Roma, Istituti Poligrafici internazionali, XXV, n° 56, décembre 1998.

MADELÉNAT, Daniel, *La Biographie*, Paris, Presses universitaires de France, 1984.

MAINGUENEAU, Dominique, « Auteur et image d'auteur en analyse du discours », *Argumentation et Analyse du Discours*, Université de Tel-Aviv, revues.org, mars 2009, mis en ligne le 15 octobre 2009.

MAURI, Paolo, « Quando lo scrittore diventa personaggio da romanzo », *la Repubblica*, 11 décembre 2000.

MAUROIS, André, *Aspects de la biographie*, Paris, Grasset, 1930.

MAZZA GALANTI, Carlo, « Autofinzioni », *minima&moralia*, 8 juillet 2010.

MEIZOZ, Jérôme, « Ce que l'on fait dire au silence : posture, éthos, image d'auteur », *Argumentation et Analyse du Discours*, Université de Tel-Aviv, revues.org mars 2009, mis en ligne le 15 octobre 2009.

MENDES GALLINARI, Melliandro, « La "clause auteur" : l'écrivain, l'éthos et le discours littéraire », *Argumentation et Analyse du Discours*, Université de Tel-Aviv, revues.org, mars 2009, mis en ligne le 15 octobre 2009.

MOLINIÉ, Georges, VIALA, Alain, *Approches de la réception*, Paris, PUF, 1993.

NEYRAUT, Michel (dir.), *L'autobiographie. Actes des VIe Rencontres psychanalytiques d'Aix-en-Provence*, Paris, Les Belles Lettres, 1990.

ØSTENSTAD, Inger, « Quelle importance a le nom de l'auteur ? », *Argumentation et Analyse du Discours*, Université de Tel-Aviv, revues.org, mars 2009, mis en ligne le 15 octobre 2009.

OSTER, Daniel, *L'individu littéraire*, Paris, PUF, 1997.

PIQUET, François, (dir.) *Écritures de l'identité*. Actes du colloque tenu les 21 et 22 novembre 1996 à l'Université Jean Moulin-Lyon 3, Paris, Didier Erudition, 1998.

RICŒUR, Paul, *Soi-même comme un autre* [1990], Paris, Éditions du Seuil, 2015.

RITTER SANTINI, Lea, RAIMONDI, Ezio (dir), *Retorica e critica letteraria*, Bologna, il Mulino, 1978.

ROUAUD, Jean. *L'invention de l'auteur*, Paris, Éditions Gallimard, 2004.

PROUST, Marcel, *Contre Sainte-Beuve*, Paris, Éditions Gallimard, 1954.

SCHMITT, Arnaud, « La perspective de l'autonarration », *Poétique*, n° 149, février 2007.

SEGRE, Cesare, *Avviamento allo studio del testo letterario*, Torino, Einaudi, 1985.

SIESS, Jürgen, « Y a-t-il un auteur dans la pièce ? Ethos du personnage et "figure auctoriale" », *Argumentation et Analyse du Discours*, Université de Tel-Aviv, revues.org, mars 2009, mis en ligne le 15 octobre 2009.

SIMION, Eugen, *Le retour de l'auteur* [1981], Mundolsheim, Ancrier, 1996.

SOUILLOU, Jacques, *L'auteur mode d'emploi*, Paris, L'Harmattan, 1999.

TRAMONTANA, Carmelo, « Autobiografia-menzogna-riscrittura della donna gentile e pietosa nel *Convivio* », in ALFONZETTI, Beatrice, BALDASSARRI, Guido, TOMASI, Francesca (dir.), *I cantieri dell'italianistica. Ricerca, didattica e organizzazione agli inizi del XXI secolo. Atti del XVII congresso dell'ADI – Associazione degli Italianisti (Roma Sapienza, 18-21 settembre 2013)*, Roma, Adi editore, 2014.

VERCIER, Bruno, LECARME, Jacques, BERSANI, Jacques (dir.), *La littérature en France depuis 1968*, Paris, Bordas, 1982.

ZAMBRANO, María, *La confessione come genere letterario* [1943], Milano, Bruno Mondadori, 1997.

6. Œuvres sur l'écriture féminine et le féminisme

ARSLAN, Antonia, *Dame, galline e regine : la scrittura femminile italiana fra '800 e '900*, Milano, Guerini studio, 1998.

ARSLAN, Antonia, CHEMOTTI, Saveria (dir.), *La galassia sommersa. Suggestione sulla scrittura femminile italiana*, Padova, Il Poligrafo, 2008.

ARRU, Angiolina, CHIALANT, Maria Teresa (dir.), *Il racconto delle donne. Voci autobiografie figurazioni*, Napoli, Liguori, 1990.

AZZOLINI, Paola, *Di silenzio e d'ombra. Scrittura e identità femminile nel Novecento italiano*, Padova, Il Poligrafo, 2012.

AZZOLINI, Paola, *Il cielo vuoto dell'eroina : scrittura e identità femminile nel Novecento italiano*, introduzione di Marina Zancan, Roma, Bulzoni, 2001.

BACCOLINI, Raffaella, FORTUNATI, Vito, FABI, Maria Giulia, MONTICELLI, Rita, (dir.), *Critiche femministe e teorie letterarie*, Bologna, Clueb, 1997.

BALDISSONE, Giusi, *Il nome delle donne : modelli letterari e metamorfosi storiche tra Lucrezia, Beatrice e le muse di Montale*, Milano, FrancoAngeli, 2005.

BARONCINI, Daniela, *Artifici del piacere : donne e seduzione nella modernità letteraria*, Roma, Carocci, 2014.

BATTERSBY, Christine, *The Phenomenal Woman. Feminist Metaphysics and the Patterns of Identity*, Cambridge, Polity Press, 1998.

BEAULÉ, Sophie, « Le corps en devenir et la machine de guerre : Bérard, Chen, Darrieussecq et Dufour », *Recherches féministes*, *27* (1), 2014.

BELLERIO, Annalisa, *Donne tra le righe*, Milano, Sperling & Kupfer, 2007.

BOMPIANI, Ginevra, *Lo spazio narrante*, Milano, La Tartaruga, 1978.

BOTTA, Anna, FARNETTI, Monica, RIMONDI, Giorgio (dir.). *Le eccentriche : scrittrici del Novecento*, Mantova, Tre lune, 2003.

BRAIDOTTI, Rosi, *Dissonanze. Le donne e la filosofia contemporanea*, Milano, La Tartaruga, 1991.

BRUGÈRE, Fabienne, *On ne naît pas femme, on le devient*, Paris, Stock, 2019.

BUTLER, Judith, *Bodies That Matter : On the Discursive Limits of Sex* [1993], trad. Simona Capelli : *Corpi che contano. I limiti discorsivi del « sesso »*, Milano, Feltrinelli, 1997.

BUTLER, Judith, *Giving an Account of Oneself* [2005], trad. Bruno Ambroise et Valérie Aucouturier : *Le récit de soi*, Paris, Presses universitaires de France, 2005.

BUTLER, Judith, *Subjects of Desire* [1988], *Soggetti di desiderio*, presentazione di Adriana Cavarero, Roma, Laterza, 2009.

CAFFIERO, Marina, VENZO, Manola Ida (dir.), *Scritture di donne*, Viella, Libreria Editrice, 2012.

CALLE, Mireille (dir.), *Du féminin*, Grenoble, Presses universitaires de Grenoble-Québec, Le Griffon d'argile, 1992.

CARINI ALIMANDI, Lia, *Presenze di donna : femminilità e maternità nella letteratura di ieri e di oggi*, Roma, Città nuova, 1985.

CAVARERO, Adriana, *Corpo in figure. Filosofia e politica della corporeità*, Milano, Feltrinelli, 1995.

CAVARERO, Adriana, « L'identità altruistica », in BOTTANI, Andrea, VASSALO, Nicla (dir.), *Identità personale : un dibattito aperto*, Napoli, Loffredo Editore, 2001.

CAVARERO, Adriana, RESTAINO Franco, *Le filosofie femministe : due secoli di battaglie teoriche e pratiche*, Milano, Mondadori, 2002.

CAVARERO, Adriana, *Per una teoria della differenza sessuale*, Milano, La Tartaruga Edizioni, 1987.

CAVARERO, Adriana, *Tu che mi guardi, tu che mi racconti* [1997], Milano, Feltrinelli, 2011.

CHEMOTTI, Saveria (dir.), *Corpi di identità. Codici e immagini del corpo femminile nella cultura e nella società*, Padova, Il Poligrafo, 2005.

CHOLLET, Mona, *Beauté fatale* [2012], Paris, Éditions La Découverte, 2015.

CIXOUS, Hélène, *Entre l'écriture*, Paris, Éditions des femmes, 1986.

CIXOUS, Hélène, GAGNON, Madeleine, LECLERC, Annie, *La venue à l'écriture*, Paris, Union Générale d'Éditions, 1977.

CIXOUS, Hélène, *Le rire de la Méduse et autres ironies*, Paris, Galilée, 2010.

CONTARINI, Silvia, MARRAS, Margherita, « Femminismi : teoria, critica e letteratura nell'Italia degli anni 2000 », *Narrativa. Nuova serie*, n° 37, 2015.

CORONA, Donatella (dir.), *Donne e scrittura*, Palermo, La Luna, 1990.

CUTRUFELLI, Maria Rosa (dir), *Scritture, scrittrici*, Milano, Longanesi, 1988.

DE BEAUVOIR, Simone, *Le deuxième sexe* [1946 renouvelé en 1976], vol. I-II, Paris, Éditions Gallimard, 2014.

DIDIER, Béatrice, *L'Écriture-femme*, Paris, Presses universitaires de France, 1981.

DIOTIMA, *Il pensiero della differenza sessuale*, Milano, La Tartaruga edizioni, 1987.

FRABOTTA, Biancamaria, *Letteratura al femminile. Itinerari di lettura a proposito di donne, storia, poesia, romanzo*, Bari, De Donato, 1980.

FRAISSE, Geneviève, *Féminisme et philosophie*, Paris, Éditions Gallimard, 2020.

FRAISSE, Geneviève, *La fabrique du féminisme*, Lyon, le passager clandestin, 2012.

FRAISSE, Geneviève, *Le Privilège de Simone de Beauvoir* [2008], Paris, Éditions Gallimard, coll. « Folio essais », 2018.

FRASER, Nancy, *Crisis of Care ? On the Social-Reproductive Contradictions of Contemporary Capitalism* [2016], trad. Leonard Mazzone : *La fine della cura. Le contraddizioni sociali del capitalism contemporaneo*, Milano, Mimes Edizioni, 2017.

FRASER, Nancy, *Fortunes of Feminism. From State-Managed Capitalism to Neoliberal Crisis* [2013], trad. Anna Curcio : *Fortune del femminismo. Dal capitalismo regolato dalla Stato alla crisi neoliberista*, Verona, ombre corte, 2014.

GARCIA, Irma, *Promenade femmilière : recherches sur l'écriture féminine*, Paris, Éditions des Femmes, 1981.

GORDIMER, Nadine, *Writing and Being* [1995], trad. Maria Luisa Cantarelli : *Scrivere ed essere*, Milano, Feltrinelli. 1996.

HARAWAY, Donna Jeanne, « Manifesto for Cyborgs : Science, Technology, and Socialist Feminism in the 1980 », *Socialist Review*, 80, p. 65-108 [1985], trad. Liana Borghi : *Manifesto cyborg. Donne, tecnologia e biopolitiche del corpo*, Milano, Feltrinelli, 1995.

HEILBRUN, Carolyn, *Writing a Woman's Life* [1988], trad. Katia Bagnoli : *Scrivere la vita di una donna*, Milano, La tartaruga, 1990.

IRIGARAY, Luce, *Éthique de la différence sexuelle*, Paris, Les Éditions de Minuit, 1984.

IRIGARAY, Luce, *Speculum : De l'autre femme*, Paris, Les Éditions de Minuit, 1974.

IRIGARAY, Luce, *Le temps de la différence*, Paris, Librairie Générale Française, 1989.

LACAN, Jacques, « Hommage fait à Marguerite Duras, du ravissement de Lol V. Stein », *Cahiers Renaud-Barrault*, Paris, Éditions Gallimard, 1965, n° 52.

LIBRERIA DELLE DONNE DI MILANO (dir.), *Non credere di avere dei diritti*, Milano, Rosenberg & Sellier, 1987.

LONZI, Carla, *Sputiamo su Hegel* [1974], Milano, et.al./economica, 2010.

MAFFIOLETTI, Loretta, MESSI, Mauro (dir.), *L'ambiguo malanno : contraddittorietà del famminile e ambiguità della bellezza. Mimesis : gli umili entrano nella letteratura*, Azzano San Paolo, Junior, 2013.

MAGLI, Patrizia (dir.), *Le donne e i segni : scrittura, linguaggio, identità nel segno della differenza femminile*, Ancona, Transeuropa, 1988.

MANSAU, Andrée, *Des femmes : images et écritures*, Toulouse, Presses universitaires du Mirail, 2004.

MATTESINI, Laura, *Scrivere di sé : una rassegna critica sull'autobiografia femminile*, « DWF », n° 2-3, 1993.

MELANDRI, Lea, *Come nasce il sogno d'amore*, Torino, Bollati Boringhieri, 2002.
MELANDRI, Lea (dir.), *Il desiderio dissidente*, Milano, Baldini&Castoldi, 1998.
MELANDRI, Lea, *Lapis, sezione aurea di una rivista*, Roma, Manifestolibri, 1998.
MELANDRI, Lea, « Lettura » in *Sibilla Aleramo : un amore insolito*, Milano, Feltrinelli, 1979.
MELANDRI, Lea, *Le passioni del corpo*, Torino, Bollati Boringhieri, 2001.
MELANDRI, Lea (dir.), *Rossana Rossanda. Questo corpo che mi abita*, Torino, Bollati Boringhieri, 2018.
MOROY, Élie, *La Littérature féminine définie par les femmes écrivains*, Éditions de la Semaine de Genève, Genève, 1931.
MOZÈRE, Liane, « Devenir-femme chez Deleuze et Guattari », *Cahiers du Genre*, n° 38, 2005/1.
MURARO, Luisa, « Prendere la parola, dissestare il linguaggio » in MISSINA, Eleonora, *Donne si diventa. Antologia del pensiero femminista*, Milano, Feltrinelli, 2014.
NOZZOLI, Anna, *La parete di carta. Scritture al femminile nel Novecento italiano*, Verona, Gutenberg, 1989.
NOZZOLI, Anna, *Tabù e coscienza. La condizione femminile nella letteratura italiana del Novecento*, Firenze, La Nuova Italia, 1978.
PELLEGRINI, Ernestina, *Le spietate : eros e violenza nella letteratura femminile del Novecento*, Avagliano, Cava de' Tirreni, 2004.
PETRIGNANI, Sandra, *Le signore della scrittura*, Milano, La Tartaruga, 1984.

PIGOZZI, Elena, DE PRETIS, Susi (dir.), *Atlante della letteratura al femminile : l'anima dell'altra metà del cielo*, Colognola ai Colli, Demetra, 1998.
RASY, Elisabetta, *La lingua della nutrice. Percorsi e tracce dell'espressione femminile*, con una introduzione di Julia Kristeva, Roma, Edizioni delle Donne, 1978.
RASY, Elisabetta, *Le donne e la letteratura : scrittrici eroine e ispiratrici nel mondo delle lettere*, Roma, Editori riuniti, 1984.
ROSSI, Rosa, *Le parole delle donne*, Roma, Editori Riuniti, 1978.
SEBASTIANI, Silvia (dir.), *Donne in rivolta : tra arte e memoria*, Bologna, Il mulino, 2011.
SLAMA, Béatrice, *De la « littérature féminine » à « l'écrire-femme » : différence et institution*, in « Littérature », n° 44, 1981.
SOLNIT, Rebecca, *Men Explain Things to Me* [2014], trad. Céline Leroy : *Ces hommes qui m'expliquent la vie*, Paris, Éditions de l'Olivier, 2018.
SONTAG, Susan, *The complete Rolling Stone interview* [2013], trad. Maxime Catroux : *Tout, et rien d'autre,* Paris, Flammarion, coll. « Climats », 2015.
TERONI, Sandra (dir.), *Al femminile*, Firenze, Nicomp, 2010.
VALDRÈ, Rossella, *Cattive : è sempre la donna la vittima ? Autrici che ribaltano il mito : una riflessione psicoanalitica*, Roma, Alpes Italia, 2015.
VOLPATTI, Lia, *Sul braccio di colei... : breve viaggio letterario nella perfidia femminile*, Milano, Baldini & Castoldi, 1994.
WOOLF, Virginia, *Consigli a un aspirante scrittore*, Milano, Rizzoli, 2012.

WOOLF, Virginia, *Moments of being* [1939], trad. Adriana Bottini : *Momenti di essere : scritti autobiografici* ; introduzione e note di Giovanni Spendel, Milano, La tartaruga, 2003.
WOOLF, Virginia, *Street Haunting : a London Adventure* [1930], trad. Marie-José Tramuta et Toby Gemperle Gilbert : *Au hasard des rues : une aventure londonienne*, Paris, Interférences, 2014.
ZALCBERG, Malvine, *Cosa pretende una figlia dalla propria madre ? La relazione tra madre e figlia da Freud a Lacan*, prefazione di Jean-Pierre Lebrun, Milano-Udine, Mimesis, 2014.
ZANCAN, Marina, *Il doppio itinerario della scrittura. La donna nella tradizione letteraria italiana*, Torino, Einaudi, 1998.
ZANCAN, Marina, « La donna », in *Letteratura italiana*, diretta da Alberto Asor Rosa, *Le questioni*, Torino, Einaudi, 1986.

Index des noms

Les noms présents dans cet index sont ceux des auteurs cités et de quelques personnalités liées au monde de l'édition, de la traduction, de l'art, du cinéma et de la politique.

Table des matières